검은머리 미군 대원수 8

명원(命元) 대체역사 소설

Eugene Kim

KB058676

일러두기

- 이 책은 문피아, 네이버시리즈에서 연재된 《검은머리 미군 대원수》를 바탕으로 편집, 제작되었습니다.
- 단행본, 일간지 이름은 《 》로, 노래 제목, 영화, 방송국, 글의 소제목 등은 〈 〉로 표기했습니다.
- 전화, 라디오 등 전파 매체를 통한 대사는 '─'로, 편지 등 문자 매체를 통한 대사는 '[ ]'로 표기했습니다.
- 인명 및 지명은 일부 표준어로 등재됐거나 용례가 존재할 경우를 제외하고 모두 연재본의 표기를 따랐습니다.
- 내지에 삽입된 지도는 웹소설 연재본에 삽입된 지도를 단행본 인쇄방식에 맞게 편집부에서 재편집했습니다.

1장
청기사

청기사 1

아헨 방면 공세를 맡은 것은 피에 굶주린 광전사가 지휘하는 제7군이었다. 내 탓이 아니다. 절대 등쌀에 시달리다 넘겨준 것도 아니다. 어디까지나 가장 오래 푹 쉬어서 가장 전투력 높은 부대를 골랐을 뿐이다. 일단 꺼낼 수 있는 최고의 패를 꺼내고 봐야지. 아헨을 지나고 나면 야들야들한 독일 공업의 중심, 루르 지방이 나온다.

독일, 아니면 하다못해 해외 축구에 관심이 있다면 들어봤을 쾰른, 도르트문트, 뒤셀도르프, 본, 에센 같은 도시가 밀집한 이 지역을 점령할 수 있다면 독일의 산업 능력은 나락으로 처박힌다. 오킨렉의 제21집단군 또한 네덜란드 북부 해방 대신 남쪽으로 내리꽂으며 루르를 북쪽에서부터 크게 포위한다. 이번에도 어김없이 선봉엔 진정한 바이킹의 후예, 10살에 곰을 쓰러뜨리는 전투종족 캐나다군이 앞장선다.

루르 방면 공세가 어느 정도 진전되고 나면 밴플리트의 제1군과 프랑스군이 추가 공세를 개시한다. 자르(Saar) 지역을 점령한 후 최종적으로는 프랑크푸르트로 나아갈 예정이다. 여기까지가 이번 공세의 목표. 완료 시점은 넉넉잡아 7월 아니면 8월, 여름까지다. 발칸반도에 대한 지배권이 무너진 시점에서 독일군은 루마니아의 유전도 잃었고, 합금 생산의 필수품인 크롬을 비롯한 각종 광물도 보급받지 못하고, 뭐 하나 남아 있는 원료라고는 없는 상태.

여기서 공장마저 잃어버리면 저놈들이 더 이상 가진 게 뭐가 있겠나. 내가 예측했을 때 독일은 이거로 이미 그로기 상태 확정이다. 만약 독일군이 의외로 만만해 루르를 손쉽게 따낸다면, 그다음 목표는 북진해서 브레멘과 함부르크를 점령하고 덴마크를 해방한다.

덴마크가 연합군 편으로 돌아선다면 이젠 스칸디나비아의 철광석 공급마저 끊기는 셈이니 안 그래도 조여진 목줄이 이제 코르셋마냥 빡빡해지는 셈. 프랑크푸르트가 함락된다면? 그땐 뮌헨 가야지. 나치당의 본진이자 고향인 뮌헨을 점령한다면 히틀러의 권위 또한 나락으로 간다. 그게 아니더라도 남부 독일을 점령하면 독일 놈들은 더 이상 캐먹을 순무조차 남지 않게 된다. 마침 뮌헨 근처엔 저 악명 드높은 다하우 수용소도 있으니, 명분 싸움엔 딱 좋네.

그래. 베를린 가기 싫다. 진짜 가기 싫다. 베를린을 먹어서 도대체 뭐 어따 쓴단 말인가. 희대의 변태 히틀러와 나치가 총옥쇄를 각오하고 틀어박힌 그 요새에 대가리를 들이밀어서 무슨 부귀영화를 누리자고? 얼마나 죽어나갈지 짐작조차 되지 않는다. 베를린에 처박을 정도로 여력이 남아돈다면 차라리 오스트리아나 체코 진격을 검토하면 검토했지, 베를린은 정말 윗선에서 콕 집어서 가라고 명령하지 않는 이상 가기 싫다. 대놓고 말해, 베를린으로 가라는 명령은 곧 백악관이 소련과 각을 세우기로 결심했다는 말과 크게 다르지 않으니까.

"독일군의 반격 조짐은?"

"현재로서는 크게 두드러지는 사항은 없습니다."

이제 슬슬 베르사유에서 지휘부를 옮겨야 하나.

기왕 방송에서 큰소리 떵떵 친 김에 아예 아헨에 총사령부를 설치한다면? 짝불알 콧수염이 더 돌아버리지 않을까? 물론 가능할 린 없다. 당장 수백만 대군을 굴려야 하는 마당에 지금 가장 중요한 건 원활한 통신이니까. 무슨 우주에서 온 외계 촉수 괴물처럼 온 사방팔방에 통신 케이블이 깔려 있고 수백, 수천 명이 전화통과 전신을 붙잡고 씨름하는데… 아헨에서 이런 원활한 지휘는 좀 힘들지.

"이제 슬슬 반격이 와야 하는데."

"더 깊이 끌어들이겠단 심산 아닐까요?"

"루르가 전장이 되면 저놈들이 꽤 곤란해질 텐데."

무조건 반격이 와야 한다. 독일이 자살이라도 하려는 게 아닌 이상 루르는 지키고 봐야 한다.

패튼과 오킨렉 사이 틈새로 파고드는 게 독일군 입장에서의 최선책. 그다음은 패튼과 정면 대결을 하는 방안. 최악은 캐나다군과 힘싸움. 물론 영국군을 다시 네덜란드에서 내몬다는 방안도 있긴 했지만, 이건 너무 상황을 낙관적으로 보는 행동. 적어도 단위 전투력 면에선 여전히 영국군이 더 낫다. 내 골머리를 썩히는 문제는 한둘이 아니었다.

'게르만 민족의 운명을 배신하고 유대—볼셰비키들에게 굴종을 선택한 이들의 운명은 모두 파멸뿐이었다. 침략자들이여, 두려움에 떨어라! 너희들은 수천만 독일 민족의 파도 속에서 장렬하게 익사할 것이다! 너희가 등 뒤에 놓고 간 독일인들 틈엔 우리의 베어볼프(Werwolf) 특전대가 숨어 있으니, 죽음이 불시에 찾아올 것이다!!'

"장병들 사이에서 괴소문이 빠르게 퍼지고 있습니다."

"하여간 아가리 원툴 하나는 기가 막혀요, 진짜."

"혹시 모르니 각 사령부의 경계 태세를 더욱 강화하라고 명령하는 게 어떻겠습니까."

"그러시지요."

후방에 민간인인 척 독일 특수부대가 숨어 있다고 괴벨스가 떠벌떠벌대

자, 연합군은 더욱 바짝 긴장하게 되었다. 사실 나로서는 저 베어볼프… 늑대인간 새끼들이 날뛰건 말건 어차피 이 거대한 전쟁에선 미미한 영향력밖에 없다고 생각하고 있는데, 당장 전선에 있는 장병들 입장에선 굉장히 민감한 문제였다. 아무 생각 없이 지나친 민간인이 갑자기 권총을 뽑아 들고 나를 쏠지도 모른다고 하면 누구라도 멘탈이 갈리지 않겠는가. 꼭 아프간 전쟁 같구만.

괴벨스는 아가리로 전쟁을 이기려는 것처럼 최근 들어 연일 마이크를 부여잡고 있었다.

— 파렴치한 전쟁광 오이겐 킴을 경계하라! 연합군 장병들이여, 이 무의미한 전쟁을 일으킨 자는 바로 독일의 경제를 파괴하고 내부에서 독—미 관계를 파탄 낸 오이겐 킴이다. 당신들이 이 추위에 덜덜 떨고 있을 동안, 안락한 베르사유 궁전에 틀어박힌 킴은 온갖 호사스러운 산해진미를 먹으며 제 배 속을 채울 궁리에 여념이 없다…….

"괴벨스도 이제 레퍼토리가 다 떨어졌나 봅니다."

"저 끔찍한 시궁창물… 크흠, 아이스 아메리카노를 물처럼 들이켜는 우리 총사령관님이 호사스럽다니."

"거 너무들 하시네."

"총사령관님, 적 전투서열이 갱신되었습니다."

내가 잠시 툴툴대려는 찰나, 참모 하나가 종이 하나를 팔랑거리며 내게 내밀었다.

"케셀링, 후베, 만토이펠, 하우서, 블라스코비츠… 아이고, 익숙한 이름들이 많이도 보이는구만."

"확인된 인물들의 전적 및 인적사항 또한 별도로 제출하겠습니다."

"예에, 그러십쇼."

나는 돌아가려던 참모를 잠시 붙들었다.

"여기 잘못 기입된 사항이 있는데."

"어떤 것 말씀이십니까?"

"서부 전선 총사령관 이름에 히틀러가 적혀 있네? 히틀러는 육군 총사령관이잖나."

"그게… 저희도 몇 번씩 다시 검토를 했습니다만, 정말 히틀러가 서부 전선 총사령관을 겸하는 듯합니다."

이게 무슨 개소리야. 보헤미아 상병이?

"이 새끼, 내부 통제가 생각보다 덜 되고 있나?"

"아직 독일 내 대대적인 이반(離反) 현상은 보고되지 않았습니다."

"그럴 테지."

뭐지? 원 역사에 이런 일이 있었나? 없었던 것 같은데? 나는 잠시 내 자리 회장님 의자에 등을 푹 기댄 채 생각에 잠겼다. 뭔가 이거로 사기 칠 방법이 없을까? 이제 전쟁 지휘를 딱지놀음 수준으로 생각하는 듯한 저 자아비대증 환자를 등쳐먹을 수단 없나?

"알렉산더 장군과 연락 가능한가?"

"확인해보겠습니다."

판이 마음에 안 들면 엎으면 그만이지. 이탈리아를 한번 뒤흔들어볼까.

* * *

1942년 2월 말. 아헨.

저 멀리서 천둥과도 같은 대포 소리가 은은히 들려오고 있었고, 머리 위에 자욱하니 깔린 구름은 앞으로의 운명을 일깨워주는 듯했다. 아헨을 탈출하는 행렬은 줄을 이었고, 그 탈출 행렬의 최선두에 그동안 완장 차고 거들먹거리던 나치 지역당 인사들이 보이자 시민들은 코웃음을 쳤다. 피난민들은 생각보다 그리 많지 않았다. 이미 곳곳에서 탈영이 줄을 잇고 있었고, 시민들은 커튼을 꼭꼭 치며 애써 바깥 모습을 보지 않으려 했다.

연합군이 온다면 이 지긋지긋한 전쟁에서 해방될 수 있다. 설마 연합군이 민간인을 전부 죽여버리기야 하겠는가. 최소한 먹고살 빵 정도는 주겠지. 그러면 오히려 살림이 피는 셈 아닐까? 독일인들은 점차 전쟁에 지쳐 가고 있었다. 아니, 예전부터 지쳐 있었지만 우악스러운 나치의 손길에 붙들려 질질 끌려가고 있었다.

— 비열한 연합군의 선동과 날조가 도를 넘고 있다. 저들의 입에서 나오는 역겨운 단어 중 진실이라고는 단 하나도 없으니, 그런 추악한 거짓으로는 결코 독일 민족의 총통에 대한 충성심을 흔들 수 없다!!

까마귀가 까악까악 울고 괴벨스가 꽤액꽤액 우는 것은 이제 독일 국민들에겐 하나의 일상이 되었다.

— 우리는 총력전을 바란다!!

"바라기는 개뼈……!"

배급을 받기 위해 나왔던 노인 한 명이 우렁찬 괴벨스의 외침에 반사적으로 욕지거리를 하다 제풀에 화들짝 놀라 입을 꽉 틀어막았다. 하지만 조금 늦었다.

"지금 뭐라고 했나?"

"바란다고 했습니다!"

"거짓말까지 해? 이 반역도 자식. 연합군의 첩자구나!"

"아닙니다! 살려주세요! 살려주세요!! 아악!!"

아직 어린 티가 채 가시지 않은 친위대원이 늙은이의 머리채를 휘어잡고는 그대로 개처럼 질질 끌고 가기 시작했다.

"살려주세요! 전 첩자가 아닙니다! 살려, 살려주세요!"

"첩자를 잡았다! 미군의 첩자다!"

이 놀라운 성과에 주변에 있던 다른 병사들이 모여들었고, 그들은 누가 누가 더 총통 각하를 위해 충성할 수 있나 경쟁이라도 하듯 남자를 매도하며 두들겨 팼다. 한참을 두들겨 맞고 곤죽이 된 남자는, 미리 준비된 교수대로 끌려가도 손가락 하나 까딱하지 못했다.

"사, 살……."

"모두들 똑똑히 봐라! 이게 바로 첩자의 최후다!!"

꿈틀. 꿈틀꿈틀.

남자는 이내 축 늘어졌고, 혀를 길게 빼물고 생을 마감한 시체 위에 '저는 패배를 선동한 첩자입니다'라고 쓰인 팻말이 걸렸다. 이미 이러한 팻말을 매단 채 목이 매달린 사람들의 시체는 아헨 곳곳 사방천지에 깔려 있었다. 그러나 이런 시체에 시선을 보내는 이는 거의 없었다. 아니, 억지로라도 대롱대롱 매달린 이들을 보지 않기 위해 모두가 필사적으로 고개를 돌리고 있었다.

"줄 똑바로 서시오!"

"나란히, 나란히!"

"이 줄이 배급받는 줄 맞나요?"

"맞으니까 조용히 기다리고 있으시오! 자, 배급을 기다리는 사람들은 모두 나와 줄을 서시오!"

거리에 나와 있는 이들 중 남자는 극히 드물었다. 대부분은 이미 군대로 끌려갔거나, 그게 아니라면 공장, 하다못해 노역에라도 동원되었으니. 당장 이곳 아헨만 해도 외국에서 끌려온 노예들이 가면 갈수록 늘어나지 않았던가. 따라서 지금 줄을 기다리고 있는 이들은 하나같이 여자와 아이들이었고 간간이 노인 몇이 끼어 있을 뿐.

"엄마. 나 힘들어."

"얼마나 더 기다려야 해?"

"조금만 있어 봐. 금방 군인 아저씨들이 와서 빵을 줄 거야."

아이들을 돌볼 사람이 없어 품에 한 명, 다른 손에 한 명을 끌어안고 배급을 받으러 나온 아낙네의 모습은 그리 드물지만도 않았다. 기다림에 지친 아이가 울음을 막 터뜨리려던 무렵, 저 멀리서 엔진 소리가 다가오더니 마침내 수십 대의 트럭이 그 모습을 드러냈다.

"자, 빵 왔다."

"빵이다, 빵!!"

"감자도!"

하지만 뭔가가 이상했다. 그 어색함의 이유를 깨닫기도 전, 줄을 통제하고 있던 병사들이 총을 고쳐 쥐었다.

"자, 지금 온 트럭에 모두 탑승하시오!"

"무슨 소리예요? 배급은요?"

"이곳 아헨은 곧 전쟁터가 된다. 전투 병력을 제외한 모든 민간인은 즉시 간첩들이 판을 치는 이곳에서 떠날 것을 명한다."

"자, 잠시만요! 집에 아이가 있어요!"

"빨랑빨랑 트럭에 타! 너도 간첩이냐!"

"꺄아악!!"

군인들은 우악스럽게 남녀노소를 불문하고 트럭이 꽉꽉 미어터지도록 민간인들을 있는 힘껏 욱여넣었다. 순식간에 벌어진 일에 도망치려는 사람, 아이들을 붙잡고 어쩔 줄 몰라 하는 사람, 영문도 모른 채 일단 타고 보는 사람들이 섞여 장내는 아수라장으로 변했다.

"엄마! 엄마!"

"엄마는 가서 만나면 돼! 일단 타!"

"아악!"

그저 배급을 받으러 나왔던 사람들은 다짜고짜 트럭에 강제로 탑승당한 후, 아헨 외곽에 그대로 방치되었다.

"이게, 무슨"

"연합군을 피해 도망쳐라. 아헨 시내로는 들어갈 수 없다."

"아무 짐도 없는데 어떻게 해요?"

"그것까지 책임져 줄 순 없다."

군인들조차 속으로는 저들 민간인의 운명에 대해 갑갑한 느낌이 들었지만, 결코 티를 낼 순 없었다. 명령은 명령이었으니까.

청기사 2

총통 본부, '독수리 둥지'.

"미군이 아헨을 포위하기 시작했습니다."

"주민들의 소개는 중단되었습니다. 트럭과 마차의 소모가 심합니다."

"소수 미군이 휘르트겐(Hürtgen)숲에서 목격되었다는 첩보가 입수되었습니다. 공병 위주로, 숲에 도로를 개통할 목적으로 추측됩니다."

"휘르트겐 숲을 빼앗긴다면 루르 댐을 탈취당할 가능성 또한 높아집니다. 병력 증원이 절실합니다."

"불가."

장군들의 애절하기까지 한 요청에도 불구하고 총통은 매정하게 답했다.

"최후까지 싸워라. 놈들에게 남겨줄 수 있는 것은 오직 더 많은 독일인의 시체와 폐허뿐이다. 후퇴는 용납하지 않는다. 아헨은 독일 민족의 자긍심으로 영원히 국민의 가슴 속에 못박혀야 한다."

"…알겠습니다."

그 모습을 보며, 얼마 전까지 이탈리아에서 영국군과 맞서 싸우던 케셀링은 자신의 보고 또한 휴지조각으로 전락하리란 사실을 직감했다.

"총통 각하."

"또 뭐지."

"이탈리아 전선이 붕괴되기 시작했습니다. 추가로 병력을 차출한 결과, 이제 알프스까지 물러나게 되었습니다."

"이미 각오한 일이니 더는 언급하지 말도록."

"또한 아군이 입수한 첩보가 있습니다. 교차 검증이 완료되어 매우 신빙성이 높은 것으로 추측됩니다."

이탈리아 곳곳에 빼곡하니 쌓인 영국군 말판을 옮기며 케셀링이 말했다.

"이탈리아 방면의 영국군은 알프스 방면으로 공격해 들어오는 대신, 오스트리아로 침공해 올 계획이라고 합니다."

"신빙성 높다고 했나?"

"그렇습니다."

히틀러는 어이가 없다는 듯 짜증을 부렸다.

"그토록 달콤한 정보가 곳곳에서 눈과 귀가 잘려나가고 있는 우리에게 넙죽 들어온다고? 오이겐 킴에게 대체 몇 번이나 똑같은 수법으로 속을 작정인가."

"그렇다면……."

"블러핑, 허세! 그놈이 제일 좋아하는 거!"

총통은 가당치도 않다는 듯 케셀링이 옮겼던 말판을 다시 되돌렸다. 딱딱 하는 나무 부딪치는 소리가 심장 두근대는 소리처럼 회의실을 가득 메웠다.

"이제 놈을 읽을 수 있어. 놈은 결코 이탈리아 방면에서 추가로 움직이지 않아. 나약한 영국군은 그럴 만한 의지도, 능력도 없어."

킴이 이런 잡스러운 수작질을 부리는 이상, 이탈리아는 더 쳐다볼 가치도 없다. 그렇다면 더 쥐어짤 수 있지 않겠나?

"예정했던 것보다 더 많은 병력을 빼내."

"알겠습니다."

이탈리아 전역에 사형 선고를 내린 뒤, 곧바로 동부 전선이 새로운 심판대에 올라섰다.

"핀란드가 배신하면서 에스토니아의 유지도 어려워졌습니다."

"이미 포위당해 승산 없는 싸움을 계속하고 있습니다. 최소한 아직 살아남은 병사들만큼은 철수시켜야 합니다. 나르바(Narva)를 지키던 장병들은 볼셰비키를 상대로 용맹하게 싸우던 이들이니, 이들이 합류한다면 크나큰 도움이 될 것으로 보입니다."

"되니츠와 협의하도록. 에스토니아인들은 동맹으로서의 의리를 충분히 보여주었으니, 그들 중 반공 정신이 투철한 이들을 함께 철수시키는 방안 또한 검토하시오."

히틀러조차 지키지 못한다고 포기한 곳들에 대한 처리가 물 흐르듯 끝나고, 그다음 안건이 올라왔다.

"동부 전선의 만슈타인 원수가 다시 한번 퇴각을 요청했습니다. 리투아니아와 발칸이 모두 뚫린 지금 벨라루스와 우크라이나의 점령지를 지키는 것은 위험한 데다 무의미하다고……."

"만슈타인을 해임하고 그 자리에 쇠르너를 앉히도록."

무능한 놈. 이길 때만 위풍당당하고 질 때는 한없이 혓바닥만 길어지는 기회주의자. 핑계만 번지르르한 주제에 충성심 대신 아부와 겉치레만 요란한 작자.

"각하!"

"만슈타인 원수는 그동안 큰 공로를 쌓아 왔습니다."

"…그를 전역시키시오. 오래도록 험악한 러시아 땅에서 고생했으니 이제 좀 쉬어야겠지."

"만슈타인도 각하의 크나큰 은혜에 감사드릴 게 틀림없습니다."

살았다. 적어도 또 한 명의 장성이 청산가리를 먹거나 관자놀이에 총알을 심는 일만큼은 막았다. 마침내 주요 안건에 대한 긴급 논의가 끝나고, 한 바퀴 돌아 다시금 서부에서 쏟아져 들어오는 서방연합군만이 안건으로 남았다. 이 난국을 어찌 타개할 것인가.

"독일 민족은 그 어떤 극한의 시련에 봉착하더라도 이에 맞설 힘이 있는 민족이다. 프리드리히 대제를 보라! 베를린이 함락당하고 저 열등한 러시아인들에게 궁전이 짓밟혔지만 기어이 승리를 쟁취하지 않았는가."

어김없이 총통의 장광설이 시작되려는 기미가 보이자 구데리안은 보이지 않게 팔짱 낀 손을 꽉 쥐었고, 뒷방에 처박혔다가 다시 불려나와 총통본부에 합류한 룬트슈테트와 롬멜은 애써 한숨을 참았다. 그나마 케셀링과 슈코르체니 정도나 진지한 모습을 유지할 뿐. 그 어떤 교장 선생님의 훈화 말씀보다 기나긴 이야기는 온갖 다채로운 메들리로 이어졌다.

어째서 우리는 항복할 수 없는가. 의리를 버리고 눈앞의 총칼에 굴복해버린 비열한 배신자, 동맹국들을 향한 매도. 아무것도 하지 못하고 그저 숨만 쉬며 밥그릇만 축내는 해군에 대한 비난. 그토록 키워줬음에도 불구하고 매번 확실한 제공권 하나 잡지 못하는 공군에 대한 날 선 비판. 유대—볼셰비키와 슬라브인들이 파괴하고 학살하여 영원히 사라질 독일 민족의 미래. 나약한 장성들의 정신력에 대한 강력한 질타와 공격 정신, 투쟁 본능의 중요성.

자신이 왕년에 얼마나 잘나갔는지, 위기와 시련에 부딪혔을 때 얼마나 위대한 영도력과 결단력을 발휘해 위기를 돌파하고 승기를 잡아챘는지. 마침내 천하의 슈코르체니조차 지쳐 나가떨어지기 직전, 히틀러는 돌연 어조를 바꾸고 속삭이듯 말했다.

"내가 서부 전선 총사령관을 겸하게 된 이유는 간단하다. 최종 승리를 위한 길은 오직 이 나의 눈에만 보이고 있기 때문이다."

한 자 한 자, 꼭꼭 씹다 못해 짓이겨버릴 듯 단어를 토해내는 그의 모습에선 광기마저 느껴지고 있었다.

"우리는 항상 주도권을 잡고 있어야 해. 서방연합군과 소련군을 동시에 상대하면서 수비에만 급급하고 눈앞의 전투에만 집중하면 결국 대국을 그르쳐. 내가 그토록 단 하나 승리의 길이 있다고 몸소 지도했건만, 너희 무식한 군인 놈들은 기어이 파리 공세를 포기하고 멈춰 서는 바람에 나라를 멸망의 위기로 몰아넣었어."

"저희에게도 총통 각하께서 바라보고 계시는 청사진을 알려주신다면 그에 따르도록 하겠습니다."

구데리안은 최대한 감정을 억누르며 말했고, 히틀러는 고개를 끄덕였다.

"우리의 대전략은 간명하다. 연합군에게 어마어마한 타격을 주어 서방과 소련의 분열을 유도하는 것이다. 이를 위해선 결국 적들이 생각하지도 못한 어마어마한 대공세로 크나큰 피해를 입혀야 하지만, 이제 그 공세는 불가능해졌지."

구석에 조용히 박혀 있던 괴링은 슬며시 모이는 시선에 고개를 숙였다.

"따라서, 우리는 연합군 총사령관인 오이겐 킴의 전략을 역으로 이용할 것이다."

"킴의 전략……?"

"내가 그토록 오이겐 킴을 공부하라 시시때때로 말했건만, 너희들 중 그를 이해한 자는 단 한 명도 없어! 그러니 매번 당하지! 그 비열한 인간이 내미는 먹이엔 항상 독이 발려 있는데, 학습 능력이라고는 없는지 그걸 매번 넙죽넙죽 받아 처먹는단 말이다."

히틀러는 답답한지 연신 가슴을 두들겨댔고, 그 모습을 지켜보던 국방군 장성들 또한 저절로 가슴이 답답해졌다. 그놈의 아미앵에 미쳐 날뛴 건 이 자리에 있는 그 누구보다 총통 자기 자신 아닌가? 물론 감히 그 불경한 언사를 입 밖으로 내뱉을 수 있는 용기 있는 자는 이 자리에 없었기에, 히틀러는 자신의 장광설을 계속해 나갈 수 있었다.

"루르."

그의 손가락이 지도를 가리켰다.

"이 루르를 적들에게 먹이로 내민다."

"각하. 루르 지방이 전쟁터가 된다면 제국의 공업 역량이 심대한 타격을 입게 됩니다."

"그게 바로 오이겐 킴의 전략이라고! 감히 그 누가 파리를, 아미앵을 먹이로 내던지리라고 상상이나 했겠난 말이야. 절대 넘겨줄 수 없으리라고, 이게 함정이라고 여기지 못할 만큼 달콤한 먹이를 던져준 뒤 사냥감을 낚아채는 게 그놈의 상투적인 수법이야. 그리고 우리가 가진 것 중 연합군을 속여 먹을 만큼 매력적인 먹이는 루르밖에 없어."

놈들은 반드시 루르로 온다. 루르를 지키기 위해 최후의 한 명까지 물러서지 않고 싸운다 한들, 그래서 막을 수나 있는가? 구질구질한 목숨을 연명하며 소련군이 모든 아리안 문명을 멸망시키길 기다리는 셈 아닌가?

예술이든 정치든 전쟁이든, 장대하고 웅장한 무언가를 사랑하는 히틀러는 이것이야말로 어느 쪽으로든 독일의 운명을 걸 만한 작전이라고 확신했다. 이러고도 패배한다면 독일 민족의 앞날엔 오직 파멸뿐이니 고작 루르하나 지키겠다고 바둥거릴 의미가 없다. 반면 최후의 승리를 거머쥐고 연합군을 격파한 뒤 놈들을 협상 테이블로 끌어낼 수 있다면, 저 방대한 연합군의 물자 지원을 받게 될 텐데 그깟 루르가 뭐가 중요하단 말인가.

어느 쪽으로든, 고작 루르 따위에 연연할 필요는 없다고 그는 결론 내렸다. 만약 유진 킴이 이 회의 장면을 지켜볼 수 있었다면 욕을 한 사발 쏟으면서 미친놈 아니냐고 했으리라. 히틀러의 운명은 이미 반쯤 정해져 있는 것과 마찬가지였다. 압도적 승리 외엔 히틀러 자신의 목숨줄을 연장하면서 전쟁을 종결지을 방법이 없었다. 그리고 그는 자신이 죽었는데도 살아남은 독일 따위는 추호도 원치 않았다. 독일은 총통과 함께 영광을 누리거나, 혹은 영원히 지도에서 사라져야만 했으니.

그에게 독일이란 도박판의 칩과 진배없었고, 위대한 타짜로 칭송받지 못할 바에야 올인당하는 게 그의 미학에 더욱 부합했다. 이미 일국의 지도자라기보단 일발역전의 기회가 내려오기만을 간절히 기도하며 카드를 뽑는 도박꾼 혹은 듀얼리스트의 모습에 더욱 가까운 것이 지금의 히틀러였지만, 지금 이 자리에 있는 이들은 모두 그 히틀러가 파멸하는 그 순간까지 같이 갈 수밖에 없는 이들. 그런 그의 구상이 마침내 그 모습을 드러내자, 장군들은 모두 자세를 바로잡고 저마다 장고(長考)에 들어갔다. 과연 서방과 소련이 대립할 것이냐 같은 것으로 고민할 일은 없다. 그건 총통 각하의 영역이지, 야전군인이 감히 침범할 수 있는 영역이 아니니까.

그들이 고민해야 할 부분은 오직 하나. 최고지도자가 루르를 판돈으로 걸겠다고 결심했을 때, 과연 어떤 식으로 병력을 운용하면 적들에게 심대한 타격을 입힐 수 있는가? 그리고 하나둘 동태눈깔처럼 썩어들어 가던 눈에 생기가 돌아오기 시작했다.

'해볼 만하다.'

이번에야말로 한 방 먹여줄 수 있을지도 모른다. 프로이센 군국주의의 정수, 독일의 장성 된 이로서 어찌 무력하게 손 놓고 바라만 보고 있으랴? 누가 뭐라 해도, 아돌프 히틀러라는 인간은 그 누구보다 사람을 휘어잡는 재능 하나만큼은 타고난 이였다.

청기사 3

베르사유. 연합군 총사령부.

"더 빠졌다고?"

"그렇습니다."

히틀러가 이탈리아를 버렸다. 이 유진 킴 특제 야매심리학도 한물간 건가? 학위를 반납해야 하나? 아니지. 학위 반납이라니, 큰일 날 소리. 그런 짓을 했다간 유인이처럼 대학원에 납치당할지도 모른다. 월화수목금금금, 날개를 달아주는 빨간 황소를 물 대신 마시는 노예가 될 순 없다. 이미 아아를 물 대신 마시는 노예지만 그래도 지금은 번쩍이는 황금 사슬이라도 차고 있잖은가.

알렉산더 장군은 신이 나서 로마를 크게 우회해 거침없이 북쪽으로, 북쪽으로 진격하기 시작했다. '로마 탈환'이라는 어마어마한 명예보다는 한 놈의 제리라도 더 잡아 죽이겠다는 굳건한 마음가짐. 실로 본받을 만하다.

"도대체 이 또라이들은 병력을 얼마나 끌어모으려고."

"최후의 일전이 다가오고 있으니 당연한 일 아니겠습니까."

"독일 본토가 공격받는 지금, 소모전만 계속되고 있는 이탈리아를 유지할 능력도 이유도 없다고 봅니다."

그래서 내가 뻐꾸기 뻐꾹뻐꾹 날렸잖아.

'너네 이탈리아에서 방 빼면 부드러운 아랫배 오스트리아에 칼침 박힌다? 전화번호부 하나쯤 끼고 있는 게 어때?' 하고 말이다. 이런 내 자비로운 마음의 목소리를 들었다면 당연히 수십만 대군을 이탈리아에 딱 짱박아 놓고 든든히 대비하진 못할망정, 찔러보라고 대놓고 병력을 빼다니. 아무리 빡대가리 짝불알이라 해도 학습 능력이라는 게 있는 건가. 아니면 옆에 똑똑한데다 비위 맞추기까지 잘하는 히틀러 맞춤형 인재가 하나 붙었을지도 모른다. 귀찮아 죽겠네, 정말.

"아헨은?"

"대규모 폭격을 감행했습니다."

"아주 묵사발을 만듭시다. 독일의 공업단지란 공업단지엔 모조리 폭탄을 좀 퍼부었으면 좋겠는데."

뭔가 이상하다. 단순히 나만 찝찝해하는 게 아니다. 꼭 코딱지만 한 숙주나물 파편이 이 사이에 박힌 것 같은 이 불편한 느낌을 참모부 전체가 느끼고 있었다. 아헨, 그리고 휘르트겐 공세는 굳이 따지자면 권투의 잽보다도 더 약하다. 끽해야 군단급. 2~3개 사단 정도가 동원된 소소한 공격. 물론 노르망디 상륙 이래 중장비란 중장비는 매번 탈탈 털리던 독일군과 위엄 쩌는 민주주의의 병기창, 천조국 미합중국 육군이 발휘하는 화력의 차이란 게 엄연히 있긴 하다. 솔직히 무과금이랑 핵과금이랑 장비가 같은 게 말이 나 되나.

독일 새끼들이 그동안 전차와 화포 날려먹은 것만 해도 그 고철로 산 하나를 쌓을 것만 같은 반면, 우리는 원래부터 가진 건 돈밖에 없는 놈들이었다. 여덟 명의 김 첨지가 끌고 다니는 인력거에 탄 채 머니건으로 달러를 신나게 쏴대며 파리 시내를 돌아다녀도 무한탄창을 자랑하는 미 육군보단 덜 호화찬란하겠지. 물론 이 과금 요소를 제외하면, 독일군은 밥 처먹고 전쟁만 준비한 썩은물이고 미군은 이제 갓 뉴비 딱지 뗀 1등급 청정수……

아니지, 아냐. 당장 내 주변의 대머리 아저씨들만 봐도 청정수에 비교하긴 민망하니 적당히 2급수라고 치자. 염소 소독한 아리수 같은 놈들. 식용 가능하다고 아무리 떠들어도 뭔가 먹긴 미묘한 놈들. 아헨 주둔군이 완강히 저항한다 치더라도 결국 버티진 못할 테고, 그러면 우리가 루르로 간다.

루르로 가면? 제리 새끼들은 그나마 있던 장비도 깨져서 팬티에 나뭇가지 들고 싸워야 한다. 그리고 아헨에서 루르까지는 뻥 뚫린 평야. 안 그래도 기갑 전력과 공군력, 수송 능력까지 모조리 열세인 독일군이 더더욱 아헨을 지키기 위해 용쓰는 모습이 안 보인다? 이상하잖아. 독일군은 무얼 노리고 있을까.

"시클그루버 씨의 꿍꿍이가 뭘지 한번 이야기해 봅시다."

침묵.

"어떤 헛소리가 나와도 뭐라 하지 않겠습니다. 자, 여기 내 자리에 앉아서. 내가 유진 킴이다, 아니면 내가 히틀러다 하면서 자기암시 팍팍 걸고 아무 소리나 떠들어 봐요."

계속 침묵. 떨떠름한 기색이 엿보인다. 브레인스토밍에 협조를 안 해주다니, 조별과제가 따로 없구만.

"마음에 쏙 드는 이야기를 하시는 분께는 내 차를 빌려드릴 테니 파리에서 1박 2일 푹 놀다 오셔도 됩니다."

이 좀비들, 나이 잡술 만큼 잡순 아재들이 갑자기 인간으로 되돌아오더니 군기 잡힌 신병처럼 오와 열을 맞추어줄 서서 내 푹신푹신 의자(도넛 방석 탑재)에 앉는다. 왜들 그래. 누가 보면 내가 마셜처럼 학대한 것 같잖아.

"동부 전선이 그만큼 급한 거 아닙니까? 우리가 점령하면 살려는 주지만, 러시아인들은 정말 피와 시체로 고속도로를 깔면서 다가오고 있지 않습니까."

"그건 아닌 것 같군요. 다음?"

기왕 판 깔아준 김에, 나는 내 머리에서 모자를 벗어 자리에 앉는 사람들에게 씌워주었다. 어디 5스타의 기운을 좀 받아들 보시라고.

"루르로 가는 길 인근의 교량에서 독일군의 활동이 활발해졌습니다. 정석적으로 우리의 진격을 가로막기 위해 전력을 축차 투입하는 모양새 같습니다."

"그게 아닌 것 같아서 다들 야근하는 거 아니었나? 그리고 정석을 좋아하는 히틀러라니. 차라리 힌덴부르크 귀신에 빙의당했다고 하면 또 몰라. 다음?"

파리행 익스프레스 티켓에 굶주린 참모들이 온갖 아이디어를 던져댔다. 동프로이센이 위협받고 있으니 그곳에서 한판 크게 붙을 작정일지도 모른다, 가장 약체인 프랑스군을 물어뜯으려 할지도 모른다, 중립지역으로 설정된 네덜란드 도시권으로 파고들어 영국군 포위섬멸을 노릴 것 같다…….

버프가 확실하게 들어갔는지 하나같이 이성적으로는 검토해 볼 가치가 충분한 발상이었지만, 내 마음에 쏙 드는 끝내주는 유레카는 찾아볼 수 없었다. 그렇지만 여기서 '내 마음에 드는 답변이 없네요.'라고 했다간 미쳐버린 저 좀비들 중 한 명이 내 뒤통수에 총을 쏠지도 모른다.

결국 나는 참모 중 가장 얼굴이 투탕카멘처럼 말라붙은 한 명을 지목해 영광의 '즉시퇴근권'을 수여했다. 잘 가!

한 명의 행복한 승리자와 절망에 빠진 좀비 떼의 운명이 엇갈렸고, 나는 총에 맞기 전 패배자들이 내뿜는 암흑 에너지를 피해 바깥으로 도망쳤다. 그리고 신선한 바깥 공기에 추악한 니코틴과 타르를 섞어주는 순간, 번뜩이는 아이디어가 공장 굴뚝처럼 퐁퐁 샘솟기 시작했다.

히틀러는 정석을 혐오한다. 그 정석대로 움직이는 융커는 더 혐오한다. 그놈의 본질이라 봤자 도박에 중독되어 뇌가 녹아버린 정키. 게임 실력으로 따지면 하딩보다 더 못하는 놈이지만 지저분한 아가리질 하나로 여기까지 올라온 놈. 그런데 정작 본인은 실력으로 이겼다고 굳게 믿는 인성 나쁜 놈.

내가 히틀러라면? 히틀러가 나를 벤치마킹한다면? 미군 원수 유진 킴 대신 나치 대원수 오이겐 킴이 최후의 따갚되를 시도한다면?

"전부 다 모여!"

"네, 말씀하십시오."

"독일 놈들이 루르를 미끼로 우리를 유인하려 한다고 가정해봅시다!"

급하다. 가슴이 두근거리고 식은땀이 난다. 틀림없다. 손장난치는 나쁜 놈의 손목을 붙들었을 때나 느낄 수 있는 바로 그 촉감. 여태까지 내가 상대한 이들은 히틀러가 아닌 독일군 정규 과정을 밟은 장성들. 결국 그 사고 방식의 근간엔 딜 교환에서 이득 따고 전술적인 승리를 획득하려는 계산적 사고가 깔려 있다. 하지만 보헤미아 상병따리에 불과한 히틀러가 모든 걸 컨트롤한다면?

"상대는 히틀러야."

"그렇… 습니다."

"우리는 합리적으로 생각했지. 루르를 점령하면 독일의 전쟁 수행 역량이 줄난다고. 하지만 애초에 그런 걸 고려했으면 히틀러라는 인간은 이 전쟁을 일으키지도 않았어!"

이거다. 이게 맞다. 무언가 사고 단계의 중간지점 중 많은 부분이 생략되었지만, 나는 확신할 수 있었다. 학교에서 시험을 칠 때, 누구나 비슷한 경험을 한 적이 있을 거다 아마. 자세한 내용은 기억나지 않지만 뭔가 책에서 본 것 같은 느낌적 느낌이 팍팍 꽂히는 상태. 내가 딱 지금 그 케이스였다.

"항공 정찰 강화해서 독일군 위치 확실히 따시고, 전투서열도 기만이 있을 확률이 있으니 다시 한번 체크해주세요. 정말 히틀러가 서부 전선 총사령관인 건 확실합니까?"

"다른 건 몰라도 그건 확실합니다. 독일군 전문을 방수한 결과입니다."

좋아. 그러면 망설일 필요도 없지.

"문제. 적이 대규모 포위전을 노릴 경우엔?"

"돌파입니다."

"브래들리와 패튼에게 바로 연락 쏴주시고. 전역 흐름으로 보아선 영국군이 첫 목표가 될 확률이 크니 오킨렉 장군에게도 즉각 전파해주십쇼."

"예!"

"아까 여러분들이 떠올렸던 다른 발상들도 모두 원점에서 재검토합니다."

우리 아돌프 어린이. 그동안 내가 빅 픽쳐 그리는 거 보고 배알이 뒤틀려서 따라 하고 싶었나 봐?

"이제 끝이 다가오고 있습니다. 마지막에 방심해서 처맞고 커리어에 스크래치 나면 억울해서 어쩝니까? 조금만 더 힘내서 우리 아들들, 조카들 무사히 집에 보냅시다."

"알겠습니다!!"

창문을 활짝 열어 공기를 순환시키고, 내 손짓 한 번에 수십 수백 잔의 아이스 아메리카노가 참모들에게 배급된다. 시원한 바람을 쐬니 가슴이 절로 따뜻해졌다. 21세기의 한국엔 이런 말이 있지 않나. 빅 픽쳐 그리다가 도화지 다 찢어진다고. 상식적으로, 좀 손해봐도 판돈이 무한하게 넘쳐나는 나랑 사채 빚 영혼까지 끌어모아 착석한 저 새끼랑 상황이 같을 리가.

이유는 모르겠지만, 나는 확신할 수 있었다. 끝이 보인다.

* * *

미합중국 육군 제1보병사단은 아헨 동쪽, 휘르트겐숲을 뚫기 위해 전진하고 있었다. 군단째로 저 미치광이 패튼 장군 예하에 배속되었다는 소식이 전해진 첫날, 천하의 1사단조차 병사들의 결식률이 천장을 돌파하고 PX의 담배가 죄 동나는 진풍경이 연출되었었다.

"우린 끝장이야."

"저 미친개가 우릴 사지로 내몰 거라고."

"이것이 최정예 사단의 업보인가?"

"잘난 게 죄라면 죄지."

하지만 그것도 잠시.

'패튼 사령관님이 하사하신 위문품' 딱지가 붙은 술병 박스를 가득 실은 트럭이 위병소를 통과하자, 언제 그랬냐는 듯 병사들은 자신들이 자랑스러운 제7군 소속이라며 거들먹거리고 다녔다.

그리고 지금. '광야의 선지자' 로저스 병장을 필두로 한 부대원들은 독일군의 기관총 세례 앞에 발걸음을 돌려야 했다.

"헷쳐!! 헷처다!!"

"씨발! 전차 없다며! 없댔잖아!!"

"아가리 싸물고 바주카 준비해 이 새끼들아!"

이 숲은 참으로 개같은 곳이었다. 이곳의 전술적 중요성을 이들 병사들이 완벽히 이해할 순 없었지만, 아군 공병이란 놈들은 개척 작업을 개떡같이 했으며 중대장이 떠들던 것처럼 '보잘것없는 적이 좀 있는' 곳이 아니라는 사실만큼은 똑똑히 깨달았다.

"내 생각에 말야, 드디어 깨달은 것 같아."

"또 무슨 히틀러 불알 빠는 소릴 하려고 그렇게 폼 잡으십니까?"

"우리 소대원은 아무도 안 죽었잖아."

선지자는 조금 전까지 포켓 성경 옆에 있던 자그마한 성물(聖物)을 떠올리며 말했다.

"전투 전에 '그것'을 버리는 성사(聖事)를 봐서 그래."

"아, 진짜. 그 망할 유진ㅂ……!"

"쉬이이이잇."

"이 사람들 다 후방에서 매독 걸려서 왔나 봐. 미치고 환장하겠네. 예, 좋습니다. 언제쯤 '그거' 이야기 좀 집어치우고 생산적인 이야길 좀 할 수 있을까요?"

"들어봐. 우리에게 날아와야 할 총알들이 '그것'의 힘에 이끌려 엉뚱한 곳으로 날아간 거야. 이제 알았어. 전투 전에 '그것'들을 모두 멀리멀리 버리면 살 수 있다고!!"

"오오!"

인류학자나 사회학자들이 보았다면 무릎을 탁 치며 감탄했을 터부와 원시 종교의 생성 과정. 그 신비한 프로세스가 독일의 한 숲속에서 놀라운 속도로 이루어지고 있었다. 한 치 앞을 분간하기 어려운 숲속에서 독일군과 미군이 근접전을 벌일 동안, 1사단 지휘부에서는 난상토론이 전개되었다.

"적 전차의 상태가 이상합니다."

"보고된 바에 따르면, 서부 전선에서 드물게 보고된 각종 장비가… 박물관이라도 차린 것처럼 이곳에 쏟아지고 있습니다."

낡아빠진 체코제, 프랑스제 전차는 물론이거니와 프랑켄슈타인이 전차로 괴물을 만들기라도 한 듯 아무 전차의 차체에 대충 포를 올려 만든 기괴망측한 물건들.

"신병기를 보급받은 건가, 아니면 가진 게 없어서 실험병기를 죄다 끌어낸 건가?"

"아직 확답을 내릴 순 없어 보입니다."

숲이 아니었다면 화끈하게 화력을 집중해 아예 갈아엎어버리기라도 했을 텐데. 그때 전화를 받고 있던 한 명이 수화기를 내리며 곧장 다가왔다.

"상급부대에서 새로운 명령을 하달했습니다."

"뭔가? 빨리 숲에 처박힌 놈들을 다 내쫓으라고 독촉이라도 하던가?"

"숲을 모조리 불태울 대규모 폭격을 잡아놨으니 즉시 이탈하라고 합니다."

"제기랄. 진작에 그리해줬으면 어디가 덧나나. 예하 부대에 철수 명령 내려."

이 압도적인 힘 앞에서 진흙탕을 헤매는 병사들은 과연 얼마나 가치가 있을까. 지금은 그렇다손 쳐도, 과연 살상기술이 더 발달할 미래의 전쟁에서 과연 보병이 살아남을 자리가 있을까? 사단장은 문득, 눈앞의 전투보다 향후의 일자리를 걱정하는 자신을 깨닫고 몸서리를 쳤다.

이 미친 전쟁이 정말 끝나긴 끝날 모양인 것 같았다.

청기사 4

올해 겨울이 오기 전 독일을 멸망시켜버리겠다는 대합의에 따라, 연합국은 말 그대로 마른걸레를 쥐어짜듯 모든 힘을 끌어모았다. 얄타에서 받은 결과 통지문을 모욕으로 받아들인 프랑스는 자존심에 어마어마한 타격을 입었고, 가을까지 프랑스군의 규모를 125만 명으로 증강하겠다는 계획을 밝혔다.

이는 단순히 대충 서류와 숫자로 메꾸어진 페이퍼 플랜으로 끝나지 않았고, 실제로 나라의 젊은이란 젊은이는 모조리 긁어모아 무시무시한 병력 증강에 나섰다. 미군 또한 질 수 없다는 듯 유럽에 보충 병력을 더욱 파병했고, 영국군 또한 마지막까지 서부 전선과 이탈리아 방면에 병력을 증파하니 서방연합군의 규모는 총합 4백만 명을 돌파했다. 그렇게 추운 겨울이 끝나고 1942년의 봄이 다가왔다.

아헨의 독일군은 겨울에서 봄으로 넘어가는 이 짧은 기간 동안 격렬하게 저항했지만.

"쏴라!"

"도시 자체를 지워버린다. 저 야만스러운 독일 놈들에게 앞으로의 미래를 각인시켜줘야 한다!"

"자비는 무의미하다. 저놈들이 언제 우리에게 자비란 걸 보여줬나? 사람 새끼로서의 규율을 지켰나? 전부 죽여!"

독일의 첫 도시, 루르로 가는 입구. 정석적인 전개로 아헨을 포위한 패튼은 대포란 대포는 모조리 박박 긁어모아 평탄화 작전을 수행하는 한편, 한때 울창한 숲이었던 휘르트겐숲이 불타는 모습을 지켜보며 축음기를 켜고 위스키를 신나게 마셨다. 독일군 또한 빠듯한 상황 속에서도 미군 포병을 제압하기 위해 포병대를 동원했지만, 동원 가능한 포문 수와 포탄 수에서 압도적인 열세를 극복하지는 못했다. 3월 15일, 아헨의 독일군은 탈출을 시도했으나 미군에게 저지당하였고, 결국 항복을 택했다.

"배신자! 그자들은 거기서 죽었어야 했다! 게르만 민족은 항복의 치욕 따위를 겪느니 한 명의 적군이라도 더 죽이고 그 자리에서 죽었어야 했다!!"

히틀러는 다시금 발작했지만, 이미 항복해 포로수용소로 들어가는 이들의 귀엔 그 미친 소리가 들릴 리 없었다. 영국군 제21집단군 예하 캐나다 제1군 또한 독일 국경을 넘어 라인강 동쪽, 루르 북부로 성큼성큼 전진해 나갔다. 이탈리아 방면에서는 독일군이 빠져나간 공백이 메꿔지지 않았고, 독일이 세운 괴뢰국이었던 '살로 공화국'은 자신들이 버려졌다는 걸 깨닫는 순간 곧장 무너져내렸다.

피렌체, 피사, 볼로냐와 같은 역사에 이름이 남은 도시들이 차례차례 연합군의 깃발을 게양했고, 마지막까지 독일 옆에 붙어 단꿀을 빨던 파시스트들은 다가오는 죽음을 피해 독일이나 스위스로 정신없이 도망치기 시작했다.

"아직이다. 아직이야."

제국은 무너지고 있었다. 동서남북 모든 경계가 침범당하고 외적을 막을 요새들과 동맹들이 하나둘 무기력하게 종말을 맞이하고 있었지만, 히틀러는 여전히 자신만만했다. 서부 전선 최후의 병력 2백만 대군. 발칸과 이탈리아를 포기했고, 동부 전선의 정예 병력을 빼돌렸다. 겨우내 마지막까지 정복지에서 잡아 온 노예들을 가혹하게 부리며 24시간 내내 공장을 돌렸고, 남의 나라에서 약탈한 마지막 자원을 모조리 녹여 무기와 탄약으로 만들었다.

"우리는 네덜란드 방면 영국군을 타격해 제국의 강역을 밟은 쥐새끼들을 단숨에 격멸할 것이고, 아헨에서 인간으로서의 품위를 저버리며 살인과 파괴를 자행한 미군 또한 제3제국의 무자비한 응징 앞에서 아무것도 하지 못하고 패배를 맛보게 되리라."

"총통 각하께서 직접 이 전투를 지휘하시니 적들 또한 속절없이 무너질 것입니다!!"

"그렇습니다! 제국의 승리가 눈앞에 있습니다!"

과연 그럴까. 히틀러 앞에서는 누구나 승리를 외치고 있었지만, 그가 없는 자리에서는 모두가 절망과 우울증에 빠져 허우적대고 있었다. 한 명이라도 더 많은 병사를 모아 오라는 총통 명령에 온 나라가 혈안이 된 끝에 2백만 대군이 짠하고 튀어나왔지만, 사실 이들 중 약 30만은 서류상으로만 존재하는 유령 군대. 거기에 또 수십만은 병력으로서의 가치가 있는 건지 의심스러운 국민돌격대.

더 이상 나라에 총이 없어 창고를 털어 1차대전 시절의 총기를 지급해주었다. 심지어 그 총조차 받지 못해 달랑 판저파우스트 같은 무기 하나, 수류탄 한 꾸러미만 받은 이들도 부지기수였다. 다른 장비는 멀쩡한가?

실험용 시제품마저 모조리 끌어다모았다. 전차만 해도 체코제, 프랑스제, 폴란드제, 거기에 노획한 연합군과 소련군의 전차까지 박박 긁어모았으니 보급과 정비가 매끄러울 리가 없다. 그럼에도 불구하고 누구도 히틀러 면전에서 진실을 입에 담을 수 없었다. 그리고 방해받지 않은 히틀러의 망상은 날이 갈수록 부풀어져만 갔다.

"이번 공세에서 적에게 괴멸적인 타격을 준다면 네덜란드가 곧장 주제를 파악하고 복종할 걸세. 이번에 또 망명을 간다면 네덜란드인들은 더 이상 정부를 믿지 않고 우리의 손을 들어주겠지."

"그렇습니다, 각하!"

"그다음은 벨기에야. 프랑스를 무너뜨릴 때처럼, 다시 한번 아르덴 고원 방면으로 파고들면 적들은 완벽하게 고립되네. 우리 막강한 정예부대가 루프트바페의 엄호를 받으며 진격한다면 충분히 승산이 있지."

하지만 얼마 지나지 않아 히틀러의 얼굴에 당혹감이 피어올랐다.

"연합군이 진격을 멈췄다고?"

"…그렇습니다."

루르를 바로 앞에 두고 연합군은 일제히 정지한 채 포격과 폭격만 요란스레 할 뿐, 그 자리에 주저앉아버렸다.

"루르란 말이다, 루르! 어째서, 어째서 더 깊숙이 들어오지 않지? 서부 전선에서 가장 가치 있는 표적을 두고 어째서!"

"자르 방면에서는 계속해서 미군이 전진해 오고 있습니다. 어쩌면 주공이 이곳, 프랑크푸르트 방면일 수도 있습니다."

"그럴 리가 없어."

히틀러는 다시금 제 동굴, 혼자만의 공간으로 파고들어 갔다. 제 머릿속 상상의 유진 킴을 그리며, 끊임없이 스스로에게 묻고 또 물었다.

"어째서냐."

"……."

"붉은 군대가 시시각각 독일 본토를 향해 오고 있다. 이대로라면 독일 전체가 적화될지도 몰라. 폴란드가, 네놈이 그토록 중요시하는 전우들이 볼셰비키의 손에 통째로 넘어가게 생겼단 말이다."

당연히 상상 속 친구가 척척 대답을 해줄 리는 없었다.

"이 나를 물리치고 유럽의 구원자, 세계 최고의 군략가로 역사에 위대한 이름을 남길 수 있는 기회가 왔는데! 대체 뭐 하고 있냔 말이다!! 우리의 싸움, 우리의 영광, 한 명의 인간으로서 가질 수 있는 그 모든 찬란한 미래를 왜 거머쥐지 않는 거냐! 또 무슨 꿍꿍이로 마지막 명예로운 결투에 응하지 않는 거냐!!"

이해할 수 없었다. 하지만 주사위는 던져야만 했다.

"내일부로 공세에 들어가시오. 연합군을 으깨버려."

그는 결단을 내렸다.

* * *

1942년 3월 22일. 베르사유.

"히틀러, 그놈은 불알이 한 개라네. 괴링은 두 짝 다 있지만 너무 작지. 힘러는 유사 불알이 있지만 불쌍한 괴벨스 영감은 하나도 없다네~~"

"총사령관님, 체통을……."

"패튼은 무슨 네로라도 된 것마냥 불타는 숲 구경하면서 오페라 감상했다며? 이 정도면 체통 아닌가."

"패튼 장군과 비교되는 것 자체가 좀… 그렇지 않겠습니까."

무자비한 팩트 폭력 보소. 사실 그 축음기 내가 선물해준 건데, 이거 말하면 더 혼나겠지. 나는 흥얼거리던 노래를 멈추고 상황도를 노려봤다.

"튀어나와라. 이 짝불알 콧수염 새끼야."

잔뜩 독기가 올라 혓바닥을 쉭쉭대고 있는 독사에게 손을 들이미는 건 병신 짓거리다. 내가 뱀이랑 말이 통하는 이마빡 번개마크도 없는데 왜 그딴 짓을 하겠나? 군대라는 건 시즈 탱크와 비슷해서, 시즈 모드 박고 있을 때와 움직이고 있을 때의 전투력이 하늘과 땅 차이다. 시즈 탱크와 다른 점이 있다면, 게임의 유닛은 한번 생산하면 죽을 때까지 써먹을 수 있지만 군대는 숨만 쉬고 있어도 엄청난 물자를 처묵처묵한단 점이지.

이미 독일의 산업 능력은 망했다. 원자재 수급 또한 사실상 불가능해졌다. 그러니 루르 코앞에서 시즈 모드 딱 박고 폭격기나 잔뜩 띄워서 독일 사방천지를 죄다 석기시대로 만들어주면 저 새끼들은 알아서 말라 죽는다. 이걸 독일 놈들이 모를 리가 없다.

따라서 놈들은 무조건 달려나와서 한타 싸움 거하게 해야 하고, 우리는 그놈들의 공세를 부드럽게 한번 막아준 뒤 뒤쫓아 가서 쥐패면 끝. 그렇다. 끝이다. 독일에 두 번째 공세를 할 여력 따위 없다. 놈들은 잘 준비된 우리의 방어선 앞에 대가리를 박고 망하는 일만 남았다.

"제7군에서 급전! 정면에 대규모 적 출현!"

"캐나다 제1군에서도 급전입니다! 적의 대규모 공세 확인! 다수의 기갑 전력이 진격해 오고 있습니다!"

"역시 양반은 못 되는구만."

보헤미아 상병이 양반일 리가 없지. 호랑이면 또 몰라. 사령부의 분위기는 너무나 흥겨웠다. 엄마 아빠가 크리스마스 선물로 뭘 사놨는지 눈치채고 산타 분장한 아저씨와 놀아주는 우리 막내아들 춤추던 모습보다 더욱 흥겨웠다. 우리는 정보전에서 압도적으로 승리했다.

히틀러와 그 졸개들은 어떻게 해서든 공세의 주력이 될 창끝 부대를 은폐하려고 용을 썼지만, 이미 적의 의중을 훤히 꿰뚫고 있는 상황에서 그걸 못 찾지는 않았다. 바다 건너 우리 본국의 먹물 샌님들은 독일군의 암호 체계를 해독해 따끈따끈한 뉴 첩보를 제공해주고 있었고, 공군 친구들은 언제쯤 저 독일군 머리통에 폭탄을 때려부으라는 명령이 떨어질지만 기다리고 있었다.

이 지경까지 왔으면 항복하는 게 당연한 일이다. 누가 말했더라. 싸울 수 있으면 싸우고, 싸울 수 없으면 지키고, 지킬 수 없으면 도망치고, 도망칠 수 없으면 항복하고, 항복할 수 없으면 죽어야 한다고. 세상은 그렇게 굴러 갔다. 권력자는 민중을 전쟁터로 내몰 힘이 있지만, 패전의 책임을 지는 것 또한 으레 권력 가진 자들이었다. 하지만 이 역겨운 나치 놈들은 저들끼리 집단 자살을 하는 게 아니라, 나라와 국민을 인질로 붙잡고 함께 죽자고 악을 쓰고 있다.

"항공기 다 띄워."

"알겠습니다!"

"미리 따 놓은 표적부터 순차적으로 폭격. 첫 목표는 적 포병과 기갑. 제공권 장악도……."

"하늘 위의 문제는 모두 저희에게 맡겨 주시지요. 깔끔하게 다 처리해 놓겠습니다."

나는 고개를 끄덕였다. 어차피 영국 공군이야 정말 남의 나라 군대고, 우리 육군항공대 또한 전쟁이 끝나면 분리되어 마침내 별도의 공군을 창설할 예정 아닌가.

"알렉산더 장군이 알프스 일대를 들쑤실 수 있는지 다시 한번 확인해 보고."

"옙!"

"밴플리트의 제1군은 천천히 진격. 적의 양동이나 조공에 대비."

거대한 오케스트라를 지휘하듯 4백만을 훌쩍 넘는 서구 열강 최대의 전력이 내 버튼 하나, 손짓 하나에 그 거대한 몸을 일으키고 기지개를 켠다. 이 압도적인 무력에 현기증이 날 것 같다. 전쟁을 게임이나 제 딸딸이 수단으로 삼는 인간이 아닌 이상, 이 무게감 앞에서 정신을 똑바로 잡고 있을 수 있는 사람이 몇이나 되겠는가.

"더 이상 제가 확인할 사항은 없는 것 같군요."

"우리는 완벽하게 준비되어 있습니다, 총사령관님. 안심하셔도 됩니다."

"좋습니다. 그럼 우린 전방의 아군을 믿고, 기도나 합시다."

오늘은 또 어느 종교시설에 찾아가야 할까. 초코파이라도 주는 곳이 있으면 좋겠는데.

                       * * *

　단 1주일. 독일군 최후의 공세가 처참한 실패로 판가름 나기까지 걸린 시간. 무수한 인명과 장비를 사방에 흩뿌린 채 나치 독일 최후의 독니는 그렇게 뽑혀나갔다.

청기사 5

루르를 향해 전진하던 영국군과 미군. 이들을 지도상에서 도려내기 위해 감행한 독일군의 대규모 공세.

"이게 대체 어떻게 된 일인가."

"……."

"이게 도대체 어떻게 된 일이냐고 묻고 있잖아!! 왜들 말이 없어!"

"적은 우리의 반격에 대비하고 있었습니다, 각하."

구데리안이 할 수 있는 말은 그것밖에 없었다.

"지금이라도 공세를 중단해야 합니다."

"그럴 순 없어."

당장 이 미친 공격을 멈춰야만 한다. 1주일 만에 10만을 훌쩍 넘는 사상자가 발생했다. 명백하게 실패한 작전. 어째서 적은 루르 방면으로의 진격을 멈췄는가? 독일의 움직임을 훤히 읽었기 때문에, 반드시 반격 작전을 개시하리라는 확신이 있었기에.

"참모총장."

"예, 각하."

"어째서 적들이 우리의 공세를 알고 있었던 거지?"

그는 답할 말이 없었다. 히틀러와 독일군은 집요하리만치 이 한 방의 공세를 위해 칼날을 갈고닦았다. 각지의 정복지를 포기했고, 제국의 가장 큰 숙적인 볼셰비키를 상대로 하는 동부 전선에서마저 다수의 병력을 차출했다. 그 결과 온 사방이 무너져내리게 되었지만, 그걸 감안하고서 준비한 작전이었다. 적의 첩보에 노출되지 않기 위해 병력 이동은 야간에만, 그것도 최대한 잘게 쪼개어 몇 달에 걸쳐 움직였다.

심지어 공세에 투입될 일선 지휘관들조차 공격 명령 하루 전날에야 작전계획을 받았고, 무선 통신 사용 또한 극도로 줄였다. 말 그대로 기습효과만을 위해 모든 걸 희생한 셈이다. 하지만 루르를 잃기 전에 아군이 반격을 개시하리라는 사실은 연합군 입장에선 누가 보더라도 불을 보듯 명백한 일. 차라리 참았어야 했다. 참고 인내하며 적이 아가리로 들어올 그 순간까지 견뎠으면, 어쩌면 총통이 말한 바와 같이 한 번의 기회가 있었을지도 모른다. 하지만 저들 연합군의, 킴의 인내심은 그들보다 더욱 강했다.

루르까지 단 한 걸음을 남겨 둔 채 참았고, 그들이 포기한 다른 전선에서 불어닥쳐 오는 거대한 파국이 독일 수뇌부를 잠식할 때까지 기다렸고, 기밀이 노출될지도 모른다는 불안감과 독일의 산업 능력이 그전에 먼저 끝장날 것 같다는 두려움이 그들의 등을 떠밀었다. 그 결과 마치 1918년 때와 같이 루덴도르프 공세가 허무하리만치 막힐 때처럼 또다시 막히고 말았다. 그것도 같은 인물의 손에.

"대답하시오, 참모총장! 이유를 말해보란 말이야!"

"틀림없이, 변절자가 있던 게 분명합니다!"

대답은 구데리안의 입이 아닌 그 옆에서 튀어나왔다.

"변절자라고?"

"그렇습니다. 그러지 않고서야 이해할 수 없습니다. 각하의 명령은 완벽했습니다. 그런데 오이겐 킴이 어찌 우리의 작전을 꿰뚫어 보았겠습니까?

필시 수뇌부에 변절자가 있는 게 틀림없습니다!!"

말도 안 되는 억지춘향이었지만, 히틀러에게는 너무나 듣고 싶었던 달콤한 이야기였다.

"또다시 등에 비수를 꽂히다니."

그는 그제야 모든 일이 이해가 간다는 듯, 고개만 끄덕거렸다.

"또 꽂혔어. 또."

"각하."

"…루르를 사수하도록. 더 이상 물러설 순 없어."

이미 루르로의 유인은 물 건너갔다. 그러니 남은 방법이라 봐야 마지막 순간까지 루르를 붙들고 항전하는 것 말고 달리 뭐가 있겠는가? 결국 히틀러의 입에서 나오는 말은 늘 그랬듯 앵무새나 축음기와 마찬가지인 '현지 사수'뿐이었고, 그렇게 회의는 끝을 맞이하는 듯했다.

"각하! 급보입니다!"

"…또 무언가."

"두체, 두체 무솔리니가!"

장내의 반응은 제각기였다. 누군가는 한탄을, 누군가는 혀를 차고, 누군가는 그럴 줄 알았다는 듯.

파시즘을 창시한 거두, 전설적인 선동가이자 히틀러의 선배 격 되는 이, 무솔리니. 그가 분노한 군중들의 손에 거꾸로 대롱대롱 매달려 정육점 고기처럼 죽음을 맞이했다는 소식.

거무죽죽해진 총통의 낯빛을 연신 힐끔거리며, 모두 조용히 입을 다물었다. 그리고 얼마 지나지 않아, 연이어 끔찍한 비보를 들은 히틀러는 '독수리 둥지'를 떠나 베를린으로 향했다. 밴플리트가 이끄는 미군은 날카로운 칼끝이 되어 둥지가 있는 프랑크푸르트로 파고들고 있었고, 무엇보다 나치는 결코 이 공세의 패배 책임을 경애하는 총통에게 돌릴 수 없는 입장이었다.

"대체 뭘 어떻게 해야 한단 말인가?"

새롭게 서부 전선 총사령관으로 임명된 케셀링이 한탄하는 것도 당연지사. 그의 수중에 떨어진 것은 달랑 허울 좋은 감투 하나뿐. 그나마 남아 있던 기갑 전력은 생일 케이크가 토막 나듯, 1주일 만에 절반 이상이 아주 깔끔하게 도려내졌다. 연합군은 공세가 개시되자마자 이날만을 기다리고 있었다는 듯 독일 지상에서 네 발로 다니는 것들은 말이고 차량이고 가릴 것 없이 모조리 불의 심판을 때려버렸고, 각지에 흩어져 적의 참호선으로 달려들던 장병들은 순식간에 보급난에 처했다. 어차피 보급해줄 것도 이제 얼마 안 남았지만.

그렇다고 해서 그에게 폭넓은 재량권이 주어졌는가? 아니다. 베를린으로 돌아간 뒤에도 여전히 히틀러는 시시때때로 작전에 개입했다. 이미 위신이 곤두박질친 힘러는 아득바득 친위대의 지휘권을 내놓지 않으려고 저항했다. 심지어 전쟁과 쥐뿔도 연관이 없는 괴벨스조차 국민돌격대의 지휘권이 자신에게 있노라며 뻔뻔스레 작전에 개입하려 들었다.

참으로 우습게도 독일군과 나치는 이제 적과 싸워 이길 역량은 상실해버렸지만, 국가 내부의 불순분자를 제압할 만한 여력은 여전히 보유하고 있었다. 그리고 나치당의 수뇌부라는 인간들은 바로 이 순간까지도 권력투쟁에 매진하고 있었다. 무수한 피와 절규를 재료로 한 한 편의 대하 부조리극은 아직 끝나지 않았다.

* * *

이 덜덜대는 엔진 진동에도 이제 익숙해졌다. 아니, 익숙해지다 못해 땅에 발을 디디고 있으면 가끔 어지럼증이 샘솟을 지경이 되었다. 전차에서 몸을 내민 김도경 대위는 전리품으로 챙긴 독일제 쌍안경을 들고 바깥을 확인했다.

"씨발."

"또 뭐가 문젭니까, Ssibal 대위님?"

"조용히 해, 이 자식들아."

"그치만 입에 너무 착착 감기는 걸 어떡합니까. Ssi……."

숙련된 전차장이 선보일 수 있는 비기, '양팔에 단단히 힘을 준 후 철봉 매달리기를 하듯 몸에 반동을 주며 싸커 킥 날리기'를 순식간에 수행한 김 대위는 머리통을 감싸쥐고 신음하는 못난 부하를 무시하기로 했다. 어리버리하던 쫄찌끄레기 시절이 엊그제 같은데. 이 망할 전쟁터에서 장교, 그것도 대위씩이나 될 줄 누가 알았겠는가. 소수민족으로 이만큼 했으면 나름대로 출세는 출세 아닐까.

안 그래도 인사 쪽에서 조만간 소령 계급장을 달 것 같다고 은근슬쩍 흘려줬다. 세상에. 영관이란다, 영관. 로스앤젤레스 샌—프랑코 급식소에서 스튜 받아 가던 코훌리개가 영관이라니. 이 말을 해준 이들이 '인종 문제 때문에 진급이 늦어지는 것 같다.'라고 덧붙인 걸 생각하면 더 코웃음이 절로 나왔다. 코쟁이 백인으로 태어났다면 진작 영관 달았단 소리 아닌가.

손목에는 독일제 손목시계, 안주머니엔 독일제 회중시계, 허리춤에는 베테랑 미군이라면 한 자루쯤 챙겨야 할 잇템이라 할 수 있는 루거 권총까지. 그야말로 Lv. 666 토끼공듀로 진화해 파밍할 수 있는 아이템이란 아이템은 죄다 루팅 성공한 도경의 모습은 이제 누가 봐도 전쟁터에서 잔뼈가 굵은 기갑 지휘관의 모습이었다.

"집에 가고 싶다, 이 새끼들아."

"저희도 가고 싶습니다."

"나 좀 빨리 보내줘. 니들이 잘 싸워야 내가 집에 갈 거 아냐."

"거, 해야 할 말이 반대 아닙니까?"

"말뚝 박으셔야죠, 가긴 어딜 가십니까. 헤헤!"

망할 새끼들 같으니. 요 며칠간 격전을 치른 도경의 부대는 각오했던 것에 비하면 훨씬 적은 피해를 입었다. 적은 지리멸렬했고, 전차 성능은 형편 없었다. 그 공포스럽던 타이거 전차는 온데간데없었고, 가끔 보이는 타이거 는 하나같이 머리통이나 다리 중 최소 하나가 날아간 채 길바닥에 퍼질러 앉아 있었다.

"이 새끼들은 이 지경이 됐는데도 항복할 생각을 안 하네."

"독일 놈들이 독하기로는 세계 으뜸 아닙니까."

"애초에 유대인 싫다는 이유 하나만으로 전쟁 일으킨 놈들 아닙니까? 독일 놈들은 사람이 아닙니다. 그냥 귀신 들린 악귀 새끼들이지."

"정훈교육 때 들은 이야기 굳이 또 나한테 다시 해줄 필요 없다, 짜식들 아. 나도 같이 들었거든?"

그래도 사람이라면 죽기 싫다는 감정 정도는 있을 것 아닌가. 그런 걸 생 각해보노라면, 확실히 독일인들은 태생적으로 지배자에게 복종하는 기질 이 있는 것 같았다. 미국에서 히틀러 같은 놈이 나타났다? 그러면 대번에 에베벱 정신 넘치는 꼴통들이 권총 한 자루씩 품에 안고 가서는 대번에 머 리통을 날려버리지 않았겠나. 반면 독일 놈들은 끽해야 쿠데타나 한 번 났 을 뿐, 초지일관으로 그놈의 짝불알 새끼를 위해 목숨을 초개처럼 내던지 고 있었다. 도무지 이해할 수 없다.

"잠시 정지."

"정지!"

"저기 사람들 보인다… 민간인 같은데. 어이, 땅개 아저씨들! 저쪽 편에 서 피난민 보이는데?"

"피난민?"

우리 앞에 선행하는 부대가 있던가? 원래 전쟁이란 게 늘상 개판 5분 전 인 게 일상이다보니, 선봉인 줄 알았는데 꼬다리였습니다 같은 일도 없잖아 있긴 했다. 함께 움직이던 보병들이 총을 쥔 채 민간인들에게로 천천히 다 가갔고, 우악스럽게 그들의 짐을 뒤지며 혹시 무기가 없는지 수색하기 시작했다.

총을 든 미군이 알아듣지 못할 영어를 외치며 다가오자 피난민들은 기겁하는 듯했지만, 제깟 놈들이 뭐 어쩔 텐가. 어차피 저 새끼들도 따뜻한 집 구석에서 히틀러 새끼한테 깨끗한 한 표 던지고 따끈따끈한 아우슈비츠 유대—비누 쓰던 새끼들인데.

"무기는 없는 거 같네요."

"그래서, 왜 우리 쪽 방향으로 오고 있답니까?"

"그걸 저희가 무슨 수로 압니까?"

무식한 양키 새끼들 같으니. 이놈들은 어째서 하나같이 독일어를 공부한다는 개념 자체가 없는 건가? 절로 다시 한번 입에 쌍시옷 발음이 맴돌았다. 도경은 전차에서 내리지 않고 피난민 하나를 향해 외쳤다.

"왜 이쪽으로 피난 오고 있지?"

"살던 곳이 약탈당해서 도망치고 있습니다."

이 뜻이 맞나? 사실 들어도 제대로 해석한 게 맞는지 긴가민가했다.

"약탈? 지금 우리 미군이 민가를 약탈했다고 말한 건가? 우리는 필요한 물건이 있다면 정당한 대가를 지불한다."

음. 발음 좋고. 뒷 문장은 아예 통째로 외워 놓았다. 쓸 일도 자주 있었고. 하지만 그 뒤에 나온 말에 그는 할 말을 잃었다.

"아닙니다. 독일군입니다."

"독일군? 약탈?"

"예! 예!!"

"당신들, 혹시 독일인이 아니라 외국인인가? 보호가 필요한가?"

그다음으로 떠오른 생각은 독일에 강제로 끌려온 노예들인가 하는 생각이었지만, 그들이 고개를 가로젓는 모습을 보며 그 추측 역시 취소했다.

"독일 군인들이 우리 마을에서 행패를 부리고 약탈을 벌였습니다. 살기 힘들어서 도망쳤습니다."

"미치겠네, 진짜."

자국민을 약탈하는 군대가… 그 독일군이라고? 해석한 말을 전해주자 뚜벅이들 역시 어이가 없는 듯했다. 이들 피난민들에게서 마을에 있는 독일군의 숫자와 무장 상태를 확인한 도경은 마음이 더 가벼워졌다. 좆같은 짓을 하길래 혹시나 했더니 아니나 다를까 또 친위대. 이쯤 되면 친위대는 면접 볼 때 인간쓰레기만 골라서 차출하나 의심될 지경이었다.

"봤냐, 이 새끼들아. 독일어를 배워 놓으니 이렇게 정보를 캐낼 수 있잖냐."

"와. 대단하십니다."

"영혼 없는 대답 봐라. 너네들 진짜 독일어 좀 대가리에 넣을 생각 없냐? 독일 여자 안 만날 거야? 금발 푸른 눈. 니네 그런 애들에 환장하잖아?"

그의 투덜거림에 전차에 타 있던 조종수가 갑자기 웃음을 터뜨렸다.

"얼마 전까지 프랑스에서 놀았는데 독일 여자 만나서 뭐 하게요?"

"…그래서, 프랑스 돌아갈 수는 있고?"

"그건 아닌데."

"총 들이대면 알아서 말 통할 텐데요, 뭘."

"답 없는 새끼들."

결국 말문이 막힌 도경은 한숨을 푹 내쉬고 다시 전진 명령을 내렸다. 모르긴 몰라도, 이 독일이란 나라는 미쳐도 단단히 미쳐 돌아가고 있었다.

청기사 6

프란츠 슈미트는 걸신이라도 들린 듯 연신 소시지를 입에 처넣었다. 너무나 오랜만에 맛보는 이 놀라운 식감. 그래. 사람은 역시 고기를 처먹고 살아야 한다. 따뜻하건 찹찹하건 무슨 상관이겠나? 아무튼 고기가 입에 들어가고 있는데. 제법 부유하게 살았을 이 집의 주인 일가는 번쩍번쩍 윤기가 흐르는 총구 앞에서 올바른 애국심을 깨닫고 그들에게 집을 내주었다.

가장으로 보이는 중년 남자 하나는 제발 짐이라도 좀 싸서 나가게 해달라고 애원했지만, 세상에. 짐이라니? 지금 나라를 지키기 위해 몸과 마음을 바치진 못할망정 짐을 싸겠다니?

"야, 이 되바라진 새꺄. 너 혼자 다 처먹냐?"

"니들은 딴 거 처먹었잖아."

"처먹다니. 오해가 좀 있네. 다 애국이야, 애국. 전쟁터에 나선 군인을 위해 헌신하는 게 무슨 대수라고."

화약과 진흙 냄새 사이로 다른 냄새가 나는 놈들이 하나둘 지하실로 들어와 오크통 뚜껑을 따고 먹을 것과 마실 것을 찾아 헤매기 시작했고, 프란츠는 그들을 대충 밀치며 바깥으로 나왔다.

고즈넉하고 나름대로의 운치가 있었을 이 집 정문에는, 감히 독일 민족과 총통 각하를 위해 헌신할 것을 거부한 남정네 하나가 대롱대롱 매달려 있었다.

"그렇게 마음 좀 곱게 쓰지."

이제 전쟁터에서 넋이 나가 제정신을 못 차리던 프란츠 슈미트는 사라지고 없었다. 그동안 얼마나 많은 전투를 겪었는가. 얼마나 많은 적을 이 손으로 죽이고, 살아남기 위해 한 명의 게르만 전사로서 투쟁해 왔는가. 온실 속에서나 살던 나약한 자들이 엄마를 외치며 미쳐버릴 때 그는 흔들리지 않는 충성심으로 굳세게 마음을 다졌다. 적의 끝없는 포탄 세례와 무한한 듯한 폭격 앞에서 운 없는 자들이 무수히 죽어나갈 때도 그는 하늘이 돌보듯 지금까지 살아남았다.

더 이상 사람을 죽이는 일에 망설이지 않게 되었다. 목적을 달성하기 위해 수단과 방법을 가리지 않게 되었다. 이제야 총통께서 교시한 약육강식의 이치가 손에 잡히는 듯했다. 지금까지 죽은 자들은 모두 약자였고, 강자인 그가 약자들에게서 취하는 건 자연이 굴러가는 원리원칙이었다. 문득 그는 집 위층 창문 너머로 여자들이 흐느끼고 있는 모습을 보았다.

그들이 울면서도 쳐다보고 있는, '저는 미군의 간첩입니다.' 팻말을 목에 건 채 매달린 집주인의 시체를 바라보았다. 꼭 집에 있을 아버지와 비슷한 연배의 남자. 우리 가족은 다르다. 저렇게 될 리 없다. 적이 언제 쳐들어올지 모르는 이 촌구석에 웅크려 미군이 오기만을 기다리던 저 가족과, 그래도 베를린에서 먹고살던 우리 가족이 같을 리가 없잖은가.

총통께서 최후의 부대를 일으켜 연합군을 싹 쓸어버리고 나면, 그는 위풍당당하게 아버지보다 더 급수 높은 훈장을 가슴팍에 매단 채 집으로 돌아갈 수 있으리라. 아버지는 아들이 얼마나 큰 공을 세웠는지 알고 연신 감탄하며 비로소 마음을 고쳐먹고 옳은 길로 돌아올 테고, 어머니와 동생 또한 그의 노고에 보답을 받아 훨씬 더 나은 생활을 영위할 수 있겠지.

그걸 위해서라면, 그는 이 지옥에서 더 싸울 수 있었다.

* * *

"이러다 뒈지겠네."

"뒈지긴 뭘 뒈지나. 이미 반쯤 뒈진 거 같은데."

"남은 절반도 조만간 뒈지겠다고, 이 자식아."

콘라드 슈미트는 연신 쌍욕을 중얼거리며 묵직한 M1 개런드를 매만졌다. 이 망할 군복을 입으니 절로 옛날로 돌아온 느낌이었다. 그 옛날처럼 배는 끊임없이 고프다고 아우성을 쳤고, 몇 년을 회춘하기라도 한 건지 뇌를 거치지 않고 연신 질펀한 욕이 튀어나와 혀를 조심해야 했다.

"뒈지면 집에 못 돌아가잖냐. 애가 둘이라며?"

"한 놈은 모르겠네. 친위대에 자원 입대했거든."

"애비한테 물려받은 가락이 있으니 잘 살아 있겠지. 아니면 따뜻한 포로 수용소에서 미제 스프라도 받아먹고 있거나."

"그럼그럼. 그놈이 그래도 꾀가 있어서 어디 가서 죽을 놈은 아냐."

콘라드의 눈에 저 멀리 건물 모서리에서 알짱알짱 고개를 내밀었다 숨었다 하는 미군 한 명이 보였다. 숨을 크게 들이쉬고 조준, 격발. 탕 소리와 거의 동시에 그 미군이 다시 고개를 내밀었고, 순식간에 피와 뇌수를 흩뿌리며 바닥에 쓰러졌다.

"지금."

그 양키의 동료들이 총에 맞은 전우를 붙들려고 밖으로 뛰쳐나왔고, 그의 옆에 있던 다른 병사들이 일제히 총을 발사했다. 탕! 타탕!

콘라드의 손에 죽은 이 바로 옆에 또 한 구의 시체가 생겨났고, 연신 쏟아지는 총탄에 미군은 시체 수습을 포기하고 도망쳤다.

"늙었다고 투덜대더니, 총질 잘하는데?"

"총이 잘 맞네. 미제가 좋긴 좋구만."

국민돌격대라는 이 웃기지도 않는 부대는 어째 총부터 자급자족을 해야만 했다. 전쟁터에서 시체 파먹는 쥐새끼처럼 야금야금 무기와 군장을 하나하나 챙긴 끝에, 콘라드는 전신에 미제 군수품과 죽은 독일군의 그것을 휘감고 다시 옛날 그 시절로 돌아가 있었다.

"내가 지난 대전쟁에서 양키들이랑 싸워봤다고 말했던가?"

"아니?"

"뫼즈—아르곤. 좆같은 곳이었지. 그때도 미군 놈들은 싸우는 법은 모르는 주제에 무슨 아편 빤 새끼들처럼 악을 쓰고 달려들더라고."

다시 한번 총성. 이번엔 빗맞았다.

"그 새끼들은 무슨 요술 램프라도 얻었는지 사람도 물자도 징글징글하게도 쏟아지던데, 이제는 예전보다 더 잘 싸우는 거 같아."

"그냥 우리가 늙은 게 아니고?"

"늙기는 뭘 늙었다고. 내가 지금도 마음만 먹으면 셋째 하나 뚝딱 만들 수 있어, 짜식아."

"아침에 서 있는 걸 못 봤는데. 아직 서나?"

"그럼. 이 총보다 더 단단하고 올곧게 선다고."

타타탕!!

그들이 있던 창문 방향으로 미군이 연신 총탄을 갈겨댔고, 콘라드는 부리나케 몸을 옆으로 돌려 그 섬뜩한 총알의 파도를 피했다.

"야."

"마, 맞았어. 빌어먹을."

"있어 봐. 의무병 불러 볼 테니까."

"틀, 렸어. 쿨럭, 쿨럭! 배때기에, 하, 옘병. 재수도, 재수도, 없네."

그는 죽어가는 남자를 바라보았다. 맞은 부위가 좋지 않다. 엄청난 기세로 피가 쏟아져 바닥이 시뻘겋게 물들고 있었다. 오랜 경험으로 미루어보아, 저건 5분도 걸리지 않을 터였다.

"많이 아프냐."

"어. 존나. 숨이 안, 안, 쉬어, 쉬어져."

"도와줄까."

"아니. 내, 손에, 모, 모, 목걸이."

그는 조심스럽게 엎드려 핏물을 헤치며 남자에게 다가갔다. 그의 목에 걸려 있던 십자가 목걸이를 벗긴 후, 마찬가지로 시뻘겋다 못해 꺼먼 피로 범벅이 된 오른손에 들려주고 그의 손을 꼭 잡아주었다.

"내, 자식들, 집, 기억, 하나?"

"그래."

"돌아가면, 소식 좀, 좀, 좀, 전해, 전."

"전해주마. 쉬어라."

"먼저 간다. 넌 오지 마라."

남자는 눈을 부릅뜬 채 마지막 한 마디를 내뱉었다.

"클라라."

그의 부인은 과연 저 마지막 단말마의 목소리를 꿈에서나마 들을 수 있을까. 콘라드는 천천히 죽은 이의 눈을 감겨주고, 그의 허리춤에 있던 수류탄과 탄창을 챙겼다.

"이 꼴을 먼저 보고 싶어서 군에 갔더냐, 못난 놈아."

그래도 친위대는 나치 새끼들이 제법 챙겨준다고 하니, 그처럼 거렁뱅이가 되어 시체의 품을 뒤질 일은 없을 거다. 하인리히 힘러가 아무리 버러지 같은 인간이래도 제 따까리들은 잘 챙기겠지.

"아저씨, 괜찮아요?"

"뭐가?"

"바로 옆에서 사람이 죽었는데, 무덤덤하시길래."

그의 아들내미보다 두 살인가 더 나이가 많다던 젊은이가 달달 떨면서 묻는 말에, 그는 억지로 미소를 지었다.

"무덤덤한 게 아냐. 그냥, 익숙해져버린 거지."

"익숙……."

"이런 거에 익숙해지면 정신이 망가져버린다. 너희처럼 어린 친구들은 견디긴 하되 익숙해지진 말려무나."

전쟁이 끝난 뒤, 오랜 고생 끝에 그는 다시 고향으로 돌아와 집에 몸을 뉠 수 있었다. 하지만 침대에 눕기만 하면 그 천장에는 함께 싸우다 먼저 간 전우들의 머리통이 둥실둥실 떠다녔다.

수십 년이 지나고 아이들을 키우면서 그 머리통들은 어느 순간 사라졌지만, 이제 그들은 새 머리통과 합류해 지금 그의 머리 위를 다시금 배회하고 있었다. 다 잊었나 했는데, 그때 먹던 짬밥부터 죽은 이들의 얼굴까지 어찌 이리 하나같이 어제 일처럼 선명하단 말인가.

"탱크!! 탱크다!!"

"미제 전차다!!"

우르릉거리는 소리. 바닥 다 갈아엎어지는 소리. 강철의 사신이 그 거대한 주둥이를 번뜩이며 모습을 드러냈다.

"어, 어쩌죠?"

"어쩌긴."

"총알이 전차를 뚫진 못하잖아요?!"

"아군을 믿어야지."

쿠웅!!

어디선가 홀연히 날아온 판저파우스트 한 발이 전차의 옆구리를 강타했고, 순식간에 사신은 거대한 캠프파이어로 전락해 새빨간 불꽃 덩어리로 변모했다.

"아아아악!!"

"카아아아악!!"

"꼬맹아."

"전 꼬맹이 아닌ㄷ……."

"그럼 저 친구들한테 한 발 좀 꽂아 봐."

"내버려 둬도 죽을 텐데 쏘라구요?"

그는 고개를 끄덕였다.

"우리가 도와줄 수 있는 게 그거뿐이니까."

"…그러죠, 뭐."

청년은 잠깐 무언가를 생각하더니 총을 겨냥하고, 발사했다. 온몸을 버둥대며 결코 꺼지지 않을 불길을 끄려 용을 쓰던 미군 병사는 마침내 움직임을 멈추고 쓰러졌다.

"이게 예의다."

"우리나라를 침략한 새끼들에게 예의를 차리라고요? 뭐가 좋아서요?"

"그냥 아저씨 말 좀 들어라. 밤에 누워서 조금이라도 편히 자고 싶으면."

이 친구 이름이 뭐였더라.

"만프레드."

"제 이름은 오톤데요. 오토 마이어요. 이 아저씨, 사람 이름도 안 외우셨네. 제가 아저씨 목숨도 한 번 구해준 것 같은데……."

"너도 내 나이쯤 먹어봐. 오토든 만프레드든 그게 그거잖아."

"전혀 안 비슷하거든요?"

"일주일만 더 살아 있어봐. 그럼 이름 외워줄게."

목이 칼칼하다. 수통에 입을 댄 그는 더 이상 한 방울도 남아 있지 않다는 사실을 깨달았다.

"빌어먹을."

조금 전 죽은 이에게 다시 다가간 콘라드는 수통도 챙겼다. 피범벅이 된 그 수통도 비어 있었다.

* * *

서쪽에서 푸른 물결이 독일의 문지방을 넘고 안방을 향해 한 땀 한 땀 전진해 올 무렵. 동부 전선에서도 붉은 물결이 모든 것을 휩쓸기 시작했다.

"총퇴각! 퇴각하라!"

"가진 물자를 모두 파기하고 후퇴한다! 물러난다!"

총통의 후퇴 금지령, 그리고 공세 명령이 결정적이었다.

'소련군은 단숨에 전장을 너무 넓혔다. 지금이야말로 공세 기회다!'

'서방 국가들은 의사 결정이 신속하지 못해 우리가 전과를 거두었어도 협상까지는 긴 시간이 걸릴 터. 하지만 독재자인 스탈린은 언제든지 마음을 고쳐먹기만 하면 협상 테이블에 나올 수 있다! 스탈린을 테이블로 끌어내려면 공세를 해야 해!'

총통은 프랑크푸르트에서 머리에 구멍이라도 난 걸까. 얼마 전까지만 해도 서방과의 협상 운운하던 그는 이제는 또 스탈린과의 협상을 논하고 있었다. 마지막 한 조각 남은 신뢰마저 스스로의 손으로 지워버리는 꼬락서니. 이 미친 명령을 막기 위해 움직였던 자들은 모조리 해임당했고, 결과는 참혹했다. 마침내 독일의 본토이자 성역인 동프로이센에 소련군이 당도한 것이다.

"이것 좀 봐."

"독일인들 사는 집 좀 봐!"

"세상에. 이게 뭐야."

지상에 도래한 지옥, 동부 전선을 구르던 이반들은 동프로이센에 당도하자마자 하늘이 무너지는 듯한 정신적 충격을 맛봐야 했다.

아늑하고 따뜻한 벽돌집. 아무 집이나 문을 열고 들어가면 보이는 각종 가재도구와 라디오.

"이상해. 이런 거 이상하다고."

"정신 차려."

"독일인들은 대체 왜? 왜 우리한테 쳐들어온 거야? 이렇게 잘 살면서, 모두가 이렇게 좋은 집에서 살고 있으면서 무슨 억하심정이 있다고 전쟁을 일으켰냐고! 왜! 이 개새끼들아! 이 시발놈들아!"

"꺄아아악!!"

소련군은 새로이 발을 들인 발트 3국, 벨라루스, 우크라이나 일대에서 광범위한 징병을 개시했다. 물론 이들의 징병 시도에 당연히 반발이 있었지만, 이미 소련군은 막강했고 그 모든 반발을 찍어누를 힘도 있었다.

"징병 시도에 저항하는 반동 소굴은 모조리 지워버리게."

크렘린의 도장이 찍힌 명령서는 면죄부가 되었고, 얼마 전까지 독일에 부역해 소련을 침략할 물자와 장정을 내놓던 마을들은 이제 새 정복자의 우악스러운 손길에 가진 모든 것을 바쳐야만 했다. 하지만 소련군 또한 조급하긴 매한가지.

"더 빨리 진격할 순 없나?"

"서기장 동지. 이 이상 나아가려면 어마어마한 희생이 예상됩니다."

"앞으로 내 앞에 올라오는 보고서에서 사상자나 피해에 관한 부분은 모두 지워버리게."

서방을 얼마나 신뢰할 수 있는가. 답은 NO였다.

"우리가 독일과 폴란드를 짓밟지 않는다면 서방의 모험주의자들이 헛짓거리를 할지도 몰라. 반드시 이를 저지해야 하네."

"명을 받들겠습니다, 동지!"

아직 소련은 더 희생할 수 있었다. 결과만 나온다면, 희생은 얼마든지 정당화될 수 있었다.

청기사 7

독일 민족이 건설한 세 개의 제국. 첫 번째 제국인 신성로마제국은 프랑스인 리슐리외 추기경의 손에 반쯤 와해되었고, 마찬가지로 프랑스인인 나폴레옹의 손에 영원히 역사 속으로 사라졌다. 그 잿더미에서 프로이센왕국이 건설한 두 번째 제국. 이 카이저의 나라는 또다시 프랑스와의 전쟁에서 발목이 잡혔고, 끝끝내 연합군을 이기지 못하고 비참하게 멸망했다. 그리고 가장 영광된 세 번째 제국. 두 번 다시 예전처럼 무너지지 않겠노라고, 독일 민족의 천년왕국을 건설하여 잃어버린 자존심을 되찾아주겠노라고 선언한 백마 탄 초인의 나라. 그 꿈 같은 약속과 희망은 부도수표로 돌아와 독일인이 이룩한 모든 것들을 깡그리 무로 돌리고 있었다.

"독일 민족의 미래는 승리 외엔 없다. 전부 아니면 전무. 승리 아니면 시베리아. 우리는 마지막 순간까지 싸워야 한다! 승리를 위한 과정은 고난에 가득 차 있겠지만, 결국 총통의 영단을 믿고 따르는 것이야말로 최선임을 모두가 깨달을 시간이다!!"

괴벨스의 선전 문구를 들은 모두가 깨달은 것은, 그 잘난 '총통의 영단'보다는 괴벨스의 목소리 톤이 올라가고 더욱더 카랑카랑해지고 있다는 사실이었다. 하지만 괴벨스가 조급증에 빠지든 말든 그래서 어쩔 텐가. 독일군 곳곳에는 가장 골수까지 나치즘이 파고든 정치장교가 뿌리를 내리고 감시의 눈을 번뜩였다.

탈영병은 즉각 사살하라는 총통 명령에 따라 하루가 멀다 하고 새로이 목이 매달리는 자들이 거리의 가로수를 가득 메웠다. 연좌제(Sippenhaft)가 부활했고, 항복하는 지휘관의 가족을 수용소에 처넣거나 심할 경우 처형하기 시작했다. 이 끔찍하리만치 폭압적인 정권의 철권에도 불구하고, 독일 국민과 군은 감히 총구를 거꾸로 돌릴 엄두조차 내지 못했다.

그들은 공범이었다. 수뇌부에서 말단에 이르기까지, 그들은 함께 저지른 죄의 사슬로 그 무엇보다 단단히 엮여 있었다. 히틀러도. 그의 밑에서 권력을 영위하던 고관들도. 그의 지시에 따라 무수한 피를 묻힌 군인들도, 저 멀리서 피어오르는 가스실의 굴뚝이 보이지 않는 것처럼 일상을 영위하던 이들도, 모두가.

"이게… 뭐야?"

"욱! 우욱!!"

"미쳤어. 미쳤어."

"신이시여, 신이시여……."

프랑크푸르트를 향해 진격하던 밴플리트의 제1군은 힌체르트(Hinzert)라는 한 시골에서 소문으로만 무성하던 나치의 수용소를 발견했다. 처음 발견 소식을 접한 총사령부에서는 곧장 의료 인력을 지원했고, 이 사실을 알게 된 언론에서도 곧장 벌떼처럼 날아들었다. 그리고 그곳에서 그들은 인간 세계에 펼쳐진 지옥의 편린을 맛보았다. 또한 그리 오래 지나지 않아 이 전쟁의 시발점이 된 단치히에 입성한 소련군은 슈투트호프(Stutthof) 수용소에 입성해 나치가 벌인 대량 학살의 흔적을 발견했고.

"소련의 연구진과 조사단의 발표에 따르면, 독일이 수용소에 갇힌 이들을 대상으로 비누와 가죽제품을 제조하는 연구를 진행한 것으로 밝혀졌습니다."

　나치의 어둠 속 깊은 곳에 묻혀 있던 거대한 죄악이 햇빛을 보게 되고 하나둘 진상이 까발려지면서, 역설적으로 독일인은 더더욱 히틀러에게 매달리게 되었다.

　"죽여!"

　"이 개자식들, 이제 니들이 한번 죽어봐라."

　"살려주세요! 살려주세요!!"

　진실이 탄로 나면 날수록 소련군의 분노는 더욱 커져만 갔고, 그 분노는 고스란히 바로 눈앞에 있는 민간인들을 덮쳤다. 자연스레 소련군이 당도한 곳에서는 어김없이 약탈, 살인, 방화, 강간의 흔적이 발자국처럼 새겨졌다.

　"이대로라면 군기가 문란해질 겁니다. 장병들의 통제를 강화해야 하지 않겠습니까?"

　"내버려두게."

　"하지만……."

　"살던 고향이 불타고, 주변인이 학살당하고, 저들 자신들도 생명의 위기를 몇 차례나 겪은 끝에 여기까지 도달했어. 그런데 참으라고 하면 몇 명이나 그 말을 얌전히 듣겠나. 적당한 선에서는 내버려두게."

　베테랑 장병들의 가슴 속엔 증오가 불타고 있었다. 새로이 징집된 자들은 약탈의 달콤함에 탈영 대신 잔류를 택했다. 게다가 크렘린의 지시는 어떠한 피해를 감수하고서라도 독일 본토로 진격하라는 명령. 앞으로도 시산혈해가 뻔히 예정되어 있는데, 그렇다면 최소한 그들의 이성을 마취해줄 분풀이라도 시켜줘야 하지 않겠나. 이러니저러니 해도, 지금의 이 광기는 도저히 완벽하게 틀어막을 수 있는 성질이 아니었다. 그리고 하나 더.

　"우리 붉은 군대 장병들의 사상 무장이 갈수록 해이해지고 있다는 보고가 접수되고 있네."

　"그럴 리가 없습니다, 동지."

한창 전방에서 전투를 지휘하다 스탈린 면전에 불려나간 주코프는 일절 당황한 티를 내지 않았다.

"귀관의 말과 NKVD의 보고에는 다소 오차가 있군. 그들이 보고 듣기로는, 독일 민간인들의 생활 수준을 직접 보고 느끼며 사회주의 조국에 대한 애국심이 점차 약해지고 있다고 하던데."

"지금 붉은 군대의 장병들은 자본주의의 퇴폐와 타락이 이 전쟁을 불러일으켰다는 사실에 경각심과 분노를 느끼고 있습니다."

"그런가."

둘 모두 진실은 뻔히 알고 있었다. 독일도 독일이지만, 당장 소련 인민들 사이에서 미제(美製)에 대한 선망이 아주 폭넓게 퍼져나가고 있지 않은가. 그 무수한 통조림부터, 소련제보다 훨씬 잘 마감된 옷가지와 신발이며, 더욱 조종하기 편한 전차에 이르기까지. 노동자와 농민의 나라 소비에트 연방에서 만든 물건보다 추악한 자본주의 국가 미합중국의 제품이 더 우월하다는 의식이 알게 모르게 선입견처럼 박히고 있었다.

"다 죽어도 좋네."

"…다, 말씀이십니까."

"잘못된 사상을 배운 이들이 대거 귀국한다면 기껏 피로써 지켜낸 이 나라가 엉뚱한 방향에서 무너질 수 있지 않겠나."

이미 스탈린은 독일군에게 포로로 붙잡혀 있다가 해방된 소련인들을 즉각즉각 NKVD를 거쳐 굴라그에 처넣는 작업을 진행 중이었다. 심지어 서방연합군의 손에 해방된 이들 중 소련 체제에 반대하는 이들도 일괄적으로 송환할 것을 요구했으며, 이는 실현되고 있었다.

"명심하게. 자본주의 국가들은 우리가 약해지는 그 순간 언제든지 안면 몰수하고 칼을 꽂을 수 있는 놈들이야."

"알겠습니다, 동지!"

마침내 사자 아가리에서 벗어난 주코프는 줄줄 솟아나는 식은땀 때문인지 갈증을 느꼈다. 그는 익숙하게 힙플라스크를 꺼내고, 청량한 미제 탄산의 맛을 음미하며 올올이 쭈뼛 선 온몸의 털을 가라앉혔다.

'걸리면 죽는다.'

저 괴물이 전쟁영웅을 얼마나 핍박하고 싶겠는가. 없는 꼬투리도 만들 판인데 이렇게 먹음직스러운 꼬투리가 있다면 단번에 굴라그 아니면 처형장 중 하나로 끌려가겠지.

"아, 주코프 장군."

"베리야 동무. 오랜만이오."

"그렇습니까? 저는 동무를 꼭 매일 보는 것처럼 친숙하군요."

개 같은 자식. 항상 감시하고 있다고 대놓고 말이나 하든가. 언제고 저놈의 목을 비틀 수만 있다면 참 좋겠는데.

"대낮부터 음주는 좀 자중하시지요."

"보드카는 건강에도 좋고 사상을 더욱 강인하게 해주는 인민의 음료요. 베리야 동무도 전쟁터에 나와 보면 보드카의 위대함을 더더욱 잘 알게 될 거요."

"히히. 알겠습니다. 서기장 동지께서 부르셔서 이만 가보겠습니다."

쥐새끼 같은 놈. 주코프가 속으로 베리야를 거꾸로 매달고 고사포를 쏴대는 흐뭇한 상상을 끊임없이 시뮬레이션할 때, 스탈린의 집무실로 들어간 베리야는 즉시 준비된 자료를 제출했다.

"미국인들의 비밀 프로젝트가 제법 궤도에 오른 모양입니다."

"흠."

"국내에서 발견한 우라늄 광산의 채굴을 개시했으며, 시시때때로 입수한 사항에 대한 보고를……."

"이 우라늄 폭탄을 개발하는 일은 그대의 업무가 아닐세. 그건 과학자들이 할 일이고, 올바른 정보를 우리 과학자 동무들에게 제공하는 건 내가 할 일이지. 그대는 미국인들이 은폐하고 있는 정보를 제대로 수집하기만 하면 돼."

"…알겠습니다, 동지."

도시 하나를 지워버릴 수 있는 폭탄이라. 그런 무기가 세상에 존재하게 된다면, 그 폭탄을 투하할 수 있는 장거리 폭격기와 이를 출격시킬 수 있는 비행장의 중요성이 높아지지 않겠는가.

소비에트의 심장을 지키기 위해선 반드시 완충지대가 필요하다. 핀란드는 종속시켜야 한다. 발칸을 제압하고 터키에서 서방의 영향력을 거세해야 한다. 그리고 반드시, 어떤 대가를 치르더라도 폴란드를 차지해야 한다.

"미국인들은 이 폭탄을 언제쯤 만들 수 있을 것 같나?"

"이번 전쟁 중엔 불가능합니다."

"그건 그나마 다행이군."

만약 미국인들이 나치나 일본을 상대로 그 무기를 쓴다면, 이미 미제에 대한 동경이 가득한 인민들이 정말 경외심을 품을지도 모른다. 이 연약한 소비에트 조국은 미국에게 숨조차 허락받고 쉬어야 할 터.

"무슨 일이 있어도 우리도 이 폭탄을 확보해야 하네. 만에 하나 그 파괴력이 정말 과학자들이 예상하는 수준이라면, 앞으로의 세상은 우라늄 폭탄을 가진 나라와 못 가진 나라로 갈릴 걸세."

"첩보활동에 더욱 공을 들이겠습니다."

"나가 보게. 나도 이제 일어나야겠군."

"준비는 모두 끝냈습니다."

"좋아. 우리의 새 친구를 만나보자고."

그날 오후, 스탈린 서기장은 모스크바에 찾아온 샤를 드골과 손을 마주 잡았다.

* * *

영국, 런던. 다우닝가 10번지 총리관저.

내가 여기에 찾아올 때마다 별로 행복했던 적이 없다. 생각해 보면 이곳 이야말로 혐성의 본거지, 혐성의 심장, 최고의 혐성 중에서도 다른 혐성맨들을 모두 물리쳐야 입주할 수 있는 혐성더힐 로얄층 펜트하우스 아닌가? 여기서 행복을 찾는 내가 바보였다.

"자자, 들게."

"차 맛이 참 그윽하군요."

"그렇지? 우리 킴 총사령관이 제대로 된 차 한 잔 못 마시고 커피에 얼음을 때려 부은 끔찍한 물건으로 연명한다는 소릴 듣고 내가 얼마나 가슴이 아팠는지 아는가?"

아니, 나는 데자와도 실론티도 줘도 안 먹는 사람이었다고. 아이스 아메리카노의 미학을 모르는 당신이 불쌍해요. 내가 음료 사업을 했다면 기필코 버디언을 만들어서 처칠에게 한 박스 택배로 쏴줬을 텐데, 참으로 아쉽도다.

"영국군이 나날이 전과를 확대하고 있으니 나도 이제 좀 면이 서는군."

"그들은 원래 강군이었습니다. 제대로 싸울 기회를 못 얻었을 뿐이지요."

"그렇게 말해주니 고맙군."

예전에 언뜻 듣기로 직설 화법 대신 말을 자꾸 비비 꼬는 건 섬나라 종특이라고 누가 그랬었다. 거기에 정치인들의 직업병 또한 현란한 말빨이니, 뭔가 할 말이 있어 부른 것 같은데 정작 제대로 된 이야기는 안 꺼내고 온갖 잡소리나 해대고 있으니 정신이 아득해져 왔다.

"베를린은 언제 갈 생각이신가?"

"최대한 늦게요."

"어째서? 베를린에 성조기를 걸고 불후의 명예를 얻고 싶지 않나?"

"'미군 도살자' 같은 타이틀도 같이 얻을 테니까요."

이미 다 들었으면서 뭔 소리야. 총사령부는 따박따박 각국 정치인들에게 향후 목표 등에 관해 보고서 올리고 있다고.

"베를린은 포기하더라도, 독일 동부로 갈 수는 있지 않겠나?"

"어차피 거긴 소련 몫 아닙니까."

원 역사처럼 독일을 분할할지 말지는 잘 모른다. 하지만 어떤 식으로든 소련이 독일 국토의 일정 부분을 챙길 게 뻔한데, 그럼 당연히 소련과 가까운 독일 동부를 차지하지 설마 서부나 남부를 차지할까? 우리가 점령해봐야 남한테 방 빼줘야 하는 곳을 구태여 피 흘려가며 차지할 이유가 뭐 있겠나.

"킴 장군이 정치와 국제 관계에 대해서도 조예가 깊다고 내 알고 있네."

"전혀 모릅니다. 세간에서는 저를 두고 '정치를 모르는 유진 킴'이라고들 하죠."

"지랄."

와. 다짜고짜 쌍욕이라니. 이거 응? 국제 문제가 될 수도 있어! 나 같은 순수한 무인이 또 어디 있다고 이래.

"일단 덴마크는 해방해야 하지 않겠나?"

"그건 그렇지요."

"그리고 덴마크에 자유를 가져다주면 발트해로 가는 길이 열린다네."

"해군은 제 관할이 아니라서, 허허. 아무튼 영국 입장에선 그게 큰가 보군요."

"그 문제보다 더 큰 건이 있다네. 우리의 명분, 우리의 정의가 달린 문제지."

갑자기 이 자리에서 뛰쳐나가고픈 마음이 모락모락 피어오른다. 들으면 안 될 말을 하려는 것 같은 저 서두.

"죄송하지만, 제가 급한 용무가 있어서……."

"폴란드군을 고향으로 돌려보내야 하네. 반드시."

"스탈린 서기장과는 합의 보셨겠지요?"

"그럼, 물론이고말고. 그는 폴란드에서 누구의 간섭도 받지 않는 자유로운 선거를 약조했다네. 얄타에서."

구라 치지 마라, 이 대머리야. 그 문구가 '폴란드인은 빨갱이 1호와 빨갱이 2호 중 한 명에게 투표할 자유가 있다.'라는 뜻이라는 건 늙어서 고롱대는 우리 집 뽀삐도 다 알겠다. 걔가 《뉴욕타임스》도 읽을 줄 알아, 알겠어?

"혹시 뭐, 다음 전쟁 준비하십니까?"

"역시 내 마음을 누구보다 꿰뚫어 보고 있군! 지금이야말로 소련의 세계 정복을 저지할 수 있는 유일한 찬스야. 소련군이 그토록 쩔쩔매던 독일군을 킴 장군은 점심 햄버거 씹듯 손쉽게 요리해버리지 않았나?"

내가 지금, 뭘 듣고 있지?

"이 어마어마한 군수 산업. 전시 체제. 수백만 대군. 이걸 그대로 해산해버리면 다음 기회는 두 번째 뮌헨 회담, 두 번째 기만, 두 번째 폴란드를 맛본 다음에야 찾아올 거야. 지금 우리는 미래를 바꿀 수 있어."

"무슨… 미래 말씀이시죠."

"빨갱이들이 세상을 시뻘겋게 물들일 미래!"

"제가 선물로 드린 칠면조에 뭐 문제 있어서 이러십니까?"

"들어보게. 일어서지 말고 좀 들어보게. 진짜 전쟁을 하자는 게 아냐. 지금이야말로 소련의 양보를 얻을 수 있다고!"

"양보가 아니라 삥이겠죠."

미쳤나 봐, 이 사람.

고증입니다

원자폭탄 개발과 관련된 첩보 활동을 한 첩보원 중에는 클라우스 푹스가 유명합니다.

그는 독일 태생의 영국인 과학자였습니다. 독일에서 수학과 물리학을 전공했으나, 나치의 공산당 탄압으로 도피생활을 이어가던 그는 영국으로 갔습니다. 푹스는 양자역학으로 물리학 박사 학위를 받았지만 2차대전이 터졌고, 적국 출신의 과학자였기에 영국과 캐나다의 수용소를 옮겨다니며 심문을 받았죠. 동료들의 탄원 덕분에 풀려난 그는 수용소에서 한스 칼이라는 공산당원을 만났고, 칼은 소련의 핵심 정보원 중 한 명인 위르겐 쿠친스키를 푹스에게 소개했습니다. 이때부터 푹스의 스파이 활동이 본격적으로 시작됐습니다.

1941년, 푹스는 영국의 핵 개발 프로젝트에 참여하며 영국 국적을 획득했고, 영국이 핵 개발 프로젝트를 미국에 넘기면서 함께 미국으로 넘어가 맨해튼 프로젝트에 합류했습니다.

재미있는 점은, 원자폭탄에 대한 그의 태도입니다. 열렬한 공산주의자이기도 했지만, 그는 과학 기술이 통제되어 독점되는 것을 경계했습니다. 그래서 그는 소련뿐만 아니라 영국에 정보를 흘리기도 했습니다.

2장
처음부터 다시

다카포 1

나는 장장 5시간에 걸쳐 혐성대머리배불뚝이제국주의전쟁광천조참칭자당옮기고다니는철새정치인피도눈물도없는식민지배자갱단두목과 담소를 나누었다.

음, 이 집 디저트 맛있네. 이 스콘 좀 싸달라고 할까.

"내 말 듣고 있나?"

"음. 입에 넣는 순간 살살 단맛을 내며 사르르 녹는 것이 참으로 일품이군요."

"좀 가져갈 텐가? 아니, 그만 좀 먹고 내 말이나 좀 들어보게 이 사람아. 근데 왜 차는 안 마시고 디저트만 먹고 있나. 우유 좀 더 부어주랴?"

"괜찮습니다."

"그럼 계속 이야기하겠네."

사악한 악의 제국 소비에트는 전 세계 자본주의와 민주주의를 증오하는 자들이 모인 뒤틀린 황천. 그 황천에서도 감당 못 할 지상 최대의 사탄학교 수석 히틀러에게 뒤통수가 깨져서 지금은 손을 잡긴 했지만, 애초에 저 빨갱이들은 히틀러와 손잡고 유럽의 질서를 무너뜨린 싹수 노란 놈들 아닌가? 이 전쟁이 끝나면 빨갱이들의 확장 행보가 다시 시작될 것이고, 이를 저지하는 것만이 자유세계가 살아남을 수 있는 유일한 길. 따라서 지금이 야말로 행동할 시간!

'무적의 서방연합군이 독일 전 지역을 소련군의 개입 없이 점령하고, 나 아가 누구보다 러시아인들을 증오하는 폴란드에 민주 정부를 세워 소련에 대적할 방파제를 만들면 스탈린도 비로소 현실을 깨닫고 '살려만 주십쇼, 형님들' 모드가 되지 않겠는가?'라는 것이 처칠이 떠든 장광설의 요지였다. 듣다보니 정신 나가버릴 것 같네.

"저는 미합중국 시민들이 선출한 의회와 백악관으로부터 군사에 대한 권한을 위임받아 대신 싸우는 놈에 불과합니다. 왜 이런 이야기를 제게 하 시는지요?"

"그걸 누가 몰라서 이러나. 하지만 민주주의가 뭔가? 모든 시민의 의견 에 귀를 기울이는 게 민주주의 아닌가. 그리고 귀관 역시 미합중국 시민 이고."

"집에 가야 시민이지요. 외국 나온 사람이 투표하는 거 보셨습니까?"

"거 되게 꼬투리 잡는군."

지금 당신이 꼬투리를 잡힐 말만 골라서 하고 있잖아.

"샌드허스트 사관학교를 나온 내 눈에 보이는 게 장군의 눈에 보이지 않 는다고 생각하지는 않네. 만약 저 빨갱이들과 전쟁이 터진다면 히틀러보 다도 훨씬 더 무시무시하고, 막을 수 없는 붉은 물결이 온 유럽을 강타할 걸세."

"왜 전쟁을 해야 합니까?"

"전쟁이 언제 우리가 원해서 일어나는 일이던가?"

"백악관과 상의하시죠."

"그 백악관을 설득하려면 귀관의 도움이 필요하니 이러는 거 아닌가."

월레스 대통령은 당연히 처칠의 이 미친 소리를 귓등으로도 듣지 않겠지. 그러니 몸이 달아버린 거다. 얄타에서 쪽이란 쪽은 다 팔았으니, 나라는 권위자의 의견을 빌려서 설득을 해보시겠다 이거구만.

"이건 어디까지나 제 사견입니다만."

"말해보게."

"미치셨습니까?"

처칠의 얼굴이 순식간에 잘 익은 당근처럼 바뀌었다.

"동맹국 지도자에 대한 예의는 어디로 갔나."

"그럼 제가 곧장 기자들을 만나서 오늘 이야기를 떠들어도 되겠습니까?"

"이봐! 킴 장군!"

"동맹국 지도자에 대한 예의라… 지금 동맹국을 선제 타격하자고 주장하던 분이 제 앞에 있던 것 같은데."

나는 웃음이 나오려는 것을 참기 위해 입안의 살을 꽉 깨물었고, 처칠은 애써 분을 삭이려는 모습이 역력했다.

"미래가 보이지 않나? 저 소비에트의 무리들이 동유럽을 집어삼키고, 폴란드인을 학살하고, 독일에 제 거점을 마련해 호시탐탐 자유세계를 노릴 미래가 보이지 않냔 말일세. 우리는 언제까지고 스탈린이 침략자의 본색을 보이지 않기만을 바라며 두려움에 떨어야 할 테고, 저 기계 같은 이반들이 체력을 회복할 날이 더 늦기만을 기도하겠지. 부탁이네, 킴 장군. 우리는 우리의 아이들에게 더 나은 세상을 물려줘야 할 의무가 있어."

윈스턴 처칠. 그는 확실히 투사였다. 그의 시야는 어느새 그 어떤 전쟁보다 차갑고 오래갈 이념대립의 순간을 담고 있었다. 하지만.

"그건 제 일이 아닙니다."

"그런 무책임한……."

"총리께서는 영국의 총리시지, 미국 대통령이 아닙니다. 새로운 전쟁을 결의하신다면 영국 시민들만 전쟁터로 내보내시죠. 저는 미합중국 시민의 명령이 떨어지기 전까지 절대 움직이지 않겠습니다."

폴란드를 먹어? 독일을 양보하지 마? 10년이 뭐냐, 5년 안에 3차대전이
또 터지겠구만.

"우린 뼈저린 교훈을 얻었어! 조금만 더 일찍 히틀러를 막았다면 이 미
친 전쟁은 일어나지 않았을 거라고!"

"1차대전의 교훈은 왜 기억에서 싹 빼버리셨습니까?"

내가 먼저 때리지 않으면 처맞는다. 모두가 그렇게 판단한 결과, 대전쟁
이 벌어졌다.

"차 잘 마시고 갑니다."

"후회할 걸세."

"제 후회가 빠를지 총리님 이삿날이 빠를지 잘 모르겠군요. 아, 그리고
저는 밀크티 싫어합니다. 맛대가리 없어요."

나는 늙은 불독에게 작별 인사를 건넸다. 그가 먼 미래를 통찰할 수 있
거나 없거나 조만간 영국 국민들이 그를 끌어내릴 게 뻔했다. 영국인들은
아직 마켓가든을 잊지 않았다. 잊어도 투표소에 들어가면 다시 떠오를 테
고.

* * *

드골의 소련 방문은 참으로 다사다난했다고 한다. 그가 보유한 비행기
는 프랑스의 상태를 상징하기라도 하듯 몇 번이나 고장이 나 추락 위기를
아슬아슬하게 모면했다. 솔직히 말해서, 드골이 살아줘서 신께 감사의 기도
를 올렸다. 그 인간이 없다면 지금 프랑스의 지도자가 될 사람은 죄다 공산
주의 레지스탕스 지도자들이거든. 한순간에 프랑스가 적화당하면 난 집구
석에서 훌쩍훌쩍 울지도 모른다. 다른 두 정상들이 먼저 왔었던 얄타에 도
착한 드골은 모스크바로 향하는 기차를 탔는데, 소련의 상태를 상징하기라

도 하듯 기차는 느려터졌다. 드골은 '이 속도로 모스크바까지 간다니. 이래서야 도착할 때쯤 우리 국민들이 레볼루숑을 일으키고도 시간이 남겠어.'라고 촌평을 남겼다 카더라.

모스크바에 도착한 드골을 위해 우리 강철의 콧수염 동지께선 선물로 러시아의 대문호 일리야 예렌부르크가 쓴 《파리 함락》이라는 소설을 증정했다. 진짜로 저 인간, 좀 많이 뒤틀렸다. 비교되는 상대가 히틀러라 맨정신 같아 보이는 거지 스탈린도 참 대단한 인간이야. 프랑스—소련 정상회담에 관해 소식을 들은 건 나중 일이고, 지금 내가 해야 할 일은 저 무시무시한 마굴 워싱턴 D.C.에서 살아남는 것.

나는 대통령을 만나기 전, 먼저 웰즈 차관과 서로의 의견을 교환했다.

"폴란드라고요? 절대 안 될 말씀이십니다."

"정치인들은 폴란드계의 표가 필요할 줄 알았는데요."

"저는 정치인이 아닙니다. 그 섬나라 해적 놈들이 장군의 귀에 무슨 독약을 불어넣건, 절대 들으셔선 안 됩니다."

웰즈는 얄타를 회상하며 치를 떠는 듯했다.

"그놈들의 머릿속엔 어떻게 해서든 남의 힘으로 제 놈들의 제국을 유지시킬 궁리밖에 없습니다. 우리가 누구 좋으라고 피를 흘려야 합니까?"

"처칠은 자신들이 붉은 물결을 막아낼 방패 역할을 하겠노라 떠들더군요."

"올해 들은 이야기 중 가장 웃겼습니다. 영국인들은 수백 년간 남을 끌어들여 죽고 죽이게 하는 일만 해 왔지요."

그는 월레스가 폴란드를 버렸다고 맹비난하고 있는 국내 폴란드계 신문의 한 자락을 툭툭 두들기며 말했다.

"폴란드도 똑같습니다. 소련군을 두려워하지 않고 이 악문 채 싸울 나라니까 그놈들이 탐내는 거 아니겠습니까. 명분? 정의? 세상에, 그런 게 이 세상에 어디 있답니까."

"하아……."

"게다가 우리에겐 아직 아시아가 남아 있습니다. 유럽에서 멋대로 합의를 깼다간 아시아에서 무슨 일이 일어날지 짐작도 되지 않는군요."

그건 그렇지. 원 역사에서 소련군은 관동군을 순식간에 3분 컵라면으로 만들어버리고 한반도로 폭풍처럼 밀고 내려왔다. 만약 스탈린이 유럽에서 충분히 배가 부르지 못했다면 당연히 간식을 먹기 위해 아시아로 어슬렁어슬렁 기어나올 텐데, 대체 어디서 간식을 사 먹을진 IF의 영역이기 때문에 나로서도 전혀 감이 오지 않았다.

"이제 우리 미국이 주도하는 세계 평화가 눈앞에 다가왔습니다. 제국주의의 시대가 종말을 맞이하고, 핍박받던 식민지도 자유로운 무역 흐름의 일원이 될 수 있겠지요."

"그건 참 좋은 일이군요."

"이 질서를 굳히기 위해선 결국 소련의 협조가 필요합니다. 저들이 미치지 않고서야 우리에게 이빨을 드러낼 리는 없으니, 구태여 처칠의 미치광이 같은 발상에 어울려줄 이유는 없다고 봅니다."

그거면 됐다. 아직 냉전이 터질지 여부조차 애매모호한 상황. 전쟁은 일찍 터졌고 루즈벨트도 일찍 죽었으며 어떤 사건은 원 역사 그대로 일어났지만 그 물밑에선 너무나 많은 일들이 뒤바뀌었다. 이제 전쟁 좀 때려치우고 싶다. 퇴역하고 싶어. 나 군이 군복 입고 있을 이유도 없잖아. 집에 돈도 두둑이 있겠다, 명성도 하늘을 찔렀겠다, 애들이랑 놀아주고 결혼시켜서 내보내는 일만으로도 얼마나 시간이 쑥쑥 잘 가겠나.

'이제 끝! 지금까지 유진 킴의 일대기를 지켜봐주셔서 감사합니다. 함께해서 반가웠고 이야기는 여기까지입니다. 모두 안녕!' 하면서 텔레토비 동산의 아기 해님처럼 사라질 절호의 타이밍으로 보였다. 그렇게 웰즈 차관과 이야기를 마친 다음 날.

[섬너 웰즈 차관의 엽기적인 남색 행각.]

[FDR이 은폐한 진실, 낱낱이 폭로되다!]
[흑인의 우람한 대물을 탐내는 국무부 차관. 하나보단 둘이 더 좋다고?]
"이게 뭐야."
입에서 우물거리던 토스트가 반죽이 된 채 주륵주륵 흘러내렸다.

* * *

"내가 한 거 아닐세."
맥아더 장관은 아무렇지도 않게 커피를 홀짝거리며 내 추궁을 피했다.
"아니. 공화당이 아니면 누가 웰즈 씨를 저렇게 지옥으로 처박아 버린답니까."
"누구긴. 코델 헐 장관이겠지."
"아?"
"누구보다 웰즈를 쏴 죽이고 싶은 건 그 사람 아니겠나. 내가 봤을 땐 올해 11월에 있을 상·하원 선거 전에 집안 정리를 끝내고 싶어서 저런 거 같은데."
"정말 선배님 손이 닿은 게 아니라고요? 두 분, 엄청 부딪쳤잖습니까."
"나였다면 국무부가 빨갱이 소굴이라고 딱지를 붙여서 여론몰이를 했겠지. 저런 추잡스러운 수법 말고. 저건 좀… 잔인하잖나."
곧 죽어도 가오와 멋으로 사는 맥아더 나리께서 보시기엔 그 수법이 너무 저열한 모양이었다. 하긴 이 양반도 패턴과긴 하다. 무슨 일이 있어도 옷에 다림질을 아주 칼날 갈듯 해 놓고, 고오급 취미를 즐기는 게 딱 비슷하긴 하지. 하지만 군복을 입을 수 없는 몸인 맥아더는 모자를 쓸 수 없어 저 번쩍번쩍한 이마가 훤히 까져서…….
"왜 시선이 자꾸 내 머리에서 맴돌고 있나."
"아뇨. 갑자기 처칠 총리가 생각나서."

"자네가 아니었으면 한 발 쐈을 걸세."

맥아더 장관이 손짓하자 아랫사람 한 명이 내게 커피잔을 가져다주었다. 그래. 이게 음료지, 어디서 이파리 우린 물을 자꾸 먹으려 드나. 크어어. 뻑 예.

"소련군이 바르샤바와 부다페스트의 문 앞을 두드리고 있다는군."

"그렇지요. 저 지독한 독일 놈들이 제발 좀 우리 대신 소련군이나 신나게 상대해주면 좋겠는데."

"세계 최고의 전략가가 왜 또 꿍꿍 앓는 소리만 하고 있나? 이제 히틀러는 끝난 거나 마찬가지고 자네의 즐거운 고향 나들이도 목전에 다가왔는데 더 열심히 일해야지."

제가 일한다고 뭐 달라집니까? 내가 솔방울로 수류탄을 만들어 우리 애들한테 나눠줄 수 있는 것도 아닌데. 그는 잠시 고민하더니 나를 상황판 앞으로 불러세웠다.

"영 집중을 못 하는 거 보니 웰즈 차관 일 때문에 머리가 복잡하나보군. 괜히 찾아가진 말게. 그를 더 비참하게 만들 테니까. 그런 몹쓸 소문은 잊어버리고 일 이야기나 하세."

"허. 허허. 허허허."

"웰즈가 저렇게 훅 가버렸으니 당분간 국무부는 마비 상태겠군. 월레스가 반신불수에서 회복하려면 시간이 좀 걸리겠지. 그 빨갱이가 유럽을 스탈린에게 팔아먹기 전에 뭔가 좀 해볼 여유가 생겼다고."

독일 지도를 보던 그는 왼쪽에서 오른쪽으로, 손가락을 주욱 그어나갔다.

"처칠의 피해망상에 어울려 줄 생각은 없지만, 조국의 이익을 극대화하는 동시에 베를린 방면으로 가기 싫다는 귀관의 소박한 바람까지 모두 채울 방안이 있다네."

"일단 들어나 보지요."

"체코슬로바키아 망명 정부가 스탈린의 협박을 받고 있어. 상호 원조 및 방위조약을 제안했다는군."

폴란드에 가려 한 번도 언급되지 않았지만, 그들 또한 피해자. 생각해보니 어처구니가 없네, 영국 놈들. 뮌헨에서 팔아먹은 체코는 입 한 번 뻥긋 안 하고, 덩치 좋아서 싸움 좀 할 것 같은 폴란드는 못 챙겨서 안달이잖아?

"우리 미군이 프라하에 당도할 수 있겠나?"

다카포 2

"할 수 없는 일이 뭐가 있겠습니까. 얼마나 대가를 치르느냐의 문제지요."

"그런 무식한 소리 말고. 충분히 합리적인 작전안으로 갈 수 있겠냔 말일세."

"그건 참모부를 굴려 봐야 알 것 같군요."

이 짧은 대화로 베르사유에 있을 우리 친구들의 기나긴 야근이 다시 확정되었다. 힘내라 애들아. 각성제든 커피든, 원하는 게 있으면 다 대줄게.

"다른 걸 여쭤보겠습니다."

"답할 수 있는 거라면."

"체코슬로바키아에 우리 군대가 진주하는 게 어떤 의미가 있습니까?"

"특별한 의미는 없지."

맥아더는 담배 파이프에 담배를 채우고 불을 붙였다.

"얄타에서, 그리고 UN 창립총회에서 우리 미합중국은 제국주의의 시대가 저물었음을 선언했네. 유럽의 늙은 제국주의자들이 전 세계를 멋대로 주물럭거리던 비도덕적 행태가 종말을 맞이한 걸세."

"그렇지요."

미국은 '여긴 우리 구역, 저긴 너네 구역'이라는 방식의 전후 처리를 원하지 않았다. 왜 그래야 하는가? 어차피 전 세계를 자유롭게 풀어주면 전부 미국의 경제 놀이터가 될 텐데? 하지만 처칠은 이런 미국의 태도를 가리켜 '아아, 그러시군요. 그럼 라틴아메리카도 정말 자유롭게 풀어주시는 거죠?'라고 비아냥댔고, 어차피 미국 입장에서 중요하지 않은 동유럽 방면에서 소련과 영국이 갈라먹기를 하는 걸 용인해야 했다.

그래서 체코슬로바키아가 붕 떴다. 그리스는 영국이 무슨 일이 있어도 먹겠다고 선언했다. 폴란드는 소련이 무슨 일이 있어도 먹겠다고 선언했다. 그 외 동유럽 다른 나라들은 적당적당히 갈라먹기로 했다. 체코는? 체코는 당장 중유럽 국가인지 동유럽 국가인지도 애매모호. 게다가 체코는 엄연한 선진 민주 국가. 발칸 산골짜기 촌동네를 갈라 먹는 것과는 비교가 되지 않는 리스크가 있다.

"프라하 진군은 영국과 소련 모두에게 보내는 강력한 시그널이 될 걸세. 우리 미합중국을 못 본 체하고 제멋대로 세계지도를 다시 그리려 하다니."

"뭐 따로 말뚝을 박겠다, 이런 건 아니지요?"

"물론이지. 유럽 한가운데에 자유로운 민주 국가가 확고부동한 자립을 굳히면 동유럽의 시민들도 자신들과 체코의 처지를 비교하지 않겠나. 그것만으로도 큰 이익이 되리라 생각하네."

"알겠습니다."

아직 냉전도, 철의 장막도, 마셜 플랜도, NATO도 무엇 하나 나타나지 않은 시기. 하지만 체코의 주권이 지켜질 수 있다면, 냉전의 판세도 원 역사와는 꽤 다르게 흘러갈 순 있겠지. 내가 오판한 부분이 있다면 당장 올해엔 상·하원 선거가 있다는 점뿐이었다.

"섬너 웰즈 국무부 차관의 엽색 행각이 만천하에 까발려졌습니다. 심지어 죽은 FDR은 이를 은폐하라고 지시하기까지 했고요!"

"그가 호모라는 사실은 우리에게 많은 점을 시사하고 있습니다. 바로, 국무부가 빨갱이 소굴이란 사실이지요!"

"동성애자들이 가장 증오하는 것이 무엇이겠습니까? 당연히 기독교 윤리와 사회의 질서입니다. 소돔과 고모라가 이 땅에 재림해 자유롭게 남색을 탐할 수 있기를 누구보다 간절히 기원하는 자들이 바로 저 추악한 호모들입니다."

"얄타에서 월레스 대통령이 폴란드를 빨갱이들에게 팔아먹은 이유! 그 이유가 마침내 만천하에 드러났습니다. 월레스는 국무부의 꼭두각시에 불과했고, 그 국무부는 크렘린의 지령을 받고 있었기 때문입니다!!"

동성애자는 미국 사회에서 혐오 대상이다. 따라서 동성애자는 사회에 불만이 많은 반정부 사상을 갖고 있을 것이다. 이들 상당수가 '평등'이나 '진보' 같은 말을 떠드는데, 이건 바로 그들이 빨갱이기 때문이다. 빨갱이는 모두 소련의 지령을 따르는 이들이니, 고로 그들은 간첩이다.

뭔가 논리가 좀 이상한 것 같지만, 이러한 논법은 미국 사회 전반에서 설득력을 얻고 있었다. 더군다나 이 1942년 시점에서, 사회 진보나 변혁을 논할 때 공산주의를 빼고 논하는 것도 말이 안 되는 이야기고. 공화당 의원 중 표가 궁한 이들은 벌집을 쑤신 벌떼처럼 들고일어나 이번 기회에 자신을 확실히 각인시키고자 노력했다.

"이보시오, 지금 이게 뭣들 하는 짓입니까?!"

"이런 좋은 기회를 허비하자는 겝니까?"

"대국적으로 봐야지요, 대국적으로! 우리가 지금 행정부를 흔들어도 대외 정책을 바꿀 순 없소!"

"당신이야 팔자 좋게 대외 정책 같은 소리나 늘어놔도 괜찮겠지만, 우리는 안 짤리는 게 더 급해! 내가 낙선되면 당신이 책임져줄 거 아니잖아?"

정치인은 표를 얻기 위해 행동한다. 그들이 자리를 지키려면 유권자를 만족시켜야만 하고, 선거철이 다가올수록 그 부담은 점점 커져만 간다. 그런 점에서 볼 때, 우리 더글라스 맥아더 씨는 여전히 표에 목숨을 거는 정치인이라기보단 아직 군바리 물이 덜 빠진 상태였다. 맥북에 윈도를 깔아놓은 형태라고나 할까.

그야 저 양반이 대선도 아니고 고작 의원 선거에 당선되려고 목숨 건 적은 없거든. 그래서 표를 얻고자 하는 정치인들의 간절한 마음을 캐치하지 못했다. 당의 권력자고 뭐고, 어차피 자영업자 연합인데 어쩌겠는가. 그리고 백악관에서는 노호성이 터져나왔다.

"이보시오, 맥아더 장관! 대체 이게 무슨 짓이오?"

"저와는 관계없는 일입니다. 헐 장관에게 따져 물으셔야지요."

"코델 헐과는 이미 논의했소. 자신이 한 일이 아니라더군. 아니면, 증거 있소?"

증거는 없다. 맥아더는 이제 당장 본인조차 웰즈 건을 터뜨린 게 정말 공화당이 아니라고 확신할 수 없는 상태였다. FDR 죽은 지도 제법 됐겠다, 특종에 미친 기레기가 그냥 풀악셀 밟았을지 어떻게 아는가?

"나는 그동안 FDR의 유지를 잇기 위해 최선을 다했고, 이 미증유의 대전쟁을 헤쳐나가기 위해선 두 당의 초당적 협력이 필수적이라고 생각해왔소."

"저 또한 이해하고 있습니다."

"하지만 독일의 패망이 눈앞에 다가온 현시점에서 공화당이 명백히 협력을 거부하고 행정부를 흔들고 있는 것으로 보아, 거국적 협력 체제는 파탄 났다고 보아도 무방할 것 같소."

맥아더는 서두만 듣고도 월레스가 무슨 말을 하려는지 알 수 있었다.

"거국 내각은 끝이오, 장관."

"공화당의 협력 없이 남은 전쟁을 끌고 갈 수 있겠습니까?"

"지금은 협력해서 이 모양이 되었소?"

월레스는 너털웃음을 터뜨렸고, 맥아더는 이를 악물었다.

"국가 정책이 당리당략에 얽매여 흔들리는 지금, 나 또한 노선을 변경할 수밖에 없소. 공화당이 협조를 거부해본들 득보다는 실이 더 클 것 같고."

"얼마나 잘난 인사를 모셔올지는 모르겠지만, 후회하게 될 것입니다."

"후회는 내가 아니라 낭신들이 하셔야지. 이만 나가주시오. 해군부장관에게도 해고 통지를 해줘야 하거든."

월레스와 민주당의 반격은 매서웠다. 공화당계 장관들은 맥아더를 포함해 모조리 해임당했고, 민주당계라 하더라도 살아남은 이는 코델 헐 정도가 전부였다. 참고 또 참았던 월레스가 칼춤을 추면서 웰즈 스캔들은 순식간에 묻혀 버리고, 전쟁터가 된 워싱턴 D.C.는 아비규환의 비명이 울려 퍼지며 후끈후끈 달아올랐다.

* * *

역시 정치는 할 게 못 된다. 응. 저런 거 무서워. 에비, 지지야 지지. 틀림없이 월레스는 종이호랑이라고 모두가 생각하고 있었지만, 썩어도 호랑이는 호랑이였고 대통령은 대통령이었다. 냥냥 펀치 한 방 맞으면 두개골째 으스러지고 내장이 뜯겨나가는 건 너무나 당연한 일. 정변? 환국? 하여간 거의 그 수준으로 정계를 엎어버린 월레스를 향해 공화당이 쏠 수 있는 총알은 제한되어 있었다.

"월레스 대통령은 협치를 포기하고 독단적으로 정국을 운영하기로 하였습니다!"

"이 전쟁을 승리로 이끌어나가는 데 그 누구보다 큰 공로가 있는 맥아더 장관을 비롯한 공화당 인사들을 이리 내치다니, 믿을 수 없는 폭거입니다!"

"시민의 이름으로 독재자 월레스를 심판해야 합니다! 친소 용공분자를 투표로 심판합시다!!"

빨무새. 저거밖에 할 게 없긴 하지. 그리고 월레스가 꺼내 들 카드 역시 제한되어 있었다.

"참모총장님, 그리고 연합군 총사령관님."

"예, 각하."

혹시 대통령님도 얄타에서 천마신공 받아오셨어요? 왜 언뜻언뜻 핏빛 후광이 비치는 듯하지? 1만 공화당원의 피로 마공을 12성 대성한 월레스는 눈빛만 봐도 예전과 달리 불꽃이 이글거리고 있었고, 코델 헐 국무장관은 기세등등하던 시절은 어디로 갔는지 반쯤 혼이 빠져나가 있었다. 누가 보면 원산폭격이라도 1시간쯤 한 줄 알겠어.

"다들 잘 아시겠지만, 쫓겨난 맥아더 씨가 조용히 집에 가질 않고 신문 지면을 빌려 추하게 입을 놀리고 있습니다."

"……."

"……."

"내가 소련을 위해 미국의 이권을 팔아넘기고 있다! 피는 우리가 흘리고 과실은 소련이 챙기고 있다! 이딴 식으로 입을 놀리고 있습니다! 국무장관님, 하실 말씀 있습니까?"

"…없습니다."

"나는 국무부의 의견을 전적으로 따랐습니다. 그 결과 지금 나는 어마어마한 모욕을 감내하고 있습니다. 스탈린 씨에게 이 상황을 잘 설명하실 수 있겠습니까?"

"예. 하겠습니다."

천마 월탈린 서기장 동지… 아니, 월레스 대통령의 기세 앞에서 우리 셋은 무어라 입도 벙긋할 수 없었다.

"우리는 시민의 의지를 따라야 합니다. 그리고 시민들은 저 공화당 놈들의 감언이설에 홀려, 희생을 감수하고서라도 우리의 위신을 떨칠 것을 요구하고 있습니다."

"대통령 각하."

"베를린 진공, 불가능합니까? 총장께선 의회에 출석해 불가능하다고 말할 수 있습니까?"

"불가능하진 않습니다만, 어렵습니다."

"그러면 하세요. 싫으면 퇴역하셔도 좋습니다."

마셜은 제압당했다. 지금 이 시점에서 마셜이 물러나는 것보단, 차라리 그가 남아 후방 작업을 진두지휘하는 편이 더 성공 가능성이 높겠지. 이걸 알면서도 탈주할 만큼 마셜이 모진 사람은 아니다.

"킴 원수."

"예."

"히틀러를 잡아 오세요. 미합중국 역사상 전무후무할 최고의 영예를 귀관께 드리겠습니다."

"넵."

웰즈 차관이 침대칸에서 쏘아 올린 작은 공은 베를린 진공작전이 되어 돌아왔다. 짝불알 시클그루버 씨가 알면 무슨 반응을 보이려나.

* * *

내가 베르사유로 돌아가는 동안, 월레스 대통령은 처칠을 불러다 쪼인트를 깠다.

"귀국의 내정에 내가 간섭할 의도는 없으나, 총리님의 정견은 필연적으로 미합중국의 희생을 담보로 하고 있더군요."

"아닙니다. 뭔가 오해가 있으신 모양입니다."

"말로는 오해라고 하시지만, 한 몸처럼 움직여야 할 두 나라가 간질 환자처럼 버둥대고 있으니 이를 어찌하면 좋습니까?"

"차분히 진정하시고 제 말에 한 번만 귀를 기울여주시지요, 대통령 각하. 스탈린 서기장은 명백히 패권주의적 행보를 보이고 있고, 향후 공산주의자들이 유럽을……."

"관심 없습니다."

처칠은 대영제국의 미래를 짊어지고 다시 한번 미국을 설득하려 했으나, 쉽지 않았다.

"총리께선 루즈벨트 전 대통령의 의중을 누구보다 잘 아시면서 프랑스의 드골이 파리로 입성하는 걸 도우셨지요."

"그건 약간, 서로의 의사소통에 착오가 있었던 일입니다."

"이번에도 그 착오가 발생해 자유 폴란드군이 국경을 넘는 순간, 영국은 그동안 줄기차게 미합중국을 기만해 온 대가를 똑똑히 치러야 할 것입니다."

베를린은 가겠다. 영국군도 데려가겠다. 대신 너희가 원하는 대로는 하지 않겠다. 여전히 월레스 행정부는 소련과의 협력이 최선이라고 여기고 있었고, 소련을 과도하게 자극하는 일은 피하고자 했다. 달라진 것은 오직 하나.

영토와 패권에 대한 욕심이 흘러넘치는 다른 두 동맹국을 더 이상 신뢰하지 않고, 미합중국의 확고부동한 우위를 힘으로 증명해 평화를 위한 장대한 구상을 실현시키는 것뿐. 국내에서는 베를린 함락, 그리고 뒤에 있을 일본 정벌로 맥아더 대선 후보의 존재감을 희석시킨다. 승전 대통령으로 이미지가 굳혀지면 빨갱이 타령도 더 이상 먹히지 않으리란 계산으로 보였다.

"…그렇게 되었습니다."

그리고 나는 백악관에서 쪼인 만큼 참모부를 다시 쪼아야만 했다.

"베를린과 프라하 모두를 노립니다."

"알겠습니다."

"베를린은 마지막의 마지막까지 최대한 미룹시다. 가능한 한 적은 희생으로 가야 합니다."

월레스가 말한 것처럼, 미합중국 시민들은 더 큰 영광을 바라고 있다. 이

것마저 거부할 순 없었다. 나는 개인적 감정을 잘 모아 머릿속 쓰레기통에 얌전히 분리수거한 후, 월급쟁이 공무원 본연의 자세로 돌아갔다.

"히틀러 대가리는 우리 미군의 손으로 땁니다."

"와아아아아아!!"

"가자! 베를린으로!!"

이 사실에 슬퍼하는 건 나밖에 없는 듯했다. 그래. 이런 시대였지.

다카포 3

제7군사령관 조지 S. 패튼 주니어 장군은 말 그대로 날아서 베르사유로 왔다.

"장군님, 아직 루프트바페가 완전히 소멸한 건 아닙니다. 행여나 무슨 문제라도 있다간……."

"겁쟁이 같은 놈들. 차 타고 가면 어디 독일군을 안 만난다고 정해져 있나? 차라리 빨리 가는 게 더 나아!"

새벽 일찌감치 이륙한 비행기는 순식간에 베르사유 근방 공항에 도착했고, 패튼은 간식으로 독일군 하나쯤 씹어먹은 듯한 면상을 한 채 성큼성큼 총사령부로 걸어 들어왔다. 그리고 그 모습을 지켜보는 이가 있었으니.

"일찍 도착하셨군요, 선배님."

"어이쿠, 브래드 사령관님! 이 부하가 인사 올립니다!"

"하하. 왜 그러십니까."

"당연히 이 미천한 일개 군사령관인 저는 집단군사령관님께 인사를 오지게 박아야죠!"

"하하하."

오마르 브래들리는 손에 들고 있는 커피가 아이스 아메리카노라는 점을 드물게도 감사하게 생각했다. 뜨끈뜨끈한 핫 커피였다면 지금 물처럼 벌컥벌컥 들이켜지 못했을 테니까. 브래들리가 커피를 다 삼키기까지 차분히 기다린다는 어마어마한 배려를 베푼 패튼은 그가 컵을 내려놓기 무섭게 입을 열었다. 아주 조곤조곤.

"미합중국 육군장병들은 모두 입을 모아 브래들리 장군님의 덕과 병사들을 아끼는 마음을 칭송하고 있습니다."

"대체 뭘 또 원하셔서, 아. 말 안 해도 됩니다."

"그야 물론 선봉이지요."

"프라하 말입니까?"

"베를린! 베를린! 결코 다시 베를린! 무조건 베를린!!"

스위치 잘못 눌렀다. 브래들리가 한탄하는 동안, 패튼은 오른손을 불끈 쥐고 일장 연설에 나섰다.

"내 마음의 친구 브래드! 비열하고 추잡한 학살마 히틀러의 모가지를 따라 갈 기회가 왔네. 마침내! 마침내!"

"크흠."

"우리의 친구 유진은 오직 이날만을 준비해 왔네. 무시무시한 기세로 장병들을 조련했고, 저 엉덩이 무거운 드골을 걷어차 주고, 도대체 무슨 개수작… 어험험. 놀라운 통찰을 공유했는진 모르겠지만 아무튼 백악관을 설득하기까지 했다고."

"그렇군요."

"'그렇군요'라니? 위대한 패튼가를 이어받은 이 조지 스미스 패튼 주니어를 발톱의 때쯤으로 여겨도 무방한, 저 무시무시한 칭기즈칸의 환생자가 마침내 훈족 두목 시클그루버를 징벌할 때가 왔단 말일세."

누구? 유진 이야기인가 지금? 브래들리가 잠시 고개를 갸웃하는 사이에도 패튼의 입에서는 속사포가 드르륵드르륵하며 언어로 추정되는 무언가를 발사해댔다.

"우리 총사령관은 내가 지금까지 보아온 인간들 중 가장 피도 눈물도 없고 야비한 데다, 때린 데 또 때리는 걸 즐기는 사디스틱함과 적의 사회적 존엄성을 파괴하는 데서 행복을 찾는 사탄의 비열함을 겸비한 최고의 군인이야."

"선배의 머릿속 사전에 군인정신이 뭐라고 정의되어 있는지가 슬슬 의심스럽군요."

"버나드 몽고메리, 그 버러지가 천방지축으로 날뛸 때 나는 전차를 끌고 가 그놈의 머리통을 날려버리자고 했지. 유진이 그걸 말렸을 때 난 속으로 '이 유약한 자식!'이라고 욕을 했었어. 전장의 화약 내음을 멀리하고 높은 자리에 올라 있다 보니 겁쟁이가 됐다고 생각했거든."

브래들리는 막 참모부 사무실로 들어가려던 패튼의 목덜미를 잡아채 도로 바깥으로 끌고 나왔다. 영국인들이 들으면 좆될 것 같다는 확신이 그의 머리를 가득 채웠다.

"하지만 내가 틀렸지! 우리 후배님은 고작 죽음 따위로 만족하는 범인(凡人)이 아니었어. 그놈이 소중히 여기는 명예를 갈가리 찢어버리고 저 지옥의 무저갱에 처박은 후에야 비로소 만족하지 않았나?"

"두 사람 사이에 무언가 굉장히 큰 오해가 있는 것 같다는 사실은 좀 알겠습니다."

"하하하! 오해라니. 나만큼 그 친구와 오래도록 사선을 넘으며 깊은 이해를 다진 사람은 이 세상에 없네."

그러니까 그게 오해 같다니까. 그렇게 면박을 줄 수 있을 만큼 브래들리는 모질지 못했다.

"아무튼, 그런 의미에서 독일 놈들에게 총사령관이 흉중에 품고 있을 비참하고도 처절한 최후를 안겨주는 건 당연히 내 몫이어야 하네."

"아, 예. 그렇습니까."

"솔직히 내 감상을 말하자면, 저 무능한 데다 군인정신도 인간미도 없는 러시아인보다는 독일인들이 좀 더 전사의 기질을 갖고 있는 것 같네. 독일인들은 실로 투사야. 잘못된 기치에 충성을 다한다는 게 그들의 문제지만, 이제 우리가 짝불알의 목에 쇠사슬을 걸고 발가벗긴 채 베를린을 끌고 다니면 그들도 깨우침을 좀 얻겠지."

"제발 주둥아리 간수 좀 단단히 하십쇼. 이미 한번 그 난리를 겪어 놓고 또 그런 소립니까?"

위장이 덜덜 떨린다. 벌써 소화불량과 위액 역류와 식도염이 발병할 것만 같다. 그의 충고를 귓등으로 듣는 패튼을 보고 머리를 감싸 쥐던 브래들리는 결국 이 중세 기사에게 어떠한 교훈도 주지 못하고 회의실로 향해야만 했다.

"오. 일찍 오셨군요."

"총사령관님! 베를린 진격 명령을 받아내시다니, 다른 무지몽매한 것들은 총사령관님을 원망했지만 오직 이 진정한 이해자이자 참된 전우 조지만큼은 끝까지 믿음을 잃지 않았습니다!"

유진의 얼굴이 구겨진 종이쪼가리처럼 험악하게 일그러진다. 역시, 저 녀석은 베를린 진격에 반대하던 게 맞나 보다. 아니면 그냥 패튼의 헛소리에 정신이 혼미해졌거나.

"그 좋아하는 전장을 내버려두고 베르사유까지 와도 됩니까, 선배?"

"하! 루르는 애피타이저에 불과하지. 누가 저 야들야들한 베를린을 뜯어 먹을 수 있을지를 결정한다는데 내가 가만히 앉아만 있을 수 있겠나?!"

"네네. 그렇군요."

하나둘 각 군사령관들, 혹은 그들이 대신 보낸 참모장이 착석하고 회의가 시작되었다.

"백악관 명령. 베를린과 프라하를 점령할 것."

유진의 눈두덩이는 퀭하니 패어 있었고 눈은 빨갛게 충혈되었다. 베르사유에 돌아온 이래로 철야의 연속이었으니 그럴 만도 했다. 하지만 그의 입에서 나온 그 짧은 몇 마디에 장성들의 얼굴은 뒤늦은 크리스마스 선물이라도 받은 듯 하나같이 싱글벙글 웃음꽃이 피었다.

"혹시나 해서 다시 한번 당부의 말씀 드립니다. 우리는 침략자도, 정복자도 아닙니다. 우리는 나치스를 처단한 후, 독일인들에게 이 땅을 돌려주고 민주 정부의 수립을 도운 뒤 즉각 철군합니다. 괜히 현지 민심을 개판 내는 짓은 하지 마십시오."

"잘 알고 있습니다!"

"또한, 군공을 세우기 위해 장병들 갈아 넣지 마십시오."

충혈되어 있던 그의 눈깔에 더욱 핏줄이 짙어진 건 착각일까. 시시덕대던 장성들이 급히 U자 모양 입을 ㅡ자로 바꾸었다.

"지금은 전시인 만큼 얼마나 멀리 진격했느냐, 얼마나 더 많은 적을 쳐부셨느냐만이 여러분 머리에 차 있을 겁니다. 하지만 장담컨대, 이 전쟁이 끝나고 나면 우리 시민들은 과연 몇 명의 아들들이 무사히 집으로 돌아왔는지를 따져볼 겁니다."

침묵이 깔리고, 총사령관이 서류 팔랑이는 소리만이 천둥처럼 장내에 울려 퍼졌다.

"그리고 그때가 되면 여러분들은 저는 물론, 마셜 참모총장의 엄격한 잣대에 의거해 평가받게 될 것입니다. 부디 여기 앉아 있는 분들 중 전쟁 다 끝나고 나서 계급장 뜯기는 불상사를 겪는 분이 없길 바랍니다."

"왜, 왜 날 그리 빤히 바라보나. 내가 좀 잘생기긴 했지만……."

패튼의 볼멘소리에도 유진은 대답하지 않았다. 오히려 다른 장군들이 고개를 끄덕일 뿐.

"밴플리트 장군."

"예. 총사령관님."

"프랑크푸르트는 어찌 되었습니까?"

"잔당 소탕이 마무리되었으며 점령지는 안정되었습니다. 나치당 인사들을 체포하였으며 긴급 구호 및 배급이 행해지고 있습니다."

"그렇다면 총사령부를 베르사유에서 프랑크푸르트로 이전하겠습니다. 총사령부가 해산하는 그 날까지 프랑크푸르트에 머무르게 되겠군요."

"준비해 놓도록 하겠습니다."

"병참사령부는 그대로 파리에 있습니다. 이번에도 멋대로 옮기면… 아시죠?"

"프랑크푸르트에 연락장교를 파견하는 선에서 끝내겠습니다."

"훌륭합니다."

참모들을 극한까지 갈아 넣은 작전계획이 하나둘 공개되고 희비가 엇갈리기 시작했다.

"데버스 장군의 제6집단군은 프랑스군과 함께 뮌헨으로 진격, 남부 독일을 점령합니다. 뮌헨을 함락한 뒤엔 프라하 방면으로 조공(助攻). 또한 소련군이 부다페스트를 점령하지 못했다면 오스트리아 린츠(Linz)로 진격합니다."

"린츠를 점령한 시점에서도 소련군이 넘어오지 못한다면 어떻게 하면 되겠습니까?"

"그럴 가능성은 희박해 보이지만, 보급과 병력에 여유가 충분하다고 판단되면 빈으로 가십시오."

뮌헨은 정치가 히틀러의 핵심이자 나치당의 성지. 린츠는 말할 것도 없다. 히틀러가 태어난 고향 아닌가.

"밴플리트는 프라하로."

"옙."

"영국군의 1순위 작전 목표는 네덜란드 북부. 이후 함부르크를 장악한 후 덴마크로 북상. 이후 노르웨이 방면 추축군을 견제하며 여유가 되면 베를린으로 내려오시면 됩니다."

"알겠습니다."

남은 건 둘.

"하지."

"기다리고 있습니다."

"그리고 패튼."

"……."

초조한 듯 연신 펜을 만지작거리는 패튼을 보며, 유진은 눈을 감았다.

"베를린으로."

"크, 크하하하핫! 하하하핫!!"

"만약 작전 중 분쟁이 발생할 경우, 시시비비와 관계없이 즉각 보직 교체."

남의 고막을 다 터뜨릴 기세로 쩌렁쩌렁 웃던 광전사의 웃음이 딱 멈췄다. 이야, 저 미치광이한텐 너무 어려운 난이도 아닐까?

"빨리빨리들 일하고. 집에 좀 갑시다. 온 김에 저녁 드실 분들은 한술 뜨고 가시고, 이만 해산."

이 전쟁의 종지부를 찍을 명령을 내리는 사람치곤 어이가 없을 정도로 태평스럽다. 하지만 저 초지일관한 모습이야말로 그가 알던 유진 킴 아니겠나.

* * *

"어쩜 저럴 수가 있는지 모르겠군."

"소원대로 베를린 가잖습니까. 뭐가 또 그리 불만이십니까."

"나 혼자서도 할 수 있는 일이네."

"사실 그건 저도 마찬가집니다. 히틀러 모가지 따오는 게 뭐 그리 어렵다고."

"얼굴 치워. 못생긴 거 보니까 피곤해진다."

"윽, 눈부셔!"

패튼과 하지가 으르렁대는 모습을 보고 있노라니 다시 피곤이 몰려온다. 어쩜 이런 인간들만 데려와서 감투를 씌워줬을꼬? 애새끼들처럼 치고받던 두 사람이 어느새 새로운 타깃을 찾아냈다.

"브래들리 사령관님."

"패튼이랑은 좀 알아서 하지 그러나."

"아무튼 우리 상관이시니, 이제 오마르 브래들리의 이름이 역사에 길이길이 베를린의 정복자로 남겠습니다?"

그동안 고생만 한다고 미처 떠올릴 시간이 없었다. 하지의 말을 듣자마자, 브래들리의 가슴속에서도 뭔가 울컥하고 치밀어오르기 시작했다.

"베를린이라."

"어쩌면 정말 원수 다는 거 아닙니까?"

"그러려면 여러분들이 사고 치지 않고 모양새 좋게 베를린에 성조기를 꽂아야지요. 믿고 있겠습니다."

"저놈에게 줄 보급 있으면 그냥 나한테 다 밀어주게. 내가 히틀러 머리에 예쁜 리본을 묶어서 갖다 바칠 테니."

"아, 맞다. 패튼 장군께 유진의 전언이 있었습니다."

"뭔가?"

옛날 동양에는 비단 주머니에 계책을 적어넣어주는 일이 있었다던데, 어째 첫날부터 바로 까게 될 줄이야.

"지휘용 차량에 붙은 안전벨트라는 거, 패튼 장군은 특히나 유념해서 꼭꼭 매고 다니라고 합니다."

"그런 계집애 같은 물건을 나더러 매라고? 미쳤나?"

"안 매고 다니는 모습이 발각될 경우엔 안전벨트 대신 포승줄을 제공해준답니다."

"빌어먹을. 내 보모도 그렇겐 안 했는데."

유진아. 이런 거로 이 인간이 통제가 되겠니? 저녁을 먹으러 가던 브래들리의 발걸음이 의무실로 방향을 꺾었다. 지금 필요한 건 저녁 식사가 아니라 소화제인 듯했다.

악의 종말 1

1942년 6월. 베를린 교외.

저 아래 인간 세상의 꼬락서니가 참으로 마음에 들지 않았는지, 하늘은 촉촉이 비를 뿌려주고 있었다. 하지만 그 하늘을 찌를 기세로 곳곳에서 뭉게뭉게 피어오르던 연기는 고작 잔비 따위에 억눌리지 않았다.

"비 온다."

"니미. 애들 모아. 전차에 커버 다 씌우고, 배수로도 좀 파야겠다."

"잘잘하게 오는데 좀 지켜봐도 되지 않겠습니까?"

"구름 보니까 더 올 것 같다. 파서 손해 볼 거 없으니까 그냥 파자."

도경은 투덜거리는 부하들을 뒤로하고 담배를 꺼냈다.

"빌어먹을. 오늘 운수가 사납나."

기껏 입에 한 까치 장전했는데, 라이터에 기름이 다 떨어졌는지 불이 붙질 않는다.

날씨는 꿉꿉하고, 병사들은 기쁨보단 피로감이 가득해 보였고, 이 지긋지긋한 전쟁이 다 끝나간다는 상투적인 대사는 하루에도 서른다섯 번쯤 써먹어서 이제 약발이 다 되어 가는 듯 보였다. 히틀러의 똘마니들은 사탄에게 영혼을 선물거래라도 한 건지, 한 사람이라도 더 많은 사람을 죽이기로 결심한 듯했다. 그게 미군이건 독일군이건, 혹은 자국의 민간인이건 가리지도 않고.

"군수참모 어디 갔어?"

"화장실 갔습니다. 아, 저기 옵니다."

"어이, 군수. 기름 없어?"

"기름요? 다음 보급 올 때까진 아직 버틸 만합니다."

"그 기름 말고. 라이터, 라이터. 내 꺼 불이 안 붙어."

"저도 없습니다. 성냥이나 쓰십쇼."

숙 던져주는 성냥갑을 캐치한 그는 곧장 군용 카멜 담배에 불을 붙였다. 럭키 스트라이크만 피우면 못난 놈들이 "크으, 역시 차세대 원수님! 킴의 이름을 잇는 자!" 하면서 호들갑을 떨어대니 안 바꾸고 배기겠는가.

"방수포 꼬라지 좀 봐라. 저게 방수포인지 거적때기인지 원."

"옆 부대 애들 꺼 좀 훔쳐 올까요? 야밤에 살짝⋯⋯."

"냅둬. 걔들 요즘 눈 번들거린다. 비 계속 이렇게 오면 진짜 전염병 걱정되네."

"안 그래도 위에서 위생 관리하라고 오더 내려왔습니다."

"시발. 말들은 존나게 쉽게들 해요. 애들 뭐, 목욕탕이라도 보내줄까? 혹시 이 근방엔 남는 가스실 없나?"

처음 베를린 레이스가 개시될 때까지만 해도 옆 부대 에이브럼스와 누가 누가 가장 쭉쭉 달려나가나 묘한 자존심 싸움을 벌이기도 했었다. 하지만 에이브럼스는 아군 항공기의 오폭을 당해 골로 갈 뻔했고, 도경 자신은 파편에 맞아 진짜 천국 문 앞을 잠시 와리가리하다 돌아왔다. 이젠 그냥 빨리 전역이나 하고 싶었다. 눈앞의 적들을 과연 군대라고 불러줘야 하는가?

모르겠다. 저걸 군대라고 하기엔 좀 아닌 것 같고, 무장 집단? 폭도? 도적? 초등학교나 다닐 법한 꼬맹이에게 무기를 쥐여주는 미치광이들 같으니라고. 혹시나 이대로 베를린에 입성해 히틀러를 붙잡는다면, 그냥 사람 대 사람으로서 한 번 물어나보고 싶었다. 이딴 짓을 하는 이유가 뭐냐고. 그의 상념은 더 이어지지 못했다.

"실례합니다, 연대장님."

"헌병에서 내 얼굴 보러 온 거 보면 별로 행복한 건은 아닌 거 같은데. 무슨 일이오?"

"그, 얼마 전에 발생한 교전 있잖습니까."

"그렇지요?"

"그게… 교전 이후에, 항복한 이들을 우리 장병들이 그냥 쏴 죽인 것 같습니다만……."

그는 조용히 헌병대장과 어깨동무를 하며 머리를 맞댔다.

"몇이나 알고 있습니까?"

"아직 제 밑의 몇 명밖에 모릅니다."

"짬합시다."

"예?"

"지금 확실해진 게 아니라 추가 조사가 필요한 거 아니오?"

"그렇습니다."

"베를린이 코앞인데 지금 수사다 뭐다 들쑤시면 진짜 애들 사기 바닥 찍습니다. 일단 킵해 놓고 나중에 수사합시다. 아예 묻으란 것도 아니니 이 정도는 괜찮지 않겠습니까?"

"저야 괜찮지만, 혹시나 스틸웰 장군 귀에 들어가면……."

"그 양반 땍땍거리는 소리에 귀 기울이는 사람이 얼마나 있다고. 원수님과 안면 있는 덕택에 D.C.행 수송선 티켓 모면한 퇴물 아니오."

잠시 고민하던 헌병대장은 고개를 끄덕였다.

"알겠습니다. 조사는 추후 진행토록 하겠습니다."

"온 김에 밥이나 먹고 가십시다. 나치당 당 뭐시기라던 새끼 집을 털었는데, 이 미친 새끼가 수백 명이 먹고도 남을 식량을 꿍쳐놨더라고."

"그놈은 어떻게 됐습니까?"

"우리 애들이 안마를 좀 해줬는데 너무 좋아서 복상사해버렸지 뭐요. 뽕 갔나봐."

"저런."

마지막 한 걸음. 미군의 시뻘건 발자국이 안방에 찍힐 날이 다가왔다. 미 군이 내밀 청구서는 제법 두툼할 예정이다. 착한 독일인은 죽은 독일인뿐이 니까.

* * *

베를린 시내에서는 더 이상 멀쩡한 건물을 찾기 힘들었다. 철혈재상 오 토 폰 비스마르크가 집무를 보던 구 총리 관저는 연합군의 폭격 세례를 버 티지 못하고 반파되었다. 히틀러의 따까리, 알베르트 슈페어가 건축한 신 총리 관저 또한 신구의 조화를 살리기 위함인지 어김없이 표적이 되었고, 처참한 콘크리트 흉물로 전락해버렸다. 연합군의 모토는 명확했다. 베를린 은 무(無)로 돌아가야 한다. 그리고 어느 순간 폭격이 멎었다. 그 대신, 무수 히 많은 연합군 대포의 폭격이 베를린의 몇 남지 않은 건물들과 콘크리트 더미들을 향해 쏟아지기 시작했다.

쿵!!

"잉게, 다 챙겼니?"

"응."

잉게 슈미트는 짐보따리를 들었다. 이제 더 이상 집에 머무를 순 없었다. 천년제국의 수도가 되리라던 베를린엔 이제 피에 굶주린 미군의 포탄이 떨 어지고 있었다.

오빠는 어디서 뭘 하고 있을까? 아빠는 과연 몸 성히 잘 지내고 있을까?

모르겠다. 가족도, 친구도, 이웃도 하나씩 사라진 끝에 주변에 남은 사람은 거의 없다시피 했다. 그녀 역시 전쟁터로 나와 간호 임무를 수행하라는 명령을 받았지만, 명령서에 적혀 있던 집결지는 이미 미군의 손길에 사라져버린 지 오래. 그녀가 명령에 응하지 않는다고 잡으러 오는 사람은 없었고, 따라서 그녀는 그냥 어머니 옆에 남아 있기로 했다.

"미국인들은 그래도 러시아인들처럼 민간인을 무자비하게 죽이진 않는다고 했어. 이대로 곧장 나가서 미군이 있는 곳으로 조심히 갈 거야."

"알았어."

"혹시나, 혹시나 만약에 엄마가 잘못되는 일이 있어도 끝까지 가야 한다. 다른 곳으로 새지 말고. 알았지?"

"같이 가야지 무슨 소리야?"

"지금 일일이 말대꾸할 시간 없어. 아빠든 프란츠든 다 무사할 거야. 집을 잠시만 비우고 있으면 다들 돌아올 거야."

쾅쾅쾅!!

두 모녀는 바깥에서 들리는 소리에 움찔했다. 문을 두들겨 대는 소리. 미군일까? 아니면 독일군일까? 어쩌면 소련군일지도 모른다. 누구도 감히 말을 하진 못했지만, 소련군이 벌써 코앞까지 다가오고 있다는 소문은 이미 베를린 시내에 쫙 깔렸었다. 독일군이라 해도 마찬가지로 문제. 건강한 10대 여학생이 집에 남아 있는 걸 보면 그놈들이 무슨 패악질을 할지 모른다.

그게 아니더라도 가진 식량과 옷가지를 전부 징발당하면 그들 모녀는 정말 거리에 내팽개쳐진다. 누군진 모르겠지만 제발 이대로 돌아가주기를. 다른 집들처럼, 문을 틀어막은 채 모두 피난 가고 없는 다른 집들과 마찬가지로 취급해주기를. 하지만 그들의 기대와 다르게, 쨍그랑하고 유리창 깨지는 소리가 새로이 울려 퍼졌다.

"어, 엄마."

"숨어 있어. 구석으로 가서."

"아냐. 나, 나도 있을래."

"에바! 잉게! 다 가고 없나?!"

세상에. 에바 슈미트는 집어 들려던 부엌칼을 재빨리 다시 꽂고는 1층으로 허겁지겁 뛰어내려갔다.

"당신! 악!!"

"문 막아놨군. 잘했어. 빨리 붙잡아 봐."

얼굴이 비쩍 말라 해골이 다 보일 듯한 모양새의 콘라드 슈미트. 그녀가 기겁을 하건 말건, 그는 등에 짊어지고 있던 시체 하나를 창문 너머 그녀에게 내밀었다.

"무, 물……."

"세상에. 프란츠. 프란츠. 오, 주여. 신이시여 감사합니다."

"붕대 있어?"

"커튼 뜯을게요. 어떻게, 어떻게 만난 거예요?"

"몰라. 제길. 교회도 별로 안 다녔는데 하나님께서 도와주시더라고."

프란츠의 배에 시뻘건 붕대가 감겨 있는 걸 본 에바는 조심스레 아들을 받아 들고는 곧장 소파에 눕혔다. 콘라드, 그리고 젊은 군인 한 명이 폴짝폴짝 창문을 타넘고 집 안으로 들어오자 어느새 집은 북적북적해졌다.

"우리 집에 온 걸 환영하네."

"아… 네. 초대해주셔서 감사합니다."

"내 아들놈이 목숨 건지면 다 자네 덕분이야. 에바, 이 친구는 오토. 못난 아들놈 목숨 구해준 친군데 뭐 먹을 거 좀 남았으면 줄 수 있겠나?"

"제가 드릴게요."

잉게는 짐보따리를 다시 풀고 미국인들이 신나게 뿌려댄 초코바를 내밀었다. 흉측하게 생긴 히틀러의 면상이 그려진 '샌—프랑코의 시클그루—바'가 그 모습을 드러내자 오토 마이어는 잠시 움찔하다가, 총통의 면상을 정확히 반으로 갈라버리고 초코바를 입에 물었다.

"고맙습니다. 하, 맛있네."

"봉지 주세요. 안 보이게 버려야 해요."

"저는 반만 먹겠습니다. 남은 거 드시죠."

오토는 잉게의 손에 반갈죽난 총통과 초코바 토막을 내밀고는, 어깨에 걸고 있던 총을 구석에 세워 두곤 바닥에 퍼질러 앉았다.

"약, 약 써야 해요?"

"가죽만 찢어졌어. 붕대나 갈아주면 돼."

"그런데 왜 애가 정신을 못 차려요."

"못 먹어서 그래. 아미앵에서 여기까지 살아 돌아온 게 기적이지. 환자 먹을 만한 거 만들 수 있어?"

"기다려봐요. 세상에."

깡마른 프란츠의 손을 잠시 매만지던 에바가 다시 부엌으로 들어가자, 옷에 묻은 먼지를 털던 콘라드는 수염이 덥수룩하게 난 턱을 매만졌다.

"이봐, 꼬맹이."

"제가 아저씨 아들보다 나이 많은 거 알죠?"

"그래, 꼬맹이. 잠깐 이 망할 아들놈 좀 일으켜 세울 수 있겠나?"

"뭐 하시려고요."

"옷 갈아입혀야지. 지금 이렇게 멍 때릴 게 아니라 이 빌어먹을 친위대 옷부터 처리해야 해. 미군이 봤다간 이번엔 뱃가죽이 아니라 배때기가 갈라질 거야. 그 뒤엔 우리가 수용소에 끌려갈 테고."

쿵 하는 소리가 저 멀리서 들리더니 이제 지긋지긋한 기관총 깨 볶는 소리가 다다다다 고막을 자극해댔다. 오토는 머리보다 먼저 몸이 반응한 듯 번쩍 일어나 프란츠를 양팔로 붙들었고, 걸레짝이 된 신발을 칼로 잘라낸 콘라드는 양말 대용으로 감겨 있던 천쪼가리와 바지를 슥슥 벗겨냈다.

"그러고보니 아저씨 아들, 입대할 나이도 아니었잖아요?"

"유겐트 부대. 콧수염이 뭐가 그리 좋았는지 낄낄대면서 자원입대했어."

"이런 말 하긴 좀 죄송하지만 빡대가리는 맞는 것 같네요."

"지금 애비 앞에서 아들 욕하고 있냐? 먹은 거 뱉어내."

"제가 생명의 은인이라면서요."

"내가 니 목숨 건져준 건 더 많잖아. 그거로 퉁쳐."

해체 작업이 끝났다. 콘라드와 오토는 조용히 뒷문을 열고 마당으로 나가 삽을 부지런히 놀리기 시작했다.

"재밌는 이야기 하나 해줄까?"

"아저씨 어쩐지 흥이 넘쳐 보이시는데요."

"집에 돌아왔으니까."

구덩이에 친위대 군복을 파묻은 후도 문제. 너무 티가 나면 곤란하니 최대한 그럴듯하게 흙을 덮었다.

"무슨 이야긴데요."

"쟤는 내 친자가 아냐."

오토는 입에 막 물려던 담배를 툭 떨어트렸다.

"아들 때문에 살아야 한다면서요?"

"정확힌 내 조카지. 여동생이 쟤를 낳다가 죽었어. 돌볼 사람이 아무도 없어서 내가 데려왔는데."

콘라드는 떨어진 담배를 오토 입에 다시 물려주고는 성냥을 켰다.

"쟤 친부는 사실 유대인이야."

"…그런 걸 저한테 말씀해주셔도 됩니까?"

"혹시나 내가 먼저 뒈지고 쟤가 끌려갈 상황이 되면… 사실을 말해주게. 미국인들도 설마 유대인이 SS 대원이었다고는 생각 못 할 것 같으니까. 내 못난 아들놈 좀 부탁하려고 말해주는 걸세."

프란츠가 공부와 담을 쌓아서 차라리 다행이었다. 왜 이 집안에서 저 혼자 금발인지에 대한 의문 같은 걸 가져본 적이 없으니. 담배 연기로도 채 지워지지 않는 화약 내음을 묻힌 채, 그들은 다시 프란츠의 곁으로 돌아왔다.

"멍청한 녀석."

콘라드는 혀를 찼다. 우리 일가가 죽는 게 빠를까. 아니면 미치광이 총통이 죽는 게 빠를까. 콘라드 슈미트는 제 총을 머리통에 겨누고 싶은 충동을 억누르며 아들의 머리를 쓰다듬었다.

악의 종말 2

온 베를린이 뒤흔들리는 파멸 직전의 순간.

유진 킴의 450만 대군이 나치 독일의 국토를 하나하나 제압할 때. 브래들리, 패튼, 하지의 창끝이 베를린을 겨누고 있을 때. 밴플리트가 자신의 쌍안경으로 프라하 시가지에 고립된 독일군을 응시하고 있을 때. 뮌헨에 발을 디딘 샤를 드골을 위해 도시 곳곳에 삼색기가 휘날리고 있을 때. 린츠에 있는 히틀러의 생가 앞에서 미군과 소련군의 지휘관이 굳게 악수를 나누고 있을 때. 오킨렉 원수가 네덜란드 북부에서 블라스코비츠 장군의 항복 문서에 서명을 받고 있을 때. 그 모든 순간에도, 이미 모든 유사시를 대비해 지어 놓은 지하 벙커만큼은 연합군의 맹렬한 택배 배송에도 불구하고 꿋꿋하게 버티고 있었다.

"이제 적들을 충분히 끌어모았으니 역전을 위한 모든 발판이 만들어졌어."

히틀러는 그 어느 때보다 열정적으로 벙커 안 참모들을 향해 열변을 토했다.

"연합군은 게르만 민족의 결사적인 항전에 어쩔 줄 몰라 하고 있네. 아무리 적 수괴, 오이겐 킴이 그 더럽고 요사스러운 혓바닥을 털어대며 독일군은 케이크를 먹는 것보다 쉽다느니 어쩌느니 백날 지껄여댄다 한들! 눈앞에서 한솥밥 먹던 전우가 죽어나가는 일선 장병들의 사기를 끌어올릴 순 없지."

"총통 각하의 말씀대로입니다."

"놈들은 너무 급했어. 이 베를린이 쉽게 떨어질 줄 알다니. 적들의 보급선이 한없이 늘어지고 있지 않나. 단 한 번의 가열찬 반격만으로 연약한 미군이 쌓아 올린 금자탑이 와르르 무너지게 될걸세."

제아무리 어려운 난관이 닥칠지라도. 보아라. 결국 해내지 않았는가. 총통의 영도를 의심한 자들은 모두 회개할 것이오, 반역의 누런 이빨을 드러내려던 자들 또한 다시 입을 닫고 꼬리를 살랑살랑 흔들게 되리라.

"케셀링에게 전면 반격을 명하게. 이제 끝낼 시간이야."

"각하."

"동부 전선에서 빼돌린 병력. 거기에 우리가 육성해 온 최후의 부대가 있어. 단숨에 마그데부르크까지 치고 들어가면 놈들은 끝장이야. 킴은 제수법에 드디어 제 머리통이 깨지는 기분을 맛보게 되겠지. 베를린에서부터 왔던 길을 거꾸로 되돌아가면서 어마어마한 피해에 직면하게……."

"총통 각하. 참으로 죄송하지만……."

"뭔가."

"우린 더 이상 추가로 투입할 병력이 없습니다."

요들의 답변에 대한 총통의 첫 반응은 의아함이었다.

"없다니. 그게 무슨 소리인가."

"……."

"내가 틀림없이 폴란드 방면을 스탈린에게 내주라 하지 않았나. 그래서 놈들이 오데르강을 건널 수 있었던 것 아닌가. 이 베를린에 볼셰비키들의 적기가 게양되는 걸 보기 싫으면 당장 우리와 협상에 나서라는 압박을 준

게 아닌가!!"

"각하의 명령을 전달하긴 하였으나, 동부 전선의 아군은 더 이상 일절 기동력을 보유하고 있지 않습니다."

"그러면? 지금 우리가 놈들에게 공간을 내준 게 아니라, 패주했단 말인가?"

이번엔 아무도 대답하지 않았다.

"…그런가보군. 그런 거였어."

총통은 지도 곳곳에 흩뿌려진 독일군을 가리키는 말판을 건드렸다.

"핀란드를 통과해 노르웨이까지 퇴각한 병력은?"

"영국 함대에 막혀 바다를 건널 수 없습니다."

"드레스덴과 레그니츠 방면에 있는 이 수십만은."

"마지막으로 들어온 보고에 따르면 탄약이 모두 바닥을 드러냈다고 합니다."

"얼마 전까지 함부르크에 있던 이 부대들은? 반격작전을 수행하기 위해 아껴 놓지 않았나."

"그들이 자리에서 움직이는 순간 영국군이 베를린을 향해 밀고 내려올 겁니다."

사방에 수백만 대군이 여전히 사방에 흩뿌려져 있는데, 하나도 베를린으로 올 수 없다니? 기립한 채 총통의 분노를 기다리던 이들은 차마 모든 진실을 실토할 수는 없었다. 고작 절반의 진실만을 밝혔을 뿐인데도 총통의 억장이 무너져 내리고 있지 않은가. 이미 표기되어 있는 독일군의 대다수는 전략적으로 어떠한 행동도 할 수 없는 사석에 불과했다. 아니, 한참 전부터 베를린의 히틀러가 내리는 명령 대부분은 불쏘시개가 되어 흔적도 없이 사라지고 없었다.

기름도, 탄약도, 이동 수단도 없는 군대. 곳곳에서 고립되고 끊어져 갈라치기 당하는 군대. 막대한 병력 소모를 차마 곧이곧대로 보고할 수 없어 서류상으로만 위풍당당한 군대. 진실을 말할 때마다 줄줄이 해임당하니 어쩌겠는가. 연신 가리고 숨기기에만 급급했던 치부가, 마침내 베를린의 턱 끝까지 타고 올라와 그들의 목을 졸라댔다.

"총통 각하. 지금이라도 괴링과 합류하시는 게 어떻겠습니까?"

"괴링과 되니츠가 노르웨이 주둔군을 끌고 내려온다면 아직 희망이 있습니다. 부디 그들을 이끌러 출발하시지요."

"무슨 소리들 하는 게야. 희망은 오직 이 베를린에 달려 있어. 서방연합군의 코뼈를 으스러뜨리고 우리가 스탈린의 손을 잡는 척해 놈들을 경악하게 만들어야 그게 바로 진짜 희망이라고."

"⋯⋯."

"하지만, 그 희망은 처음부터 존재하지 않았던 것 같군."

히틀러는 장성들을 물끄러미 바라만 보았다.

"너희는 마지막 순간까지 나를 기만했어."

"각하."

"너희야말로 등 뒤의 비수였어. 바로 너희. 아무리 독일 민족이 위대한 영도자를 얻으면 무엇 하나. 승리로 향하는 명령이 모조리 다 잘려나갔으니. 그래, 오이겐 킴에게 얼마나 받아먹었나?"

"저희는 독일 민족의 영광을 위해 분골쇄신했습니다, 각하."

"그렇다면 내가 무능했단 소리로군. 내가 어리석고 무능해 이 전쟁에서 승리하지 못했단 뜻이었어."

대체 어디로 도망친단 말인가. 언제부터, 어디서부터 단추를 잘못 꿰었단 말인가. 답은 정해져 있었다.

"그 옛날 게르만의 전사들은 죽음을 두려워하지 않았어. 영광스럽게 전사(戰死)하면 발할라가 기다리고 있다고 여겼으니. 하지만 이제 게르만의 후예들은 퇴폐에 찌들었고, 용감한 전사 대신 펜대나 굴리며 숫자놀음이나 하는 후방의 겁쟁이들이 내 주변에 득실댔지. 처음부터 잘못돼 있었던 거야. 처음부터."

마침내 총통은 선고를 내렸다.

"나는 독일과 함께 죽겠다. 내가 죽은 뒤에도 투쟁을 멈추지 말라고 해봐야 너희들은 또 내 명을 거역하겠지. 늘 그래왔듯."

"……."

"마음대로들 하게. 전부 꺼져버려."

총통은 자리에서 일어났다.

* * *

"각하. 주사를 처방해 드리겠습니다."

"필요 없네."

"잠시 노기를 가라앉히시지요. 몸의 불편함은 약으로 다스릴 수 있으니……."

"바깥에 있을 장군들이 하나같이 내가 마취제를 맞고 잠들기만을 기다리고 있겠지! 썩 나가게. 이제 내가 건강을 챙길 일은 영원히 없으니, 가진 걸 모두 챙겨서 떠나게. 당장."

모렐은 손을 이리저리 꿈지럭대며 고민하더니, 이내 의자에서 일어나 허리를 90도로 숙였다.

"총통 각하를 옆에서 모실 수 있어 참으로 영광되었습니다."

"……."

"부디 무탈하시길 빕니다. 안녕히 계십시오."

"어서 가시오. 의사는 사람을 살려야지. 이곳엔 더 이상 그대가 할 일이 없소."

모렐 박사 또한 떠났다. 그의 뒤를 이어 벙커에 있던 사람들이 삼삼오오 저마다 각자의 명분 혹은 핑계를 내세워 떠나겠다는 의사를 밝혔고, 히틀러는 붙잡지 않았다. 하지만 천하의 히틀러도 벙커의 인구수가 늘어나는 일은 예측하지 못했다. 그는 언제나 든든한 오른팔이었던 선전부장관의 인사를 받아주며 탄식 섞인 웃음을 터뜨렸다.

"여긴 왜 오셨소?"

"제가 있을 곳은 오직 총통 각하 옆입니다."

"혹시 괴링이 떠밀었소?"

"아닙니다. 제 가족들과 모두 함께 왔습니다."

괴벨스의 의지는 결연했고, 히틀러는 만류하지 않았다.

"쇠르너 장군이 각하를 구출하기 위해 베를린 방면으로 내려오고 있습니다."

"역시! 진정 충성을 다 바치는 이가 있으리라 믿고 있었소. 오이겐 킴, 그놈도 이제 끝장이야. 쇠르너가 반격을 가하기만 하면 내 원대한 구상이 완성되는군. 이 베를린은 적들을 격멸할 모루가 되어 최후까지 국가사회주의의 요새로서 자리매김할 게요!"

그는 다시금 자신만만해졌다. 자신의 원대한 구상에 관해. 주력 부대가 무너진 연합군의 협상 요청을 관대하게 받아들여 줄 때의 모습에 관해. 배신자들, 변절자들을 모조리 처단하고 진정 충심으로 가득한 장군들로 새로운 국방군을 건설할 미래에 관해. 미제 무기로 무장한 새로운 독일군이 다시 한번 모스크바를 향해 진군하고, 스탈린을 붙잡아 처형할 그 날에 관해.

그는 밤낮없이 떠들어댔고, 부하들은 그의 말을 열심히 경청해야만 했다. 하지만 쇠르너는 오지 않았다. 그의 보잘것없는 군대가 하지의 손에 허무하게 바스라졌다는 소식은 결코 히틀러의 벙커에 다다르지 못했다. 달력의 한 페이지가 넘어가 7월이 되었음에도 불구하고, 전혀 흔들림 없이 베를린을 차근차근 공략하는 미군의 모습에서 유추할 수 있을 따름.

"베를린 바깥의 소식은?"

"전혀 확인되지 않고 있습니다."

"이럴 리가 없는데. 이제 적을 치지 않으면 우리가 호응해줄 여력이 남지 않는데."

"각하. 올 겁니다. 독일군은 반드시 최후엔 승리를 쟁취할 것입니다."

"아냐. 다 끝났어. 다 끝났다고."

모렐이 떠난 후, 히틀러를 가장 먼저 덮친 것은 금단증상이었다. 온몸이 시시때때로 사시나무처럼 덜덜 떨렸으며, 몸에는 제대로 힘이 들어가지 않았고, 근육은 남에게 조종당하는 것처럼 제멋대로 꿈틀댔다. 면도를 하다 얼굴이 베이는 것은 예삿일이었고, 입이 똑바로 여며지지 않아 침이 질질 흘러나왔으며, 카랑카랑하고 청중을 휘어잡던 연설가 대신 공포에 휩싸인 중늙은이가 추레한 제복을 입은 채 중언부언 헛소리를 해대곤 했다.

"지금 베를린에 들이닥친 적장이 조지 패튼이라고 했던가."

"그렇습니다."

"오이겐 킴의 가장 악랄한 맹견이로군. 자신의 마음에 들지 않는 적을 죽인 뒤 시체를 매달아 놓고 돌아다녔다던가? 그 작자가 나의 죽음마저 조롱한다면 어찌해야 하는가?"

"우린 승리할 예정입니다. 어째서 그런 약한 말씀을 하십니까?"

"괴벨스 박사. 나는 죽음이 두렵지 않아. 예수를 매단 로마인들이 기독교를 막을 수 있었는가? 나의 죽음은 국가사회주의를 위한 순교야. 나의 영광스러운 최후를 본 독일 민족은 다시 한번 침략자를 몰아낼 힘을 얻을 걸세."

몇 번씩 권총을 꺼냈다가 집어넣길 반복한 추레한 남자는 자신은 죽음이 두렵지 않다고 하루에도 몇 차례씩 강변했다.

"하지만 오이겐 킴은 달라. 그자는… 그자는 그 군사적 능력보다도 남을 짓밟고 뭉개는 데 더 탁월한 재주가 있어. 나를 유대인 서커스단에 보내 광대로 쓸지도 몰라. 어쩌면 동물원 우리에 넣어 온 유대인들의 구경거리로 삼을지도 모른다고."

"……."

"이틀, 아니 사흘 후까지 쇠르너를 기다리겠네. 만약 내일도 아무런 징조가 보이지 않는다면……."

히틀러는 무겁게 고개를 내저었다. 그리고 당연하게도 하루가 지난다 한들 어떠한 구출의 조짐도 보이지 않았다. 대신 새로운 소식이 벙커에 갇혀 장님 신세가 된 그들을 향해 먼저 다가왔다.

"총통 각하. 미군이 송신하는 라디오 방송에……!"

"그 간사한 마귀 놈의 책략에 내가 속지 말라고 몇 번을 말해야 알겠는가? 그자의 선동술에 넘어가지 말라고! 이 와중에 또 무슨 요설을 늘어놓던가?"

"그것이……."

— 최근 보도된 일련의 기사에 관해 저 유진 킴은 연합군 총사령관으로서 공식 성명을 발표하는 바입니다. 나치 친위대 '슈츠슈타펠' 총사령관 하인리히 힘러는 최근 몇 달에 걸쳐 비밀리에 항복 협상을 요청한 사실이 있습니다. 그는 자신이 친위대 군사력을 컨트롤하고 있으며, 독일 곳곳의 수용소와 감옥을 통제할 권한 및 독일이라는 국가의 지도자로서 크나큰 권한을 갖고 있음을 천명하였습니다. 실제로 그는 히틀러의 목을 바칠 의향이 있다고도 하였으나, 연합군은 결코 전쟁범죄자들의 조건부 항복을 수락할 의사가 없습니다. 우리가 추축국에게 요구하는 것은 오직 하나. 어떠한 조건도 없는 무조건 항복입니다…….

"내가 말하지 않았나. 그자가 노리는 바는 명확해. 그는 제국에 충성을 다하는 인물들이 있었다는 사실조차 부정하고 싶은 게야."

다 이겨 가는 와중에도 이런 저열한 수작을 부리는 이유가 무엇이겠는가. 오이겐 킴은 두려운 것이다. 제아무리 총칼을 사납게 휘두른다 해도, 진정한 영도자를 따르고자 하는 인민의 의지가 언젠가 들불처럼 번지리라는 그 미래가 두려운 것이다!

"외신 보도를 종합해 보았을 때, 힘러의 투항은 사실인 듯합니다."

"그에겐 아직 충분한 병력이 있지만, 쇠르너와 합류했다는 소식은 듣지 못했습니다."

"힘러가 정말로 배신했다고?"

마지막의 마지막. 모든 힘을 끌어모아 그는 벼락처럼 고함을 질렀다.

"당장 그 자식을 죽여! 친위대는 전부 죽여버리라고! 이 배신자들! 이 비열한 놈들! 내가 키워준 작자들이, 내가 아니었으면 아무것도 아닐 무뢰배, 버러지, 깡패, 인간 쓰레기들이 감히! 감히! 감히이이이!!"

악의 종말 3

전 독일 국민의 영도자, 전 유럽의 정복자, 놀라운 사상가, 위대한 웅변가, 최고의 지도자.

전 세계를 뒤흔들던 아돌프 히틀러의 마지막 명령은 방구석 벙커를 벗어나지 못했고, 고작 베를린에서 무의미한 사망자를 늘리는 것이 전부에 불과했다. 그가 명령을 내렸음에도 행해지는 것은 아무것도 없었다. 명령이 이행되고 있는지도, 명령이 전달은 되었는지도 그 모든 것이 안개 속에서 허우적대는 것처럼 희뿌옇기 그지없었다.

지도자의 새로운 명령에 따라 벙커 안 모든 사람들에게 '명예로운 최후'를 맞이할 수 있는 독약 앰플이 하나씩 배부되었다. 창고에 단단히 밀봉되어 햇빛 볼 날만 기다리고 있던 고급 와인과 각종 음식들이 모조리 개봉되었고, 바깥에서 포성이 울리는 가운데 그들은 먹고 마시고 취했다. 축음기는 총성을 파묻을 정도로 크게크게 흥겨운 음악을 노래했고, 언젠가 올 구원의 날을 기다리며 그들은 춤추고 노래했다. 하지만 구원은 없었다.

1942년 7월 16일 밤. 아돌프 히틀러는 지하 벙커의 백열전구 아래에서 에바 브라운과 결혼식을 올렸다. 그리고 16일에서 17일로 넘어가는 새벽.

타자기에 손을 올린 비서 옆에서, 그는 천천히 자신의 유언을 읊어나가기 시작했다.

"오랜 기간 동안 국가사회주의를 위해 헌신했으며, 위급시 국가의 지도자로서 임무를 수행할 역량이 있는 것으로 확인된 헤르만 괴링을 내 사후 독일 대통령으로 임명한다. 또한 요제프 괴벨스를 독일 총리로 임명한다……."

타닥대는 타자기 소리가 기관총 다다닥대는 소리처럼 벙커를 묵직하니 휘감았다. 뒤이어 그는 사적인 편지를 작성했다. 이미 그의 팔은 펜을 들어 서명을 휘갈길 힘조차 없었기에 비서는 계속해서 그가 구술해주는 이야기를 타이핑해야 했다. 모든 편지의 작성이 완료되고 봉인까지 끝낸 후, 그는 벙커의 가장 구석, 문이 열리는 일이 거의 없던 창고의 문을 열었다.

가장 먼저 보이는 것은 몇 점의 그림들. 미대 입시에도 붙지 못한 화가가 그린 한 인물의 초상화. 그는 액자에서 그림들을 모두 꺼낸 후, 정성스레 갈기갈기 찢어버렸다. 그다음은 그가 한 인물을 연구했던 많은 흔적들. 이것들 또한 모두 불사르기로 결심했다. 위대한 영도자는 오직 혼자의 힘으로 서야만 한다. 이런 것들은 남길 이유가 없었다. 거침없이 이 모든 것들을 세상에서 지워버린 히틀러는 이제 그다음 문제에 봉착했다.

그가 모은 가장 귀한 전리품. 그의 찬란한 승리의 행적들. 한때나마 저 강력한 난적에게서 승리를 따냈다는 결정적인 증거물들. 마네킹에 입혀진 미군 군복. 그리고 홀스터에 꽂혀 있는 저 상아 그립 권총. 저 끔찍한 대전쟁, 캉브레와 아미앵에서 불을 뿜으며 위버멘쉬 신화의 첫 장에서 모습을 드러낸 무구.

그는 상아 그립 권총을 천천히 뽑았다. 여전히 총은 잘 손질되어 번뜩이고 있었다. 총에 미제 탄환이 그대로 장전되어 있는 것을 확인한 후, 그는 발발 떨리는 양손으로 군복의 가슴께를 겨냥한 후 발포했다. 몇 년간 쓰인 적이 없던 권총은 포효하며 단숨에 군복의 왼쪽 가슴을 꿰뚫었다. 위버멘쉬끼리 자웅을 겨뤄 한 명이 쓰러지게 되었으니, 이 무기야말로 그의 목숨을 앗아갈 자격이 있는 단 하나의 총 아니겠는가?

"이 군복은 잘 개어서 원주인에게 돌려주도록 하시오."

"알겠습니다."

이걸 받으면 그는 어떤 기분이 들까. 한때 바로 목젖까지 칼을 들이밀었던 경이로운 숙적. 그 숙적이 보내는 경의를 아마 평생 잊지 못하겠지. 히틀러는 자리로 돌아왔다.

"약을 주게."

"여기 있습니다."

"이 청산가리가 진짜라는 보증이 있나?"

갑작스러운 총통의 질문에 모두가 고개를 갸웃하는 동안, 그는 신경질적으로 외쳤다.

"나를 미군에 팔아넘기려는 누군가의 음모로 마취제 따위로 바꿔치기 당했으면?"

"그럴 린 없습니다. 모렐 박사가 준비해 놓은 물건입니다."

"블론디를 이리 데려오게."

그의 의심을 끝내기 위해 애완견이 실험 대상이 되었다. 병사들의 우악스러운 손길에 강제로 입이 벌려진 셰퍼드는 청산가리를 삼켰고, 이내 생을 마감했다. 모든 준비는 끝났다. 방의 문이 굳게 닫혔고, 히틀러 부부를 제외한 다른 모든 사람들은 자리에서 물러나 저마다 눈을 감거나 입을 틀어막으며 최후를 기다렸다.

"에바."

"네."

아돌프 히틀러와 에바 히틀러는 청산가리를 삼켰다. 그 직후, 상아 권총이 불을 뿜었다.

친위대 대원들은 굳게 닫혀 있던 벙커의 문을 열고 두 남녀의 시신을 바깥으로 가지고 나갔다. 얼마 없는 기름을 콸콸 붓고 시신을 완벽히 소각하기 위해 불을 피웠으나, 인간의 시체는 그리 쉽게 사라지지 않았다.

같은 시각.

"경애하는 지도자께서 떠나셨는데, 누구 하나 따라가지 않는다면 국가사회주의의 우월성과 우리 당의 충성심이 의심받을 것이오."

"저는 준비가 되었습니다."

괴벨스 부부의 여섯 아이들은 모르핀 주사를 맞고 잠들었고, 그들 부부는 잠든 아이들을 쓰다듬어주며 입에 청산가리를 집어넣었다. 아이들의 죽음을 꼼꼼히 확인한 뒤, 부부는 함께 청산가리를 삼켰다. 그들의 생명이 꺼지고 뻣뻣한 시신에서 온기가 점차 사그라들 무렵.

"꼼짝 마!"

"전부 손 들어! 바깥으로 나와!!"

"항복하겠소, 항복할 테니 쏘지 마시오!"

"너희들은 포위됐다. 양손을 번쩍 들고 천천히 나와라!"

한 무리의 미군 부대가 벙커를 향해 접근했다.

* * *

[위대한 정복자 오이겐 킴에게.

아주 먼 옛날. 내가 이 나약하고, 패배의식에 찌들고, 희망을 잃은 채 방황하던 민족을 이끌어야 한다는 사명을 깨닫기 전. 그대의 전공에 대해 이야기를 들을 적부터, 나는 그대야말로 이 세상을 바로잡을 수 있는 사람 중한 명이라는 걸 깨닫고 있었소. 세상을 파괴하려는 유대인과 볼셰비키들의 음모는 그때도, 지금도 여전히 번성하고 있으며 독일이 패배한 뒤엔 더욱더 그 형체를 뚜렷이 갖춰 나갈 것이오. 국가사회주의는 공산주의자들이 준비하는 끔찍한 파괴와 혼돈을 막기 위해 필수불가결한, 그리고 자명한 이치였으며 나는 어디까지나 먼저 깨달은 선지자로서 행동에 옮겼을 뿐이오.

누구에게나 실수는 있을 수 있소. 나는 뮌헨의 맥주홀에서 한 번 실패했으나, 그때의 실수는 시금석이 되어 진정 독일 민족과 이 세계의 평화를 위해 헌신할 수 있는 역량을 내게 선사했으니. 킴 장군 또한 마찬가지. 유대 자본가들의 손아귀에 지배당하는 미합중국을 해방하고 새 시대에 걸맞은 새로운 질서를 세울 절호의 기회가 있었으나, 장군은 끝끝내 그들에게 굴복하여 새 시대를 연다는 자신의 사명을 다하지 못하였소. 그러나 지금이라면 가능하오. 이 전무후무한 지도자이자 가장 강력한 리더였던 아돌프 히틀러를 꺾은 사내라면, 유대 자본가들과 볼셰비키들의 모든 음모에 맞서 떨쳐일어나는 게 결코 불가능하지는 않소.

귀하의 헌신은 보답받았는가? 나약하고, 무지하고, 그대가 없으면 오합지졸이 되어 패배하기 바쁜 저 어리석은 자들이 그대를 진정으로 존중하고 자신들의 머리 위로 그대를 모시기라도 하였는가? 어째서 초인이 날아오르기는커녕 보모가 되어 남의 기저귀를 갈아주며 그 고귀한 재능을 허비해야 하는가?

그대가 그토록 따르는 민주주의는 순전히 유대인들이 만들어낸 허상이오. 인간의 능력이 천차만별인데 어째서 1인 1표라는 가식에 얽매여야 하는가? 대자연의 법칙이 약육강식과 적자생존이라는 진리를 바로 우리 곁에서 알려주고 있는데 어째서 서방의 인간들은 이런 기이한 제도에 발목이 잡히는가? 바로 초인이 나타나 자신들의 세계를 파괴하는 걸 막기 위해 기만과 위선으로 만든 제도이기 때문이오.

그래서 나는 그 거짓된 바이마르 공화국을 무너뜨려야만 했고, 이제 그 민주주의의 이름은 전쟁이 낳은 최고의 영웅인 오이겐 킴의 목을 원할 것이오. 그대가 진정 살고 싶다면 알을 깨고 용솟음쳐야만 할 것이오.

　나는 패배하였으나 승리하였소. 나는 지금까지 오직 독일 민족의, 그리고 인류의 미래를 위해서만 투쟁하였고 또 승리하였소. 내가 뿌린 국가사회주의의 씨앗은 무럭무럭 자라나 무수한 이들에게 영감의 원천이 될 것이며, 사람들은 언젠가는 백마 탄 초인의 다스림을 갈구하게 될 것이니. 내 육신이 죽는다 하더라도 나는 불후의 선지자로 자리매김하여 역사에 그 족적을 남길 것이외다.

　우리의 싸움은 다윈이 알려준 진화의 법칙 그대로였으며, 약자인 내가 강자인 그대에게 패함으로써 우리 인류는 볼셰비키를 저지할 수 있는 진정한 챔피언을 선정할 수 있었소. 바로 그렇기에, 나는 공산주의를 저지할 이 성스러운 십자군의 사명을 귀하에게 다시 한번 강변하고자 하오. 미국과 독일의 전쟁은 결코 나의 본의가 아니었으며, 유대인들의 음모가 벌써 궤도에 올라 이 세상을 주무르고 있다는 하나의 거대한 징표일 따름이니. 내 부하들을 조사한다면 나의 뜻이 항상 미국과의 화평, 그리고 반공 투쟁에 있었음을 깨닫게 될 것이오. 그러나 그 외의 거의 모든 것들은 나의 안배대로 진행되었소.

　나약한 러시아인들은 간신히 독일 국토에 발을 들이밀었을 뿐, 무엇 하나 제대로 챙기지 못하였소. 반공 정신으로 무장하고 실질강건한 게르만인이 이제 그대의 손아귀에 떨어졌으니, 스탈린을 물리치는 것은 그 누구보다 쉬운 일일 것이오. 이 내가 모스크바 코앞까지 다녀왔으니, 그대라면 필시 스탈린을 처단해 공산주의의 망령을 영구히 종식시킬 수 있겠지. 독일의 장군들은 무능하나, 옥석을 가리면 개중 그대의 연대장이나 사단장쯤으로 써먹을 수 있을 법한 인재들이 섞여 있소.

　헤르만 괴링은 이 편지를 받을 때쯤 그대에게 항복할 것이니 부디 중히 쓰길 바라오. 적어도 항공에 대한 역량만큼은 저 비열한 영국인들보다 훨씬 뛰어나니. 그의 충성을 받아내는 것은 무척 어렵겠지만, 이 편지를 보여주고 반공 십자군에 대한 의지를 표현한다면 그는 새로운 임무에 매진하여 독일인들을 다시 규합해줄 것이오. 또한 괴벨스 박사는……

.

.

.

…나에게 아쉬움이 있다면 진정 나를 위한 군대, 나의 영도력에 철두철미하게 복종하는 군대가 없었다는 것이오. 내가 진즉 뮌헨에서 국가를 거머쥐고 싸움에 임할 수 있었다면 이토록 무능한 이들에게 둘러싸여 어려운 투쟁을 이어나갈 리는 없었겠지. 하지만 유대인들의 쇠사슬에 팔다리가 묶인 그대에 비하면 내 상황이 약간 더 나았으니, 설사 그렇다 하더라도 나의 패배는 바뀌지 않았으리라 믿소.

이제 앞서서 북 치며 위버멘쉬의 탄생을 경배하던 나는 막을 내리도록 하겠소. 부디 나의 의지를 이어, 다가올 거대한 전쟁에 휩쓸리는 대신 그 전쟁을 지배하는 자가 되었으면 하는 바람이오.

나는 결코 죽지 않소. 영웅의 죽음은 결코 덧없지 않소.

나와 독일 민족의 기나긴 투쟁은 한 민족이 사악한 음모가들, 추악한 마귀들에 맞서 어디까지 그 의지를 관철할 수 있는지 세계 각국의 여러 민족들에게 경각심을 불러일으킬 수 있는 교보재가 되어 길이길이 전승될 것이오. 그러니 이 끔찍하고도 비참한 전쟁을 일으킨 진범, 유대인들에게 아리아인의 핏값을 청구하시오.

선장인 나는 배와 운명을 함께하지만, 나의 의지, 나의 투쟁, 나의 사상을 이어받는 이들이 있는 한 나는 절대 죽음과 망각의 늪으로 끌려 들어가지 않을 것이오.

귀하의 건승을 바라며. A. H.]

3장
폭풍전야

대원수 1

1942년 7월 17일. 사탄이 인간세상에 왕림해 새 지옥을 만들었다면 그곳은 바로 베를린이리라. 바닥에 몸을 처박은 채 등에 쏟아지는 돌가루를 음미하던 로저스 병장은 다시 한번 확신했다. 이미 튀니지의 사막에서 모래를 퍼먹을 때부터 지옥이 아니던 적이 없었지만, 이제 똑똑히 말할 수 있었다. 오직 이 베를린이야말로 진짜 지옥이고 다른 곳들은 그냥 좀 좆같은 곳일 뿐이었노라고.

히틀러가 정성껏 다듬은 지옥 베를린에서는 여전히 폭음이 터져나오고 있었다. 베를린에 입성한 미군은 끌어올 수 있는 야포란 야포는 모조리 박박 긁어와 시가지 하나하나를 평탄화시키며 진격하는 방안을 채택했다. 공중 지원이 아주 사라진 것은 아니었지만 오폭의 위험성은 전투가 격화될수록 더욱 올라갔고, 폭격기가 선사하는 폭탄 다발을 백날 천날 뿌린다 한들 콘크리트 건물들이 방어력을 잃는 것도 아니었다.

베를린 지하철은 역이며 통로며 가리지 않고 민간인들로 꽉꽉 들어차 있었고, 각종 지하실과 다락방도 매한가지. 그냥 민간인만 숨어 있다면 차라리 다행이겠지만, 꼭 항상 총이나 무기를 숨긴 빌어먹을 놈들도 그 사이 사이에 숨어 있었다. 처음엔 각종 선무공작을 벌이며 민간인의 이탈을 지원하던 미군은 끊임없는 사상자에 지쳐버렸고, 이제 선전용 스피커 대신 화염방사기와 바주카가 그 자리를 차지했다.

"아아악!!"

"제리 놈들이 뭐라고 외치는 거야?"

"더 뜨뜻하게 지져달라는데."

이렇게 했음에도 불구하고 미군의 피해는 날로 우상향 그래프를 그렸다.

"패튼이 조만간 프랑크푸르트로 끌려간다더라."

"뭐야. 그러면 우리가 물러나는 건가?"

"여기까지 왔는데 설마 그러겠어."

어둠이 내려오면 쉴 틈이 생겼었다. 교대로 보초를 서는 동안, 독일의 민간인들은 삶을 찾아 살금살금 몰래 은신처에서 빠져나오곤 했다.

"담배?"

"예스, 예스!"

결국 사람은 먹고는 살아야 한다. 이미 베를린의 배급은 무너진 지 오래. 어처구니없게도 이들 민간인이 식량을 구할 수 있는 가장 쉽고 빠른 방법은 바로 미군과의 물물교환이었고, 심지어 독일군조차 여기엔 반쯤 눈을 감고 있었다.

"저 사탄이 지은 빌어먹을 요새는 오늘도 지옥에 안 떨어졌나?"

"날파리 놈들은 뭐 하는지 원."

제3제국의 심장 베를린을 폭격으로부터 수호하던 대공포탑 중 가장 크고 단단한 일명 '동물원 포탑'. 이름 그대로 베를린 동물원 근방에 세워져 미영연합군의 쉴 새 없는 폭격에서 베를린을 사수하던 저 포탑은 이제 하늘 높이 치켜세웠던 대공포를 땅 아래로 내린 채 여전히 불벼락을 떨궈대고 있었다. 천조국의 포병대는 더욱더 크고 아름다운 대포를 방열함으로써 이에 응수했지만, 포탑은 쉽게 무너지지 않았다.

심지어 저 동물원 포탑이 야전 병원과 민간인 피난소 역할을 하고 있다는 소식이 들리면서 초대형 폭탄으로 폭격을 날리려던 계획이 취소되었단 소문이 퍼지기까지 했다. 윗선은 대체 무슨 생각인지 알다가도 모를 일이었다.

"저어기 골목의 한 가정집에서 나이 지긋한 중년 아저씨가 17 대 1로 싸워서 우리 애들을 다 족치고 탈출했다더라고."

"지랄들 한다. 히틀러가 흑마술이라도 쓴다고 하지 그러냐."

"진짜라니까?"

"좆같은 애새끼들도 전차를 때려잡는 마당에 아저씨가 345 대 1 좀 이길 수도 있지."

"10야드(약 10미터)쯤 되는 전차도 굴러다니는 동네니, 하긴. 빌어먹을."

아무튼 좆같다. 아무튼. 열흘이면 베를린에 성조기를 게양하고 끝일 거라고 말하던 중대장은 눈먼 총알에 맞고 뒈졌다. 병신. 로저스의 부대가 향하는 곳은 이제 오직 하나.

라이히스탁. 독일 국회의사당. 사악한 마왕성을 지키는 사천왕이라도 되는 듯, 빌어먹을 콘크리트 요새에서부터 10미터 길이의 초대형 전차에 이르기까지 이 망할 의사당 앞은 그야말로 시산혈해를 이루었다. 하지만 이제 그것도 끝이다.

"적 기관총좌 제압 완료!"

"들어간, 아니, 물러난다! 우리 전차 들어간다!"

나무판자와 매트리스를 덕지덕지 덧대 흉측해진 셔먼 전차 한 대가 우악스럽게 의사당 입구에 대가리를 처박고는 곧장 전차포를 갈겼다.

"들어가! 다 죽여어어!!"

"가자!!"

주포를 쏜 셔먼 전차에서 기관총을 드르륵 갈겨대며 화력을 퍼붓고, 뽀

얄게 흙먼지를 뒤집어쓰고 있던 로저스와 부대원들은 일제히 벌떡 일어나 의사당 안을 향해 달려들었다.

"앞에 적!"

"수류타아아안!!"

폭음. 비명. 로저스는 손에 쥐고 있던 개런드 소총을 대강 바닥에 던지곤 런천미트 토막이 된 독일 놈의 손아귀에서 그리스건을 빼앗아 들었다. 근접전에선 총알 많이 뿌리는 놈이 황제인 법.

"친위대다! 씹새끼들이 여기 있다!"

"하, 항보… 컥!"

"방금 쟤들 영어로 말하지 않았나?"

"뭐라고?! 못 들었는데!!"

총이란 총이 죄다 불을 뿜어대고 있는데 짐승 말하는 소리가 들릴 리 있겠는가.

눈알이 번들번들해진 미군이 곳곳에 바주카와 수류탄을 갈겨대며 소탕전을 벌일 무렵. 늘 시간만 되면 베를린 시내를 저공비행하던 선전용 비행기가 쩌렁쩌렁 그 목소리를 내뱉었다.

― 연합군 전 장병에게 알린다. 아돌프 히틀러가 자살했다. 반복한다. 히틀러가 자살했고 그 잔당들은 투항했다. 항복하는 독일인들의 무장을 해제하고 각급 부대 장병들은 새로운 명령에 따를 준비를 하라.

"뭐?"

"짝불알이 뒈졌다고?"

뒤이어 비행기는 독일어로 무어라 연신 떠들어댔고. 꼭 피리 부는 사나이라도 나타난 듯 온 베를린 곳곳에 처박혀 있던 제리 놈들이 곳곳에서 꿈틀대며 하나둘 모습을 드러내기 시작했다. 로저스는 들고 있던 그리스건을 대강 목에 걸고는 그대로 바닥에 털썩 앉았고, 천천히 허리를 쭈욱 펴고, 그대로 누웠다.

"끝났다, 이 새끼들아."

"끝."

"그래, 끝. 항복했다잖아."

"크, 크, 크, 크하하하하하!!"

"이겼다!!"

"이겼다아아아아!!"

"집에 가자!!!"

조금 전까지만 해도 총성과 비명만이 가득하던 의사당 안은 순식간에 미군이 내지르는 환호성만이 쩌렁쩌렁 온 구석구석을 메웠다.

"로저스 뱀. 이런 데 누워 있으면 턱 돌아갑니다."

"전쟁 끝났다고 말 짧아지는 거 보소."

"뱀이 뱀이지 꼭 굳이 병. 장. 님. 이라 불러야 합니까? 그런 거 자꾸 깐깐하게 따지면 말뚝 박으려는 심산으로밖에 안 보이지… 악!"

"누워 있어도 발로 깔 순 있어, 자식아."

천천히 몸을 일으켜 바깥으로 나온 로저스의 눈에 포로가 되어 어디론가 끌려가는 독일의 높으신 분들이 보였다. 아직도 곳곳에 처박혀 있는 놈들을 항복시키려는 걸까. 여전히 이 베를린은 지옥 같았다. 박살 나고 우그러지고 불을 뿜는 전차가 사방에 널려 있었고, 건물 중 멀쩡한 건 단 하나도 없었다.

하지만 끝났다. 맑은 하늘의 태양이 너무나 밝게 이 저주받은 도시를 비추고 있었다.

* * *

뚜벅뚜벅.

묵직한 군홧발 소리가 복도를 메웠다. 확실히 이 워커 소리가 가오잡는 덴 참 좋단 말이지. 나는 천천히 참모부의 문을 열고 들어갔다. 두툼한 커튼을 친 참모부 안엔 햇빛 한 점 들어오지 않고 있었고, 환기라곤 엿 바꿔 먹은 이곳엔 담배 쩐내만이 지독하리만치 들어차 있었다.

"잠은 좀 각자 방에 가서 자세요. 이 어둠의 자식들아."

촤르르륵!!

"끼에에에에에엑!!"

"누구야! 커튼 다시 쳐!!"

"어느 개자식이야, 뒤질라고?!"

"나다."

내가 커튼을 걷기 무섭게 온갖 욕설이 터져나왔지만, 이내 햇빛이 이 지성과 외모를 다 갖춘 유진 킴의 얼굴을 비춰주자 순식간에 지방 방송들이 침묵하기 시작했다.

"초, 총사령관님?"

"다들 쉬라고 했더니 왜 여기서 퍼질러 자고 있나."

"움직일 힘도 없어서 그만……."

이것들은 점심 먹고 낮잠 자는 고삐리들도 아니고, 나잇밥은 최소 스무 그릇 이상 처먹으신 아저씨들이 왜 이러고 있단 말인가.

"당직만 남고 다 사라져. 총사령관 명령이다."

"예!"

"병사들 불러서 커피잔, 재떨이, 쓰레기통 다 싹 비우라고 하고. 응? 내 일하는 스타일 알잖아. 나는 지킬 거만 지키면 터치 안 하는 사람이야."

으윽. 혹시 내 어깨에 당직사령 완장이라도 걸려 있나? 어째서 이 주둥아리에서 이런 끔찍한 대사가 튀어나오고 있지? 야전 침대와 소파, 의자, 심지어 바닥에 대강 철푸덕 쓰러져 자고 있던 연합군 참모님들은 하나둘 정신을 수습한 채 좀비처럼 일어나 어기적어기적 주변 정리에 나섰다. 이제 좀 사람 사는 꼬락서니가 갖춰지고 있네. 나는 상쾌한 바깥 공기가 활짝 열린 창문을 지나 와르르 들어오는 것을 느끼며 내 자리에 앉았다.

이제 여기 앉는 일도 그리 얼마 남지 않았다고 생각하니, 갑자기 뭔가 센치해진다. 사실 내가 이래 봬도 원래 감수성 풍부하고 잎새에 이는 바람에도 괴로워하는 남자 아니었나? 피 끓는 젊은 시절 소설 하나 출간한 전력까지. 나쯤 되면 당연히 노벨 문학상을 노릴 만한 문학청년이지만 그건 조만간 짤려서 할 일이라고는 글 쓰는 것밖에 없을 처칠에게 양보하자.

내가 이리 감상에 젖을 수 있었던 게 대체 언제 적 일인가? 내 옆에 동기니 선배니, 하나같이 얼굴만 봐도 신이 날 못난 놈들만 드글드글해서 도무지 감수성을 챙길 겨를이 없었다. 당장 그놈들 중 하나만이라도 옆에 있었으면 진작 "뭐냐. 벌써 갱년기 왔냐?" 같은 밥맛 떨어지는 소릴 했을 텐데…….

뭐야. 왜 큰따옴표야.

"총사령관님, 제 말 안 들리십니까?"

"아아니. 죄송합니다, 맥나니 장군님. 레이시스트의 말이 고막을 잘 통과하지 않는 병에 걸려서 말이지요."

"저런. 요즘 갱년기엔 그런 증상도 있구만."

못난 놈이 손을 슥 뻗어선 내 가슴에 있던 럭키 스트라이크 담뱃갑에서 한 개비를 쏙 빼갔다. 니 꺼 피워, 이 자식아! 내 머리 위에 담뱃재 떨어지잖아! 내 강렬한 눈깔 레이저 빔에도 아랑곳하지 않은 맥나니는 의자 하나를 대충 옆에서 빼와서는 아예 앉아버렸다.

"진짜 가냐?"

"그럼 가짜로 가겠냐."

"점령군사령관으로 떵떵거릴 수 있는 기회를 버리고 아시아로 간다고?"

"그건 아시아 가서 해도 되잖아."

"그거랑 그거랑 같냐."

날 무슨 우주 오징어 괴물 보듯 그렇게 쳐다보지 마라. 킬각이 최선의 수가 아니라는 말이 있는 것처럼, 사람마다 다 원하는 게 다를 수 있거든?

"너 가면 패튼은 어쩌고?"

"오마르가 알아서 잘 단도리할 거야."

"이 새끼, 지도 안 믿는 말을 뻔뻔스럽게 늘어놓고 있네."

기어이 패튼은 전차 주포에 노릇노릇 잘 익은 히틀러 시체를 걸었다고 한다. 미쳤어. 진짜 미쳤어. 내가 당장 프랑크푸르트로 소환해서 줄빠따를 아주 그냥 죽기 직전까지 패고 다섯 대 더 패고 싶었는데. 하필 다른 건이 먼저 터져버려 패튼을 부를 짬도 안 나게 되었다. 이놈이 괜히 와서 비비는 이유도 보나 마나 그거일 테고.

"그 편지."

"시발."

"벌써 D.C.에도 전해졌다며? 어쩔 건데?"

"뭘 어쩌긴 어째. 그 미치광이가 개소리 써 놓은 게 내 일에 무슨 영향이 있다고?"

히틀러가 내 앞으로 남겨 놓은 편지. 너무너무 당연한 말이지만, 히틀러는 당연히 독일어로 편지를 썼다. 처음 히틀러의 벙커를 접수한 우리 군대는 거기에 있던 모든 걸 박박 긁어모아 전리품으로 루팅했고, 히틀러의 유서라고 판단한 현지 지휘부에서는 혹시 써먹을 거 없나 하고 얼른 내용을 확인했다. 아니, 혹시 그 새끼가 편지에 독이라도 발라놨으면 어쩌려고 그런담.

아무튼, 그 충격과 공포의 편지는 참으로 친절하게도 영문 번역본까지 동봉해 내 손에 배송되었고 사본은 곧장 전보를 통해 D.C.의 하얀 집과 의회로 날아갔다고 한다. 시발. 시발. 이게 무슨 공개 수치플레이냐고. 짝불알 새끼가 만약 나를 수치사시키고 싶었던 거라면 그 개놈이 판정승을 거둘지도 모른다. 상대가 나만 아니라면 말이지.

"영향이 없을 리가 있나. 그거 보면 사람들이 무슨 생각을 하겠어?"

"뭐긴. 이 새끼가 미쳐도 단단히 처돌았구나 생각하겠지."

처갓집 두마리 치킨도 그놈보다 더 처돌진 않았겠다.

"우리끼리니까 그냥 까놓고 말하자. 그거 보고 나한테 뭐라 할 새끼들이면 애시당초 나 욕할 건수 찾고 있던 사람 아니겠냐?"

"그러니까 그게 문제 아니냐고요. 괜히 이상한 소리로 엮어댈 거 아냐."

"그럼 더더욱 아시아 가야지."

당장 D.C.에서 밥 먹고 할 짓 없는 사람들 사이에선 벌써 이 망할 편지에 대한 이야기가 오가고 있다고 한다. 다만 참으로 미합중국 시민답구나 싶은 것이, 내용에 대한 이야기가 아니란다.

'그 편지는 히틀러가 편지를 보내기 전 압수되었으니 미군의 소유 아닌가? 왜 그걸 킴 원수가 사적으로 소유하는가?'

'히틀러고 나발이고 개인이 개인에게 사적으로 쓴 서신 아닌가. 수신인보다 먼저 남의 편지를 엿본 것으로 모자라 이제 사유재산을 탐내다니, 너 빨갱이냐?'

트루 캐피탈리즘… 미합중국의 아메리칸 스피릿은 가끔 내 상상을 초월하는 듯하다.

"그런 게 쌓이고 쌓이면 나중에 무슨 일이 생길지 모르잖냐. 아시아로 가는 게 아니라 일단 D.C.에 출석해야 하지 않겠어?"

"출석은 왜? 내가 죄지었어? 앞으로 미국과 전쟁 나면 적국 수괴들은 제일 먼저 미합중국 지휘관들에게 보낼 편지 100장씩 깜지 쓰면 전쟁 이기겠다?"

"그럼. 어떻게 해결하려고?"

"머리를 좀 써라, 무식한 군바리야. 착하고 올바른 유진 킴이 간단하게 해결해줄 테니까."

나는 영문도 모르고 내 뒤를 따르는 맥나니를 대롱대롱 매단 채 기자들이 있을 만한 곳으로 향했다.

"킴 원수님!!"

"총사령관님! 한 말씀 부탁드립니다!"

"자자. 진정들 하시고. 아직 전쟁이 끝난 게 아닙니다. 베를린만 항복했을 뿐 그 잔당들의 항복을 다 받아야 끝나는 거예요."

나는 먹음직스러운 먹잇감을 발견해 반쯤 미쳐버린 기자들을 진정시킨 후, 내게 특송 배달된 짝불알의 편지 원본을 한 손으로 번쩍 들었다. 그래. 체임벌린 전 총리가 뮌헨 협정 문서를 팔랑이던 바로 그 포즈로.

"우리 시대의 평화가 바로 여기 있습니다."

"……."

"이게 바로 세상을 불태운 미치광이의 유언입니다. 좁아터진 벙커에서 제 망상 속 세계만을 허우적대던 놈의 마지막 유언. 이 빼곡한 편지 어디에도 후회나 참회 따위는 보이지 않습니다. 자신이 죽음의 길로 끌고 간 독일인들에 대한 사죄도, 전 세계에서 피 흘린 이들에 대한 반성도 없습니다."

미친 새끼. 유대인에게 핏값을 청구해? 지랄 옆차기도 정도껏이지.

"이 편지의 소유권에 관해 논의가 오가고 있다 들었습니다. 나라가 가진다고 하면 애초에 제 것이 아니니 넘어가겠지만, 만약 제 것으로 인정받는다고 한다면……."

기자들의 손놀림이 분주해진다. 얼른얼른 받아쓰라고.

"전쟁이 끝난 뒤 이 편지 원본을 자선 경매에 부치고, 그 판매 대금을 히틀러가 살육한 유대인들을 위한 기금으로 쓰겠습니다."

지옥에 있는 히틀러도 이걸 보면 틀림없이 기뻐서 브레이크댄스를 추고도 남겠지. 지옥으로 도망친다고 해서 내 인성질을 피할 수 있을 거라 생각했다면 그건 심각한 착각이다. 산 사람 쓰레기 만드는 것보다 더 쉬운 건 바로 죽은 사람 쓰레기 만들기라는 사실도 모르다니. 어리석은지고.

대원수 2

베를린 점령 소식이 워싱턴 D.C.와 미국 본토 전체를 휩쓸면서, 늘 그러했듯 국뽕 열풍이 전미를 강타했다. 성조기를 들쳐메고 승리를 부르짖는 무수한 시민들의 인파에 둘러싸였음에도 불구하고, 미 의회와 백악관의 공기는 다소 내려앉아 있었다.

"드디어 독일이 끝났군."

"일본도 올해 안에 끝낼 수 있을까요?"

"유럽 전선의 병력을 태평양으로 빠르게 옮겨야 합니다."

"소련은 연합군의 시베리아 철도 이용 요청을 거부했습니다. 대신 자국 병력을 최대한 빨리 만주로 보내는 데 합의하였습니다."

월레스의 도박은 성공한 것으로 보였다. 맥아더와 공화당을 내각에서 싹 쓸어냈음에도 불구하고 전쟁 수행에 큰 어려움은 없었고, 그는 나날이 고공행진을 기록하는 지지율 그래프를 보며 오랜만에 함박웃음을 지을 수 있었다. 맥아더는 자신이 아니었다면 이토록 매끄럽게 인류 역사상 가장 거대한 전쟁을 치르지 못했으리라 자화자찬했지만, 월레스가 보기엔 딱히 아니올시다였다.

마셜과 킴을 더욱 가열하게 채찍질하기만 하면 흰소 누렁소가 음매에 하고 전공을 척척 뽑아다 주는데, 이게 뭐가 어렵다고 그토록 자신이 필수불가결했네 뭐네 떠든단 말인가. 곱씹으면 곱씹을수록 헛웃음만 나왔다. 아직 이벤트가 끝난 것도 아니다. 조만간 독일 잔당들에게서 정식 항복 서명을 받아내기만 하면 그땐 정말 지지도가 대폭발하지 않겠나? 이제 남은 일은 정국 주도권을 굳히는 일뿐. 설마설마했지만, 이대로만 간다면 차기 대선 주자가 되어 재선까지 노릴 수 있을지도. 물론 차가운 들판에서 야당의 설움을 씹고 있는 공화당이 가만히만 있지는 않았다.

"세상에! 검열이라니!"

"히틀러가 아니라 히틀러 할애비가 썼어도 수신자가 명확한 이상 서신은 서신입니다. 이건 정부의 음모예요. 1차대전의 윌슨이 그랬듯 다시 한번 독재를 펼치려는 월레스의 음모입니다."

"국가 안보를 위해 전시 검열을 허용하기로 하지 않았습니까? 애초에 당신들도 찬성해서 통과된 법률 아니야?"

"그럼 왜 남의 편지를 훔쳐가려 하나! 이 빨갱이들, 드디어 본색을 드러내는구나!"

"민주당이 사유재산을 부정한다! 마침내 볼셰비키들이 혁명을 일으키려고 해!"

"부정한 적 없어! 애초에 압류한다는 말은 한 적도 없다고!"

때마침 유진 킴이 그 문제의 편지를 경매에 걸어 자선기금으로 삼겠다고 선언하자, 뉴욕에 웅크리고 있는 유대계 자본가들이 벌 떼처럼 튀어나왔다.

"내가 사겠소."

"무슨 소린가. 박물관 하나도 없는 놈은 짜져 있으쇼."

"전쟁 수행에 우리 가문이 얼마나 협력을 아끼지 않았는데, 당연히 우리가 사들여야지."

"우리끼리 이러지 말고 컨소시엄을 구성합시다. 어차피 집에 장식으로 보관할 게 아니라면 결국은 기증해야 하지 않겠소?"

이런저런 소란 속에서도 정치는 늘 그렇듯 느릿느릿 앞을 향해 굴러간다. 그래서 월레스는 불편한 가운데에서도 맥아더를 다시 백악관으로 불러들여야 했다.

"대원수라."

"제가 장관이었다면 진작 끝났을 일이지만, 이제 대통령께서 빠른 결단을 내려야 할 일입니다."

"6성 장군이라는 전무후무한 계급을 신설할 이유가 있겠소? 아, 반대하는 건 아니오. 다만 더 자세한 사정을 듣고 싶을 뿐이지."

미묘한 신경전. '너네 지금 전쟁영웅에게 꼬리 치는 거 아냐?'와 '어? 벌써 전쟁 다 끝났다고 입 닦으시려고?'의 치열한 대립.

"이미 원수조차 너무 흔한 계급입니다. 당장 저 12군단의 원수 몽고메리조차 원수고, 아이젠하워 장군이 원수 계급을 달게 되면 아시아 방면 미군만 원수가 셋입니다."

"그게 딱히 문제 될 게 있소?"

"아시아엔 장개석이 있는 만큼, 자칫 잘못하면 미군의 지휘권이 간섭받을 여지가 있습니다. 또한 일본군을 더욱 심리적으로 압박하는 효과 또한 있지요."

"흐으음."

"조만간 독일의 정식 항복을 받을 텐데, 그때 원수보단 대원수가 자리에 임하는 편이 더 좋지 않겠습니까?"

육군은 너무 공화당의 영향력이 강하다. 전통적으로도 그랬고, 지금도 그렇다.

"해군도 급을 맞춰 줘야 할 것이고, 퍼싱 장군이 행여나 불편해하면……."

"그건 이미 논의를 끝냈습니다. 장군께서도 대단히 기꺼워하셨습니다."

1차대전의 영웅 퍼싱. 그리고 미국—스페인 전쟁의 영웅인 조지 듀이. 이 두 사람은 이미 다른 원수들과 견주었을 때 '선임 원수'로 분류되고 있었으니, 두 사람을 대원수로 끌어올리는 건 전혀 문제가 되지 않는다.

"해군에도 대원수를 임명해야겠소."

"누구를 염두에 두고 계십니까?"

"그야 당연히 리히 원수지요."

"리히 원수가 킴과 동격으로 대우받을 만큼의 군공을 세웠습니까?"

"군공 문제가 아닌 육군과 해군의 균형 문제인데 왜 자꾸 그런 말씀을 하시는지 모르겠군요. 그리고 리히 원수께선 D.C.에서 막중한 임무들을 수행해 오셨습니다."

"그리고 리히 제독은 일본 본토 공략에 무척 부정적인 것으로 알고 있습니다만……."

"마치 꼭 아직 전쟁부장관이신 것처럼 말씀하십니다?"

맥아더는 입술을 꾹 깨물었고, 월레스는 그 모습을 즐겁게 감상했다. 파리가 아무리 앵앵대며 날아다니며 사람을 귀찮게 한들, 결국 파리는 파리에 불과하다. 넘을 수 없는 벽과 같아 보였던 맥아더가 이젠 참으로 하잘것 없어 보였다.

* * *

프랑크푸르트에서의 업무는 아직 끝나지 않았고, 히틀러 능욕 역시 끝나지 않았다. 애초에 히틀러에게 뭔가 자비를 베푼다는 게 이상하지 않은가? 따지고 보면 이건 능욕도 아니다. 그냥 역사적 진실을 발굴하는 거지. 마치 사람이 밥을 먹고 사는 것처럼, 숨 쉬듯 당연한 일인 셈이다. 한국인, 아니 세계인의 보편 정서다 이건.

협곡에서 상대를 만나면 '-춤'을 치며 으헤헹 으헤헤헹을 하고, 입던할 때 점프를 폴짝폴짝하고, 하다못해 오목이나 장기 두는 어르신들조차 승기를 잡았으면 '거 어디 가셨나.'부터 '아 이 사람 영 실력이 없네~' 같은 대사를 치지 않는가. 그러니 이건 당연한 거다. 내가 나쁜 게 아니다.

— 베를린 총통 벙커에 파견된 조사단의 보고에 따르면, 히틀러는 죽는 그 순간까지 최고급 식료품과 각종 와인을 즐기며 호사스러운 생활을 이어 갔던 것으로 밝혀졌습니다.

— 한평생 독신을 고수했다고 알려져 있던 히틀러. 놀랍게도 그런 히틀러에게 정부(情婦)가 있던 것으로 밝혀졌습니다.

— 에바 브라운이라는 이름의 이 여자는 히틀러 전속 사진사였다고 합니다. 하지만 놀랍게도, 연합군 조사단은 이 여성의 이름을 다른 곳에서 찾을 수 있었습니다.

— 미합중국과 독일 간의 관계 악화의 원인 중 하나로 거론되던 '피라미드 컴퍼니'. 에바 브라운의 이름은 마그다 괴벨스 부인과 함께 이 회사의 핵심 임원 명단에 올라와 있었습니다!

— 선량한 미국 시민의 사기업을 약탈해 전 국민을 대상으로 한 금융범죄를 저지르고, 그 죄를 덮어씌운 나치의 악행이 까발려졌습니다… 그 막대한 범죄수익은 모두 히틀러 부부의 호주머니로 빨려 들어간 것입니다.

아주 찰지다. 샌드백보다 더 짜릿짜릿하다. 그에 비해 D.C.에서는 아주 소소한 일들로 연일 치고받고 국K—1 그랑프리를 벌이는 모양이었다.

"대원수? 그런 계급도 있었습니까?"

"이번에 신설되었네."

6성 계급장. 무슨 북조선에서나 볼 법한 휘황찬란한 계급장을 내민 마셜은 싱글벙글 웃고 있었다.

"전 세계를 피로 물들인 악의 무리를 물리친 최고의 명장이라면 이만한 명예는 얻어야지."

"허… 이럴 시간에 그냥 우리 애들 집에 보낼 궁리부터 먼저 해야 하지 않을까 싶은데요."

"자네는 꼭 뒷말이 많아. 구시렁구시렁. 자네 딸도 자네보단 덜 시끄러울 게야."

"제가 틀린 말 했습니까, 어디."

"삐죽대지도 말고. 이제 네가 허튼짓하면 고스란히 미합중국 육군의 명예까지 같이 흠집이 나니까."

"이보게 마셜 원수. 상관을 존중하지 않는 것 또한 미합중국의 명예에……."

진짜 쏠 것 같아 나는 얼른 닭 부리처럼 튀어나왔던 주둥이를 쏙 집어넣었다. 방금 살기는 진짜였다. 하극상이다, 하극상! 동네 사람들 여기 좀 보세요. 이렇게 미군이 위아래가 없습니다! 빼에에엑! 6성 계급장을 새롭게 장착하자 '힘'이 넘친다. 어쩐지 뒤통수에 큼지막한 혹이라도 하나 샘솟을 것 같은 기분. 이대로 한반도로 돌아가 신정부를 설립한 후 평양에 거대한 궁전을 짓고 '주체'의 이름으로…….

"내 말 듣고 있나?"

"잠시 딴생각을 그만."

"보나 마나 또 허무맹랑하고 쓰잘데기없는 생각이겠군."

악! 이건 너무 아프다! 내 진급 이후엔 당연히 신나는 훈장 뿌리기의 시간이었다. 우선 나부터 훈장 한 꾸러미를 득템했다. 훈장 같은 거 줄 바에 그냥 땅이나 돈으로 주면 안 될까. 이 금속쪼가리로 입 씻고 넘어가다니. 정말 가성비 하나는 최고구만. 그동안 지옥 같은 노역에 시달리던 참모부, 그리고 일선에서 맹활약한 이들에게 열심히 훈장을 나눠주던 내 눈에 한 인물이 밟혔다.

"토… 큥 킴?"

"김 도 경 입니다! 총사령관님!"

"조선인인가보군. 반갑네. 김유진이야."

"감사합니드아앗!!"

"목소리 볼륨 좀 줄이고. 기차 화통을 삶아먹었나."

원 역사 쪽 기억에는 없는 이름이다. 김영옥은 듣자마자 바로 누군지 깨달았는데 말이지. 즐거운 서울행 나들이 파티원이 늘어나는 건 아주 좋은 일이에요.

"전공이 아주 대단하시구만."

"아닙니다! 전부 대원수님의 앞선 발자취를 통해 배웠을 뿐입니다!"

"오버하진 말고."

조선 사람이 대원수 타령하면서 자꾸 그러면 진짜 혹이 달릴 거 같잖아. 기분 요상하다고. 병사로 입대, 튀니지에서 종군하다 장교 임관. 프랑스 해방전에서 전공. 발터 모델의 아미앵 전역에서 휘하 부대를 탈출시키고 전과 확대 저지. 은성무공훈장 서훈. 라이프치히 전투에서 중전차대대를 포함한 적의 기습에 연대장이 전사하자 부대를 수습한 후 역습해 적 전차 부대 격파, 사단장 사살… 뭐지, 이 괴물은?

"귀관의 눈부신 전공에 무수한 인명을 살릴 수 있었네. 앞으로 육군의 기틀이 되어 국가와 시민을 위해 헌신하길 바라네."

"그, 참으로 죄송합니다만, 그, 뽀록, 아니, 그, 운이 좋았을 뿐인지라, 너무 저에겐 무거운 짐이라서, 전역을……."

뭐? 전역? 누구 맘대로? 이놈은 이미 끝났다. 내가 마셜에게 두둑한 몸값을 받고 팔아넘겨야겠어. 어딜 감히 벌써 도망을 생각하고 있단 말인가.

"이보게, 김 대령."

"제 계급은 임시 중령입니닷!"

"내가 대령이라고 하면 대령이야."

내가 가볍게 손짓하자 충실한 내 도비들이 얼른 그의 좌우에 달라붙어선 재빨리 계급장을 교체해주었다. 음. 만족스러워. 나는 번쩍번쩍 광이 나는 새삥 대령 계급장이 붙은 어깨에 팔을 걸었다. 이 친구, 핸드폰 진동 온 것처럼 떨고 있네. 청심환 없나?

"김 대령."

"네, 네, 넵."

"정말 전역할 생각인가? 전역하고 나면 뭐 먹고 살려고? 대학도 중퇴했 던데."

"입대 전 새, 새, 샌―프랑코에 취직이 예정되어 있었습니다. 그, 장학금 조건으로."

"어허. 고작해야 사기업이 어찌 국가의 동량을 그깟 학자금 몇 푼으로 뺏어 갈 수 있겠나."

이 친구 참으로 마음에 드는구만. 내 앞에서도 달달 떨면서도 할 말은 다 하고 있잖아.

"혹시 아는지 모르겠지만, 나는 독일의 항복 문서에 서명한 뒤 곧장 필 리핀으로 갈 예정이네. 가서 쪽바리들을 두들겨 패고 경성에 입성할 작정 이지."

"!"

"나와 같이 경성, 아니 서울에 가지 않겠나? 왜놈의 노예가 된 삼천리강 산을 해방시킬 기회는 아무에게나 오지 않는다네."

크헤헤헤. 가서 뭐라도 하면 준장 달아주는 건 일도 아니지. 내가 퇴역하 는 그날까지 쪽쪽 짜먹어주마.

대원수 3

원 역사에서 베를린이 함락된 후 독일 대통령 자리를 떠맡은 사람은 카를 되니츠였다. 하지만 어떻게 된 노릇인지, 되니츠 대신 우리의 오타쿠 친구 헤르만 괴링이 독일 대통령이란 자리를 꿰어차게 되었다. 원 역사에서 괴링은 히틀러에게 반역자로 찍혀 온갖 욕을 퍼먹었는데… 대체 왜 저기에 김괴링 씨가 있단 말인가. 가끔 나비 효과란 내 이해의 범위를 넘어설 때가 있다. 아니지, 이해가 되면 애초에 나비 효과란 단어를 쓸 수 없겠구나. 아무튼 그런고로, 내 앞엔 또다시 괴링 형제의 동생인 알베르트 괴링이 밀사랍시고 면상을 들이대고 있었다.

"살려만 주신다면 모든 무장을 해제하고 투항하겠다고 합니다."

"……."

"그, 제 형, 헤르만 괴링 또한 언론에 공개된 총통 각하의 유언장을 보았습니다."

"그건 유언장이 아니지요. 개인의 사사로운 서신일 뿐입니다."

"괴링 대통령은 그 편지를 총통 각하의 마지막 지시로 해석하였습니다. 독일군은 킴 총사령관님께 충성을 다할 준비가……."

"하하. 하하하. 하하하하하."

우습다 우스워. 너무 웃으니 내 턱이 호두까기 인형처럼 빠질 것 같네.

"뒈지고 싶습니까? 적국 수괴와 그 따까리들 충성을 받아서 어디다 쓰자고? 가스실?"

"그, 이미 저희는 검증되지 않았습니까? 저희는 히틀러와 달리 충분히 교섭의 여지가 있습니다."

"없어. 괜히 이전 교섭 거론하면서 협박하려는 수작 같은데, 까든 말든 알아서 하시든가."

알베르트 괴링은 한껏 침울해져서 돌아갔다. 하루 간격으로 찾아온 공식 사절 또한 내가 봤을 땐 도찐개찐이오, 오십보백보였다.

"저희는 베를린에 있던 공식적 독일 정부를 계승하였으며……."

"누구 맘대로?"

"총통 각하께서 직접 피난을 지시하여 정부 기능을 이관하기로 하였습니다."

"인정 못 해주지."

내 강경한 태도에도 이놈들은 꿀리지 않았다. 이것들을 어떻게 참교육 해준담.

"당신네들의 조건 어쩌고는 들을 가치도 없지. 연합국의 의지는 단 하나. 무조건 항복이니까. 토 달지 말고 거기 대표라는 놈들은 베를린으로 기어 나와서 얌전히 항복 문서에 서명이나 하면 돼."

"어떠한 협상도 없다니요. 그렇다면 최후까지 싸울 수밖에 없습니다!"

"싸워, 이 새끼들아."

나는 최대한 빵긋빵긋 영업용 미소를 지었다. 아, 역시 웃음벨이 필요해. 땡 하고 치면 모든 장병이 하하하 큰 웃음을 터뜨려야 했던 웃음벨이 필요하다고.

"원활한 항복을 위해 24시간의 여유 시간을 주지."

"저희가 바라는 것은 오직 아주 약간의 자비와 명예로운 항복을 위한 미미한 배려에 불과합니다."

"24시간. 그 뒤에 항복하는 모든 포로는 붉은 군대에 인도하도록 하지."

"…예?"

"베를린에서 항복 서명을 받은 건 연합군 총사령관인 나지. 그리고 혹시나 모를까봐 친절히 안내하는데, 나는 스탈린에게 위임받은 권한은 없네."

그러니까 나랑은 사인했지만 빚쟁이는 한 명이 아니라고요. 내가 먼저 빚을 받아냈으니 스탈린 동지에게 선물이라도 좀 줘야 화가 덜 나지 않겠나. 독일인을 주겠다고 하면 아마 그놈은 기쁜 마음으로 새 전용 굴라그를 지어줄지도 모른다.

"자, 잠시. 이건 제 선에서 결정할 수 있는 문제가 아닙니다."

"24시간. 썩 꺼져."

"조금만 더 시간을 주십시오. 제가, 제가 무슨 수를 써서라도 설득하겠습니다."

"48시간 주겠네. 째깍. 째깍. 째깍. 혹시 무슨 소리 안 들리나? 내 귀엔 소련군이 독일 영내로 더 깊숙이 진격해 들어오는 소리가 들리는 듯한데……."

48시간 후. 독일 대통령 괴링 명의로 다시 한번 전투 중지 및 무장해제 선언이 발표되었다.

어디서 건방지게 협상을 하려고, 이놈들을 콱 그냥.

* * *

사방에 콘크리트 자갈만 흩날리는 황폐해진 베를린 거리는 을씨년스럽기 그지없었다. 반쯤 감금되다시피 피난소에 머무르던 베를린 시민들은 드디어 햇빛을 볼 수 있었다. 그들은 미군의 감시 감독 아래에서 엉망이 된 집을 정리하고, 사방에 널린 시체와 살점 파편을 치웠으며, 앞으로 어떤 미래가 찾아올지에 대해 고민해야 했다.

"다음."

"다음."

"제가 딸린 입이 하나가 아닌데, 조금만 더 주시면……."

"다음!"

배급이 나오긴 했지만 결코 넉넉하지는 않았다. 오히려 배급을 감독하고 있는 미군은 제발 합법적으로 독일놈들을 두들겨 팰 건수가 생기기만을 바라는 듯했다.

"이거론 부족합니다! 저는 집에서 나오지 못하는 노모가 있어요!"

"이 빌어먹을 자식이 뭐라고 떠드는 거야?"

"우리가 히틀러 대신 자기 엄마 몫까지 먹을 걸 줘야 한다는데?"

"뒤지기 싫으면 꺼지라고 해. 관상 보니까 가스 밸브 몇 바퀴 돌렸던 것처럼 생겼네."

눈앞에서 매타작이 펼쳐지는 광경을 보면서, 콘라드 슈미트는 앞으로 나아갔다.

"다음. 몇 명이오?"

"저, 부인과 딸, 이웃집 애 하나까지 총 넷입니다."

"오. 영어 할 줄 아시는군. 이웃집 애는 또 뭐요?"

그는 자신의 뒤편에서 식은땀을 줄줄 흘리고 있는 프란츠를 힐끗 바라보았다.

"일가족이 전부 죽어서 제가 보살피게 되었습니다."

"덩치 좀 있게 생겼는데… 군대 갈 나이 아니오?"

"운이 좋게도 징병 커트라인에 걸리진 않았습니다. 아직 앱니다."

"여기 4인분!"

콘라드는 열심히 늘어놓았던 각종 증명서를 다시 꼬깃꼬깃 품 안에 집어넣었고, 곧이어 US ARMY 마크가 선명히 박힌 상자 하나가 그의 앞에 대령되었다.

"슈미트 씨. 직업이 뭐였소?"

"금융업에 종사했었습니다."

"영어도 할 줄 아시고. 숫자도 잘 다루시겠구려."

"불어와 러시아어도 가능합니다."

"지금 당장 이곳에서 일할 수 있겠소? 배급을 더 넉넉하게 드리리다."

"물론입니다. 만프레드? 이거 받아서 집으로 가렴."

넋이 반쯤 나간 프란츠는 대답하지 않았다. 콘라드는 그의 곁으로 다가가 뺨을 어루만졌다.

"만프레드."

"…네? 아버, 아, 아저씨."

"그래. 만프레드. 집으로 이거 좀 가져가라. 네… 가족의 일은 비극이지만 산 사람은 살아야 하지 않겠니."

그는 대답 대신 곧장 박스를 들어 프란츠에게 넘겨주었고, 엉거주춤 받아든 프란츠가 되돌아가는 모습을 잠시 지켜보았다.

"혼자 보내도 괜찮겠소?"

"험난한 시국 아닙니까. 쟤도 빨리 제 한 몸 건사하려면 정신 좀 차려야 합니다."

"하긴. 그래도 대단하구려. 이런 시국에 남의 집 아들까지 맡다니."

그러게 말입니다. 아들을 아들이라 부르지도 못하게 될 줄이야.

"담배 피우시오?"

"물론입니다."

"한 대 피우고 작업 시작합시다. 통역 좀 해주시고 서류에 이상한 점 있으면 내게 말해주시오."

"예."

어느새 책상과 의자 앞에 앉은 콘라드는 세상 참 요지경이다 싶었다.

"다음."

"오토 마이어입니다. 저 혼잡니다."

"사지 멀쩡한 친군데? 친위대 아냐?"

"아는 앱니다. 대학생이었구요."

"저는 친구들과 반나치 지하운동을 했었습. 게슈타포에 끌려가 이승 하직할 뻔했는데 운 좋게 도망쳐서 슈미트 씨네 집 지하실에 숨어 있었습 니다."

"…당신 무슨 브레멘 음악대요?"

"당나귀만 모으면 음악대 완성되겠군요. 나치 놈들이 징발해 가서 당나 귀가 없습니다."

그렇게 진담 섞인 농담 따먹기를 하고 있을 무렵, 저 멀리서부터 갑자기 소란이 일기 시작했다.

"무슨 일입니까?"

"독일 놈들이 또 야단인가 보군요. 확인해서 처리하겠습니다."

병사 몇 명이 소란이 이는 곳을 향해 달려갔지만, 이상하게도 돌아오는 이가 없었다.

"뭐야. 헌병 불러야 하나?"

"거기! 거기!!"

호랑이도 제 말 하면 온다고, 막 갈등하던 찰나 병사 한 명이 헐레벌떡 달려오는 모습이 보였다.

"헉. 헉. 헉."

"무슨 일이길래 이리 요란이오?"

"대원수님께서 오고 계십니다. 잠시 여길 둘러보고 가신다고……."

"신이시여."

6스타급 태풍이 그들을 향해 접근하고 있었다.

* * *

"만세!!"

"만세에에!!"

"킴 장군님 만세! 연합군 만세!!"

무수한 인파. 곳곳에서 휘날리는 성조기. 나는 머리가 어지러웠다.

"이봐, 윌리엄스."

"예. 장군님."

"살다보니 별일도 다 있어."

"그러게 말입니다. 제가 히틀러가 타고 다니던 차를 몰게 될 줄 누가 알았겠습니까?"

"내가 지시한 대로 '하일 히틀러' 포즈 연습은 좀 했나? 너무 웃지는 말고. 사고 낼라."

운전병이 킬킬대는 모습에 나는 기겁했다. 여기까지 잘해 놓고 교통사고로 이승 하직하면 얼마나 서럽고 원통하겠나. 베를린 주변엔 산신령이 있을 만한 산도 없는 듯하니 죽으면 정말 끝 아닌가.

"아프리카 사막에서 장군님을 모시고 다니던 게 엊그제 같은데……."

"그때 내 원망 많이 했지?"

"아닙니다. 총사령관님께서 저 미치광이들을 다 때려잡고 세상에 자유와 정의를 가져다주리라 언제나 쭉 믿고 있었습니다."

"프랑스에 오래 있더니 혀에 버터 바른 것 좀 보게."

나는 부관을 향해 시선을 옮겼다.

"주코프 장군은?"

"몇 시간 전 베를린에 도착했습니다."

"괴링은."

"어제 베를린으로 들어왔습니다."

"그럼 뭐, 됐구만."

산천초목도 벌벌 떨게 만드는 유진 킴 대원수가 먼저 입성해 남을 기다릴 수는 없는 법. 나는 잠시 시간도 때울 겸 베를린 이곳저곳을 구경하며 민생 투어에 나섰다. 안타깝게도 내 완벽한 먹방 스킬을 선보일 일은 없었고, 베를린에 포장마차가 있을 리도 없었다. 장병들이 다소 경기를 일으키는 것 같긴 했지만 설마 그러려고. 다들 너무 좋아서 그러는 게 틀림없다.

후. 나의 인기란 도무지 감당이 안 되는군. 엘비스 프레슬리나 마이클 잭슨이 베를린 월드 투어를 하기 전까진 아마 내 인기에 대적할 사람은 없을 것 같다. 미리 깔끔하게 세팅해 놓은 조인식 장소로 향하자, 역사에 길이 남을 전설적인 시베리아 불곰이 날 기다리고 있었다.

"반갑습니다, 주코프 장군."

"게오르기 주코프요. 드디어 귀하를 뵙게 되니 참 감명 깊습니다."

우리는 짧지만 무겁게 악수를 나누었고, 잠시 둘만의 자리를 마련했다.

"마침내 이 지긋지긋한 전쟁도 끝입니다."

"저는 최대한 빨리 다음 전장으로 향할 계획입니다. 아직 다 끝난 게 아니니까요."

"일본인들이 남아 있지요. 우리 붉은 군대 또한 준비가 갖춰지는 대로 일본 제국주의자들에게 본때를 보여줄 테니 잠시만 기다려 주시기 바랍니다."

나는 미리 준비한 하바나 시가를 선물로 내밀었고, 주코프는 기쁜 마음으로 그걸 받아 들고는 보드카 한 병을 내게 건네주었다.

"윽. 보드카라니."

"별로십니까?"

"아, 아닙니다. 귀국 서기장께서 제 입에 보드카 병을 쑤셔 넣던 기억이 생각나서 말이지요."

"하. 하하하."

좋아. 잽치고는 제법 잘 들어간 모양이야. 불곰이 아파한다.

"서기장 동지께서 전쟁이 다 마무리되고 나면 모스크바로 한번 놀러오라 하셨습니다."

"기쁜 마음으로 찾아뵙도록 하겠습니다. 평화가 오면 군인들이야 할 일이 없어질 테니까요."

"그렇게 생각하십니까?"

"물론이지요. 이미 제 이름 석 자에 너무 많은 피가 묻었습니다. 세 번째 전쟁만큼은 결코 없어야 합니다."

"동감합니다."

소소한 잡담의 시간이 끝나고. 우리는 느긋하게 한 발짝씩 걸어 마침내 몇 장의 서류와 펜이 준비된 장소에 도달했다.

"독일 대통령, 헤르만 괴링이오."

"독일군 총사령부의 요들입니다."

"게오르기 주코프."

"유진 킴."

어차피 일은 실무진들이 다 하는 것이고, 우리 같은 사람들이 하는 일은 펜을 들어 서명을 하는 아주 쉬운 일뿐. 하지만 이 서명을 하기 위해, 얼마나 많은 사람들이 죽어야 했나. 나는 펜을 들었다. 펜에 머금어진 새까만 잉크가 서류를 덧칠하고. 마침내 유럽에서의 전쟁이 그 끝을 맞이했다. 길고도 긴 순간이었다.

일본 이외 전부 침몰 1

중화민국, 중경.

"후……."

한때 천책상장(天策上將) 소리를 들으며 중화의 위대한 명장으로 칭송받던 휴 드럼 미합중국 육군 원수는 연신 담배를 피우며 시름에 잠겨 있었다. '선물'이 싹 끊겨버렸다. 당연한 결과였다. 중국 대륙 도처의 군벌들은 드럼을 통해 미국에 줄을 대고, 나아가 자신들의 안위를 보장받을 수 있으리라 믿었기에 막대한 금은보화를 그의 집 창고에 실어날랐다.

드럼 또한 이들 '민병대'의 협력은 전쟁 수행에 필수적이라 보았기에 이들은 하하호호 웃으며 행복한 시간을 보낼 수 있었다. 하지만 일본군의 대공세가 모든 걸 뒤바꾸었다. 중화민국은 개전 이래 다시 한번 최악의 시기를 맞이했고, 중경이 함락되느냐 마느냐를 앞에 둔 순간 드럼은 군벌들을 고기방패로 내밀어야만 했다. 그때까지는 좋았다. 군벌들조차 전략상 어쩔 수 없는 선택이라는 걸 납득해야만 했다. 기껏 여기까지 왔는데 한간, 매국노, 친일 부역자 소리를 들으며 몰락할 수는 없지 않은가?

하지만 일본군을 밀어낸 지금, 목에 닿을락 말락 하던 칼날이 멀찍이 떨어진 지금. 잃어버린 본전 생각이 나는 것은 인간 본연의 심리. 그렇기에 군벌들이 보내주는 선물은 예전에 비해 턱없이 줄어들고 말았다. 그 대신 장개석의 크나큰 호의를 얻게 되었지만… 이래서야 수지타산이 맞지 않는다.

"중국 공산당이 사실상 화북을 통째로 먹은 듯합니다."

"신뢰하기 어려운 현지 첩보에 따르면, 일본군이 대놓고 공산당에게 중화기를 포함한 군수물자를 팔아먹고 있다고 합니다."

"…믿을 수가 없군. 그게 가능한 일인가?"

"어차피 수천 킬로미터를 퇴각하는 동안 가져갈 수 없다고 본 것 아니겠습니까?"

"내 말이 그 말일세. 어차피 버리고 도망가야 할 물자를 왜 돈 주고 산단 말인가? 가만히 앉아 있으면 주울 수 있는데?"

"그야… 그냥 버리고 가는 게 아니라 못 쓰게 망가뜨리고 갈 테니까요."

"그래서 판다? 돈 주고 산다? 미치겠군. 미치겠어."

어질어질하다. 이 중국 땅에서 인간 세상과 서구문명의 상식이 안 먹힌다는 사실은 몇 번이고 절감했지만, 매번 겪을수록 새롭고 짜릿했다. 10만 볼트에 감전당해도 이것보다 더 짜릿짜릿할 순 없겠다. 게다가 장개석은 극도로 초조해져 있었다.

"미군은 대체 언제 오는 것이오?"

"이미 다 말씀드리지 않았습니까. 곧 대규모 상륙작전이 시행될 예정입니다."

"다 끝난 뒤에야 오는구려. 혹시 총 대신 파티 도구를 들고 오는 건 아닐지."

"화북 방면의 일본군이 무너졌다고는 하지만, 여전히 강남에선 놈들의 기세가 강하잖습니까. 이제 세계 최강인 미합중국 군대가 성조기와 함께 온다면 놈들은 모래성처럼 무너질 겁니다."

드럼이란 인물에 대한 신뢰와는 별개로 미국에 대한 신뢰가 점차 사그라들고 있다. 드럼의 권력 탐지 레이더가 평생 그 어느 때보다 맹렬하게 돌아갔다. 좋지 않았다. 매우 좋지 않았다. 이래서야 부귀영화와 안락한 노후의 꿈이 점점 사라지지 않는가. 이럴 거라면 대체 왜 이 쿰쿰한 아시아 땅에 왔겠는가?

"이보시오, 드럼 장군. 당신네 나라에서 내게 몽골을 포기하길 요구했소."

"저는 정치에는 문외한인지라… 그 빨갱이 대통령이 무어라 하건 저와 군의 의사와는 조금 다릅니다."

"심지어 대련을 소련에게 조차해줄 것을 요구하기까지 했소. 이게 뭐요? 어째서 빨갱이들을 우리 심장에 박아 넣으라고 하는 게요?"

"하하하… 염려 마십시오. 미합중국은 언제나 반공의 기치에서 물러난 적이 없습니다."

하지만 하늘이 무너져도 살 구멍이 있다고 했던가? 실로 그러했다.

"저는 미국의 눈과 귀, 입이기도 하지만 주석님의 의견을 전달하는 역할이기도 합니다. 중국 인민의 투쟁과 그 노고를 전하기 위해 언제나 최선을 다하고 있습니다."

"내가 그건 잘 알고 있습니다. 답답해서 그럽니다, 답답해서."

"그래서 제가… 유진 킴 장군을 아시아 방면에 보내달라 요청했습니다."

드럼의 말에 장개석은 잠시 반색하나 했지만, 금세 다시 침울해졌다.

"말이 되는 소릴 하시구려. 그 누구도 막지 못하던 히틀러의 독일을 패망시킨 명장이 뭐 주워 먹을 게 있다고 이리로 오겠소?"

"하하하하! 제가 누굽니까. 킴 장군의 절친한 친구이자 사선을 함께 넘은 전우 아닙니까? 제 강력하고도 간절한 요청에 킴 장군은 기꺼이 독일 점령군사령관직이라는 노른자위를 내려놓고 저와 함께하기로 결심했습니다."

"정말 김 장군이 온단 말이오?"

"그렇습니다!"

장개석은 다시 한번 확답을 듣자마자 자리에서 벌떡 일어나더니 양손으로 드럼의 손을 붙들었다.

"이 장 모가 이 자리에 앉은 이래 웃을 일이 도통 없었는데, 같은 민족이라는 자들이 내 등 뒤에 칼을 꽂으려 하는 와중 먼 곳에서 와준 벗께서 이리 중화 인민들을 위해 노력해주시다니. 내 차마 무어라 말을 해야 할지 모르겠소."

"하하하하. 이제 아무 염려 마십시오. 일본군의 최후가 눈앞에 다가왔습니다."

"하하하하하!!"

"키히히히힛!!"

발 없는 말이 천 리를 간다고 했던가? 바로 다음 날, 아니 당일 밤부터 드럼의 저택 앞은 문전성시를 이루기 시작했다.

"존경하는 드럼 장군님! 이번에 독일을 무너뜨린 대원수께서 드럼 장군님의 의형제라고 들었습니다!"

"하하하. 의형제라니요. 안타깝게도 서양에는 의형제라는 개념이 없습니다. 제가 진작 알았더라면 복숭아나무 아래에서 형제의 결연을 맺었을 텐데 말이지요."

"그깟 형식이 무슨 상관이겠습니까? 김 장군의 의형과도 같은 분이란 사실이 바뀌지 않는데요."

"하하. 밤바람이 차가우니 얼른 안으로 드시지요."

"이건 약소하지만, 그, 선물입니다."

"아니. 지금 제게 뇌물을 주시는 겝니까?!"

드럼이 상자를 뿌리치려 하자 급해지는 것은 상대방.

"그럴 리가요. 평소에 원수님을 흠모하던 제 마음을 담았을 뿐입니다."

"허허… 참으로 귀여운 금두꺼비로군요."

"그리고 이건 김 장군께 드리는 선물입니다. 혹시 가능하다면 전달드릴 수 있을지……."

"어허."

"김 장군께서 이름대로 금을 그리 좋아하신다던데……."

"그 친구가 반짝이는 걸 조금 좋아하는 성품이긴 하지만 이런 걸 덥석덥석 받아먹을 위인은 아니에요!"

"이런 거라니요. 정성입니다, 정성."

"생각 좀 해보겠습니다."

아무튼 유진과 친한 것도 사실이고, 그놈이 아시아 방면으로 오는 것도 사실 아닌가? ㈜드럼의 주가는 나날이 상한가를 갱신하고 있었다.

* * *

같은 시각. 일본제국, 동경.

"총리, 이제 어떻게 할 텐가?"

"애초에 네놈이 멋대로 벌인 일 아닌가!"

"귀축영미의 군대가 독일을 무너뜨렸으니 이제 이 신주로 향할 게 불을 보듯 훤하지 않은가!!"

도조 히데키 내각은 막다른 길을 향해 맹렬히 돌진하는 중. 중국 전선을 끝내겠다는 야심 찬 포부는 물거품처럼 사라졌고, 이제 남은 것은 필리핀을 장악한 후 칼끝을 겨누는 미군뿐.

"아직 끝나지 않았습니다."

도조는 여전히 자신만만했다. 겉으로는.

"미국인들은 인명 피해에 대단히 민감하다는 사실을 확인했습니다. 1억 신민이 총옥쇄하여 저들에게 수백만 단위의 인명 피해를 끼친다면, 귀축영미는 그 어떤 수단으로도 황국을 굴복시킬 수 없다는 사실을 깨닫고 협상 테이블에 나올 것입니다."

유감스럽게도 이미 지구 반대편의 짝불알 콧수염이 앞서서 선보였던 전략이었지만, 초록은 동색이요, 가재는 게 편, 그 나물에 그 밥인 추축국의 머릿속에서 나올 수 있는 방안이라는 것이 대개 그 모양 그 꼴이었다.

"이제 총력전입니다! 책상을 뜯어 무기를 만들고 대나무를 깎아 죽창을 듭시다. 황국신민은 결코 패하지 않는다는 사실을 똑똑히 각인시킵시다!"

"……"

"총력전 수행을 위해 내각을 새로이 개편하겠습니다. 그동안 전쟁 수행에 비협력적이거나 그 능력을 충분히 살리지 못한 이들을 제외하고……"

"야!!! 개 짖는 소리 좀 하지 마라!!"

"뭐요?"

"여기 앉아 있는 사람들 중 제일 무능하고, 제일 책임이 막중하고, 제일 제 권력과 밥그릇 챙기기에 여념이 없던 게 누구냐? 너잖아 이 자식아!!"

인외마경. 패전의 책임을 어떻게든 조금이라도 덜 지기 위한 필사의 몸부림이 벌어졌고, 결국 도조 히데키를 포함한 내각 전원이 총사퇴하면서 도조 정권이 붕괴되었다. 몇몇 사람들은 '어차피 패전하면 새 총리도 목이 매달릴 텐데 그냥 끝까지 도조를 총리로 두는 게 어떤가?'라는 소수의견을 제시하기도 했지만, 안타깝게도 아직까지는 밥그릇이 더 급했다.

"이제 믿을 건 연합함대뿐이다."

"해군이 미군의 상륙을 저지하기만 하면 1년은 더 시간을 벌 수 있어."

"이미 제국의 강역이 하나둘 무너지고 있다. 중국에서마저 쫓겨나면 우리에겐 파멸만 남는다."

그러나 이들의 행복회로에 초를 치는 소식이 곧 동경에도 당도하였으니.

"킨유진이… 아시아로 온다고 합니다."

"그럴 리가 없어! 그럴 리가 없다고!"

"킨 장군이 온다니……"

황군도 결코 경시할 수 없던 상대였던 소련의 붉은 군대. 그 붉은 군대를 어린애 발라당 뒤집듯 몇 번씩이나 말 그대로 갈아버렸던 나치 독일의 군대. 그리고 그 독일군을 묵사발로 만들며 기어이 베를린에 입성한 희대의 대명장. 그가 독일에 눌러앉는 대신 일본 공격을 진두지휘한다는 소식이 들려오자, 이미 황폐해진 일본인들의 정신세계조차 바닥에는 더 바닥이 있다는 사실을 깨닫게 되었다.

"조선!"

"조선이 이탈할지도 모른다!"

"어떻게 해서든 조선인들의 이반(離叛)을 저지해야 한다. 조선인들이 킨 장군에게 호응해 내란을 일으킨다면 대재앙이 일어난다."

당연히 동경에 닿은 소식이 경성에 닿지 않을 리가 없다. 제아무리 검열을 하고 눈과 귀를 틀어막으려 용을 썼음에도 불구하고, 독일과 이탈리아가 패망했다는 소식이 완벽하게 차단될 리는 없었고.

"대원수라니!"

"미국에서도 전례가 없던 계급을 만들어서까지 조선인에게 주다니. 실로 김 장군은 하늘이 내리신 분이 아닌가!"

"이제 김 장군께서 백만 철기를 거느리고 조선을 해방시켜 줄 게 틀림없다. 왜놈들은 이제 끝이야!"

조선의 공기는 심상치 않게 흘러가고 있었다. 일본인들은 이를 악물고 분위기를 수습하려 했지만, 이미 하잘것없는 날품팔이와 인력거꾼조차 그 눈빛에서 알지 못할 무언가가 번들거리고 있었다.

"조선인의 정치 참여를 허용하고 중추원의 문호를 개방하여 조선귀족 외에도 조선 정치에 입을 열 수 있게 하겠다."

"3년 내로 조선인 총독을 임명하겠다!"

"조선인 중에서 원하는 자들이 있다면 황군에 입대할 수 있는 영광을 부여하겠다!"

온갖 달달한 회유책이 동원되었지만, 애초에 핀트조차 제대로 잡지 못한 상황.

"못난 민족 조선인들은 대관절 어째서 유럽의 대전쟁 결과에 환호하는 가? 김유진은 그 출생이 미합중국 샌프란시스코로, 조선의 물 한 방울 쌀 한 톨 그 입에 넣은 적이 없으며 오직 미합중국 군인으로 충성을 다하였다. 지금 적국의 군인이 작은 군공을 세웠기로 이를 마치 제 부모 형제가 공을 세운 듯 날뛰는 이들이 있는데, 이는 주제 파악을 못 하는 조선인의 저열함 과 무지몽매함을 스스로 증명하는 것에 불과하다."

박중양(朴重陽) 같은 거물급 친일파들의 기고문과 연설이 연일 전국 방방 곡곡에서 행해졌다. 하지만 이미 어용 언론이나 친일파들의 선전선동으로 이 기세를 억누르기란 참으로 여의치 않았고, 누가 봐도 불온한 흐름은 점 점 거세져만 가고 있었다.

"김유진이 조선 땅에 오면 이 나라는 미국의 새로운 식민지가 된다! 그 는 피만 조선인일 뿐 양놈의 정신을 갖고 있으니, 이 땅의 조선인을 한 명도 살려두지 않고 모두 노예로 팔아버릴 게 틀림없다!"

"김유진 대원수께서 카이로 회담에 임하시어 세계 강대국의 지도자들 이 모두 그분을 조선 국왕에 임명하기로 하셨다더라! 왜놈들은 꺼져라!!"

"자력으로 성장해 먼저 개화한 일본인과 어깨를 나란히 할 생각은 못 하고 백마 탄 초인만 연신 찾아대고 있으니 조선인의 미개함은 황국이 아 무리 은총을 베풀어도 구제가 불가능하구나! 김가가 왕이 되면 대관절 이 씨 조선과 다른 게 무엇이냐?"

"뭐가 달라지냐니? 너희 같은 매국노들 모가지가 전부 썰려 나간다는 게 달라지지!"

폭풍전야. 누군가 작은 불씨 하나라도 던지는 순간, 온 반도가 불바다가 될 것은 삼척동자라도 알 수 있었다.

일본 이외 전부 침몰 2

일본제국의 조선 통치는 빈말로도 세련되었다고는 말할 수 없었다. 물론 일본 입장에서 따지면 다소 억울한 감도 있다. 이 분야의 대선배이자 최고 권위자인 영국이 즐겨 쓰던 '디바이드 앤 룰', 민족과 종교에 따라 갈라치기가 단일 민족 국가인 조선에서는 먹히지 않으니까.

당장 교육만 보더라도, 일본제국은 수천 년간 존재한 적 없는 '하나의 일본'을 만들기 위해 초등교육에 사활을 걸어 거의 전 국민이 소학교만큼은 졸업하게끔 제도를 만들었다. 하지만 조선인은 소학교 대신 보통학교를 다녔고, 교육의 질도 떨어졌으며, 그 보통학교조차 다닐 수 있는 이들은 매우 적었다. 초등교육이 이 모양이니 고등교육은 말할 것도 없다.

조선 내 독립운동가, 민족주의자들도 이 사실을 알고 있었기에 민립대학 설립운동 등을 벌이긴 했으나 결국 실패. 그래도 가물에 콩 나듯 어찌어찌 고급교육을 받은 조선인이 있기는 했으나, 이들을 위한 일자리는 당연히 총독부 같은 곳. 애초부터 친일파 집안에서 친일의 길을 걸으며 성장한 인재가 아니라면 기껏 먹물 잘 먹고도 할 수 있는 일이라곤 장사, 학문, 혹은 문학이나 예술 정도. 괜히 일제강점기 파트 국어 교과서가 두툼한 게 아니다.

이육사 시인이나 윤동주 시인이 1990년쯤 태어났어봐라. 대치동 폴코스로 돌면서 의대 들어갈 확률이 높지 않겠나? 각설하고, 저런 탓에 동양교육발전기금은 내 예상을 아득히 뛰어넘어 어마어마하고 폭발적으로 성장했다. '사내자식이라면 모름지기 과거 급제해서 입신양명'이 유교 DNA에 각인되어 있는 조선인에게 웨스트포인트 입시 성공 신화, 1타강사 유진 킴이 함께하는 놀라운 기회가 주어졌다.

"얘가 전라도에서 제일 똘똘한 앱니다."

"얘 좀 보십쇼. 학교 있는 함흥까지 하루 3시간씩 걸어다니면서 공부하는 앱니다. 얘는 꼭 미국 보내야 합니다."

"평양에 신동 났다고 소문이 자자합니다. 이런 애를 미국 안 보내면 누가 가겠습니까?"

전국 각지의 청년단체, 종교단체에서 선발한 아이들.

"머리에 피도 안 마른 것들이 뭐? 학생운동?"

"조센징들은 정말이지 싹수가 노랗구먼. 이것들을 전부 물고를 내야 하는데……."

"야. 너 서대문 갈래, 미국 갈래?"

사상이 불순하고 식민 지배에 순응할 기미가 보이지 않는다며 일본인들이 알아서 던져 주는 학생들.

"우리 집안이 어떻게 부흥했느냐. 전부 다 시세를 읽고 일본이 떠오르는 해가 되리란 사실을 진작부터 깨달았기 때문이다."

"말은 제주로 사람은 서울로 가라 했다. 동경에서 유학하는 것도 좋겠지만, 미국물을 먹어 놓으면 네가 이 집안을 더 키울 수 있지 않겠느냐?"

"저도 일본보단 미국이 더 좋습니다. 보내만 주시면 가겠습니다."

조선인 중 극히 드문 지주, 자본가, 친일 귀족계층까지. 동양교육발전기금은 한마디로 말해 조선인을 포함한 동양인이 중학교 겸 고등학교 겸 대학교 겸 대학원 교육을 받을 수 있는 풀코스였다. 그것도 세계 최고 수준으로. 한중일을 막론하고 돈과 권세 있는 집안, 혹은 학업에 대한 열의가 있는 학생들이 이 기금의 문을 두드려댔다. 어느 순간부터는 동남아 쪽에서까지 알아서 문의가 들어오더라.

우리 집 최고의 먹물쟁이 김유인은 이 동양교육발전기금을 필사적으로 돌려 미국 각지의 교육기관에 유학생들을 펑펑 뿌려댔지만, 어느 순간부터 착한 김유진과 나쁜 김유신 두 형제는 슬슬 이렇게 모인 인재들을 '세탁'할 방안을 쑥덕대기 시작했다.

"대충 돌려보니까 견적이 나오는데, 첫 1년은 애들을 묵혀야 할 거 같아."

"나이 한 살 더 먹고 학교 보내면 어디 가서 처맞진 않겠지."

"그거도 그거고. 반년으로는 영어가 잘 안 되는 애들도 있긴 있더라고."

"그럼 1년간 별도로 교육 좀 시키면서 인성교육도 좀 하자."

"세뇌가 아니고?"

"어허. 세뇌라니. 그런 나쁜 생각은 전혀 없어. 더 큰 세상을 보여주는 것뿐이라고."

그렇다. 교육이란 원래 단순히 책상머리에 앉아 있기보단 드넓은 세상을 보고 경험하면 그 효과가 배가되는 법.

"이 공장에서는 이렇게 끊임없이 포드사의 자동차가 생산되고 있습니다. 고도로 분업화된 컨베이어 벨트야말로……."

"뉴욕의 이 마천루야말로 세계에서 가장 부유한 국가 미합중국을 상징합니다."

"우, 우와아."

이렇게 부지런히 눈높이 교육을 해주면 당연히 뭐라도 나중에 더 큰 성과로 되돌아오지 않을까? 우리는 밑 빠진 독에 물 붓는 심정으로, 막연한 기대 하나만으로 끝없는 투자에 나섰다. 언젠가는 뭐라도 터지겠지 하면서.

* * *

〈미국의 소리〉 방송을 몰래 들으며 외부 동향에 귀를 기울이는 이들. 총독부나 내지에서 은밀히 전해져 오는 소식을 주워듣고 이를 주변에 몰래몰래 떠드는 이들. 일제가 그토록 통제하려 했던 소식이 하나씩 하나씩 조립되어 가는 퍼즐처럼 비로소 큰 그림을 보여주기 시작했다.

'유럽의 모든 추축국은 패망했다.'

'독일을 무너뜨린 사람은 다름 아닌 김유진 장군님이시다. 서구의 양놈들조차 모두 그분을 군신으로 숭배하고 있다더라.'

'미국에서 김 장군님을 대원수로 임명했다.'

'대원수께서는 전쟁영웅으로서의 개선식이나 임명식도 모조리 거부하고 아시아 방면으로 오신다더라.'

'그분이 독일을 정복할 때 휘하에 있던 병사가 5백만 대군이라더라. 수양제보다 더 많은 군대가 이제 일본을 끝장낼 것이다.'

원수의 위에 신설된 계급이니 대원수. 처음 소식을 접한 이들은 'General of the Armies'라는 새로운 계급명이 6성 장군이라기에 별생각 없이 이를 번역하였지만, 몇 다리 건너건너 소식을 듣는 이들에게 '대원수'라는 계급명은 온갖 상상을 하기에 차고 넘치는 이야기였다.

"들으셨습니까? 김유진 장군님이 대원수에 임명되었답니다."

"미국은 문민통제가 엄격한 공화국으로, 대원수라는 계급은 전대미문입니다."

"이 세계를 통틀어 대원수라는 계급을 가진 이는 하나같이 모두 국가원수입니다. 히로히토, 장개석, 이제는 죽었다는 무솔리니 같은 이들까지 모두 통틀어서 말이지요."

"허면, 저잣거리의 미련한 이들이 떠드는 말이 헛된 소리가 아니란 뜻인지?"

"그렇지 않겠습니까? 구태여 왜 없는 계급을 만들어서까지 김 장군을 높이겠습니까. 장래 국가 원수로 삼겠다는 의중 아닐지요?"

"제가 미국에서 제법 지내다 와서 잘 아는데, 미국의 정치는 모두 선거를 기준으로 돌아갑니다. 전쟁영웅을 숭배하는 것이 그 나라 풍토인데, 김 장군이 미국 대통령에 출마하는 걸 꺼림칙하게 여기는 이들이 그 계급을 드높여 조선을 떼어주마 하고 거래를 했을지도 모릅니다."

몇 안 되는 식자들마저 혼란에 빠지고, 저마다의 꿍꿍이속에 따라 열심히 주판알을 튕기기 시작했다.

"모스크바에서는 아무 지령도 없는가?"

"그렇습니다."

"김유진이 대원수가 되었다면 이는 그를 독재자로 세우겠다는 미 제국주의자들의 흑심이 반영된 것으로 볼 수 있겠습니다."

"제국주의자들의 추악한 모습이 드러났으니 우리에게 손해 될 것은 없겠군."

공산주의자들은 이 괴소문을 자신들 입맛대로 해석해 일본 패망 뒤에 있을 반제(反帝) 운동의 밑거름으로 삼고자 했다.

"단순히 미군이 들어와 일본군을 물리친다면 과연 저들이 조선에 주권이 있다고 인정해주겠습니까?"

"카이로 회담 선언문에 명시되지 않았습니까. 거기다 김유진 장군도 있어요."

"그런 문제가 아닙니다. 이러다간 해외로 망명한 자들만 큰소리 떵떵 치고, 정작 일제의 모진 탄압을 견디던 국내 인사들은 아무것도 안 한 게 되어버릴 수 있잖습니까?"

"뭐라도 해야 한단 말씀이십니까."

"세간에서 떠드는 대로 김 장군과 임정이 멋대로 손발이 맞아 다시 왕조를 세우면 그 뒤는 어쩝니까?"

"임정 사람들이 단체로 미친 게 아닌 이상 왕정을 세울 일은 없습니다."

"열 길 물속은 알아도 한 길 사람 속은 모른다고 했어요. 우리도 최소한 의 발언권은 갖고 있어야 합니다!"

"그러니까 무슨 수로요?!"

"싸워야죠! 그게 어렵다면 왜놈들을 쫓아내는 데 무언가 공헌이라도 하 든가!"

국내 민족주의자들 또한 그들 나름대로 전후를 대비하고자 했다. 그리 고 그들 모두 일거에 침묵하는 일이 벌어졌으니.

— 아아. 〈미국의 소리〉를 청취해주시는 전 세계 청취자 여러분. 특히, 일 본제국의 압제에 고통받으며 해방의 날만을 기다리고 있을 조선인 여러분. 반갑습니다, 김유진입니다.

다시 한번 라디오에서 대원수의 목소리가 흘러나오기 시작했다. 억양이 살짝 다르긴 하였지만 유창한 조선말.

— 어제, 아이젠하워 원수가 이끄는 미합중국 육군은 대만 상륙에 성공 했습니다. 타이페이 함락은 시간문제이며, 섬에 있던 일본군 육군은 곱게 바스라져 그 최후만을 앞두고 있습니다. 그 어떤 군대도 자유와 정의를 위 해 싸우는 연합군을 막을 수 없다는 사실이 다시 한번 입증되었습니다.

전국이 침묵에 잠겼다. 이불을 뒤집어쓴 채 초가집 구석에서 몰래 라디 오를 듣는 이도. 다방에서 커피를 마시며 한담을 나누던 모던보이들도. 총 독부 청사에서 초조하게 다리를 떨고 있던 총독부 관료들도. 감히 적국의 라디오를 듣는다며 몽둥이로 불령선인의 뚝배기를 깨야 할 순사들조차도. 모두 숨을 멈추고 입술마저 꽉 깨문 채 한 사람의 목소리에 귀를 기울여야 만 했다.

— 메이지 유신 이래 자국민의 땀, 그리고 각지에서 쥐어짠 다른 민족의 피와 살로 건설한 일본제국 연합함대. 그들은 이 상륙을 저지하기 위해 지 난 과달카날 전투에 이어 다시 한번 자웅을 겨루는 대규모 일전에 나섰습

니다. 그 결과, 그들은 보유한 거의 모든 함선과 항공기를 상실한 채 패퇴하였습니다. 이제 일본에 남은 군함은 없습니다. 무수한 항공기 또한 모두 수장되었습니다. 태평양의 맹주를 꿈꾸던 일본제국의 팽창 야욕은 거대한 고철만을 남긴 채 이제 영구적으로 거세된 것입니다.

"세상에. 세상에."

"섬나라 일본이 배가 없다고?"

― 이미 전쟁은 끝났습니다. 앞으로 남은 전투는 모두 부질없는 소탕과 무의미한 발버둥에 불과합니다. 미합중국의 잠수함은 태평양에서부터 동해바다에 이르기까지 온 사방에 퍼져 있으며, 우리의 항공기는 중국 내륙에서부터 일본 동경에 이르기까지 그 어떠한 곳에라도 폭탄을 투하할 수 있습니다.

그의 연설은 실로 담담하였으나, 그 내용은 단 하나도 허투루 들을 것이 없었다. 그는 일본제국의 패전을 선고한 뒤에도 계속해서 말을 이어나갔다.

― 일본제국의 모든 이들에게 알립니다. 즉각 연합국이 요구한 '무조건 항복' 제안에 수락 의사를 밝히시기 바랍니다. 대만 해전의 패배로 귀국은 전쟁을 수행할 모든 동력을 상실하였습니다. 자신들의 욕심으로 선량한 자국민을 전쟁터에 내모는 대신 항복하여 한 사람이라도 더 귀한 생명을 보존하길 바랍니다.

"웃기는 소리 하지 마라!!"

"신주는 불멸이다! 길고 짧은 건 대봐야 안다!!"

― 48시간 이내 항복 의사를 밝히지 않을 경우, 연합군은 다음 군사작전에 돌입할 것입니다.

몇 초 뒤, 그는 어조를 살짝 바꾸었다.

― 자유와 기회의 땅 미합중국에서, 저를 비롯한 아시아인들은 사회의 일원으로서 무수히 많은 업적을 일구었습니다. 일본제국이 자신들의 정복과 착취를 정당화하기 위한 대동아공영이 아닌, 진정으로 동양 삼국의 국

민들이 하나 되어 자신들의 번영과 행복을 위해 협동할 수 있음을 우리는 이미 증명했습니다. 조선인 여러분. 가장 어두울 때가 지나고 나면 마침내 해가 그 모습을 드러냅니다. 이제 머지않았습니다. 가짜 신, 현인신의 태양 제국은 제 동무들이었던 이탈리아와 독일과 마찬가지로 지구상에서 영원히 모습을 감출 것입니다.

그리고 이어지는 기나긴 한숨 소리.

— 여러분을 전쟁터로 끌어내려는 왜놈들의 손길에 맞서십시오. 여러분을 해방주기 위해 다가오는 연합군에 맞서기 위한 공출에 저항하십시오. 왜놈들이 쏘는 총알, 왜놈들이 타고 다니는 배. 그 모두 여러분의 놋그릇과 수저를 녹여 만든 것들입니다. 침략자에게 맞서십시오. 단군 이래 5천 년간 이어져 온 조선 민족은 단 한 순간도 일제에 부역한 적이 없다고 증명해주십시오.

"……!"

"아니, 총칼 든 놈들이랑 어떻게 맞서라고……."

"입 닥치고 들어!"

— 세상에는 싸워서 쟁취해야만 내 손에 쥐고 있을 수 있는 것들이 있습니다. 저항하면 피가 흐를 것입니다. 나는 부정하지 않겠습니다. 일본인들이 여러분의 저항을 순순히 바라만 보고 있으리라는 순진한 말은 하지 않겠습니다. 그렇습니다. 저는 우리 민족이 막연히 구세주를 기다리며 주저앉아 있으리라고 믿지 않습니다. 그 어떤 시련과 역경이 닥칠지라도, 무수한 의병이 그러했듯, 수많은 순국선열과 애국지사들이 그러했듯, 그리고 3월 1일에 흩날리던 그 많은 태극기들이 그러했듯. 이번에 다시 한번 이 땅에 조선 민족이 있어 명분 없는 외세의 압제에 저항했음을 입증해주길 바랍니다.

— 대신 단 하나, 제 이름을 걸고 약속드리겠습니다. 여러분이 흘린 핏값은 제가 몇 배로 쳐서 돌려드리겠습니다. 여러분을 짓밟은 자들, 총을 쏜 자들에게 신의 심판 이전에 지상의 심판이 먼저 도래하리라는 사실을 똑똑히

알려주겠습니다. 다음에는 서울에서 뵙겠습니다.

연설이 끝났다. 하지만 침묵은 쉽게 풀리지 않았다.

"초, 총독 각하. 이제 어쩌면……."

"진정들 하게! 녹취록, 연설문 다시 되짚어봐. 일단 킨유진이 뭐라고 했는지 되짚어 보면서 우리 대응을 논의해보자고."

잠시 후 다른 사람의 목소리가 라디오에서 흘러나오기 시작했다. 김유진이 떠든 내용과 대동소이하게, 쓰는 언어만 일본어로 바뀌었을 뿐이었다. 직원 몇 명이 분주히 속기로 이를 받아 적어가며 김유진의 연설과 다른 점을 파악하기 위해 이리저리 움직이는 가운데, 총독은 문득 창 너머 저 멀리서 무언가 반짝이는 것을 보았다.

"뭐지?"

"무엇이, 말씀이십니까?"

"방금 바깥에서 번쩍거리던데……."

"확인해보겠습니……."

"각하! 라디오를 들은 조선인들이 폭동을 일으켰습니다!"

땅이 무너지고 있었다.

일본 이외 전부 침몰 3

조선인과 일본인을 막론하고 모두에게 폭탄과도 같은 충격을 안겨다준 라디오 방송 이후. 경성은 피로 물들었다.

"상황은?"

"조센징들의 우발적인 폭동은 진압되었습니다."

경성은 특수한 도시였다. 조선총독부가 있는 거점이자, 조선 왕조 500년 간 수도였던 땅. 한반도에 있는 다른 도시들과 비교했을 때 일본인의 숫자도 많았으며, 식자층 조선인 또한 많았으며, 무엇보다 라디오 역시 가장 많이 보급되어 있었다. 가장 불타오르기 쉬운 학생들의 눈이 회까닥 돌아 거리로 뛰쳐나왔고, 연설의 내용을 건너건너 들은 민초들이 그 뒤를 따랐다. 그리고 일본의 대응은 신속했다.

"해산하라! 당장 해산하라!! 너희들은 지금 치안유지법을 위반하고 있다. 지금 당장 해산하면 죄를 묻지 않겠다!"

"너희가 해산해라!"

"왜놈들은 조선 땅에서 썩 꺼져라!"

"김 장군님이 너희들의 씨를 말리기 전에 잠자코 꺼져라!!"

시위대의 기세는 폭발적이었고, 반대로 일본 경찰들은 움츠러들었다.

"어, 어쩌지요?"

"킨 장군이 핏값을 받아내겠다고 천명하지 않았습니까."

"이 머저리 같은 놈들!!"

짝 하는 소리와 함께 경찰 하나의 목이 홱 꺾였다.

"그래. 킨 장군이 복수를 하겠다고는 했지. 우리가 지금 저 폭도들을 진압해 킨 장군이 복수를 할지도 모른다. 하지만 폭도들이 경성을 장악하면 우리는 물론 우리 가족까지 전부 저 성난 폭도들의 손아귀에 떨어진다! 정신 똑바로들 차려!"

"기마대 준비해!"

"실탄은 장전하지 않는다! 물리력으로 해산시켜!!"

하지만 더 절박한 것은 일본인들이었다. 숫자에서 압도당하는 이 식민지에서, 한 번 고삐를 놓치는 순간엔 킨 장군의 군대가 당도하기 전에 먼저 모든 게 끝장나리라는 공포가 그들을 엄습했다. 그 뒤는 여태껏 경성에서 벌어진 시위와 크게 다를 바 없었다. 기마대가 단숨에 시위대의 한복판으로 달려들어 무자비하게 남녀노소를 가리지 않고 깔아뭉갰고, 도검과 몽둥이가 피를 머금었다.

― 폭동이 진압되었으니 신민 여러분은 생업에 종사하시기 바랍니다. 반복합니다. 폭동은 진압되었으며, 황군은 여전히 승리를 거듭하고 있습니다. 황국신민 여러분은 유언비어에 현혹되지 마시고 생업에 종사하시기 바랍니다.

총독부 또한 필사적이었다. 인구 백만이 넘는 대도시 경성. 이곳에 거주하는 일본인만 하더라도 반올림해 20만. 일제 식민 통치의 핵심 컨트롤 타워이자 대륙으로 가는 교두보, 그리고 거대한 군수 산업 중심지. 우발적으로 발생한 폭동을 진압했다고 끝이 아니다. 이번에 벌어진 사태는 어디까지나 대지진이 일어나기 전에 벌어진 소소한 징조에 불과했다.

"불령선인들의 동태는?"

"물밑으로 활발히 움직이고 있습니다."

"총독님. 지금 당장 군경을 풀어 유사시 헛짓거리를 할 법한 자들을 모조리 감금해야 합니다."

"아니요, 안 됩니다!"

"지금 킨유진이의 공갈에 굴복한 게요? 대일본제국의 신민이 제 한 목숨이 아까워서 이러나!"

인간 세상의 법칙 중 하나. 목소리 큰 놈이 이긴다. 그리고 총칼 쥔 놈이 이긴다. 일본제국은 그 법칙에 충실해 목소리만 큰 강경파 군인들이 대체로 실권을 장악하고 있었지만, 상황이 여기까지 몰린 지금 문민 관료들 또한 필사적으로 총독을 설득하고자 했다.

"총독님. 지금 우리가 체포할 수 있는 자들은 그래도 타협의 여지를 찾을 수 있는 이들입니다."

"하! 타협이라니. 제정신은 아닌 것 같소만."

"반대로 생각해 보십쇼. 우리가 잡아 가둘 수 있는 자들을 죄 가둔다 해도, 우리 눈이 닿지 않는 곳에 숨어 있는 공산주의자들이나 진짜 악독한 놈들은 잡을 수 없습니다. 지금 조선인들의 지도자급 되는 인물들을 전부 체포했다간 엉뚱한 놈들이 주도권을 잡을지도 모릅니다!"

"그놈들도 다 죽여버리면 되잖소?"

"지금 조선 최악의 빨갱이인 박헌영이 어디 있는지조차 미지수입니다. 그자가 이미 조선에 숨어 있을지 어찌 압니까."

한참 설왕설래가 오가던 중, 총독은 마침내 결단을 내렸다.

"정무총감."

"예."

"지금 우리와 교섭할 만한 인사가 있나?"

"찾아보겠습니다."

"즉시 움직이게. 놈들이 세를 규합하기 전에 우리가 먼저 선수를 쳐야 해!"

총독부 인사들은 부지런히 움직였고, 국내에 남아 있던 인사들과의 접촉을 시도했다. 고하(古下) 송진우(宋鎭禹)는 총독부의 초청을 거절했다. 하지만 고작 퇴짜 한 번 놨다고 총독부가 물러날 리도 없었다.

"안색이 무척 좋아 보이시는군요."

"제가 몹쓸 병에 걸린 지 제법 시일이 되어 그렇습니다. 이제 회광반조 같은 거지요. 죽을 날이 다 되니 얼굴에 혈색이 좀 돌아오나 봅니다그려."

"창씨개명이나 신사참배 거절하시려고 아프다고 드러누우신 거 뻔히 압니다. 이제 그런 게 중요하진 않으니 제대로 된 이야기를 좀 해봅시다."

"제가 정말 몸이 좋지 않습니다. 《동아일보》가 폐간되고 나니 가슴에 피멍이 들어버렸거든요."

"신문 재창간을 원하신다면 기꺼이 다시 간행 허가를 내드리겠습니다."

"아이고… 마음만 받겠습니다."

정무총감이 몇 번이고 그를 구슬리려 했지만 송진우는 요지부동이었다.

"자. 냉수 한 잔 내드릴 테니 쭉 들이켜시고 그만 가시지요. 차라도 좀 내드리고 싶은데 제가 형편이 별로 좋지 않습니다."

"이보세요, 고하 선생! 지금이 내지인도 내지인이지만 조선인들에게 얼마나 중대한 시국인지 잘 아시잖습니까. 이 땅의 조선인들에겐 저명한 인사의 지도가 필요해요."

"그렇지요. 지도가 필요하긴 하지요. 하지만 제가 어떻게 할 수 있는 건 없어 보입니다. 저보다는 민세(民世)를 찾아가 보심이 어떻습니까?"

"안재홍(安在鴻)을 말씀하시는 거라면 얼굴도 제대로 못 봤습니다. 선생처럼 실리를 아시는 분이 조선인들 중 몇이나 있겠습니까?"

"아. 실리 말씀이시군요. 그런 거라면 이항구(李恒九, 이완용의 아들) 같은 이와 상의하지 그러십니까?"

참으로 웃기는 재주가 있는 놈들이었다. 발등에 불이 떨어지니 이리들 요란법석들이라니. 가만히 기다리고만 있으면 어련히 미군이 당도하고 임시정부가 돌아올 텐데, 저놈들과 뭔가 대화라는 걸 나눈들 무슨 소용이 있겠는가. 총독부와 엮여본들 재미가 무에 있으려고. 그래도 이 개나리들이 도무지 물러날 기미를 보이지 않기에, 그는 잠시 고민하다 타협안을 내놓았다.

"저는 와병한 지 오래되어 여러분이 바라는 것처럼 조선인을 이끌 능력이 없으니, 차라리 다른 분을 천거하겠습니다."

"이항구니 박중양이니 하는 인사들은 아니길 바라오."

"아, 물론입니다. 이분을 설득해 조선 대표로 삼으면 필시 총독부 여러분의 진심이 전해지리라 믿습니다."

"누구요?"

"용운(龍雲) 스님입니다."

"한용운? 지금 그걸 말이라고 하나?! 그 꽉 막힌 중놈이랑 무슨 대계를 논하라고!"

"그러니 그분을 설득할 정도는 되어야 여러분의 진심이 닿지 않겠습니까? 제가 말을 너무 많이 해서 어지러우니 먼저 눕겠습니다."

적어도 그 말이 틀리지는 않다고 본 총독부 인사들은 한용운이 거하는 심우장까지 찾아갔으나.

"바깥에 썩은 내가 진동하는구나. 물 좀 끼얹어라!!"

온갖 수모를 겪으며 물러나야만 했다. 총독부가 좌불안석하며 이리저리 몸을 달싹거리는 동안에도 조선 곳곳에서는 난리가 나고 있었다.

"빨갱이들이 부산과 대구에서 파업을 선동했습니다. 항만과 철도가 마비되었습니다."

"원산에서 폭동이 일어났습니다."

"평양에서 예수쟁이들이 들고일어나려 합니다. 총독부 시책에 순응하는 목사들 말도 듣지 않습니다!"

"여운형이를 불러! 그놈도 응하지 않으면 이 조선 땅을 피바다로 만드는 수밖에 없다고 전해!!"

다음 날, 몽양 여운형이 조선 총독을 만났다.

* * *

같은 시각 필리핀, 마닐라. 연합군 총사령부.

"대만 제압이 마무리 단계에 접어들었습니다."

"중경의 드럼 장군은 중국이 상해 상륙작전을 강력히 희망하고 있다고 전해 왔습니다."

그게 최선이긴 하지. 일본군이 했던 그대로, 상해에 상륙한 후 남경을 해방하기만 하면 쪽바리들이 염원해 온 중원 정복의 꿈이 와르르맨션이 되어 무너져버린다. 달달하기도 해라. 한반도 진공은 당장은 무리다. 우리 사돈인 킹은 내가 대원수를 달자 단단히 삐졌는지 오키나와 또는 산동반도를 제압하는 게 우선이라고 어깃장을 놓고 있다. 칭다오 맥주가 그리 먹고 싶은가. 나는 손으로는 열심히 각종 서류에 서명을 하고 밑줄을 벅벅 그어나가면서도 머리는 따로 놀고 있었다. 이 정도 스킬은 장군 해먹으려면 기본적으로 갖고 있어야지.

조선은 개판이 되었다. 예상한 대로였다. 당장 진공작전을 할 수는 없으니 많은 인명 피해가 예상되는데도 불구하고 라디오 아가리질을 감행한 덴 여러 이유가 있었다. 첫째로, 지극히 미래인스러운 생각이지만 조선인이 자력으로 뭔가 해야만 했다. 당장 원 역사의 대한민국만 보더라도 국민들이 독재자를 끌어내렸다는 어마어마한 무형 자산을 갖고 있었다.

하지만 지금 이 시점에서 독재자가 있을 수 있나? 독재하는 놈이 생긴다쳐도, '아 대한민국 국민들이 쟤를 물리칠 거야' 하면서 방치할 수 있나? 방치하는 순간 한국에 대한 내 영향력도 끝장일 테고, 애초에 독재하는 놈을 내버려 둔다는 발상 자체가 제정신이 아니잖아. 조선인들이 자력으로 뭔가를 한다면 그건 바로 지금뿐이다. 지금이 아니면 뽕을 빨 타이밍이 안 나올 것 같다.

둘째로, 조선이 일제의 부역국이 아니라는 명분이 필요했다. 동생들이 열심히 로비를 하고 있긴 하지만, 내가 무슨 이스라엘 건국 타이밍의 유대 자본도 아니고 뭐 어떻게 하란 말인가. 명분이 업다 아닙니까, 명분. 많이 바라지도 않는다. 적어도 미군이 작전을 수행할 때 뭔가 어드밴티지를 줄 수 있을 정도로만 저지르면 된다. 장개석이 한국에 호의적인 만큼 D.C.를 설득할 실적이 약간만 있으면 충분히 해볼 만하다. 그리고 가장 중요한 점.

"일본 전역에 대한 폭격 준비가 완료되었습니다."

"해항대도 동참할 예정이지요?"

"그렇습니다."

"제초제는 얼마나 더 오고 있습니까?"

"장담컨대 열도의 풀이란 풀은 모조리 말라비틀어지게 만들 수 있습니다."

짜릿짜릿하구만. 일본의 농민들, 기뻐하세요. 올해 가을엔 추수할 곡식이 하나도 없습니다. 놀 수 있어서 좋겠네! 원래 학교에 가기 싫으면 학교를 불 지르고, 출근이 하기 싫으면 회사를 불 지르는 건 지극히 당연한 일. 일본이 마음에 안 들면 일본에 불을 질러야 하지 않겠나.

문제는 한반도다. 원 역사와 달리, 경성에는 조선미쓰비시─포오드트랙터 회사가 있다. 일본 놈들이 무식하게 가내수공업 형태로 돌리는 군수공장과 달리, 포드사의 최첨단 생산관리 시스템이 접목된 데다가 대륙으로 철도가 다이렉트로 이어져 있는 최고의 접근성까지.

단순히 일개 회사의 공장이 있는 게 아닌, 여기에 부품을 납품하기 위한 다른 공장들과 잘 조성된 산업단지와 저렴한 인건비 꿀을 빨기 위한 타 업

체까지 모여 경성, 평양, 의주 등지에 조성된 공업단지가 굉장히 미국의 폭격 마니아들의 가슴을 자극하고 있었다.

조선인들이라고 태업이나 사보타주를 못 하는 건 아니겠지만, 여태까지는 '태업하는 놈들은 잡아다 징용으로 태평양 보냄'이라는 무식하고 우악스러운 방식으로 생산성을 관리해 왔다. 여태까지는.

"총사령관님. 경성을 폭격하면 놈들의 생산력을 개판으로 만들 수 있습니다."

"글쎄, 좀 기다려 보라니까. 되도 않은 폭격으로 인명 피해만 일으키고 친미 여론을 사그라뜨리는 대신, 대대적인 봉기가 터져서 알아서 놈들의 산업시설이 마비되는 편이 더 낫지 않겠습니까."

"봉기가 터진다면야, 그렇겠습니다만……."

"저를 믿으십쇼. 조선인들은 일어날 겁니다."

나는 벽에 걸려 있는 한반도 지도를 응시했다.

"우리가 이곳, 군산에 상륙하는 건 그다음입니다."

일본 이외 전부 침몰 4

내가 베를린에서 워싱턴 D.C.에 도착한 뒤 다시 북미 대륙을 가로지른 뒤 태평양을 횡단하여 필리핀에 도착하기까지. 참으로 많은 일들이 있었다.

"나를 버리고 갈 셈인가!!"

"버리긴 뭘 버려요. 제7군사령관. 얼마나 직함 좋고 멋집니까. 독일의 정복자로서 하실 일 많지 않아요?"

"모름지기 정복자란 정복이 끝난 땅을 돌아보지 않는 법일세!"

"당신은 정복자가 아니라 장군이잖아! 일을 하란 말입니다, 일을!"

"방금 나더러 정복자라 한 사람은 어디 갔나?! 대원수씩이나 되는 남자가 한 입으로 두말을 하다니, 부끄러운 줄 알게!"

둘이 합쳐 100살 넘게 처먹고 별 개수를 합치면 10개가 되는 나치 파괴자들의 대화치고는 썩 아름답지가 못하다. 이런 건 나중에 회고록에도 못 쓰겠어. 게다가 군정사령관 역할을 맡게 된 브래들리 역시 썩 표정이 좋지는 못했다.

"아니, 왜 죽을상인가. 내가 이 끝내주는 보직을 양보하고 사라져 주는데."

"내게 상의라도 해주지 그랬나."

"극비였어. 내가 정말정말 말해주고 싶었는데, 나조차 이게 될지 말지 마지막까지 몰랐다고."

"내게 일말의 미안함을 갖고 있다면, '저거' 가져가게."

그가 가리키는 '저거'는 당연히 말할 필요도 없는 중세 광전사.

"선배 보고 저거라니."

"그럼 여기서 저랑 같이 데스크 워크 하시겠습니까?"

"이보게, 대원수 각하. 저 착하고 인품 좋은 브래드조차 내가 사라져주길 원하지 않는가. 빨리 나를 비행기에 싣게. 짐짝처럼 화물칸에 태워도 좋아. 잽스가 나를 부르고 있다네! 나를 폭탄창에 넣고 도쿄에 투하하게!"

"빌어먹을……."

나는 고심 끝에 패튼을 아시아 방면으로 발령내 달라고 요청하기로 했다. 생각해 보자. 패튼이 원하는 바를 정확히 따지면 '아시아로 가서 잽스와 신나게 싸우기'를 원하는 거지, 내 밑에 있길 원하는 게 아니잖은가? 아이크 밑에 붙여버려야겠다고 속으로 은밀히 다짐한 순간 속쓰림과 과민성 대장 증세가 싹 사라지고 끝내주는 개운함만이 남았다. 역시 난 똑똑해. 아이크도 희대의 맹장을 선물 받으면 틀림없이 기뻐할 거야. D.C에 도착한 뒤에는 각종 번잡스러운 의전도 모조리 생략해버리고 곧장 본론에 들어갔다.

"한반도 상륙작전은 제가 지휘하겠습니다."

"네?"

뭐가 '네?'냐. 망할 놈들아.

"대원수께서 당연히 아시아—태평양 방면 대일 전선을 총괄하여 지휘하는 게 맞지 않겠습니까?"

"그랬다간 해군이 절 쏘지 않을까요?"

"장군을 총사령관으로 임명하지 않으면 공화당이 절 쏠 것 같습니다."

"제가 직접 이야기해 보지요."

이미 내 대원수 취임 자체로 킹이 단단히 삐졌다. 거기다 암만 아이크가 허허로이 웃는다 해도 내가 남의 밥상에 숟가락 올리지 않을까 긴장하지 않으려야 않을 수 없다. 아이크가 저렇게 반응하는데, 아예 남이나 마찬가지인 해군은 어떻겠나. 앞으로의 평화로운 퇴임 후 꿀 빠는 라이프와 행복한 전원생활을 쟁취하기 위해선 해군과 사이가 최악으로 가면 안 된다.

아나폴리스의 해군 생도들 사격 훈련 시간 때 표적지에 내 면상을 붙여 놓고 쏴대면 꿈자리가 뒤숭숭해질 게 뻔하다고. 나는 없는 시간을 쪼개 맥아더와 따로 미팅을 가졌고, 이제 야인이 되어버린 맥아더는 빵긋빵긋 웃으며 날 반겨주었다.

"그래서, 총사령관이 되기 싫다고?"

"그렇지요. 아이크가 얼마나 서럽겠습니까."

"군대가 다 그런데 서러우면 어쩔 텐가. 꼬우면 대원수 달았어야지. 그러고보면 그 친구는 내 부관 할 적에도 불만이 많았었거든."

이러니까 욕을 먹지. 하지만 같이 밥도 먹고 술도 마시고 골프도 치면서 장시간의 교감을 가진 끝에, 우리 나리께서도 어느 정도 내 뜻을 이해해주었다.

"정말 정치할 생각 없나?"

"한 번만 그 말 또 하면 집에 들어가는 길에 민주당 당사에 들러서 입당 신청서를 제출하겠습니다."

"어허, 할 말 못 할 말이 따로 있지. 자네 뜻은 잘 알았네. 그러면 아이크 그 친구는 혹시 정치할 의사 있는지 좀 물어봐주겠나?"

"아이크요?"

"내가 이런 말 하긴 참 부끄럽네만… 그 친구도 전쟁영웅 타이틀 달면 충분히 정계 진출을 노릴 만한 인물이지 않나. 부관하던 시절 생각해보면 정치적인 머리도 있고. 더군다나 자네가 밀어준다면 더더욱 확실하고."

요컨대, 아바타 놀이 제안이었다. 나는 잠시 고개를 갸웃했다.

"정치에 관심 있을 만한 사람이라면 드럼 장군이 있지 않습니까."

"말이 되는 소릴 해야지."

돌직구 보게. 그렇게 못 할 말을 한 건 아닌 것 같은데.

"그 사람은 나랑 동년배 아닌가. 나보다 고작 서너 달 먼저 태어났지 아마? 내가 기대하는 건 내가 은퇴한 후에도 우리의 뜻을 이어받을 사람일세."

"흐으음."

"그렇게 싫다고 빼니 내가 더 권할 수도 없는 노릇이고. 아이크는 입으로는 싫다 싫다 하면서도 사방에서 추대해주면 슬며시 정말 해볼 만한가? 하고 또 꼼지락댈 녀석이란 말이지."

이 양반 사람 잘 보네. 그나저나 '나 빼곤 다 뇌 없음.'이라는 생각이 대뇌피질 한가운데에 가득 박힌 분이 저렇게 고평가를 하다니.

"내 생각엔 자네 생각이 가장 중요해."

"뭐가 말입니까?"

"이 답답한 사람아. 히틀러를 물리친 희대의 전쟁영웅 유진 킴이 정계에 나서는 걸 한사코 사양하는 와중에 육군의 어떤 간이 부은 자가 감히 정계진출을 꿈꿀 수 있겠나? 아이크가 정말 정계를 꿈꾸고 있다 한들 자네가 권유하기 전엔 절대 움직이지 않을 걸세. 아니, 움직이지 못하는 거지."

아니, 아니 잠깐. 그게 그 소리였다고? 왜 갑자기 내 옆에서 깐죽거리면서 한 자리 마련해 달라는 둥 선거 캠프 차리면 자기가 눈여겨본 애를 꽂아달라는 둥 헛소리를 해대나 했는데, 그게 그러니까… '니가 나갈 생각 없다면 나 밀어줄 생각 없니?'라는 뜻이었다고? 아니지. 내가 너무 멀리 생각했을 수도 있다. 그럼그럼. 우리 맥아더 선배도 너무 D.C.에 찌들어서 그런 걸 거야. 번갯불에 콩 볶아먹듯 급한 일들을 다 처리하고 필리핀에 도착하자…….

"유진 킴!! 유진 킴!!"

"아시아의 대영웅 만세!!"

"누가 보면 내가 필리핀 해방시킨 줄 알겠네."

"내가 니 이름을 하도 많이 갖다 써서 그런갑다."

아나스타시오는 몇 년간 고초가 심했는지 깡마른 수수깡이 되어 있었다. 술 한잔하면서 그동안 서로 있었던 이야기를 줄줄 풀어나가는데, 내가 유럽에서 HBO 드라마를 찍고 있는 동안 아나스타시오는 〈여명의 눈동자〉를 찍고 있었다. 전염병도 걸리고, 뱀도 뜯어먹고, 쥐도 구워 먹고… 안구에 습기가 차오른다.

아무튼 멱살도 좀 잡히고, 헤드락도 걸리고, 이런저런 육체적 고통을 겪은 끝에 날 풀어준 녀석은 재빨리 마닐라에서 위풍당당한 퍼레이드 하나를 연출했고, 지은 죄가 많은 나는 잠자코 마네킹이 되어 행사에 동원당해야만 했다.

"비센테 선배는?"

"감옥. 어쨌거나 일본군의 지휘를 받던 건 사실이니까 어쩔 수 없었어."

물론 이름만 감옥일 뿐, 실제로는 자택연금에 버금갈 만큼 으리으리하고 쇠창살 따위도 없는 곳에서 머무르고 있단다. 재판이 예정되어 있다곤 하는데, 아마 적당히 공과 과를 상쇄하는 쪽으로 가닥이 잡히지 않을까 싶었다. 태풍이 몰아닥치는 여름 시즌 동안, 미합중국 해군이 일본 연합함대에 걸맞은 최후의 만찬을 마련해주고자 불철주야 노력하는 동안. 우리는 그렇게 이 기나긴 전쟁을 끝마칠 준비를 위해 마지막 벌크업을 진행했다.

* * *

일본군은 주둔하는 지역에 따라 그 부대의 명칭을 붙였다. 만주의 관동 지역에 있으니 관동군, 대만에 있던 군대는 대만군, 그러니 마찬가지로 조선에 있던 군대는 조선군. 뭔가 어감이 굉장히 미묘하지만 아무튼 조선군이 내가 상대해야 할 주적이었다. 조선군은 옛날 옛적부터 관동군과 쎄쎄쎄 손잡고 만주 침략의 선봉에 섰지만, 일본제국이 중국 전역과 동남아시아까지 침략해 들어가면서 서서히 빛 좋은 개살구로 전락해버렸다.

단순히 전력(戰力)을 고려하자면 미군의 상대가 될 수 없는 상대. 오히려 주의를 기울여야 할 상대는 여전히 중국 대륙에 꽉 웅크리고 있는 백만 대군이다. 나는 어디까지나 미군을 지휘하는 입장에서 한반도 상륙이라는 거대한 계획을 수립해야 했고, 참모들 또한 마찬가지. 괜히 이상한 짓을 해서 남의 입에 오르내리느니, 똑바로 내 할 일이나 하는 게 여기선 베스트 아니겠나?

"한반도 상륙의 핵심은 이곳, 부산을 장악하는 데 달려 있습니다."

"그렇지요."

대전략. 일본의 서렌을 받아낸다. 이를 위해 준비하는 것이 기아 작전. 일본 열도와 대륙의 연결을 끊고 열도를 완벽하게 고립시켜 전쟁 수행 능력을 0으로 만들어버린다.

"부산, 그리고 진해는 요새화가 이루어져 있습니다."

"해군으로서는 부산에 정면으로 쳐들어가는 것은 절대 불가하다고 말씀드릴 수밖에 없습니다."

"저 또한 당연히 부산은 불가능하다고 봅니다."

대한해협 통과는 일단 불가. 따라서 부산, 진해, 원산, 나진 같은 동해안 상륙은 경우의 수에서 모두 배제한다.

"일본군이 제주도를 요새화하고 있습니다."

"인천 또한 제법 요새화가 되어 있습니다. 이곳은 러일 전쟁 시절부터 일본군의 손길이 닿은 관계로, 유사시 빠른 전력화가 가능할 듯 보입니다."

인천 상륙작전은 하나의 로망이지만, 우리의 적은 북쪽에서 쳐들어와 낙동강까지 내려왔던 북한군이 아닌 남쪽에 있는 일본. 더군다나 인천에 상륙한다면 1차 목표는 경성이 될 텐데, 일본을 압박하기 위한 용도로 따지면 경성은 우선순위에서 다소 처진다.

"군산이 답이겠지."

"그렇습니다."

"만주와 조선에서 수급한 식량은 모두 군산과 부산을 거쳐 일본으로 옮겨집니다. 한반도 남부의 철도망을 장악한 뒤 육로로 부산을 친다면 일본은 완벽하게 고립됩니다."

"일단 한반도에 발을 디디기만 한다면, 비행장을 닦아 놈들의 머리 위에 불벼락을 갈길 수 있습니다."

군산, 그다음은 대전과 광주. 이후 육로로 진격해 대구를 거쳐 부산으로. 부산을 함락시키는 시점에서 한반도 상륙의 전략적 목표는 모두 달성된다. 그다음은 당연히 북진. 싸울 필요도 없다. 그대로 쭉쭉 밀어내 만주로 몰아내기만 해도 된다. 만주를 거대한 짬통으로 만들어 일본군을 음식물 쓰레기통에 곱게 분리수거하면 짬아저씨 스탈린이 예쁘게 굴라그로 치워 줄 텐데 뭘. 문제점은 조선의 열악한 육로 교통.

하지만 하프트랙과 트럭이 썩어 넘치는 미군과 말조차 부족해 고통받는 조선군이 충돌한다면 어차피 상대적 기동력에서는 우리의 압승. 호남과 영남에서부터 압록강과 두만강에 이르기까지. 자고 일어나니 천황이 항복했던 원 역사와 달리 한반도 전역이 전장이 되긴 하지만, 반대로 따지면 저 두메산골 시골의 촌사람들조차 미합중국의 위엄을 맛보게 된다.

내가 구상하는 미래를 위해서라면 이게 반드시 필요하다. 소련과 국경을 맞댈 민주주의 국가는 필연적으로 그 공포에 맞서야만 한다. 참모부가 분주히 계획을 수립하고, 민주주의의 병기창이 그 거대한 입을 쩍 벌려 무한한 군수물자와 병사들을 준비하고, 중국 상륙을 위해 연일 야근하는 아이크의 이마가 가면 갈수록 저 멀리 퇴각해버리고.

오퍼레이션 크로마이트. 상해와 군산에 동시 상륙한다는 태평양 방면 최대의 작전이 마침내 시작되었다.

일본 이외 전부 침몰 5

　몽양 여운형은 빈말로도 건강하다고는 말할 수 없었다. 일제 또한 여운형을 죽였다간 그 파장이 어마어마하리란 사실에 밥 먹듯이 자행하던 매질이나 전기고문, 물고문을 하진 못했지만, 세상엔 사람의 육신을 다치지 않게 하면서도 할 수 있는 고문도 무궁무진했다. 그렇게 사람을 반쯤 미치도록 만들던 작자들이, 이제 제 발등에 불이 떨어지기가 무섭게 '몽양 선생이야말로 조선인의 참된 지도자' 어쩌고 하면서 칭송을 늘어놓다니. 참 세상 오래 살고 볼 일이었다.

　"조선총독부는 조선의 안정과 신민의 생명을 지켜야 할 의무가 있소. 선생께서 약간만 협력해주신다면, 내지인과 조선인의 의가 상하지 않으면서 서로의 생명과 안녕을 지킬 수 있으리라 믿소."

　"당신네들의 통치 기간 동안 조선인의 눈에서 피눈물이 마르지 않은 날이 없었는데, 이제 와서 그렇게 말씀하셔본들 제가 어떻게 도와드릴 방도가 없습니다. 협상을 원한다면 내가 아니라 미군과 해야 하지 않겠소?"

　"그 미군과 원활한 협상을 위해 선생의 조력이 필요합니다. 선생은 이미 킨 장군과 끈이 있지 않습니까?"

"내 동생은 나와 아무 관련 없소."

"세상에 피보다 진한 물이 또 어디 있겠습니까."

"후… 더 길게 입씨름해봐야 나올 것도 없으니 어디 용건부터 들어봅시다."

총독의 옆에 있던 경무총감이 자신들의 '제안'을 쭉 읊기 시작했고, 가만히 듣고 있던 여운형의 눈썹이 꿈틀대기 시작했다.

"민간인 피해를 막기 위해 조선인은 전쟁이 멈추는 그때까지 차분히 기다린다."

"총독부는 민생을 배려하여 학도병 징집을 중단하되, 조선인은 공출 정책에 협조한다."

"무릇 동아는 귀축영미와 그 인종부터 다르니, 적국의 이간책에 귀를 닫고 내선이 하나 되어 슬기롭게 난국을 헤쳐나갈 방법을 모색한……."

"혹시 농담하자고 나를 불렀소?"

듣다 말고 결국 말을 잘라먹은 여운형이 어이가 없다는 듯 물어보았다.

"…원한다면 중추원과 별개로 조선인을 위한 의회를 신설하고, 몽양 선생을 그 의장으로 삼겠소."

"거절하리다."

총독부 인사들은 끝까지 여운형을 붙들려 했지만, 결국 협상은 파행될 수밖에 없었다.

"귀찮기만 한 놈들. 각다귀가 따로 없군."

그는 감시자들의 눈이 드글드글할 집으로 향하는 대신, 백주대낮에 참으로 떳떳하게 최근 눈독을 들인 게이샤가 있는 기생집으로 향했다. 조선 천지에 있는 호사가 중 몽양이 여자 좋아한다는 걸 모르는 이가 어디 있겠는가?

"아이고, 선생님 오셨습니까."

요정의 지배인이 그가 뚜벅뚜벅 걸어오는 걸 보기가 무섭게 버선발로 달려나왔다.

"하하. 너무 자주 오니 지겹지요?"

"그럴 리가요. 노리코더러 선생님 오셨으니 준비하라 이르면 될깝쇼?"

"흐흐. 뜨끈한 술도 한 잔 준비해주시구려. 목을 많이 썼더니 술이 땡기는구면."

"알겠습니다."

VIP 고객을 위한 별채로 안내받은 그는 무척이나 익숙하게 목욕을 개운하게 즐긴 후, 제공받은 옷으로 갈아입고 나와 다다미방에 앉아 준비된 사케를 입에 털어넣었다.

"몽양 선생님. 소녀, 노리코이옵나이다."

"흐하하. 어서 이리 오렴."

문이 소리 없이 열리고, 게이샤 하나와 얍삽하게 생긴 허드레꾼, 그리고 조금 전 문 앞에서 몽양을 맞이했던 지배인까지 방으로 들어왔다. 그리고 게이샤는 잠시 옆으로 물러나고, 허드레꾼이 몽양의 맞은편에 앉았다.

"오랜만입니다, 선생."

"야마다 씨도 그간 별래무양하셨소?"

"진드기에 물어뜯겨 죽을 뻔했지요. 지금 중국 땅은 지옥도입니다. 어떤 마을은 하루에도 세 번씩 주인이 바뀝디다. 아침엔 일본군, 점심엔 장개석, 해지면 모택동."

샌—프랑코가 아시아에 뻗은 가장 가늘고 긴 촉수에 해당하는 야마다는 혀를 차며 옆에 있던 술잔을 슬며시 입에 가져다 댔다.

"요청하신 무기 중 저희가 제공해 드릴 수 있는 건 최대한 제공해 드리겠습니다."

"고맙소."

"뭘요. 이거도 다 장사인데요. 조선인들이 선량한 민간인에게까진 그 총구를 겨누지 않으리라 믿겠습니다."

조선과 만주 곳곳에 있던 미제 군수공장은 모두 몰수당했지만, 사람마저 모조리 갈아치울 순 없었다. 그리고 생산 과정을 꿰뚫고 있는 이라면 부품을 빼돌려 완제품을 만드는 일 또한 충분한 노력을 기울이면 얼마든지 할 수 있다.

"저는 이만 일어나보겠습니다."

"벌써 가시오?"

"저도 이래 봬도 요시찰 대상이어서 말입니다. 오래 있어서 좋을 건 없지요. 무운을 빌겠습니다."

야마다가 사라진 후 지배인은 짐짓 헛기침을 터뜨렸다.

"이보시오, 키노시타 씨."

"예, 선생님."

"중경에서는 혹 소식이 없소?"

"사천에서 조선까지 오려면 수천수만 리 아닙니까. 아쉽지만 임정 기갑 연대가 근시일 내 조선에 오기엔 무리 같습니다."

"에잉."

지배인, 키노시타 쇼조(木下昌藏)는 섭섭해하는 여운형을 보며 슬며시 웃었다.

"대신 저희가 오지 않았습니까?"

"그대들의 조력이 무척 크다는 사실을 내 모르진 않소. 하지만 그 위풍당당하다는 광복군과 임정 사람들이 경성에 온다면 더 감격스럽지 않을까 하고 아쉬울 따름이지."

"소인은 소학교 몇 년이 배움의 전부인 무식쟁이라 복잡한 속사정은 잘 모릅니다요. 다만 임정 분들도 당장 오지 못함을 한스럽게 여긴다는 사실만큼은 똑똑히 압니다."

"먹물 많이 먹고 말고로 사람의 유식함, 무식함이 갈리는 게 아니오. 얼마나 올곧은 뜻을 갖고 있냐가 중요하지. 그런 점에서 귀공은 배움 없이도 깨달았으니 실로 대단하다 할 수 있소."

"몽양 선생이 이리 칭찬해주시니, 참 부끄럽습니다."

육신의 쾌락 대신 영원한 쾌락을 찾아 상해 임정의 문을 두드렸던 사내는, 참으로 요지경인 세상에 걸맞게 쾌락의 끝판왕이라 할 수 있는 요정 지배인이 되어 경성에 입성했다.

"다음에 뵐 적엔 키노시타 대신 본디 이름으로 불러주시면 고맙겠습니다."

"그땐 내가 아닌 온 천하가 귀공의 이름을 떠들고 있을 게요."

이봉창(李奉昌)은 고개 숙여 절하고는 자리에서 일어났다. 조선 팔도 곳곳에 그와 같은 조선 남아들이 즐비하니, 독립의 불꽃이 솟구칠 그 날이 다가오고 있었다.

* * *

일본제국의 심장 도쿄는 여전히 소란스러웠다.

"킨유진은 경성으로 올 게 틀림없소! 지금 당장 인천의 요새화에 사력을 다해야 한단 말이오!"

"무슨 소리입니까. 누가 봐도 도쿄로 오겠지요. 일전 연설에서도 도쿄로 돌아오겠다고 하지 않았습니까."

"그건 저번이고! 이번 방송에서는 조선말로 서울로 가겠다고 했잖소."

"그 뒤에 국어(國語)로는 수도, 영어로는 캐피탈이라고 했습니다. 조센징들을 서울이란 단어로 현혹한 것뿐이에요. 킨 장군은 명백히 도쿄에 성조기를 꽂으려 들 겁니다."

연이은 패전으로 육군 내각은 궁지에 몰렸고, 그동안 숨도 못 쉬고 살던 문민 관료들, 정치인, 그리고 해군은 합심해서 도조 히데키를 끌어내리는 데 성공했다. 하지만 그것이 전부. 야마모토 이소로쿠는 대만을 사수하겠다며 큰소리를 떵떵 치고 출격하더니, 비루하게 제 몸만 살아 돌아왔다. 차라리 그자가 죽었어야 했다. 미제 폭탄에 맞아 죽거나, 혹은 염치가 있다면 알아서 배를 갈라 연합함대와 함께 그 눈을 감았어야 했다.

하지만 야마모토는 참으로 낯짝 두껍게도 살아 돌아왔고, 엉뚱한 나구모 제독이 책임을 통감한다며 자살해버렸다. 물론 나구모 또한 충분히 죽을 만한 죄를 짓긴 했지만, 모양새가 누가 봐도 꼬리 자르기였다. 야마모토와 나구모의 사이가 최악으로 치달았다는 걸 아는 사람이 보기엔 음흉한 야마모토가 제 정적에게 죽음을 강요한 꼴 아닌가.

"다들 조용히 하시오! 어전이외다!!"

"크흠."

"흠."

"경들은 들으오. 이 난국을 헤쳐 나갈 방도를 듣고자 내 귀경들을 불러 모았건만, 어찌하여 서로 책임을 따져 물으며 싸우기만 급급한 것이오?"

"폐하. 섬나라인 신주를 수호해야 할 함대가 모두 사라졌으니, 이제 지나와 만주에 가득한 우리 황국의 육군은 보급이 곤궁해졌습니다."

"폐하. 제아무리 강건한 함대여도 도서 지역의 요새와 비행장에 의지해야 하건만 저 육군은 연일 일패도지할 뿐 어디 한 곳 지켜낸 곳이 없습니다. 해군은 줄곧 육군에 의해 불리한 싸움을 강요당하였을 따름이니, 실로 애석하고 통탄할 노릇이옵니다."

히로히토는 가끔 기관총을 어디서 구해 와 이놈들의 머리통을 죄다 날리는 상상을 하곤 했다. 장개석의 항복을 받는 데 3주 운운하던 작자들. 미국과의 전쟁에서 승리하는 데 3개월 운운하던 작자들. 어차피 그가 개전을 거부한다 한들 언제 이 나라에 현인신이라는 천황 말을 들어먹는 이들이 있었냐마는, 이 지경에 처하고 나니 참으로 나라 꼴이 희한하기 그지없었다.

"소련군의 동태가 수상쩍습니다. 극동 방면에 로스케들이 군을 증강시키고 있습니다."

"독일과의 전쟁이 끝났으니 극동에서 빼돌린 병력을 다시 원위치시킬 뿐입니다. 착시현상에 불과합니다."

"연합군이 떠드는 '무조건 항복'은 불가합니다."

"로스케들이 미개하다 한들 이가 빠지면 잇몸이 시린 이치쯤은 알고 있을 터입니다. 소련에 중재를 요청해 휴전 조건을 협상해보심이 어떻겠습니까?"

휴전이라는 말에 히로히토에게도 희미한 희망이 보이기 시작했다. 어전이니 비록 휴전이란 말을 꺼냈지만, 이는 강화 협상, 혹은 조건부 항복을 돌려 말함이 아니겠는가.

"가능하겠는고?"

"황국의 안녕을 위해서라면 해야 합니다. 신주가 귀축영미에게 정복당해 미 제국주의자들이 이 땅을 불침항모로 쓰게 된다면 소련은 엄청난 압박을 받을 수밖에 없습니다. 그들 또한 제국의 존속을 바랄 것입니다."

"내각의 뜻이 그러하다면 시행토록 하라."

"예, 폐하."

대만 함락은 이제 무지렁이 촌로들조차 다 아는 사실이 되었다. 대만에서 이륙한 미국의 폭격기는 유유자적 유람이라도 하듯 날아와 폭탄을 떨구어댔고, 폭탄이 없는 폭격기는 삐라를 마구 흩날리며 격추할 능력조차 없는 황군을 조롱하는 듯했다. 일본군은 남은 항공기를 박박 긁어모아 중국 해안가와 본토에 배치하려 했으나, 이미 일본의 항공기는 나날이 새롭고 더 강해지는 적기를 격추하기엔 그 능력이 부족했다.

그 악명 높은 무스탕조차 점점 숫자가 줄어들고 더욱 강력한 기체로 바뀌고 있다는데, 어째서 황국은 기존 기체조차 더 생산하기 버겁단 말인가? 뻔하다. 이미 망조가 들었기 때문이다. 막 물러나 궁으로 돌아가려던 그때, 무언가 저들끼리 쑥덕거리던 군인들이 다급히 그를 붙들었다.

"폐하, 폐하!!"

"…또 무슨 일인가."

"아뢰옵기 참으로 황공하오나, 미군의 대함대가 출격하였다고 하옵나이다."

"우리 용감한 해군과 항공대가 그들을 요격할 순 없는고?"

"……."

훈장으로 뒤덮인 군복을 입은 빡빡이들 중 얼굴과 이마가 빨개지는 이들은 있어도 감히 천황의 물음에 답을 하는 이는 하나도 없었다.

"너희들이 나라를 망국으로 이끌었으니, 내 무슨 낯으로 죽어서 선황들을 뵐지 모르겠구나."

"죽여주시옵소서, 폐하!!"

히로히토는 잠시 쓰린 속을 달랜 후 다시 입을 열었다.

"그래서 그 대함대의 목표가 어디인고?"

"대만에서 올라온 선단이 지금 상해에 상륙을 시도하고 있다고 합니다. 충용무비한 폐하의 아들들이 군기를 불사를 각오로 용전분투하여 적들의 상륙 시도에 저항하고 있사옵니다."

"그런가."

"상륙은 병법에서도 가장 어렵다고 일컫고 있습니다. 미국의 기세가 날카롭기는 하나, 적들에게 막심한 손해를 강요할 수 있으니 강화의 길은 오히려 더 가까워졌다 볼 수 있겠습니다."

"적들을 총지휘하는 킨유진은 이미 강대한 독일군을 앞에 두고도 몇 차례씩 상륙작전을 성공시킨 바 있다고 들었노라. 그에 대한 대비는 되어 있는가?"

또 입을 다문다. 빌어먹을 놈들. 그가 막 분노의 일갈을 내뱉으려는 순간, 다시 이 빡빡이들은 야마토 정신이네 나약한 독일인들과는 다르네 어쩌네 온갖 개소리를 지껄여댔다.

"초, 총리님."

"어전일세. 나중에 이야기하게."

"아니. 지금 여기서 말하게. 무슨 일인가."

"키, 킨유진이 직접 움직였습니다."

직접 움직였다? 모두가 그 뜻 모를 말에 당황해하고 있을 때, 소식을 가져온 장군은 울음 섞인 목소리로 더듬더듬 말을 이었다.

"상륙선단의 한 갈래가 조선의 군산에 닿았습니다. 킨 장군이 군산에 발을 디뎠답니다."

"처, 천재일우의 호기이옵니다. 폐하."

"지금 당장 조선군이 그자의 목을 취할 것이옵니다."

"그 건방진 놈을 어전으로 끌고 오겠습니다!"

"킨유진이 대패해 사로잡힌다면 미국도 항복할 것입니다!!"

"와. 정말이지 기대되는구려."

히로히토는 영혼 없는 목소리로 답했다. 유신 이래 하늘 높이 치솟기만 하던 제국이 그의 대에 이르러 침몰하고 있었다.

4장
하늘이 열리고

하늘이 열리고 1

급격한 산업화를 통해 성장한 일본제국은 대부분의 개발도상국이 그러하듯, 농촌을 억압하는 정책을 폈다. 산업화를 위해서는 방대한 노동력을 도시로 끌어모아야 한다. 가격 경쟁력에서 우위를 거머쥐려면 도시로 올라온 노동자들의 임금을 올릴 수 없다. 저임금으로 노동자를 부리려면, 최소한 의식주에 쓸 돈은 줄여줘야 한다. 고로 쌀값을 낮게 잡는 것이야말로 일본의 핵심 정책. 열도 자체의 생산력만으로는 인구를 부양하기 어려우니 조선은 곧 제국의 쌀가마니가 되어 내지인들의 식량을 저렴하게 공급하는 역할을 수행해야만 했다.

쇼와 17년(1942년) 10월 3일 토요일. 일본제국 군산의 분위기는 흉흉했다.

"일어나기, 싫다……."

마에다 일등병은 눈을 비비며 군바리로서 가장 끔찍한 고통 중 하나, 기상나팔의 고통을 겪었다. 그에게 조국이란 당연히 대일본제국이었지만, 태어나서 살아온 곳은 쭉 이곳 군산이었다. 그의 부친이 혈혈단신으로 조선 반도에 와서 정착하였고, 번듯한 가정을 일구고 직업도 갖추었으니 그들의 고향 땅이라 할 수 있는 내지(內地)로는 갈 일도 없었고 그럴 형편도 되지 않았다.

마에다 자신이 생각하더라도 공부 머리가 되어 도쿄나 오사카로 유학을 갈 수 있는 것도 아니오, 내지 놈들은 조선 토박이라 하면 깔보는 게 예삿일이라 하니 제대하고 나면 돈을 모아 여행이나 한번 가보면 모를까. 치솟는 애향심 같은 건 이곳 군산이면 군산이지 내지를 향할 린 없었다. 징병을 뺄 방도가 없어 군에 끌려오긴 했으나, 그래도 하늘이 도우셨는지 고향에 그대로 눌러앉아 군생활을 할 수 있다는 건 그야말로 천우신조. 이대로 아무 일 없이, 그냥 무탈하게 집에 돌아갈 날짜만 헤아리는 것이 그의 일상이었다.

"오늘 밥 뭐냐?"

"제길. 5분만 더 자자, 좀."

"오늘도 출동이면 진짜 조센징 놈들 다 죽여버린다. 빌어먹을."

아시아의 대영웅으로 불리던 킨 장군의 섬뜩한 포고 이후, 조선은 순식간에 지옥이 되었고 그의 군생활 또한 함께 지옥으로 끌려들어 가고 말았다. 저번 주만 봐도 난리도 아니었다. 군에 오기 전이었다면 오츠키미(お月見), 달구경이라도 했을 음력 8월 15일. 미개하게 아직도 음력을 쓰는 조센징들이 추석 명절이라며 부산을 떨 시국임에도 불구하고 이놈들은 명절이고 뭐고 반일 시위다 데모다 난장통을 펼치기 바빴다. 킨 장군의 포고. 조센징들이 중히 여기는 명절. 거기에 총독부 설립 기념일인 10월 1일. 이 모든 게 죄 겹쳐버린 결과는.

"왜놈들은 꺼져라!!"

"조선은 조선인의 땅이다!!"

"왜놈들아, 하늘이 두렵지 않느냐!"

"전부 밟아버려!!"

폭동. 군산항의 짐꾼들이 죄 갑자기 돌아버렸는지 총파업이다 뭐다 하며 화물 나르는 일을 멈추었고, 진압하려던 순경이 오히려 쌍코피가 터져 도망가는 추태를 보였다. 마에다의 부대가 저 못난 순사 놈들을 대신해 조센징들을 어루만져주러 달려나갔지만, 애초에 무작정 찍어누른다고 끝날 일이 아니라 저놈들이 업무에 복귀해야만 하는 만큼 윗선에서도 참으로 고심이 많은 모양이었다.

"제발 주말에는 좀 쉬었으면 좋겠는데."

"그러게 말입니다."

그렇게 어슬렁어슬렁 군복을 입고 근무에 투입할 준비를 갖추던 중.

왜애애애애애앵―

"요즘 들어 미제 놈들 비행기가 자주 날아옵니다."

"혹시, 정말로 킨유진이⋯⋯."

"입 좀 다물어. 재수 없으려니까."

― 전 병력은 즉시 집합하라! 전 병력은 즉시 집합하여 실탄 수령하라!!

― 반복한다. 실제 상황. 실제 상황. 전 병력은 즉시⋯⋯.

"이게 무슨 소리야."

잠시 소란 끝에 허겁지겁 해안가로 달려나간 마에다와 그 무리들은 입을 쩍 벌리고 말았다. 저 멀리서부터 다가오는 시꺼먼 것들. 만조에 맞추어 밀물처럼 접근해 오는 거대한 군함들. 그 무서운 메뚜기 떼보다도 더 많이, 태양마저 가려버릴 기세로 날아오는 무수한 항공기들.

"양키들이 온다아아아!!"

"전투 준비! 전투 준비이이이!!"

무슨 수로? 고작 1개 대대에 지나지 않는 이 부대의 병사들보다 미제의 배가 더 많아 보이는데?

"와아아아아!!"

"미군이 온다! 미군이 온다!!"

"쪽바리들을 몰아내자! 김 장군님이 오신다!!"

설상가상. 파업이다 뭐다 하며 요란법석을 떨던 조선인들이 어디서 죽창
이며 낫을 들고 뛰쳐나와선 저들끼리 독립 만세다 뭐다 괴성을 내뿜어대기
시작했다.

"이게, 무슨 일이야."

"쏴, 쏴야 합니까? 진짜로?"

"이 병신 새끼들이 지금 무슨 소릴 하는 거야?!"

"그, 그치만. 쏘면, 쏘면 죽인다고 했다잖습니까. 그, 그, 그러니까. 안 쏘
면, 살려 준다는 말 아닐까요?"

대대장은 어떠한 명령도 내리지 않았다. 군산에 미군이 쏟아지는 그 순
간까지도. 마에다는 슬그머니 소총을 내렸다. 저 무시무시한 군세를 보는
순간 깨달아버렸다. 황국의 심장까지 저만한 대군이 몰려오고 있는데 고작
1개 대대만이 여기 있는 실정에서부터 모든 것이 명약관화해졌다. 황국은
끝이다.

* * *

군산에 주둔한 일본군이 고작 1개 대대, 그것도 감편된 부대라는 사실
을 알게 된 뒤로는 모든 것이 일사천리였다.

"이게 사실인가."

"군산항은 잽스들에게도 중요한 항구라고 들었는데, 역정보일 가능성은
없습니까?"

"대만이 함락되었으니 당연히 병력을 증강하겠지. 괜히 적이 방어 태세
를 갖추는 시간을 줄 바엔 빨리 들이쳐야겠습니다."

내가 한반도 점령을 위해 할당받은 부대는 미합중국 육군 제8군. 참 감
회가 새롭다. 제8군은 바로 원 역사의 주한미군이었으니까. 제8군 예하 2개
군단. 그리고 해병대 1개 사단, 공수부대 1개 사단. 1개 낙하산보병연대와

1개 중전차대대. 내가 아득바득 땡깡부려서 뺏어 온 다수의 공병대. 그리고 조선의용부대까지.

과거 유럽에서 히틀러 콧수염을 바리깡으로 밀 때와 비교하자면 당연히 소박하지만, 조선 팔도를 해방시킬 병력으로는 차고 넘친다. 곳곳에서 산발적인 총성이 들리긴 했지만, 우리가 예상했던 대로 일본군의 대대적인 방어 작전 따위는 없었다.

"과연 해병대로군요. 늠름하기 짝이 없습니다."

"하하! 대원수께서 좀 아시는군요."

"저런 듬직한 부대가 유럽에 없었던 게 무척이나 아쉽습니다. 그랬다면 정말 히틀러를 붙잡아다 재판정에 끌고 올 수도 있었을 텐데요."

"지금 저희가 잘 써먹고 있는 상륙정, 대원수께서 기틀을 잡았다고 들었습니다. 일선 장병들도 대호평입니다."

그동안 해병대와 내가 엮일 일이야 뭐, 당연히 딱히 없었다. 그러니 이제부터라도 서로 인간관계에 기름칠을 좀 해야 하지 않겠나? 서로 원한 맺혀서 티격태격대봐야 좋을 거 하나 없기도 하고.

"항구의 잽스들이 투항하고 있다고 합니다."

"현지인들이 우릴 환영하는 듯하군요. 상륙은 성공입니다."

"이대로 단숨에 군산 시내를 장악하고, 육군이 상륙하기만 하면 모든 게 끝납니다."

"변변한 전투 하나 없으니 이것 참 싱겁군요. 사령관님, 혹시 대전이라는 곳도 저희 해병대에게 맡겨주실 순 없겠습니까?"

그동안 왜 아이크의 모발이 남아나지 않았는지 잘 알 것 같다. 육군, 해군, 해병대, 거기에 살짝 보태 육군항공대와 해군항공대까지. 이 무수한 군종들이 얽히고설켜 온갖 이해관계가 맞물리니 컨트롤타워가 될 사람들이 얼마나 피가 마르겠는가.

"전투 그 자체보다는 점령 이후의 민사가 더 까다롭습니다. 해병대는 육군 친구들이 무사히 땅을 디딜 수 있도록 도와주시고, 대신이라고 하긴 그렇지만 군산이 안정되면 충분히 전공을 세울 수 있도록 제가 자리를 깔아 드리겠습니다."

"알겠습니다. 이거, 총 한 번 쏠 일 없이 잽스들이 전부 항복하지나 않을까 걱정됩니다. 하하!"

참모들이고 장군들이고, 하나같이 껄껄대며 웃기 바쁘다. 나는 그들의 웃음에 맞추어 같이 웃다가, 슬며시 내 용건을 꺼냈다.

"자자. 제대로 된 전투도 없으니 우리 기자 양반들이 얼마나 섭섭해하겠습니까?"

"그건 그렇지요."

"그러니 그들의 기삿거리를 위해, 제가 내려가보겠습니다."

"…상륙하시겠다구요?"

"물론입니다."

방금 전까지 껄껄대던 사람들이 갑자기 싹 표정을 고친다. 아니, 왜 나한테만 그래.

"혹시나 비열한 잽스들이 장군을 노릴지도 모릅니다."

"해병대가 완벽히 장악했는데 무슨 일이 있겠습니까?"

"그래도 모를 일입니다!"

"자자. 지금 우리에게 필요한 건 신뢰입니다, 신뢰. 갑자기 지휘관이 낙하산 타고 뚝 떨어졌으니 참모 여러분들도 좀 혼란스러울 것 아닙니까? 원래 이런 이벤트를 좀 해줘야 단합이 됩니다."

응, 난 갈 거야. 아무도 날 막을 수 없다. 한참 실랑이를 하나 했지만, 6성 장군이란 타이틀이 제법 힘이 좋긴 한 모양이었다. 대원수가 이 악물고 내려가겠다는데 감히 어느 간이 부은 놈이 아득바득 말리겠는가? 마침내 나를 위한 상륙정이 서해바다에 둥둥 띄워졌고, 내가 상륙한다는 소식을 들은 기자들이 파리 떼처럼 자신들도 따라가겠노라 난리를 쳤다. 그리고 때가 왔다.

"조심하셔야 합니다."

"잽스는 비열하니 저격수를 숨겨 놨을지도 모릅니다."

"지금이라도……."

"어허. 지금 여기서 돌아가면 장병들의 신뢰를 잃게 됩니다."

덜컹.

배의 문이 열리고 나는 뚜벅뚜벅 걸어내려가 상륙정에서 빠져나왔다. 찰박이는 바닷물. 질퍽거리는 갯벌. 화약 내음 하나 느껴지지 않는, 소금기 가득한 바다 냄새. 이 후줄근해 보이는 작은 항구 도시에 발을 디디기까지, 참으로 다행스럽게도 만 50년은 걸리지 않았다. 반백 년은 아직 멀었으니 이만하면 아슬아슬하게 세이프 아닐까.

잠시 하늘을 올려다보았다. 아침 햇살이 참으로 선명하다. 내가 그렇게 하늘만을 바라보는 동안 동승했던 이들이 차례차례 내리며 걸쭉하게 욕설을 내뱉었다. 마, 이게 세계 자연 유산으로 길이 남을 갯벌이다. 츄라이 츄라이. 나는 내 인터뷰 한 꼭지를 따기 위해 목숨을 걸고 내려온 기자들을 힐끗 바라보았다.

"사진 좀 찍겠습니다, 대원수님!"

"잠시. 잠시잠시. 라이터 갖고 계신 분?"

얼른 입에 럭키 스트라이크 한 발을 장전하고, 불을 붙였다. PPL을 성실하게 이행해야 돈을 번다고.

"한국인들의 신화에 따르면, 그들이 이 땅에 처음으로 나라를 세운 건 기원전 2333년 10월 3일이라고 합니다. 그래서 그들의 건국 기념일 또한 10월 3일인데요, 우리 식으로 번역하면 '하늘이 열린 날'이라고 합니다. 바로 오늘, 용맹한 미합중국군은 일본제국의 새장에 갇혀 있던 한국인들에게 하늘을 돌려주었습니다."

사진기에서 플래시가 팡 하고 터졌다. 뻘에 파묻힌 다리는 찍지 않았으면 좋겠는데.

"약 50년 전, 평화를 사랑하던 이 민족은 사나운 이웃 민족 일본인들의 손에 가진 것들을 하나씩 빼앗기기 시작했습니다. 내 부모님, 그들은 희망을 좇아 자유의 여신이 횃불을 치켜든 땅, 노력하면 누구나 희망을 거머쥘 수 있다는 아메리칸드림의 땅에 당도했습니다. 그리고 마침내, 내가 여기에 발을 디뎠습니다."

기자들의 손놀림이 바빠지고 있다. 좋은 징조다.

"일본인들은 고작 30여 년의 시간 동안 이웃 민족이 가진 모든 것을 빼앗으려 했습니다. 그들의 재산, 그들의 목숨을 앗아간 것으로 그치지 않았습니다. 그들의 역사, 그들의 전통, 심지어 이름까지. 지구상의 그 어떠한 정복자도 이토록 집요하지 않았고 인간이 근대와 계몽을 깨달은 이래 한 민족을 말살하고자 이토록 절치부심한 유례가 없습니다. 일본의 욕망은 멈추지 않았습니다. 이들은 이 반도에서 빼앗은 재물과 식량으로 중국을 침략했고, 중국에서 빼앗은 것들로 함대를 꾸려 진주만을 불살랐습니다. 그렇기 때문에 우리는 이곳에 와야만 했습니다. 모든 것을 바로잡기 위해, 모든 것이 시작된 곳에 와야만 했던 것입니다."

나는 천천히 몸을 숙여 한 손으로 서해 바닷물을 떠 담았다. 시원하고 좋구만.

"우리는 피를 탐해 이곳에 오지 않았습니다. 우리는 응징하기 위해 왔습니다. 우리는 정복하기 위해 이곳에 오지 않았습니다. 우리는 해방하기 위해 왔습니다. 우리는 노예를 얻기 위해 이곳에 오지 않았습니다. 우리는 이곳에서 새로운 친구를 얻을 것입니다. 나는 오늘 이곳에 온 모든 장병들에게 자신 있게 말할 수 있습니다. 오늘 우리가 흘린 피와 땀은, 합중국의 가장 큰 친구로 돌아올 것이라고. 이 땅의 선량한 시민들은 아이들에게, 손자들에게 대대로 우리가 찾아왔던 이 날의 기억을 대물림하리라고."

하도 가만히 있었더니 이 빌어먹을 갯벌에 점점 빨려드는 느낌이다. 몸에 힘을 주고 천천히, 행여나 뻘에 처박혀 희대의 흑역사를 만들까 조심하며 한 발짝 한 발짝씩 신중히 내디뎠다.

"지금 우리가 남기는 발자취는 앞으로 영원히 사라지지 않을 겁니다. 이 땅에 평화를 사랑하는 민족이 그들의 나라를 보존하는 한, 그들의 가슴속에 영원히 새겨져 있으리라 믿습니다. 주님께서 악을 단죄하고자 합중국의 힘을 빌어 그 검을 내리치셨으니, 제가 가난한 이민자의 맏아들로 태어나 이 분에 넘치는 자리에까지 오를 수 있었음은 모두 그분께서 예비한 길을 따랐음에 불과합니다."

"아멘."

"이제 다들 가십시다. 언제까지 여기 있을 순 없으니까요."

신이 없다고 생각한 적은 단 한 번도 없다. 멕시코의 사막에서든, 프랑스의 참호에서든, 하다못해 암이나 뇌졸중이든 고혈압이든 사람 하나 죽는 게 이상하지 않은 세상이지만 나는 여태껏 살아남았다. 살아남기만 한 것으로 끝인가. 그 모든 시련과 고난 속에서, 웨스트포인트의 문을 두드릴 때부터 지금 이 순간에 이르기까지. 한 번의 실수로도 끝장날 수 있는 줄타기 끝에 마침내 이곳에 당도했다.

그 신이 진짜 주일마다 목사 양반이 떠드는 신인지 아닌지는 관심 없다. 두 번째 기회를 주고 그동안 내가 주사위를 던질 때마다 전부 6만 나오게 된 것이 신의 가호가 아니면 또 뭐겠는가. 적어도 일본제국을 흥하게 하라는 게 신의 뜻이 아님은 21세기의 똑똑한 쪽바리에게 2회차 특전을 준 게 아닌 것만으로도 확실하지 않은가.

1분이 1시간처럼 느껴지는 기나긴 시간 끝에. 나는 바닷가를 벗어나 단단한 대지에 올라섰다. 총을 꼬나쥔 채 단단히 경계하고 있는 미군의 벽 너머로. 꼬질꼬질하고, 행색은 엉망진창이고, 몽둥이로 몇 대를 처맞았는지 얼굴이 퉁퉁 부은 이들이 바짝 얼어붙은 채 나만을 바라보고 있었다.

"반갑습니다, 동포 여러분."

"아, 아!!"

"김유진입니다."

잠시 후 하늘을 찢어버릴 듯한 함성이 터져나왔다.

하늘이 열리고 2

예전에, 그러니까 내가 2회차 치트를 치기 전, 국가의 녹을 먹는 공무원으로 행복한 삶을 누리고 있을 적에. 베트남전이었던가? 적 1명을 죽이기 위해 총알을 평균 백만 발 쏴야 했다는 통계를 들은 적이 있다. 물론 나는 대한민국 국방부와 육본에서 배운 걸 전부 믿지는 않는다. 당장 거기서 들은 걸 전부 다 믿으면 솔개는 나이 먹으면 사이보그 부리를 장착할 판인데.

이 이야기에서 내가 당장 써먹을 수 있는 교훈이 있다면, 그건 바로 총알보다는 대포알이 훨씬 더 찰지게 적을 찢을 수 있고 대포알을 대체할 수단이 있다면 그걸 쏘는 게 훨씬 낫다는 점이다. 그러니까…….

"아아. 마이크 테스트. 마이크 테스트. 하나둘삼. 하나둘삼. 화스트 페이스. 화스트 페이스."

오늘도 입을 털어서 포탄을 아낄 수 있다면 기꺼이 나는 마이크를 잡으리라. 주님, 정의로운 괴벨스가 되는 걸 허락해주세요. 루루팡 —

— ♪동해물과 백두산이 마르고 닳도록♬

그 어떤 기상나팔보다도 쩌렁쩌렁, 상륙이 궤도에 오르기 무섭게 하역된 이동식 방송 차량들이 불러제끼는 열린음악회. 이번 메들리는 애국가인

가. 삼태기 메들리를 이겼다. 아주 좋아.

작사는 이 시대 최고의 작사가 Various Artists, 작곡 대한민국 임시정부와 친구들, 편곡 OSS, 음반 제작 및 유통 온갖 레코드 회사들과 샌—프랑코.

우리가 미리 준비해둔 온갖 메들리가 신나고 구성지게 일본인과 조선인을 가리지 않고 달팽이관을 공격하기 시작한다. 애국가, 독립군가, 아리랑, 각종 이 시대 유행가, 거기에 번안한 군가까지… 아무튼 듣고 있는 이의 피가 끓을 만한 건 죄 넣어 놓고 하루 온종일 틀어댔다. 이걸 듣고도 참는 조선인이 있다면 히로히토의 초상화를 밟고 지나가는 친일파 테스트를 해봐도 되지 않을까.

군산에 상륙한 현재, 일본군은 크게 부산과 경성 방면에 주둔하고 있다. 그다음은 당연히 속도전이다. 경성의 일본군이 꼼지락대기 전 꿈돌이의 땅 대전을 선점하면 일본군은 말 그대로 반으로 갈라져서 죽어야 하고, 그다음은 무난무난하게 부산 공략에 나설 수 있다. 이대로만 가자, 이대로. 현실적으로, 제8군의 전력만으로 한반도 전역을 모조리 통제할 수는 없다. 처음부터 우리의 작전 계획은 점과 선을 장악해 일본제국의 물류망과 행정 체계를 파괴하는 데 주안을 두고 있었고, 이를 위해서는 현지 조선인들의 적극적 협력이 필수적이었다. 그리고 당연히 국뽕만큼 탁월한 아이템은 없다. 아니, 조금 다르지. 내가 믿을 건 국뽕밖에 없다.

원 역사에서 박헌영이 김일성에게 북한이 침공하면 수십만 남로당원이 봉기해서 남조선을 순식간에 멸망시킬 수 있다고 떠들었다던가? 지금 내 모양새가 딱 박헌영의 그것과 비슷하다. 킹을 비롯한 해군이 속으로 시발시발 하는 이유. 자기네들이 봤을 때 일본의 물류망을 파괴하는 건 잠수함작전만으로도 차고 넘치고, 폭격작전을 수행할 비행장은 이오지마, 오키나와를 점령하는 것만으로도 충분하다.

아이크나 나나 중국 상륙작전 역시 전략적으론 불필요하다는 데엔 의

견이 일치했지만, 장개석에게 은혜를 판다는 정치적 목적이 있으니 이건 좀
예외. 아무튼 저런 마당에 유럽에서 실컷 전공 대잔치를 했던 유진 킴이 슬
그머니 와선 '한 줌 미군이 조선에 상륙하면 피해도 경미하고 온 조선인들
이 미군을 환영해줄 것.'이라며 대통령에게 다이렉트로 주둥이를 털었다.
그리고 대통령이 거기에 넘어갔다. 이래서야 고작 아이스크림 제조선 몇 척
선물로 준다고 화가 풀릴 리가 없다. 그래도 주니까 고맙다곤 하더라. 헨리
가 진짜 죽었으면 배 대신 배때기가 터졌을 텐데. 만약 상륙작전의 피해가
심하다? 내가 욕을 먹는다. 만약 조선인 봉기가 생각보다 별로 없다? 내가
사심으로 대전략을 뒤틀었다고 두고두고 박제당해서 욕처먹을 각이다. 생
각만 해도 머리가 지끈지끈해진다. 사리사욕의 길이 이리 어려운 일이었을
줄이야!

　― 조선인 여러분! 저 김유진이 마침내 백만 대군과 함께 이 땅에 상륙했
습니다! 조선의 자유가 눈앞에 다가왔습니다. 삼천리강산에서 왜놈을 몰아
낼 기회가 여러분의 앞에 펼쳐져 있습니다!

　음악 중간중간 나오는 내 목소리는 당연히 녹음본이다. 내 목은 소중하
니까. 이렇듯 나는 남로당 다 토벌당해 놓고 큰소리만 땅땅 친 박헌영과 달
리 훨씬 탄탄하게 준비를 해놨고, 뭐 하나 제대로 된 성과를 거두지 못해
엄청나게 초조한 상태인 OSS와 손잡기까지 했다.

　― 일어나라 대한의 건아들아, 영광의 날이 왔도다! 우리를 억압하던 왜
놈들의 피 묻은 군기가 휘날리노라♪

　음악 좋고 가락 좋고. 대원수씩이나 되어서 겨우 사단급 교전에 이래라
저래라 지시하는 것도 아랫사람들에게 못 할 짓이니, 나는 어디까지나 군정
과 현지 장악에 초점을 맞추어 움직였다.

　"킨 장군께서 직접 행차하셨으니 군산의 신민들은 오직 아시아의 대영
웅인 킨 장군을 받들 뿐입니다. 부디 자비를 부탁드립니다."

　"군산부의 부윤(府尹, 시장)은 어디로 갔소?"

"그놈은 꽁지가 빠져라 도망쳐버려 찾을 수가 없습니다."

일본인 대표로 나선 몇 명과 만났는데, 그들은 딱 봐도 정신이 아득해진 꼬락서니였다.

"나는 적국 사람들이라 한들 민간인들을 무자비하게 살육할 마음은 추호도 없습니다."

"감사합니다! 감사합니다, 장군님!"

"전쟁 수행에 협조하라는 말도 하지 않겠소."

"부탁입니다. 제발 저희가 장군의 대업에 미미한 도움이나마 될 수 있도록 무엇이든 시켜만 주시옵소서!"

이놈들 봐라? 협조를 하시겠다?

"그대들의 마음 씀씀이는 고맙지만 거절하지. 당신들의 조력을 얻는다 한들 세간 사람들이 보기엔 내가 강제로 수탈하는 것으로 비치지 않겠소? 그저 이 전쟁이 끝날 때까지 등 뒤에 칼을 꽂지나 마시오."

"여부가 있겠습니까."

"전쟁이 끝날 때까지 그대들의 안전과 재산을 보장하기 위한 조건을 여기 명시해 놓았으니 확인해 보시오."

[모든 무기를 수거하여 제출한다.]

[매점매석을 금하며, 부동산의 매매 또한 금한다.]

[교전 당사자인 일본군 군인, 그리고 경찰을 숨겨주지 않고 자진 헌납한다. 이들을 색출하기 위한 가택 수색에 협력한다.]

[생업에 종사하는 것을 허용하지만 지정된 거주 구역에서 벗어나는 것을 금하며, 미군의 가옥 징발 명령에 협조한다.]

이외에도 여러 조건이 붙어 있었지만, 솔직히 이 정도면 충분히 합리적이지. 까놓고 말해 병사 개개인이 슬쩍슬쩍 약탈하는 걸 모두 막진 못하겠지만, 이 전쟁통에 정말 아무 일도 없으리라 믿는 놈이 멍청한 거다. 적어도 목 베기 시합을 한다거나 가스실을 짓지는 않으니 충분히 선녀 아닌가. 미군 명의로 징발을 한다 하면 제값 다 치를 거고. 일본인들이 크나큰 은혜에 감읍하며 떠난 뒤엔 조선인들 차례였다.

"김 장군님을 뵙게 되어 소인, 일생의 영광이옵니다!"

"이 땅의 모든 민초들이 장군이 오시기만을 기다리고 있었습니다!"

난리도 아니다. 난리도 아냐. 나는 무릎 꿇고 절을 올리려는 그들을 일으켜 세운다고 용을 써야 했고, 한바탕 통곡도 들어준 뒤에야 간신히 이야기를 진행할 수 있었다.

"이 땅에 조선인을 위한 국가를 재건하기 전까지, 여러분이 임시로나마 자치를 해야 합니다."

"여부가 있겠습니까."

"왜놈들에게서 몰수한 무기를 제공해줄 테니 자경대를 조직하고 치안을 유지하시오. 미리 분명히 말하지만 일본인 구역에 쳐들어가 혼란을 일으키는 건 용납하지 않겠습니다. 또한 미군과 의사소통할 대표를 선발하되 친일 인사는 배제하고 주민들이 인정할 명망이 있는 자를 골라주시면 고맙겠습니다."

"물론입니다!"

"저희가 바라마지 않던 일입니다!!"

"앞으로 여러분의 도움이 많이 필요합니다. 당장 항구 하역 작업부터 점령지 확대에 이르기까지, 이 땅의 민초 여러분들이 직접 해나가야만 합니다."

일단 군산 일대에 지방자치단체를 조직하고, 점령지마다 이를 확대해 나간다. 어차피 누가 친일파고 누가 매국노인지, 같이 사는 동네 주민들은 훤히 알고 있다. 한번 이렇게 풀뿌리 단계에서부터 조직화를 해 놓으면 향후 건국 과정에서도 굉장한 도움이 되리라.

그때였다.

"실례합니다, 장군."

"무슨 일인가?"

"일본 해군이 공세에 나섰습니다. 상륙을 일시 중단해야 할 것 같다는 연락입니다."

"그놈들이 남은 게 어디 있다고?"

잠시 발이라도 붙들려는 건가, 하는 생각이 먼저 들었다. 돌이켜보면, 이 시점의 나는 일본제국이 어떤 나라인지 살짝 얕보고 있었다.

* * *

몇 달 전. 연합군이 대만 상륙작전을 위해 북진을 개시했다는 보고를 접했을 때까지만 하더라도 해군의 분위기는 '해볼 만하다.'에 가까웠다. 아니, 그보다 더욱 격렬했다.

'마침내 미제의 오만이 극에 이르렀습니다!'

'우리가 그토록 벼르던 함대결전의 시간입니다!'

'사령장관, 즉시 우리 해군이 갈고닦아 온 점감요격 작전을 준비해야 합니다.'

야마모토 또한 이를 천재일우의 호기라고 판단했다.

"미 해군의 목표는 대만 상륙. 수송선단을 호위하기 위해 놈들은 발이 묶일 수밖에 없다."

대만이라면 이미 목에 칼이 겨누어진 형국. 수송선단에 괴멸적인 타격을 주거나 미 해군의 함대를 격멸할 수만 있다면 전쟁의 향방을 근본부터 엎을 수 있었다. 게다가 대만 섬 자체가 거대한 불침항모가 되어 항공기를 쏟아낼 수도 있다. 육군이 아무리 꽉 막힌 놈들이라지만 여기서까지 협조를 거부할 린 없었다. 그리하여 시작된 연합함대 사상 최대의 작전. 연합함대는 최후의 한 척까지 모조리 긁어모아 위풍당당하게 그 깃발을 올렸다.

"잠수함! 잠수함으로 적 항모를 타격해라!"

"야음을 틈타 수뢰전대를 돌입시켜야 한다!"

"어떻게 해서든 야간에 전함 간의 정면대결로만 끌고 가면 야간전 능력이 월등한 우리에게도 기회가 있다. 함선 능력의 격차를 야마토 민족의 정신력과 개별 수병의 숙련도로 극복하면 돼!"

그러나. 일본 해군의 야무진 희망사항은 말 그대로 희망사항으로 끝나 버렸다.

"응답하라! 응답하라!"

― 미제 신형기가, 너무 강하다! 크아악!!

"신형기라니, 지금 이 시점에 신형기라고?"

대만의 비행장에서 이륙한 육군항공대와 해군항공대가 그득그득 쏟아져나와 미 해군을 타격하고자 했지만, 헬캣(F6F Hellcat)과 콜세어(F4U Corsair)를 가득 채운 미 항모전대는 기체의 성능은 물론 숫자에서조차 일본 항공기를 찍어눌러 버렸다. 정규 항모는 물론 경항모와 호위항모 등을 모두 합쳐 수십 척에 달하는 미 해군은 단박에 적들을 씹어먹었고, 오히려 일본 해군이 자기네 뚝배기만큼이라도 지키기 위해 안간힘을 써야만 했다. 잠수함 또한 마찬가지.

기나긴 고통의 세월을 보내고 마침내 어뢰의 성능 개선에 성공한 미 해군 잠수함들은 피에 굶주려 무자비하게 사냥을 개시했다. 그럼에도 불구하고 일본군은 전진했다.

오직 단 하나의 목표, 적 함대 괴멸을 위해. 항공기, 잠수함, 구축전대, 순양함, 그리고 전함. 오직 최후의 결전 한 번만을 위해 준비된 수백 척의 강철 거수들. 그 누구도 물러설 수 없는 한판 승부. 수십 척의 전함이 모여 미칠 듯이 함포를 쏴대는 장관이 펼쳐졌고.

"이럴 수가, 이럴 수가!!"

"아마테라스께서 황국을… 버리셨는가!"

대만 앞바다에서 연합함대는 그 최후를 맞이했다. 전함이란 전함은 모조리 침몰했고, 수뢰전대 또한 십중팔구는 불귀의 객이 되었으며, 한때 태평양을 누비며 일본군의 위엄을 자랑하던 항공모함은 깡통으로 전락했다. 완벽한 전멸. 군항으로 돌아온 연합함대와 해군은 초상집 분위기가 되었다. 그도 그럴 것이 진짜 초상집이니까.

"야마모토 제독!"

"…면목이 없습니다."

"이제 우린 다 끝났소. 다 끝났다고."

해군대신이 길길이 날뛰는 모습에 야마모토 이소로쿠는 차마 대들지도 못하고 입술만 꽉 깨물었다.

"왜 살아 돌아왔는가를 문책하지는 않겠소."

"…죽을죄를, 지었습니다."

"이제 결단을 내릴 시간이오. 조선의 상실만큼은 무슨 수를 써서라도 막아야 하오."

폐품 부스러기만 남은 연합함대. 한때 보기만 해도 가슴이 벅차오르던 전함들로 가득 차 있던 진수부는 통곡과 울음만이 가득한 상갓집으로 전락해버렸다. 그리고 윗선의 의지는 확고했다.

해군의 명예를 위해 죽어라. 더 이상 살아서 이름을 더럽히지 마라.

"소관이 죽을 장소를 찾기 위해 출정하는 것엔 이의가 없습니다만, 이번 작전의 세부 사항에 대해 재고를 요청드리는 바입니다."

"야마모토 제독. 그대가 할복을 명받지 않은 건 순전히 진주만의 공로가 있기 때문이오. 더 이상 왈가왈부하지 마시구려."

"졌습니다. 우린 졌습니다! 이제 어떻게 협상해 최대한 명예로이 항복하느냐의 문제만 남았습니다!"

"그러니까 황국의 결기를 보여야 한다는 거 아닌가! 썩 꺼지게, 당장!!"

야마모토 이소로쿠 최후의 출격. 목표는 군산에 발을 들이민 미군을 물고 늘어져 어떻게 해서든 상륙작전에 차질을 주는 것. 이미 태평양 최고를 자랑하던 우수한 파일럿 대다수는 과달카날에서, 그리고 대만 앞바다에서 사라졌고. 그 자리를 메꾼 이들은 햇병아리들. 그리고.

"사, 살려주세요. 부탁입니다. 제발."

"엄마. 엄마 보고 싶어요. 이러지 마세요!"

"이 패배주의자들 같으니! 황국 남아의 기개를 보여라! 뭣들 하느냐, 어서 이륙시켜!"

"빌어먹을 나라! 저주하겠다. 나 같은 엘리트를 이따위로 소모하는 이 미친 나라를 저주하겠다! 일본은 망한다! 일본은 망한다!!"

가미카제(神風).

하늘이 열리고 3

가미카제를 동반한 일본 해군의 자살돌격에 해군은 화들짝 놀랐지만, 그렇다고 해서 한반도에 상륙한 육군이 머뭇거리고만 있지는 않았다.

"이번 작전의 핵심은 기동이다!"

"빨리빨리 움직여! 잽스보다 먼저 입지를 선점해야 한다!"

제아무리 조선의 도로가 개판이라 한들, 이미 그 개판인 도로 사정을 잘 알고 있던 이들은 트럭보다 하프트랙을 집중적으로 보급했다. 어차피 총독 부가 지어 놓은 교각 상당수는 폭파된다고 가정하였고, 멀쩡하더라도 무거 운 미제 전차를 감당하기 어렵다고 보았기에 공병대가 달라붙어 교량을 건 설하고 험지를 닦으며 빠른 전진을 서포트해주었다.

그 결과, 상륙 1일 차에 가장 빠르게 달려나간 육군 제23보병사단 '아메 리칼' 부대는 10월 4일 점심 무렵 대전 행정의 중심인 대전부 청사와 충남 도청을 점령했다.

"와아아아아아!!"

"만세! 만세에에!!"

허여멀건 코쟁이들이 총독부 공무원들을 굴비 두름 묶듯 줄줄이 끌고 나오더니, 일장기를 끌어내리고 그 자리에 거대한 성조기와 태극기를 엇갈려 게양하는 순간 어김없이 천지가 개벽하는 함성이 터져나왔다. 미군의 주력은 철도 교통의 요지를 장악하는 데 주안점을 두었으나, 이들과 별개로 선무공작 목적을 띠고 곳곳에 흩어진 미군 또한 있었다.

— 주민 여러분. 미합중국 육군이 여러분을 일본으로부터 해방하기 위해 당도했습니다. 주민 여러분께서는 신속히 마을회관으로 모여주시기 바랍니다.

"이게 무슨 소리여?"

"왜놈들로부터 풀어준다고?"

마을에 라디오가 없거나, 혹은 있더라도 이를 들려줄 사람이 없는 경우엔 여전히 일본의 엄혹한 정보 통제가 영향을 미치고 있었다. 물론 시간이 지나면 대도시와 주요 읍면에서부터 차츰차츰 소문이 퍼지겠지만, 유진 킴을 위시한 미군 지휘부는 모든 것을 속전속결로 끝내고 싶었다.

당장 태평양 전쟁 내내 산과 정글에 숨은 잽스에게 얼마나 징글징글할 정도로 시달렸던가? 당장 몇 년 동안 아시아—태평양 지역에서 작전을 수행하던 장군들은 하나같이 PTSD와 노이로제 증세를 호소하고 있었다. 더군다나 잽스의 습성으로 보건대 산골로 기어들어간 잽스 병사들이 애먼 민간인을 학살해대면 민심이 흉흉해지고 미군의 통제력도 같이 약화될 우려가 있었다.

"아니, 이게 무슨 일입니까?"

"여러분, 저는 징용으로 저 태평양 낙도로 끌려갔던 김 아무개라고 합니다! 김유진 장군님께서 백만 철기를 이끌고 왜놈들을 물리치사 조선 땅이 해방되었음을 알려드립니다!"

"뭐라구요? 그게 참말입니까?"

이렇게 깡촌으로 파견된 미군의 행동 패턴은 단순했다.

1. 하프트랙을 타고 시골 마을로 들어간 뒤, 대동한 조선인 협력자가 조

선말로 마을 사람들을 죄 모은다.

2. 미리 지참한 영사기를 틀어준다.

— 본 영상은 조선인의 친구, 미합중국 정부에서 제작하였습니다.

— 조선인 여러분, 반갑습니다. 김유진입니다.

"어, 어?!"

— 이 영상을 시청하고 계시는 여러분은 지금 이 시간부로 일본의 학정에서 벗어나 자유의 몸이 되셨습니다. 이 영상을 지참한 해방군 미군을 따뜻한 마음으로 맞이해주시고, 조선 땅에 새 나라가 건국되기까지 차분한 마음으로 생업에 종사해주십시오……

선전 영화 한 편을 쭉 틀어주고 나면 마을이 요란해지고 잔치가 열린다.

"이리 와서 이거 좀 드쇼!!"

"아이고, 감사합니다. 감사합니다!"

"종수야 창고 안 열고 뭣 허냐!"

"내 꺼만 여냐? 니 꺼도 썩 열어!"

"What? Nigger?"

3. 현지인들에게 초콜릿과 비스킷, 전투 식량을 뿌려주고 마을에서 가장
   똑똑한 이에게 라디오를 쥐어준다.

"이 봉지에 그려진 게 김유진 장군님이라고?"

"아이고. 조심해서 뜯어라. 용안 상하게 했다가 천벌 받을라 인석아."

"코쟁이들은 돈도 아니고 먹거리에 사람을 그려 놓는갑다. 희한도 해라……"

4. 다음 마을을 향해 떠난다.

하루에도 이들 후방 공작 부대는 몇 개씩 마을을 순회하며 순조로이 조선 팔도 구석구석을 들쑤셨고, 촌동네에 퍼질러 앉아 있던 순사들 따위는 감히 살기등등한 미군 앞에서 아무것도 하질 못했다.

"자자. 이제 니놈들이 신줏단지처럼 모시던 히로히토, 적궁유인이가 나

가리 난 모양이여."

"살려줘! 난 그냥 내 일을 했을 뿐이야. 살려만 주면 뭐든 하겠소, 제발!"

미군이 떠난 뒤 면서기니 순사니 하는 놈들의 운명은 뻔했다. 물론 미군이 그들의 팔자를 챙겨줄 이유는 딱히 없었다.

* * *

조선의용군 조직은 참으로 모호한 입지 위에서 굴러가고 있었다. 먼저 미합중국 정부, 특히 국무부는 자신들의 직접적인 영향력이 미치는 조직 자체를 꺼리는 경향이 강했다. 미국은 엄연히 고립주의 국가였으니까. 필요하다면 현지 협력자 중 세력을 갖춘 친미 인사를 포섭하면 되는데 왜 굳이 리스크를 부담해야 하느냐는 것이 이들의 기본 포지션이었다.

하지만 태평양 전선의 미군은 이미 다수의 조선인 포로를 수습하고 있었고, 안 그래도 인력난에 허덕이던 이들은 전투력과 별개로 전투 의지가 충만한 데다가 이미 몇 번의 큰 공로를 세운 조선인 포로들을 호주 사막 수용소에 처박아야 한다는 데 의문을 제기했다.

"조선인 상당수는 일본어가 가능하며, 미군에 대단히 협조적이고, 무엇보다 그들을 지배하던 일본인에 대한 복수를 원하고 있습니다."

"과달카날 전투에서 이미 이들의 유용성은 입증되었습니다. 함께 사선을 넘은 전우를 팔아넘기는 건 글쎄요, 우리 군의 명예와 직결되는 문제 아니겠습니까."

"육군과 해군이 배가 불러 노동력이 아쉽지 않다면 차라리 우리 해병대에 코리안들을 내주십시오. 그들은 탁월한 노무자이자 짐꾼이며, 산악과 정글 행군도 감내하는 좋은 협력자입니다."

한반도 상륙작전이 본격적으로 입안과 검토가 진행되면서 과달카날에서 창설된 '대한의용연대'는 본격적으로 '자유대한군단'이란 기치를 세웠고, 간부 교육을 받은 조선인 장교들을 공급받으며 그 세를 불렸다. 거기에 샌—프랑코의 유신 킴 회장은 연일 D.C.로 날아와 의원 사무실에 돈의 총알을 마구 퍼부어댔고, 입에 한가득 달러를 머금은 기자들은 열심히 펜대를 놀려댔다. 하지만 국무부는 입장을 다소 조정했을 뿐, 최후의 일선은 넘지 않으려 했다.

"의용군의 창설은 군인들의 문제지만, 이를 외교적으로 인정하는 것은 별개의 문제입니다."

"그들을 한국 임시정부 아래에 넣고 이들이 미군 통제하에 들어간다면 우리가 임시정부를 인정한다는 결론이 됩니다. 다른 곳은 몰라도 영국이 좌시하지 않을 겁니다."

"제길, 킴 장군! 진짜 안 됩니다! 장군도 처칠을 만나봐서 잘 알잖습니까?!"

"출마로 협박하셔도 진짜 안 된다고요! 아니, 애초에 왜 출마가 협박 수단인 겁니까?"

그리고 벌어진 교착상태. 프랑스 유람을 다녀온 김상준 옹이 본격적으로 움직인 것은 이즈음이었다.

"외교관 여러분들의 우려는 재미 한인들 또한 십분 이해하고 있습니다."

"말씀만으로도 감사드립니다."

"그런 의미에서, 이 늙은이는 미합중국의 국익과 아시아인의 자유 증진을 위해 서로 충분히 머리를 맞댈 여지가 있다고 생각합니다."

'자유대한군단은 단순히 민간에서 자발적으로 결성한 민병대 조직일 뿐 미국 정부와 어떠한 연관도 없음을 명확히 한다.'

'중경의 대한민국 임시정부와 자유대한군단은 상호 협조할 뿐 별개의 조직임을 명확히 한다.'

'임정 인사들이 개인 자격으로 자유대한군단에 참여하는 것에는 제한을 두지 않는다.'

어차피 국무부의 시각에서 본 한반도는 알맹이도 별로 없는데 골치만 아픈 땅. 교통정리는 빠르게 끝났고, 상준은 얻고자 했던 것 대부분을 얻을 수 있었다.

'나라를 되찾자는 목표는 같다.'

'되찾은 나라는 어떤 나라가 되어야 할 것인가?'

이미 경쟁은 시작되었다. 그리고 상준은 절대 밀려날 생각이 없었다.

* * *

군산 상륙작전이 개시되기 얼마 전. 중화민국, 중경.

그동안 자유대한군단을 음으로 양으로 관리하던 이는 유일한이었으나, 당연한 말이지만 그는 사업가였지 군인이라고 볼 수는 없었다. 긴 휴가를 끝내고 복귀한 헨리 킴이 간간이 도움을 주기도 했으나, 그는 엄연히 미 해군항공대의 일원. 아무리 비행 금지령이 내려지고 데스크 워크를 전전하는 입장이라 한들 유일한을 돕는 일에만 전념할 수는 없었다. 곤혹스러워하던 그는 김유신의 새로운 오더를 받은 뒤 곧장 임정에 지휘관 파견을 요청했고, 임정은 임정대로 자유대한군단에 광복군 소속 군인을 보내 실질적으로 군단을 장악하고자 했다.

"내가 가겠소."

"무슨 말입니까. 내가 가야지!"

"자자. 싸우지들 마시고."

무장투쟁을 외치는 이들 독립운동가들에게 자유대한군단 군단장 자리는 어마어마하게 매력적인 자리. 광복군의 일원으로 중국군과 어깨를 나란히 하고 왜적을 토벌하는 일은 분명 인생 최고의 보람이자 짜릿한 경험이었지만, 이곳에 계속 있다간 전쟁이 끝날 때까지 조선 땅을 밟는 일은 요원할 게 뻔하지 않은가. 하지만 이승만은 호락호락 그 자리를 애먼 사람에게 내

줄 생각이 추호도 없었다.

"철기(鐵驥)."

"예."

"그대가 가는 편이 가장 좋아 보이는군."

"잠깐. 이보시오, 우남. 이범석 군은……."

"기꺼이 명을 따르겠습니다!"

군무부장 박용만은 이범석 선발에 반대하려 했으나, '그래서 광복군에서 파견할 만한 인재 중 영어 가능한 인물이 또 누구 있소?'라는 이승만의 반박에 입을 다물어야 했다.

"잘할 수 있겠소?"

"조선 민족 반만년 역사를 통틀어 마침내 진정한 초인이 강림하였는데 어찌 제가 마소 되길 마다하겠습니까? 제 목숨을 걸고 김 장군과 함께 대업을 이루겠습니다."

"그러니까 내 말은."

"염려 마십시오! 이미 저는 저 독일의 히틀러 총통조차 인정한 진정한 위버멘쉬를 위해 이 한 몸 총폭탄 정신으로 완벽히 무장하였습니다!"

"그게 문제라니까 이 사람아!"

그렇게 선발이 끝나고, 철기 이범석을 위시한 몇 명의 광복군 멤버들은 드럼 장군이 제공해준 비행기를 타고 표표히 대만으로 날아갔다.

"정말 독립이 눈앞인 모양입니다."

"우리의 기나긴 투쟁이 마침내, 마침내 끝이 다가오고 있습니다."

"프랑스의 드골이 우리 임정을 정식으로 승인했답니다!"

"역시 프랑스가 도리를 아는 나라요. 하하하!"

해방의 그 날이 성큼성큼 다가오고 있다. 자세한 사항은 군사 기밀의 장벽에 막혀 들을 수 없었지만, 김유진이 아시아 방면에 온다고 하였으니 필시 조선 해방을 위한 대작전이 준비되고 있을 터. 임정 인사들의 얼굴에선 기대감과 미소가 사라질 날이 없었다. 몇 명을 빼놓고.

"이대로는 좋지 않은데."

자타 공인 외교의 달인.

이승만의 권력 탐지 레이더엔 경고 알림이 요란하게 번쩍거리고 있었다.

"무엇이 그리 걱정이오?"

"프랑스가 우리를 승인한 이유가 뭐겠소? 당장 자신들이 독일의 부역국 아니냐는 비난을 받고 있으니 비슷한 처지인 우리에게 손을 내민 게요. 장담컨대 저들의 곤란이 해소되면 곧장 안면몰수하고 우릴 못 본 척하겠지."

역으로 따지자면 아직 임시정부, 나아가 조선은 연합국도 승전국도 아니라는 뜻 아닌가. 조선 곳곳에 봉기를 일으키기 위해 훈련받은 특공대원들을 파견했지만, 한참 떨어진 중경에서 그들을 지휘할 순 없으니 결국 여운형을 위시한 좌파들과 손을 잡아야만 했다. 자유대한군단 또한 임정 예하의 부대가 아니라 못이 박혔으니 이들의 전공을 임정의 전공으로 삼기엔 부족함이 있다.

"내가 직접 가야겠소."

"대관절 그게 무슨 소리요?"

"우리의 독립은 아직 이루어진 게 아니오. 오히려 지금이야말로 외교를 통해 우리가 얻을 수 있는 걸 확고히 굳혀야 하지."

"그래서 지금 대통령이 중경을 떠나겠단 말이오?"

"나라 없는 임정이 내치(內治)를 할 게 달리 뭐가 있소? 대통령 명함으로 할 일 중 가장 큰 일이 외교 아닌가 싶소만."

임정이 침몰하는 배라면? 늘 그랬듯 토사구팽의 고사가 실현된다면? 돌아가는 상황을 파악하기 위해 그가 가장 먼저 찾은 곳은 당연히 으리으리한 중경의 한 저택. 응접실엔 딱 봐도 족히 수백 년은 묵었음 직한 도자기가 고고히 진열되어 있었고, 천장부터 바닥에 이르기까지 번쩍번쩍 '초호화'가 어떤 것인지 그 자태를 뽐내었다.

"오랜만에 뵙습니다, 닥터 리."

"일본군을 몰아내기 위해 불철주야 노력하시는 장군의 시간을 뺏는 건 아닐지, 제가 참으로 걱정됩니다."

"하하! 아닙니다. 어서 앉으시지요."

유진 킴의 막역지우라고 온 중원에 그 이름이 알려진 휴 드럼 원수. 승만은 아무리 생각해도 이자가 정말 유진의 친구라기보단, 차라리 자신처럼 코가 꿰인 부류가 아닐까 추측하였으나 그 말을 결코 입 밖으로 내뱉은 적은 없었다.

"미국에 가려 하신다고 들었습니다."

"그렇습니다. 워싱턴 D.C.로 가서 조선인이 미합중국을 위해 어떤 일을 할 수 있을지에 관해 이야기해보고자 합니다."

"역시 박사께선 참으로 애국자시군요. 박사와 같은 분을 돕지 않는다면 이 휴 드럼, 평생의 후회 중 하나로 남을 듯합니다. 제가 교통편을 알아봐 드리지요."

"참으로 감사드립니다! 혹시 제가 D.C.에 가면 장군을 도울 일이 있을는지요?"

그냥 호의에서 우러나와 돕는다기엔, 애초에 서로 동류인 인간들 아닌가. 아니나 다를까 잠시 고민하며 이런저런 신변잡기나 D.C.의 맛집에 대해 떠들던 드럼은 결국 본론을 꺼내 들었다.

"최근 새로 부임한 미국 대사를 만나 뵀습니까?"

"아, 예. 헐리 대사님 말씀이시군요. 몇 분쯤 이야기한 게 전부였지만 무척… 인상 깊었지요."

"감히 나더러 장개석에게 매수된 인사라고 비방을 하질 않나, 되도 않은 국공합작 따위에 심혈을 기울이질 않나… 그자가 주은래에게 매수되었다 해도 난 믿을 수 있습니다."

"이미 국민당과 공산당이 함께 일본에 투쟁하기로 서약한 지 제법 되지 않았습니까?"

"그리고 그걸 믿는 이가 아무도 없다는 사실 또한 제법 오래되었지요."

서로가 서로의 통수를 깔 찬스만 찾고 있는 두 당의 오월동주가 제대로 앞으로 나아갈 리가 없다. 하지만 중국에 부임한 지 제법 오래된 드럼은 최근 자신이 D.C.의 정세에 너무 무지한 게 아닌가 하는 경각심을 느끼고 있었다.

"박사께선 혹시 아시아의 공산주의에 대해……."

"반드시 타도되어야 한다고 봅니다. 새로운 조선은 반공을 그 국시로 삼아야 마땅하지요."

"역시. 그런데 어찌 된 영문인지 우리 미국인들 중 이상하리만치 아시아의 공산주의에 대해 호감을 표하는 이들이 많은 듯합니다. 대사가 저더러 뭐라고 이야기했는지 아십니까? 모택동은 빨갱이가 아니라 그냥 농촌 지도자라더군요. 뭔가 심각하게 잘못 돌아가고 있습니다."

이승만의 안색이 창백해졌고, 드럼은 명나라 시절에 만들어졌다는 귀한 찻잔을 만지작대며 말했다.

"박사께서 미국에 가시면 부디 본국 사정을 제게 알려주시기 바랍니다."

"물론입니다."

하지만 이승만이 막 하와이에 중간 기착했을 무렵. 드럼 앞으로 귀국 명령이 날아왔다.

하늘이 열리고 4

"장군님, 이렇게 민족의 영웅을 뵙게 되어 일생의 영광입니다! 이범석입니다!"

"간난신고를 겪으면서도 일제에 대한 투쟁을 멈추지 않은 귀하와 광복군 모두의 건투에 참으로 감명받았습니다. 김유진입니다."

조선 민족이 하늘에게 하사받은 위버멘쉬를 영접한 이범석의 두 눈에서 한 줄기 눈물이 흘러내렸다.

"아니, 왜들 이러십니까. 제 손수건이 열 개여도 부족할 것 같아요."

"장군께서 조선말에 이리 유창하시니 평소 속에 품으셨던 웅지가 드러나는 듯합니다. 이 불쌍한 민족이 마침내 보답을 받았거늘 피눈물이 아닌 고작 눈물이 나오는 것이 한스러울 따름입니다. 단재(丹齋, 신채호) 선생께서 생전에 장군 뵙기를 그토록 소망하였는데, 이는 필시 선생이 하늘에서 내려준 눈물이 분명합니다."

"저는 운이 조금 따랐을 뿐, 생각하시는 것처럼 그리 대단한 인물이 되지 못합니다. 진정하시고……."

약간의 소란이 끝나고, 커피를 대접받은 이범석이 잠시 잔을 입에 대는 둥 마는 둥 하자 유진은 부드럽게 미소 지었다.

"커피가 입에 맞지 않으신가 보군요."

"아닙니다."

"마침 질 좋은 찻잎을 얻었습니다. 그거 아십니까? 군산에 조선인과 일본인들만이 있는 줄 알았는데, 화교들도 생각보다 많이 있더군요. 그분들이 바리바리 뭘 자꾸 주려고 하시던데, 전부 사양하고 이 찻잎만 좀 받았습니다."

양어깨에 여섯 개의 별을 붙인 백마 탄 초인이 콧노래를 흥얼거리며 손수 주전자를 쥐는 모습. 그 광경을 보고 있노라니 어쩐지 긴장이 풀리는 듯하다가도 차오르는 황송함에 다시 몸이 나무토막이 되었다. 밥 먹을 때마다 자린고비 굴비 쳐다보듯 적군을 쏴 죽여야 밤에 잠이 올 것만 같은 우락부락한 맹장, 아니면 대적하는 자들은 모조리 번뜩이는 계략으로 삼도천을 건너게 만드는 비범한 이라고 막연히 생각했건만.

직접 본 김유진은 키는 컸으나 호리호리, 아니 약간 여위었단 생각이 들 정도로 깡말랐고 수백만 대군을 호령하는 장수라기보단 오히려 고급 관료 같은 느낌이 들었다. 굳이 비유하자면 제갈공명이 꼭 저러했을까.

"드시지요."

"영광으로 알겠습니다."

"영광은 굴비……."

"예?"

순간적으로 이범석은 무슨 심오한 이야기인가 3초간 생각에 잠겼다가, 이윽고 얼굴을 마치 피카소 초상화처럼 이리저리 일그러뜨렸다.

"아닙니다. 못 들은 걸로 하시지요."

"크, 큽, 크흡, 웃으면 안 되는데. 크흡."

"억지로 안 웃으셔도 군법에 따라 처벌받을 일은 없습니다. 그거 아십니까? 권력을 확인하고 싶을 때 가장 빠른 방법은 부하들에게 몹쓸 저질 개

그를 쳐보는 겁니다. 한번은 제가 되도 않은 농담을 지껄인 적이 있었는데, 앞에서 차 몰고 있던 운전병이 글쎄 '장군님이 변장한 독일 간첩 아닌 건 잘 알겠으니 이제 그만 저를 좀 살려주십시오.'라고 막 하소연을 늘어놓지 뭡니까? 제가 너무 억울하고 원통해서 내 고급 유머는 루즈벨트도 벌떡 일어나게 만든다고……."

"크흐흐흡!! 푸웁!"

결국 참지 못하고 내뿜어버렸다. 그 후엔 밀랍으로 봉해 놓은 것 같았던 몸의 근육이 쭉 풀리고 관절이 자유로워지매, 한결 편한 느낌으로 김 장군과의 대담을 나눌 수 있었다. 제갈량도 아니다. 필시 인덕으로 천하를 거머쥐었다던 한 고조 유방이 이러했을까?

"이게 히틀러 머리통에 총알 박은 그 총이거든요? 구경 한번 해보실래요?"

아니, 너무 편한 거 아닌가 이건. 더 이상 떠오르는 영웅호걸도 없었다.

* * *

자유대한군단 제2연대장 조니 '사무라이' 팍, 조선 이름으로 정희라는 이름을 쓰는 청년은 수십 년 만에 마침내 조선 땅을 밟았다. 이미 필리핀 탈환전에서 제법 공을 쌓은 제2연대였지만, 결코 방심할 수는 없었다.

"빨리빨리 움직여! 감회에 젖을 순 없다!"

"새 대한을 우리 손으로 만들자! 조선 땅의 모든 이들이 우리의 군홧발 소리만을 기다리고 있다!"

당연한 말이지만, 연대원들은 나이도 계급도 불문하고 일단 뭍에 올라온 뒤엔 하나같이 주룩주룩 눈물을 흘려대기 시작했다.

"조선이다. 조선 땅이야."

"이 멍청이들아. 이제 조선이 아니야! 대한이다! 대한의… 우리의 땅이다!"

"살아 돌아온 것만으로도 용한데, 왜놈을 쳐부수는 대업이라니."

정희 또한 가슴이 벅차오르는 건 매한가지였으나, 너무 어릴 적 이 땅을 제 발로 뜬 그로서는 징용으로 끌려온 이들과 감상이 약간 달랐다.

'이만한 공훈이라면.'

물론 김유진 대원수의 찬란한 휘광이 가장 앞에 거대한 글씨로 앞장서 겠지만, 이 땅에 새로 쓰일 역사서에는 그의 이름 석 자 또한 똑똑히 쓰이리라. 최초로 조선 해방을 위해 상륙한 자들은 그가 이끄는 제2연대였노라고. 자유대한군단은 이름은 군단이되 그 알맹이는 1개 사단에도 미치지 못하였다. 조국 해방의 기치에 달려온 이들 중 영어와 일어가 되는 자들은 전투병으로 편성되지 않고 미군의 원활한 작전을 위해 통역 등으로 미군 부대에 할당되었다.

그렇다고 해서 무기가 월등하냐고 하면 그것 또한 아니었다. 비록 미군과 어깨를 나란히 하고 싸운다고 하지만 그 실체는 엄연히 민병대이자 준군사조직. 미군이 2선급에서나 쓰는 낡은 총기를 감지덕지하며 쓰는 형편이고 포병은 언감생심. 북아프리카에서 미군의 압도적인 화력 우위를 즐기던 그로서는 참으로 곤란한 일이었다. 하지만 그럼에도 불구하고 이들 자유대한군단만이 가진 이점이 없는 것은 아니었다.

"우리는 대구로 간다!"

"더 높이! 더 높이 태극기 치켜들어!!"

끝없는 사기와 전의, 조국 해방의 선봉에 선다는 무한한 자긍심. 김씨 집안과 유일한을 비롯한 여러 독지가들은 물론 재미 한인들이 모금 운동을 벌여 보내줬다는 이 하프트랙만 하더라도 장병들의 열의를 달구기엔 충분했다.

'이 장비는 애국한인들의 성금으로 구입되었음.'

이 글귀를 보고 눈시울 붉히지 않을 이들이 과연 어디 있겠는가? 이 광경을 보던 미군이 '정글에서 악귀처럼 싸우던 코리안이 이 땅에 발을 디디자마자 죄 눈이 퉁퉁 부어버렸다. 울기 위해 사는 것 같다.'라는 평을 남길 지경이었다. 인디언 땅이나 뺏어서 사는 놈들이 이 한의 정서를 어찌 이해하겠냐마는.

일본군 주력은 경성과 그 이북에 있다. 부산과 여수 일대에 있는 병력은 요새 수비대이니 감히 제 놈들 소굴에서 뛰쳐나올 일이 없다 보아야 했고, 호남과 영남엔 각각 군대라고 불러주기도 민망한 잡부스러기 1개 연대쯤이 있을 뿐. 당연히 제대로 된 교전이 벌어질 턱이 없었다.

"데샤아아앗!"

"미군이다! 도망쳐!!"

"정신들 차려! 저것들은 조센징이다! 미군이 아냐!"

"조센징들에게도 지면 황국 남아의 수치다. 미군은 차라리 역부족이었다고 변명이라도 할 수 있지!"

"미친 소리 하지 마! 킹 장군이 네놈만 죽이고 끝낼 것 같냐? 네 가족까지 조센징들의 노예로 던져줄지도 몰라!"

"뭐? 킹 장군이 야마토 민족이 아니라 조센징이었다고?"

덴노 헤이카를 울부짖으며 총검을 들고 날뛰던 그 악바리 일본군은 대체 다 어디로 갔단 말인가. 아니, 반대이리라. 악바리들을 죄다 저 태평양의 낙도와 드넓은 중국 대륙에 모두 처박은 탓에 지금 이 조선 땅엔 쭉정이들만 남은 것 아니겠나. 당장 삼남 땅의 일본군은 2선급 장비로 무장한 이들 자유대한군단보다도 하드웨어 측면에서 열악했고, 병졸들의 수도 많지 않았다. 싸움이 성립할 수가 없었다. 무엇보다도, 이들의 목표는 전투가 아니었다.

"세상에, 독립군이다!"

"독립군이 왔어!"

"나도 독립군에 가담하겠소! 무기를 주시오!!"

"진정들 하시오! 왜놈들이 아무리 밉다손 쳐도 누군가는 논밭을 일구고

길쌈을 해야 합니다. 생업에 종사하시오!"

"저는 엄마 아빠가 전부 왜놈들 손에 돌아가시고 누이는 끌려가버렸기에 혈혈단신으로 걸식하는 몸입니다. 어차피 굶어 죽을 판이니 제발 절 독립군에 넣어주세요."

"…따라와라."

이범석 장군이 직접 찾아와 구두로 하달하신 밀명에 따르면, 김유진 대원수께선 자유대한군단을 훗날 새로이 건군(建軍)할 신생 대한군의 초석으로 삼고자 할 계획이라 하셨다.

'민생보다 군이 앞설 수는 없다. 생업이 있는 장정들은 가능한 한 우리에게 협조만 하고 생업에 종사할 것을 권유하라.'

'단, 피 끓는 혈기와 애국충정 넘치는 이들 중 군인을 천직으로 삼을 만한 이들은 초모(招募)하여 군단의 병력을 확충해 나갈 것.'

'반도 전체에 미군이 주둔할 수 없는 만큼, 군단이 후방 방위를 도맡게 되면 이 또한 연합군에 내세울 전공이자 대한의 독립을 기정사실화하는 중요한 업적이 될 것으로 보임.'

어차피 미국에 뿌리를 내리지 않고 조선 땅에서 평생 살기로 결심했다. 그러니 지금 이대로 공을 쌓아 나가기만 한다면 신생 대한에서 장군 노릇하며 살 수 있지 않겠는가.

"왜놈들이 흰 깃발을 흔들고 있습니다!"

"항복하겠소! 킨 장군이 선처를 베푼다 약조한다면 무장을 해제하고 순순히 항복하리다!"

"웃기는 소리 하지 마라. 대원수께서는 각국 정상들과 겸상하는 분이신데 고작 대대장, 연대장 따위가 어찌 감히 그분의 약조를 요구하느냐? 네놈들이 할 일은 순순히 무릎을 꿇고 그분의 자비를 갈구하는 것뿐이다!"

그들과 미군이 채 접근하기도 전에 대구에서는 진작 연기가 피어오르고 있었다. 죽창을 들고 거리로 뛰쳐나온 조선인들이 주재소와 면사무소를 습격했고, 일본인 상점가와 친일 지주의 저택은 날아오는 횃불에 잿더미가 되기 일쑤.

"어렸을 적, 고향에 돌아갈 때는 긴 칼을 차고 백마 탄 장군이 되어 돌아가겠노라 떠들어대곤 했었지."

"왜놈들 적산 중 백마가 있는지 좀 찾아볼깝쇼?"

"백마보다 더 귀한 철마를 탔는데 그깟 백마가 뭐가 중요하겠나."

장부가 서른도 되지 않아 이토록 높은 자리에 올랐으니, 곽거병과 나폴레옹에 비할 바는 되지 않아도 구미가 낮은 인물 중 상석엔 앉을 수 있지 않을까?

"대구에는 모병을 독려할 1개 중대만을 남기고 계속해서 남하한다. 다음 식사는 부산에서 한다는 마음가짐으로 가자!"

"대한 독립 만세!"

"조선 독립 만세에에!"

이미 한강 이남은 실상 해방된 것과 다르지 않았다.

* * *

워싱턴 D.C에 도착한 휴 드럼 원수는 잔뜩 얼굴을 찡그린 채 전쟁부로 출두했다. 대관절 어느 빌어먹을 빨갱이의 소행이란 말인가? 이 드럼과 같은 인재조차 한참을 헤매야 했던 게 저 어지러운 중원 땅이다. 어째서 저 음흉한 유진 킴이 그를 콕 집었는지 뼈저리게 이해해버리지 않았는가. 어지간한 군바리들은 아마 손도 발도 옴짝달싹 못 한 채 아무것도 하지 못하거나, 아니면 반대로 무식하고 단편적인 망집에 들어잡혀 대국을 그르치고 말리라.

"드럼 장군. 이역만리에서 고생하던 귀관을 이리 불러 참으로 미안하게 되었소만, 중국에서의 행보에 대해 제보가 들어왔……."

228

"전부 빨갱이들의 비열한 모함입니다, 마셜 원수."

드럼은 왕년의 경쟁자, 마셜을 보며 부글부글 끓는 속을 억지로 가라앉히며 말했다.

"대체 D.C.에선 무슨 생각을 하고 있는 겁니까? 모택동은 음흉한 공산주의자고, 자유로운 시장을 증오하며 세계 적화를 꿈꾸는 전형적인 빨갱이입니다. 지금 당장 날 돌려 보내주십시오. 중국은 날 필요로 합니다!"

"모택동에 대한 귀관의 평가는 새겨듣도록 하겠소. 하지만 귀관에게 일시 귀국 명령이 내려진 것은 조금 다른 이야기요."

일시? 드럼의 굳은 얼굴이 막 풀리려 할 때, 마셜은 조용히 혓바닥 저격총을 들었다.

"장군께서 현지인들과 유착해 중화민국의 거대한 부패 카르텔을 형성했다고 하던데."

"…오해입니다."

"장개석과 통하는 비선 역할을 수행했으며 그에게 어마어마한 금품과 호화스러운 저택을 받음. 한편으로는 지방 유력가들에게서도 막대한 금품을 수령해 금은보화로 바벨탑을 너끈히 쌓을 수 있으며 군사 전략을 입안하고 실행할 때는 항상 뇌물이 오갔다. 랜드리스 물자의 배급 등에서도……."

"자, 잠깐! 잠깐! 약간 오해의 여지가 있소!"

"오해?"

"그건 중국을 모르는 무지한 이들의 발상이오. 중국인들은 우리와는 사고관념이 다르단 말이외다. 내가 그들의 선물을 받지 않으면 그자들은 내가 자기네들을 적대시한다고 여기는 게 그쪽 문화란 말……."

"받긴 받으셨단 말이군. 내가 사람을 잘못 봤군. 그 정도로 인간 말종일 줄은 몰랐는데."

"참모총장! 그러니까 오해라니까!"

"자세한 이야기는 나 대신 다른 이들에게 증언하시오. 죄가 없다면 중국으로 돌아갈 수 있을 게요."

드럼의 얼굴이 달리의 추상화처럼 찌그러졌다.

"이보시오. 아무리 그래도 전쟁터에 나선 군인을 고작 이런 문제로 불러들이는 게 말이나 되는 일이오? 다 어쩔 수 없었다니까!"

"그러면 처신을 똑바로 했었어야지! 중경 사는 세 살 먹은 어린애도 당신이 해처먹었단 걸 다 알고 있잖아! 귀국한 김에 신문부터 좀 살펴보시오!"

분노한 마셜의 일갈에 그는 입을 닥치고야 말았다. 좆됐다.

하늘이 열리고 5

일본제국, 경성.

"지금 당장 남하해서 부산을 사수해야 합니다."

"무슨 소린가! 경성이 더 우선이지!"

"소련의 동태가 심상치 않다는 첩보가 연일 갱신되고 있습니다. 남쪽은 해군이나 본국에 맡기고 차라리 북방의 위협에 집중하심이 어떨지."

조선 총독과 조선군사령관. 조선 총독은 명목상 천황을 대리해 조선군을 지휘할 권한이 있었으나, 육군이 나라를 통째로 집어삼키기까지 한 일본제국이란 나라가 언제 명목상 권한으로 일이 굴러가던 적이 얼마나 있던가. 조선 총독이 육군 장성 출신이라는 점은 중요치 않았다. 중요한 것은 오직 책임 소재와 실질적 권한뿐. 당연한 말이지만, 책임 여하에 따라 인생이 파멸할 판이 된 지금 이들의 언쟁은 그 어떤 때보다도 뜨거웠다.

"의주에서는 폭도들이 총기로 무장하기 시작했다는 보고가 들어왔습니다."

"평양에서는 폭도들이 신사에 불을 지르고 모셔진 신체를 파괴했다고 합니다."

"미군이 대구를 점령하고 부산을 향해 진격하고 있다는 소식을 마지막으로 모든 연락이 두절되었습니다."

"광주에서는 수비대가 군기를 불사르고 최후의 돌격을 감행하겠다는 연락이 마지막입니다."

"황국이 베푼 은혜를 원수로 갚다니, 조센징들은 역시 문명을 모르는 민족이로구나!"

모르긴 몰라도, 미군의 진격 속도와 조선군의 무장 및 병력 상태를 고려하자면 이미 지금쯤 부산이 함락되었다 봐도 무방하리라. 그리고 부산이 함락되었다면 두 가지 새로운 문제가 떠오른다.

첫째, 조선에 거주하고 있는 일본인들을 본국으로 탈출시키는 것이 사실상 불가능해졌다는 점. 이미 이 많은 사람들을 전부 본토로 귀환시키는 방안은 옛날 옛적부터 포기한 지 한참 되었지만, 최소한 귀빈들과 중요 인사들… 그리고 그들 자신은 탈출할 수 있어야 하지 않은가? 제공권조차 빼앗긴 지금 비행기를 타고 날아가는 것조차 여의치 않아졌다.

둘째, 부산 앞바다를 통해 저 미제의 해군이 감히 황국의 강토인 일본해마저 거침없이 침범할 수 있다는 점. 이미 일본해에 미제 잠수함이 가득 깔렸다는 사실은 비밀도 아니지만, 킨 장군이 원산 같은 곳에 새롭게 상륙을 시도한다면 어찌 될 것인가? 아니. 일본해라는 이름이 지도에 남아는 있을까? 일본이라는 나라는 또 어떻게 될까? 두려운 마음을 감히 드러낼 수는 없었다. 다들 도산검림 같은 일본 육군의 세계에서 오래도록 살아온 이들. 단 한 번의 실수로 모가지가 날아갈 수 있는 정글에서 살아남아 여기까지 올라온 이들이었으니.

"대전이 점령당한 지금, 경성의 군을 내려보낸다 하더라도 미군이 수비를 굳혀 놨을 가능성이 큽니다."

"북쪽에서는 불령선인들이 결집하는 모양새입니다. 관동군의 지원을 요청하는 방안은 어떠할지……?"

"절대 불가! 조선군이 자력으로 위기를 극복할 수 있소이다!"

"그러면 빨리 대전으로 내려가시죠."

"크흠. 증원이 오는 대로 내려가겠습니다."

절대 먼저 입 밖으로 꺼내기 싫어 필사적으로 회피하고 있었지만, 군인으로서 오랜 세월 복무해 온 그들의 머릿속에 있는 상황은 똑같았다.

'이길 수 없다.'

'경성을 수비하는 것도 역부족이야. 영남과 호남을 평정한 후 미군이 북상하기 시작하면 이를 막아낼 수단은 그 어디에도 없다.'

신참 소위, 아니 사관생도들에게 시험 문제로 제시해도 도출해낼 수 있는 당연한 결과. 이런저런 탁상공론들을 모조리 배제하고, 여기서 나올 수 있는 유일하게 제대로 된 해법은 너무나도 당연히 관동군에게 지원 요청을 하는 것인데.

'나라도 안 온다.'

'껍데기뿐인 관동군이 굳이 조선까지 내려와서 미군과 싸우려 든다고? 암만 애걸해도 압록강을 건널 리가 없잖아?'

'소련 핑계나 대면서 몸에 쇠사슬이라도 묶인 것처럼 꼼짝도 안 하겠지.'

냉혹하고 비정한 일본군의 세계. 만약 자신들이 관동군이었다고 치더라도, 도저히 핑계가 없어서 어쩔 수 없이 움직여야 하는 상황도 아니고 소련이라는 만병통치약이 있는데.

'그냥 미군과 싸우는 것도 아니라.'

'킨 장군과 싸운다고?'

'황군 역사상 최악의 패배를 겪고 희대의 졸장 소리를 들으며 조리돌림 당할지도 모르는데, 옛날 관동군이면 모를까 지금으로서는……'

조선 총독도, 조선군사령관도 저마다 내린 결론은 똑같았다. 하지만 다 알면서도.

"지금이라도 관동군을 부르란 말이외다!"

"총독 각하. 소관은 산산이 쪼개지는 옥처럼 천황 폐하를 위해 깨져 나갈 각오가 되어 있습니다. 하지만 경성이 전쟁터로 변모함은 이미 기정사실이 된 듯하니, 지금이라도 관동군과 가까이 있는 북쪽으로 잠시 거처를 옮기심이 어떠하겠습니까?"

"하! 경성을 지키는 것은 본관의 책무요."

"그렇습니까? 그렇다면 귀축미제로부터 반드시 경성을 사수해야겠군요."

다 알면서도 서로 뻔한 이야기를 지껄여대기만 할 뿐 어떠한 영양가도 없이 회의는 파하였다. 하지만 총독의 발걸음은 무거워지기는커녕 더욱 재빨라졌다.

"경무국장. 손님은 어디 계신가?"

"군인들이 눈치채지 못하게 모처에 잘 모셨습니다. 바로 안내해드리겠습니다."

그가 '손님'을 모셔 놓은 걸 조선군이 알기라도 하면 확실히 귀찮아질 터.

경무국장이 문을 열자, 그곳엔 정장 차림의 한 남자가 차를 음미하고 있었다.

"반갑습니다, 총독님."

"야마다 상이 경성에 있었을 줄이야. 어찌 피난을 떠나지 않으셨습니까?"

"하하. 저 같은 놈들에겐 비즈니스가 우선이니까요. 이미 진즉 제가 여기 있다는 사실쯤 알고 계시지 않으셨습니까?"

경찰의 감시를 돌려 말함이 틀림없으렷다. 총독은 곧장 용건에 들어가기로 했다.

"야마다 상께서 비즈니스를 논하셨으니 저 또한 비즈니스로 응해야겠지요. 귀하께선 필시 더 높은 분의 의사를 전달하고자 이곳에 왔으리라 생각합니다만……."

"물론입니다."

그는 잠시 차를 홀짝이고는, 총독이 가장 듣고 싶지 않았을 말을 꺼냈다.

"다만 총독 각하께서 떠올리시는 그분은 아닙니다."

"…그렇소?"

"그렇습니다. 혹시나 해서 덧붙이자면, 저와 그 장군님 사이엔 어떠한 관계도 없습니다."

"그렇다면 무엇 때문에 온 게요."

유진 킴의 밀사가 아니라는 사실에 은근히 빈정이 상한 총독의 어조도 조금 내려갔지만, 야마다는 전혀 개의치 않았다.

"비즈니스라고 말씀드리지 않았습니까. 샌—프랑코의 의중을 전달드리고자 합니다."

"말씀하시오. 듣고 있으니."

"경성에 건설된 조선미쓰비시—포오드트랙터 공장과 그 인근의 공단은 포드 그룹과 샌—프랑코의 소중한 자산입니다. 이사회에서는 무익한 전투로 자사의 자산이 손상을 입진 않을까 큰 걱정을 하고 있습니다."

"그대 또한 황국의 신민일진대 어찌 무익하단 말을 함부로 떠드는가? 포드도 샌—프랑코도 모두 적국의 기업이니 그 자산은 진작 몰수되었다. 평화조약이 맺어지면 다 정산될 것을 어찌 뻔뻔스레 제 이익만을 탐하는지. 어처구니가 없군."

"맞는 말씀이십니다."

야마다는 부정하는 대신 선선히 긍정했다.

"지난 유럽에서의 전쟁 때도 그랬지만, 전쟁이 끝나면 특허료부터 몰수당한 자산의 보상금까지 모두 정산되겠지요. 사실 총독 각하께 솔직담백하게 토로하는 이야깁니다만, 저희는 차라리 이번 기회에 공단이 모조리 불타 없어지는 편이 더 좋습니다."

"뭐?"

"전쟁이 끝나면 이미 감가상각 다 끝난 지 오래인 낡아빠진 기계며 건물 따위에 막대한 평가액을 붙여 보상받을 수 있을 테지요. 순수하게 돈만 따지자면 우리로선 경성이 잿더미가 되는 편이 더 좋습니다. 재개발 사업도 발주하면 10년은 족히 재미 볼 수 있겠군요. 인건비도 더 저렴해질 테고."

천민자본주의. 황금에 미친 돈귀신. 감히 조선 총독 앞에서 이런 불손한 언행을 하는 이는 거의 없었지만, 야마다는 그렇게 할 수 있는 뒷배를 보유하고 있었다.

"그런데도 불구하고 이렇게 제안을 드리게 된 까닭이 무엇이겠습니까? 전부 황국 신민들의 목숨을 아끼는 저희 샌—프랑코의 사회공헌 아니겠습니까."

"흐으음."

"경성이 무저항 도시가 된다면 이곳의 백만 신민들이 한 입으로 총독 각하의 영단을 칭송할 겁니다. 후대 사람들 또한 황국 역사상 가장 위대한 결단이었노라 평하겠지요."

누가 듣더라도 이건 일개 기업의 제안이 아니다. 그 기업에 거대한 그림자를 드리우고 있는, 아시아의 대영웅이자 백전불태의 명장이 보내는 제안. 총독이 손에 쥔 찻잔이 희미하게 떨렸다.

"천황 폐하께 조선의 경영이라는 막중한 대임을 부여받은 내가, 이런 헛소리에 응할 것 같은가?"

"총독께서는 이 조선 전체를 통치해야 하는 막중한 사명을 띠고 있습니다. 만에 하나 경성이 함락된다손 치더라도… 각하께서는 할복하는 대신 아직 미군의 손이 닿지 않은 신민들, 그리고 미제의 잔혹한 손아귀에 떨어진 이들을 보살펴야 할 책임이 있단 뜻이지요. 만약 총독께서 세상을 떠나신다면 그들은 대체 누구를 믿고 살아가야 합니까? 군인들은 제 명예를 위해 배를 가를 수 있겠지만, 총독께서는 마지막까지 살아서 신민들을 돌봐야 합니다."

야마다는 제 할 말은 여기까지라는 듯 다시 찻잔만을 기울였고, 총독은 잠시 생각에 잠겼다. 살아야 할 책임이니 신민들이니 뭐니 전부 개 짖는 소리에 불과하다. 일본제국이 언제부터 그리 신민들을 알뜰살뜰 보살폈다고.

중요한 건 야마다를 보낸 '누군가'는 그 신민의 목숨에 관심이 제법 깊다는 점. 그리고 하필 밀사가 조선의 여러 저명한 불령선인이 아닌, 금두꺼비를 건네주며 그동안 우의를 다지던 야마다라는 사실 그 자체.

'경성을 내주면 살려주겠단 뜻인가.'

"본관은 당연히 책임을 다하기 위해 모든 노력을 경주할 것이외다. 허나 한강 이북 또한 불령선인들의 난동으로 혼란해진 지금, 경성을 떠나는 것 또한 그리 여의치는 않소."

"그렇습니까? 제가 올 때만 해도 무척 수월했습니다. 필시 불령선인들 또한 감히 천황 폐하의 은덕으로 지어진 철도를 훼손하는 것은 두려운 것이겠지요."

'안 건드릴 테니 기차 타고 떠나라는 소리군.'

이윽고 야마다는 떠났지만, 총독의 고민은 깊어져만 갔다. 그리고 바로 다음 날.

"관동군은 아직도 오지 않는가? 정녕 그대들은 경성을 수호할 생각이 있는 겐가, 없는 겐가?!"

"누누이 말하지만 미군은 결코 경성을 범할 수 없을 것이오."

"웃기는 소리. 너희들은 보나 마나 또 신민들을 방패로 내밀며 제 목숨이나 부지하려 들겠지. 내가 직접 담판을 짓겠다. 내가 직접 가서 성의를 보인다면 아무리 관동군이 오만하다 한들 마냥 무시하진 못할 터!"

"…뭐요?"

그렇게 준엄하게 조선군사령관의 태만함을 질타한 총독은 해가 떨어지길 기다린 후 만주행 열차에 올라탔다.

"총독이 저토록 진심일 줄은 몰랐구나! 우리는 엄연히 총독의 지휘를 받는 입장이니 그를 마냥 무시할 수도 없는 법. 평양으로 북상해 관동군과의 연계를 노린다!"

경성이 무저항 도시가 되는 순간이었다.

* * *

1942년 10월 17일.

부산 요새에 주둔하고 있던 중포병 연대가 항복하며 부산 해방이 마무리되었다.

'해군이 바다를 잃어 적의 상륙을 허용하였으니 요새는 무의미해지고 강대한 적을 막을 방도가 없다.'

요새 사령관은 할복했다. 정말이지 찝찝한 놈들이다. 그냥 얌전히 항복하고 포로로 잡혀서 제 부하 놈들을 책임지지는 못할망정 대뜸 배만 가르면 아주 그냥 만사형통이지. 곱게 항복했냐고 하면 그것도 아니다. 혹시 일본 도덕 교과서에는 그놈의 반자이 어택이 정규 교과과정으로 실려 있기라도 한 건가?

"덴노 헤이카 반자아아이!"

"응, 느그 천황 100살도 못 살아~"

대충 칼 빼 들고 끼에에엑 하면서 돌격하고, 신나는 기관총과 포탄 세례에 애꿎은 병사들만 실컷 죽어나가고, 대충 반자이 돌격 한번 해봤으니 이제 본인 할 일은 다 했다는 듯 배 가르고. 그럴 거면 차라리 저 무의미한 돌격 때 사령관이 직접 뛰쳐나오라고. 공병대는 이제 이곳저곳 이가 빠진 철도 수리에 총력을 기울였고, 육군항공대의 따끈따끈한 폭격기들이 임시 가설 격납고를 빼곡히 채우기 시작했다. 미합중국 육군에서도 웍질에 일가견이 있는 미슐랭 3성 쉐프, 커티스 르메이가 선보이는 도쿄 핫의 시간이 다가오고 있는 셈이다.

"일본군이 경성을 포기하고 북상하고 있습니다."

"경성을 사수하리라는 예상이 빗나갔는데, 뭔가 노리는 바가 있지 않겠습니까."

"경성을 내준다는 과감한 결정을 한 것으로 미루어 보아 대대적인 반격을 모색하는 게 아닌가 추측하고 있습니다."

응, 아냐. 쟤들 그냥 싸우기 싫어서 런한 거야. 당연한 말이지만 야마다 씨는 나와 아무 관계 없는 그냥 민간인일 뿐이다. 미국 국적도 없는 순수한 황국신민 그 자체.

"후방 안정화는 어떻게 되어 가고 있습니까?"

"1개 사단이 광주로 남하하는 한편, 해병대가 대전을 거쳐 경성으로 진격을 준비하고 있습니다."

"조선의 교통망이 좋지 않아 아군의 작전을 위해 모든 도로를 통제하고 있습니다. 전투가 장기화되면 현지인들의 경제가 엉망이 될 우려가 있습니다."

"경성과 인천을 점령하면 더 이상 군산에 목을 맬 필요도 없고, 교통 과부하도 제법 해소될 것 같군요. 빨리 경성으로 갑시다."

미군이 서울을 향해 진격할 그 시간. 잿더미가 된 독일, 포츠담에서 세계를 다스리는 세 거두가 다시 한번 대면하고 있을 시간. 워싱턴 D.C.에서는.

"참으로 오랜만에 뵙습니다."

"우남 자네 면상을 봤는데 화가 치밀긴커녕 반가워지는군. 허 참. 죽을 날이 다 되어 가서 그런가."

"오래오래 사셔야지요. 김 장군 같은 걸출한 분을 세상에 내놓으신 분이 뭐가 급해서 그리 일찍 가려 하십니까?"

"아이고오, 늙으면 죽어야지."

이승만과 김상준 또한 수십 년 만의 해후를 만끽하고 있었다.

하늘이 열리고 6

　1942년 10월 18일. 조선 총독이 경성에서 사라졌다. 다음 날인 10월 19일. 경성 주둔 조선군이 급히 북상하기 시작했다.

　"빨리빨리 움직여라!"

　"이보시오, 조선군이 떠나면 경성은 어찌 되는 것이오?"

　"걱정 마시오. 미군은 잠시 군산을 기습하였을 뿐, 후방을 정리하려면 매우 오랜 시간이 걸릴 것이외다."

　"그걸 지금 말이라고⋯⋯."

　"지금 그대는 황군을 무시하는 건가?! 미군의 정신력은 보잘것없으니, 황군이 필사의 각오로 저항하는 남부 지방을 쉽사리 무너뜨릴 수 없을 것이오. 그동안 우린 관동군과 합세해 경성을 수비할 테고."

　개소리. 처음부터 끝까지 개소리. 대충대충 챙길 수 있는 것만 챙겨 허겁지겁 도망치는 모습이 역력한데, 지금 그걸 믿으라고 떠드는 소리인가? 하지만 일본군이 도망치건 말건 그들의 손에 쥐어진 총이 고장 나는 건 아니었기에, 그 누구도 제대로 항변하지 못했다.

　"경찰! 경찰은 뭘 하고 있나!"

"우리에게 무기를 주시오. 조센징들이 무슨 짓을 할지 모르니 우리라도 무장해야겠소!"

"빌어먹을……."

인구 백만의 도시 경성은 혼란 속으로 빠져들었고, 도망치지 못한 총독부 관료들은 언제 어떻게 죽어야 할지를 고민해야만 했다.

"협상을 합시다."

"협상? 누구와 말이오?"

"당연히 킨 장군이지요. 미군은 한 줌에 불과합니다. 이 거대한 소비도시를 정복할 순 있을지언정 통제하는 일은 무척 어려울 수밖에 없어요."

협상이라 해봤자 그저 목숨만 살려 달라, 가 되겠지만 말이다. 하지만 바로 그것이 이들이 원하는 유일한 것. 민간 관료에 불과한 그들이 전범으로 재판에 끌려가거나 적군으로 취급당할 가능성은 매우 희박하다. 따라서 지금 가장 두려운 일은 미군이 총부리를 겨누는 게 아니라, 총독부에 억하심정을 품은 조센징들이 나타나 다짜고짜 그들의 목덜미에 칼을 꽂는 일. 차라리 하루빨리 미군이 오셔서 그들의 신변을 보호해주길 바라야 하는 게 지금 그들이 처한 상황이었다. 그리고 협상 테이블에 나서려면, 최소한 경성에 대한 통제력만큼은 놓치지 않아야 한다.

"조센징들이 설치면 즉각 짓밟아버려. 내지인이라 해도 마찬가지다!"

"경무국이 선발한 인원에 한해 보조로 채용하고 무장을 허가한다. 경거망동하지 마라!"

절대 명분을 줘서는 안 된다. 조센징들이 폭동을 일으켜서도. 내지인들이 죽기 전에 먼저 죽여야겠다며 들고일어나도 안 된다. 하지만 세상사가 언제 마음대로 돌아가는 법이 있던가?

10월 20일에서 21일로 넘어가는 새벽. 조선미쓰비시─포오드트랙터 경성공장. 본래라면 군사 시설로 지정되어 경비병들이 삼엄하게 깔려 있어야 할 이곳엔 인기척이라곤 없었다. 경성 주둔 일본군이 경찰에게 제대로 인계조차 하지 않고 도망친 지금. 경찰은 통행 금지령을 내리고 아무도 집 밖으로 나오지 못하게 하는 데 그 힘을 모두 기울여도 역부족이었으니.

부르르릉!!

어느 순간 공장 곳곳에 빛이 새어나오기 시작하더니 잠들어 있던 전차들이 일제히 숨을 내뱉으며 덜덜덜 제 존재감을 내뿜기 시작했다.

"시동 걸었습니다!"

"탄 장전해! 기관총 누가 잡아!"

"하하하! 왜놈들아, 딱 기다려라!!"

몽양 여운형이 주도하는 '조선건국동맹'의 조직원들이 전차를 끌고 나오는 그 순간. 다른 군수공장 또한 상황은 엇비슷했다.

"누구냐! 이곳은 출입 금지 구역이다!"

"거기 가만히 손 들고 있……!"

타앙!

"끄아악! 아악!!"

탕! 타탕! 탕!

"어이, 쪽바리들. 맞고 항복할래, 그냥 항복할래?"

"이, 이 불령선인들이! 지금 네놈들이 무슨 짓을 하는지 아느냐!"

"어차피 너희들도 말단에 불과하니 친절하게 설명해주마."

이봉창은 하회탈이라도 쓴 것처럼 환히 웃으며 저들 경비들에게 조곤조곤 말을 걸었다.

"조선군이 죄 도망쳤다는 사실을 경성의 누가 모르겠나? 이제 경성 사는 온 조선인들이 떨쳐 일어났는데, 너희 한 줌 경찰들이 백만 조선인을 모두 제압할 수 있을 성싶더냐?"

"……."

"좋게 좋게 갑시다. 여기서 죽기는 싫잖아?"

얼마 후 군수공장의 문이 육중한 소음을 내뿜으며 한밤중임에도 불구하고 열리기 시작했고, 복면을 쓴 괴한들은 마치 공장 구조를 다 알고 있는 것처럼 창고로 들어가 갓 생산된 총기를 챙기기 시작했다. 그 후엔 일사천리였다.

"와아아아아아아!"

"경성은 조선인의 것이다!"

"이, 이게 무슨 소리야?! 대체 경찰들은 치안 관리를 어떻게 한 거고!"

"다, 당장 진압을……."

아침부터 밤늦게까지 중노동을 하다 간신히 잠든 총독부 직원들은 옷도 제대로 챙겨 입지 못하고 일단 총독부 청사로 집결했다. 여기서도 어김없이 니 잘못이네 네 잘못이네 티격태격하였으나, 이미 책임을 묻기엔 모두 다 같이 가라앉는 타이타닉에 탑승한 모양새.

"이 야밤에 난리가 난 것으로 보아 필시 의도가 불순한 자들이오. 당장 실탄 지급해서 다 쏴버리시오!"

"안 그래도 그럴 참이었소!"

탕, 타탕 하는 총성. 그리고 뒤이은 드르르륵대는 불길한 총성.

"제가 군인이 아니어서 잘 모릅니다만, 이 소리. 기관단총 소리 아니오?"

"놈들이 그리스건 공장까지 털었다고? 이런, 제기랄……."

콰아아앙!!!

"조센징들이 전차를 끌고 나왔습니다!"

"이럴 순 없어, 이럴 순 없다고!!"

"조선군 놈들, 대체 장비 관리를 어떻게 한 거야!"

"한 떼의 폭도들이 서대문형무소로 향하고 있습니다!"

"이곳 총독부와 종로경찰서 방면으로도 움직이고 있습니다. 어떻게 하면 되겠습니까?!"

경무총감이고 정무총감이고, 이 난국에서 뾰족한 해답이 나오는 것도 아니었다. 그들이 막 보고를 받고 허송세월만을 하는 동안, 서대문형무소 앞은 이미 전쟁터였다.

"마, 막아! 폭도들에게 범죄자들을 내줘선 안 된다!"

"탄약 가져와! 다 떨어져 간다!"

"폭도들이 너무 많습니다! 무리입니다!!"

"간수들이고 뭐고 전부 나오라고 해!"

경찰들이 아무리 버티려 해도, 손바닥으로 파도를 막을 수는 없는 법. 서대문형무소가 공격받는다는 소식에 집에 가만히 누워 잠을 청하던 이들까지도 저마다 낫 한 자루, 아니면 짱돌 하나씩을 주워 들고 합류하니 이들 불령선인 폭도들은 수가 줄기는커녕 가면 갈수록 개미 떼처럼 불어나고 있었다.

타타타타타! 타타타타!!

"기, 기관총입니다."

"어쩌면 좋겠습니까. 머리를 내밀 수가 없는데."

"누, 누구든 좋다. 저 기관총을 빼앗을 수만 있다면 폭도들을 전부 요절 낼 수 있다. 특공에 자원할 자는 없는가?"

있을 리가 없었다. 그런 용기와 담력이 무한한 이라면 군인이 됐지, 왜 경찰을 하겠는가? 그리고 이어지는 폭음은 이들의 저항 심리를 완전히 뿌리 뽑기에 충분했다.

"저, 저게 뭐야."

"전차… 라고?"

황국신민의 피와 땀으로 빚어낸 전차 1대가 표표히 굴러오더니 쾅하고 벼락 같은 주포를 발사했다. 단숨에 정문이 우그러지고, 야밤에 조선인들이 외치는 만세 만만세 소리가 쩌렁쩌렁. 이에 화답하듯 형무소 안에서도 만세 소리가 우르렁우르렁. 바스티유 감옥이 무너지며 프랑스 혁명이 시작되었듯, 저 악명 높은 서대문형무소의 정문이 뻥하니 뚫리며 일본제국의 앙시

앵 레짐 또한 무너지고 있었다.

* * *

경성의 일본인들은 평생 두 번은 경험 못 할 아주 진기한 경험을 하고 있었다.

"만세!!"

"대한 독립 만세!!"

자고 일어났더니 경성의 주인이 바뀌어 있다니. 대체 이게 무슨 끔찍한 날벼락이란 말인가?

아무리 현실을 부정하려 해도, 그런다고 조선총독부 청사에 게양된 태극기가 뽕 하니 일장기로 바뀔 린 없다. 간밤의 교전이 어찌나 격렬했는지 도처에는 경찰들의 시신이 볼썽사나운 모습으로 깔려 있었고, 새벽 공기에도 매캐하고 기분 나쁜 냄새가 섞여 코를 자극했다. 변복한 채 몰래 도망치려다 총독부 청사에서조차 빠져나가지 못하고 붙들린 정무총감은 수염이 듬성듬성 나 한층 초췌해 보이는 모습으로 여운형을 대면했다.

"이보시오, 몽양 선생. 어찌 이러실 수가 있소?"

"무엇이 말이오."

"조선군이 떠났으니, 당연히 우린 몽양 선생에게 평화로이 권한을 이양하고 경성을 내줄 준비를 하고 있었소. 얼마든지 말로 풀어나갈 수 있는 문제를, 이렇게 무력에 의지해 인명 피해를 내다니. 이건 평소 선생의 지론과는 너무 다르지 않소."

여운형은 잠시 헛웃음을 터뜨렸다.

"웃기는 소리 마시오. 개가 똥을 끊는단 말을 믿고 말지, 그대들이 순순히 무기를 내려놓고 우리에게 권한을 이양한다는 말을 어찌 믿겠소?"

"······."

"보나 마나 뻔하지. 우리를 무시하고 김 장군과 협상을 하면 당신네들 자신의 이용 가치를 증명할 수 있을지도 모른다, 점령군에게 협조해 목숨을 부지하고 나중에 본토로 귀국하자. 뭐 이런 발상이나 하지 않았겠소이까."

"그게 잘못되었소? 당장 그대들이 벌인 일로 이 경성 시내 전체가 엉망이 되었소. 아닌 밤중에 총알이 튀어 죄 없는 민간인이 몇 명이 죽었고, 치안을 유지하려던 순사들이 무의미하게 죽음을 맞이하고, 당장 그대들 조선인조차 제법 죽었잖소."

"그 점은 참으로 가슴 아프지만, 그대들을 단죄하기 위한 대가라면 어쩔 수 없지."

당장 건국동맹 내에서도 이견이 오갔던 문제다.

'경성에서 군졸들이 사라졌고 김 장군이 거느린 미군이 곧 북상할 게 뻔한데, 과연 우리의 거병이 앗아갈 생목숨만한 가치가 있는가?'

그럼에도 불구하고 그들은 봉기를 감행했다. 말이 거창해 건국동맹이지, 결국 이들은 저마다의 신념을 가진 이들의 연합체. 여운형이 말린다손 치더라도 강경 공산주의자들은 저들끼리 일어나 무장봉기에 나섰을 테고, 임정에서 파견된 이들 또한 경성만큼은 힘으로 빼앗아야 한다고 주장하고 있었다.

"그대들 조선인들이 무력으로 질서를 파괴했다는 사실이 만천하에 입증되었으니, 한강 이북 조선인들은 훨씬 더 핍박받게 될 것이오. 그동안은 사정을 봐주었으나 이제 유혈 진압이 시작되겠지."

"사정이라. 제 코가 석 자인 건 그대들일 텐데? 내가 당신네들이라면 오히려 두려울 것 같소. 평양도, 의주도, 함흥도, 원산도 언제든 우리가 힘으로 탈취할 수 있다는 두려움. 이래서야 일본군이 똑바로 싸울 수나 있을지?"

지금이 아니면 이들을 단죄할 수 없다. 남의 나라 군대인 미군이 과연 수십 년간 조선 땅에 눌러앉아 무수한 이들을 죽이고 고문하던 저들 총독부의 개들을 처벌할까? 아무리 긍정적으로 보려 해도 그럴 린 없었다.

"그대들이 대한제국을 강제로 병합한 이래, 조선 민족과 그대들은 항시 전쟁 중이었소. 우리는 우리의 법으로 너희 침략자들을 심판할 것이오."

"웃기는 소리!"

"목숨이 아깝다면 지금이라도 순순히 협조하시구려. 괜히 뻗댈수록 나 같은 온건파가 설 자리는 좁아지고, 당장 일본인의 씨를 말려야 한다는 강경론자들이 득세할 테니."

이미 일제 식민 통치의 상징처럼 군림하던 종로경찰서, 그리고 동양척식주식회사는 분노한 민중의 칼춤 앞에 잿더미가 되고 있었다. 미군에게만 의지해선 안 된다. 조선은 조선인이 이끌어나가야 한다.

"결정하시오. 협력하겠소, 아니면 입을 다물겠소?"

"…조선인들이 무의미한 학살을 멈춘다면, 협력하리다."

여운형은 고개를 끄덕였다. 경성은 진정한 의미에서 해방되었다.

* * *

같은 시각.

"경성에서 시가전이 벌어졌습니다."

"현지인들이 무력으로 청사를 점령한 듯합니다. 각지의 혁명을 선동하는 방송이 수신되고 있습니다."

"어찌하시겠습니까?"

가능성은 반반, 엄 대 엄 정도로 봤는데 진짜 터질 줄이야. 정치의 세계라는 게 참으로 난해하다. 당장 이득을 얻을 요소, 그리고 장기적으로 보았을 때 이득을 얻을 요소 등이 혼재되어 있고 100% 이득만 있는 일이라는 게 극히 드물기 때문이다. 그런 점에서 볼 때, 경성 봉기는 내가 좋다 나쁘다를 따지기엔 너무나 복잡한 일이었다.

"지금 우리에게 중요한 건 딱 두 가지입니다. 첫째, 우리의 친구냐 아니면 적이냐. 그리고 둘째. 저들은 우리를 인정할 용의가 있느냐."

"그렇습니다."

"사절을 선발해서 보냅시다. 행여나 저들이 우리 미군의 활동에 적대적이라면 결코 좌시할 수만은 없으니."

"그럼 누구를……."

"여기, 이 친구가 하는 일 없이 뺀질뺀질 놀기만 한다지? 경성으로 보내자고."

내가 한 인물의 신상명세가 적힌 종이를 꺼내 던지자 부하 놈들이 꼭 설사병에라도 걸린 듯 안절부절못했다. 왜들 그래.

"무슨 문제라도 있나?"

"그, 그게."

"어차피 물개 놈들, 쫄보라서 제대로 써먹지도 못하고 있잖아. 맨파워가 남아도는 것도 아닌데 아깝게시리. 차출 못 해준다고 하면 나한테 직접 전화하라고 그래."

가라, 아들아. 그동안 잘 쉬었으면 일 좀 해야지?

1940년 성립전례식을 마친 한국광복군

5장

일몰

일몰 1

아, 일하기 싫다. 그렇다. 솔직담백하게 자백하겠다. 군산에서 처음 조선 땅을 밟았을 때의 그 감격과 환희도 하루 이틀 일이지, 이젠 그냥 피곤하고 지친다. 북아프리카에서 모래알을 퍼먹을 땐 그래도 나았다. 그땐 최대한 빠르게 전격적으로 전역을 끝냈고, 노르망디에 상륙하기 전까진 본국으로 돌아가 가족의 품에서 뜨뜻한 집밥 먹고 출퇴근할 수 있었다. 뽀삐는 이 아빠랑 산책 나가는 걸 제일 좋아한단 말이에요. 그런데 지금은 뭔가? 너무 하드코어하지 않은가?

카사블랑카, 시칠리아, 노르망디, 파리 탈환, FDR 사망, 자해공갈쇼, 아미앵과 대반격, 본토 진공에 베를린 함락. 1940년의 시작이 카사블랑카 회담이었으니, 만 2년을 혹사당하고 있는 셈이다. 대서양을 몇 번씩 횡단했고, 흑해 얄타도 찍었다. 비행기가 추락해 죽지 않은 게 신기하다. 당장 내 동기나 선후배 중 비행기 사고나 교통사고로 죽은 사람만 한 소쿠리는 되는데.

집에 보내줘. 이러다 나 죽어. 진짜 죽는다고. 몸의 지방도 근육도 다 녹아버렸어. 끔찍한 근로환경과 초과수당 따위 없는 야근 특근 삼매경에 뱃살이 생길 여지조차 없잖아. 이건 인권유린이야. UN에 제소해야지. 나에게는 꿈이 있습니다. 농장주와 노예가 사이좋게 오후 6시엔 퇴근을 하는 꿈이…….

솔직히 처음 아시아로 올 때까지만 하더라도 좀 편해지지 않을까 하는 생각을 품기도 했었다. 어차피 핵심은 아이크의 중국 전선이고, 해군은 해군대로 또 중요한 역할을 맡지 않는가. 그러니 내가 할 일은 그만큼 줄어드는 셈이다. 하지만 그딴 거 없었다. 당장 이 조선 땅만 하더라도 굉장히 섬세하게 조율해야 하는 곳. 내 앞길은 늘 그랬듯 가시밭길이었다.

"대원수님을 모시게 되어 참으로 영광입니다."

"…밥이나 한 끼 하고 가라고 해서 왔소만, 이게 뭔가?"

"하하. 도내에서 가장 미색이 아리따운 아이들로 준비해 놓았습니다. 혹시 어느 아이가 가장 마음에 드시는지요?"

이 지역 유지라는 인간이 하도 엉겨붙기에 저녁이나 한 그릇 제대로 된 한정식 상차림으로 얻어먹을랑가 하고 왔더니 이 지랄이다.

"후우."

"아, 안심하셔도 됩니다. 기생 같은 천한 것들이 아니오라, 장군님을 모실 수 있다고 하니 모두 자원해서 온 아이들입니다."

전혀 아닌 거 같은데. 내가 당해본 육탄공세가 몇 건인데 못 알아볼 것 같나?

나는 이 한심한 인간을 잠시 빤히 바라보았다. 이걸 어떻게 한다. 하지만 내 텔레파시는 이자에게 조금 왜곡되어 전달된 모양이었다.

"죄, 죄송합니다. 대원수 각하 같은 분께 고작 한 명만을 붙이려 하다니, 제가 미친 소릴 했습니다. 뭣들 하느냐? 썩 장군님을 모시지 않고!"

"밖에 누구 있나?"

"예, 장군님!"

"이 새끼 조져."

영어는 못 알아들어도 손날을 모가지에 대고 슥슥 긋는 시늉은 만국 공통이겠지. 누가 반응하기도 전에 험상궂은 떡대들이 곧장 관상부터 욕심보가 터져나갈 듯한 이 돼지의 멱살을 붙들었다.

"악! 악!! 살려주십쇼! 살려만 주십쇼!!"

"주제 파악도 못 하고 눈치도 없는 주제에 웃기지도 않는 욕심만 뒤룩뒤룩 차 있으면 당연히 죽어야지. 미친놈이 뒤질라고 진짜."

어설픈 자는 살아남을 수 없는 워싱턴 D.C. 그곳에서 노랭이로 여기까지 올라온 이 유진 킴에게 뇌물을 주고 싶으면 이권, 그것도 먹어도 탈 날 일 없는 이권 정도는 챙겨줘야 서로 웃으면서 긍정적 미래를 좀 검토할 만하지. 우습지도 않다.

금괴처럼 먹어봐야 간에 기별도 안 가고 배탈 날 가능성만 있는 물건을 줄 수 있는 사람들은 내가 특별히 선물하는 걸 허용한 케이스들. 이런 길가에 굴러다니는 돌멩이 같은 놈에겐 당연히 자격이 없지. 돼지가 질질 끌려나간 뒤, 나는 눈앞에 펼쳐진 어마어마한 진수성찬과 뭣도 모르고 덜덜 떨고 있는 여자들을 힐끗 쳐다보았다. 진짜 돌아버리겠네. 시부럴.

"식사들은 하셨습니까?"

"…네?"

"음식은 죄가 없으니 드십시다. 야! 돼지 잡았으면 배고픈 놈 몇 놈 이리 와서 밥 좀 먹어라!"

밥이라는 소리에 흰둥이도 검둥이도, 별 단 놈도 이등병도 하나같이 히히덕대며 미닫이문을 열고 군홧발로 방 안에 들어왔다.

"신발 벗어, 이 미개한 자식들아."

"알겠습니다."

모름지기 군바리란 주는 건 다 잘 처먹고 짬밥만 아니면 양잿물을 먹어도 기뻐하는 놈들. 하지만 그들의 밥상에 있는 젓가락부터가 이 코쟁이들에겐 참으로 여우와 두루미 이솝우화 같은 대난관이었음이니. 나는 한숨을 폭 내쉬었다.

"…폐가 되지 않는다면, 쟤들 밥 먹는 것 좀 도와주시겠습니까?"

"물론입니다. 조선을 해방하기 위해 오신 손님들을 도울 수 있으니 저희 또한 무척 기쁩니다."

처자들은 하나씩 옆에 달라붙어 생선 가시를 발라주고, 밥을 뜬 숟가락에 먹을 것을 차곡차곡 쌓아 연신 저 못난이들 입에 넣어줬다. 옆구리가 시린 건 오직 나 하나뿐이었다. 애들은 얼마나 컸으려나.

"크, 여기가 천국입니까?"

"매, 매워. 무슨 채소에 매운 소스를 이리 처발랐어?!"

"왓츠 유어 네임? 수… 니? 수… 니, 예쁩니다. 사령관님, 혹시 이 아가씨들이랑 데이트해도 됩니까?"

"마음 맞아서 노는 건 상관없는데, 씨뿌리고 도망가면 거기 여자들 진짜 목매달아야 하니까 좆으로 생각하지 말고 머리로 좀 생각해라. 대충… 수녀 꼬신다고 생각하고 처신들 하라고."

내가 사생활에 터치는 안 하겠지만, 대민사고 터지는 날엔 6성 장군의 분노를 맛보게 될 것이여. 새겨들 들어. 내 할 일이라는 게 대개 이 모양이었다. 매일매일 야부리를 터는 것도 화젯거리가 있어야 한다. 그러니 자연스레 이 대원수의 행보는 슬슬 〈6시 내고향〉이나 〈생생 정보통〉이 되어버렸고, 점령지를 순회하며 얼굴 좀 내비치고 현지 시찰 다니는 게 일과로 정립되고 있었다.

당장 이곳. 아산과 온양 일대에 온 것도 마찬가지 이유였다. 현충사에 들러 제사를 지내고 '충무공께서 왜놈들을 바다에 쓸어넣었듯 이제 우리가 왜놈들을 장사 지낼 것'이라며 야부리. 온양행궁에 들러 마찬가지로 제사를 지내고 '세종대왕께서 거하시던 이곳이 왜놈들 손에 더럽혀져 히노끼탕 낀 대중목욕탕으로 전락해버렸으니 이는 민족정기를 훼멸하기 위한 일제의 수작. 어쩌고저쩌고 얄리얄리얄라셩.' 또 야부리.

이래서야 꼭 내가 군인이 아니라… 정치인 같잖아? 아니, 정치인도 아니고 그냥 선동꾼 아닌가. 지옥에서 어떤 콧수염이 독전파를 보내는 게 틀림 없다. 내가 잠깐 멍때리고만 있어도 마셜이 자꾸 헛생각한다고 갈궈대는데, 그건 전부 히틀러 탓이지 내 본의가 아니다. 그리고 굳이 따지자면 헛생각 이라기보단 미래에 대한 진지한 고찰이지. 따지고 보면, 나는 짝불알 시클그 루버 씨의 유언을 모두 이루어준 셈이나 마찬가지다.

그가 바라던 대로 초인, 위버멘쉬가 되었다. 앞에 '조선인의'라는 타이틀 이 하나 붙었을 뿐이지만 아무튼 백마 대신 전차 탄 초인이라고 치자. 게다 가 유대인들에게 핏값을 징수하기까지 했다. 어마어마한 거물급 유대 자본 가들이 내게 돈다발을 싸 들고 닥치고 내 돈 받으라고 외치고 있으니 이 또 한 그놈의 유언을 실천한 것.

거기에 더불어 운터멘쉬 잽스를 두들겨 팸으로써 세상을 바로잡기까지 하였으니, 지옥의 가장 뜨끈뜨끈한 유황 온천에서 몸을 지지고 있을 히틀 러도 물개박수를 치며 기뻐하고 있으리라. 아님 말고. 서울로 올려보낸 헨리 는 잘하고 있으려나. 잘하겠지. 누구 아들인데.

나는 생각하는 것을 그만두고 눈앞의 생선구이에 온 신경을 집중했다. '젓가락질에 서투른 대원수 설화' 같은 게 남았다간 개쪽이잖아. 근데 진짜 젓가락질이 이렇게 어려웠나.

갑자기 현타가 온다. 혹시 나도 생선 좀 발라주면 안 될까……?

* * *

필리핀, 마닐라에 있던 헨리 드와이트 킴은 참으로 바빴다. 미스터 아이 스크림, 미스터 배럴, 미스터 아이스크림 십, 산타클로스 같은 별명은 그의 비행이 금지당하면서 자취를 감추었다. 날개를 봉인당한 이 불운한 파일럿 을 위해 해군장병들은 삼삼오오 모인 끝에 미스터 펭귄이나 미스터 에뮤 등의 새로운 별명을 진상했다. 대학물 먹었고, 에이스 파일럿이며, 아시아

문화를 나름대로 아는 데다 일어, 중국어, 한국어를 할 수 있는 인재다?

노예 확정. 끝없는 일감의 폭풍이 대원수 아들이고 나발이고 헨리 킴을 덮치는 건 당연한 수순이었다. 그러던 찰나 아버지의 부름이 전해지니, 마침내 이 지옥에서 벗어날 수 있다는 기쁨에 부리나케 서둘러 달려온 그였다. 군산에서 하루 동안 부친을 만나 해야 할 일에 대해 설명을 듣고, 곧장 비행기에 다시 올라타 경성 여의도 비행장에 착륙하니.

"반갑습니다, 헨리 킴 소령."

"김현리라고 불러주십시오. 몽양 선생님의 큰 이름은 태평양 너머에 있던 저 또한 익히 들었습니다."

어쩌다 이런 자리에 오게 되었는고. 스스로에게 자백하자면, 사실 몽양 여운형이 누군지는 잘 몰랐다. 번갯불에 콩 볶아먹듯 유일한과 김유진의 속성교육을 받아 이름이나 들어 보았지.

여하튼 그가 듣기로는 기독교 신자지만 공산주의자들과도 거리낌없이 손을 잡을 수 있는 좌익계 민족 지도자라는 이 남자는 생각보다 대화가 통했다.

"원래라면 환영 인파가 빼곡 들어차 있어야 할 텐데 말입니다."

"하하. 제가 한 게 뭐가 있다고요. 부친의 위명에 묻어가면 부끄러울 뿐입니다."

"왜인들의 목숨을 구제하기 위해 크나큰 영광을 얻을 기회를 버리셨다 들었습니다. 범상한 이들이 택할 수 있는 방법이 아니니 실로 호부 밑에 견자 없다는 말에 딱 어울리지요."

"범상한 사람이니 택한 것입니다. 그들의 이름도, 장래 희망도, 어떻게 살아왔고 어떤 미래를 꿈꾸고 있는지 뻔히 아는 이들을 죽을 자리로 내몬 뒤 발 뻗고 편히 살 자신이 없었지요."

소소한 잡담이 끝난 후, 본격적인 비밀 협상의 막이 올랐다.

"협상을 진행하기 전, 먼저 반드시 전제되어야 할 사항에 대해서 여쭙겠습니다. 현재 '건국동맹'은 경성을 장악한 게 맞습니까?"

"물론입니다. 경성을 장악한 것은 물론, 아직 왜적들이 장악하고 있는 경성 이북 지역에서 대대적인 무장 투쟁을 전개할 수 있습니다."

"두 번째로, 향후 북상할 미군에 전적으로 협조할 의향이 있으십니까?"

"원하는 바가 고작 '협조'요?"

여운형의 눈매가 매서워졌고, 헨리는 잠시 대답을 망설였다.

"…아닙니다."

도대체 뭐라 포장을 해야 부친이 제시한 안건을 최대한 부드럽게 돌려 전달할 수 있을까 고민하던 헨리는 결국 포기하고 말았다. 애초에 아버지가 그걸 바랐다면 외교관은 불가능할지언정 전직 외교관, 혹은 샌—프랑코에 즐비한 협상의 대가들을 뽑아 보내지 않았겠나. 고작 서른도 채 안 된 자신을 보낸 연유부터 따지고 볼 일이었다.

"미군의 진주를 받아들이고, 무장을 모두 반납하고 미군의 통치에 협조할 것을 요청하셨습니다."

"미군의 통치라니."

차마 '점령지'라는 말은 꺼내지 못하였으나 여운형이 그 행간을 읽지 못할 인물은 아니었다.

"그럼 우리는 그렇다 치고, 임정조차 인정하지 않겠다는 게 그대들의 뜻이오? 김 장군의?"

"임정에도 협조를 요청할 예정이라 들었습니다."

"인정하지 않겠단 게로군."

누구도 입을 열지 않아 지독한 적막만이 내려앉았다. 이 어색한 정적을 먼저 깬 것은 눈을 질끈 감았다 뜬 몽양이었다.

"정말 그게 다인가? 김 장군이 따로 부연한 이야기가 없소?"

"있습니다."

"그걸 먼저 말했어야지. 편히 말해주시오. 김 장군과 귀국의 뜻을 알아야 나 또한 다른 동지들에게 할 말이 있지 않겠소?"

역시 이런 건 무리다. 숨이 턱턱 막히고 머리가 빙글빙글 돈다.

"본래 아버지, 아니, 김 장군의 뜻은 임정을 조선의 후신으로 보아 그 국체를 인정하고 이 땅의 적법한 정부로 지원하는 바였습니다."

"그렇겠지. 어지간히도 투자해 놓았는데."

"그런데 최근 국제 외교의 형세가 어지러워져, 조선은 물론 그리스, 폴란드, 불가리아, 루마니아 등 열강 아닌 나라 중 제 운명을 스스로 정할 수 있는 나라는 극히 드물어졌습니다. 이미 포츠담에서 각국 정상이 만나 유럽 지도를 다시 그리고 있는데, 조선 또한 그렇게 흥정판의 거스름으로 취급받을 가능성이 커지고 있으며 그 미래가 가장 두렵다… 라고 제게 말씀하셨습니다."

제대로 말하고 있는 거 맞나? 한국말 똑바로 한 게 맞겠지? 모르겠다. 정신이 아득해진다. 만약 외교관이나 정계로 나갈 생각 없냐고 꼬드기는 놈이 있다면 흠씬 패준 뒤 뽀삐 먹이로 던져주고 마리라. 헨리는 속으로 다짐 또 다짐했다.

"따라서 지금 가장 현실성 있는 방안은 영국, 소련, 중국이 이 땅의 운명에 관심을 기울이기 전에 미군이 전광석화처럼 나아가 반도 전역을 장악하고 군정을 선언해 타국의 개입을 차단하는 것이라 하셨습니다."

"그러면 순전히 미국만 이익을 보겠군. 김 장군은 다음 조선 총독이 되겠고."

"제 부친을 위해 변명하자면, 아버진 어디까지나 조선을 위해 행동하고 계십니다."

"알고 있네. 하지만 사람 마음만큼 무서운 게 없어. 이 땅에 김 장군을 추앙하는 이들이 가득하고 그 누구도 견제할 수 없는 권세를 거머쥘 수 있는데, 과연 김 장군이 변심하면 그때 이 땅의 백성들 운명은 누가 챙겨준단 말인가?"

여운형은 벌떡 일어나 열변을 토했다.

"나는 당연히 믿네. 믿고말고. 하지만 권력은 믿을 수 없고, 김 장군이 사심을 채우려 한다고 여길 자들 또한 무수히 많네. 조선인이 조선의 운명을 정하지 못한다는 게 얼마나 무서운 일인지 아는가? 오직 장군의 자비만을 기대해야 한다는 사실이 얼마나 두려운 일인지 젊은 자네가 알겠나?"

"저는 당연히 모릅니다."

"그래서야. 벌써 이렇게 일방적인 복종을 요구하고 있는데, 나로서는 동지들을 설득할 자신이 없네. 우리가 수십 년간 일본에 맞선 건 김씨 왕조를 위해서가 아니란 말일세."

"그럴 일은 절대 없습니다. 저희 아버진 그럴 분이 아니십니다."

"뭘 믿고?"

일제조차 인정할 수밖에 없었던 대연설가가 격정적인 몸짓을 하며 부르짖었다.

"나는 조선 독립을 위해 몸과 마음을 모두 바치겠노라 외치던 자들이 변절하는 모습을 수없이 보았소. 그들 중 폭력과 고문, 육신의 고통에 무릎 꿇은 이들은 한 줌도 되지 않았지. 달콤한 유혹과 문화통치라는 교묘한 꾐에 넘어간 이들이 대다수요. 김 장군 또한 마찬가지요. 그 옛날 임금들이나 조선 총독보다 아득하니 드높은 권력을 휘어잡고 그 누구의 견제도 소용이 없을 텐데, 정말 그분이 오직 조선인들을 위해 이 땅을 다스릴지 어찌 염려되지 않겠소? 지금은 그렇다 한들 그 초심이 끝까지 이어질지 어찌 알겠냔 말이오. 내가 경계하는 바는……."

"말은 경계라고 하시지만 실상은 그저 두려우신 것 아닙니까. 왜 아버지는 관심도 없는 권력, 권력 노래를 부르십니까?"

헨리 또한 얼굴이 벌게져서는 긴장도 뭣도 다 잊은 채 고함을 질렀다.

"도대체 조선이 우리 아버지에게 해준 게 뭐가 있다고 이리들 야단입니까? 왜 호의를 호의로 받아들이지 못하고 이리 재십니까?"

"그건 아직 도령이 세상 풍파를 겪어보지 못해서 그러네. 권력이 얼마나 사람을 뒤틀어버리는지는 겪어보지 않으면 몰라!"

"미치겠네, 진짜. 아버지가 권력을 탐하셨다면 백악관에 나아가시겠죠."

여운형은 뒤통수를 망치로 맞은 듯 멍해졌고, 헨리는 얼굴을 찡그린 채 자기가 무슨 말을 하는지 아는지 모르는지 말을 이어나갔다.

"아버지는 여기 오기 위해 독일 군정사령관 자리도 포기하셨습니다. 이 땅에서 임금 되는 게 미국 대통령, 아니, 캘리포니아 주지사만큼의 가치가 있습니까? 도대체 이 찢어지게 가난한 나라의 어느 구석을 탐낼 거라 그리 확신하십니까?!"

"…그렇지. 흐. 흐흐. 그렇지."

여운형은 반쯤 털썩 주저앉듯 다시 자리에 앉았고, 그 모습에 헨리 역시 딸꾹질이 나올 것만 같았다.

"죄송합니다. 제가 조선말이 서툴러 다소 건방지게 말한 것 같습니다. 순간 흥분해버린 탓에……."

"…하. 노는 물이 다르다는 걸 망각하고 있었어. 잘 말해줬네. 그래. 김 장군이 이 꼬락서니를 봤으면 코웃음을 쳤을 게 빤하구만. 탐내지도 않는 걸 탐할지도 모른다고 설레발을 쳐댔으니."

실로 군인의 화법 아닌가. 이미 많은 걸 희생한 사람 앞에서 괜히 더 재고 자시고 했다간 그 화만 돋울 터.

"다 이해하였소. 피차 눈높이가 달랐던 탓에 다소 잡음이 있었던 것 같소만, 다음 이야기로 넘어가지요."

"감사합니다."

몇 시간 뒤, 헨리는 다시 비행기에 올라탔다. 이러니저러니 해도, 아버지보다 더 나이 많은 사람을 핍박한 것 같아 못내 찝찝한 마음이 드는 건 어쩔 수 없었다.

일몰 2

여운형은 이 대담에서 충분히 성과를 거두었다고 여겼다. 불행한 오판이 있었다면, 김가의 모든 것을 이어받을 그 젊은 친구가 정말로 순백의 도화지였단 점일까. 당장 도산 선생께 전해 들은 바에 따르면 김유진은 스물도 채 되지 않아 내로라하는 지사들과 언변으로 맞서고, 우남 이승만의 음습한 공작에 휘말리지 않는 깊은 심계를 갖고 있었다지 않은가. 그런 김유진이 대리로 제 장남을 보냈으니, 김현리 또한 필시 여간내기가 아니리라 여기는 건 다른 동지들 또한 동의한 바였다. 그런데 웬걸. 설마가 사람 잡았다.

젊은이를 격동시키기 위해 과한 태도를 보인 것은 분명 양식 있는 어른의 행동거지라 하기엔 떳떳지 못한 일이었고, 어린 친구에게 꼼수나 부리는 모양새가 되었으니 심히 민망하였다. 어쩌겠는가. 지금의 그는 일개 개인이 아닌 한 단체의 대표였고, 바위에 맞서는 계란이 발버둥이라도 요란하게 쳐봐야지. 김유진의 흉중을 파악하는 것이야말로 지금 조선 땅의 인민들에게 무엇보다 중요한 일인 것을. 하지만 그의 고통은 끝나지 않았다.

"이보시오, 몽양 선생. 이상하지 않소?"

"무엇이 말이오."

"가슴에 손을 얹고 생각해 보시오. 정녕 김유진이 어떠한 사심도 없이, 오직 조선 민족을 구하기 위해 달려온다는 걸 믿을 수 있소?"

"만에 하나 김유진 본인에게 사심이 없다손 칩시다. 하지만 그자는 군인이오, 군인. 저 바다 건너편의 제국주의자들이 이 나라를 팔아버리라고 지시한다면 따라야 하는 입장이잖소!"

이현상(李鉉相)과 이승엽(李承燁)이 힐난조로 말을 이어감에도 그는 잠자코 듣기만 하고 있었다.

"허가이(許哥而) 동무는 어찌 침묵하고 있소?"

"나는 지금은 김 장군에게 협조해야 한다고 보오. 김 장군은 파쇼 도당들을 단매에 으깬 명장일뿐더러 조선 민중들의 절대적인 지지를 얻은 영걸이외다. 그가 이끄는 미군과 마찰을 일으키면 민중들이 과연 누구 손을 들어주겠소?"

"미제의 힘에 너무 굴복해버리는 모양새 아니오? 김유진은 소련 또한 배제 대상으로 보고 있소만."

"스탈린 동지께서는 조선에 매우 큰 관심을 지니고 계시고, 모스크바의 지령은 명백하오. 지금 조선에 필요한 건 과두적 부르주아 민주주의 정부고, 이들이 봉건 잔재를 타파한 이후에야 비로소 프롤레타리아 독재를 이룩할 기반이 완성된다는 것이 스탈린 동지의 뜻이오."

모스크바에서 온 허가이의 논리정연한 말에도 분위기가 단숨에 반전되지는 않았다.

"저는 다소 다른 방향에서 의문을 제기하고 싶습니다."

일찍이 미국과 유럽을 두루 여행한 경험이 있는 허헌(許憲)이 입을 열었다.

"김 장군의 권세가 실로 어마어마하니, 조선이 탐낼 만한 곳이 아니라는 말은 분명 설득력이 있다 할 수 있습니다. 어디까지나 권력이란 측면에서 보았을 때 말입니다."

"그러면?"

"만약 김 장군이 조선에서 원하는 바가 권력이 아닌 다른 무언가고, 그가 말한 대로 조선을 저 거대한 도박판의 일개 판돈으로 써먹기 위함이라면 어찌 되는 겁니까? 조선이 망한다 한들 김 장군은 아무것도 잃을 게 없잖습니까."

그는 물끄러미 여운형을 바라보았다. 필시 '이 정도도 생각 못 할 당신이 아닐 텐데.'라는 의미일 터. 여운형 또한 헨리 킴의 속내를 엿보았을 때 가장 먼저 떠올렸던 반론이었다.

'김 장군이 취할 것만 취한 뒤 만신창이가 된 조선을 버리고 떠난다면? 우리에겐 모든 것이지만, 장군에겐 하찮을것없는 조선 아닌가?'

이걸 굳이 그 자리에서 입에 담지 않은 까닭은 간단했다. 이미 본심을 알고자 도발적 언행을 서슴지 않았다. 거기서 김유진의 아들에게 그 말까지 꺼냈다간 우호적인 분위기는 영영 물 건너가고 김유진과 그들의 관계 또한 파탄 날 것 같다는 불길한 예감이 들었다.

그는 자신이 느꼈던 바를 솔직하게 토로하는 대신, 충분한 고민 끝에 결론 내린 다른 답변을 대신 꺼내 들었다.

"그래서, 김 장군과 그 일가가 수십 년에 걸쳐 막대한 자금과 노력을 기울일 만한 가치가 있는 '그 무엇'이 대체 뭡니까."

"그건 우리가 알 수 없는 노릇이지요."

"저 또한 그렇습니다. 아무리 고심해도 그 노력에 상응하는 대가를 이 나라에서 얻을 것 같지가 않았습니다."

이 찢어지게 가난한 나라에서 미군 대원수쯤 되는 인물이 취할 게 있기나 할까 하는 고통스러운 자문(自問). 하지만 곱씹으면 곱씹을수록, 바로 그 점이야말로 그의 진실함을 반증하는 것 아닌가 하는 생각이 들었다.

"우리는 저 왜놈들의 총칼 앞에서도 투쟁을 멈추지 않았습니다. 만약 김 장군이 두 번째 이완용, 두 번째 이등박문이 되려 한다면 그때 다시 싸우면 될 일입니다. 그리된다면 내가 가장 먼저 앞장서서 맞서 싸우겠소. 하지만 그와 그의 일가가 거쳐온 지난날을 보았을 때, 김 장군의 가슴속에 겨레를 생각하는 마음이 단 한 톨도 없다고 누가 감히 말할 수 있겠습니까?"

표정에 불편함이 가득한 이들도 굳이 여운형의 이야기에 토를 달지는 않았다.

"아직 북쪽 땅에는 왜적들이 여전히 총칼을 쥐고 있고, 우리는 여전히 나라 잃은 민족입니다. 우리 집 담벼락을 타 넘은 강도를 함께 때려잡겠다고 이웃집 사람이 달려와줬는데, 그 이웃집 사람도 나를 해코지할지 모른다고 대문을 틀어막은 채 버티고 있으면 그 무슨 미련한 짓이겠습니까?"

"……."

"우리는 그 어느 때보다 서로를 신뢰하고 하나로 뭉쳐야 합니다. 첫 코를 의심의 눈으로 꿰어서는 될 일도 되지 않습니다! 김 장군의 제안에 반대하시는 분들은 거수해주십시오. 반대가 다수라면, 제가 건국동맹에서 물러나겠습니다."

누구도 공공연히 반대하는 이는 없었고, 비로소 그는 한숨 돌릴 수 있었다. 이제 거인을 기다릴 차례였다.

* * *

"…뭐 하고 계세요?"

시무룩한 기색을 숨기지 못하는 헨리가 내 집무실 문을 열고 들어오다 말고 떨떠름하게 말했다. 시계를 힐끗 보니 곧 종 칠 시간이다. 공무의 시간이 다 끝나가니 아들놈이 좀 사적으로 집무실에 들어온다 해서 뭐라 할 놈은 없으렷다.

"보면 모르니?"

"아니, 아버지가 이상한 거야 하루 이틀 일이 아닌데. 지금 업무 시간 아

266

네요?"

"이건 아주 막중한 임무란다."

"또 무슨 핑계를 갖다 붙이시려고."

진짜야. 어째서 이 애비를 신뢰하지 못하는 게냐. 나는 쥐고 있던 젓가락을 옆에 내려놓았다. 으, 손 저려.

"젓가락으로 콩을 집고 있었지."

"우와. 정말 막중한 임무군요."

"한국인들은 젓가락질을 못하는 놈에겐 밥상을 주지 않아. 그리고 밥상을 안 준다는 건 어마어마한 의미가 내포되어 있지. 만약 날 적대시하는 누군가가 내가 젓가락질에 서투르다는 사실을 안다면 틀림없이 이걸 공론화해서 공격할 거야. 그만큼 젓가락질은 중대한 문제이자, 이 땅에서의 원활한 민사작전을 위해 반드시 극복해야 할 핵심 사안인 셈이란다."

헨리의 눈에 불신이 가득 차오르고 있다. 이상하다. 나는 부모님을 존경할 줄 아는 착한 아들이었는데, 내 아들은 누구에게서 배웠단 말인가… 유신이구나. 유신이야. 형을 존경할 줄 모르던 그 불량한 태도를 배워버렸구나! 내가 장유유서의 도리를 바로 세우기로 다짐하고 있을 때, 헨리는 대충 옆에 앉아선 젓가락을 만지작거렸다.

"그래. 고생했다."

나는 아들놈의 등을 두들겨줬다. 몽양 여운형 선생과 1 대 1로 이야기 나눌 수 있는 찬스. 천금을 줘도 얻기 힘든 기회 아닌가. 무슨 워런 버핏과의 식사권 경매하는 것도 아니고, 이건 무려 실전이다. 내가 이승만과 아가리 파이팅을 하며 초반 렙업을 할 때가 생각나는구만. 그땐 진짜 죽기 아니면 까무러치기였지. 몽양 선생이 헨리 멱을 따려고 살초를 날릴 리도 없으니 그때 나보다 훨씬 나은 환경이네.

나야 2회차 치트키가 있던 놈이니 미친놈처럼 들이받고 다녔지만, 헨리 쟤는 타고난 소시민이다. 내가 무슨 제왕학 교육, 영재교육을 한 것도 아니고. 그런 의미에서 처맞고 와도 나쁠 게 없는 이런 좋은 기회에 한번 링에 올려보내는 건 괜찮은 아이디어 같았다. 마침 딱 헨리가 제격인 사안이니 공적으로 책잡힐 일도 없고.

"하나 여쭤봐도 괜찮겠습니까?"

"음. 감히 찌끄레기 소령, 그것도 소금 냄새 풀풀 나는 물개 주제에 감히 본좌에게 질문을 하려 들다니."

헨리의 얼굴이 썩어들어 간다. 관심법으로 마음을 읽으니 '아빠가 또 이 상한 짓거리 하네.'라고 적혀 있구나. 아니, 어떻게 알았지? 그 순간, 시계 분침이 움직이며 퇴근 시각을 알려주었다.

"그래, 사랑하는 내 아들아. 뭐가 궁금하니? 이 애비가 최선을 다해 설명해줄게."

"와. 퇴근이 너무 칼 같으시네요. 혹시 우리 집안 성이 지킬이었어요?"

"사전에 '직업'의 정의를 찾아보면 굶어 뒈지기 싫어 내 노동력을 자본가들에게 팔아먹는 행위, 라고 적혀 있단다. 수당 없는 초과근무는 죄악이야."

"사전이 아니라 《자본론》 같은데요."

예리한 녀석. 역시 신공절학을 탐하는 덴 애비애미도 없단 말인가. 아직 내 천마신공을 노리기엔 백 년도 이르건만. 나는 당번병에게 부탁해 커피 두 잔을 받아온 뒤, 묵직한 군화도 대강 휘휘 벗어 던져버리고 슬리퍼를 신었다.

"그래. 어떤 거?"

"사실 제일 궁금한 건… 아버지나 할아버지가 이 땅에 집착하는 이유죠."

"너희 할아버지가 여기 묻히고 싶어 하잖니. 이게 다 효도란다."

"고작 효도 때문이라고 하면 저도 못 믿겠는데요. 남한테 사기 칠 땐 지극정성을 다해야 한다고 가르쳐주시지 않으셨던가요."

"사실 이 나라는 어마어마한 잠재력을 갖춘 나라란다. 지금은 황폐해졌지만, 한 30년만 제대로 굴러가면 번듯한 신흥공업국 명패를 걸고 50년이면 세계 경제에서 빼놓을 수 없는 튼튼한 나라가 될 거야."

"혹시 또 말라리아 걸렸어요? 확실히 홀쭉 말라버린 걸 보면 뭐 걸리시긴 한 것 같은데."

70년이면 세계에서 열 손가락 안에 들 나라이자 문화승리를 목전에 둔 선진국 입구컷 수문장이 될 것, 이라고 부연했다간 헨리가 지게를 빌려다가 나보고 타라고 할 것 같다. 아니, 지금도 지게를 찾는 것 같다. 그치만 그게 진짠데. 70년 뒤에도 흙 파먹고 살 후진국 국부 소리 들으려고 한다면 이건 수지타산이 안 맞는 투기행위지.

하지만 두고두고 K—뭐시기의 아이콘으로 끌려 나와서 책도 팔리고, 드라마도 만들어지고, 영화도 찍고, 말춤도 추고, 요네가 중계에서 코쟁이들 불러다 놓고 '가장 존경하는 한국인은?', '제너럴 유진 킴 싸랑훼요. 킴취 좋아해요.' 같은 문답도 하면 얼마나 좋겠냐 이 말이야. 비트코인 왕복 싸대기 갈기는 기적의 수익률이라니까? 그런데 이 장밋빛 미래를 향해 나아가려면 한 가지 전제조건이 있다.

"몽양 선생이 다 수락하셨댔지."

"네. 물론 동지들과 세부 논의를 더 해야 한다고 하셨는데, 책임지고 설득하겠다는 답변을 들었어요."

"100점은 아니고 80점인가."

빨갱이. 박헌영이 이승을 하직하고 혹부리우스가 쪽바리들 손에 골로 가버린 지금, 나는 공산주의자들의 세가 원 역사보다 훨씬 줄어 있으리라 판단했었다. 그런데 이게 웬걸. 아무리 내가 특급 서포트를 해줬다곤 하지만, 국내에 남아 있던 공산계열 인사들은 조선 역사상 최대의 총파업을 일으키며 조선총독부를 전신마비 환자로 만들어버렸다.

진짜 빨갱이는 먼지에서 자연발생하는 건가? 초대형 거물 둘이나 사라졌는데도 이 지경이면, 대체 원 역사의 하지와 미군정은 어떤 끔찍한 괴물과 싸웠단 말인가? 그래서 일부러 다소 고압적인 조건을 제시했고, 협상

대신 예스냐 노냐 통첩을 날리는 방향의 접근을 시도했다.

이걸로 평화롭게 미군정이 주도하는 정당정치에 합류할 인사들과 수틀리면 반란도 일으킬 요량인 진성 빨갱이들을 체로 한번 털어볼 요량이었으니까.

이게 다 민심을 꽉 잡고 있기 때문에 가능한 일. 막말로 나랑 빨갱이들이랑 서울 한복판에서 총질해대면 사람들이 일단 누구 편 먼저 들 것 같냐고. 지금 내 마음을 한마디로 요약하자면… '짚신장수와 우산장수' 메타였다. 냉전이 터지지 않고 평화로운 세상이 도래한다면? 와 신난다! 우리 아이들은 3차대전의 공포에서 벗어날 수 있어요!

결국 냉전이 도래하고 철의 장막이 깔린다? 와 신난다! 이 거지나라 한반도는 극동의 반공투사가 되어 아메리카님의 끝없는 지원금을 빨아먹을거예요! 그래. 이게 바로 마음의 평화, 이너─피스란 거다. 후후. 역시 나는 대단해. 아무튼, 원교근공이란 말이 괜히 있는 게 아니다.

국경을 맞댈 소련이든 중국이든, 미국이 이들 초강대국을 견제하기 위한 수단으로서 신생 한국을 필요로 하게 만든다. 한국 또한 저 거대한 옆집 아저씨의 꼬붕으로 전락하지 않으려면 반드시 미국과의 연계를 강화해야 한다.

그러기 위해서는 우선 빨갱이를 솎아내야 한다. 마공을 익힌 자들은 태어난 조국보다 사상의 조국을 더 우선시하기 마련이니까. 막말로 미군 대원수의 고향이 적화되면 시발, 이게 무슨 말년 병장 15일 영창 가는 소리냐? 이승만이 골수 파시스트인 이범석을 보낸 이유 또한 여기에 있다. 신생 대한의 군권을 절대 좌익 손에 넘겨주기 싫다는 의지. 이걸 찰떡같이 알아먹는 내가 참 슬프다.

"배 안 고프냐?"

"저녁 먹어야죠."

"그래. 일어나자. 오늘은 밖에서 먹자."

"저도요?"

"너 있으니까 밖에서 먹자는 거 아냐. 너도 조선 사람들한테 눈도장 좀 찍어 놔야 해. 복스럽게 먹기만 해도 민심을 얻을 수 있다니까? 서울 올라가기 전에 연습 좀 하자."

하여간 먹방 좋아하는 민족이에요.

일몰 3

[1942년 10월 24일.

쭉 뻗은 경성의 대로로 오와 열을 맞춘 한 무리의 군대가 거침없이 행군해나간다. 정예하기 그지없는 발걸음. 보는 이의 심장마저 떨리게 하는 군홧발 소리. 일본군의 그것보다 훨씬 더 크고 윤기가 도는 거대한 철마들. 하늘 아래 천군(天軍)이 있다면 실로 저렇지 않을까. 제 나라 백성들의 눈길에도 아랑곳하지 않고 쥐새끼처럼 도망치기 바빴던 왜놈들의 군대와 비교해보라.

저들이야말로 독일을 패망케 하고 왜놈들의 섬을 태평양 지하에 처박을 세계 최강의 군대 아닌가. 그리고 모두의 이목을 쏠리게 하는 이. 저 늠름한 장병들의 대열 한가운데에서, 거대한 전차 위에 올라탄 채 오연하게 아래를 내려다보는 조선 민족 불세출의 초인.

"와아아아아아!!"

"김 장군님 만세! 조선 독립 만세!!"

"대한 독립 만세!! 미국 만세!!"

이 경성에 태극기가 이리도 많았던가. 지난 봉기 때의 수십 배는 되는 듯한 태극기, 그리고 대관절 언제 기워 만들었을지 모를 성조기의 물결. 마침 내 한양 땅에 참된 조선 민족의 영걸이 발을 디뎠으니, 만백성이 거리로 뛰쳐나와 이 가엾고 불쌍한 민족을 구원해줄 참된 지도자를 영접함에 그 성의가 극진하였도다……]

* * *

내가 지금 읽고 있는 게 신문인가, 아니면 삐라인가? 세상에. 제 손 좀 보세요. 낙지볶음 속 낙지처럼 오그라들었어요. 이거 어쩔 거에요. 내 손발이 오그라들었으니 책임지라고, 책임.

"이 시국에 용케도 신문이 다 찍혀 나오는군요."

"하하. 그동안 조선말로 신문을 찍지 못했으니 언로를 막힌 민중들이 얼마나 속이 부글부글 끓었겠습니까."

내 앞에 앉아 있는 손님은 중경 임시정부에서 급히 달려온 조소앙 선생 되시겠다. 나는 떨떠름한 손으로 이 끔찍한 종이를 그에게 넘겨주었고, 그는 참으로 감회가 깊다는 듯 신문지를 쓰다듬었다.

"왜놈들이 문화통치랍시고 신문을 허용해주어 《동아일보》나 《조선일보》 등이 발간되었지만, 그들이 목소리를 내는 족족 검열되지 않은 적이 없었고 종국에는 강제로 폐간당했었지요."

"그랬지요."

"당장 이 경성에서 윤전기 돌려 뽑아내는 신문만 세 가지가 있고, 어설프게 등사기로 찍는 신문은 몇 종인지 확인도 다 못 했습니다. 확실한 사실은, 마침내 조선인이 제 입을 자유로이 놀릴 수 있단 것이지요."

이렇게 너무 띄워주시니 곤란한데요. 이게 어딜 봐서 자유로운 입입니까. 아무리 봐도 내가 등에 총칼로 찔러대면서 용비어천가 부르라고 지시한 것 같잖아.

나는 신문 이야기에 여념이 없는 선생을 배려해 먼저 본론으로 들어가기로 했다.

"임정의 오랜 노고에 개인적으로나마 경의를 표합니다."

"뭘요. 김 장군께서도 오래도록 저희를 위해 꾸준히 도움을 주시지 않았습니까. 이제 다음 북진은 언제로 생각하고 계십니까?"

"군사 기밀인 관계로 자세한 사항을 말씀드리긴 어렵지만, 최대한 빨리 압록강과 두만강까지 모두 확보해 이 강토를 모두 해방할 심산입니다."

"참으로 반가운 소식입니다."

왜 왔을까. 이 시점에서 임정이 움직일 건이라면 역시 지분 관련된 건인가. 여운형이 주도하는 조선건국동맹이 내게 총독부를 넘기는 세리머니를 벌이면서, 해방 정국의 주도권이 다소 희미해지기 시작했다. 일부 온건 사민주의 계열을 제외하고 대다수 좌익 인사들이 빠져나간 임정. 일부 온건 우익 계열을 제외하고 대다수 좌익 인사들이 집결한 건국동맹. 거기에 더불어 국내에서 침묵하고 있는 민족주의, 우익 계열 인사들 또한 다시 이합집산할 테고, 앞으로 군정을 마무리 지을 때까지 제법 머리 터질 일이 한가득이구나. 하하. 일감의 산이다.

"제가 이리 장군을 찾아뵙게 된 것은, 중국 대륙의 상황이 급박한 관계로 백범께서 꼭 김 장군에게 이곳 현지 사정을 전달해 달라 요청했기 때문입니다."

"미군이 상해를 해방시키고 남경을 장악하기 일보 직전 아닙니까? 혹 문제 될 일이 있습니까?"

"그렇습니다. 일본군이 문제가 아니라, 공산당이 문제입니다."

모택동이 이끄는 중국 공산당. 원 역사에선 기어이 국공 내전에서 승리를 거머쥐고 중화인민공화국을 설립한 이들. 나는 그의 설명을 차분히 듣기 시작했고. 내 생각보다 대륙은 더 혼란스러운 듯싶었다.

대다수 미국인들에게 중국이란 나라는 그냥 머나먼 나라였다. 하루 벌어 하루 먹고사는 사람들에게 중국이 무슨 의미가 있겠는가. 하지만 조금이라도 먹고살 만해지고 아침에 커피 한 잔 곁들여 신문을 읽는 계층으로 올라가면, 중국에 대한 감정은 복잡다단하기 그지없었다.

기회의 땅, 야만의 땅, 복음을 베풀어야 할 땅, 역사와 전통이 가득한 땅, 혐오스러운 칭키의 땅… 하지만 전쟁이 모든 걸 뒤바꾸었다.

'우리의 전우, 중국인들과 함께!'

'비열한 잽스에 맞서는 최고의 동맹!'

중국은 대대적으로 격상되어 믿음직한 동맹국이 되었고, 중국인을 멸시하는 행위는 국가 안보를 해치는 흉악한 짓이 되었다. 물론 그 반대급부로 일본인들이 어마어마한 핍박을 받긴 하였으나, 이 위대한 자유와 민주주의의 땅 아메리카는 제아무리 비열하고 사악한 종족이라 한들 죄 없는 민간인을 사막의 수용소에 내몰 만큼 끔찍한 나라가 아니었다. 이런 분위기 속에서 휴 드럼이 맨손으로 중국 땅에 부임하자, 당연히 대대적인 프로파간다가 뒤를 이었다.

'대전쟁의 영웅 드럼 장군, 중국으로 향하다.'

'합중국의 손길, 위기에 몰린 중국인들에게 닿다.'

하지만 부임 이래 첫 몇 달은 시행착오의 연속이었다. 인종이 다르고 언어가 다른 건 문제가 되지 않았다. 그런 건 당연히 각오하고 왔으니까. 하지만 문화가 다르고 사고방식이 다르고 정치체제가 다른 부분에 관해서는 심각한 파열음이 울려 퍼지기 일쑤였다.

"대체 왜 병사들이 이리 헐벗고 굶주려 있습니까? 최소한 싸우러 나갈 병사들만큼은 잘 먹이고 입혀야 하지 않겠습니까?"

"얼마 전에 보급한 물자는 다 어디로 갔습니까? 모르겠다구요? 말이 됩니까 그게?”

“어째서 이 무능한 작자들을 자르지 않는 거지? 장개석은 이리도 사람 보는 눈이 없나? 부패한 주제에 무능하기까지 한 이 밥벌레들이 높은 자리에 앉아 있는 한 중국군에는 미래가 없어. 온 지 얼마 되지도 않은 내가 깨달은 사실을 모를 만큼 둔한 건가, 그 작자는?”

하지만 그는 인내심을 가지고 차분히 이 중국 땅의 흐름을 이해하려 노력했고, 마침내 단편적이고 어설프게나마 현지 사정을 터득할 수 있었다. 그가 적극적으로 주는 걸 받아먹기 시작한 것은 그때부터였다. 장개석의 호의와 신뢰를 사는 한편, 미합중국의 대표라는 자리를 이용해 지방 세력가들을 어르고 달랬다.

이 땅의 인간들에게 직인 찍힌 명령서를 발급해 ‘명령’을 내리면 절대 이루어지지 않았지만, 제 배때기를 불릴 수 있는 ‘상호협력’에 관한 건이라면 그 어떤 것보다 빠르게 처리되었으니. 드럼에게 대단히 불행한 사실이 있다면, 그의 노력과는 별개로 장개석 정권의 지지율이 점차 바닥을 모르고 저 맨틀까지 처박히고 있다는 점이었다.

농촌의 지지가 무너진 지는 이미 오래되었다. 중화 5천 년 역사상 농민이 행복했던 적이 과연 몇 년이나 될까. 하지만 그동안 국민당 정권을 일관적으로 지지해 오던 도시의 민심이 조금씩 등을 돌리기 시작한 것은 매우 심각한 사안이었다.

“월급을 받아도 돈이 휴지가 됐으니 밥조차 사 먹을 수가 없네.”

“가면 갈수록 고관대작 나리들 얼굴엔 개기름이 줄줄 흐르는데.”

“야 이 개자식들아! 비밀경찰 늘릴 돈이 있으면 물가부터 좀 잡아 봐라!”

하이퍼인플레이션. 물가가 미쳐버리자 도시민들의 민생은 나락으로 떨어져버렸다.

거기에 전형적인 제3세계 군사 독재자들이 으레 그러했듯, 이 분야의 선구자인 장개석 또한 비슷한 테크트리를 탔다. 비밀경찰을 풀어 반대자들의 입을 틀어막았지만, 총을 쥐고 있는 군벌들과 지방 세력들은 통제할 수가 없으니 결국 적정선에서 그들의 부패를 용인해야만 했다.

장교들은 먹고살기 위해, 그리고 윗선에 상납할 자금을 마련하기 위해 아편을 밀수하고 보급품을 빼돌렸다. 병사들은 보급이 없으니 총칼을 들고 마을로 가 약탈을 자행했다. 이들 병사들 대부분은 바로 그 마을에서 강제로 징병되어 끌려온 이들이었다. 이러한 파멸적인 국가 상황은 당연히 민심의 이반을 가속화할 뿐.

"우리는 장개석과 유사한 사람을 유럽에서 본 적이 있다. 제복을 차려입고, 콧수염을 기르고, 독재를 강화하던 이 말이다."

"중국인들은 민주주의를 희망하지만, 장개석은 전쟁마저 제 독재를 강화할 용도로 쓰고 있다."

"자유를 사랑하는 미합중국이 독재자를 후원하는 현 세태는 실로 추악하다 할 수 있다. 합중국의 장성이 그 부패에 가담하고 있다는 점에서 사안은 더욱 심각하다."

현지 미국인들, 특히 비판적인 지식인 계층과 기삿거리를 찾아 '자유의 동맹' 중국 땅으로 날아온 언론인들이 맞닥뜨린 중국은 너무나 끔찍한 마경 그 자체. 이 찢어지게 가난한 주제에 억압적이기까지 한 나라는 미국인들에게 알레르기 반응을 일으키고도 남았다. 그리고 그 폭압적인 정권에 부역하는 드럼은 현지에 너무나도 물들어버린 부패사범 그 이상도 이하도 아니었다. 이들이 보았을 때, 파렴치한 반민주적 정권에 대항할 수 있는 유일한 희망은 딱 하나뿐.

"중국 공산당은 부패하지 않았으며, 군기가 엄정하고, 민주주의의 가치를 수호하길 원한다."

"국민당의 냉대와 방치 속에서도 그들은 일본에 맞서 항전하고 있다. 국민당 정부에 대한 투자는 밑 빠진 독에 물 붓는 일에 불과하다."

세상에는 매수되지 않는 부류들 또한 분명 존재한다. 그들이 휘두르는 뾰족한 펜촉이 워싱턴 D.C.의 두툼한 벽을 찢어버리기까진 꽤 오랜 시간이 걸렸지만, 난공불락의 성채란 세상에 없는 법.

[중국군 참모장으로 파견된 드럼은 부패 정권의 일원으로서 카르텔의 핵심을 차지했다. 장개석은 그에게 매일같이 막대한 뇌물을 지급하여 미국 인들의 눈과 귀를 가리고, 드럼은 그의 앵무새가 되어 장개석에게 유리한 이야기만을 떠들어댄다……]

[부패한 군벌들 또한 드럼에게 막대한 뇌물을 바친다. 유일하게 청렴결 백하고 일본군에 대한 저항을 서슴지 않는 공산당은 그에게 뇌물을 바치지 않은 죄목으로 찍혀버렸다. 공산당은 자유의 나라 미합중국이 선사하는 랜 드리스의 혜택을 일절 접하지 못하고 있는데, 랜드리스의 분배 권한이 모두 드럼에게 귀속되어 있기 때문이다……]

이런 기사가 차곡차곡 누적되어 민심이 술렁이기 시작하자, 결국 압력을 이기지 못한 마셜은 드럼을 소환했다. 그리고 결국 뛰어봤자 개구리라고, 따 지고 보면 군인에 불과한 드럼이 제 일신의 능력으로 엄혹한 검증의 칼날 을 다 피하기란 불가능한 일.

김상준이 대전사로 삼아 '드럼 장군 구하기' 작전에 투입한 우남 이승만 이 본격적으로 D.C.를 쏘다니기 시작한 것은 그의 군생활이 나락에 떨어지 기 직전이었다. '장개석을 지킬 수 있는가?' '일본이 패망하더라도 저 개차 반 국민당이 악랄하고 음흉한 모택동을 상대로 이길 수 있을까?' 광복군이 보았을 때 답은 NO였다.

미국의 대대적인 지원 없는 장개석이 자력으로 위기를 극복하기란 어 려워 보인다는 것이 그들이 내린 결론. 든든한 인맥을 맺은 드럼의 구조. 미 국 정계와 대중의 흐름 파악. 미국의 대아시아 방면 외교 정책 체크. 그가 평생에 걸쳐 갈고닦아 온 외교 무대에 발을 들이밀자 노쇠한 몸에 다시 생 기가 돌기 시작한다.

이와 비슷한 시각. 독일 포츠담에서는.

"스탈린이 일본 상륙작전에 참여할 용의가 있다고 하오. 대신 홋카이도를 추가로 할양해줄 것을 희망하던데……."

"절대로 안 됩니다, 각하!"

"태평양에 소련을 끌어들이는 순간 합중국의 패권이 위태로워집니다!"

"국민들은 응징을 원하고 있지만, 인명피해는 또 원하지 않잖소. 당장 영국인들도 상륙작전에 참여할 용의가 있다던데."

"대통령 각하. 참으로 외람된 이야기지만, 절대, 절대로, 태평양에 그 어떤 나라도 숟가락을 올리게 두어선 안 됩니다."

월레스의 평화를 위한 원대한 구상은 시작부터 좌초되고 있었다.

일몰 4

"하지만 스탈린의 말도 일리는 있지 않소? 전범 국가인 독일을 찢어버리기로 했으니, 일본 또한 찢어도 되지 않겠나. 게다가 스탈린이 소일 불가침 조약을 파기하는 부담을 져야 하니 그 값을 요구하는 것도 크게 부당하진 않소."

"홋카이도를 소련이 먹건, 소련의 조종을 받는 졸개들이 독립국가를 건설하건 결과적으로 달라지는 건 없습니다."

"대통령 각하, 혹시 미치셨습니까?"

"입조심하게."

"죄송합니다. 순간적으로 제 꿈속인 줄 착각하고 그만."

리히와 킹, 두 제독의 격렬한 반대에 부딪힌 월레스는 야무진 꿈을 포기해야만 했다.

그의 입에선 절로 탄식이 나왔다. 그를 이해해주고 FDR의 꿈을 실현해 나갈 이들이 이토록 없다니.

"내가 대통령인지 바지사장인지 구분이 되질 않는군."

"각하께선 이 나라의 키를 잡은 선장입니다. 선장이 승객에게 휘둘리면 될 일도 되지 않습니다."

"고맙소, 친구."

웰즈 차관이 비열한 스캔들에 찔려 허무하게 사라지자, 윌레스는 국무부를 컨트롤해야 할 필요성을 느꼈다. 당내 책임론을 휘몰아 지긋지긋한 코델 헐을 장관 자리에서 치워버린 그는 위대한 선임자 FDR의 스킬을 벤치마킹하기로 했다.

새 국무부장관으로는 얼굴마담 격인 스테티니어스(Edward Reilly Stettinius Jr.)를 임명했고, 실질적으로 국무부를 주도할 국무차관엔 친구인 로렌스 더건(Laurence Hayden Duggan)을 앉혔다. 그놈의 지긋지긋한 빨갱이 타령만 해대는 꼴통들에게 아랑곳하지 않고 국무부를 통제하기 위한 고육책이었다.

"리히 제독은 순전히 전 대통령과의 친분으로 과분한 자리와 대원수 계급을 얻은 셈 아닙니까. 구태여 그를 가까이 두실 이유가 있습니까?"

"딱히 없긴 하지."

더건 차관과 둘만의 자리를 가진 그는 바짝 끌어올린 긴장을 풀어헤치고 와인잔을 입에 가져다 댔다.

"그렇다면 각하, 리히 제독은 이만 쉬게 하시고 다른 인물을 앉히심이……?"

"나도 그럴 만한 인물이 있다면 진작에 바꿨소. 군인들 사이에선 꽤 미묘한 안건이라서 말이지."

"킴은 어떻습니까?"

윌레스는 더건의 말에 잠시 혹하다가도 이내 고개를 저었다.

"킴을 리히의 후임으로 앉혔다간 해군이 뒤집힐 게요. 육군이 다 해먹으려 든다고 난리를 치겠지. 어니스트 킹이 날 쏘러 올지도 몰라."

"하지만 대원수의 후임자가 대원수가 되는 건 전혀 이상하지 않습니다."

"작고한 프랭크와 몇 년 전에 약속을 했었다더군. 정치판에 끼지 않는 대신, 몇 년간 자기 고향과 일본에 눌러앉아 지내겠다고. 미처 몰랐는데 애향심이 꽤 컸나 봐."

"그렇습니까? 처음 듣는 사실이군요."

"어디 가서 떠들지 마시게. 공화당 놈들이 실컷 헛물켜게 내버려 둬야하니."

월레스는 몇 번씩이나 신신당부를 했고, 더건은 결코 누설하지 않겠다고 맹세한 후에야 다음 화제로 넘어갈 수 있었다. 하지만 발등을 찍는 도끼는 항상 믿는 도끼인 법.

'이런 비열한 밀약이 있었을 줄이야.'

로렌스 더건. 그는 NKVD에 포섭된 간첩이었다.

* * *

포츠담으로 온 처칠은 필사적이었다. 미국과 손잡고 빨갱이들의 팽창 야욕을 억제해야만 한다는 그의 원대한 계획이자 사명은 시작부터 좌초되고 있었다.

"월레스 대통령. 지금이라도 마음을 고쳐먹는 게 어떻겠습니까?"

"고쳐먹다니요?"

"대관절 저 빨갱이들이 한 게 뭐가 있습니까. 미합중국은 이 전쟁의 최고 공헌국으로 더 많은 것을 요구할 권리가 있어요!"

"얄타 회담에서 세 나라의 정상이 만나 의견을 모은 지 얼마나 오랜 시간이 되었다고 이러십니까? 약속은 지켜야 한다는 건 코흘리개 애들도 알고 있는 사실입니다."

"그건 코흘리개 애들이나 그렇지요! 국익은 그 모든 것에 우선합니다!"

미친 건가, 너무 순진한 건가, 그도 아니면 진짜 황색 언론이 떠드는 대로 이놈이 소련 간첩인 건가. 처칠은 얄타에서 약속한 대로 독일을 얌전히 세 토막 내놓겠다는 월레스를 도저히 이해할 수가 없었다.

"저 빨갱이들이 한 게 뭐 얼마나 있습니까. 우리가 그때 약조했던 이유는 어디까지나 소련군이 독일을 격파하길 기대했기 때문입니다!"

"아니지요. 그들이 흘린 피의 정당한 대가입니다."

"그런 식으로 따지면 프랑스는 왜 회담장에 부르지 않으셨소?"

"그야 그들은 비시의 원죄가 있으니까요. 드골을 이곳 포츠담에 부르지 말자고 먼저 제안하신 분은 총리님 당신 아니십니까."

"그런 분이 어째서 독―소 불가침조약의 원죄는 따지지 않으시오?!"

"우리의 동맹이자 전우였던 소련을 편협한 시선으로 대하면 대할수록 서로에 대한 신뢰가 사라지고 대립 구도가 자리잡게 됩니다. 비록 소련군이 베를린에 깃발을 꽂지는 못했지만, 그들은 수백만 독일군을 동부 전선에서 붙들고 용맹히 싸웠습니다. 자유와 정의의 나라 미합중국은 아직 이빨을 드러내지도 않은 상대를 등쳐먹지 않아요!"

처칠은 절망했다. 말이 통하지 않는다. 벽에 대고 떠드는 것 같다. 루즈벨트는 대체 뭘 보고 이 남자를 부통령 자리에 앉혔단 말인가? 최소한 죽은 휠체어맨은 제 음흉한 속내에 따라 능수능란한 정치질을 하기라도 했지, 이 도덕심 투철한 멀대는 그래서 소련에게서 뭘 얻어내려는 건가?

"영국과 미국, 총리와 대통령 이런 걸 모두 떠나 한 명의 사람 대 사람으로서 제 말을 들어주십시오, 월레스 씨. 공산주의자들이란 종자들은 타인의 신뢰를 인질로 제 이득을 챙기는 걸 당연시하는 자들입니다. 저들에게 그런 말랑말랑한 태도를 보이면 물어뜯길 뿐이에요!"

"바로 그런 태도였기 때문에 대영제국이 신뢰할 수 없는 나라라는 딱지가 붙었고, 도덕적으로 파산 상태가 된 겁니다. 이렇게 숨만 돌리면 밥 먹듯이 남의 뒤통수를 때리려고 하는 나라와 어찌 함께할 수 있겠습니까?"

월레스의 눈에 경멸이 묻어나오기 시작했다. 염치도 없고, 남의 싸움에서 이득만을 챙기려 드는 섬나라 특유의 추악한 본성만 가득한 놈들. 영국은 늘 그랬다. 유럽 대륙에서 항상 그놈의 '균형'을 추구한답시고 각국을 이 간질하고, 대립을 유도하고, 그들이 흘리는 피를 받아먹으며 제 살을 찌우던 놈들. 이번에도 똑같다. 미국과 소련이라는 두 거인이 대립해야만 영국이 캐스팅 보트를 쥘 기회가 생긴다. FDR이 바로 그걸 경계해 소련과 손잡고 영국을 토막 내려 들지 않았는가.

"이 불행과 절망만이 가득한 전쟁에서 단 하나 증명된 사실이 있다면, 그건 바로 미합중국은 그 누구에게도 도전받지 못할 세계 최강의 국가라는 겁니다."

"…그렇소만."

"소비에트 연방과 '엉클 조'가 우릴 우습게 본다면 그건 심각한 착각입니다. 추축국이 했던 착각과 똑같지요. 그들이 아무리 있는 힘껏 우리가 내민 평화의 오른손을 깨물어도, 반대편 손으로 소련의 머리를 으깨는 건 일도 아닙니다."

이것이 바로 월레스가 가진 자신감의 원천이었다. 유럽이나 아시아 등지에서 사소한 양보를 좀 해주면 어떤가. 소련은 일본처럼 하와이를 타격할 능력도 없고, 미국 본토는 그 어떤 나라도 침범할 수 없다. 미국이란 나라의 신뢰도를 높이고, 스탈린에게 약속을 지켰다는 명분을 확보하는 것에 비하면 이까짓 사소한 땅뙈기는 매우 저렴한 비용에 속하지 않은가.

설사 소련이 그들의 뒤통수를 있는 힘껏 까버린다 한들, 그땐 그 누구도 미국의 정의를 부정하지 못하고 추악한 소련을 손절할 게 뻔했다. 처칠과 월레스의 대담은 결국 서로의 입장 차이만을 확인하고 끝났다. 처칠의 불행은 여기서 그치지 않았다. 그가 포츠담에 있는 동안 본국에서는 새로이 선거가 치러졌고, 처칠은 승리해 계속 총리 자리를 유지하게 되었다.

하지만 그 격차가 아주 피를 말릴 만큼 아슬아슬했기에 런던에선 부정선거 아니냐는 시위가 벌어졌고, 노동당은 야당 주제에 자기네들이 여당인 것처럼 으스대고 있었다. 이대로 있다간 1년도 채 못 버티고 내각 불신임이 터질지도 모른다. 뭔가 하기는 해야 했다. 그는 다시금 월레스를 찾아갔다.

"제가 가만히 고심에 고심을 거듭해보니, 대통령 각하의 말씀에 참으로 틀린 말이 없었습니다."

"그렇습니까? 저 또한 영국이 보조를 맞추어준다면 더할 나위 없이 기쁠 듯합니다."

"하하. 물론이지요. 약속을 지켜야 신뢰가 쌓인다는 대통령의 말이 참으로 옳아요. 그런 의미에서 저희 또한 약속을 이행하려 합니다."

월레스의 얼굴에 걸려 있던 해맑은 미소가 점차 사그라들었다. 이 늙은 이가 또 무슨 흉계를 준비했단 말인가.

"일본제국은 홍콩, 싱가포르를 짓밟고 선량한 영국 시민들을 살육했으며, 우리가 보호하는 식민지를 황폐화하고 그 땅의 반란군들과 결탁하였고, 나아가 오스트레일리아, 뉴질랜드 등 폐하의 신민들에게까지 그 칼끝을 겨누었습니다. 죽어나간 우리 장병들과 가라앉은 함대는 말할 것도 없지요."

"…그래서요?"

"천하제일 미군이 우리 영국군의 곤란을 해결해주고 그들을 구했으니, 우리 영국군 또한 당연히 미군을 도와야 하지 않겠습니까? 이제 아시아에 우리 군을 파병해 귀국을 지원할까 싶습니다."

거절하고 싶지만, 거절할 수 없다. 스스로의 말에 발목이 잡힌 월레스가 당혹스러워할 때, 처칠은 한 수 더 치고 나갔다.

"또한, 우리는 세계 평화와 정의를 위해 UN을 창설하고 얄타의 정신을 잇기로 결의하였습니다. 일본 제국주의에 짓밟힌 불쌍한 민족들을 돕는 일은 세계 최고의 선진국이자 일등 국민인 우리 영국인들의 의무지요."

"하고픈 말이 있다면 빨리빨리 하시지요."

"일본제국이 일방적으로 지배하고 있던 식민지들이 하루빨리 자립하여 세계 시민이 될 수 있도록, 우리 영국이 지닌 노하우와 모든 지식을 아낌없이 베풀겠습니다."

'유럽의 전쟁이 끝났으니, 영국 함대를 아시아로 보내 함께 대일전에 나선다.'

'영국은 영국령 버마에서 손을 떼고, 신뢰할 수 있는 타국이 신탁통치를 시행한다.'

'프랑스령 베트남을 남북으로 분할해 각각 중국과 영국이 신탁통치하고 추후 단일 정부로 독립할 수 있도록 한다.'

'일본령 조선은 미국, 중국, 소련, 영국 4개국이 UN의 이름하에 공동으로 신탁통치한다.'

"굳이 그럴 필요는 없는 것 같소만."

"필요의 문제가 아니지요. 얄타에서의 선언을 이행하기 위해 우리 대영제국이 희생을 감수하는 겁니다."

될지 안 될지는 모르겠지만, 일단 긁고보자. 이게 그렇게 싫다면… 월레스도 무언가 하나쯤은 양보할 수밖에 없으리라. 항상 그랬듯 처칠은 궁지에 몰렸을 때 가장 강해지는 정치가였다. 이길 수 있냐고 하면 그건 또 모를 일이지만.

* * *

고급 정장을 걸치고, 포마드 기름으로 머리를 빗어넘기고, 비싼 시계, 구두, 지갑, 넥타이까지 모두 풀 세팅. 그동안 중국 땅에서 어찌 살아왔단 말인가? 이 현대 문명과 안락한 생활을 모조리 포기하고? 임정의 정적들 중에서는 그의 호사스러운 생활을 비난하는 이들도 있었지만, 우남 이승만은 단 한 번도 그 비난에 귀 기울인 적 없었다.

'외교관이란 대부분 유럽의 귀족들, 혹은 어마어마한 떼부자들이 종사하는 직종이다. 사소한 곳 하나에서 빈한(貧寒)한 흔적이 보이기만 해도 사람 취급을 안 하는 놈들인데, 내가 비싼 옷을 입고 고급 음식을 먹는 건 그들과 눈높이를 맞추기 위함이지 내 개인의 호사가 아니다.'

당장 조선과 별반 차이가 없을 저 유고라는 땅만 봐도 알 수 있지 않은가. 전쟁터에서도 정갈한 옷차림과 사교적 태도를 지키던 공산 수괴 티토는 승리하였고, 허름한 시골 농부 꼬락서니를 하던 근왕주의자는 패배해 잊혔다. 조선 시대도 아니고 청빈이 무슨 놈의 미덕이란 말인가?

어찌 되었든, 워싱턴 D.C.에 돌아온 이승만은 물 만난 고기가 되어 있었다. 유진 킴과 샌―프랑코라는 새로운 후광을 장착한 지금. 탁월한 영어 능력과 화술, 언변, 거기에 신앙까지 갖춘 그는 종횡무진하며 사교계, 정계, 그리고 외교가를 신들린 듯 폭격했다.

"조선은 중국, 일본과는 전혀 다른 나라입니다. 일본인들은 조선인들이 복음을 접하는 걸 경계하고 원시적인 천황 숭배를 강요했지만, 그 땅의 기독교인들은 결국 봉기를 일으켜 신앙을 지키기 위해 싸웠습니다."

"세상에, 믿을 수가 없군요."

"단언컨대 조선인들은 가장 복음을 갈구하던 민족입니다. 킴 대원수께서 모든 명예를 버리고 조선으로 나아간 까닭 또한 이 때문이지요. 동방에 새로운 예루살렘을 세우고 무수한 어린 양들을 이끄는 것이 신실한 기독교인의 사명이 아니면 달리 무엇이 있겠습니까?"

"그 끔찍한 철권통치에도 신앙이 남아 있다니. 하나님께서 실로 고난에 빠진 이를 버리지 않음이 참인 듯합니다."

공화당은 어차피 유진 킴과 더글라스 맥아더의 강고한 파이프라인이 있으니 구태여 그가 나설 필요도 없다. 따라서 그가 집중적으로 노린 이들은 민주당, 그것도 반공 보수 딕시크랫들이었다.

'빨간 맛에 정신 못 차리는 머저리들은 내가 무슨 말을 하든 들을 리가 없다. 차라리 종교로 접근할 수 있는 복음주의자들이 훨씬 수월하지.'

저 태평양 건너편에 있을 김유진에게서 새로운 '지령'이 떨어지고, 김유신이 본격적으로 뉴욕의 유대 자본가들과 회동하기 시작하자 그의 운신의 폭 또한 훨씬 넓어졌다.

"프린스 리, 그 소식 들으셨습니까?"

"무엇인지요?"

"포츠담에서 처칠 총리가 귀하의 나라를 4개국이 신탁통치하자고 제안했다더군요. 아직 극비입니다만… 귀하와 같은 참된 신앙인께는 알려드려야 할 것 같아서 말입니다."

"세상에. 감사합니다. 정말 감사합니다."

이겼다. 미국에 그 자신이 있고 조선 땅에 저 여우 같은 놈이 앉아 있는 이상, 이 끝내주는 소식을 못 써먹을 리가 없잖은가. 이제 확신할 수 있었다.

포츠담 회담장을 나서는 처칠

놀랍게도 원 역사에서 처칠은 2차대전 종결 직전에 열린 포츠담 회담 당일에 실각합니다. 처칠은 영국 총리 자격으로 포츠담 회담에 참석했으나 같은 7월 26일 영국에서 열린 선거에서 보수당이 노동당에게 패배했습니다. 결국 처칠은 사진만 몇 장 남긴 채 포츠담 회담 중간에 후임인 클레멘트 애틀리와 교체되었습니다.

하지만 그는 이후에도 야당이 된 보수당의 대표로 재임했으며, 51년 보수당이 정권을 탈환하자 다시 총리로 취임해 55년까지 영국을 이끌었습니다.

일몰 5

유진 킴이란 인물은 꽤 복잡한 위치에 있다. 자수성가, 아메리칸드림, 전쟁영웅. 이 세 가지 키워드가 모조리 한 인물을 수식하고 있는 이상, 정계로 나아갈 경우의 파괴력은 실로 어마어마하리라. 그런 인물이 독일 점령군사령관 자리를 초개처럼 내던진 채 극동의 작은 나라로 향했다. 일본에 대한 복수심? 고향에 대한 애향심? 아니면 무언가 알 순 없지만, 노리는 다른 무언가가 있다든가?

처칠로서는 자세히 알 수는 없었다. 하지만 확실한 점 하나는, 그렇게 많은 것들을 내려놓아 가면서 그곳으로 떠난 만큼 당연히 쉽게 양보하진 않으리란 것이다. 1 더하기 1처럼 간단한 정치 논리였다. 그래서 쑤셨다. 월레스가 순순히 승낙할 리가 없으니까. 비록 구 아시아 식민지에서 신탁통치를 집행하기로 한 대원칙을 어겼지만, 그깟 소국을 미국이 혼자 다 처먹건 말건 사실 영국의 직접적인 이권이 엮인 지역도 아닌 만큼 관심을 가질 이유는 없다.

단지 이렇게 약해 보이는 부분을 쑤심으로써 양보받고 싶은 것들이 많았다. 대놓고 한 나라의 총리 앞에서 모욕적인 말을 퍼부어대는 저 건방진 대통령에게 영국의 중요성을 각인시킨다거나. 장개석에게 홍콩을 팔아먹지 않도록 압력을 행사한다거나. 전쟁 끝났다고 대영제국 왕관의 보석과 같은 인도를 뜯어내려는 의도를 저지한다거나. 일본을 응징하고 그들에 대한 전후 처분을 논의할 때 더 많은 지분을 준다거나.

'신탁통치 합의를 깨고 미국이 단독으로 조선을 차지하려 하다니. 어찌 이럴 수가 있소?'

'미안합니다. 하지만 우리 입장에선 조선을 확보해야겠소.'

'어쩔 수 없군요. 우리가 너그러운 마음으로 양보해 드릴 테니, 그 대신 이 부분에서는 우리 영국이 조금 더 이득을 챙겨야겠습니다.'

'총리님과 원만한 협상을 할 수 있어 참으로 다행입니다.'

'하하하. 여부가 있겠습니까. 저도 미국과는 끝까지 친하게 지내고 싶어요. 자유 세계를 침범하려는 저 빨갱이들을 상대로 우리 두 나라가 손잡아야 하지 않을까요?'

이게, 이게 정상적인 협상이자 외교 아닌가? 그냥 정해진 프로세스이자 FM 매뉴얼 아닌가? 하지만 헨리 아가드 월레스라는 인물은 윈스턴 처칠의 상식을 비웃듯이 망치로 내려치고 있었다.

"총리님의 말씀에 틀린 바가 없군요. 부끄럽습니다."

"예?"

"얄타 정신을 제멋대로 짓밟으면 제가 히틀러와 다른 게 뭐가 있겠습니까. 마땅히 동맹국 여러분들과 충분한 교감, 그리고 협의가 있어야겠지요."

그러지 마! 그딴 코딱지만 한 나라에서의 지분 따위 필요 없다고! 처칠은 속으로 뭉크의 절규를 따라 하다가도 월레스에 대한 평가를 새롭게 내리고 있었다.

'이 자식 봐라. 여기서 더 베팅을 한다고?'

영국을 참으로 만만히 여기는 월레스다. 얄타 정신이니 뭐니, 어차피 다 기만 아니겠나. 미국의 대통령이 이상주의에 푹 빠져 정신 못 차리는 머저리일 가능성보다는, '니들이 어쩔 거냐.'라는 심보로 강 대 강 치킨 게임을 거는 승부수라 보는 게 더 가능성이 높아 보였다.

여기서 굽히면 아무것도 얻지 못하고 나가리라는 생각에 처칠은 더욱 목에 힘을 빳빳하게 주었고.

"스탈린 서기장. 아시아에서의 신탁통치안에 대해 우리 모두의 뜻을 하나로 모아봐야 할 듯합니다."

"아직 우리나라가 일본에 선전포고하지 않은 걸 책망하고자 하는 뜻이라면 약간의 말미를 더 달라고 양해를 구하는 바요. 이 회담을 마무리하는 대로 소—일 불가침조약 파기를 선언하고 곧 만주 해방전에 나서겠소."

세 나라의 거두가 모인 자리. 스탈린은 늘 그랬듯 참으로 근엄한 모습을 유지했지만, 곧 그의 눈동자에도 지진이 일어나기 시작했다.

"하하. 책망이라뇨. 처칠 총리께서 한반도에서의 신탁통치안을 상의 없이 파기할 순 없다 하시지 뭡니까? 저 또한 그 말이 틀린 것 같지 않아, 이렇게 서기장의 고견을 구하고자 합니다."

"……."

다른 이들은 눈치채지 못한 듯했지만, 처칠은 보았다. 천하의 스탈린이 당황해하고 있었다. 그 스탈린이. 옆에 있던 몰로토프와 무어라 러시아어로 짧게 속삭이던 그는, 언제 그랬냐는 듯 다시 근엄한 자세로 발언에 나섰다.

"미군이 한반도에 상륙해서 공세작전에 나서고 있는 것으로 알고 있소. 예브게니 킴이 지휘봉을 잡은 만큼 반도 전체의 해방도 그리 오래 걸리진 않을 것 같소만."

"하하. 그렇지요. 하지만 우리는 얄타에서 '땅을 점령했다고 그 권리가 오롯이 정복자에게 귀속되는' 제국주의적 행태가 종말을 맞이했음을 선언하지 않았습니까? 우리 미합중국은 제국주의와는 인연이 없는 만큼 독일에서도 통 큰 양보를 약속했습니다. 조선 같은 작은 나라라 해서 함부로 예외로 삼을 순 없지요."

약간의 딜레이. 월레스의 말이 러시아어로 통역되고, 스탈린이 생각에 잠기고, 몰로토프가 다급히 쪽지에 무언가를 휘갈겨 스탈린에게 전달하고, 그걸 읽고. 다시 스탈린이 말했다.

"내가 보고받은 바에 따르면, 조선 인민들은 압제자 일본제국에 대항한 전 국민적 무장 항쟁에 나섰소. 그리고 놀랍게도, 무분별한 학살이나 일본인에 대한 폭력 없이 질서가 유지되고 있소. 이는 봉건적, 후진적 지배체제가 유지되던 아시아의 다른 지역과는 무척 다른 케이스요. 이런 측면을 고려했을 때, 우리는 조선인들은 구태여 복잡한 신탁통치 같은 과도기 없이 유럽과 마찬가지로 곧장 그들의 국가를 건설해도 될 듯하다고 보고 있소. 미합중국과 같은 정의로운 나라가 약간만 도움의 손길을 베푼다는 전제에서 말이오."

긴 말을 마친 스탈린이 슬그머니 처칠을 힐끗 바라보다 시선을 돌렸다. 그 눈빛이 꼭 '죽으려면 당신 혼자 죽지 그래?'라고 그에게 속삭이는 것 같았다. 이 숨 막히는 분위기 속에서 천하태평한 이는 월레스뿐.

"그렇습니까. 서기장께서 그토록 그들을 고평가하다니 놀랍군요. 하하하. 역시 소수민족에 대한 폭넓은 이해는 연방을 따라갈 수 없군요. 하지만 영국에서는 저 불쌍한 조선인들을 위해 신탁통치를 베풀어줘야 한다고 강력하게 주장하고 있는데, 소련 역시 그 가엾은 이들을 위해 도움의 손길을 줄 순 없겠습니까?"

"우리는 저 어지러운 만주에 질서를 가져다줘야 하지 않소. 만약 현지인들이 우리의 도움을 강력히 청한다면 고문단을 파견할 순 있소만, 조선인들은 필시 자력으로 국가를 재건하고자 할 게요. 우리의 추측으로 그들의 근면함과 의지는 유럽인들에 비견될 만하오."

뭐? 유럽인에 비견될 만해? 현지인들이 요청하면? 혹시 여기 앉아 있는 게 스탈린이 아니라 변장한 유진 킴인가?

"서기장님의 고견, 잘 들었습니다. 그러면 장개석 주석의 의견을 청취한 후 결론을 내려야겠군요."

"그냥 사적인 질문이오만, 대통령께서 말한 대로 킴 장군이 거기 있잖소? 그 본인이나 혹은 그와 유사한 조선계 미국인이 주도해서 신정부를 수립하면 되는 일 아닌가 싶소만."

"하하. 킴 장군은 합중국의 보배와도 같은데, 그런 깡촌에 오래 둘 수 있겠습니까? 게다가 킴이나 현지인들 역시 여러분의 지원을 고대하고 있지 않을까요?"

모르겠다.

'지금 이 자식은 무슨 헛소리를 하고 있는 거지?'

'본인이 자청해서 갔잖아. 혹시 킴이 변심했나?'

처칠과 스탈린은 이 순간 한 마음, 즉 외계인을 보는 듯한 시선으로 월레스를 바라보았다.

* * *

신탁통치. 미합중국 국무부는 이를 '인간 이성의 승리', '위대한 이상을 실천한 미합중국 자유주의의 승리'로 자평하였다. 저 유럽의 제국주의자들이 세계지도를 제멋대로 색칠하고 유럽인 아닌 다른 민족을 노예처럼 부린 지 수백 년. 제국주의와 식민주의를 단호히 배격하고, 민족자결주의의 성스러운 봉화를 가장 먼저 치켜든 미합중국은 언제나 그 고결한 이상을 전 세계에 퍼뜨리기 위해 노력해 왔다.

그러나 불행하게도, 1차대전 이후 국제연맹이 주도한 '위임통치'는 처참한 실패로 결론 났다. 우드로 윌슨이 몰락하고 미국이 참여하지 않은 국제연맹은, 자유의 수호자가 그 자리를 비운 틈을 타 또다시 제국주의자들의 장식품으로 전락했기 때문이다. 위임통치령은 허울만 좋은 식민지 분배 수단이 되었고, 위임통치령을 떠맡은 나라들은 식민지인들의 자립을 지원하긴커녕 현지 지배에 박차를 가했다.

이에 비하면 엄연히 있던 식민지 필리핀조차 자치를 독려하고 독립을 약속한 미합중국이란 대체 얼마나 위대한 나라인가? 얼마나 고결한 나라인가? 그리고 헨리 월레스와 더건, 그리고 지금은 자리에서 물러난 웰즈 차관과 같은 이들은 여기서 한발 더 나아간 사람들이었다.

월레스와 더건은 FDR 생전 라틴아메리카를 순회하며 미국과의 외교 관계를 개선하는 역할을 맡았었고, 미국인 상당수가 못 본 척하는 라틴아메리카에서 미국이 수없이 저지른 깽판에 대해서도 도덕적인 개선이 필요하다 여겼다. 국무부 내의 이상주의자들, 그리고 '가장 완벽한 식민지 해체법'을 연구하던 현실주의자들이 한데 모여 지혜를 짜낸 결과물이 바로 UN 신탁통치.

'한 나라에 오롯이 맡기면 반드시 해먹으려 든다.'

'신탁통치가 정상적으로 진행되어 현지인의 발전을 지원하는지 감사, 감독을 시행한다.'

'통치국이 헛짓거리를 한다면 현지인이 UN에 직접 제소해 이를 막을 수 있게 한다.'

그러니까…….

"킴 장군도 군정보다는 신탁통치를 더 선호하지 않겠나."

"애초에 그는 자원해서 고향으로 파견 나간 것 아니었습니까?"

"군정은 패망한 전범국에서나 시행하는 것 아닌가. 일본제국에 맞선 조선인들에게 군정이라니, 이 얼마나 모욕적인 처사인가? 미합중국의 명예에도 먹칠이 될뿐더러, 누가 보더라도 신탁통치가 더 온당하다고 생각하네."

"그 점을 부정하는 건 아닙니다만……."

스테티니어스 신임 국무장관은 외교 전문가는 아니었지만, 제너럴 모터스(GM) 부회장과 미국 최대 기업인 US스틸 회장을 역임한 사업가였다. 그런 그가 봤을 때, 월레스 대통령의 행동엔 다소 미심쩍은 부분이 있었다.

"혹시 킴 장군과는 사전 합의가 끝난 일인지요? 그가 조선에서 왕처럼 군림하길 원했을지 어찌 압니까."

"직접 의사를 물은 적은 없네. 하지만 대원수가 되는 걸 수락하지 않았나? 아무리 그래도 미합중국 육군 대원수를 달고서 시골에서 유유자적 머물 순 없다는 걸 그만한 사람이 모르진 않을 걸세."

"각하. 결국 사람 일은 감정이 중요합니다. 그와 마음을 터놓고 소통하셨는지요?"

"장관께서 그런 말을 할 줄은 몰랐소. 물론 나도 그 점은 충분히 인지하고 있지만… 그의 영향력이 닿는 대리인을 현지에 두고, 그 본인이 D.C.에 있으면 되는 일 아니오. 내가 그리 무리한 부탁을 하는 건 아니라고 생각하오만."

전승 대통령과 전쟁영웅이 그렇게 친분이 있는 사이였던가? 스테티니어스가 고민에 빠진 사이에도 월레스의 말은 계속되었다.

"작고한 루즈벨트 또한 생전에 나더러 킴을 중용하라고 했었지. 믿음직하던 친구 섬너 웰즈가 그렇게 가버린 이상, 나도 상황이 급해졌소."

"루즈벨트가 킴을요?"

"당장 일본의 항복을 받아내면 군축 문제부터 시작해서 온갖 복잡한 일들이 기다리고 있을 텐데, 군사 문제에 정통한 사람이 D.C.에 있어 줘야지. 물론 마셜도 대단한 인물은 맞지만……."

미증유의 대전쟁을 승리로 이끈 전승 대통령. 이 어마어마한 정치적 자산을 부드럽게 굴려나가기만 해도 재선은 무난. 잠시 위기가 오기도 했지만, 당내 반대파들은 모두 침묵시켰고 공화당도 입도 벙긋하지 못하는 지금. 하다보면 익숙해진다고 하지 않던가. 처음 이 자리에 앉았을 때와 달리, 그는 이제 대통령으로서 훌륭히 국정을 이끌 수 있었다.

"루즈벨트가 남긴 미완의 원고는 내 손에서 완성될 게요. 세계에 마침내 평화가 찾아오고, 모든 사람들은 자유롭게 자신들의 미래를 꿈꿀 수 있겠지."

"그렇… 겠지요."

"장관의 이름 또한 역사에 길이 남지 않겠소? 우리 함께 이 포츠담을 평화가 찾아온 곳으로 만들어봅시다."

스테티니어스는 말을 아꼈다.

일몰 6

[미합중국 대통령, 중화민국 주석, 대영제국 총리는 일본에게 이 전쟁을 끝낼 기회를 주기로 하였다.

하나된 자유 세계 시민들을 상대로 맞서려던 독일의 무익하고 부질없는 저항의 결과는 일본인들을 위한 명백한 사례가 될 것이다. 우리는 그때보다 더욱 강해졌으며, 이 힘을 휘두르는 순간 일본군은 완벽하게 소멸할 것이고 일본 전역은 폐허가 될 것이다. 그 어떠한 타협도, 대안도, 시간 끌기도 없다. 이하는 우리의 요구 조건이다.

일본을 세계 정복이라는 잘못된 길로 이끈 모든 이들의 권력과 영향력을 영구적으로 배제한다.

일본의 주권은 일본 열도를 구성하는 네 섬과 그 부속도서로 제한되며, 카이로에서 선언한 그대로 중화민국에게서 갈취한 만주, 대만, 팽호열도는 반환될 것이며 한국에는 적절한 시기에 민의에 따른 독립 국가가 건설될 것이다. 모든 일본군을 무장해제시킨 후 귀가시킬 것이다.

(중략)

우리 연합군은 일본에 민의를 대변하는 자유롭고 책임감 있는 정부가 수립되는 즉시 일본에서 철군할 것이다. 이제 우리는 일본 정부와 일본군이 무조건 항복을 선언하고 본 선언의 요구 조항에 전적으로 동의할 것을 권고한다.

다른 대안은 오직 신속하며 완전한 파멸뿐이다.]

포츠담 회담 도중, 역사에 '포츠담 선언'으로 기록될 선언문이 발표되었다. 소련은 아직 일본제국과 전쟁 상태에 돌입하지 않았기에 이 선언문에서 빠졌으며, 포츠담 회담에 참석하지 않은 장개석의 중화민국은 통신을 통해 동의 의사를 밝혔다. 어차피 일본의 운명은 정해진 것과 매한가지. 이미 저 동쪽 끝 외딴 섬은 더 이상 바깥세상과의 그 어떠한 교류도 할 수 없었고, 미군의 폭격기는 차곡차곡 부산에 적금처럼 쌓여 가며 나날이 매운맛을 보여주고 있었다.

이대로 1년만 방치해두면, 저 땅에 남는 건 딱 두 가지뿐이리라. 시체, 그리고 인육 뜯어먹는 괴물들. 하지만 선거가 며칠 남지 않았다. 월레스와 민주당으로서는 선거일인 11월 3일이 오기 전에 근사하고 삐까뻔쩍하며 대중들이 알아먹기 쉬운 성적표를 번쩍 치켜들고 싶었다. 그리고 하나 더.

"일본과의 대국적인 공조? 그런 건 없었소."

"일본과는 동맹이긴 했지만, 어디까지나 약간의 교류가 있었을 뿐입니다."

"바르바로사 작전과 진주만 공습이 겹친 건 어디까지나 우연입니다."

우연이란다. 우연. 히틀러를 두들겨 패고 유럽의 전쟁에 뛰어든 가장 큰 명분이었던 '히틀러 진주만 배후조종설'은 아무리 포로들을 심문해본들 거짓으로 차츰 밝혀져 가고 있었다. 공화당 또한 이에 편승했기 때문에 큰 문제는 되지 않겠지만, 당장 이 사실이 대중들에게 퍼져 나가면 굉장히 찝찝해지지 않겠는가. 일본 본토 상륙작전은 그런 점에서 많은 것들을 해결해줄 수 있었다. 악의 소굴 도쿄에 입성하는 미군의 사진이 유권자들의 집에 배달되는 신문 1면에 박힌다고 생각해 보라. 민주당의 입지가 다시 확고해지지 않겠나.

상륙이 어렵다는 점은 세계 최고의 명장, 상륙작전의 대가 유진 킴 대원수의 존재로 해결된다. 게다가 영국과 그 떨거지들이 상륙에 적극적으로 끼고 싶어 하니 맨파워 문제 또한 해결될 듯하다. 월레스가 점점 상륙을 염두에 두고 있는 동안에도, 포츠담에서의 나날은 계속되고 있었다.

"우리가 만들어나갈 세상에 평화만이 가득하길 빕니다."

"바로 그것이 우리 노동자와 농민의 나라 소비에트 연방이 바라는 유일한 목표입니다. 귀국이 베푼 크나큰 호의를 결코 잊지 않을 것입니다."

심심하면 짖어대면서 사람 머리 위에 서리려고 용을 쓰는 처칠에 비하자면, '엉클 조'는 얼마나 매력적인 지도자인가? 실로 본받을 만한 위인이었다. 그는 온건하면서도 부하들을 다스리는 카리스마가 있었고, 월레스 그 자신이 꿈꾸는 것과 마찬가지로 이상적 미래를 그리고 있었으며, 처칠처럼 복잡하고 음험한 수사 대신 솔직담백하게 소련의 입장을 밝혔다.

'우리가 모델로 삼는 나라는 귀국, 미합중국입니다.'

'만약 미국이 중남미에 대한 통제력을 잃었다면 심각한 안보 위기에 직면했겠지요. 하지만 루즈벨트 전 대통령과 귀하께서는 저들 라틴아메리카인들에게 따뜻한 손길을 내밀어 공존공영의 길을 채택했습니다. 서유럽인들에게선 기대조차 할 수 없던 일이지요.'

'우리 소련에게 있어서 동유럽이 곧 중남미입니다. 동유럽을 전부 잡아먹은 독일이 쳐들어오자 우리나라는 곧장 멸망의 위기에 놓이지 않았습니까?'

스탈린은 이들 동유럽 국가들이 소련에 적대하지만 않는다면 자유로이 민주 국가를 세워 살아가게끔 할 방침이라 밝혔고, 월레스는 기꺼운 마음으로 이를 받아들였다. 미합중국과 소비에트 연방이라는 두 초강대국. 이들이 협력해 만들어 갈 세상. 이 평화로운 세상에서 살아갈 후손들은, 헨리 윌레스라는 인물을 평화의 전도사이자 위대한 대통령으로 기억하리.

* * *

내가 경성에 올라온 후. 당장 내가 당분간 묵을 숙소를 어디다 잡느냐는 문제부터가 내 골머리를 아프게 했다. 사령부의 경우엔 선택의 여지가 없었다. 조선총독부 청사. 한반도 상륙군만 덜렁덜렁 왔으면 또 모르겠지만, 내 위치가 위치다보니 이래저래 참모부가 비대해질 수밖에 없었다. 게다가 이 나라가 오죽 작고 가난한가? 통신과 물류라는 두 핵심적인 기능을 모두 만족시킬 만한 곳은 경성밖에 없었고, 기왕 다 경성에 옹기종기 있는 거 굳이 멀리 떨어질 이유도 없었다.

조선총독부 청사는 애초에 원래 용도부터가 이 나라를 통치하기 위함이 었던 만큼 행정 업무에 최적화되어 있었다. 물론 자리가 모자라긴 했으나 이는 청사 주변에 밀집된 다른 건물을 징발하는 것으로 해결. 어차피 총독부 주변 건물이래 봐야 대부분이 일본인들 소유였으니 거리낄 것도 없었다.

그다음이 내 숙소였는데, 경성 제일의 호텔이라 해봐야 빠게트 특급 호텔 맛을 본 내 성에 찰 리가 없었다. 걔들이 참 햄버거랑 아아는 잘 만들었는데. 손에 묻는 기름 좀 닦을 물티슈 같은 사소한 배려가 부족하긴 했지만, 아직 21세기가 아니니 어쩔 수 있나. 대인의 마음 씀씀이를 가진 내가 너그러이 이해해 줘야지. 아무튼 우리 참모들은 재빨리 움직여 내가 머물기 좋아 보이는 두 건물을 제안하였는데, 둘 다 간판들이 참으로 희한했다.

첫 번째는 두말할 것도 없이 조선 총독 관사. 그리고 두 번째는 구 조선 왕실 궁궐. 총독 관사는 뭐, 편의성으로만 따지면 최고였다. 하지만 너무 당연하게도, 저기 입주해서 살면 모양새가 암만 봐도 '새 주인님'이잖은가? 내가 지금 왜 이 서울 땅까지 와서 PT 8번 온몸비틀기를 하고 있는가? 우리들의 친구 미군, 해방자 미국인 브랜드를 확립하고 싶어서 아닌가. 근데 떡하니 왜정의 상징인 총독부에 깃발만 갈아 사령부를 차린 거로도 모자라 총독 집무실에서 일하고, 총독 관사에서 잔다? 암만 방송장비를 총동원해 씽씽 다정한 내 친구 아기 대원수 김유진 하면서 돌림노래를 틀어본들 약발이 확 죽어버리지 않겠나 이 말이다.

그렇다고 해도 궁궐은 더 문제다. 조선 왕조가 지었던 궁궐은 당연히 한옥. 근대적인 행정 작업을 할 만한 공간은 아니니 죄 기각했지만, 유일하게 단 하나 서양식으로 지어진 건물이 있었다. 덕수궁 석조전. 일제가 석조전을 미술관으로 개조하긴 했지만 그 뼈대가 바뀌진 않았으니 집기만 좀 비치하면 될 일이고, 원판이 궁궐인 만큼 위엄도 있다. 하지만 총독부 청사가 일제강점기를 상징한다면, 덕수궁은 무얼 상징하겠는가?

"대원수 각하! 부디 구오(九五, 천자의 지위)의 자리에 올라 이 불쌍한 백성들을 돌보아주시옵소서!!"

"신라는 백강에서 왜적을 섬멸하고 백제를 멸한 뒤 삼한을 일통하였고, 이성계 또한 무수한 왜구를 토멸하며 조선 건국의 기틀을 마련하였습니다. 삼천리 금수강산을 짓밟은 왜놈들을 몰아내셨으니, 이제 존엄한 자리에 오르실 차례이옵나이다!"

그… 유교는 이 땅에서 멸종한 거 아니었습니까? 내가 혹시 1942년이 아니라 1842년으로 다시 한번 거슬러 올라왔나? 그래도 한번 구경은 가봤는데. 영 아니올시다였다. 석조전이란 건물 자체가 한일합방에 도장 찍힌 이후에야 완공된 비운의 궁궐이어서 그럴까? 뭔가 찝찝한 느낌이 들었다. 거기서 먹고 자고 하기엔 썩 불길한 느낌이라고 하면 너무 과장이 심한가.

결과적으로 나는 총독 관사에 내 짐을 풀었다.

"각하."

"무슨 일이십니까?"

"저 또한 실리를 중시하는 입장입니다만, 총독 관사보다는 그래도 나은 곳들이 많지 않겠습니까? 각하를 위해 기꺼이 집을 바치겠다는 자들이 즐비합니다."

"그런 걸 먹으면 탈 납니다."

이범석은 이에 대해 다소 우려를 표명했고, 나 또한 그걸 무시하지는 않았다.

"원래 이사할 때는 고사를 지내는 게 한국의 아름다운 전통 예법이라면서요?"

"예? 예. 잡귀를 내쫓는다고들 하는데, 그냥 미신입니다."

"미신이면 어떻습니까. 중요한 건 조선인들에게 그런 관례가 있다는 게지요. 병사들이나 모아주십쇼. 고사 지내게."

그래서 고사를 지내기로 했다. 아주 성대하게.

"다 끄집어내!"

"이거도, 이거도. 이거도 다. 싹 다 끄집어내."

와장창창!

총독부 청사 앞은 때아닌 난장판으로 바뀌었다. 아. 이게 쥐불놀이구나. 그동안 내가 하던 쥐불놀이는 가짜에 불과했다. 고맙습니다, 몽양 선생님. 제가 불태울 집기류를 이렇게 많이 남겨주시다니. 역대 총독들의 초상화, 으리으리한 테이블, 비싸 보이는 조각상 등 일본 애들이 제발 돈 줄 테니 가져가게 해달라고 빌 만한 귀중품들이 자유대한군단 병사들의 손에 하나씩 들려 나와선 망치로 찍히고, 패이고, 으깨졌다.

"모두 다 나오시오!"

"김 장군께서 오늘로서 이 땅의 정기를 바로잡고 왜놈들의 잔재를 싹 태워버리기로 하셨으니 손 남는 자들은 모두 나오시오!"

이게 무슨 일이여, 하고 빼꼼 고개를 내비친 구경 좋아하는 민족은 곧이어 흥겨운 풍물패 한마당과 착한 미국인들이 베푸는 먹거리를 한아름 안은 채 이 즐거운 고사에 끼어들었다.

"넘어… 간다!!"

우지끈 소리 한번 요란하고요. 내면의 폭력성을 한번 분출한 뒤에는 당연히 자아비판의 시간.

"잘못했습니다! 저희가 잘못했습니다!"

"조선인 앞에 사죄하겠습니다. 고통받은 모든 분들께 사과드립니다!"

"저는 매국노입니다! 달게 심판을 받겠습니다!"

악질 친일파로 명성 자자하던 자들이 줄줄이 끌려나와 조리돌림당했고, 서대문형무소로 끌려가는 그들을 향해 무수한 짱돌 세례가 베풀어졌다. 사람 먹을 계란도 없으니 아쉽지만 계란 세례는 없었다. 유신이한테 양계용 닭을 좀 많이 보내라 해야겠구만.

그렇게 해가 지고 어둠이 깔리면 뭘 하는가? 당연히 대망의 캠프파이어.

아리랑… 아리랑… 아라리요…….

황성 옛터에 밤이 되니 월색만 고요해…….

후끈후끈 타오르는 불길에 더불어 가슴을 자극하는 BGM까지. 역시 수련회 메타는 최고야. 무수한 코흘리개 어린이들의 눈물을 뽑던 검증된 수법답게, 얼굴이 시뻘게져 각종 집기를 즈려밟던 조선인들 또한 눈이 퉁퉁이처럼 부은 채 귀가했다. 총독부 청사와 총독 관사를 재사용하기 위한 사소한 의례를 거친 후엔, 온갖 저명인사들과의 면담이 날 기다리고 있었다. 내가 경성에 발이 묶인 사이에도 미군은 개성을 넘어서 평양을 향해 쭉쭉 진격하고 있었으니 사실 큰 상관은 없었지만, 차라리 야전이 그립다. 너무 피곤해. 하지만 나는 여기 머물러 있어야만 했다.

"어서 들어가라, 이 왜놈 자식아!"

"장군께 썩 무릎 꿇고 빌어라!"

"히, 히익. 살려주십쇼. 땅도 재산도 다 바치겠습니다. 부디……."

자유대한군단원들이 한 일본인을 험악하게 끌고 와 내 앞에 대령하고는 조용히 사라졌다. 조금 전까지 처량하고 궁상맞게 자비를 애걸하던 그는, 보는 눈이 사라지기가 무섭게 옷을 툭툭 털고 내 앞에 앉았다.

"킨 장군님. 어쩌다 이리 마르셨습니까?"

"비썩 마른 건 피차일반인 것 같습니다."

"흐흐. 괜찮습니다. 저도 장군님 이름 팔아 돈벼락을 맞았으니까요."

야마다는 싱글벙글 웃으며 꼬깃꼬깃 접은 종이 몇 장을 내게 건네주었다.

"북미의 포드사에서 조선미쓰비시—포오드자동차로 보낸 전문들이고, 거기 포함된 암호를 해독한 평문입니다."

"늘 고맙습니다."

도청과 감청이 합법인 지금, 공식 루트를 밟기에 찝찝한 정보는 이렇게 받아 보고 있었다.

"급히 보고드릴 사항이 이와 별개로 한 건 있습니다."

"뭐지요?"

"무기류의 수량이 맞지 않습니다. 우리가 직접 제공한 물량에 더불어 무기고와 군수공장을 털어 확보했을 무기의 양. 그리고 이번에 회수한 무기의 양이……."

"얼마나요?"

"심각하리만치 차이 납니다. 장군님. 저들은 무장을 해제하지 않았습니다."

총과 탄약을 반납하면 맛 좋은 초콜릿과 달러 지폐, 그 외 원하는 현물로 교환해준다고 했는데도 이 지경이라. 당장 하루 먹을 밥을 고민해야 하는 일반인들은 진작 다 쓰지도 못할 총을 반납한 지 오래. 그러면 뻔하지 않은가. 건국동맹 밑에 있을 무장세력 상당수는 여전히 그 무기를 갖고 있는 셈이다. 뭐. 빨갱이가 다 그렇지.

"몽양 선생은 다른 말을 하시던데."

"장군께서도 아시잖습니까. 숫자는 거짓말을 하지 않습니다."

"그분은 몰라도, 아랫놈들 생각이야 뻔하지요."

그깟 무기 좀 들고 있다고 뭘 할 수 있겠냐마는… 별로 행복한 소식은 아니다. 잠시 빨간 친구들을 어찌 요리할까 고민하던 나는 야마다가 건네준 서류를 힐끗 훑어보았고, 그대로 굳어버렸다.

"혹시 여기 적힌 내용은 보셨습니까?"

"제가 해독했으니 부득이하게 내용을 알게 되었습니다. 그 누구의 손도 거치지 않고 있습니다."

"당분간은 잊어주십시오."

"알겠습니다."

원래는 야마다와 이야기해야 할 사항이 조금 더 있지만, 갑자기 머리가 복잡해져 축객령을 내렸다. 신탁통치. 시인탁? 시이이인탁? 신탁주택연금도 명의신탁도 아니고 신탁통치?

[영국 제안. 소련 반대. 중국 기권. 미국 찬성.]

[종전 후 외무장관급 회담에서 재논의 예정.]

그리고 이에 대한 세부사항들. 나는 잠시 방 안을 이리저리 빙글빙글 돌아다니다, 술잔을 꺼냈다. 후. 릴렉스. 릴렉스. 나무아미타불 관세음보살 할렐루야 아멘 인샬라. 아직 확정은 아니고, 종전 후에 재논의라고 했으니 시간 여유는 충분하다. D.C.로 돌아가 여론을 좀 마사지해주면 크게 문제는 없겠지. 유신이나 이 박사가 병신도 아니고, 사실 알아서 잘할 것 같기도 한데. 그래도 약속이 깨진 듯해 영 마음이 찝찝하다. 거, 나랑 상의는 좀 하고 지르지 그랬나.

아니지. 월레스 대통령은 그래도 사람은 착한 양반이다. 영국 제안이라고 했으니 보나마나 대요괴 처칠의 혓바닥이 또 잘못한 것 아닐까? 가서 서로 잘 이야기하면 오해가 풀릴지도 모르지. 미국인이 아시아에 무식한 게 어디 하루이틀 일인가. 그럼그럼. 여기서 내 통수를 까는 건 전혀 이득 볼 행동이 아니다. 내가 모르는 뭔가가 더 있을 듯하니 일단은 기다려 봐야겠다. 이 시골에 처박힌 날 쑤셔서 얻을 게 없잖아? 나는 읽다가 만 서류 가장 밑으로 시선을 옮겼다.

[본 안건은 조선 전역을 뒤흔들 중대 문제인바, 이를 이용하면 소련 끄나풀들의 세를 크게 꺾을 수 있을 것으로 사료됨.]

"캬."

이걸 이렇게 쓰자고? 역시 이 박사야. 독립운동은 몰라도 정치질은 아주 괴물이에요, 괴물. 비록 빨갱이래도 서로 대화를 통해 합의를 볼 수 있을 줄 알았는데, 초장부터 무기나 꿍쳐두는 놈들 아닌가. 설마 총기를 너무 사랑하게 돼서 애인처럼 껴안고 자는 용도로 쓰는 건 아닐 테고. 이걸 어쩐다. 역시 착한 빨갱이는 죽은 빨갱이뿐인가?

6장
일본침몰

일본침몰 1

고독(蠱毒). 독을 가진 벌레, 지네, 두꺼비, 작은 짐승 따위를 한 항아리에 담아 서로 싸우게 하면, 마지막으로 살아남은 한 놈은 가장 지독한 독과 저주를 품게 된다고 한다. 일본제국이야말로 바로 그 항아리였으니. 대본영과 육해군이 싸우고, 육군과 해군이 싸우고, 육군성과 참모본부, 관동군이 싸우고, 해군 군령부총장과 연합함대사령장관이 싸우고.

"경성을 무력하게 내주다니, 대체 이게 어찌 된 일이오?"

"경성은 방어가 어렵고 공격자에게 유리한 땅이기에 평양에서 일전을 치를 예정이라 합니다."

"웃기는 소리!"

"남경이 함락되고 친일 정부가 무너졌습니다. 황국의 안녕을 위해 결단이 필요합니다!"

머리가 끝도 없이 돋아나는 히드라의 머리가 서로 물어뜯듯. 궁지에 몰리면 몰릴수록 이들은 합심해 적과 맞서기보단 자신만큼은 살아남기 위해 발버둥쳤다.

"철강 생산량이 20% 이하로 추락했습니다. 석탄은 기존 대비 10%로 추락했습니다."

"알루미늄 공급이 끊겼기에 추가적인 항공기 생산에 막대한 차질이 예상됩니다."

"식량은… 어찌하면 좋습니까?"

나라의 창고 사정을 아는 이들은 통사정을 했다. 싸우고 싶어도 싸울 판돈이 없는데 어쩌란 말인가. 그러나.

"지금 귀축영미는 오직 우릴 윽박질러 모든 것을 포기하라 강요하는 데 그 목적이 있습니다. 이래서야 타협의 여지가 없습니다."

"만세일계의 천황제만큼은 사수해야 합니다. 설마 반대하는 자들이 여기 앉아 있진 않겠지요?"

"황국을 위해 목숨을 초개처럼 바칠 특공 용사들이 가득하며, 일억 신민이 죽창을 깎아서라도 침략자의 가슴팍을 후빌 각오로 똘똘 뭉쳐 있으니 저들이 어찌 신주를 침범할 수 있겠습니까?"

"단 한 번의 큰 타격만 주면 됩니다. 몽고가 신주를 침략했을 때 그러했듯, 선발대에게 어마어마한 타격을 주기만 한다면 놈들도 강화에 응할 겝니다."

목소리 큰 놈이 이긴다는 인간 세상 불변의 법칙은 어김없이 작동했다. 무조건 항복은 절대 불가하다. 협상을 해서 천황제를 비롯한 핵심 사안에서만큼은 연합군의 양보를 받아야 한다. 협상 발언력이 있으려면 이겨야 한다. 어떻게 이길 수 있나? 몰루. 가장 중요한 문제를 도외시한 채 이들 강경파들이 내세우는 '반드시 관철해야 할 협상안'이란 이러했다.

1. 일본제국은 계속해서 만세일계의 천황이 통치해야 한다.
2. 일본 전범 재판은 일본이 직접 시행한다.
3. 일본군의 무장해제는 일본군이 직접 시행한다.
4. 연합군은 일본 본토에 주둔하지 않는다.

이 얄팍한 속셈을 꿰뚫어 보지 못할 이들은 이 자리에 없었다. 목매달려

죽기 싫단 그 심보가 너무 솔직하지 않은가.

"죽창으로 막을 수 있다고요? 킨유진을?"

"지금 당신들 육군은 그 야무진 죽창 전술을 논할 게 아니라, 지나와 조선에서의 추태를 해명해야 합니다."

"충용무비한 일억 신민이 싸울 준비를 마치면 무엇합니까? 조선에서처럼 싸웠다간 한 달이면 홋카이도로 쫓겨 갈 것 같소만."

그리고 터져나오는 반대 측 인사들의 야유. 그동안 정국의 주도권을 잡고 있던 것이 육군이니만큼 이들 강경파들 상당수가 육군 인사들이었고, 당연히 이에 반대하는 자들 상당수는 해군이었다. 진주만 기습의 주역, 미국인들이 반드시 목매달고 싶을 1호 전범 야마모토 이소로쿠는 항공모함 히류와 함께 '장렬한 최후'를 맞이했다. 그 자신도 어차피 살아봤자 재판과 사형 선고가 기다린다는 사실을 뻔히 알 터이니 죽는 순간에도 원망은 하지 않았으리라.

고작 명예 따위를 위해 자살이나 마찬가지인 공세에 차출되고 결국 가라앉는 배와 그 운명을 함께하게 된 것은 해군장병들 또한 육군과 별반 다를 바 없었지만, 이 자리에 앉아 있는 이들 중 그런 사소한 문제를 따질 사람은 아무도 없었다.

"황국보다 더 많은 자원, 더 뛰어난 기술, 더 많은 병력을 보유한 독일이 왜 패망했는지 아시오? 제대로 된 전략을 배우지도 못한 히틀러가 총통으로 그 권세를 휘둘렀기 때문이오."

"결국 나약한 정신력을 지닌 서구 열강의 한계가 드러난 겁니다. 강인한 정신력의 야마토 민족은 독일과는 사례가 다릅니다."

"길고 짧은 것은 대봐야 아는 법. 조선이나 지나는 그 땅의 민도가 낮아 사세가 불리해졌으나, 본토결전은 다를 것이외다."

나라가 망조에 접어들었다는 게 확연해진 뒤 쳇바퀴처럼 이런저런 회의가 열렸지만, 언제나 그랬듯 제대로 된 답은 나오지 않았다. 그래도 회의랍시고 모여 떠들었으면 최소한 위에 올릴 보고서는 있어야 하니, 대개 나오는 결론의 꼬락서니가 대동소이했다.

'가미카제 특공대를 더욱 늘리자.'

'가미카제에 특화된 항공기를 만들어 더 효과적인 가미카제를 하자.'

'굳이 항공기일 필요도 없다. 유인 로켓을 만들어 들이박자.'

'폭탄을 가득 실은 보트를 몰고 가 미제에게 들이박자.'

'자살용 유인 어뢰를 만들어 상륙할 적을 타격하자.'

'잠수복을 입은 병사들에게 기뢰를 쥐여주고 육탄 공세를……'

이미 15세부터 60세까지의 남성, 그리고 17세부터 45세까지의 여성을 대상으로 한 징병령을 선언한 일본은 제정신이 아니었다. 물론 회의석상의 인물들 중 골수까지 광기가 들어찬 이들의 수효는 그리 많지는 않았다.

'가장 먼저 평화라는 말을 꺼내는 놈은 끝장이다.'

'그냥 망하면 다행이지. 대가리에 피도 안 마른 애송이들 칼에 맞아 죽을지도 모른다.'

정권을 쥐기 위해, 파벌의 이익을 위해 뿌렸던 군국주의의 씨앗. 어려서부터 그 세례를 받고 자란 이들이 수틀리면 총리고 대신이고 거침없이 죽여댄다는 사실은 대낮에 개처럼 죽어나간 그들의 선배들이 묘지에 묻혀 증명하고 있었다. 이제 이들이 믿는 구석이라고는 오직 하나, 불가침조약을 맺은 소련밖에 없었다. 그러나 소련으로부터 기대하던 중재 소식은 날아오지 않았고, 그 대신 포츠담 선언이 이들에게 다가왔다.

'일본을 세계 정복이라는 잘못된 길로 이끈 모든 이들의 권력과 영향력을 영구적으로 배제한다.'

"이는 천황 폐하를 끌어내리겠다는 귀축영미의 선언이나 진배없습니다!"

"오직 옥쇄만이 해결책입니다! 사무라이의 혼을 보여줘야 합니다!!"

감히 천황제를 지켜야 한다는데 어찌 반론을 꺼낼 수 있겠나?

'연합국은 군복 입은 자들을 죄 목매달길 원하고 있다.'

'이대로라면 교수대 아니면 총살장 둘 중 하나. 순순히 죽을쏘냐?'

절대 받아들일 수 없었다. 설령 일억 신민이 전부 죽어나자빠지는 한이 있더라도. 이들과는 조금 상황이 다르긴 하였지만. 천황 히로히토 또한 머리를 쥐어뜯기로는 매한가지. 제국의 전진기지였던 부산이 미제 승냥이들의 전진기지로 전락하기 무섭게, 신주로 날아오는 무도한 폭격기들의 숫자는 더더욱 늘어났다.

폭탄을 떨구고, 제초제를 뿌리고, 소이탄을 날리고. 쌀알 머금은 벼로 가득해야 할 농토 위에서 농민들이 통곡하고. 제국의 혈관이 되어 바삐 오가야 할 철도는 절맥(絶脈)된 것마냥 제대로 이어진 곳 하나가 없고. 신민들을 품어야 할 도시는 지옥의 불구덩이로 변모해 간신히 목숨만 건진 무수한 이들이 산과 들로 도망치고 있다는 보고만이 올라오고 있었다.

어째서. 어째서 신(神)인 자신이 이런 꼴에 처해야 한단 말인가. 이기고 또 이겨서 위대한 황제가 되어야 할 내가 어째서 이런 굴욕을 겪어야 하는가 말이다. 이게 다 망할 군인 놈들 때문이다. 큰소리만 위풍당당하게 치고 정작 승리는 거두지 못한 놈들.

"폐하. 어찌하면 되겠사옵나이까?"

"소련은 응답이 없는가? 그대들은 반드시 소련이 개입해주리라고 상주하지 않았는가."

"황공하옵나이다."

"황실을 지킬 방도는 정녕 없는가? 경들은 정녕 모든 수단과 방법을 궁구해 보았노라 말할 수 있는가?"

히로히토가 돌리고 또 돌려 물어보는 말을 찰떡같이 알아듣지 못하면 여기까지 올라올 수도 없다. 마침내 천황의 입에서까지 은근한 암시가 나오자. 그동안 절대 입 밖으로 꺼낼 수 없었던 '플랜 B'가 수면 아래에서 조용히 거론되기 시작했다. 자택에서 반 연금된 채 소일하고 있던 전직 외교관,

오오타 타메키치가 풀려난 것은 그때부터였다.

* * *

1942년 11월.

이미 경성에서 옥쇄하는 대신 권토중래하여 때를 기다리기로 결심하였으니, 조선군이 더 북쪽으로 올라가는 데엔 그 어떠한 거리낌도 없었다. 물론 처음에는 반발이 없지 않았다.

"평양에서는 적어도 한번 일전을 치러야 하지 않겠습니까?"

"제아무리 미군이 강하다곤 하지만, 저들도 급히 움직이고 있으니 반드시 빈틈이 있을 겁니다. 지금 군기를 불사를 각오로 돌격하면 큰 피해를……."

"지금 싸우면 훗날 관동군이 내려왔을 때 호응하기 어렵다. 우리만을 믿고 의지하는 신민들이 있는데 어찌 가벼이 움직일 수 있으랴?"

핑계로 댈 것들은 참으로 많았다. 조선인들이 날로 저 불령선인들 무리에 가담하여 산자락마다 빨치산이 즐비하니 보급이 어렵다든가, 피난 온 내지인들을 모두 지키자니 철로가 습격받아 여객 열차가 비적들에게 노략질당하고 있다든가. 아무튼 이 지경이 될 때까지 꼼짝 않고 있는 관동군이 다 잘못한 거라든가. 차라리 한 판 크게 붙어 어떻게 비벼볼 여지가 있다든가, 혹은 절해고도 한가운데여서 퇴각할 곳이 없다고 하면 또 모른다. 옥쇄를 결심했을지도.

그러나 경성을 곱게 내주고 킨 장군의 호의를 살 여건을 마련했는데, 굳이 평양을 잿더미로 만들어 그 호의를 도로 까먹을 짓을 왜 하겠는가? 일본군이 쭉쭉 퇴각하니 따라붙는 미군 또한 발걸음이 바빠졌고. 그즈음 이들 양키들은 아침마다 눈을 비비며 지니고 있던 온도계를 바라보게 되었다.

"지금 온도가 몇 도라고…?"

"30.2°F(−1°C)라는데?"

"이 피용—엥이라는 곳은 나폴리보다 위도상으로는 더 아래인데, 대체 어떻게 되어먹은 좆같은 땅이지 여기는?"

춥다. 좀 많이 춥다. 당장 이곳에 있는 이들은 올여름을 태평양, 그리고 필리핀에서 보낸 이들 아닌가. 바람 한 번 몰아칠 때마다 뼈가 시리고 턱이 절로 딱딱대며 내가 사람인가 호두까기 인형인가 의심하게 되니, 민가가 보이기만 하면 일단 쳐들어가 가죽옷 따위를 찾게 되는 것도 당연한 일이었다.

"내가 애들 월동 장비 준비해 놓으라 하지 않았나?"

"그, 그렇습니다."

"그런데 왜 매일마다 내가 추워 뒤지겠다는 소릴 듣고 있어야 하나?"

경성의 보급 담당자들은 그저 대가리를 박는 것밖에 할 말이 없었다. 하지만 억울했다. 그들이 군산에 상륙할 때까지만 해도 제법 따뜻한 날씨 아니었던가? 이 조선이란 곳은 온난습윤한 곳 아니었나?

"그것이, 당장 식량과 탄약을 추진하는 것만으로 이미 이 반도의 교통 수용량이 한계였습니다."

"아직 12월도 아니니, 우선순위를 높게 잡진 않았었습니다. 즉시 동계용 피복을 보내도록 하겠습니다."

유진 킴은 그 모습을 보며 절로 혀를 찼다. 하긴 말로 암만 조베리아가 어쩌고 양구와 철원이 저쩌고 떠들어봐야 이 아메리칸 피플들 귀에 들어갈 턱이 있겠는가. 코딱지만 한 주제에 사막 빼고 다 있는 이 나라가 이상하지. 아무리 생각해도, 한겨울에 미군을 개마고원에 들이박는 건 상책이 아니었다.

"진격 중단합시다. 적당히 거점 잡을 곳들까지만 잡고."

"…알겠습니다."

"저는 D.C.에서 상의해야 할 일이 좀 있으니 잠시 믿고 맡기겠습니다."

킴이 막 폭격기에 올라타 본국으로 향할 때쯤, 붉은 군대가 만주 국경을 넘어 진격하기 시작했다.

일본침몰 2

워싱턴 D.C.는 평화로웠다.

"그러니까, 뇌물을 안 받으면 그 역겨운 카르텔에 낄 수가 없고, 그 카르텔에 끼지 않고서는 전쟁을 수행할 수 없었단 말씀이시군요."

"바로 그겁니다."

"받긴 받았단 말이군. 말세구만."

"그깟 기자 놈팽이들의 말을 믿으십니까? 모택동은 명백히 한 나라를 뒤집어엎으려 하는 반란분자입니다! 무장 반군이라고요!"

"그리고 장개석은 그 무장 반군 공산당을 제외한 모든 반대파를 무력으로 탄압하고 있지요. 귀하께서는 바로 그 장개석의 돈을 받아먹고 그를 지원했고요."

"제가 받아먹지 않았으면 장개석은 제가 딴 꿍꿍이가 있다고 여겼을 겁니다."

"제발 미친 소리 좀 적당히 하세요. 세상에 그따위로 돌아가는 나라가 어디 있습니까?"

"세상엔 그딴 나라가 버젓이 존재한단 말이야!!"

"그럼 그딴 나라는 망해야 하지요! 미합중국이 손잡을 대상이 아니라!"

음… 정정하겠다. 별로 평화롭지는 않은 것 같다. 나로서는 내가 꼬드겨 중국행 비행기에 태웠으니 드럼에 대한 아주 약간의 책임감이나 부채의식 비스무리한 무언가를 느끼긴 했지만, 반대로 또 약간의… 한심함도 느끼고 있었다. 세상에, 대체 얼마나 처먹었길래 이 난리가 난 거지? 하다못해 뷔페 같은 곳에만 가도 먹다 먹다 토할 만큼 먹으면 미련하단 소리를 듣는데, 금은보화를 토할 만큼 먹었으니 이 사달이 나는 건 너무 당연한 일 아닌가. 대충 돌아가는 현황을 파악한 후, 나는 사적인 친분을 이용해 국무부 분위기를 파악하려 했었다.

"모택동은 위험한 인물입니다."

"하지만 장개석 또한 위험하긴 매한가지입니다. 대원수께서도 잘 아시잖습니까? 우리가 장개석을 후원하면 할수록 중국 인민들은 우리마저 더 싫어하게 될 겁니다."

으음, 맞는 말이군. 부정할 수 없다.

"하지만 모택동 또한 공산주의자입니다. 그리고 공산주의자들이 한 입으로 두말하는 일은 너무 흔한 일이구요. 만약 모택동이 정권을 잡는다면, 그는 가장 먼저 우릴 배신하고 자신의 권력을 강화할 겁니다."

"다른 사람도 아닌 장군께서 그런 말을 하십니까? 마찬가지로 공산주의자인 호치민이나 티토를 신뢰할 수 있는 인물이라고 강변하신 장군께서 말입니다."

후. 2연패. 아직 냉전이 터지지도 않은 지금, 대놓고 자신이 친미 민주 인사라며 언론플레이를 하는 모택동을 쳐내는 건 나로서는 참 어려운 일이었다. 물론 작심하고 내가 보유한 많은 손패를 털면 모택동을 견제할 수야 있지. 근데 정치란 결국 카드게임과 같다. 액션을 하려면 내 손에 쥐고 있는 패를 사용해야 한다.

모택동을 견제하는 일이 그만한 가치가 있는가? 내 안락한 은퇴 라이프, 귀여운 금괴, 일본 상륙작전, 신생 한국의 경영같이 중차대한 일들이 앞으로 즐비한데 이 많은 것들을 뒷전으로 미뤄둘 만큼 중요한가, 아니, 애초에 견제가 되긴 한가. 딱히 그건 아닌 것 같거든.

이미 드럼의 금품 수수 같은 소소한 문제는 모두의 관심사에서 멀어지고 있었다. 핵심 사안은 바로 장개석이었고, 나는 임정이라는 단체를 통해 장개석과 엮여 있었다. 여기서 타고 올라가 나를 쑤시는 게 전혀 불가능한 일은 아니다. 내가 했던 일 중에 당장 100% 깨끗한 일이 몇 건이나 된다고? 관동대지진 때 일본 정변에 슬쩍 가담한 것부터 엄연히 외국의 무장단체인 임정에 무기 팔아먹기까지… 하나같이 제대로 터지면 신나는 청문회감이다.

물론 이 시점에서 나를 쑤셨다간 판 자체가 아무도 감당 못 할 만큼 커져버리고, 찔린 내가 가만히 있을 리도 없다. 그러니 대충 '우리 서로서로 고자킥은 날리지 않기로 해요.' 수준의 물밑협상으로 시마이 쳐야지. 아무튼 지금 드럼은 우선순위 1위까지는 아니다. 좀만 고통받고 있으라고. 과식하면 배탈이 난다는 좋은 교훈을 깨닫길 빈다. 이제 첫수를 둘 차례였고, 당연히 첫 착수 지점은 우리의 친구 해군이었다.

"혹시 대통령 각하의 귀에다 헛바람 불어넣은 게 당신이오?"

난 정말 물개가 싫어. 무례하거든. 하지만 착한 유진 킴은 한 번쯤은 참아줄 수 있다. 내가 해군이었다면 지금쯤 눈에 핏줄을 번들번들 세운 채 권총을 뽑아 들고 돌아다니고 있을 것 같으니까. 이 아름다운 역지사지의 마음가짐을 보라.

"혹시 못 보던 사이에 매독이라도 걸리셨습니까? 페니실린 필요해요?"

"아니란 말이군."

킹은 혓바닥으로 독설을 쏘는 대신 술만 연신 홀짝였고, 리히 대원수는 킹에게 무어라 한소리 하려다 그냥 앓는 소리만 내고는 고개를 돌렸다.

"대통령께서는 갑자기 일본에 직접적인 상륙작전을 벌이는 걸 무척 궁정적으로 검토하고 계시네."

"절대 안 될 말입니다. 가만히만 있어도 굶어 죽을 놈들에게 총알을 박아 넣기 위해 우리가 왜 움직여야 합니까?"

"해군 내에서는, 육군이 전과를 더 늘리기 위해……."

"절대 그럴 일은 없습니다. 중국과 한국에 이미 막대한 병력을 투입했습니다. 추가로 일본 본토에 상륙하기 위한 병력의 숫자가 모자랄뿐더러, 우리의 보급 역량이 그걸 감당할 수 있을지도 의문스럽습니다."

내 반박에 이어 마셜의 대답이 이어졌으나, 늙은 리히의 얼굴에선 주름이 가실 줄 몰랐다.

"그 병력을 소련이나 영국에서 벌충하려는 듯하더군."

"미치겠네, 진짜."

11월 3일, 미국 상하원 및 주지사 선거가 있었다. 미국 선거는 다소 독특한 감이 있다. 하원의원은 2년 임기제고, 매 선거마다 전부 투표를 한다. 하지만 상원의원은 6년 임기제고, 매 선거마다 전부 투표를 하는 게 아닌, 1/3씩 나누어서 임기가 끝나 선거를 치르게 된다. 총 96석의 상원 의석 중 이번 선거 대상은 35석이었고, 여기서 공화당은 승리를 거두었지만 여전히 민주당은 다수당 지위를 유지했다. 하원 또한 마찬가지. 굉장히 근소하게 따라붙긴 했지만, 그래도 여소야대를 이루지는 못했다. 한마디로 말해, 특정 정당이 잘해서 또는 잘못해서 표를 받았다기보단 각 후보의 개인기로 결판 난 게 이번 선거라고 볼 수 있겠다.

"아무래도, 2년 뒤의 대선을 고려한 움직임 아니겠나."

"2년이나 남았잖습니까. 일본이 항복할 때까지 단단히 밀봉해 놔도 전승 대통령 소릴 듣는 덴 아무 문제가 없습니다."

"민주당 내 당권 싸움이 격화되고 있네. 그들을 제압하기 위한 치적이 필요한 모양이지."

군바리들끼리 정치 이야기를 한들, 뭐 뾰족한 수가 나올 리가 없다. 아무튼 우린 육해군 모두가 상륙에 반대한다는 사실을 확인한 데 의의를 두었고, 군부가 일치단결해 본토 상륙작전이 무익하다는 의견을 제시하기로 합의를 보았다. 백악관의 부름을 받은 건 그 직후였다.

* * *

백악관 터가 별로 안 좋은가. 아니면 권력의 핵심이란 원래 다 그럴 수밖에 없는 건가. 여기로 끌려올 때마다 행복했던 적이 별로 없는 것 같다. 아니지, 아냐. 대부분은 전쟁 중에 왔으니까 행복하면 그게 더 이상하지.

"합중국 최고의 전쟁영웅을 이렇게 뵙게 되니 감회가 새롭구려, 킴 장군."

"대통령 각하께서도 얼굴이 많이 펴신 듯하니 마음이 놓입니다."

"온 유럽을 피로 물들이던 히틀러가 죽었잖소. 하나 된 우리의 뜻이 정의에 맞닿아 있다는 신의 뜻이겠지."

뭔가 미묘하다. 헨리 월레스라는 사람을 직접 접한 적이 많지는 않지만, 그래도 사람은 좋았던 것 같은데. 지금은 뭐라고 해야 하나… 어울리지 않는 옷을 걸친 느낌? 아냐. 좀 더 정확한 표현이 있을 텐데. 나는 잡힐 듯 안 잡힐 듯 긴가민가한 느낌을 잠시 마음속으로 밀어넣고, 미리 준비했던 선물을 바쳤다.

"이게 뭐요?"

"하하. 별건 아닙니다. 저희 집안이 운영하는 기업에선 매번 백악관 주인 되신 분들께 소소한 헌정 카드를 제공해드리고 있지요. 이번에도……."

"아아. 그놈의 카드구려. 나는 됐소."

월레스는 포장을 뜯지도 않고 손사래를 쳤고, 나는 얼른 품속에 다시 딱지를 집어넣었다.

"지금은 전시잖소? 종이 한 장이라도 아끼자고 다들 야단법석인데, 이

나라의 일인자인 대통령이 사소한 것이라지만 받았다간 어떤 뒷말이 나올지 모르잖소."

"과연 그렇군요. 제가 어리석었습니다. 회사에는 잘 말해 놓도록 하겠습니다."

"어린애들 가지고 놀라고 만드는 오락거리에 나이 지긋한 어른들이 심취한 것부터가 좀 모양새가 안 좋잖소. 내가 부통령직에 올랐을 적, 여야를 가리지 않고 의원이란 작자들이 술이나 진탕 마시고 그놈의 오락 삼매경에 빠져 있는 모습이 참 보기 안 좋았었지. 하지만 내가 단호하게 이를 금지시키니 누구도 항변하지 못했소. 그래도 부끄러운 줄은 알았나 보지."

그, 그렇군요. 근데 그, 제가 명목상으론 사장인데 그렇게 말씀하시면 좀 슬프걸랑요.

"아. 귀관에게 무어라 하는 게 아니오. 채신머리없이 애들 놀음에 끼어드는 어른이 잘못된 거지."

"하하. 각하께서 모범을 보이셨으니 이제 다들 잘 알았을 겁니다."

"그럴 리가. 갑자기 벼락출세해 대통령이 된 사람을 누가 진정 마음으로 따르겠소? 그 작자들은 장소만 의회 바깥으로 옮겨서 하던 짓을 그대로 하고 있소. 부통령이든 대통령이든 무시받긴 매한가지란 소리지."

아니, 남들이 카드게임 좀 한다고 무시당한다고 생각하면 너무 멀리 나간 거 아닙니까? 이 듀얼이라는 게 언어영역, 수리영역, 사회탐구까지 모두 공부할 수 있는 두뇌 계발 아이템이거든요. 치매 예방과 노화 방지에도 탁월한 도움이……

"킴 장군."

"옙."

"섬너 웰즈가 낙마한 이래, 대통령인 내가 믿고 쓸 수 있는 사람이 그리 많지가 않소. FDR의 미완성 악보를 이어받아 더 훌륭하게 매듭짓고 있는데도 불구하고, 당리당략과 사리사욕에 얽매인 D.C.의 꽉 막힌 작자들은 나를 도울 생각은커녕 날 음해하는 데 여념이 없더구려."

"…참으로 노고가 크십니다."

서두가 긴데. 우리가 저런 말을 할 만큼 친했던가?

"킴 장군 그대는 전쟁영웅이기도 하지만, 프랭크의 유지를 잇는 이기도 하오. 그렇잖소?"

"저는 군인으로서 명령에 따랐을 뿐입니다."

"하하. 그런 당연한 말은 굳이 할 것 없소. 따지고 보면 결국 귀관이 지휘봉을 잡게 된 것도 모두 프랭크의 안배잖소?"

딱히 부정은 하지 않았다. 내가 좀 이름 날리긴 했지만, 결국 누구를 사령관 자리에 앉힐지 결정하는 건 백악관이었으니까. 어차피 이 천조국은 완전 무능한 머저리를 그 자리에 앉히지 않는 이상, 평타만 치는 장성을 앉혔어도 결국엔 승리했을 테고.

"날 좀 도와주시구려."

"저야 당연히 명을 받으면 따라야 하지요."

"오, 그런 원론적인 이야기가 아니라는 건 귀관도 잘 알고 있잖소? 우리가 이룩한 이 평화를 파괴하려는 저 주전론자들에 맞서려면 귀관이 나를 더욱 적극적으로 도와줘야만 한단 말이오."

"제가 혹시 뭔가 더 해야 할 일이 있습니까?"

내 목소리는 점점 더 딱딱하게 굳어져 가고 있었지만, 반대로 월레스의 표정엔 생기가 흐르기 시작했다.

"민주당에 입당해주시오."

"죄송합니다만, 저는 당색이라 할 만한 게 없습니다. 정치에는 관심도 없고, 특별한 사상 또한 없지요."

지금 무슨 소릴 하는 겁니까. 도로시한테 샷건 맞으라고 고사 지냅니까? 맥아더가 얼굴이 시뻘게져서는 내 멱살을 붙들 텐데 그건 어떡하고?

"그러니 더더욱 좋은 일 아닌가 싶소만. 귀관이 민주당 당사에 들어서면 공화당 지지자들을 대거 끌어올 수 있을 테지. 당장 민주당 내부의 딕시들이나 미래를 보는 눈이 없는 놈들이 모든 걸 망치기 전에, 귀관과 같은 인물이 당을 다잡아줘야 한단 말이오."

"각하께선 그 누구보다 더 잘 알고 계시겠지만, 제 입지는 단순히 전쟁터에서 쌓아올린 공적 때문만이 아니라 지금의 이 미묘한 포지션을 지켰기에 생긴 겁니다."

"아, 그건 걱정 마시오. 귀관과 나, 이 세계대전을 승리로 이끈 우리 두 사람이 함께한다면 지금의 입지는 아무것도 아닐 만큼 더 높은 곳으로 올라갈 수 있을 게요."

묘하게 대화가 헛돌고 있다. 나는 잠시 내 앞에 놓인 커피잔을 집어 들고 생각에 잠겼다. 몇 년을 전쟁터만 뱅글뱅글 돌아서 그런가, 아직 정계의 흐름을 훤히 꿰뚫을 만큼 빠삭하진 못하다. 그런데도 불구하고 지금 월레스가 꽤 급하다는 것 정도는 알 수 있지. 옛날에 비슷한 말을 한 적이 있는 것 같다. 일단… 몸값은 확인해봐도 괜찮겠지.

"만약 제가 각하의 요망에 응한다면… 외람되지만 제게 무엇을 해주실 수 있겠습니까?"

"…무엇이라니?"

"그, 아시잖습니까. 두 번 다시 못 물릴 중대한 결정을 내리는데, 오가는 게 좀 있어야……."

"전쟁부장관 어떻소?"

그건 주는 게 아니라 떠맡기는 거잖아. 전쟁 끝난 직후의 전쟁부장관 자리라니. 그런 불지옥에 사람을 밀어넣으려면 페이를 더 쳐줘야지. 지금 장난합니까 휴먼? 묵묵부답으로 침묵만 지키고 있으니, 월레스는 한 가지를 더 얹었다.

"이 전쟁이 끝나면 전쟁부와 해군부를 통합해야 한다는 이야기가 있었소. 전쟁부 겸 해군부장관. 이만하면 되겠소?"

"그건… 각하께서 제게 맡기길 원하는 자리지, 제게 득이 될 요소가 아닌 듯합니다만."

"대체 뭘 더 원하는지 모르겠군. 그냥 마음 편히 말하시구려."

전혀 편하지 못한데. 지금 대가를 먼저 제시해야 할 사람이 누구인 것 같습니까?

당혹스러워하던 월레스는 자리에서 벌떡 일어나더니, 잠시 무언가를 골똘히 생각하다 입을 열었다.

"혹시 고향 때문에 그러시오? 그거라면 내 당연히 양보하리다."

"아, 네……."

"귀관이 원하는 인사를 조선 총독으로 부임시키겠소. 일본 군정장관도 마찬가지. 이제 원하는 바는 다 들어준 것 같소만."

"조선 총독이라니요?"

"귀관이 그토록 마음 쓰고 있는 조선인들이 군정 같은 모욕적인 처사를 받게 생겼잖소. 대체 누가 무슨 생각으로 그런 몹쓸 짓을 해놨는진 모르겠지만 내가 다 바로잡아 놓았소. 소련이 이상하리만치 소극적이긴 하지만, 내 장담컨대 그들은 세계에서 가장 훌륭한 4개국의 도움을 받아 자립할 수 있을 게요."

나는 순간적으로 내 귀를 의심했다. 그, 죄송한데, 제가 거기에 미군정 말뚝 박으려고 D.C.에 뿌려댄 사과 상자가 몇 개인 줄 아십니까? 애초에 태평양 가고 싶다는 사람을 히틀러랑 싸우게 보낸 사람은 또 누군데?

"대통령 각하께서 이토록 저희 아버지의 동향 사람들을 챙겨주시니 감사할 따름입니다. 그렇지만……."

"이보시오, 킴 장군. 도대체 원하는 게 뭐길래 이토록 서두가 깁니까. 솔직히 나로서는 조금 당황스러워요."

"저는 딱히 원하는 게 없습니다. 굳이 말씀드리자면, 그저 루즈벨트 전 대통령과의 합의가 이루어지길 소망할 뿐입니다."

"또 루즈벨트입니까. 또. 내가 이 자리에 앉은 지가 언젠데 또 그놈의 루즈벨트입니까?"

숨이 턱턱 막힌다. 내가 지금 벽에 대고 이야기하고 있나? FDR이 인수인계 하나도 안 했나? 웰즈 그 양반은 죽은 것도 아니면서 뭘 했고?

"혹시 지금, 다음 대선 생각하고 계시오?"

"예?"

"역시. 그럼 그렇지. 전쟁영웅이 노릴 곳이라곤 이 자리뿐이지. 그렇지 않고서야 이토록 미적댈 수가 없어."

시발, 왜 혼자서 북 치고 장구 치고 꽹과리에 상모돌리기까지 하고 있냐. 그딴 거 줘도 안 한다니까!!

"하지만 내가 제법 D.C.에서 잔뼈가 굵어지면서 느낀 게 있소. 단숨에 대통령직을 거머쥐기보단 일단 부통령부터 합시다."

나는 내 앞에서 연신 떠들어대는 이 인간이 화성인인가 금성인인가를 고민해야만 했다. 이놈은… 병신인가?

일본침몰 3

《책상은 책상이다》라는 단편 소설이 있다. 아직 1942년인 지금, 이 이야기를 아는 사람이 없는 것으로 보아 뒷날 쓰일 글인 것 같다. 거기 나오는 주인공은 세상 만물의 이름을 전부 제 꼴리는 대로 붙인다. 혼자서 책상을 사진이라고 부르고, 수박을 몽미라고 부르고 뭐 아무튼 그랬다. 중요한 건 그 주인공이 사전을 어떻게 뜯어고쳤느냐가 아니니까.

주인공은 결국 남들과 대화할 수 없는 몸이 되었고, 히키코모리가 되어 혼자 놀게 된다. 그리고 놀랍게도, 그 소설의 주인공이 지금… 백악관에 앉아 있는 듯하다. 세상에나. 나는 머리가 멍해져서는 터덜터덜 집으로 돌아왔고, 푸릇푸릇한 마당을 보니 내 상처받은 멘탈도 아무는 듯했다.

"아, 왔나?"

"여기, 제 집 맞지요? 남의 집에 잘못 들어온 거 아니지요?"

"그렇네만."

남의 집 정원에서 뽀삐 쓰다듬어주면서 태연스레 책을 읽고 계시는 이 전직 전쟁부장관, 이제 선거에서 당선되어 다시 캔자스 상원의원이 된 남자를 보라. 더글라스 맥아더는 잔 두 개를 뒤집고는 숙련된 포즈로 병을 열었다.

"한 잔 받지."

"챙겨 오셨습니까?"

"아니? 자네 집 지하 창고에 있던 물건이지."

"하."

나는 뭐라 한마디 하려다가도 그냥 얌전히 앉아 술잔에 위스키가 쫄쫄 쫄 담기는 것을 지켜보았다. 오늘따라 머리가 지끈지끈한 게, 알콜 처방이 시급하구만.

"들지."

"좋습니다."

쭈우우욱 원샷. 크으으. 후끈후끈 올라오는 건 술기운인가, 아니면 내 속에 불타는 홧병인가.

나는 조금 전 있었던 대화… 대화 맞나? 말이 안 통했는데? 아무튼 그 기이한 대담에 대해 미주알고주알 전부 떠들어댔고, 맥아더는 잠자코 듣기만 했다.

"…이렇게 되었습니다."

"혹시 못 보던 사이에 코미디언으로 새 진로를 정했나?"

"이게 전부 다 제가 지어낸 이야기면 채플린을 밀어내고 제가 헐리우드 가도 되겠지요?"

"물론이지. 내가 쌈짓돈을 털어서라도 투자하겠네."

실컷 이야기 다 들어 놓고도 이 망할 선배는 뽀삐만 연신 쓰다듬고 있다. 내 애라고! 만지려면 돈 내고 만져!

"우리 뽀삐 그만 좀 괴롭히시죠. 이거 노인, 아니 노견 학대입니다."

"음? 애가 몇 살인데?"

"다섯 살인가, 여섯 살인가 그럴걸요."

"그게 대체 뭐가 노견인가. 월레스가 여기도 하나 더 있었구만. 세상을 살아가는 상식이란 걸 좀 탑재하고 살게."

한심하다는 눈빛이 내게 날아와 꽂힌다. 개들은 보통 5년쯤 사는 거 아니었… 나?

"어떤 한 분야에 뛰어난 이들 중에선 종종 남들이 다 아는 상식을 모르는 이들도 있더군. 개가 5년 살면 노견인 줄 아는 전쟁영웅이라거나……."

"그냥 해본 농담입니다. 예? 농담!"

"옥수수에 대해선 빠삭해도 정치하는 법은 모르는 대통령이라거나."

지금 피어오르는 연기는 담배 연기인가, 아니면 내 억장인가. 잘 모르겠다.

"내가 장관직을 수행하고 있을 때의 월레스와는 많이 달라진 것 같군."

"그렇습니까?"

"그때는 저러진 않았네. 음, 물론 화기애애한 분위기는 절대 아니었지. 하지만 나는 최선을 다해 월레스의 부족한 군사적 식견을 채워주고자 노력했고, 그 또한 내 말에 귀를 기울였지."

다른 사람인데요? 혹시 우리가 모르는 새 진짜 월레스는 어디 옥수수에 봉인당했고 가짜가 백악관에 앉아 있는 거 아닐까?

"귀를 기울였는데 왜 저 모양이죠?"

"그야 물론 귀를 안 기울일 때마다 그 귓구멍을 후벼파 줬으니까."

"아… 예. 그러시군요."

"부통령 되기 전, 농무부장관 할 적에도 제법 얽혔었지. 생각해 보면 그때도 좀 뻣뻣하긴 했어. 이 지경이 될 줄은 당연히 몰랐네만."

여기 원인이 있었군. 원인이 여기 있었어. 이 양반이 너무 괴롭혀서 비뚤어진 거야.

"이제 어쩔 텐가?"

"어쩌긴요."

"설마 자네가 얌전히 저런 얼간이의 명령을 따르리라곤 생각하지 않네만. 일 저지를 거면 혼자 하느니 우리 당 손잡고 같이 하세나."

"생각 좀 해보고요."

"더 생각할 게 있나?"

"많지요. 아주 많지요."

월레스가 병신 같다고 한들, 엄연히 대통령이다. 막말로 대통령이 나라를 팔아먹은 것도 아닌데 내가 뭘 어떻게 손쓴단 말인가. 물론 무능은 죄가 맞긴 한데, 쫓겨날 죄는 아니다. 대체 내가 뭘 어떻게 해야 한단 말인가. 죽은 루즈벨트의 멱살이라도 잡고픈 심정이었다.

* * *

"무슨 헛소릴 지껄이는가?"

맛있는 밥 먹고 내가 왜 이런 소릴 들어야 하지. 도로시는 애들 때문에 좀 늦게 올 것 같다고 했지만, 어머니는 순식간에 이 거대한 미국 땅을 가로질러 D.C.로 오셨다. 애가 비썩 말라 해골만 남았다고 우시는데 대원수고 나발이고 뭐 어쩌겠는가. K—유전자에 담겨 있는 효도 DNA는 어쩔 수 없지. 아무튼 뜨끈한 찌개에 백반 한 끼 하니 호랑이 기운이 샘솟고, 못된 놈 얼굴을 보니 뱀의 기운이 샘솟는다. 수십 년 만에 다시 본 우남 이승만 선생은 이제 완연히 늙어버려 근현대사 교과서에서 보던 그 모습이 되어 있었다.

"뭐가 또 그리 헛소립니까."

"내가 아직도 가끔 잊을라치면 자네가 현직 대통령 담가버리던 그때가 꿈에서 다시 나타나네. 그런데 뭐? 무능은 죄가 아냐? 손을 못 써?"

이 박사는 어이가 없다는 듯 연신 혀만 찼다. 혀가 기관총이라도 됐나, 대체 몇 번 차는 겁니까.

"그때 저는 일개 중위였고, 한바탕 지랄이라도 안 하면 제가 짤없이 뒈질 팔자였잖습니까. 그냥 궁지에 몰린 쥐가 고양이 물어뜯으려 돌격 앞으로 한 것뿐입니다."

"그럼 지금은?"

"그, 뭐시냐. 엄연히 문민통제라는 게 세상에 있고, 대원수의 품격이라는 것도 있어요."

"하하하! 흐하하하하!! 농담도 참 능수능란하시구만, 우리 대원수께서는! 문민통제를 그리 잘 따라서 임정에 전차까지 보냈단 말인가? 에끼, 이 사람아. 그냥 살던 대로 살게. 산천초목을 다스릴 호랑이가 왜 풀을 뜯으려 하는가?"

누가 들으면 내가 수틀리면 대통령이고 나발이고 마음에 안 들면 죄 목을 꺾어버리는 인간말종인 줄 알겠다. 내가 일본군이냐고. 나만큼 정치와 인연 없는 군인도 드물어요. 나는 짜증이 치솟아 담배에 불을 붙였고, 우리 이 박사께서는 참으로 못마땅해하는 눈치였지만 날 말리진 않았다. 그럼그럼. 남 앞에서 담배 피우는 것만큼 확실한 제스처가 없지.

"지금 미국 대통령인 월레스라는 자, 인간관계가 개판이더군."

"그렇습니까?"

"딱 전형적인 먹물쟁이야. 제 아는 바만 옳다고 생각하는 치들. 한 번도 못 보진 않았을 텐데?"

"뭐. 그야 그렇지요."

"흐흐. 괜히 복잡하게 꼬아서 생각할 것 없이 간단한 이야기일세. 알아본 바에 따르면 월레스는 단 한 번도 제대로 된 정치를 해본 적이 없더구만."

"무슨 개소립니까, 그건. 그 양반이 정치를 한 게 10년은 됐을 텐데."

이승만은 내 말에도 불구하고 고개를 저었다.

"좋은 집안에서 태어나 호의호식. 흙 만지고 농부 일에만 매진했지."

"그, 농부라는 게 우리가 생각하는 그 논에 벼 심는 그런 게 아니잖습니까."

"그래도 본질은 똑같아. 품종 개량 연구니, 애비가 물려준 잡지사 편집장이니. 결국 다 정치와는 연이 없는 이야기 아닌가. 그러다 루즈벨트가 불러서 하루아침에 농무부장관이 되었네."

그렇긴 하지. 하지만 장관 짬을 어디 똥꼬로 먹은 게 아닌 이상⋯⋯.

"똥꼬로 먹었지. 왜? 정치는 전부 대통령이 다 해줬으니까."

"그런가?"

"그자가 어디 의회에 나가 예산 구걸해보길 했나, 유권자들 앞에 나아가 한 표를 달라고 사정을 해보았나, 복잡한 이권으로 얽힌 거대한 세력들 간 조율을 해보길 했나, 권력을 잡기 위해 제 세력을 거느리고 남과 싸워보길 했나? 그의 장관 일이래 봐야 뉴딜이라는 거대한 정책의 퍼즐 한 조각에 불과했으니, 당연히 루즈벨트가 닦아준 매끈한 도로 위에서 달리기만 했겠지. 부통령직은 말할 것도 없이 그냥 장식품이었고."

뭔가 그럴싸한데. 설득력이 있어.

"내 말 믿어보게. 월레스가 장관이네 부통령이네 하면서 겪어본 대통령은 오직 FDR뿐이야. 자네도 루즈벨트가 얼마나 귀신 같은 인물이었는진 잘 알잖나."

"그러니까⋯ 그냥 무식한 거라고요?"

"그래. 무식해서 용감한 거야. 거기에 자네 말을 듣고 나서 좀 더 그럴싸한 이야기가 떠올랐는데⋯ 전임자에 대한 열등감도 제법 있는 듯하구만. 너무 잘난 전임자의 그늘에 가려 자신이 제대로 평가받지 못하고 있다고 여길지도 몰라."

"그런 사람이 세상에 있을 리가요."

"왜 없나? 당장 자네를 보며 열등감을 태우는 사람들이 가득하지 않던가?"

우리 아들은 그런 거 없던데. 아이크도, 브래들리도, 패튼도 마찬가지고.

다들 나이 거꾸로 먹어서 헛소리나 되도 않은 농담 따먹기나 하지, 열등감? 글쎄.

"당장 나만 해도 그렇지. 내가 미국 땅에서 쫓겨나고 한동안 얼마나 분통이 차올라서……."

"제게 열등감 느끼셨습니까?"

"…늙은이 놀리면 재밌나?"

천하의 이 박사께서 열등감이라니. 우리 아버지한테 이 썰을 풀면 아마 3년쯤 회춘할 만큼 크게 웃음을 터뜨릴지도 모른다.

"그냥 할 일을 하게. 괜히 이상한 모략 부리지 말고, 정면에서 들이박아서 그 얼간이의 눈을 뜨이게 하면 의외로 잘 풀릴지도 모른다고 생각하네만."

"그거로 안 되면요?"

"그땐 자네 주특기 발휘해야지. 윗사람 모가지 따는 거."

또또. 또 모함이다. 이런 나쁜 생각만 하면서 사니까 그렇게 쫓겨난 거 아닌가. 어제 안 그래도 혼자 술을 홀짝이며 밤새도록 고민했다. 언론사 마이크를 붙잡고 대국민 선언을 박아서 여론몰이를 한다든가, 드럼의 청문회에 증인으로 출석한 뒤 폭탄발언을 던져 혼돈파괴망가를 벌인다든가, 맥아더와 둘이서 술집에서 나오는 광경을 촬영하게 하고 신문 1면에 싣는다든가, 사실 월레스도 웰즈 전 차관과 함께 문란한 짓을 일삼았다고 추잡한 비방을 한다든가, 민주당 내 반대파들을 충동질해 현직 대통령을 당에서 내쫓도록 유도해 본다든가…….

평소에 하지도 않던 나쁜 생각을 너무 많이 해서 그런가. 꿈에 쿨리지 전 대통령이 나와서 입 꽉 다물고 한참 날 쳐다보다가 사라지더라고. PTSD가 재발할 것만 같다. 살려줘. 그런 의미에서, '정면으로 쳐들어가 너 알못이라고 팩트폭력 들이박기'라는 이 박사의 아이디어는 정직과 신뢰의 사나이 유진 킴의 심금을 자극하는 무언가가 있었다.

이거라면 쿨리지 귀신에게 혼나지도 않겠지. '님 일 개떡같이 못하시네요. 우리 집 뽀삐도 이거보단 잘할 듯' 같은 수준이면 FDR이랑도 밥 먹듯이 하던 일 아닌가. 임금 앞에서도 바른말 옳은 말을 하던 한민족 5천 년 역사와 전통에도 걸맞은 아름다운 일이다.

그리하여, 일본 본토 상륙작전안을 놓고 회의가 시작되었을 때.

"야전 사령관으로서, 본토 상륙은 그 어떠한 전략적 가치도 없이 우리 미국 시민의 피만 흘릴 뿐인 무가치한 행동임을 명시하는 바입니다."

"······."

"······."

월레스가 눈을 부릅뜨는 건 그렇다 쳐도, 어째서 농장주님께서 식은땀을 줄줄 흘리고 계시는 겝니까?

"킴 장군. 전략적으로는 몰라도, 대국을 놓고 보았을 땐 해야만 하는 일입니다."

"정권 지지율 상승과 대통령 각하의 치적 마련 이외에, 오직 상륙을 통해서만 달성할 수 있는 다른 대국적 목표가 있습니까?"

"그렇소."

"그렇다면 그걸 알려주시면 감사하겠습니다. 그 목표를 달성하기 위한 다른 방안이 있는지 육군과 해군이 더욱 연구하겠습니다."

"이미 다 파악했소."

"저, 마셜 장군, 리히 대원수, 킹 제독 중 그 누구도 듣지 못한 연구가 있단 말씀이십니까?"

내가 이토록 절절한 충언을 올리자 장내의 다른 인물들은 연신 고개를 들어 천장을 바라보거나 눈앞의 서류로 대가리를 처박았다.

"군의 임무는 이러는 게 아니잖소? 군이 건드려서는 안 되는 범위의 일이오!"

"그럴 리가요. 정치인의 대전략에 부응하는 최적의 결단을 내리기 위해 전문가의 조언을 얻는 건 지극히 정상적인 일이잖습니까? 전 그저 각하를 돕고자 하는 마음뿐입니다."

월레스는 다급히 주변을 둘러보았으나, 그를 돕기 위해 나서는 이는 아무도 없었다.

"지금 항명하는 게요?"

"작전 목적을 알려 달라는 요청이 왜 갑자기 항명으로 둔갑하는지, 정치를 모르는 소관은 도통 이해할 수가 없습니다. 이렇게 흥분하시면 정말 재선 이외엔 아무 목적이 없는 것 같잖습니까."

"이, 이……!"

잠시 휴회를 선언한 그는 내 팔을 반쯤 붙들듯이 하고는 옆방으로 날 끌고 들어갔다.

"대체 왜 이러시오! 왜!!"

"상륙은 불가합니다."

"제길, 내가 차기 권력까지 약속했잖소! 이 백악관을 물려주겠다고 했는데도 대체 뭐가 그리 불만이란 말이오?! 내가 그리 만만해 보이나?"

"만만하게 여기는 건 절대 아닙니다. 다만, 각하께선 아무것도 제게 약속하지 않으셨지요."

"뭐……?"

나는 전생에서 보았던 온갖 사극을 머릿속으로 시뮬레이션하면서, 내가 아는 가장 간절하고도 우직한 충신의 자세를 모방했다.

"잘 생각해보시지요. 제가 민주당에 입당하면, 경선에서 누가 대선 후보로 선출되겠습니까."

"…그게, 그게 무슨."

"저번 만남에서 각하께서 말씀하신 것들 중, 제가 제 손으로 직접 얻어내지 못할 건 아무것도 없습니다."

나는 그에게 더욱 몸을 바싹 붙였다. 내 그림자에 파묻혔는데도 그의 시뻘건 얼굴이며 땀방울은 여전히 잘 보인다.

"루즈벨트 전 대통령은 항상 이길 준비를 끝낸 뒤에 상대를 압박했습니다. 부하도, 정적도, 결국은 그에 손에 놀아나는 걸 뻔히 알면서도 외길로 향해야만 했지요."

"……."

"군인은 명령에 따릅니다. 근데, 제가 군복 벗고 나면 무슨 수로 제 모가지를 따시렵니까?"

"이건, 이건 국가 원수에 대한 모독이야."

"그건 어마어마한 중죄로군요. 기자들을 불러모아 유진 킴의 항명을 알려야 하지 않겠습니까."

월레스는 입을 다물었다. 나는 하염없이 그의 눈만 뚫어져라 바라보았고, 결국 그가 먼저 시선을 돌렸다.

"무얼 원하시오. 대통령을 상대로, 이, 이런 짓을 저지른 건 내 불문에 부치겠소. 킴 장군의 의견을 기꺼이 경청하리다."

"제가 원하는 건 이미 전부 말씀드렸잖습니까."

이것참. 내 충심이 제대로 전달되려면 더 노력이 필요한가.

"일단 그 빌어먹을 상륙작전부터 재검토해야지요."

겨우 그거 때문에 이 지랄을 했냐는 물음이 굳이 말하지 않아도 그의 면상에 쓰여 있었다.

일본침몰 4

재개된 회의 분위기는 마치 초상집을 온 듯했다. 정정. 초상집 맞다. 월레스의 권위가 끝장났으니, 여길 부를 만한 호칭이 초상집 외에 달리 무어가 있겠는가.

"하하. 세계대전을 승리로 이끄는 대통령 각하께서 영단을 내리시는데 감히 누가 부정하겠습니까? 소관은 그저, 약간의 우려를 표명했을 뿐입니다."

어찌 보면 경박하기까지 한 미소를 지으며 연신 아부를 늘어놓는 저 남자. 히틀러의 독일을 지옥으로 보내버린 위대한 대원수라고 하기엔 위엄이라곤 눈곱만큼도 찾아보기 힘든 모양새였지만, 장내에 있던 이들은 조금 전 그가 휘두른 무시무시한 칼날을 목도한 직후였다.

'유진 킴.'

한번 서릿발 몰아치던 그 광경을 보자, 가장 먼저 떠오르는 것은 너무나도 당연히 히틀러의 유서. 위버멘쉬. 유럽을 정복하기 직전까지 갔던, 태초 이래 가장 사악하고 간교하던 지도자의 입에서 초인이라는 평을 들은 자.

한번 기억의 물꼬가 트이자 그의 전적은 눈을 감지 않아도 손에 잡힐 듯 떠오른다. 이 거대한 세계대전을 한 번도 아니고 두 번에 걸쳐 예견한 자. 합중국을 뒤엎을지도 모른다고 무수한 D.C.의 인사들이 밤잠 이루지 못하는 나날을 보내게 한 자. 그 걱정이 기우가 아니라는 듯, 단신으로 부임했던 일본제국의 정권 전복을 배후 조종했던 자.

도대체 왜 까맣게 잊고 있었던가? 유색인종이라는 페널티를 일신의 재주만으로 모조리 극복하며 폭풍같이 군의 꼭대기까지 올라선 자를 대체 왜 경계하지 않고 있었던가?

"군부는 전쟁 승리를 위해 최선을 다할 뿐입니다. 헤헤. 저희는 그저 저희를 잊지 말고 아낌없이 마소처럼 부려주십사 하는 마음에서……."

갈대처럼 팔랑이며 실없는 웃음이나 흘리고 다니는 장난감 회사 사장이었으니까. 따사로운 햇살 아래에서 주먹만 한 강아지에 질질 끌려다니며 동네를 어슬렁거리던 매가리 없는 사람이었으니까. 한밤중의 술집에서 카드 게임이나 포커를 할 때마다 끼에엑 대며 만인의 호구 노릇 하던 친구였으니까.

방금 전, 군부 인사들의 암묵적 지지 아래 사실상의 항명을 주도하던 그 모습을 직접 보지 않고 소문으로 듣기만 했다면 그들 또한 코웃음을 쳤으리라. 아마 그들이 밖에 나가 아무리 오늘 있었던 일을 떠들어대도 많은 사람들은 반신반의하겠지. 당장 지금만 하더라도, 위엄은 동네 개한테 던져준 듯 저렇게 천박하리만치 굽신대는 저 모습을 보라. 누가 감히 대통령의 권위가 무너졌다 생각하겠는가?

"…고맙소. 나는 항상 전문가들의 의견에 귀를 기울이고자 노력하고 있소."

엉망진창이 된 표정을 수습하느라 곤욕을 치르고 있는 월레스를 직접 보지 않는 이상에야.

'…직접 얻어내지 못할 건 아무것도 없습니다.'

'…제 모가지를 따시렵니까?'

이 낡아빠진 백악관 벽 너머로, 대통령과 대원수가 나누던 대화 몇 토막을 엿듣지 않는 한 말이다. 모두가 얼어붙은 와중에도, 유진 킴은 태평하게 새로운 안건을 꺼냈다.

"아놀드 장군님?"

"…예, 말씀하십시오."

"유럽에서의 전쟁을 반추해 보건대, 육군항공대와 영국 공군은 전략 폭격으로 적의 전쟁 의지를 꺾을 수 있다고 주장하지 않았습니까?"

"그랬었습니다."

잠시 정적. 모두의 시선이 월레스와 유진을 이리저리 왕복하는 가운데, 먼저 입을 연 이는 월레스 대통령이었다.

"킴 장군은 일본 본토에 대한 폭격이 대안이 되리라 여기십니까?"

"아닙니다, 각하. 폭격은 상륙을 완전히 대체할 수 없으니 대안이라 부르기엔 약간 어폐가 있습니다."

"이미 태평양 방면에서 저희의 역량은 중국 대륙과 한반도에 대다수가 투입되었습니다. 본토 상륙작전을 개시하려면 막대한 병력과 물자, 수송 역량을 아시아에 더 준비해야 합니다."

"상륙을 준비하는 자투리 시간에 지금보다 더욱 대대적인 전략 폭격을 가한다면 일본의 방어력과 전쟁 수행 의지를 꺾을 수 있을 듯합니다."

개떡 같은 토스에도 불구하고 재빨리 리히와 마셜이 달려들어 이 새로운 안건을 살리기 위해 몸부림을 쳤다.

"지금도 폭격은 진행 중인 것으로 압니다. 어떤 차이가 있겠습니까?"

"독일에서 했던 전략 폭격과 비슷하게, 특정 대도시를 지정해 지도상에서 지워버리는 수준으로 폭격을 감행하면 일본의 공업 능력에 최후의 일격을 가할 수 있으리라 기대하고 있습니다."

"…민간인 희생이 크지 않겠소?"

"일본은 이미 일억 총옥쇄라는 기이한 구호를 외치고 있습니다. 저들의 공업 능력 중 가내수공업이 차지하는 비중 또한 제법 높으니, 민간인 희생은 감수해야 한다 봅니다."

잠시 공허한 논의가 오가고, 대통령은 이내 고개를 끄덕였다.

"상륙작전의 필요성과는 별개로, 작전 개시를 위해서는 많은 준비가 갖춰져야 합니다. 육해군은 더욱 상세하게 작전 계획을 준비해주시고, 전면적인 전략 폭격 또한 시행합시다. 다음에는 전략 폭격에 대한 상세한 보고를 준비해주세요."

"알겠습니다."

월레스는 장내에 있던 그 누구보다 먼저 자리를 떴다. 장관들은 그의 뒷모습보단 웃음기를 싹 지운 채 딱딱하게 굳어 있는 유진의 얼굴에 먼저 초점이 쏠리고 있었다. 아무리 보아도, 전략 폭격은 한마디로 말해 월레스를 위해 마련해준 명예로운 퇴로였다. 결과적으로 월레스는 자신만만하게 밀고 나가던 상륙작전을 물리지 않았으며, 안건을 검토해 스스로 결론을 지었다.

방금 전 있었던 그 험악한 분위기가 모조리 거짓이었던 것처럼 모든 것이 깔끔하게 정리되었다. 처음부터 이럴 작정으로 살벌한 장면을 연출한 걸까? 아니면 최고의 명장이라는 수식어답게, 임기응변으로 판을 뒤튼 걸까? 어느 쪽이 진실이건 별로 중요하지는 않았다. 정치력이건 동원할 수 있는 파워건, 명백한 힘의 격차가 그들의 눈에도 뚜렷하게 보였으니.

* * *

이놈의 워싱턴 D.C에 정녕 비밀이란 없는가. 내가 인간 대포동 미사일이 되어 장렬하게 월레스를 향해 몸통박치기를 날린 직후부터, 공화당과 민주당을 가리지 않고 대화 좀 나누고 싶다는 이들의 뻐꾸기가 끊이질 않았다. 이래서 나서기 싫었다. 내 목표인 안락한 노후와 행복한 전원생활을 달성하려면 튀어서 좋을 거 하나 없는데.

'킴 대원수가 마침내 칼을 뽑아 들었나?'

'FDR과의 오랜 교감이 있는데, 역시 우리 당으로 오려나?'

'공화당 지지 선언 한 번만 해주면 참 좋겠는데.'

'이러면 계산이 어찌 되는 거지?'

'킴이 나서면 끌어모을 수 있는 표가 대체 얼마야?'

나는 정말 정치권과 엮이기 싫었다. 정말로. 21세기 한국군과 달리, 20세기 초의 미군은 출세하려면 든든한 연줄이 사실상 필수템이었다. 커티스와 포드라는 황금 동아줄을 잡지 않았다면 내 출세 속도는 굉장히 늦어지거나, 어쩌면 나가리였을지도 모르지. 고위직 군인이 특정 정치인과 손잡고 쎄쎄쎄 하는 건 이 바닥에서 너무나 당연한 일이고, 힘깨나 쓴다는 군인이 역으로 정계에 투신하는 경우도 심심찮게 있는 일이었다.

애초에 군대에 돈 쓰는 걸 짱구 피망 먹는 것처럼 여기는 나라가 미합중국인 만큼 고위 장성일수록 앉을 자리 자체가 적기도 할 뿐더러, 정치권과의 유착이 없으면 뭐 하나 일 좀 하기도 힘드니 어쩔 수 없는 노릇. 한반도에서 몇 년 푹 쉬다 온다는 선택지는 단순히 신생 한국을 위해서도 매력적인 선택지였지만, 저 복잡하고도 난해한 정계의 러브콜을 끊는다는 점에서도 내 위장 건강을 지켜줄 든든한 초이스였다. 아니, 초이스'였었다'. 이젠 아니거든. 너무 설쳐버린 대가였다.

"대통령과 언쟁이 있었다던데, 사실입니까?"

"언쟁이라니, 오해의 소지가 있는 단어 선택이시군요."

민주당의 집요한 컨택 시도를 이기지 못하고, 나는 이미 한 번 안면을 튼 트루먼 의원과 다시 만남의 장을 가졌다. 내가 현직 의원 나리를 만난다는 것 자체가 시그널이 될 수 있다. 최대한 구설수에 오를 여지를 줄이기 위해 부랴부랴 우리 부모님 명의로 자그마한 자선 행사를 열었고, 트루먼은 유신이와의 인연을 이용해 여기 참석했다… 라는 설정을 잡았다. 나? 나는 뜻

깊은 자선 행사를 위해 경매 물품을 출품하러 온 거고. 저랑은 별 관련 없는 행사예요.

"아무리 못 미더워도 대통령의 권력이 어디 가진 않습니다. 물론 대원수께서 월레스와의 파워 게임에서 패배한다는 상상을 하긴 무척 어렵습니다만."

"걱정해주셔서 감사합니다. 저로서는 음… 대통령 각하의 대전략이 다소 위험하다고 판단했습니다."

"리스크를 감수할 만큼 말입니까?"

"제 이해관계와 전혀 관련 없다고 하면 거짓말이겠지만, 객관적으로 판단해도 절대 올바른 방향은 아니었습니다. 고리대금을 왕창 땡겨서 기대수익이 턱없이 낮은 주식을 사는 느낌이었거든요."

제4금융권에서 연이율 666%, 신체포기각서 동봉해 대출을 풀로 땡긴 뒤 듣도 보도 못한 개잡주를 사는 짓거리. 세상에 자살 방법은 다종다양하니 혼자 죽는다고 하면 말릴 의리는 없지만, 애꿎은 남까지 떼죽음시키는 방법으로 죽으려 하니 일단 말릴 수밖에.

"지지율을 위해 무리수를 두었나보군요."

"노 코멘트 하겠습니다."

대놓고 군사 기밀을 떠벌릴 수 없으니 은유를 가득 부어야만 했지만, 트루먼은 논지를 곧장 파악했다.

내가 모델과 맞닥뜨렸을 때 지니고 있던 권총이 상식을 아득히 벗어나는 가격으로 낙찰되는 광경을 멍하니 바라보고 있는 와중, 생각을 가다듬은 그가 다시 입을 열었다.

"여전히 정치에는 관심 없으십니까?"

"월레스 대통령의 추태를 보니 절대 하면 안 되겠다는 생각을 더 굳히게 되었습니다. 그냥 사석이니 하는 말이지만, 그분이 학식이나 지성이 부족한 게 아니잖습니까?"

"굉장히 똑똑한 분이시죠."

"그런 분조차 저렇게 되는데, 저같이 뭣도 모르는 군바리가 할 순 없지요."

"풍문에 따르면 소싯적 루즈벨트 대통령과 같이 아주 능수능란하셨다던데."

"원래 소문이란 게 다 그렇습니다."

자꾸 그러지 마. 이토록 뜨거운 권유를 하는 사람은 다시 일터 돌아갈 때 녹용이랑 양파즙이랑 뭐시기뭐시기 좀 챙겨 가라고 신신당부하는 엄마 한 명으로도 충분해.

"정치에 관심이 없으셔도, 정치는 장군께 무척 관심이 많습니다. 당장 월레스 대통령이 가만히 있을까요?"

"생각이 있다면 가만히 있을 것 같습니다만… 없겠죠, 아마."

"이번 기회에 마음을 고쳐먹고 올바른 길로 돌아온다면 다행이겠지만, 군인이나 정치인이나 항상 최악을 염두에 둬야 하는 직종 아닙니까. 조금만 더 압박하면 숨통이 꽤 트이실 텐데요."

"저는 하극상의 선례로 남기는 싫습니다."

아직 명분이 조금 부족하다. 이건 이 박사도 동의했다. 모름지기 충신이라면 암군, 폭군의 학대를 좀 당해야 하는 법이지 않은가. 임금님이 조용해지면 나야 좋고, 그렇지 않고서 헛된 공격을 날린다면 그때야말로 억울한 피해자 타이틀 달고 눈에서 물 좀 쥐어짜면서 대국적 결단을 내릴 시간. 정계에서 신나게 구르던 트루먼이 여기까지의 수를 예측하는 건 전혀 어렵지 않았고, 우리는 한동안 말이 끊겼다.

"대통령이 바뀌지 않으면 정권을 내줘야 하는데… 바뀌길 기다리는 것보다 바꿔주는 게 더 쉽고 빠르지 않겠습니까."

"그렇지요. 당장 대통령께선 무척 재선하고 싶어 하는 것 같던데."

"그래서 더 문제입니다."

그는 나를 바라보는 대신 경매 장면만 계속 바라보면서, 혼잣말하듯 조용히 속삭였다.

"참을 만큼 참은 사람은 장군만 있는 게 아닙니다. 공동의 적을 상대로는 손을 잡아야 하지 않을까요?"

일본침몰 5

　세상 어느 나라든, 정치판의 구도를 간단명료하게 설명하기란 참 쉽지 않다. 당장 이 미국의 정치판만 해도 그렇다. 여당 민주당과 야당 공화당, 이라는 심플한 설명으로는 많은 부분이 설명되지 않는다. 결국 정치는 생물이니까. 여기서 또다시, 프랭클린 루즈벨트라는 거인에 대한 썰을 좀 풀 수밖에 없다. 그 휠체어맨은 다리도 못 쓰면서 이 나라, 그리고 이 세계의 운명마저 바꿔버렸으니까. 솔직히 저러는 와중에 취미생활도 영위하고 불타는 불륜까지 했으니 더 일찍 안 죽은 게 용한 일 아닐까 시프요. FDR이 손에 쥔 유권자들을 나열하자면 다음과 같다.

　1. 민주당 내 진보주의자, 혁신주의자

　2. 흑인, 유대인, 가톨릭교도, 폴란드계와 이탈리아계 등 소수민족

　3. 거대 노동조합과 그 조합원으로 상징되는 노동자 계층

　4. 대도시 주민들

　5. 사회주의자와 공산주의자를 포함한 좌익 세력

　6. 남부의 빈민 계층 백인, 일명 딕시들

이게 무슨 뜻인지 원 역사 한국의 정치에 비유해서 설명하자면, 태극

기부대와 진성 좌파 모두가 자신을 지지하게 만든 셈이다. 미친 소리 같지만 FDR은 이걸 해냈다. 그가 만든 거대한 파벌, 일명 뉴딜 연합(New Deal Coalition)은 승리를 거머쥐었고 루즈벨트는 신이 되었다. 하지만 이건 명백히 비상식적인 물과 불의 결합. 오래 유지될 리가 없다. 민주당이 보수적인 당이라고 여기고 관성적으로 투표해 온 딕시들은 당이 점점 빨갱이 소굴이 되어 간다는 사실에 두려움을 느끼고 있었다.

결론만 요약해, 루즈벨트의 정책에 동의하지 않는 민주당 내 보수파들은 공화당의 보수파와 손잡고 보수 연합(Conservative Coalition)을 결성해 그를 저지하고자 했다. FDR은 역으로 공화당 내 진보 인사들과 손잡는 것으로 응수했고, 그때그때 사안마다 온갖 정치적 술수, 음모, 바람잡이, 여론전, 협잡과 이면 협상 등으로 정적들을 갈라치기하며 치열하게 정쟁을 벌였다. 근데… 월레스가 저걸 따라 할 능력이 있나?

"월레스는 뉴딜 연합을 유지할 재주가 없습니다."

"그렇겠지요."

"하지만 연합이 깨지면 다음 대선의 향방은 알 수 없어집니다. 공화당이 반격해 오리라는 것 또한 당연한 이야기고요."

월레스는 FDR이 남긴 유산을 계승했고, 그의 정책을 이어나가겠다고 선언했다. 당연한 일이다. 문제는, 그 '당연한' 일만 하면 안 된다는 점. 그동안 전임자가 적립해 온 똥을 닦든 새롭게 압도적인 쑈를 해서 계속 묘기대행진을 해나가든가 해야 하는데, 월레스는 이도 저도 아니잖은가.

"그런 의미에서, 종전을 기점으로 당 내부에서부터 대대적인 반(反) 월레스의 흐름이 터져나올 겁니다. 그때 장군께서……"

나는 트루먼, 그리고 그의 입을 빌어 내게 제안을 던진 민주당 일각의 제안을 조용히 경청했다.

"제가 지금은 아직 좀……."

"물론 답변을 원하지는 않습니다. 그저, 저희가 이렇게 움직일 예정이라는 사실을 기억해주시기만 하면 됩니다. 아니, 잊어주셔도 됩니다."

이게 정치인과의 협상이지. 트루먼은 마치 '일요일엔 짜파게티 요리사!' 라고 흥얼거리듯 자신들이 앞으로 할 일을 그냥 쭉 불러주고 떠나버렸다. 내가 호응하든 말든 상관없다 이거지. 하지만 월레스를 때리고 싶다면 제공받은 이 정보를 참조하지 않을 수가 없다. 원래 이런 건 지금은 그냥 아 그러시군요, 하고 지나가도 침대에 누우면 괜히 눈앞에 짜파게티가 아른거리는 그런 느낌적 느낌이 있는 그런 거 아닌가. 당연한 말이지만.

"후배님, 전에 마셨던 위스키 갚으러 왔네만."

"꼭 그런 핑계를 덧붙이지 않으셔도 됩니다."

"크흠. 핑계라니. 이 맥아더가 행차하는 데 핑계 같은 걸 찾을 남자로 보이는가?"

"예."

맥아더 의원 또한 민주당 의원과 내가 만났단 소릴 듣자마자 그다음 날부터 우리집 문지방이 닳도록 매일같이 드나들기 시작했다. 아아, 이게… 인기남의 삶?

* * *

복잡한 정치 이야기는 과감하게 생략하도록 하자. 지금 정치인들이 뭘 하건, 내가 특별히 해야 할 일은 없으니까. 모름지기 이런 일은 곰국 끓이듯 느긋하게 처리해야 하는 법. 자꾸 뚜껑 열어 봐야 김만 빠지고 소용없다. 그런 의미에서, 곰국 끓이는 큼지막한 대형 솥단지가 된 일본 열도야말로 펄펄 끓어오르고 있었다.

"기뻐해주십시오, 총사령관님."

세상을 더욱 뜨겁게 뜨겁게 만들겠다는 신념으로 가득 찬 우리 육군항공대 친구들은 내가 경성에 복귀하기 무섭게 신명나는 브리핑을 시작했다.

"전략 폭격작전의 모든 제한이 풀린 직후, 잽스들이 신성시한다는 교토를 완벽하게 불태웠습니다."

"…그렇습니까?"

"놈들이 주로 목재 가옥을 짓고 사는 덕에 적당히 불만 붙이면 활활 타오르잖습니까, 이제 교토에 멀쩡한 건물은 없습니다!"

문화유산이고 나발이고 없다. 어디 드레스덴엔 문화유산이 없어서 우리가 폭격을 했던가?

무슨무슨 절이네 고대 유산이네 뭐네 하는 것들도 당연히 소이탄 세례를 뒤집어썼고, 교토에 있는 천황 황궁도 후끈후끈 달아올랐다. 물론 히로히토는 도쿄의 황거에 머무르고 있지만, 우리가 대놓고 궁전에다 폭탄을 처박았다는 건 그만큼 우리가 너네 머리통을 다 똑똑 따버리겠다는 굳건한 의지…….

"잽스 궁전은 사실 노리지 않았습니다만, 어쩌다보니 같이 폭격하고 말았습니다."

"……."

"…폭격하면 안 될 목표물이었습니까?"

"아뇨. 딱히 그런 건 아닌데, 좀… 얼굴 가죽이 두툼들 하시네요."

"실수했다고 말하는 것보단 처음부터 우리의 제1목표였다고 주장하는 편이 훨씬 더 낫지 않습니까!"

음. 역시 육군항공대야. 제정신이 아닌 놈들이 가는 곳이지. 나처럼 품위와 이성으로 움직이는 사람들이 엮이면 별로 좋지 않다. 옳을라.

한번 교토를 쑥밭으로 용지변경해준 이후부터 모든 것은 일사천리로 흘러가기 시작했다. 해군항공대는 구레를 위시한 일본 해군의 군항을 지도에서 지워버렸고, 이후 일본에 더 이상 남은 멀쩡한 논밭이 없다는 사실을 확인한 후 육항과 함께 '오퍼레이션 석기시대'에 합류했다. 교토, 도쿄, 오사카, 고베 등 굵직굵직한 도시는 모조리 불살랐다.

일본이 부족한 식량을 확보하기 위해 도토리 채집에 총력을 기울인다는 첩보를 접수한 후, 숲도 같이 태웠다. 아무튼 다 태웠다. '더 이상 태울 대도시가 없다.'라는 소리가 나올 때까지 태웠고, 그 이후엔 '그냥 남은 도시가 없다.'라는 보고가 올라왔다.

"민간인 피해가 어마어마할 것 같습니다만……."

"본토 상륙보다는 덜 죽을 겁니다."

나는 그 모든 반발을 찍어눌렀다. 월레스가 여전히 미련을 버리지 못했을지도 모른다는 불안감도 있었고, 우리의 다이닛뿐제국이 고작 집 좀 불탄다고 포기할 리가 없다는 요상한 믿음 또한 있었다. 항공대는 항공대 나름대로 '이렇게까지 했는데 결국 상륙작전이 시행되면 독립 공군의 꿈이 날아간다.'라는 절박함마저 있었고, 해군은 해군대로 육군이 유럽과 아시아 양쪽 모든 전쟁의 클라이맥스를 장식하려 한다는 불안이 있었다. 내가 괜히 총대 메고 월레스 뚝배기를 깬 게 아니다. 우리는 전공에 관심 없다는 의사표현이었지.

그리고 소련. 거침없이 남하한 붉은 군대는 관동군을 '관동군이었던 무언가'로 만들어버리고 압록강—두만강 라인에 다다랐다. 관동군을 순식간에 케첩으로 만들어버린 소련군을 너무 고평가할 필요까진 없다. 그 정신 나간 미치광이 등애 작전을 굳이 언급하지 않아도 관동군 정예 병력은 대부분 중국 본토 정벌에 투입되었고, 그 빈자리엔 잉여들과 얼타는 신병들이 가득 찼으니.

게다가 랜드리스도 있다. 월레스는 독일이 무너져도 랜드리스를 끊지 않았고, 방대한 군수물자를 실은 화물선은 일본군의 어떠한 터치도 없이 블라디보스토크에 그 짐을 풀었다. 그리고 소련군은 블라디보스토크에 갓 하역된 따끈따끈한 미제 물자로 풀템을 맞춘 뒤 곧장 관동군의 머리통을 날려버렸다. 설마 소련이 쪽바리들을 위해 미국이랑 갈라질 생각을 하겠나? 진짜 행복회로도 이 정도면 역대급 아닌가?

순식간에 만주를 휩쓸어버린 소련군은 압록강을 건너지 않았다. 마찬가지로 군산에 상륙해 북상하던 미군은 청천강을 기점으로 북상을 중단했다. 개마고원에 갇힌 일본군이 참으로 딱해 보였는지, 1942년 12월 한반도는 이 나라 역사상 유례를 찾아보기 힘든 엄청난 동장군으로 보답했다. 괜히 개마고원에서 고통받지 말고 빨리 따뜻한 천국으로 주소 이전하라는 산신령의 마음 씀씀이가 얼마나 고운가.

1942년 12월 25일. 내가 여러 사람들과 경성에서 축하주를 기울이고 있던 그때.

'포츠담 선언문의 요구사항을 승낙하여 종전할 의사가 있음.'

일본이 꺾였다.

* * *

"이럴 수는 없다. 이럴 수는 없어!"

"황국이 항복이라니. 유일한 문명 국가인 우리 대일본제국이 저 야만스러운 귀축영미에 굴복한다니!"

〈마스터 셰프 US ARMY〉에 출전해도 될 최고의 셰프들이 일본 열도 전체를 노릇노릇 굽고 튀기고 뒤집었음에도, 이들 황국 건아들의 가슴속 불은 꺼질 줄을 몰랐다.

"천황 폐하를 보필해 일억 총옥쇄에 나서야 할 내각 놈들이 이리 나약할 줄은 몰랐습니다."

"지금 명예롭게 옥쇄하지 못하면 킨유진이 우리 모두를 다 죽일 겁니다."

"히틀러가 그랬던 것처럼 이 신주에 가스실을 짓고 모든 신민을 학살할 게 뻔하잖습니까. 알몸으로 비참하게 끌려 들어가 가스를 흡입하느니, 죽창을 들고 최후의 한 명까지 싸워야 합니다!"

"우선 총리부터 죽여야 합니다."

"도조 히데키가 아니고?"

"아니. 오오타 타메키치, 그 부역자부터 죽여야 하오!"

머리끝까지 군국주의와 옥쇄 숭배가 들어찬 이들 극우파들은 늘 그러했듯 내각을 담가버린 뒤 정권을 탈취해 일억 총옥쇄를 주장할 만반의 준비를 갖추려 했다. 하지만.

"조용히 항복하면 별문제 없을 겁니다."

"그 말이 참말이오?"

"제가 아는 킨 장군은 무의미한 복수를 위해 칼을 휘두를 인사가 아닙니다. 물론 죄에 따른 처벌은 있겠지만, 일족을 멸하거나 하진 않을 겁니다."

오오타를 위시한 몇몇 인사들의 행보 또한 분주해졌다. 그동안은 비국민이라 몰려 쥐 죽은 듯이 살아야 했지만, 장차 미군이 온다면 그들이야말로 실세 중 실세가 되지 않겠는가?

"소인은 오래전부터 무의미한 전쟁 놀음보다는 일미 상호 협력 관계가 황국을 위해 최선이리라 생각했습니다!"

"제가 킨 장군과 아주 친한 사이입니다. 그분이랑 술도 마시고, 온천도 같이 가고, 엉?"

"지금 다들 제정신이십니까? 대체 왜 킨유진이 우리에게 후의를 품고 있으리라 망상하는 겝니까?"

"어허. 좀 앉아서 들어보시오. 킨 장군이 히틀러를 격파하고 천하의 대장군 중 대장군으로 우뚝 섰으니, 이제 조만간 미국 대통령에 등극하지 않겠소? 우리 신주의 신민들이 한몸 한마음으로 뭉쳐 그분을 옥좌에 앉히면 이것이야말로 일미 화평이 아니고 무엇이겠소!"

"그… 그런가?"

"어째서 그분이 조선에 직접 왕림했겠습니까. 자신을 지지해줄 배후 근거지가 필요한 겝니다. 하지만 조선 땅은 궁핍하여 오직 그 땅에 의지해 기업(基業)을 일으키기는 참으로 어려우니, 우리가 역할할 수 있는 부분은 바로 거기에 있습니다."

쫄딱 망한 줄 알았던 내가 킹메이커가 되어 단숨에 떡상? 라이트노벨 제목 같은 이 기이한 희망에, 무수한 부나방들이 달려들어 어마어마한 세를 이루었다.

"폐하를 보필하지 못한 역도들을 물리쳐야 한다! 항복을 막자!"

"일찍이 킨 장군이 이 도쿄에 걸음하여 논하였으니, 황국이 만족을 모르고 폭주하면 반드시 도탄에 빠지리라 한탄하였다. 바로 저 주제 파악 못하는 작자들이 오늘날 황국을 폐허로 만들었으니, 저놈들을 도륙 내 죽은 이들의 영전에 바치자!"

바야흐로 잿더미가 된 도쿄를 무대로 시가전이 벌어지는 순간이었다.

일본침몰 6

1943년 1월 2일. 평안남도 안주.

"에, 에, 에, 에취!!"

춥다. 좀 많이 춥다. 김도경 준장은 속아서 팔려온 자신의 처지를 저주했다. 아버지, 대체 왜 '조선은 캘리포니아보다 좀 춥다.'라고만 말씀하셨습니까? 좀만 어설프게 입었다간 동장군이 손가락과 발가락을 잡아가고 눈을 뜨고 있어도 설녀가 코를 베어 간다고 말씀해주셨어야지. 재채기를 하니 코에서 콧물이 새어나온 것 같다.

얼른 누군가 보기 전에 손수건으로 코를 훔치려 했는데, 콧물의 물컹물컹한 질감 대신 어쩐지 바스락바스락 살얼음 건드는 것 같은 촉감이 느껴지는 건 착각이겠지. 착각이 틀림없다. 콧물이 튀어나오자마자 얼어버린다면 그게 모스크바지 조선인가?

대원수께선 실로 위대한 군사 지도자시다. 이 어마어마한 추위가 몰려오리라 예측하고 모든 공세를 중단하다니. 나폴레옹의 실패에서 크나큰 교훈을 얻은 게 틀림없다. 하지만 대원수께선 실로 개좆같은 새끼시다. 이 어마어마한 추위를 뻔히 알면서도 기어이 평양 이북, 청천강까지 병력을 올려

보내다니.

초록은 동색이고 가재는 게 편이라는 옛말 틀린 게 없다. 히틀러는 바로 이 싹수를 알아보고 그토록 절절한 편지를 남긴 게 틀림없다. 모스크바에 들이박은 히틀러를 살려서 발가벗긴 채 이 조선 겨울 맛을 보게 했다면 그 놈도 단숨에 회개해 지난날의 죄악을 속죄했을 텐데. 허겁지겁 짐을 꾸려 마닐라에 도착했을 때, 킴 장군께서는 짐을 채 풀지도 못하고 출두한 자신을 무척 불쌍하다는 듯 바라보았다.

"미안하게 됐네, 킴 준장."

"사령관님께서 베푼 이 기회 덕택에 별을 달게 되었는데 어찌 그러십니까? 무엇이든 명령만 내려주십시오."

"실은 나도 생각을 못 했는데… 패튼이 따라와버렸다네."

아니. 아니. 아니 이건 아니지. 이건 아니지. 이야기가 완전히 바뀌었잖습니까. 독일에 가만히 앉아 있었으면 조지 '미친개' 패튼이 사라졌다는 소리 아닙니까?? 하지만 킴 대원수께선 지옥에서 올라온 악귀 히틀러를 퇴마한 예수님과 동기 동창이신 분. 어찌 감히 망령된 소리를 늘어놓아 그분의 눈살을 찌푸리게 할 수 있겠는가.

"저는 괜찮습니다! 군인은 명에 따를 뿐입니다!"

"아니, 내가 불편해. 나였다면 아마 이건 사기라고 울고불고 그 자리에서 빼에에에엑 하며 한 바퀴 굴렀을 거야."

그걸 아시는 분이 이러시면 어쩐단 말입니까.

"패튼은 중국으로 갈 예정이야. 지휘관이 되길 희망한다면 그 밑에서 기갑연대장, 아니면 여단장을 할 수 있네. 대신 날 따라 한반도로 가겠다면 지휘관 자리는 어렵고 참모로 종군시켜 주겠네."

미안하다는 표정을 얼굴 가득 역력히 채운 대원수께서 몸소 커피를 타주시니, 원망은 눈 녹듯 사라지고 다시금 여기 오길 잘했다는 뿌듯함이 샘솟았다.

"전 아버지의 나라를 되찾기로 결심해 이곳에 왔습니다! 한반도로 가고 싶습니다!"

"좋네."

그 혀를 잘라버렸어야 했다. 그나마 웃게 되는 일이라고는, 저 지옥 같은 고원지대에서 얼어 죽어 가고 있는 쪽바리들을 비웃을 때뿐. 마닐라로 와 그들이 밤낮없이 준비하던 계획에 따르면, 최초로 상대할 적은 당연히 조선군이었지만 가장 강대한 적으로 예상되던 이들은 관동군이었다. 조선을 사수하기 위해 관동군은 당연히 압록강을 건널 테고, 그들이 내려오기 전까지 얼마나 더 많은 요충지를 차지하느냐로 일종의 타임 어택을 해야 하리라… 는 것이 처음의 예상이었다.

그러나 관동군은 전혀 미동조차 하지 않았고, 조선군조차 허겁지겁 북으로 북으로 도망치기 바빴다. 그리고 쥐를 쫓는 고양이처럼 소련군이 남하하자, 관동군은 그 모든 걱정이 다 기우였다는 것처럼 순식간에 으깨져서는 압록강 너머 조선 땅으로 도망쳐 내려왔다. 소련군은 보이지 않는 장벽이라도 있는 것처럼 압록강과 두만강을 기점으로 더 이상 내려오지 않았지만, 내려오지 않는 것은 오직 사람뿐.

압록강 철교를 폭파하고 한숨 돌린 관동군을 향해 붉은 군대는 끝없는 야포의 불벼락을 선사했고, 미군 또한 질 수 없다는 듯 폭격기를 날려 누가 누가 더 화력이 센가 숫제 경쟁하는 것처럼 관동군의 뚝배기를 깼다.

"불쌍한 놈들."

빨리 항복 좀 하지 그러냐. 오늘도 얼어 죽고 있을 일본군이 이제는 조금 불쌍하게 느껴지고 있었다. 하지만 저놈들이 항복하면… 북진을 해야 하잖아? 불쌍하다는 생각은 눈 녹듯 살살 사그라들고, 그냥 저 개마고원에서 봄이 될 때까지 항전 의지를 불태워주면 좋겠다는 희망사항만이 새록새록 피어났다.

"김 장군님! 얼른 오셔서 뜨끈한 탕국 좀 드시지요!"

"아, 예. 감사합니다. 지금 갑니다."

흑흑. 맛있었다, 오늘 밥은.

* * *

도쿄 시가전은 한마디로 최후의 발악, 그 이상도 이하도 아니었다. 당랑거철. 사마귀가 수레바퀴를 막아 세우려는 꼴. 이제 수천 년이 지나 그 수레도 나무 바퀴 대신 육중한 수십 톤 캐터필러로 바뀌었으나, 사마귀는 무엇 하나 바뀌지 않았다.

"명령이다! 즉시 역도들에게 붙들린 폐하를 구출해야 한다!"

"천황 폐하 만세!! 역도들을 물리쳐라!"

이미 철도란 철도는 죄 끊겨버린 지 오래였으며, 대규모 군의 이동이 눈에 보이는 즉시 피와 인육에 굶주린 귀축영미가 폭격기를 띄울 게 뻔했기에 지방의 다른 병력은 전혀 움직일 수 없다. 따라서 도쿄에 있는 소수 병력만 장악하면 정권을 무력으로 갈아엎는 것도 불가능하진 않다는 것이 이들 쿠데타 주모자들의 생각이었으나.

"황군은 시급히 짐의 어명을 거역하는 자들을 토벌하여 만백성을 바른 길로 이끌도록 하여라."

"짐이 결단을 내린 것은 억조창생이 받고 있는 이 끔찍한 고통을 덜어주기 위함이며, 나아가 동양 평화를 위한 유일한 길이 이뿐이기 때문이다. 대신들은 이 뜻을 받들도록 노력할지어다."

히로히토가 개입하며 만사휴의(萬事休矣), 야무진 꿈은 막을 내리게 되었다.

골수까지 천황 숭배와 군국주의가 파고든 진성 미치광이들은 '무조건 항복'이 간신배들의 음모가 아니라 진짜 천황의 뜻이라는 사실을 파악하자 울며불며 통곡하더니 이윽고 할복하거나 권총으로 그 생을 마감했다.

"이 개자식들!"

"킨유진이 네놈들을 살려둘 것 같으냐!!"

"신민들이 불쌍했으면 전쟁을 일으키지 말았어야지! 이길 줄 알았을 땐 좋다고 희희낙락하며 도장 찍어 놓고 이제 와서 군자인 척하는 저게 무슨 현인신이더냐? 전쟁에서 지는 신이 세상에 어딨냔 말이다!"

맑은 정신으로 쿠데타에 가담한 이들 대부분은 반드시 미국이 보복하리라는 굳건한 믿음에서 이 대역을 저질렀으니, 결국 쿠데타가 무위로 돌아가자 그들이 마지막으로 향할 곳 또한 사후세계밖에 남지 않았다. 사실 이들이나 히로히토나 똑같이 똥 묻은 개요 그놈이 그놈이니 세상사는 참으로 요지경이라 할 수 있었다. 이제 남은 것은 오직 하나.

'다른 모든 조건을 수락하겠다. 천황제를 유지시켜준다는 약속만 해준다면 포츠담 선언을 수락하겠다.'

이 소식을 접한 워싱턴 D.C.에서는 연일 고성이 터져나왔다.

"이 양심이라고는 없는 잽스들은 마지막 순간까지도 꼴같잖게 조건을 달고 있습니다!"

"히로히토는 국가수반이자 전제군주국의 군주로서 이 전쟁의 명명백백한 수뇌부입니다. 상당수의 시민들은 합중국이 정의의 이름으로 그의 목을 매달 것을 주문하고 있습니다."

"예외를 허용해줄 거였다면 대체 왜 전쟁을 몇 달 더 끌어야 했습니까? 예외란 없어야 합니다."

갑론.

"히로히토는 전제군주라고 그들 스스로가 주장하고 있긴 합니다만, 예로부터 일본 천황은 도장 찍는 기계일 뿐 주체적으로 권력을 휘두른 역사가 없습니다. 입헌군주를 사형대로 보내는 건 다소 무리 아닐까요?"

"지난 대전쟁의 카이저 빌헬름조차 퇴위당했을 뿐 재판정에 끌어내진 않았습니다. 관례를 따져봤을 때도 다소 무리수로 보입니다."

"히로히토는 잽스가 믿는 토착 종교의 신앙 대상입니다. 그는 군주이자 교황이자 신 그 자체란 말입니다. 미치광이 히틀러조차 교황을 죽이진 않았어요! 왜? 어마어마한 파국이 몰아칠 테니까요!"

을박.

여러 가지 사안이 얽혀 논의는 더욱 미궁 속으로 빠져들고 있었다.

'포츠담 선언의 '무조건 항복'을 준수해 잽스의 이번 제안조차 '조건부'로 간주하고 묵살할 것이냐, 아니면 항복을 받아들이고 전쟁을 끝낼 것이냐?'

'히로히토에게 죄를 묻고 그에게 죄수복을 입혀 법정으로 끌어낼 것이냐?'

'히로히토 개인의 죄를 묻는 것과 별개로 그를 퇴위시킬 것인가? 퇴위시킨다면 일본의 천황제를 유지시켜 차기 황제를 용인할 것이냐, 아니면 이대로 제정을 폐할 것이냐?'

하나같이 골치 아픈 사안인 동시에 일본, 그리고 미일 관계의 미래를 결정지을 거대한 사안. 당연히 입 있는 자라면 하나같이 저마다의 주장을 떠들어댔고, 유감스럽게도 월레스는 이 뻑적지근한 논의를 빠르게 매듭지을 결정력이 부족한 사람에 속했다.

전임자 FDR이었다면 여론 수렴이라는 이름하에 핵심 스피커들을 조용히 구슬려 제가 원하는 결론이 나오도록 여론을 조종했으리라. 얼마 전까지 거침없이 대통령의 권능을 행사하던 폭주기관차 월레스였다면 닥치고 내가 결정한다고 윽박질러서 어떤 식으로든 빠르게 결론을 냈으리라. 하지만 슈퍼맨처럼 빵빵하게 가슴이 부풀어올랐던 슈퍼—월레스는 상상을 초월하는 반발을 맛보고 그만 새가슴 월레스로 퇴화해버렸다.

"그래서 어쩌잔 겐가."

"대통령 각하께서 결정해주셔야 합니다."

"다른 의견은 더 없소?"

"그렇습니다."

이제 대충 이놈들의 속내를 파악했다. 결국 인생은 혼자 사는 것. 이 워싱턴 D.C.에 돌아다니는 놈들 중 그를 진심으로 위하는 이는 극히 드물었다. 지금은 이런저런 의견을 늘어놓고 빨리 결정하라며 그에게 대답을 독촉하고 있지만, 월레스 그 자신이 결정을 내린 후 무언가 문제가 터진다면 언제 그랬냐는 듯 안면몰수하고 대통령의 실책이라며 맹렬히 공격해 오지 않겠는가.

물론 이들 관료들에게 사람 대 사람으로서 터놓고 물어본다면 그들은 십중팔구 '그게 바로 통수권자의 책임이잖습니까?'라며 되묻겠지만, 유감스럽게도 월레스는 그렇게 서슴없이 물어볼 수 있는 사람이 아니었다. 월레스가 결정을 내리지 못하고 그놈의 의견 수렴만 미적미적하자, 한 명이 총대를 메고 나섰다.

"각하. 군부의 의견을 들어보심은 어떻습니까?"

"…군부가 여기서 왜 나옵니까."

"해군의 경우 오랫동안 일본을 가상 제1적국으로 잡아 많은 정보를 수집했습니다. 국무부와 별도로 수십 년간 다양한 연구를 해 왔으니 이들의 의견 또한 들어볼 만할 겁니다. 또한 육군에는 일본과 과거 연이 있는 이들이 일부나마 있으니, 그들 또한……."

"킴 대원수의 의견을 듣자고 그냥 솔직하게 말하는 게 어떻겠소."

그 충격적인 경험. 아직도 그날 일을 떠올리자면 뒤늦은 분노가 치솟고, 숨이 턱 막혀 목이 답답해지고, 그 자리에서 귓방망이를 갈기지 않은 게 후회된다. 감히, 어떻게 감히 자신에게 그따위 언행을 일삼는단 말인가? 혼자 방 안에서 얼굴이 홍당무가 되어선 씩씩거리다가도, 정작 그의 말마따나 '내가 반항하면 네놈이 어쩔 테냐.'라고 지껄이며 다시금 모습을 드러낸다면 과연 자신이 어떻게 할지, 그 자신도 알 수 없었다.

킴이 히틀러와 도조를 양쪽에 거느린 채 콧수염을 기르고 총통에 등극하는 꿈을 꾸고 나선 자신이 점점 미쳐 가는 게 아닌가 회한이 들기도 했다. 어쨌거나, 언제까지 그와 이 미묘한 관계를 유지할 순 없는 노릇.

"그가 일본인과 친분이 깊다는 건 우리 모두가 잘 알고 있는 사실이오."

"각하. 킴 대원수가 일본과……."

"아아. 됐소. 그가 일본과 금전적으로나 정치적으로나 굉장히 유착하고 있었다는 걸 부정하진 않겠소. 물론 그가 합중국에 충성한다는 것 또한 부정하지 않고. 일단 한번 의견을 들어보기나 합시다."

저번 일은 전초전에 불과했던 것 아닐까. 본 게임이 시작되기 전 빨리 퇴역하고 싶다. 마셜의 마음을 아는지 모르는지, 본국에서 경성을 향해 급전이 발송되었다.

비슷한 시각.

"이야. 오랜만에 아는 얼굴을 보니 반갑습니다."

"합하를 뵙게 되니 저로서는 참으로 기쁨을 금치 못하겠습니다."

"어허. 누가 들으면 오해하겠습니다. 자자, 앉으시오."

오오타는 은밀히 경성의 구 총독부에 발을 디뎠다.

일본침몰 7

옛날, 아니 옛날이라고 하면 좀 이상한데. 아무튼 1회차 인생의 한국에는 부산 풀코스라는 말이 있었다. 부산 오르막길만 십수 년을 오르내린 나도 그 정체를 깨닫기 전에 생을 마감한 이 부산 풀코스란 과연 무엇인가? 강알리 등킨 도나스를 노나먹으며 해운대 갈매기에게 새우깡을 약탈당하고 워보이의 후예 부산 택시 맛을 본 뒤 사직 야구 박물관에 갔다가 돼지국밥 먹으면 풀코스인가? 안타깝게도 아직 쪽바리 냄새가 덜 빠진 1943년의 부산엔 풀코스가 없다. 아쉬운 대로 오오타에겐 경성 풀코스 맛을 좀 선보여줘야지.

"크, 속이 아주 뻥 뚫리는군요. 맵고 뜨겁지만 도무지 수저를 가만히 둘 수가 없습니다. 조선에 이런 요리가 있었습니까?"

"태평양 전선에 있던 조선계 미군장병들이 만들었소. 그걸 양키들이 보더니 유진 스튜라고 이름 붙였지 뭐요. 여기서는 부대찌개라고 부르고 있고."

본국 다녀왔더니 경성에서 소요가 일어났었다는 말에 내가 얼마나 기겁을 했는지 아는가? 민심 다잡기의 일환으로, 내가 자리를 비운 사이에도 우리 미군은 행사를 열어 내가 캘리포니아에서 했듯 무료 급식소를 차리곤 했었다.

'어우, 맛 좋구만! 이보시오, 까만 양반. 이 찌개는 이름이 뭐요? 우리도 집에서 좀 해먹으려 하는데.'

'Eugene Stew.'

'아, 김유진 장군님이 하사하신 거 누가 모르남? 찌개 이름 말이요, 찌개 이름! 이거!'

'이거 이름이 유진찌개라는데?'

'뭐? 이 쌍놈의 자식들이?!'

한겨울 추위에 달달 떨며 밥 받으러 나온 경성 시민들이 갑자기 돌변한 것은 정말 순식간이었다고 한다.

'양놈 자식들이 성계탕 대신 유진탕을 끓여 먹는다!'

'이 애비애미도 없는 놈들, 어찌 모시는 분의 존함을 불러대며 고기를 씹는단 말이냐!'

급식소는 반파되었고, 이미 일본군을 두들겨 패며 그 힘을 과시한 경성 시민들은 이번에도 어김없이 마산아재에 버금가는 전투력을 선보였으며, 혼란에 빠진 미군장병들이 우왕좌왕하는 가운데 이범석이 자유대한군단을 풀어 간신히 소요를 진압했고 뜨뜻한 아랫목에서 이불 깔고 누워 있던 여운형은 황급히 달려와 시민들을 진정시켰다.

뭐지, 대체 뭐지……? 내가 신명나게 몸짓을 해가며 이 썰부터 시작해 그동안 있었던 온갖 꿀잼 스토리를 풀기 시작하자, 이미 술이 제법 들어가 딱딱하게 굳어 있던 얼굴 근육이 육질 야들야들하게 풀리기 시작하던 오오타가 결국 참지 못하고 너털웃음을 터뜨렸다.

"조선인들이 장군을 생각하는 마음이 실로 아름답지 않습니까. 연전연승 끝에 총칼을 들고 도시에 입성한 정복자를 상대로 그렇게 싸우다니요. 실로 민심이 장군을 따르고 있다는 증거 아니겠습니까."

"하하. 그냥 소소한 오해에서 비롯된 해프닝이지요."

"그럴 리가요? 민심은 천심이라 했습니다. 이 조선 땅의 진정한 주인이 누구인지 무지렁이 백성들조차 똑똑히 알고 있는 셈입니다."

"그렇게 따지자면 할 말은 없군요. 그 논리대로라면, 귀하께서 이 경성 땅에 걸음하셨다는 사실에서는 차후 열도의 진정한 주인이 누가 될지 일본의 권력자들이 똑똑히 알고 있다는 사실일 테고요."

신나게 웃음을 터뜨리며 술잔을 기울이던 그가 스탑 모션 하듯 딱 굳어 버렸다. 처음 오오타를 만났을 때가 생각나는구만. 그땐 진짜 몽구스 앞의 코브라 같은 심정이었는데. 전문 외교관을 상대로 독니 한 방 크리티컬 제대로 띄워서 이겨 보려고 아등바등대던 그 시절과 비교하면 감회가 새롭구나. 얼어붙은 그를 안주 삼아 나는 다시 한번 술을 홀짝였다.

"총리대신 안 하실 겁니까?"

"갑자기 너무 황망한 소리를 들어 몸이 깜짝 놀라는군요. 말씀 거두어주시지요. 전 오직 천황 폐하를 위해 이곳에 왔습니다."

"총리대신일지, 태정대신일지, 아니면 대통령일진 모르겠지만 그깟 직위 명이 중요한 게 아니지요. 가장 중요한 사실은, 누군가는 그 자리에 앉아야만 한다는 사실 아니겠습니까."

"지금 논할 문제는 아닌 것 같습니다."

"지금이 아니면 또 언제 논하겠습니까. 이건 귀하를 위해 베푸는 제 성의입니다, 성의. 누구보다도 먼저 입찰할 수 있는 놀라운 기회 아닙니까."

나는 아미앵 전격전하듯 곧바로 몰아치며 철벽과도 같던 오오타를 연신 흔들어 놓았다.

"이게 다 애국입니다."

"애국… 이라고요? 이게? 제가 지금 매국을 잘못 들은 겁니까?"

"신뢰하는 사람과 합작할 수 있냐 없냐에 따라 당연히 제 선택지도 바뀌지 않겠습니까."

술잔을 떨어뜨리다시피 내려놓은 그의 손을 부여잡았다. 따뜻해야 할 손이 얼음장 같다.

"오오타 선생."

"…말씀하시지요, 장군님."

"선생이 누구보다 더 잘 아시겠지만, 이 김유진이란 사람은 일본을 진심으로 사랑하고 또 걱정하던 사람입니다."

"처음부터 이리될 줄 다 알고 있었잖습니까, 장군은! 장군께선 전혀 몰랐습니까?"

"알았지요. 알고 있었으니 몇 번이고 만류했잖습니까? 나는 일본군이 제발 만주 출병을 멈춰 주길 요청했습니다. 만주를 정복하는 순간 평화와 공존의 길이 사라지고 패망의 그 순간까지 끝없는 폭주만이 이어지리라는 사실을 난 진작부터 깨달았고, 또 경고했습니다."

그럼. 진심이고말고. 일본제국이 목줄 풀린 미친개가 되어 날뛰지 않고 문민통제에 성공했다면 도쿄 석쇠 불고기 쇼 같은 일은 절대 일어나지 않았겠지. 하지만 2차대전은 결국 필연이고, 식민제국의 해체 또한 필연. 그땐 전쟁 대신 조선 자치정부 설립 같은 점진적인 수단으로 접근했을지도 모른다. 나는 역사에 길이길이 친일의 아이콘으로 남았을 테고. 어쨌거나, 내 경고는 전부 한 치의 거짓도 없는 진실이었다. 너희들 중 그 누구도 듣지 않았을 뿐.

"일본의 패전이 곧 일본의 멸망을 뜻하지는 않습니다, 오오타 선생."

"킨 장군. 킨 장군, 대체. 대체……."

"일본이라는 나라는 중병을 앓는 환자입니다. 나라를 좀먹다 못해 죽기 일보 직전으로 몰고 간 암덩어리들을 이번 기회에 말끔히 도려내지 못하면, 언제고 암은 다시 기어나와 결국 환자를 죽여버릴 겁니다. 칼이 무섭다고 수술을 피하겠습니까?"

그는 고개를 떨구고 침묵했고, 나 또한 잠시 혼자 술잔을 기울였다. 이 양반이 거절한다면 다음엔 누굴 꼬드겨야 한다. 어지간하면 대충 날 알 만큼 아는 사람이랑 같이 작업하는 게 편한데 말이지. 일단 전면에서 공세를 실컷 퍼부었으니, 이젠 측면을 타격할 차례였다.

"지금 본국에서도 일본의 이번 항복 제안에 대해 말들이 많습니다."

"저희는 포츠담 선언을 승낙할 의사가 있습니다."

프로 외교관이란 이런 건가. 오오타는 일 이야기가 나오자마자 고개를 번쩍 치켜들었다.

"'포츠담 선언을 승낙할 의사'라는 말 자체가 성립이 안 되지요. 자꾸 조건을 다시니 문제가 되잖습니까."

"부탁드립니다. 천황제가 폐지된다면 전후 일본을 다스리는 데에도 많은 어려움이 생길 겁니다. 막부를 세워 신주를 다스리시고 천황은 옥새 삼아 자유로이 다루시지요. 그편이 미국에도 훨씬 이득이 됩니다!"

그의 말에 대답하는 대신, 나는 조용히 서류 하나를 꺼냈다. 오오타가 거기 적힌 글을 다 읽는 덴 그리 오랜 시간이 걸리지 않았지만, 쉽사리 다시 입을 떼지도 못했다.

"국무부에서 수집한 가장 최근 여론조사 결과입니다. 응답자의 40%가 천황을 처형해야 한다고 답했습니다."

"…대중들의 의견이 최선은 아닙니다."

"처형하자, 고문하자, 굶겨 죽이자, 징역살이, 추방, 전범재판… 대충 다 합쳐서 75%. 너무 압도적입니다. 건들지 말자가 3%에 괴뢰로 조종하자가 2%. 보시다시피, 민주 국가로서는 일본인을 조종할 궁리를 하기 이전에 유권자를 먼저 생각해야 합니다."

"킨 장군! 제발, 제발 자비를!"

국무부 놈들도 머리 뚜껑 한번 열어보고 싶네. 대체 여론조사를 뭐 어떻게 했길래 굶겨 죽이자는 답변이 나왔냐. 물론 쪽바리들이 미군 포로를 학대하고 굶기다 못해 죽이기도 했지만, 그 뭐시냐… 너무 그로테스크하잖아

이건. 아무튼 나는 복수심에 불타 히로히토를 사형시킬 만큼 미쳐버리진 않았다. 살려서 굴릴 수단이 무궁무진하기도 할뿐더러, 전범 재판에서 히로히토를 죽였다간 현인신 같은 짝퉁 신이 아니라 귀축영미의 손에 순교당한 진짜 신으로 등극한다. 살아서는 좆도 아닌 놈이 죽어서는 우리를 좆되게 할 수 있다고.

1억 총옥쇄가 개소리가 아닌 트루―먼이 되면 뒷감당 못 한다. D.C.에서 저딴 미치광이 결정을 내리면 네발로 기어가서라도 말려야 한다. 이런 생각은 어디까지나 내 속에 담아둘 뿐, 입으로는 믿지도 않는 개소리가 나불나불 잘도 나왔다.

"미국인들은 책임자의 피를 원합니다. 진주만의 상처를 달래려면 보통 방법으론 불가능해요."

"장군께선 그 누구보다 여론을 다루는 능력이 뛰어나시잖습니까. 이렇게 말씀을 꺼내신 걸 보면 필시 무언가 비상한 방법이 있다는 뜻이겠지요?"

"물론 저는 우리나라의 의사 결정 과정에 별다른 영향력을 발휘하지 못하는 일개 군인에 불과합니다만……."

"장군께서 절대 사사로이 힘을 써서 미국의 결정에 영향을 미치진 못할 테지만, 부디 장군께서 흉중에 품고 계신 고견을 들어보고 싶습니다."

이 사람 나를 너무 잘 알아. 이러니까 1순위로 일본에 박아두고 싶지. 얼마나 편하고 좋냐고.

"일단 모든 것의 전제 조건으로, 천황이 항복 선언을 할 때 절대 돌려 말해선 안 됩니다."

"그게… 무슨 말씀이신지요?"

"미국 정부는 미국 시민의 뜻을 받들고, 미국 시민을 움직이는 건 감정, 대놓고 말해 복수심입니다. 만약 항복 선언에서 '항복'이라는 문구 없이 뜬구름 잡는 비유법이나 간접 화법만 그득하다면 시민들의 분노에 기름을 끼

없는 셈입니다."

"하지만, 황실의 어법이라는 게……."

"아이 씨, 그 어법 지키려다 황실 문 닫고 싶습니까? 전범재판 맛 좀 볼래?"

"돌아가서 이런 걸 떠들었다간 전 정말 매국노로 낙인찍힙니다!"

"대신 훗날 사서에는 황실을 지킨 위대한 충신으로 적히겠지요."

오오타는 연신 술만 들이켰다. 이 가슴 따뜻하고 양심을 지키는 유진 킴조차 그 모습을 보고 흔들리지 않을 수 없었다.

"더 있습니까?"

"방금 전의 말은 원활한 황실 보존을 위한 제 조언이었고, 이제부터는 정말 일개 개인의 사견입니다."

"경청하겠습니다."

"첫 번째 방안은 이렇습니다."

일본 인간문화재 제1호, 천황가. 일본이란 나라의 헌법에서 완벽하게 천황가를 덜어내버리고, 어디까지나 후대로 계승할 전통이란 측면에서만 접근한다. 존중도 해주고, 나라에서 먹여주고 재워주고, 여태까지의 제례나 의식도 전부 할 수 있지만 국내 정치에 개입할 모든 수단은 박탈. 한마디로 21세기 한국의 경복궁에 조선 왕실이 복귀해 거기서 먹고살면서 관광상품으로 동원되는 느낌이랄까.

"이, 이게 천황제 폐지가 아니면 대체 뭡니까?"

"왕정을 폐한 다른 나라의 예를 찾아보시지요. 왕가의 재산을 모두 몰수하고 그 일족을 국외추방하지 않은 곳이 없습니다. 이에 반해 국내에 그대로 앉아 국민의 존경을 그대로 받을 수 있으니, 여타 입헌군주와 크게 다를 바가 없습니다."

하지만 이조차 오오타에게는 감당하기 어려운 듯했다. 어쩔 수 없지. 조금 더 너그러운 제안을 해볼까.

"두 번째 방안은… 바티칸으로의 변화입니다."

"로마 교황청을 일컬음이십니까?"

천황은 일본 신토(神道)의 중심이니까 대충 종교 지도자라고 우길 수 있잖아, 그러니까 쑥밭… 아니, 실수할 뻔했네. 교토 같은 곳을 천황국으로 선포하고 형식상 일본과 분리한 독립국이 되면 어떨까?

"그건 또 무슨 궤변입니까!"

"지금 교황이 어디 세속 군주로 행동합니까? '일본제국'은 교토의 황궁 일대를 가진 나라로 존속하고, 대신 새로운 민주 국가 '일본국'이 들어서는 겝니다."

"이건, 이건, 제가 감당하기엔 너무 큰……."

"딱히 달라지는 것도 없습니다. 형식상으로 천황이 다스리는 일본제국이 열도 전역을 다스린다고 법전에 적어 놓을 수도 있겠지요. 옛 막부 또한 쇼군과 다이묘가 천하를 다스리긴 하였지만, 아무튼 형식상으로나마 천황의 관리들 또한 장식품으로 있었잖습니까. 한 나라에 정부가 2개. 일본의 전통을 조금 더 근대적으로 개량한 것뿐입니다."

너무너무 자비롭지 않은가 싶은데, 딱히 그렇지도 않은 모양이었다. 근데 어쩌겠니. 꼬우면 전쟁 이겼어야지.

"세 번째 방안은 없겠습니까?"

"현 천황이 모든 책임을 지고 퇴위해야지요."

"그렇게 하면 천황가를 유지할 수 있겠습니까?"

"그럴 리가요. 어디까지 뜯겨 나갈지는 저도 잘 모르겠군요."

원 역사의 맥아더와 트루먼은 '히로히토 구하기'에 총력을 기울였고, 그 결과 히로히토를 완벽하게 세탁하는 데 성공했다. 전쟁광 잽스의 우두머리가 민주주의와 평화를 사랑했으나 역도들에게 손발이 묶인 비운의 군주로 세탁되는 덴 3년도 채 걸리지 않았다. 하지만 상황은 무척 바뀌었고, 나는 그렇게까지 꼼꼼하게 세탁해줄 의향은 없다. 그렇게까지 하지 않아도 될 것 같거든.

오오타는 내가 한 아름 안겨준 선물을 꺼안은 채 좀비 같은 표정으로 돌아가는 비행기에 탔다. 저 모습을 보노라면 내가 좀 뭔가를 도와줘야겠단 생각이 안 들고 배기겠는가.

"폭격을 조금 더 늘립시다."

뒤지기 싫으면 얼른 결정하라고.

일본침몰 8

폭격기를 띄워 보내고, 폭격을 갈기는 덴 당연히 돈이 든다. 이제 일본의 항공기 요격 능력은 0이 되어버렸기에 인명 피해는 극적으로 줄어들었다지만, 전비 문제에서는 그 누구도 자유로울 수 없다. 하지만 그래도 띄웠다. 멀쩡히 남아 있는 게 없지만 그래도 띄웠다. 단순한 돈 문제가 아닌 정치적 문제가 된 이상, 폭격기는 계속 날아서 일본인들에게 화약 맛을 선사해야만 했다. 부산에서 이륙한 폭격기가 군사적으로 어떠한 가치도 없는 소도시에 폭격을 감행한다.

인적이라고는 없는 산이 보이면 '저 산의 나무를 일본군이 땔감으로 쓸 수 있으니 저건 군수물자다.'라고 빽빽 우기며 아무튼 폭격을 감행한다. 해군항공대 또한 가만히 있을 순 없다. 이미 일본 해군이 소멸했으니, 이들 또한 질 수 없다는 듯 열심히 이륙해 일본의 문명 퇴화에 한 팔 거든다. 열도 한 바퀴를 뺑 둘러 기뢰란 기뢰는 다 긁어모아 모조리 발라버리고, 심심한 군함들은 해안가에 바짝 붙어 함포를 쏴댄다. 심지어 어선조차 보이는 족족 격침, 해먹을 게 없어진 잠수함까지 부상해서 신선한 공기를 맛보며 해안에 대고 포를 쏴댔다.

신이 보살피는 불멸불침의 나라 일본은 넝마가 되었다. 도시에 있으면 먹을 것을 구할 수 없기에 온 사방으로 흩어져 유리걸식하는 이들은 이제 너무나 흔해졌다. 비가 온다고 해서 깜짝 놀라는 사람이 없듯, 잿더미가 된 곳에 또 폭격기 날아오는 소리가 들려도 몸서리조차 치지 않게 되는 이들이 부지기수.

경성의 집무실에서 서류를 팔랑거리며 커피를 입에 털어넣고 있는 유진 킴은 딱히 죄책감을 가지지 않았다. 대체 뭘 어떻게 건드렸는지 모르겠지만 아무튼 전쟁은 원 역사보다 앞당겨졌고, 그 결과 지금 이 시점까지 따끈따끈한 리틀 보이와 팻—맨이 등장하지 않았다. 모르긴 몰라도 개발이 완료되었다면 진작 핵빠따 이야기가 솔솔 나왔을 텐데, 지금까지 말이 없는 걸 보면 핵은 없는 게 확실하다.

그러니까, 유진 킴이란 회귀자는 저 끔찍한 핵의 버섯구름으로부터 일본인들을 구한 셈이 아닐까? 그토록 수십 년간 유일하게 핵에 맞은 불쌍한 민족이라고 몸을 비틀어댔으니, 지금 좀 고통받건 말건 핵에 맞는 것보단 훨씬 자비로운 처사 아닐까? 굶주림의 고통은 일순간이겠지만, 누카—방사능—머쉬룸은 백 년을 우려먹을 수 있는 끔찍한 고통 아닌가. 이 끔찍한 고통을 피하게 해주었으니 필시 이 선행 하나만으로도 천국 앞에서 대기 중일 베드로가 재빨리 이랏샤이마세를 외치며 천국행 대문을 열어주고 거스름이 좀 남으리라. 남는 건 팁으로 쓰시오.

보통 유진이 이런 쓸모없는 생각에 잠겨 있을 때면, 브래들리건 맥나니건 마셜이건 하다못해 운전수건 누구 하나쯤은 브레이크를 밟았을지도 모른다. 하지만 행인지 불행인지. 리치 왕의 왕림을 기념하며 1월 초부터 최저기온 영하 15도를 달성한 경성엔 브레이크를 밟아줄 인사가 아무도 없었다. 대신.

"사령관님. 본토에는 더 이상 태울 게 없는데, 황해도에 비행장을 닦아 중국에 주둔 중인 일본군을 타격하는 건 어떻겠습니까?"

석기시대 애호가.

"장군님께서 왜놈들의 머리통에 불벼락을 내리시니, 단군 이래 그 누구도 하지 못한 왜지 정벌의 대업을 이루심 아니겠습니까! 이제 반도에 발붙이고 있는 모든 왜놈들을 수용소에 처넣고 두만강으로 진격하시지요!"

파시스트.

"추, 추, 추, 추워서, 아무, 아무, 생각이. 대원수님, 우리 조상들은, 러시아인이었, 습, 니까?"

스노우맨까지.

"하하. 여기도 김씨고 저기도 김씨니 실로 김씨가 다 해먹는 사령부 아닙니까. 김 대령, 김 준장이 오기 전에 얼른 우리끼리 밥 좀 먹읍시다."

"예, 사령관님."

그 누구의 방해도 받지 않은 유진 킴은 경성의 맛집이란 맛집은 모조리 순회하며 먹방의 전설을 찍기에 여념이 없었다.

* * *

교토의 황궁, 어소(御所)가 재로 화했는데 도쿄라고 멀쩡할 리는 없었다. 귀축미제에게 하늘을 빼앗겼다는 현실을 인정한 뒤, 일본제국이 가장 먼저 행한 일 중에서는 도쿄 황거의 일부 전각을 헐어 폭격에 상하지 않도록 빼돌리는 일 또한 있었다. 그럼에도 불구하고 모든 전각을 그렇게 해체할 순 없었고, 도쿄가 무시무시한 대공습에 의해 통째로 불타오르며 신이 거하는 황거라 해서 예외가 될 순 없었다. 더 이상 현인신 천황은 자신의 집 안방에 머무르지 못했다. 이제 그는 황거에서도 가장 깊숙한 곳, 황실 도서관에 마련된 지하 벙커에 쥐새끼처럼 숨어 지내야만 했다. 오오타 또한 천황을 배알하는 영광을 얻어 그 지하 벙커로 들어갔다.

"신(臣) 오오타 타메키치, 폐하를 알현하게……."

"겉치레는 되었느니라. 어소에 앉아 있지도 못하고 이곳에 숨어 사는 형편인 지금, 격식을 따져 무엇하겠는고."

태어난 그 순간부터 황실의 거대한 담벼락 안에서 살아온 남자. 사람이지만 신으로 숭배받았고, 앞으로 신으로 떠받들어지며 평생을 살다 가리라고 교육받아 왔다. 만세일계의 황가를 잇는 전제군주라는 겉치레, 그리고 손 하나 까딱거리는데도 복잡한 정치적 구도를 염두에 두어야 하는 현실 사이에서 외줄 타기를 해야 했고 그 순간순간에도 결코 위엄을 잃어서는 안 되었다. 후회는 늦었다. 후회해야만 한다는 현실을 받아들이는 데도 이미 많은 시간이 걸렸다. 오오타의 보고를 듣는 동안, 그의 안색은 도무지 펴질 기미가 보이지 않았다.

"긴유진이 말하는 바는 결국 천황제를 폐하겠다는 의도임이 명백하지 않은가?"

"송구하오나, 만세일계의 혈통을 끊지 않는 선에서 저지를 수 있는 모든 흉험한 일은 다 하겠다는 것이 저들의 의도인 듯하옵나이다."

"…어찌하여 이 지경에 이르렀단 말인가."

히로히토는 결코 아둔하지 않았다. 그렇기에 김유진이 말하였다는 '개인의 의견' 세 가지가 품고 있는 속내 또한 여실히 깨달았다.

'퇴위하지 않아도 된다.'

모든 권력을 손에서 놓고 장식품으로 전락하든(과연 이것이 지금과 얼마나 달라질지 히로히토는 고민해야 했다), 혹은 천황령을 선포하여 교황과 마찬가지로 영적 지도자 지위만을 보존하든. 총칼에 밀려 이 자리에서 쫓겨나지 않을 수 있다는 점은 참으로 달콤한 유혹이었다. 오오타가 물러난 후, 워싱턴 D.C.에서 날아온 전문 또한 그의 결정을 돕고 있었다.

일본 정부가 타진한 [최고 지도자로서 보유한 천황의 특권을 해치지 않는 범주 내에서 포츠담 선언을 수용할 의사 있음]이라는 전문에 대한 연합국 입장은 다음과 같다.

[항복하는 순간부터 천황 및 일본 정부의 국가를 통치할 모든 권한은 연합군 최고사령관에 종속되며, 최고사령관은 항복 조건을 이행하기 위한 모든 권한을 보유한다.

일본 정부, 그리고 일본 대본영은 포츠담 선언 수락을 밝히는 협정문에 반드시 서명해야 하며 천황은 이를 보증해야 할 의무가 있다.

천황, 일본 정부, 일본 대본영은 일본 육군, 해군, 항공대, 그외 모든 군사 조직, 준군사 조직에 교전 중지 및 무장 해제 명령을 하달해야 하며 그 외 연합군 최고사령관이 포츠담 선언을 이행하기 위해 필요한 모든 명령을 하달해야 한다.

일본은 항복 즉시 전쟁 포로와 억류된 민간인을 해방하고 연합국 선박에 즉시 탑승할 수 있는 안전한 구역으로 그들을 이송시킬 의무가 있다.

포츠담 선언에서 밝힌 바와 같이, 전후 일본 정부는 자유롭고 민주적인 의사 결정을 보장받은 일본 시민의 의지에 따라 재구축될 것이다.

연합군은 포츠담 선언이 밝히는 그 목적이 모두 이루어질 때까지 일본 본토와 그 부속도서에 주둔할 것이다.]

일본제국 최후의 어전회의에서는 김유진의 비공식 언질과 미국 정부의 비공식 전문을 놓고 성대한 입씨름을 개시했다.

"여기 보시면 정부(government)라는 표현이 적혀 있습니다. Government가 아니라 government라고 하였으니 황실을 제외한 일본 정부만을 가리킨 것이 틀림없습니다!"

"그건 너무 긍정적인 발상 아니오?"

"애초에 천황제를 보장해 달라고 하였는데 저런 답변이 왔으면, 의도적으로 답변을 미룬 것 아닙니까. 이 답답한 사람들아."

"미국은 시민들의 눈치를 봐야 하는 나라입니다. 훗날을 걱정해 이런 식으로 표현한 것 아니겠습니까."

어떻게든 충신으로 남고 싶어 마음에도 없는 언쟁을 벌이는 이들. 저들이 보장받고 싶은 것은 천황제가 아닌 다른 부분이겠지만, 이미 일본의 협상력이 고갈되었으니 이제 명예라도 챙기겠다는 뜻 아니겠는가.

"그 부분은 되었느니라."

히로히토로서는 또 별개의 셈법이 작동하고 있었다.

'신민들이 천황제를 버릴 리가 없잖은가?'

아무리 허수아비니 장식품이니 별별 소리를 다 하더라도, 시조 진무 천황 이래 온갖 권신들이 나타나 일본 천하를 주름잡았더라도 감히 천황제를 폐하겠다는 마음을 품은 이는 아무도 없었다. 그게 어디 천황에 대한 충심이 넘쳐서 그랬겠는가. 야마토 민족이 하나로 뭉치기 위한 상징인 천황제를 포기한다는 발상 자체가 이 민족에겐 상상도 못 할 폭거이기 때문 아닌가.

"짐은 신민들이 더 이상 천황을 원치 않는다면 당연히 사라져야 한다고 생각하노라. 제국을 위해 힘껏 싸운 신민들이 선택할 권리를 갖는 것은 지극히 당연한 바 아니겠느냐."

"폐하!"

"폐하!! 아니 되옵니다!"

"만세일계는 계속 이어져야 하옵나이다!"

"폐하. 폐하의 신민들은 폐하를 위해 옥처럼 산산조각날 모든 준비가 끝났습니다. 부디 명을 거두어주시옵소서."

"짐은 신민들이 짐을 위해 그 목숨을 서슴없이 던지리라는 충심을 결코 의심하지 않는다. 허나, 미제귀축에 맞설 용기가 아무리 담대하다 한들 당장 이 엄동설한을 어찌 넘길 수 있겠느냐? 짐의 백성들이 올겨울을 무사히 보낼 연료와 식량이 남아 있느냐?"

요식행위. 히로히토는 애써 속에서 치밀어오르는 울분과 경멸감을 갈무리했다. 저들이 진정 옥쇄를 바랐다면 어째서 반란을 그토록 신속하게 진압했겠는가. 눈알이나 데굴데굴 굴리며 마음에도 없는 소릴 지껄이는 모습. 항복 같은 소리를 절대 하기 싫다는 저 꼬라지 좀 보라지. 늘 그랬듯, 나는 저들이 듣고 싶은 말을 해주는 수밖에 없구나. 그는 그렇게 스스로에게 면 죄부를 하사하며 회의를 속개할 것을 다그쳤다.

"이 '종속된다.'라는 표현은 실로 무도하기 이를 데 없는 망언입니다."

"이를 수락하는 것은 곧 단 한 번의 외침도 겪지 않은 야마토 민족 전체가 귀축영미의 노예로 굴러떨어짐을 뜻합니다."

"조용히 하거라. 짐은 신민들의 노고를 이해하노니. 다시 한번 미국인들에게 연통을 보내 포츠담 선언을 수락하겠노라 밝혀라."

마침내. 영원토록 비상할 것만 같았던 태양의 제국이 침몰했다.

* * *

1943년 1월 10일 정오. 이미 맹렬한 폭격에 잿더미 외에 남은 건 없었지만 그래도 비상 발전기는 돌아갔고, 각지의 방송국은 미리 세팅해둔 대로 전국에 방송을 개시했다.

— 지금부터 중대 발표가 있겠습니다. 전국의 모든 청취자 여러분, 기립해주시기 바랍니다.

— 참으로 황공하옵게도, 천황 폐하께서 친히 전 국민을 대상으로 조서를 반포하시었습니다. 삼가 옥음을 방송하오니, 모두 경청하시기 바랍니다.

— 짐은, 세계 대세와 급박한 제국의 현 상황을 감안해 비상한 조치로써 본 시국을 수습하고자 충량한 그대들 신민에게 고하는 바로다.

낯선 목소리. 일본 신민들이 거의 들어본 적 없는 목소리. 구중궁궐 너머에 있을 미지의 인물은 그 어투도, 단어도 낯설었다.

— 짐은 제국 정부로 하여금 미국, 영국, 지나, 소련 4개국에 포츠담 선언을 수락하여 어떠한 조건을 부연하지 않은 채 항복한다는 뜻을 통지하도록

명하였다.

그 순간, 세상이 멈췄다. 제아무리 고풍스러운 용어를 쓴다 한들, 세 살배기 아기가 아니고서 제국의 국민 중 항복이라는 단어를 알아듣지 못할 이는 그 누구도 없었다. 그 뒤로도 기나긴 조서 낭독은 계속되었으나.

"전쟁이, 끝났다고?"

"항복이란다. 항복."

"이제 폭격 안 맞나?"

무어라 논할 기력조차 없는 이들.

"덴노 헤이카, 반자이!"

"반자이!!"

라디오를 향해 절을 올리고 하나둘 배를 가르는 이들.

"쇼와가 항복했다!"

"저주받을 군국주의자들이 패했다!"

거리로 뛰쳐나와 만세를 부르는 이들. 그리고.

"대한 독립 만세!!"

"쪽바리들이 졌다!!"

"와아아아아아!!"

뼛속까지 얼어붙는 듯한 추위에도 불구하고, 조선 천지는 다시 한번 지진 일어나듯 출렁대기 시작했다.

고증입니다

...
그 날이 와서 오오 그 날이 와서
육조(六曹) 앞 넓은 길 울며 뛰며 딩굴어도
그래도 넘치는 기쁨에 가슴이 미어질 듯하거든
드는 칼로 이 몸의 가죽이라도 벗겨서
커다란 북을 만들어 들쳐 메고는
여러분의 행렬에 앞장을 서오리다.
우렁찬 그 소리를 한 번이라도 듣기만 하면
그 자리에 거꾸러져도 눈을 감겠소이다.
– 심훈, 〈그 날이 오면〉 中

7장
평화를 위한 아다지오

평화를 위한 아다지오 1

더글라스 맥아더 상원의원은 가능한 한 최고로 건방진 자세를 취하며 입에 담배 파이프를 물었다. 요 근래 이토록 담배 맛이 달달한 적이 있던가.

"전승 대통령이 되셨군요. 참으로 축하드립니다."

"고맙소, 맥아더 의원."

마음에도 없는 이야기. 이미 두 사람의 관계는 파탄 났고, 최악을 향해 치달았다. 무엇보다 두 사람 모두 다음 대선을 향해 달리고 있는 이상, 앞으로 관계가 회복될 일은 없다 보아도 무방했다.

"이제 축하 멘트도 하셨으니 이만 돌아가 보심이 어떨지?"

"그래요? 여기 입주하기까지 몇 년도 채 남지 않았는데, 조금 더 구경하고 가도 괜찮지 않겠습니까?"

"딱딱한 군인인 줄로만 알았는데 이리 멋진 신년 농담도 하실 줄 알고. 장족의 발전이구려."

"이렇게 굳이 찾아오게 된 이유는, 대통령께 한 가지 통보를 하기 위해서입니다."

'통보'라는 단어 선정에서부터 월레스는 불쾌함을 느꼈다.

"하. 들어나 봅시다."

"맨해튼 프로젝트."

그 순간, 복부를 발로 걷어차이는 듯한 아픔이 월레스를 엄습했다. 맥아더는 월레스의 기분을 아는지 모르는지 공격을 이어나갔다.

"1년 국가 예산에 육박하는 어마어마한 거금을 퍼부은 극비 프로젝트. 의회의 승인 따위 받지도 않고, 심지어 모든 내역을 기밀로, 다른 예산을 빼돌려 집행했지요."

"혹시 제정신이시오? 그 프로젝트는 바로 당신! 당신이 전쟁부장관으로서 집행한 프로젝트요! 거국내각이 진행한 프로젝트에 의회라니?"

"어쨌거나 대통령께서 재임 중 진행한 프로젝트 아닙니까."

"내 프로젝트가 아니라 루즈벨트의 프로젝트지."

"민주당 정권의 프로젝트지요. 고작 그런 말장난으로 20억 달러 규모의 책임을 면피하려 하면 곤란합니다."

원자폭탄. 독일의 핵개발 프로젝트에 대응하기 위해 시작된 미증유의 초거대 계획. 하지만 눈알이 튀어나올 것 같은 어마어마한 거금을 퍼부었는데도, 아직 성과는 아무것도 나오지 않았다. 그 와중에 전쟁도 끝나버렸다.

"그래서? 이제 시민의 혈세를 낭비했다고 공격하겠다 그 말이신가? 다른 누구도 아닌 전직 전쟁부장관께서!"

"물론이지요."

맥아더는 파이프를 입에서 빼고는 천천히 월레스에게로 몸을 기울였다.

"그래서 그 프로젝트. 어디까지 진행되었습니까?"

"당신은 이제 군사 기밀에 접근할 권한이 없어."

"오, 헨리. 멍청한 소리 그만 좀 합시다. 전쟁이 끝났으니 그 군사 기밀이라는 웬알거림은 의미가 없습니다. 내가 곧장 의회로 달려가 이 비밀 프로젝트를 폭로하고 국정 감사를 요청하면 그깟 접근 권한이 문제가 되리라 생각합니까?"

"그럼 그렇게 하면 되잖소. 하시오. 마음대로 하라고."

"내가 군이 당신을 직접 찾아온 이유는 조금 다릅니다."

과학자들의 말에 따르면, 이 원—자—폭—탄이라는 신무기의 파괴력은 기존 재래식 폭탄을 아득히 상회하리라고 예측되고 있었다.

"어차피 맨해튼 프로젝트에 투입된 예산 대부분은 연구시설과 각종 설비, 기기 제작에 투입된 매몰 비용이지요. 그렇잖습니까?"

"잘 알고 있구려. 나한테 군이 물어볼 필요도 없는 이야기 아니오."

"개발을 속행하시지요. 괜히 우리가 툭툭 두들긴다고 해서 프로젝트 중단하지 마시고."

월레스는 자신의 귀를 의심했다. 지금… 뭐라고 떠들고 있지, 이 작자는?

"이해가 잘 안 되시는 듯하니 더 풀어서 설명해 드리리다. 원자폭탄은 전후 세계를 근본적으로 바꾸고, 세계 유일의 초강대국인 미합중국을 상징하는 병기가 될 잠재력을 갖고 있소."

"…그래서?"

"그래서는 뭐가 그래서요? 지금 우리가 포문을 열면 귀하와 민주당은 세금 도둑이라고 배 터지게 욕을 먹겠지만, 기껏 수십억 달러를 퍼부은 프로젝트를 무로 돌렸다간 천하의 머저리 새끼들로 역사에 길이길이 낙인찍히리란 사실을 알려드리고 있소. 고작 소소한 정쟁에 휩쓸려 대국을 그르치지 말란 말입니다."

상식적으로는 이렇게 만나서 말하지 않더라도 너무나 당연히 해야 할 일이지만, 이미 월레스의 상식이 D.C.에서 통용되는 상식과는 심각한 괴리가 있다는 사실을 몇 번이고 경험했다. 그러니 어쩌겠는가. 직접 말해줘야지.

"대체… 대체 무슨 의도로 이러는 겁니까."

하지만 월레스는 이 상황이 너무나 당혹스러운 모양이었다. 맥아더는 입 안에 감도는 담배 맛을 애써 털어버리며 나지막이 말했다.

"국익."

* * *

1943년 1월 12일. 모스크바, 크렘린.

"일본인들이 드디어 항복했소."

일본의 항복 선언이 전 세계로 퍼져나간 뒤, 스탈린은 항복 다음 날인 1월 11일을 전승 기념일로 선언하고 공휴일로 지정했다. 소련군이 진주한 만주, 하얼빈에서는 전승 퍼레이드가 개최되었지만 축제는 거기까지. 실상 일본과의 교전이 거의 없던지라, 몇 년간 벌인 독일과의 혈투에 비하자면 인민들의 반응이나 스탈린 그 자신의 감회나 전혀 다르게 다가오는 것이 현실이었기 때문이다. 오히려 지금부터가 진짜 전쟁이라 보아야 하리라. 피와 총성 대신, 펜끝과 혀로 싸워야 하는 치열한 전쟁.

"스탈린 동지께선 탁월한 지도력으로 연합국과의 협상에서 크나큰 성과를 거두셨습니다. 동지께서 저희를 지도해주시기만 한다면 아시아에서 또한 우리 연방의 이익과 자존심을 크게 고취할 수 있지 않겠습니까?"

몰로토프의 말을 부정하는 간 큰 이는 이 자리에 아무도 없었다. 단순한 아부가 아니다. 포츠담으로 향한 스탈린은 독일 영토의 약 1/3, 독일령 동프로이센 전체, 그리고 악의 본거지 베를린의 1/4을 약속받았다. 그뿐인가? 집요하게 요구하던 폴란드 문제에서도 사실상 영미의 양보를 받아냈고, 동유럽에서의 패권 또한 특별한 문제는 없으리라. 당초 예상했던 것보다 훨씬 어마어마한 대박. 미국을 신뢰할 수 없다고 가장 날을 세우던 이들조차 '미국이 우리 소련을 세계 경영의 파트너로 인정한 것 아닌가' 하는 낙관론을 펼 만큼, 그야말로 어마어마한 보상이었다.

"이제 우리에게 남은 일은 하나. 낡은 식민주의의 잔재를 모조리 털어버리고, 그 자리에 프롤레타리아의 혁명적 정부가 우뚝 설 수 있도록 적극 지원하는 것이오."

명백히 친소적인 태도를 보이는 월레스를 과도하게 압박했다간 역풍이 불 수도 있다. 독일과 일본을 말 그대로 뼈째 갈아버린 미군이다. 재력도 군사력도 무한한 듯한 저 미합중국과 군비경쟁에 돌입했다간, 그 군비 압박만으로도 이제 갓 전쟁을 끝내고 숨 돌릴 여유를 갖게 된 사회주의 조국은 그대로 짜부라질지도 모른다. 따라서 스탈린 또한 월레스에게 나름대로 정성을 담은 선물을 내밀어야 했다.

'동유럽에서 소련의 지배적인 이권을 보장받은 국가들에 과도한 개입을 하지 않겠다.'

'조건은 단 하나. 친소 정부일 것. 우리에게 이빨을 보이지만 않는다면, 굳이 공산 정권이 성립되지 아니어도 괜찮다.'

'아울러 그리스의 공산 반군에 모든 지원을 끊는다.'

스탈린이 동유럽에서 내밀 수 있는 카드 중 가장 비싼 카드. 이만하면 충분한 양보가 되었으리라.

"만주의 산업시설을 뜯어 본국으로 운송하고, 중국의 장개석과 보다 긍정적인 우호 관계를 수립할 수 있도록 역량을 집중하시오. 단, 대련항의 조차만큼은 양보할 수 없소."

"알겠습니다, 동지."

모택동은 믿을 수 없는 놈이다. 차라리 장개석이 낫지. 불손한 데다가 사사건건 크렘린의 지시를 족쇄 취급이나 하는 '마가린 공산주의자' 모택동에 비하자면, 중화민국은 건국 초 손문 시절부터 소련과 끈끈한 관계를 맺고 있었다. 반공주의자인 장개석이 정권을 잡으면서 그 관계가 다소 퇴색되었다지만, 장개석 정권을 친소련으로 뒤집을 수만 있다면 그깟 모택동 따위 손절하는 편히 더 나으리라. 이즈음 크렘린의 고민은 오히려 다른 곳에 있었다.

'각지의 공산주의자들이 크렘린의 영향에서 벗어나려 한다.'

2차대전은 누가 보더라도 미합중국의 힘을 과시한 장이 되었다. 소련은 살아남았고 침략자를 역으로 격퇴하였지만, 제3자 입장에서 볼 땐 미국에 업혀 간다는 인상을 완전히 불식시킬 수 없었다. 그 결과, 식민지 등지의 자생적 공산주의자들 중 소련의 원조는 두 팔 벌려 환영하면서도 '조언'은 듣기 싫은 자들이 하나둘 나타나는 조짐이 보이고 있었다. 소비에트 연방은 모든 사회주의 국가의 이상향이자, 공산주의 낙원 건설을 선도하는 국가여야 한다.

프롤레타리아 혁명은 오직 마르크스—레닌—스탈린 동지의 이론으로만 달성할 수 있으며, 이외의 수단은 이단적 발상에 불과하다. 이 지배적인 위치, 모든 공산주의자들의 본산이라는 입지를 상실하면 소련은 세계 경영에 끼어들 자격을 상실할지도 모른다. 여기에 스탈린의 편집증적 집착, 숭배받고자 하는 강렬한 욕망, 자신의 권력이 흔들리는 것 같은 조짐까지 겹쳐지자 소련은 결코 타협할 수 없는 상황에 내몰리고 있었다. 동유럽은 잠시 제쳐 두고서라도, 다른 곳에서 더 위신을 따야 한다.

"우리들의 친구 미합중국과 상호 협의한 곳은 어디까지나 동유럽뿐이잖나. 다른 지역에서도 이러한 양보를 조금 기대해봐야겠군."

"미국인들의 안보를 위협하지 않는 범위 안에선 동유럽처럼 긍정적인 답변을 받을 수 있을 겁니다."

"좋아, 좋아."

소련의 미래를 위해 확보해야 할 핵심 이권들. 영국과 반으로 갈라 먹은 페르시아(이란)의 북부 지역, 특히 그곳의 석유에 대한 권리. 지중해로 진출하기 위해 터키에게서 양보받아야 할 보스포러스 해협 통행권. 그리고······.

"극동에서 그냥 양보하기보다, 한번 몸값을 크게 부른 후 빠지는 편이 어떨까 하네만."

"서기장 동지의 고견에 전적으로 동의합니다."

"좋아. 히로히토를 전범 재판에 넘기고, 포츠담에서 합의한 대로 일본을 승전 4개국 통합 위원회가 임시 통치하는 방안을 제시해 보세나."

당연히 거부당할 게 뻔하다. 이미 일본은 미국 단독의 전리품이라는 게 누가 봐도 명백한 상황. 고작 만주에서 약간의 도움을 줬다고 한 입 크게 베어 물기엔 조금 베팅을 세게 부르는 셈이다. 하지만 여기서 너그러이 한 발 물러서는 모습을 보이면, 다른 곳에서 조금 더 양보를 받을 수 있으리라. 설마 이 정도로 별일이 일어나겠나.

* * *

같은 시각. 구 조선총독부, 경성 미군사령부.

"술이 들어간다! 쭉쭉 쭉쭉쭉!"

"언제까지 어깨춤을 추게 할 거야!"

탁!

"크아아아!"

"워어어어!!!"

절대 오해하지 마라. 이게 다 업무라는 거다. 옛날, 한 80~90년대를 다룬 드라마만 보더라도 이런 모습의 회식이나 뒤풀이 장면은 항상 나오지 않았던가? 이게 다 접대의 일환이다. 접대. 절대 내가 조선술에 맛들여서 이러는 게 아니란 말씀.

"조선의 전통주도 맛이 제법 괜찮군요."

"하하. 좀 챙겨드릴 테니 가져 가십쇼. 제 마음의 선물입니다."

"스탈린 동지께서도 킴 장군께 드리라고 보드카 몇 병을 제공해주셨습니다."

"아이쿠, 감사합니다그려. 하하."

경성의 신문에서는 벌써부터 먹자정치라느니, 문화통치 다음은 식후통치라는 둥 별별 신조어를 붙이고 있더라. 아니, 해장국 한 그릇 먹으러 나가기만 해도 사람들이 벌 떼처럼 몰려드는데 그럼 어쩌겠냐고.

일본이 항복 선언을 했지만 아직 모든 절차가 끝나지는 않았다. 당장 떠올려봐도 항복 문서에 서명을 하는 의식이 남아 있잖은가. 소련에서는 항복 조인식에 참석할 인사들을 먼저 경성으로 보내왔고, 어쨌거나 손님이 왔으니 내가 이들을 맞이함은 지극히 당연한 기본 매너.

"이제 일본인들은 당분간 장군께서 다스리시는 겝니까?"

"그을쎄요. 본국의 지령을 기다리고 있습니다만, 저로서는 그렇게 되길 희망하고 있습니다."

"이곳에 도착하고 가만히 보았는데, 비록 말은 통하지 않아 자세한 사정을 듣진 못했지만 조선인들의 얼굴에 하나같이 미소가 떠올라 있음은 쉽게 알 수 있었습니다. 장군께서 통치에도 탁월한 능력을 보이셨으니, 당연히 미국 본국에서도 장군을 그리로 보내지 않을는지요?"

"모르지요. 이제 전쟁이 끝났으니 독일로 다시 보낼지도 모르고, 아니면 본국으로 소환될 수도 있고요."

내가 슬며시 독일 이야기를 꺼냈는데도 면상이 아주 철벽이다, 철벽. 이래서 외교관은 상대하기 힘들어.

"우리 연방은 하루빨리 일본인들이 군국주의 파쇼 도당들의 손아귀에서 벗어나 정상적인 민주 국가를 재건길 희망하고 있습니다."

"저 또한 그렇습니다. 일반 시민들이 무슨 죄가 있겠습니까? 다 나라를 멸망으로 이끈 위정자들의 잘못이지요."

나는 슬며시 다리를 고쳐 앉으며 궁금했던 이야기보따리를 슬쩍 풀기 시작했다.

"제가 이 벽지에 있다보니 소식이 다소 느린 편인데, 소련에서도 독자적으로 군정사령관을 일본에 보내길 희망한다는 말을 들었습니다."

"그렇습니까? 저는 모스크바를 떠난 지 좀 된지라 특별히 훈시받은 내

용엔 그런 말이 없었습니다."

"4개국 공동 위원회가 일본 군정을 감독한다는 이야기도 들렸었고요."

"공동 위원회는… 제가 알기로 어디까지나 자문 역할에 불과하다고 합니다."

"그으렇군요. 그래요. 이 조선 땅 통치도 4개국의 관리니 신탁통치니 하는 이야기가 오가지 않았습니까. 그 연장선상이 아닐까, 하는 약간의 불안감 같은 게 느껴지던데."

"하하하. 장군께서 이 극동 땅에 참으로 관심이 많은 듯합니다."

내가 연신 젓가락으로 푹푹 찔러대듯 쏘아대자, 빨갱이 주제에 얼굴은 전혀 빨갛지 않은 이도 무어라 변명을 주워섬길 기미가 보였다.

"동양 속담에, 출세해서 고향으로 돌아가지 않으면 고급 옷을 입고 한밤중에 돌아다니는 꼴이란 말이 있습니다. 출세를 했으면 당연히 고향에 가서 자랑 좀 해야 한단 뜻이지요."

"참으로 옳은 말입니다. 역시 옛사람의 지혜는 동서양을 가리지 않는군요."

"그렇지요. 그럼요. 그런데 그, 제가 또 이 대원수 아닙니까. 6성 장군. 이런저런 감독이나 제약이 주렁주렁 엮인 자리에 6성 장군이 앉으면, 그, 명예나 위신, 위엄에 좀 타격을 입지 않겠습니까?"

"그럴 리가요! 세계 최고 4개국이 모두 장군을 뒷받침하니 이 얼마나 영광된 자리입니까."

"당장 이 고향 사람들이 그리 생각하지 않으니 문제지요. 안 그래도 D.C.에서는 자꾸 저더러 군복 벗고 더 큰 물에서 놀자고 연신 채근하던데, 사람이라는 동물이 참으로 간사해서 자꾸 귀가 팔랑팔랑대지 뭡니까."

그러니까 자꾸 간섭하려고 헛지랄하면 그냥 때려치우고 정계 나가는 수가 있다, 이 남의 밥상에 숟가락 올리려는 염치없는 새끼들아.

"제 개인적인 소견이지만, 우리 연방과 두터운 우호 관계이자 친분이 있는 킴 장군께서 정치에 나선다면 그 또한 참으로 복된 일이라 느껴집니다."

"그래요? 저는 독일에 있을 적에, 붉은 군대가 도무지 진격하지 않길래 이런 생각도 들었었습니다. 혹시 소련은 나치 놈들과 우리 미군이 서로 피 흘리며 상잔(相殘)하기를 원하는 게 아닌가……."

"천만의 말씀입니다!"

"하하. 그렇지요. 그럴 리가 없지요. 당장 월레스 씨만 하더라도 무조건 소련을 믿어야 한다고 떽떽거려서 다들 불만이 이만저만이 아니거든요."

점점 주변이 조용해지고 있다. 우리 둘의 대화와 별개로 서로 재잘재잘 떠들던 이들마저 하나둘 입을 다물기 시작했다.

"우리 시대의 우정은 과연 몇 년짜리일까요."

나는 다시 한번 눈앞의 상대가 든 술잔에 표면장력을 칼같이 맞춰 술을 가득 따라주었다. 아주 살짝만 기울어져도 곧장 흘러넘칠 정도로. 미세한 손떨림조차 거대한 파문을 일으킬 정도로.

평화를 위한 아다지오 2

　1회차의 지구에서, 미합중국은 세계 경찰이자 최강대국으로 엄청난 권능을 휘둘렀다. 이로 인해 사람들이 미국을 비판하거나 놀릴 때 어김없이 나오는 단골 멘트 중 하나가 '미국인들은 타국 문화에 참으로 무지하다.'라는 이야기였다. 막강한 미군이 다 때려 부수면 뭐 하는가. 현지에 대한 이해가 부족해 제 무덤을 파는 일이 부지기수였으니.

　하물며 1943년인 지금, 타문화를 이해하기란 훨씬 난이도가 높다. 해외여행을 가는 사람도 외국어를 아는 사람도 21세기와 비교하자면 훨씬 적다. 스마트폰을 꺼내 위키에 검색만 하면 온갖 정보가 나오는 시대도 아니다. 당연히 문화의 차이로 인한 소통의 어려움은 더욱 커질 수밖에. 왜 다 아는 이야기를 했냐면, 미국인의 타문화 이해력이 그냥 커피라면 러시아는 T.O.P기 때문이다.

　제정 러시아 시절부터 따져도 러시아는 한 번도 세계의 패권을 경영해본 적이 없다. 얼어붙은 시베리아를 어슬렁대는 북극곰처럼 즈그 나와바리에서 냥냥 펀치나 조금 휘둘러봤지 언제 타 문화와 제대로 접촉할 일이나 있었나? 기껏해야 중앙아시아쯤? 러시아가 소련으로 바뀌면서 이 증세는 더욱 심해졌다. 러시아인들은 민주주의를 경험해 본 적이 없고, 막연하고 피상적으로 '외국의 정치체제'로서만 민주주의를 접해봤을 뿐이다.

거기에 더불어 외국물 먹은 엘리트 상당수가 숙청당했다. 거기에 더더 덧붙여 오직 독재자 스탈린에게만 모든 의사 결정 권한이 있고, 다른 이들은 봐도 못 본 척 들어도 못 들은 척이 몸에 배어 있다. 이런 놈들이 2차대전 한 방으로 벼락출세해서 세계를 경영할 1P, 2P가 되어버렸다. 멍청한 놈과 더 멍청한 놈의 대결. 생각만 해도 가슴이 답답해진다.

하지만 지금 이 시점에선, 저 무지와 오해야말로 내가 찔러야 할 약점이다. 미국의 정치체제와 문화를 제대로 이해하고 있는 사람이라면, 내가 정계로 간다고 해서 당장 무슨 미합중국 황상 태조 유진 1세가 될 일은 없다는 걸 너무나 잘 안다. 하지만 우리의 러시아인들 눈엔 그리 보이지 않는 모양이었다.

'예브게니 킴과 같은 전쟁영웅이 본격적으로 국가 권력을 차지하기 위해 움직인다면 종국에는 미국의 지배자가 되지 않겠는가?'

생각해 보면 옛날부터 스탈린은 이상하리만치 나를 고평가하고 있었다. 그래봐야 정시 퇴근을 희망하는 농장 노예에 불과한데. 게다가, 군정사령관 자리에 대해서도 서로 간에 미묘한 오해가 있지 않은가. 말이 군정사령관이지 결국은 국무부 관료들이나 의회의 의원 나리들 눈치를 안 볼 수가 없는 자리인데, 우리 빨갱이 동무들은 군정사령관 자리를 무슨 군벌이나 반독립적인 권력자로 생각하는 모양이었다.

당장 2차대전 이전 소련군사령관 상당수가 군벌놀이를 했었으니 이해 못 할 건 아닌데… 지금까지 그렇게 오해하고 있으면 좀 곤란하잖아. 소련인들이 전부 멍청하거나 타국에 무지할 리는 없을 테지만, 스탈린이 그렇게 믿고 있다면 알아도 모른 척해야 만수무강에 지장이 없다. 역시 독재 국가는 병신 같음이 디폴트값이다.

결과적으로는 소련인들은 내가 한국과 일본 땅의 영주가 되어 먹고살려

한다고 믿는 것 같은데… 내가 백날 은퇴 후 아름다운 전원생활을 꿈꾼다고 말해봤자 의심암귀에 가득 찬 빨갱이들이 진실을 믿어줄 것 같진 않다. 포기하면 편해. 에휴.

한번 서로 신경전을 벌인 뒤로는 딱히 충돌할 일이 없었다. 인세의 지옥이 된 열도에서 굶주림에 시달리는 일본인들을 위한 긴급 구호 건이라거나, 압록강에 있는 수풍댐은 대체 누구 것이냐, 개마고원의 일본군은 어떻게 처리할 것이냐 같은 자잘자잘한 문제만이 좀 남아 있을 뿐.

"킴 장군께서는 동남아 방면에 대해서는 어떻게 보고 계십니까?"

"저야 뭐… 잘 모르겠습니다, 하하. 제가 간섭할 수 있는 영역이 아니니까요."

"간섭은 나쁜 일이지요. 하지만 수백만 연합군을 호령하던 대원수께서 '조언'을 한다면 감히 누가 무시하겠습니까?"

그러니까 이 사람들아. 남의 일에 조언하길 즐기는 사람을 두 글자로 줄여서 꼰대라고 부른다고. 꼰대가 되어서 좋을 게 뭐가 있겠냐.

"전 세계 프롤레타리아들을 도울 의무가 있는 우리 소비에트 연방은, 지금 유럽 식민제국들이 저지르는 폭거에 심각한 우려를 표하고 있습니다. 부디 장군께서도 인도적인 차원에서 저들 피지배자들을 위해 무언가 도움을 줄 순 없는지요?"

"심각하게 고려해보도록 하겠습니다."

역시 소련은 탈식민주의라는 숟가락을 들고 이 집 저 집 밥상에 '한 입만'을 하려는 속셈인가. 전쟁이 끝난 지 뭐 얼마나 지났다고. 다시금 세상은 개판이 되고 있었다.

* * *

제국주의의 상징이자 왕년의 패권 국가였던 대영제국. 처칠 총리가 조만간 방을 빼리라 믿었건만, 안타깝게도 영국인들은 일단 처칠의 모가지를 계속 붙여 놓기로 결정했다. 그리고 우리 트루 임페리얼리스트 처칠이 전쟁 끝났으니 뭐부터 가장 먼저 하겠는가?

"일본은 대영제국의 정당한 강역을 점령하고 현지 반란군과 결탁하여 온 세상을 혼란스럽게 했습니다. 우리 영국은 질서를 되돌리고 현지를 수습해야 할 책무가 있습니다."

영국령 버마. 일본군은 이곳을 점령한 후, 현지 독립운동가들과 손잡고 '버마국'의 건국을 선언했다. 일본군은 나름대로 버마에서 병력을 뺀다고 뺐지만, 애초에 버마라는 곳의 위치가 좀 많이 구리다. 전쟁이 끝난 그 순간에도 버마엔 일본군 잔당이 몇만 단위로 남아 있었다. 영국은 버마국 자체를 부정하고, 곧장 아시아 방면의 군대를 움직여 일본군의 무장을 해제한다는 명목하에 버마로 진군해 들어갔다. 다시금 버마는 혼란에 빠졌다.

한편 인도인들은 그동안 영국의 전쟁 수행에 협력한 대가로 약속받았던 광범위한 자치권을 빨리 내놓으라고 독촉했지만, 세상에 믿을 나라가 없어 영국을 믿다니. 마하트마 간디가 단식을 하건 말건 영국은 '절차상의 문제'를 따지기 시작하며 필리버스터에 돌입했고, 베트남 남부에 대한 신탁통치를 집행한다는 명분으로 베트남에도 군을 파병했다. 참으로 훌륭한 혐성이 아닐 수 없다.

하지만 1943년 혐성 그랑프리에서 영국은 1등을 달성하지 못했다.

"대체 당신들에겐 양심이란 게 있습니까? 어떻게 이럴 수가 있습니까?"

천하의 브래들리를 빡치게 만든 나라. 그 이름하야 엘랑의 나라, 위대한 프랑스 되시겠다.

"당신네들은 이탈리아 국경을 넘을 권한이 없습니다! 알렉산더 장군과도, 나와도 아무런 합의 없이 이게 무슨 폭거입니까!"

"사소한 오해가 있던 모양입니다, 브래들리 장군. 우리 프랑스군이 진입한 구역은 프랑스어 화자가 거주하는 프랑스의 정당한 영토로……."

"헛소리하지 마시오. 당신들은 미합중국을 모욕했소. 감히 미군을 상대로 발포하겠다고 협박을 하다니!"

알프스를 끼고 있는 프랑스—이탈리아 국경. 유럽의 국경선은 원래부터 고무줄처럼 늘어났다 줄어났다 하며 제멋대로 바뀌기 일쑤였고, 프랑스와 이탈리아 사이 국경에도 프랑스가 영유권을 주장하는 일부 이탈리아 영토가 있었다. 전쟁이 끝나고 추축국이 항복하자, 프랑스군은 갑자기 국경을 넘어 이탈리아에 병력 주둔을 시도했다. 누가 봐도 명백히 이번 기회에 은근슬쩍 말뚝 좀 박겠다는 태도였고, 영국과 미국은 소스라치게 놀라 돌아가라고 그들을 막아 세웠다.

그 결과, 이탈리아에 주둔 중이던 미군을 상대로 프랑스군이 무력을 쓰겠다 으름장을 놓으며 이 사건의 레벨이 단숨에 외교적 위기로 올라갔다. 정말 깡 하나는 오지게 좋은 새끼들이다. 오마르의 눈알을 저렇게 뒤집는 것도 보통 재주가 아니면 힘든데.

프랑스의 거침없는 행보는 여기에서 그치지 않았다. 알제리에서는 독립을 요구하는 시위대를 쏴 죽였다. 베트남의 신탁통치를 부정하고 다시 프랑스 식민지로 롤백시키겠다고 선언하며 파병을 개시했다. 중동에서는 놀랍게도 영국군과 프랑스군이 충돌했다.

시리아와 레바논은 1차대전 이후 '위임통치령'이 되어 프랑스가 책임지고 이들의 독립을 후원하기로 하였으나, 예전에 몇 번이고 말했지만 말이 위임통치령이지 실질적으로는 그냥 프랑스 식민지였다. 드골은 그 허울뿐인 위임통치조차 걷어치우고 시리아와 레바논에 군사기지를 지어 영구적인 알박기를 시도했고, 당연히 대대적인 시위가 일어났다. 프랑스군은 국경을 폐쇄한 후 도시 한가운데에 폭격까지 갈겨대며 시위대를 학살했다.

이 꼬라지를 보다 못한 영국군이 전차를 몰고 시리아로 진격했고, 현지인들과 연합한 영국군이 프랑스군을 제압해 무장을 해제시켰다. 실로 자유의 수호자 대영제국이 아닐 수 없다. 내가 히틀러의 모가지를 따고 한반도로 건너오기까지 몇 달이나 지났나? 그런데 그 잠깐 사이에 세상이 이리 멋진 개판으로 변한 것이다. 이걸 개판이라고 표현하면 개한테 실례가 되는 표현 같은데.

고작 영국과 프랑스로 끝이 아니다. 당장 전 국민이 굶어 죽네 마네 하며 난리가 났던 그 네덜란드조차, 전쟁이 끝나자마자 군대를 소집해 인도네시아 식민지를 되찾겠다며 바다를 건너고 있다. 미쳤다. 이 세상은 미쳤다. 어째서 FDR이 영프를 배제하고 소련과 협력하려 했을까? 사실 그는 이 유럽 놈들의 싹수를 진작부터 알았기 때문 아닐까?

이런 복잡한 마음은 잠시 곱게 접어 마음의 상자 안에 잘 넣어두자. 내 앞에 있는 분들이 좀 많이들 거물이라서.

"이렇게 제 초대에 응해주셔서 참으로 감사할 따름입니다."

"전 세계에 그 위명을 떨친 대원수께서 부르셨는데, 죽고 싶지 않은 이상에야 누가 감히 오지 않겠습니까."

"하하하."

허가이라고 했던가. 빨갱이라서 감점. 말이 삐딱해서 또 감점. 나는 지금 한반도에 있는 저명인사들 거의 대부분을 초청해 이곳 사령부에 불러 모은 참이었다.

"아직 중경 임시정부 인사들이 도착하진 않았습니다만, 일단 원활한 민정 이양을 위해 국내에 계신 분들과 먼저 소통해야 한다고 여겼습니다."

"화북에 있는 이들을 빼먹으신 것 같습니다만."

"…예, 그분들 또한 기다리고 있지요."

약산 김원봉이 이끄는 조선의용군은 모택동의 팔로군에 가담했다. 드럼의 말로는 모택동이 일본군과 짜웅해서 전쟁은커녕 둘이 잘 붙어먹었다던데, 일단 공식적으로 중국 공산당은 '항일 투쟁 결과 화북의 일본군을 격퇴'한 것으로 되어 있다. 장개석의 금괴를 너무 많이 처먹은 우리 드럼 장군님의 보고서에 신빙성이 떨어진다 여겨지고 있기 때문이다.

"국내의 모든 무장 조직은 불허합니다. 임정 광복군이건 조선의용군이건 마찬가지입니다. 모든 무기를 연합군에 반납한다는 전제하에서 모든 조선인은 자유로이 귀국할 수 있습니다."

"그러면 자유대한군단은 뭡니까?"

"정식으로 군대와 경찰이 창설되는 대로 무장을 인계하고 그들 또한 해체할 예정입니다."

"우리 건국동맹 또한 김 장군의 대의에 동감해 무장을 해제했습니다. 치안이 안정되고 외적의 위협이 사라진 지금, 각자가 무기를 품고 있을 이유는 그 어디에도 없다고 봅니다."

몽양 선생이 갑자기 지원 사격을 해주니 좀 당황스럽구만. 이미 무장을 해제한 쪽에선 당연히 남이 무기 들고 있는 꼴을 용납 못 하긴 하겠지.

"우선 미리 말씀드려야겠지만, 저는 아직 미합중국과 연합국으로부터 특별한 지침을 받지 못했습니다. 앞으로 이 땅에 독립 국가가 건국되기 전까지 어떠한 방식으로 과도 기간을 거칠지는 연합국의 정치가들이 결정할 일이며, 저는 현지 군사령관으로서 잠깐 머물러 있을 뿐입니다."

"당연히 장군께서 군정을 해주셔야 합니다! 장군, 수천만 조선인들을 내팽개치고 돌아가지 마십시오!"

저 아부쟁이는 또 누구야.

"일단, 제가 준비한 이 자료를 확인해주십시오."

참모부를 바짝 굴려서 만든 이 외부 배포용 자료. 친절하게 한글 번역까지 해 놓았다.

"보시다시피, 식민지였던 국가들 중 멀쩡한 처지인 나라가 하나도 없습니다. 아프리카는 물론 중동과 아시아 모두. 승리한 연합국끼리도 서로의 이해관계에 따라 충돌과 분쟁이 빗발치고 있지요."

"……."

"저는 워싱턴 D.C.에 이미 요청을 넣어두었습니다. 당분간 이 땅에서 미군 단독으로 군정을 시행하고, 제가 직접 군정사령관으로 재직하고 싶다는 의사를 표명해두었습니다."

다행히도 내 멱살을 잡으며 '네 이놈 김유진! 드디어 마수를 드러냈구나!' 하며 샤우팅을 박는 사람은 없었다. 불편해하는 기색이 역력한 사람들은 제법 있었지만.

"김 장군. 어째서 조선 민족이 즉시 독립할 수 없다고 여기는 게요? 여타 민족들과 달리 이 조선 땅은 수천 년간 문명과 국가를 이루어 살아왔소."

몇 번 만나봐 얼굴이 익은 민세(民世) 안재홍 선생이시다. 이미 나한테 이야기 다 들은 분이 저러시는 건, 추임새를 넣어주시겠단 소린데.

"식량이 없습니다."

"……."

"당장 이 미치도록 추운 겨울을 날 연료도 없습니다. 즉시 독립국가를 건설한다는 이야기는, 국민을 먹여 살리는 일 또한 독립적으로 해내야 한다는 뜻 아닙니까."

먹고사니즘 앞에서는 아무리 거창한 대의여도 빛이 바랜다. 목숨을 걸고 왜놈들과 맞서 싸워야 한다고 하면 실로 의기 드높은 행동이지만, 독립국의 자존심을 지키기 위해 굶주림과 추위를 견뎌야 한다고 말하는 건 별로 아름다운 태도는 아니지 않은가. 다행히 여기에 온 독립운동가분들 중 저런 망언을 쏟아붓는 이는 아무도 없었다.

"수탈당한 농촌을 재건하고, 소득을 거둘 수 있는 산업 기반을 건설하고, 자체적으로 국가를 경영할 관료와 기술자, 학자를 육성할 기틀도 마련해야 합니다."

공짜로 이 모든 걸 베풀어줄 나라는 없다. 돈이 너무 많은 미합중국 빼고.

평화를 위한 아다지오 3

원 역사의 미군정은 혼란의 연속이었다. 대체 하지와 미군정은 왜 그렇게 똥볼을 찼을까 생각했던 적도 있지만, 내가 이 경성에 앉아 보니 이건 보통 난이도가 아니다. 확실히 단언할 수 있는 건, 평생 군바리 노릇만 했던 사람이 능숙하게 플레이할 수 있는 난이도는 저어얼대 아니다.

"군정사령관 직할로 '대한재건 자문위원회'를 설치하겠습니다. 각 자문위원은 군정의 모든 사안에 대해 의견을 제시하거나 발안할 권한이 있으며, 전체 자문위원 중 2/3의 연명을 얻어 자문위원회 명의로 군정사령관에게 직접 요청 혹은 질의를 할 권한 또한 드리겠습니다."

"위원의 선정은 어떻게 됩니까?"

"이 자리에 있는 모든 분들, 그리고 사회 저명인사분들을 대상으로 제가 선정하겠습니다."

"이래서야 흔한 어용 기관 같소만. 왜정 때의 중추원과 다를 바가 뭐요?"

네, 그렇습니다. 어용 맞지요.

"자문위원회는 군정 측과 조선인 간의 원활한 의사소통을 위해 두는 기구입니다. 이와 별개로 군정의 행정에도 미국인이 아닌 조선인을 적극 채용할 방침입니다."

"흐음……."

"또한 입법부의 역할을 할 과도입법위원회를 설치하고, 군정을 종료할 모든 준비가 끝났을 때 제헌 의회를 설치하여 헌법을 제정한 후 민정 이양 절차에 나서겠습니다."

내가 생각하는 최대의 악몽은 바이마르 공화국이었다. 정치 깡패들이 몽둥이와 총기로 무장한 채 서로 누가 더 강력한 패거리를 끌고 다니나 무력으로 충돌하고, 밤에는 수영복복면단이 정적의 집에 찾아가 권총을 뿜뿜 쏴대는 꼬라지… 이거 원 역사잖아? 야인시대에서 본 거 같은데.

독립운동이 어디 보통 깡과 악으로 하는 일이던가? 특급 옹고집 아니면 절대 못 할 일이다. 드디어 해방의 기쁨을 맞이했는데 원만하게 허허 웃으며 행복한 협동 정신을 보이리라는 생각은 안 한다. 그러니 제발 서로 총질은 하지 말자. 내 단기 목표는 아주 간단했고, 이를 위해선 총 대신 말로 싸울 필드를 깔아줘야 한다. 차라리 듀얼로 결정할 수 있으면 편하기라도 하지.

"딱 하나만, 미군 장성이 아닌 이 땅에서 받은 피가 흐르는 개인으로서 독립운동가 여러분들께 부탁을 드리겠습니다. 왜놈들조차 여러분을 죽이진 못했습니다. 제발 부탁드리건대, 조선 사람이 조선 사람의 손에 죽는 일만큼은 없도록 해주십시오."

해방 후에 대체 몇 명이 암살자의 손에 죽었나.

"한번 말 대신 총알이 오가기 시작하면, 그 누구도 막을 수 없는 악순환이 시작됩니다. 앞으로 이 땅의 민중들이 어떤 나라를 건설할지 저는 모릅니다마는, 아직 태어나지도 않은 신생국의 시작이 피로 얼룩진다면 그 나라가 과연 번듯하게 성장할 수 있겠습니까?"

"하하. 걱정이 크구려, 김 장군께선. 여기 있는 사람들은 생각은 달라도 모두 조국을 위해 인생을 내놓은 자들이오. 설마 그런 더러운 짓을 하겠소?"

"그러게 말입니다. 당장 지금 김 장군이 이리 엄포를 놓았는데, 암살자의 총으로 사람 하나를 죽일 순 있을지언정 김 장군과 미군을 내쫓지도 못할 것 아닙니까? 염려 붙들어 매시지요."

여운형과 송진우의 말에 나는 쓴웃음이 나왔다. 아니, 딴 사람은 몰라도 당신들은 그런 말 하면 안 돼. 경각심 좀 가지라고……. 이렇게 의견 수렴의 장을 열었지만, 서로 얼굴 보고 밥 한 끼 먹는다고 세상만사가 매끄럽게 돌아갈 리는 없다.

당장 무장을 해제하라는 내 통보에 좌익과 우익 모두 그리 유쾌하게 반응하지는 않았다.

"각하, 임정의 광복군은 저 중일 전쟁에서 혁혁한 전과를 거둔 이들입니다. 저들을 모두 해산해야 한단 말씀이십니까?"

"이미 좌익은 자유대한군단의 존재만으로도 엄청난 압박에 시달리고 있습니다. 광복군까지 허용한다면 좌익이 가만 있을 리 없잖습니까."

"박 연대장이 좌익들을 제법 잘 단도리하고 있습니다."

아아, 그 친구. 우리 사무라이 조니 팍 말이구만.

대구에서 이름깨나 떨치던 박상희의 동생이라는 타이틀이 이렇게 먹힐 줄은 몰랐다. 역시 대한민국은 혈연, 지연, 학연의 3연으로 굴러가는 나라야. 암만 진성 빨갱이라도 '마, 니 누꼬!' '행님, 저 상히 동생 정핍니다. 기억 안 나심까?' 하면 일단 어깨 좀 두드리고 술 한잔해야지, 무작정 적대하진 않게 되는 노릇. '조선의 모스크바' 대구그라드가 잠잠한 덴 이런 사소한 것도 영향을 발휘한 모양이다.

"예전에도 말했지만 자유대한군단은 점진적 해체를 통해 신생 대한의 군대와 경찰로 변신할 겁니다. 당장 임정 기갑연대 장병들도 앞으로 군 복무를 계속할지, 혹은 사회로 복귀할지는 미지수 아닙니까?"

"그건… 그렇군요. 전 그들이 제대하리란 생각은 미처 못 했습니다."

"그들이 계속 군에 있고자 한다면 당연히 새 나라의 기갑 전력으로 받아들여줘야지요. 하지만 그들 장병들은 그동안의 투쟁에 대한 보상을 받아야만 하고, 새 직업을 자유로이 선택할 자유 또한 있어야만 합니다."

자꾸 최악의 경우만 가정하게 되지만, 광복군이 고스란히 뭉쳐서 서북청년단 같은 무력 집단으로 남게 되면 영 좋지 않다. 돈이든 뭐든 왕창 줘서 생계 걱정을 덜어준 뒤, 정말 군에 남고 싶은 이들만 추려서 기갑 전통을 계승하게 하면 딱 안성맞춤이겠지.

"김 대령은 좀 어떻습니까."

나는 이범석의 보고를 적당히 정리하며 김영옥 대령을 바라봤다. 김 대령은 한반도에 온 뒤로 굉장히 초췌해지고 있었다. 주로 남부 지방을 순회하던 그조차 이리 말라 비틀어져 가는데, 개마고원으로 올라간 김도경 준장은 어떤 몰골이 되었을지 굳이 상상하고 싶지 않다. 혹시 추워서 팔이 떨어져 나갔으면 의수는 금박 입혀서 달아줄게. 내가 미안해 흑흑.

김영옥과 김도경 모두 이런 쾌속 진급을 하기엔 나이와 인종, 사관학교도 거치지 않았다는 장애물이 있었다. '군정에서의 원활한 운신을 위해선 계급이라도 높게 달아줘야 한다.'라고 내가 마셜을 붙들고 설득했으니 저 계급을 받았고, 당연히 지휘관이 될 수도 없었다. 지휘권까지 줬으면 아시아 방면 미군 애들 밥그릇을 낙하산이 뺏어먹는 꼴 아닌가.

"호남과 영남 지방의 경우 좌익의 세가 제법 강한 편이었습니다. 건국동맹이 말단 행정을 장악한 곳 또한 그 수가 적지 않았습니다."

"인수인계는 어떻게 되고 있습니까?"

"대체로 순응하고 있습니다. 다만, 면 단위 말단 공무원들의 처우에 관해서는 견해차가 큽니다."

동사무소 9급 공무원, 혹은 파출소 순찰 다니는 순경쯤 되는 사람들을 친일파로 볼 것이냐? 비록 미군의 개쩌는 위엄 앞에 모두가 바싹 엎드려 감히 고개도 못 들고 있는 형편이라지만, 이는 어디까지나 살얼음 같은 평온

함에 불과하다. 사소한 충격 하나로 깨져나갈 수 있는. 그리고 친일파 문제는 충분히 살얼음을 깨고도 남을 거대한 시한폭탄.

내가 총독부를 재활용하기로 결심하고 악질 네임드 친일파를 저잣거리에서 조리돌림하는 행사를 벌여 잠시 대중들의 눈을 가리긴 했지만, 결국 저게 터지는 건 기정사실. 하지만 내가 누군가. 잔머리 하나로 6성 장군의 반열에 오른 김 잔머리 씨 아닌가?

"자문위원회에 제출할 보고서를 준비합시다."

"알겠습니다."

그럼그럼. 고작 점령군인 미군이 이런 걸 결정할 순 없고말고! 친일파 문제는 당연히 현지 조선인의 뜻을 존중해야 하지요. 하지만 이게 절대 조선에 해를 끼치는 행위는 아니다. 친일파 문제를 미군정이 결정했다고 역사에 남으면 그게 무슨 쪽팔린 일이란 말인가.

"철기 장군."

"예, 대원수님… 장군님."

그 대원수란 말 좀 강조 안 해주면 안 되겠습니까?

"자유대한군단은 지금 전국 각지에 퍼져 있는 것으로 알고 있습니다. 그들로부터 들어온 보고는 어떻습니까?"

"촌동네야 늘 그랬듯 법보다 동네 민심이 더 우선합니다. 법 없이도 살 곳이지요. 하지만 조금만 더 큰 동네를 보면 행정 공백이 우려됩니다."

"그 정도입니까?"

"저야 당연히 친일한 놈들은 모조리 삼족을 멸하자고 외치고 싶지만, 친일파를 싹 척결했다간 당장 법조인이 전부 사라집니다."

법조인이라. 그 생각은 못 하고 있었네. 나는 잠시 담배만 멍하니 피우다가, 문득 떠오른 생각을 되는대로 입 밖에 내뱉었다.

"우리의 친구 소련인들에겐 굴라그라는 제도가 있지요."

"그… 시베리아 유형 말입니까?"

"예. 시베리아에서 나무 베고 공사하면서 몸으로 죗값을 치르는데, 진짜 똑똑한 대체 불가 인력은 공사장에 내보내진 않습니다."

대신 감방에 가둬놓고 일을 시키지. 이 부분도 좀 고려해야겠어.

* * *

1943년 1월 26일.

도쿄만(灣)에서 항복 문서 조인식이 열렸다. 조인식 자체는 대단할 게 없었다. 나는 만년필 3개를 챙겨 가 내 서명란에 서명했다. 하나는 박물관행이고, 하나는 아이크 줘야지. 이제 슬슬 그 녀석이 야밤에 복면을 쓰고 내 집 담을 넘어도 그러려니 하고 이해할 것만 같다. 무섭다. 녀석은 내게 이 영광을 넘겼는데 나는 패튼을 줘버리지 않았는가. 살살 쏘기로 약속하면 한 대는 맞아줄 의향도 있다.

캐나다 대표가 이름 쓸 위치를 잘못 쓴 탓에 모두가 한 칸씩 밀려서 쓰게 되었다. 꼬라지가 말이 아니었지만 다시 쓰기도 뭐한 관계로 잘못 서명한 문서는 쪽바리들 것으로 지급되었다.

나는 정식으로 D.C.에서 연합군 최고사령관으로 다시금 임명받았고, 일본과 한국에서 군정을 시행할 권한을 위임받았다. 월레스는 마지막까지 미련을 못 떨친 듯했지만, 이미 나와 관계가 유쾌하지 못하게 됐는데 굳이 나를 불러와봤자 좋을 일 없다는 덴 동의한 모양이다. 나로선 잘된 일이다. 그다음엔 도쿄 입성.

"이게… 차라고?"

"그렇습니다, 장군님."

"저들이 장군님을 모욕할 의도로 이런 차를 꺼낸 건 절대 아닙니다. 저희가 다 확인했는데, 정말 차가 이거밖에 남아 있지 않습니다."

나는 머리가 지끈거렸다. 그래, 르메이가 웍질을 좀 세게 하긴 했어. 다

태워먹었거든. 그래도, 국빈에게 제공한 차량이 목탄차라는 건 좀 심하지 않나? 정말 이거밖에 없어? 후버—웨건이 떠오르는 건 나쁜가?

"크하하! 목탄차보단 이게 낫지 않소?"

"조금 부럽긴 합니다."

홀시 제독은 본국에서부터 데려온 백마를 타고 도쿄 시가지를 위풍당당하게 행진했다. 전쟁 당시 기자들에게 대놓고 '천황의 백마를 빼앗아 그걸 타고 다니겠다.'라고 선언했었는데, 유감스럽게도 나쁜 르메이가 히로히토의 소중한 말을 전부 노릇노릇 말고기로 만들어버렸다. 남은 고기는 스태프들이 모두 먹었습니다.

내가 박살 낸 일본을, 이제 다시금 재조립할 시간이 왔다.

* * *

위풍당당한 미군 한 무리와 함께 유진 킴이 도쿄에 입성하는 순간. 성조기가 펄럭이는 서울에도 새로운 손님들이 쏟아지고 있었다. 비행장과 서울 시내 곳곳을 빼곡히 채운 인파의 물결. 추운 겨울에도 불구하고 사람들은 도무지 흩어질 줄을 몰랐다.

얼마나 기다렸을까. 10대가 넘는 수송기가 지상관제에 따라 하나둘 바퀴를 꺼내 착륙하기 시작하고, 그중 한 대가 가장 먼저 문을 활짝 열었다.

"이런 날이 오다니."

"부축해 드려요?"

"아니오. 내 발로, 이 두 발로 가야지. 암, 그렇고말고."

노인은 덜덜 떨리는 두 손으로 지팡이를 꽉 쥔 채, 천천히 계단을 내려갔다.

이 땅. 이 그리웠던 흙. 이 흙을 살아생전 밟을 수 있다니. 염라대왕과 부처와 예수님께 감사의 기도를 올릴 시간은 잠시 뒤로 미뤄두고. 마침내 조선의 대지에 발을 디딘 노인은 그 자리에 주저앉았다.

"여보!"

"할아버지!!"

비행기 안에서 고성이 터져나왔지만, 그는 개의치 않고 그대로 주저앉아 대성통곡을 하기 시작했다.

"흙이야. 조선의 흙이라고."

"유진 아빠."

"이것 좀 봐. 왜놈들의 모래가 아냐. 우리의, 조선 민족의 흙이 내 손에 쥐어질 날이 왔다고."

얼어붙어 도무지 움직이질 않는 흙이었지만, 눈물과 피가 섞인 흙을 노인의 손이 꽉 붙들었다. 손톱이 다 부러지는 가운데, 끝까지 버티던 흙도 이내 찰기를 머금고 그의 손에 휘감기었다.

"나는 이제 죽어도 여한이 없어. 나는, 나는 내 할 일을 다 했어."

"자. 일어나요. 사람들이 기다리고 있어요."

"어멈. 어멈도 얼른 이리 오시구려."

"흙도 좋지만 저기 좀 봐요."

김상준은 비로소 고개를 들어 빼곡한 인파를 응시했다. 태극기의 물결. 그걸 보는 순간 다시금 그의 목이 꽉 메고, 눈시울은 뜨뜻해져 도무지 멈출 수가 없었다. 몇몇 젊은이들이 그의 근처로 다가오고, 꽃다발 한 아름을 안은 아이들이 그에게 꽃을 건네주었다. 이 겨울에 대체 이런 건 어디서 났을꼬.

"어르신. 대한의 강산에 돌아오신 것을 감축드립니다."

"고맙소. 고맙소… 이 땅을 도망친 늙은이가, 이리 돌아올 줄은 꿈엔들 몰랐소."

"도망이라니요. 누가 감히 어르신을 도망자라 욕하겠습니까?"

나 자신이.

청춘에 고국을 떠나 숨이 넘어가기 직전에야 돌아온 이 죄인이.

양쪽에서 부축을 받은 그는 한 손에 지팡이, 다른 손에 꽃다발을 꼭 쥔 채 천천히 군중들을 향해 다가갔다.

"다들, 살아 있어줘서 고맙습니다."

비로소 돌아왔다. 한평생 그리워하던 조국으로.

평화를 위한 아다지오 4

1943년 2월 1일.

이날 경성은 우산을 쓰기엔 애매하리만치 희미한 눈발이 흩날리고 있었다. 그 눈구름을 뚫고, 미국에 체류 중인 이승만을 제외한 중경 임시정부 구성원들이 특별 편성된 수송기로 귀국했다. 가장 먼저 내린 이는 이승만을 대신해 부통령직을 수행하고 있던 김규식이었고, 그 뒤를 이어 김구와 박용만 등을 비롯해 그 이름 떨친 이들이 하나둘 내리기 시작했다.

"다 끝났는데 뭐가 그리 급하셨는지."

"사람들이 지켜보고 있네. 웃어야지."

"그럼요. 웃어야지요."

우사 김규식은 양손으로 붙들고 있던 곱게 포장된 꾸러미를 천천히 들어올렸다.

"도산 선생님. 보이십니까? 사람들이 전부 태극기를 들고 있습니다. 왜놈 깃발이라곤 하나도 없습니다."

상해에서 중경까지의 도피행은 빈말로도 편하다고 할 수 없었다. 수천 킬로미터에 걸친 기나긴 도주, 그리고 엉망진창 그 자체였던 중경의 생활환경. 어지간한 강골들도 온갖 병에 시름하게 된 끔찍한 고난이었으니 건강을 해치다 못해 숨을 거둔 이도 없지는 않았다.

"오셨구려. 나도 돌아온 지 얼마 되지 않았소."

"죽헌 선생님."

"이 추한 늙은이도 목숨을 붙들고 있는데, 아직 여든도 안 된 것들이 먼저 떠나고 이게 무슨 버릇없는 짓인가."

"아드님께서 히틀러도 때려잡고 왜놈들도 물리친다는 소식을 듣고 아이처럼 기뻐했습니다. 의사들이 이구동성으로 말하길 의지만으로 여지껏 생을 이어나갔답니다."

"그러면 조금만 더 참고 두 발로 내렸어야지. 그 잘난 아들놈이 얼마나 기다렸는데……!"

너무 많았다. 살아서 돌아온 이들이 유골함을 하나씩 껴안고 있었음에도 손이 모자랐다. 고국으로 유해를 수습해 올 수 있었던 이들은 차라리 다행이리라. 이역만리에 여전히 묻혀 있거나, 어디 묻혔는지조차 깜깜한 이들이 부지기수니. 늘 그랬듯 이들 투사들을 위해 만세 삼창을 외치러 나온 군중들도, 저들 손에 하나씩 들려 있는 보따리를 보고 눈시울을 붉히지 않을 수 없었다.

"할 일이 참 많소."

"먼저 간 사람들에게 부끄럽지 않도록, 분골쇄신해야지요."

"그래야지. 그래야지……."

머리 위에 하얀 눈이 켜켜이 쌓이도록, 그들은 차마 발을 뗄 수가 없었다. 기립해 있던 자유대한군단이 쏘아 올리는 조포 소리가 구름 내려앉은 서울을 휘감았고, 거리의 상인들 또한 누가 먼저라 할 것도 없이 조기를 내걸고 가게 문을 닫았다. 이제 그들은 누구의 억압도 받지 않았다.

* * *

대한재건 자문위원회 제1차 정기 회의.

"약산은 온다는 말이 없소?"

"조선의용군을 해산할 수 없다고 버티는 모양입니다."

"거, 광복군도 다 해산한 마당에 대체 뭘 하려고 손에서 군병을 못 놓는단 겁니까?"

"백범. 말조심하시오."

"내가 틀린 말 했습니까? 의용군이 뭡니까. 왜놈들이랑 싸우겠다고 만든 군대 아닙니까. 이제 조선이 독립했는데 도대체가 누구에게 총부리를 겨누고 싶어서 못 내려온답니까?"

"그만!"

여운형은 옆에 놓여 있던 의사봉을 깡깡 두들기며 목소리를 높였다. 총독부 나리들이 쓰던 물건이라 그런지 소리 하나는 참 청량하고 좋았다.

"돌아오자마자 벌써 싸움입니까?"

"거. 우리 몽양 선생께선 무섭지 않으십니까. 김원봉이 제 군대를 이끌고 압록강을 건널까봐 나는 오줌을 지릴 것 같아요."

"약산의 성정이 불같다곤 하나 동포에게 총구를 겨눌 자는 아닙니다. 그리고 조선의용군의 해산은 미군이 논할 문제지 우리 자문위원회가 다룰 사안도 아니에요!"

"아니, 선생님. 위원장 감투 쓰셨다고 벌써 그렇게 코쟁이들과 친해지셨습니까?"

기껏 백범의 입을 좀 다물게 했더니 이제 좌익 인사들이 그를 슬슬 긁고 있었다.

'김유진 이놈!'

도쿄로 떠나기 전 그에게 위원장 자리를 주면서 어쩐지 안쓰럽다는 듯 쳐다보더니, 어떤 꼴이 날 줄 뻔히 알면서도 이런 독배를 건네준 셈 아닌가. 뭐가 '몽양 선생님이 아니면 좌와 우 모두를 아우를 수 없습니다.'냐, 이 눈 뜬 사람 코도 베어 갈 것 같은 흉악한 놈이. 아우르는 게 아니라 양쪽에서 처맞고 있지 않냔 말이다.

반원 모양으로 설계된 위원회 좌석 자리는 누가 지시라도 한 것처럼 좌파는 왼쪽에, 우파는 오른쪽에 쏠려 앉았다. 새로 임정 인사들이 위원으로 촉탁되어 자리하게 되니, 누가 봐도 오른쪽 사람들 머릿수가 늘어난 모양새가 연단에서 훤히 다 보였다.

"자자. 진정들 하십시다. 나라를 이끌겠다고 모인 사람들이 시작부터 자리에도 없는 이 험담을 해대서 뭐 어쩌잔 겁니까."

"성재(省齋, 이시영) 선생의 말이 백번 옳습니다. 이제 조선 땅에 자유가 도래했으니, 하루속히 나라의 기틀을 잡아야……."

"자유를 되찾은 건 좋지만 이러다 전부 얼어 죽을 판입니다."

이들 위대한 투쟁가이자 혁명가들이 자문위원 감투를 받은 지 얼마 되지 않아, 일제의 총칼보다 더 묵직한 현실의 칼날이 이들의 어깨를 내리눌렀다. 미군정 당국은 결코 이들 자문위원회를 병풍으로 취급하지 않는다는 제스처인 듯 전국 각지에서 취합한 각종 통계와 자료를 신속히 보고서로 만들어 위원회에 배포했고, 숫자와 도표로 일목요연하게 정리된 데이터들은 행정에 익숙하지 않은 이들이 보더라도 단 하나의 결론만을 내포하고 있었다. 이러다 다 죽겠다.

"김 장군은 앞으로 어찌하겠답니까?"

"김유진은 갑자기 왜 나옵니까? 새 나라의 출발을 구걸로 장식하려고요?"

"여기서 떠들려거든 그 말본새부터 고쳐라 아해야. 이 자문위원회는 군정사령관 직할 아니냐! 김 장군이 동경에 머무를지 경성에 머무를지부터 알아야 우리가 누구에게 의견을 낼지 알지!"

"대리인이 있잖소."

"말도 통하지 않는 허여멀건 코쟁이와 김 장군이 정녕 똑같다고 생각하면 그 얼어붙은 머리통부터 수선하거라!"

"이 영감쟁이가 진짜……."

"그마안!! 이현상 동무! 한 번만 더 고의로 시비를 건다면 내 직권으로 여기서 내보내겠소!"

깡! 깡! 깡!

"왜 나만 갖고 이러시오, 선생."

"후우. 언쟁 자체를 막는 게 아니잖소. 정책이나 의견으로 견해차를 보인다면 모를까, 명백히 그 언행에 모가 나 있잖은가."

"미안하게 되었소. 크흠."

김유진이 조용히 그를 불러 말하길, 건국동맹이 획득하였을 총기 숫자와 미군이 수거한 총기의 양에 그 격차가 너무 크다 했었다. 그 말을 들었을 때 가장 먼저 뇌리에 스친 이가 이현상이었고, 차마 김유진 앞에서 내색하진 못하였으나 그 뒤로 속에 품은 근심은 늘어만 갔다.

"왜놈들이 수탈한 쌀을 열도로 운송하기 전에 해방을 맞이해 미곡이 제법 많긴 하나, 조선 인민 전체를 먹여 살릴 분량은 아니라고 하지 않소."

"해방이 되었는데도 배급제를 유지해야 한다는 사실을 민중들이 받아들이기 힘들어합니다."

"농촌에서는 그 어느 때보다 토지개혁에 대한 열망이 차오르고 있습니다. 지주들에게서 땅을 몰수하고 농민들에게 나눠줘야 합니다."

"지주 전부가 친일이라 할 순 없을 텐데, 우리가 히틀러도 아니고 땅을 전부 몰수하자고요?"

"반대로 묻지요. 왜정 30년간 친일하지 않고서 어찌 그만한 부를 유지할 수 있었겠습니까?"

"토지 문제는 추후에 다시 논합시다. 지금 중요한 건 당장 국민들이 올겨울을 무사히 나도록 돕는 겁니다."

요모조모 고민해보아도 이 나라 자체가 가진 게 없고 빈곤하니, 결국 원조에 기댈 수밖에 없다는 결론에 이르렀다.

"몽양. 죽헌 선생은 어찌 이 자리에 없습니까?"

"그분과 막내아들 되는 김유인 씨는 자문위원직을 고사하셨습니다. 딱히 한 것도 없는데 끼기엔 면이 서지 않는다 하시더군요."

김규식의 물음에 답하는 여운형의 입맛이 썼다. 그 답변이 나옴과 동시에, 의석 오른편이 술렁대기 시작했다.

"죽헌 어르신의 세 아들이 하나같이 헌헌장부가 되어 세계만방에 대한의 이름을 떨쳤는데, 한 일이 없다는 게 말이나 됩니까?"

"이역만리 미주 땅에서 동포들을 규합하고 민족자강을 일구셨으니 이 또한 독립운동 아니오. 물심양면으로 여러 운동가들에게 지원을 해주신 분이 빠져서야 되겠습니까."

임정계 인사들이 한목소리로 김상준 부자를 초빙하자 외치자 그 모습을 보고 있던 좌익계가 떨떠름한 내색을 숨기지 못했다.

'여기까지 계산한 건가?'

'제 발로 오는 대신 추대받고 싶어서?'

너무 멀리 나간 생각일지도 모른다. 하지만 지금 위원회 돌아가는 모양새가 그렇잖은가. 아들 빽으로 온다는 구설수를 피하고 모두의 추대를 받아 위원회에 입성하면 그 위세가 얼마나 하늘 높이 치솟을까. 당장 미국 땅에서 골수 반공주의자로서의 모습을 보인 그다. 그 박헌영을 내쫓다시피 했으면 얼마나 철벽같은 사람일지 안 봐도 훤하다.

"죽헌 선생께서 말은 그렇게 하셨지만, 장남에게 누를 끼치고 싶지 않다는 고려 또한 있지 않겠습니까. 의사를 다시 물어볼 순 있겠으나 과한 짐을 떠넘기는 건 아닐지 걱정되는군요."

"그건 그렇지요. 연세도 있으신데……."

"우리 그냥 터놓고 말합시다."

잠시 안경을 슥슥 닦은 김구가 골치 아프다는 듯 고개를 휘휘 저으며 말했다.

"자문위원회니 뭐니 사람 모아놨지만, 까놓고 말해서 뭐요. 그냥 자문입니다, 자문. 실권이 없어요. 군정 당국이 움직이게 강제할 힘이 없단 말입니다."

"…대뜸 그리 말하시는 걸 보면 깊은 생각이 있으시겠지요?"

"그렇소. 우리가 백날 모여 떠들어봐야 저들 미국인들이 귀를 막으면 만사가 허사가 되는데, 죽헌 선생이 포함되어 있냐 마냐에 따라 우리의 발언력이 천양지차가 되지 않겠소?"

암만 피부색이 다르다 한들, 상관인 총사령관 애비가 이거 좀 해달라고 하면 부하 되는 자가 마냥 무시할 수 있을까. 그 말에 반론한 자는 아무도 없었고, 이어진 거수 표결에 따라 자문위원회는 만장일치로 김상준에게 재차 자문위원직을 맡아 달라 요청하기로 결의하였다.

그가 노린 그대로였다.

* * *

도쿄. 연합군 최고사령부 본부.

나는 눈앞이 흐려지는 것을 느꼈다. 어떻게. 어떻게 이럴 수가 있단 말인가.

"장군님, 나갈 준비 끝났습니다… 괜찮으십니까?"

"아. 존. 잠깐 나가 있게."

"아니, 지금… 우십니까?"

"나가 있으래도. 그리고 보니 몸은 괜찮아졌는가?"

아프리카에서부터 나와 함께 종횡무진하던 운전병, 존 버 윌리엄스는 내

만류에도 불구하고 유럽에 남아 있는 대신 이 아시아로 건너오기로 했다. 내 옆에 붙어 있으면 평생 어디 가서 술값 걱정은 안 해도 될 것 같다나. 최초로 한반도에 발을 디딘 흑인 미군 중 한 사람이란 타이틀을 얻은 그는… 감기에 걸려 병동에 몸져누웠다. 실로 유감스러운 결과였다. 난 틀림없이 말렸다.

"다 나았으니 여기 온 거 아닙니까. 그 쓰레기 같은 목탄차 대신 타고 다닐 차도 가져왔습니다. 정말 괜찮으신 것 맞습니까?"

"그렇대도."

나는 들고 있던 거울을 내려놓고 손수건으로 눈물을 훔쳤다.

"윌리엄스. 내 친구여."

"예, 장군님."

"내… 머리 말일세."

"네?"

"흰머리가 얼마나 늘어났나? 솔직히 말해보게."

"연세를 생각하셔야죠. 그러고 보니 예전보다 제법 늘어났, 아니, 그거 때문에 지금 우셨습니까?!"

조용히 해. 이건 중대 문제라고. 나 주인공 아니었어? 2회차잖아. 회귀했으면 당연히 주인공 아니냐고. 흰머리가 늘어나는 주인공이 세상에 어딨어? 응? 염색약이 필요하다. 1943년에 염색약이 없을 리 없다. 내가 흰머리가 난다면 이는 곧 연합군 총사령관의 위엄을 해치는 일이니, 이 사악한 하얀 악마를 격퇴하는 일은 절대 사적 용무가 아닌 공무 아니겠나. 없으면 만들어야지. 흰머리에 대한 깊은 고민을 떠안은 채, 나는 이 폐허뿐인 도쿄 거리로 나갔다.

"……."

답이 없다. 그냥 폐허다, 폐허. 이 폐허를 내가 만들었으니 이런 감상에 젖는 게 좀 모양새가 이상하긴 하지만, 뭐 어쩌겠나. 지금도 어마어마한 양의 식량과 연료가 태평양을 건너고 있다. 일본뿐만 아니라 한반도, 필리핀, 중국까지. 전쟁의 참화에 휩쓸려 아주 너덜너덜해진 나라들은 지금 극심한 기근 상태에 시달리고 있었다.

우리 손으로 봉쇄했던 항만 시설을 다시 정상화시키고, 내륙으로 가는 도로를 재건하고, 신속히 구호물자를 배분할 조직을 신설하고. 그 와중에 이리저리 흩어지는 난민들도 정리해야 하고. 당장 아시아 곳곳에서 무장 해제된 일본군 병사들이 속속 귀국 채비를 갖추고 있었고, 반대로 일본으로 끌려왔던 징용 조선인들 또한 이 굶주림으로 가득한 열도에서 고향으로 돌아가길 희망하고 있다. 갑갑하다. 심시티엔 난민도 정치도 없었는데. 이건 트로피코인가, 아니면 프로스트펑크인가.

"킨 장군님!"

"장군님!!"

6성 장성기 펄럭이며 이 초토화된 거리를 가로지르는 미제 군용차. 여전히 패전의 충격이 가시지 않은 듯 반쯤 넋이 나가 있던 일본인들은 내 차를 보곤 갑자기… 절을 올리기 시작했다.

"쇼군이시여! 제발 저흴 구해주소서!!"

"부탁드립니다. 이 나라를… 야마토 민족을 저버리지 말아주십시오!"

뭐야 이거. 나 무슨 토템이야? 불상이야? 비록 굳게 닫힌 창 너머라지만, 저 절박한 외침이 내 귀에 닿지 않을 린 없었다. 그래. 사람은 살리고 봐야지.

평화를 위한 아다지오 5

　약산 김원봉은 초조함을 감추지 못하고 있었다. 조국은 해방되었는데 어째서 나는 남의 나라 산천에 못 박혀 있어야 한단 말인가. 어디서부터 잘못되었을까 하고 생각하노라면, 아무리 떠올려 보아도 임정 시절부터가 문제였다. 그는 항상 천명했다. 동포들의 피땀 어린 자금을 받아먹었으면 당연히 투쟁하는 자들은 피를 흘려야 한다고.

　의열 투쟁, 무장 투쟁을 가장 강력하게 부르짖던 김원봉은 이승만이 군림하던 상해임시정부 내에서 점차 압력을 느꼈고, 그 자신 또한 대단히 사교적인 성격도 아니었기에 반(反)이승만 인사들과 또 그리 절친한 관계라 할 수도 없었다. 하지만 그의 입지 자체는 단단했고, 이승만 또한 감히 김원봉을 완전히 쳐낼 생각은 품지 못했다. 그렇지만 만주 일대의 독립군이 왜놈들의 끝없는 공격을 버티지 못하고 밀려날 때쯤, 결국 그는 폭발했다.

　'도쿄에서 왜놈들과 붙어먹기 일쑤였던 김유진이 일본과 싸우지 말라고 지령이라도 내렸느냐?'

　'말만 번지르르해 외교 독립이네 민족자강이네, 당신들은 싸울 의지라고는 없소?!'

'우리 손으로 전차까지 만들어 파는 마당에 힘이 부족하다는 게 상식적인 대답인가? 우남은 당장 나와 답변하시오!'

그의 벽력과도 같은 일갈을 시작으로 상해임정은 초유의 혼돈에 빠져들었고, 마침내 이승만은 임정 대통령직에서 물러났다. 하지만 승리의 기쁨도 잠시. 상해고려양조회사라는, 그로서는 이름만 들어본 곳을 둘러싸고 영문 모를 스캔들이 터지면서 그는 순식간에 정상에서 나락으로 추락했다.

'김유진 일가를 비롯한 미주 동포들이 합심해 임정의 장기적 수익원을 마련해주고자 미국에 술을 수출할 길을 열어주고 적극 후원하였으나, 약산과 그 일당이 임정의 권세 잡은 지 얼마 되지도 않아 매출은 급감하고 자본은 쥐 파먹은 듯 횡령이 가득하니 이 어이 된 일입니까?'

'그깟 총포탄 몇 정 더 사겠다고 견실한 회사의 자본금을 빼돌리다니? 약산은 당장 나와 답변하시오!'

'이건 음모요! 횡령이라니? 내가 아무리 무장 투쟁 우선을 외친다지만 내 손으로 민족기업을 해치는 짓을 저지를 인간은 아니오!'

'당신 부하가 회사 자본금을 인출해 갔다 하지 않나!'

'그놈은 나한테도 일언반구 없이 사라졌소. 내 속 시원히 해명을……'

횡령범이라는 추악한 누명은 피했다만 회사는 결국 파산했고, 그는 차마 낯이 부끄러워 도무지 앉아 있을 수 없었기에 결국 상해를 떠나고 말았다. 한참 뒤에야 모든 것이 함정이라는 걸 깨달았지만 이미 너무 늦었다. 속에 구렁이를 수십 마리씩 품고 있는 음흉한 인간과 정쟁을 벌인 대가는 너무나 뼈아팠다. 하지만 전화위복이라 했던가. 임정, 그리고 장개석의 별도 지원을 받아 창설한 조선의용군은 국공합작의 흐름 속에서 모택동과 손잡으며 본격적으로 비상했고, 일본군과 투쟁하며 비로소 제대로 된 전쟁을 치를 수 있었다. 이제 조선으로 돌아갈 일만 남았건만.

"이제 떠나겠소."

"이보시오, 약산. 중국 공산당은 그대를 필요로 하고 있소."

매번 똑같았다. 자신을 따르는 이들을 이끌고 조선으로 떠나겠다고 선언하고, 주은래나 팽덕회 같은 이들이 달려와 그를 만류하고, 현실의 강고한 벽 앞에서 결국 떠나지 못하고.

"고국이 우릴 기다리고 있소."

"소련군이 길을 열어주지 않는 것을 어찌하리까? 모택동 동지도 약속하지 않았습니까. 조만간 이 드넓은 중국에 혁명의 불꽃이 타오를 겁니다. 그 결정적 순간에 동무가 대업을 돕는다면 우리 중국 인민들 또한 기꺼이 두 팔 걷어붙이고 동무를 도울 게요."

대체 언제? 늙어 죽을 때쯤? 안창호처럼 유골함에 담겨 돌아갈 순 없었다. 불구대천의 원수 왜놈을 상대로 한 싸움도 아니고, 아무리 서로가 서로를 필요로 했기에 맺어진 우호 관계였다지만 나름대로 은혜를 베풀기도 했던 장개석을 향해 총부리를 겨눌 만큼 낯짝이 두껍지도 않았다.

"더 이상은 지체할 수 없다. 우린 떠난다."

"길목을 막고 있는 소련군과는 어찌 교섭이 되었는지요?"

"아니! 그 누구도 우릴 막을 수 없다! 무력을 써서라도 돌아간다!"

오늘만큼은 달랐다. 그는 무슨 수를 써서라도 돌아가기로 결심했고, 죽으면 죽었지 이 결심을 꺾을 일은 없었다. 의용군 안에서도 몇 시간이고 토론이 벌어졌지만 결국 누구도 김원봉을 설득하지 못한 채 나가떨어지고 말았다.

"그럼 이렇게 합시다. 소련군과 충돌할 수는 없으니, 대장님이 가장 믿고 의지할 수 있는 소수만 먼저 은밀히 압록강을 건너는 겁니다."

"그리고?"

"의용군 병력만 수만 명에 딸린 입까지 합하면 그 수가 어마어마합니다. 당장 조선까지 돌아갈 식량조차 확보되어 있지 않고, 이 추운 겨울에 대대적으로 움직였다간 아녀자들은 죽을지도 모릅니다."

"으음……."

"부대를 쪼갭시다. 귀국을 원하는 이들부터 차차 순차적으로 돌아가되, 만약 조선에서 큰일이 터지거나 혁명을 위한 무력이 필요하면 이곳 중국 땅에 남아 있는 부대도 즉각 움직이도록 하겠습니다."

"그럼 그리하도록 하지."

아쉽지만 어쩔 수 없다. 당장 이곳에 생활할 기반을 다 갖춘 이들을 다 짜고짜 내몰 수는 없는 노릇 아닌가.

"무정(武亭) 동무. 김두봉(金枓奉) 동무. 내가 없는 동안 의용군을 잘 부탁하네."

"염려 마십시오, 동지. 제가 장병들을 잘 단도리하고 있겠습니다."

"작별 인사를 했다간 또 붙들릴 테니, 후에 주은래나 다른 동무들을 만나거든 내 인사를 대신 전해주게나."

"알겠습니다."

그렇게 그는 떠났다. 눈만 감으면 아른거리는 조선 땅을 향해.

"흐. 흐흐."

"드디어 떠났군. 지긋지긋한 놈."

"미 제국주의자들과 김가 놈이 다 해먹을 게 뻔한 조선에 돌아가서 무슨 득이 있겠소? 차라리 이곳 중원에서 때를 기다리며 미국인들이 떠나길 기다리는 편이 백번 나을 것이외다."

"물론이지요. 참 답답한 사람입니다."

떠날 이들을 떠나보낸 그들은 누가 봐도 앓던 이를 뽑은 듯 개운해하고 있었다.

* * *

도쿄에 오래 머무를 순 없었다. 파괴와 학살, 강간을 흩뿌리던 악마의 군대는 어디로 갔는지 일본인들은 '흐에엥, 밥 주세요! 살려주세요!' 해대는 연약한 토끼로 변모했다. 망나뇽에서 퇴화한 잉어킹처럼 변해버린 이 놀라운 모습에 미군 모두가 기겁했지만, 그렇다고 해서 그들이 완전히 마음을 놓고 안심하지도 못했다.

"적어도 무장 해제가 끝날 때까지만이라도 도쿄에선 떠나 있는 게 어떻겠습니까?"

"제 생각엔 괜찮을 것 같은데요. 일본인들은 무의미한 전쟁에 이미 환멸을 느끼고 있는 듯합니다."

뻥이다. 당연히 원 역사를 보고 왔으니 알지. 어쨌거나 더 이상 소란이 없다는 사실 하나는 확실하잖은가. 하지만 우리 참모들의 생각은 전혀 달랐다.

"극단주의자들이 대원수 각하의 혈통을 문제 삼아 음모를 꾸밀지도 모릅니다."

"일본인들은 배신을 당연시 여기는 민족이라 합니다. 오래 머물러선 안 됩니다."

"아니, 그럼 군정은 어떻게 하란 말입니까?"

"수습이 다 끝날 때까지만이라도 경성과 도쿄를 왕복하는 방안은 어떻습니까? 보안과 호위 대책을 조금 더 강구한 뒤 도쿄에 체류할 시간을 늘려도 될 듯합니다."

왜 원 역사에서 맥아더가 하지에게 한국 미군정을 맡겼는지 잘 알겠다. 그냥 물리적으로 몸이 하나밖에 없기 때문이다. 어째서 나는 분신술이 없는 걸까. 치안이나 경호에 대한 불안은 원인 중 하나일 뿐.

"히로히토가 제 소굴에서 나오지 않고 있습니다."

"어허. 말들 조심 좀 하게."

"여긴 저희밖에 없잖습니까."

"안에서 그런 말 하는 게 습관이 되면 밖에서 실수를 하는 법입니다. 그… 제가 누구라고 말은 안 하겠는데, 밖에서 입 잘못 털었다가 계급장 다

뜯겨나가고 군에서 쫓겨날 뻔한 분 있지요?"

난 절대 누구라고는 말 안 했다. 그러니 패튼이 이걸로 시비를 걸면 본인 얼굴에 침 뱉는 셈이다. 솔직히 본인도 양심이 있다면 뭐라 입을 떼진 않겠지. 암암. 아무튼 친절한 예시까지 곁들여 설명을 해주자 이들도 조심이란 걸 머리에 집어넣는 듯했다.

"딱히 천황을 존중해서 그러는 게 아닙니다. 여긴 어디까지나 적지고, 우리는 동요하는 수천만 민간인 한가운데에 있습니다. 안 잡혀도 될 꼬투리를 잡히는 바람에 우리 장병들이 불필요한 피를 흘리게 하지 말란 뜻입니다."

"알겠습니다."

"천황의 얼굴을 구경하는 일은 조금 더 기다려 봅시다."

원 역사에서도 이랬으려나. 자기 신하라는 인간들이 항복 문서에 서명하고 사상 처음으로 수도에 적국 군인들이 진주한 이 상황. 보통 임금들이라면 네발로 기어서라도 튀어나올 법한데, 히로히토는 굳게 닫힌 황거 밖으로 나올 기미가 없었다. 오오타의 말로는 전례가 없던 일이라 결단하기까진 시일이 걸리리라 하였고, 우리 험악한 미군 아저씨들은 잽스 두목이 마지막 자존심을 내세우고 있는 듯하다 평했다.

어느 쪽이든 좋다. 앞으로 흔들 기회는 많으니, 궁해지면 제가 안 나오고 배기겠는가. 나는 구태여 히로히토를 기다리지 않고 첫 번째 목적지로 정해놓은 우리 제수씨의 고향 류큐, 오키나와로 떠났다. 연합군의 상륙작전을 막는다는 명목으로 오키나와는 부랴부랴 일본군의 손으로 요새화가 이루어지고 있었고, 개 버릇 남 못 준다고 일본군은 현지 도민을 뼛속까지 착취하며 각종 공사를 진행했다.

현지 민심을 다독이고, 악질들을 훗날 있을 재판 때 조지기 위한 증언을 채록하고, 구호물자 관련한 지시를 내리고… 악몽이 따로 없었다. 마찬가지로 똑같은 일이 제주도에서도 벌어졌었고, 그 수습 방안 또한 대동소이했다. 적어도 내가 얼굴 한번 비추는 것만으로 급한 불은 끌 수 있다는 점은 다행이라 할 수 있겠다. 연합군 총사령관이 관심을 기울이고 있다는 확실한 메시지는 전달되니까. 그다음 행선지는 어처구니없지만 쓰시마, 대마도였다.

간략하게 섬에 대한 브리핑을 받고 나니 이 섬을 뜯어다 신생 대한에 붙일까 하던 야무진 상상은 곧장 세절기에 처넣어야만 했다. 식량 자급도 안되고 먹어봐야 지하자원도 없다. 수만 명의 현지인을 추방해야 하고, 여길 먹는 순간 대한민국은 일본과 끝없는 건함 경쟁 스타트. 나는 한국을 자살시키는 취미는 없다.

"요즘 이 섬이 인기가 많다면서요?"

"그렇습니다."

"해군에 협조 요청을 해야 하나 이거. 경찰보다 먼저 해경부터 재건해야 할 판이네, 허허."

세상을 둘로 찢어버릴 듯한 대전쟁이 벌어지건, 그 전쟁이 끝나건. 결국 사람은 먹고살아야 한다. 동아시아의 거대한 핵심축으로 움직이던 일본제국이 패망하고 모든 바다 건너 식민지들이 토막 났지만, 그렇다고 해서 열도와 식민지들의 경제적 관계 또한 단숨에 단절되지도 않는다는 뜻. 결론만 먼저 이야기하자면, 쓰시마는 바야흐로 한반도와 열도를 잇는 밀수 허브가 되어 불야성을 이루고 있었다.

"한밤중에 부산, 통영, 거제, 포항 등지에서 100톤 내외 되는 작은 어선들이 쓰시마로 넘어오고 있습니다."

"도대체 뭘 밀수한답니까?"

"조선에서 미곡을 운송해와 돌아갈 땐 일본의 공산품을 챙겨 가고 있습니다. 적발된 이들의 증언에 따르면 밀수 한 번에 약 5배 이상의 시세 차익을 거둘 수 있답니다."

미치겠구만. 지금 일본은 앞서 언급했듯 엄청난 기근 상태. 식량을 구하기 위해서라면 집안 대대로 내려져 오는 가보든 고급 전자제품이든 뭐든 다 팔아치우는 집안이 즐비하다. 반대로, 조선은 가진 거라곤 쌀밖에 없다. 쌀이 넘쳐흐른단 말이 아니라, 수십 년째 열도에 쌀을 팔고 그 대신 고부가가치 상품을 사들이는 일본제국의 부속품 역할을 한 결과였다. 일본에 내다 팔면 시세 차익이 5배라는데 남이 굶건 말건 무슨 상관이겠는가? 규제받지 않는 자본주의 시장 논리는 원래 이토록 냉엄한 법.

밀수를 통해 오가는 상품 목록만 봐도 이 경제 흐름은 명확했다. 조선에 남은 공장을 수리하기 위한 각종 기계장비. 밀수꾼이 거대한 장비를 통째로 운반할 순 없으니 주로 부품들. 그리고 의류와 의약품. 일본이라고 이것들이 넉넉하겠냐마는 당장 쌀을 구할 수 있다면 뭘 못 팔겠는가. 그다음은 조금 의외였는데, 문구류와 화장품 또한 핵심 수출(?) 품목이었다.

"이게 그렇게 많이 유통된다고요?"

"그렇습니다."

화장품은 그러려니 했다. 의외로 화학이 발달해야 만들 수 있는 게 화장품이니. 하지만 문구류 및 학용품은 뭐랄까… 제대로 된 필기구조차 자체 생산 못 하는 조선이 개판인 건가. 아니면 수십 년 만의 해방이 조선인의 피에 흐르는 과거급제 K—DNA를 일깨운 건가.

"다 때려잡읍시다. 지금 조선에서 쌀이 반출된다는 건 이상한 일입니다."

"하지만 총사령관님. 얼마 전까지 하나의 경제 공동체였던 나라의 무역을 완전히 끊었다간 그 또한 문제입니다."

빌어먹을. 난 경영학과 아니라고.

"최대한 빨리 양국 사이의 무역을 정상화해보겠습니다. 구호물자가 본격적으로 풀리기 시작하면 식량난은 꽤 사그라들 겁니다. 무역을 최대한 양성화해서 엄한 놈이 배 불리는 일만큼은 막아야 합니다."

지금 조선에서 미곡을 팔아 돈 좀 만질 수 있는 이가 몇 명이나 되려고.

뻔뻔한 놈이거나, 도둑놈이거나, 둘 다겠지. 죽이기 딱 좋은 놈들이 걸렸다.

평화를 위한 아다지오 6

잠시만 눈을 감고 있으면 육신을 남겨 둔 채 영혼만 알래스카로 떠내려 갈 듯한 지독한 추위. 살점을 칼로 포 뜨는 것 같은 이 한파가 절정에 다다랐을 무렵, 미군정 참모들은 자신만만하게 그들의 대원수에게 보고서를 올려 선언했다.

"마침내 조선인들이 현실을 받아들였습니다."

암만 김유진이 직접 목에 핏줄이 다 드러날 정도로 고함을 질러대건 말건, 수십 년 만에 해방을 맞이한 조선인들의 열기를 억누를 순 없었다.

[조선인들은 해방을 휴거 또는 예수 재림으로 여기고 있다. 그들은 해 뜰 녘부터 해 질 때까지 종일 장밋빛 미래에 대해 떠들기를 즐길 뿐, 도무지 생업으로 복귀할 생각을 하지 않고 있다.]

6성 장군부터 말단 병사들에 이르기까지 총력전을 벌인 끝에, 주한 미군정의 첫 미션 목표였던 '조선인 일터로 되돌려보내기'가 마침내 클리어되었다.

"그냥 다들 추워서 정신이 번쩍 드나본데……."

"아닙니다! 이게 다 저희 군정 구성원들 노력의 결실입니다!"

그다음은 식량과 연료 문제. 조선의 항구란 항구에 물밀듯이 미제 화물선이 쏟아져 들어왔고, 무수한 구호물자가 신속하게 하역되었다. 하지만.

"쌀이 없어?"

"이보시오. 밀가루로 어떻게 밥을 해먹으란 말이오?"

"What?"

만주든 연해주든 기어이 벼농사를 짓는 이 민족은, 미군의 예상을 훨씬 웃돌 만큼 쌀에 대한 집착이 강렬했다. 분배해준 밀가루와 옥수수를 시장에 내다 팔고 기어이 백미를 사 먹는 이해 불가능한 행동. 이 이해할 수 없는 모습을 지켜보던 미군은 태국과 베트남 등지에서 긴급 수입한 안남미를 뿌리면 저 쌀에 대한 집념을 달랠 수 있겠다 여겼다. 물론 실패였다.

"이게 쌀이라니."

"왜놈들은 뙤놈들 잡곡을 주더니 코쟁이들은 안남미를 쌀이랍시고 주네."

"쌀의 가치도 모르는 놈은 썩 꺼져!"

인디카종 안남미는 숫제 이단으로 치부되어 이 또한 인기가 저조했다. 쌀이라 하면 곧 죽어도 쫀득한 찰기와 자르르한 윤기가 흘러야 하는 법. 후 불면 날아갈 듯 팔랑대는 이걸 과연 쌀이라고 불러야 한단 말인가?

"조선인들은 도대체 뭐가 문제입니까? 밀도 싫다, 안남미도 싫다. 대체 어쩌면 좋단 말입니까."

"허허. 이 민족에게 쌀은 한마디로 종교입니다. 그리스도상이 없으니 대신 불상에 대고 기도하라고 하면 누가 좋아할까요?"

"아무리 그래도 먹을 것과 신앙이 동격은 아니고, 쌀을 달래서 쌀을 줬는데 왜 이러는 게요."

"숭늉을 못 끓인단 점에선 둘 다 조선인이 쌀이라 여길 물건이 아니긴 하지요."

기나긴 불평이 뒤를 잇기는 했지만, 최소한 밀가루와 옥수수 포대가 굶어 죽었을 무수한 사람들의 생계를 이어주었음은 확실했다. 대공황의 끔찍한 기억이 여전히 남아 있는 미군 병사들은 식량 포대로 옷 만들어 입는 법 또한 전수했고, 얼마 지나지 않아 이 포대기옷은 새로운 트렌드가 되었다. 물론 각종 피복 또한 구호물자로 쏟아져 들어왔다. 문제는 이다음이었다.

"이 조선과 미군정은 거대한 시한폭탄 위에 초가집을 지은 격입니다."

"저희 자문위원회는 만장일치로 군정청의 결단을 촉구하는 바입니다."

"대리에 불과한 제가 건드릴 사안이 아닌 듯하군요. 킴 장군께서 조만간 경성으로 복귀하십니다. 그때 다시 한번 논의하지요."

일자리가 없다. 징용으로 끌려간 이들, 일제를 피해 중국이나 미주 등지에 둥지를 틀었던 이들, 일자리를 찾아 일본 열도로 건너갔던 이들. 해방된 조국으로 귀국하는 이들의 발걸음은 끊이지 않았지만, 이들이 건전한 삶을 영위할 일자리는 턱없이 부족했다.

하지만 미군정이 도깨비방망이라도 가지고 있지 않은 이상, 이들 또한 뾰족한 대책이 없었다. 수십 년간 일제의 니즈에 따라 그로테스크하게 뒤틀린 경제 구조로 변모했는데, 무슨 수로 하루아침에 일자리를 셔면 전차 찍어내듯 뽑아낸단 말인가? 많은 실업자는 곧 사회 불안과 불만을 초래한다. 사회 불안과 불만은 공산주의라는 독버섯이 피어오르기에 안성맞춤인 환경이다.

"이러다가 이 나라, 적화당하지는 않겠지?"

그리고 이 작은 반도는 공산주의의 종주국, 소련의 이웃 나라다. 점령군 수뇌부의 초조함은 말이 없어도 점점 에스컬레이트되고 있었다. 대책이 있어야 했다. 그것도 지금 당장.

* * *

신생 조선은 어떤 나라가 되어야 하는가? 개화기 시절, 이 작은 반도를 찾은 외국인들이 하나같이 기록에 남기길 '조선 사람들은 밥을 많이 먹고 정치 떡밥으로 떠들길 좋아한다.'라고 하였다. 바야흐로 해방을 맞이하였으니 단연코 조선인들은 중학교 다니는 지식인부터 저승사자 곧 맞이할 영감들에 이르기까지 입이 달린 자들은 모조리 이 불타는 정떡에 달라붙어 연신 입방아를 찧었다. 그리고 자문위원회는 그 불타는 정떡의 총본산이었다.

"이건 절대 용납할 수 없습니다!!"

줄곧 관조적 태도를 보이고 있던 소련파, 허가이가 연단으로 올라와 목청을 높였다.

"백범을 경무부장(警務部長, 경찰청장) 자리에 앉히겠다니, 오늘 밤에 자다가 경찰들이 총을 들고 담을 넘을까 겁이 납니다그려!"

"저열한 인신공격이라니. 추잡하다, 허가이!"

"다른 사람이라면 또 모를까 백범이라니요. 이런 극우 인사를 경무부장 같은 막중한 자리에 앉히려는 점에서 군정 당국의 의도가 엿보입니다!"

"무작정 반대만 하지 말고 대안을 제시해 보시오."

"차라리 저기 계시는 약산 선생이 어떻겠소?"

새로이 귀국하자마자 자문위원직을 받은 김원봉을 언급하자, 우익 인사들의 야유가 빗발치기 시작했다. 미군정청과 우익 인사들은 적색 혁명의 공포에 시달리고 있었지만. 좌익들 또한 언제 다 목이 날아갈지 모른다는 공포에 시달리긴 매한가지였다. 당장 미군을 제외하고 조선 유일의 무력 집단인 자유대한군단이 누구 손에 있는가. 세간의 언론 일컫길 일명 '조선의 히틀러' 철기 이범석 아닌가.

비록 해프닝에 불과했지만, '유진탕' 소요 때 자유대한군단이 경성 시내로 진입하자 좌익 인사들은 하나같이 '드디어 저 파쇼 놈이 정변을 일으키는구나!' 하며 집단 심장발작 증세를 호소했었다. 이런 마당에 경찰 조직까지 우익, 그것도 극도의 반공주의자에게 내준다? 중립적 입장을 관철하던 여운형조차 정색할 만큼 이 사안은 그들에게 실질적인 생명의 위협으로 다가왔다. 반대로, '고작' 경찰 조직에 저리 강경하게 나오는 좌익들을 보며 우익은 좌파 봉기설에 대한 심증을 굳혀만 갔다.

"백범은 이미 임정의 경무국을 오래도록 맡아 왔습니다."

"그 경무국은 경찰이 아니라 왜놈 밀정 때려잡던 비밀경찰이잖소?"

"지금 가장 시급한 일은 경찰 행정을 제대로 보는 일이 아닙니다. 왜놈들 발을 핥아대던 부패한 민족반역자들과 그래도 개선의 여지가 있는 자들을 구분해내는 일을 백범보다 더 잘 할 수 있는 이가 누가 있겠습니까?"

"…모두가 신뢰할 만한 이를 수도경찰청장에 임명하고, 경찰을 견제할 수 있는 법무부장으로 긍인(兢人, 허헌)을 임명하는 것으로 타협하는 게 어떨지요?"

매번 회의가 열릴 때마다 모두는 심장이 쫄깃쫄깃해졌다. 성격 하나는 일품인 자들이 죄 모였으니, 아직까지 난투극이 벌어지지 않은 것만으로도 참으로 대단한 성과였다. 마침내 2/3의 동의를 얻은 결의안이 이제 막 경성에 도착한 김유진의 앞에 제시되었을 때. 그는 직접 자문위원회에 출석해 그 결의문을 꼼꼼히 읽고, 위원들의 즉석 질문에도 참으로 성실히 응답하였다.

"명성 드높은 분들께서 이리들 정당 정치의 표본을 보여주시니 신생 대한의 민주주의가 참으로 기대됩니다. 하하하."

"군정사령관께서는 우리의 결의안을 어찌 생각하십니까?"

"이의를 제기하지 않고 전적으로 수용하겠습니다. 마침 여러분들께 제안할 안건을 진행하기에도 딱 좋군요."

일본, 유구, 제주 등을 순행하며 그 위엄을 과시한 대원수는 그 자리에서 전혀 엉뚱한 폭탄을 투척했다.

"더 미룰 것 없이 토지개혁부터 시작합시다."

떡밥은 더 큰 떡밥으로. 갈등은 공동의 적으로. 김유진의 수작이 대개 그러하듯 뻔했지만, 토지개혁은 그 모든 논란을 파묻을 힘이 있었다.

* * *

조선과 일본 양국이 잿더미에서 재건의 씨앗을 막 틔우려는 순간. 이곳 동아시아를 제외한 세계 전역엔 재건을 위한 삽날 대신 다시금 전쟁의 북소리가 불길한 미래와 함께 다가오고 있었다. 홀로코스트라는 악몽이 지나가고 간신히 자유를 되찾은 유대인들. 하지만 나치가 사라져도 그들이 무럭무럭 키운 반유대주의 정서는 그대로 남아 있었고, 폴란드, 우크라이나, 루마니아, 체코 등 사실상 서유럽을 제외한 유럽 전역에서 반유대주의 폭동 혹은 유대인에 대한 린치, 살인이 빗발쳤다.

거대한 유고슬라비아 국가를 건설하고 싶던 티토는 소련과의 충돌을 각오하고 이웃한 소국, 알바니아를 유고에 합병하기 위해 수작질을 벌이기 시작했다. 서유럽 열강들은 이미 소련의 영향권으로 공인받은 동유럽에 대한 관심을 끈 채, 제 식민지들을 지키기 위한 기나긴 싸움에 나섰다.

"저 추잡한 놈들은 낭떠러지로 떨어질 뻔한 걸 살려놨더니, 올라오자마자 남의 집에 강도질을 하러 떠나는군."

"대통령 각하께선 어찌하길 원하십니까?"

"당연히 저 버르장머리 없는 놈들에게 현실을 똑바로 인지시켜 줘야 하지 않겠나."

미합중국은 새로운 투자처가 필요하다. 윌레스 행정부는 미국을 위한 원료 공급처이자 새로운 시장이 되어주리라 예상했던 동남아시아가 도로 개판이 되자 분노로 눈이 뒤집혔지만.

"하지만 각하. 그 모든 가정은 결국 유럽을 우리 시장으로 두고 있을 때만 성립됩니다. 동남아시아를 얻기 위해 유럽을 잃어버릴 순 없습니다."

"그러면?"

"일단 소련과 공조하여 외교적인 제스처로 압력을 넣으심이 어떻겠습니까."

월레스가 분노를 삭이며 제국주의자들의 뼈와 살을 분리할 방법을 모색하는 동안, 동남아시아로 돌아온 옛 지배자들은 피와 죽음을 흩뿌리며 자신들의 추락한 위신을 회복하고자 했다. 가장 먼저 행동한 이들은 영국. 영국군은 '일본을 공격한다.'라는 명분으로 이미 진작부터 움직이고 있었고, 호주—뉴질랜드군 또한 함께 동원해 그 어떤 열강들보다 신속하게 동남아 방면에 병력을 투사할 수 있었다.

"우리의 공동 이권을 수호하기 위해, 대영제국은 기꺼이 도움의 손길을 내어줄 준비가 되어 있소."

이웃 식민지가 독립을 쟁취하면, 당연히 그 파도가 고스란히 영국령 식민지에도 미칠 게 뻔하다. 따라서 영국이 자기네 식민지뿐만 아니라 프랑스, 네덜란드의 식민지에도 개입한 것은 전혀 이상한 일이 아니었다. 식민지 수호라는 거대 담론 앞에서는 원수끼리도 손을 맞잡을 수 있었다.

"히틀러조차 대영제국의 근간을 흔들지는 못했다. 그 제국이 지금 파멸하려 한다. 여기서 승리하지 못하면, 우리는 제국의 강역이 모조리 떨어져 나가는 광경을 뒷짐 지고 구경해야만 한다."

처칠은 마지막 남은 영국의 판돈을 모조리 아시아에 베팅했다. 미국과 소련이 짜고 대영제국의 해체를 노린다고 굳게 믿는 그로서는, 오직 압도적인 승리를 통해 식민지의 소란을 잠재우는 것만이 유일한 답이라고 판단했다. 영국군은 베트남 남부에 도착하자마자 현지 베트남 시위대를 무력으로 찍어눌렀고, 네덜란드의 식민지인 인도네시아에도 군대를 보내 현지 '반군'에게 무장을 해제할 것을 통보했다. 그러나.

"추악한 식민 지배자 네덜란드인들은 히틀러의 손에 전부 굶어 죽었어야 했다. 유진 킴은 위대한 아시아인이지만, 안타깝게도 그는 네덜란드인이 살아 있을 가치가 없다는 걸 몰랐다."

"우리 인도네시아 공화국군과 인도네시아 인민들은 최후의 한 명까지 침략자에 맞서 항거할 것이다. 아시아인의 자비로 비루한 목숨을 이어나간 저들 유럽인들은 이제 아시아인의 손에 최후를 맞이하리라!"

"수카르노 만세! 인도네시아 만세!!"

영국군이 네덜란드군을 대신해 인도네시아에 발을 디디고 단 몇 달. 인도네시아군은 엄청난 피를 흘린 끝에 영국군을 상대로 승리를 따냈다.

"아, 안 돼. 안 돼! 제국이… 제국이!"

"처칠 총리! 시민들의 입에 들어갈 빵조차 군비로 돌린 결과물이 이게 뭐요!"

"조금만 더. 조금만 더 버텨야 합니다. 국민 여러분, 우리의 자존심인 식민지를 고작 빵쪼가리의 유혹에 넘어가 포기해선 안 됩니다!"

식민지인이 열강 정규군을 상대로 거둔 기념비적인 전과. 처칠이 가장 우려하던 일이 벌어지자, 순식간에 세계 각지의 식민지에서 독립의 불길이 번져나가기 시작했다. 간디는 '모든 영국군은 즉시 인도에서 철군할 것.'이라는 최후통첩을 날렸고, 영국군의 진주를 지켜보고 있던 버마에서도 산발적인 교전이 벌어지기 시작했다. 피와 공포로 노예들을 무릎 꿇리길 원했던 이들은, 바로 그 공포가 깨져버리는 순간 더욱 몰락하는 길밖에 남지 않았다. 그리고 이 늙은 사자는 꿈에도 상상 못 했을 새로운 시대가 도래하고 있었으니.

1943년 2월. 미국 뉴멕시코의 사막에서 인류는 마침내 새로운 힘을 손에 넣었다. 두 번째 태양의 도래. 에베레스트보다 더 높고 거대한 버섯구름.

— 친애하는 미합중국 시민 여러분. 오늘 새벽, 우리는 하나의 폭탄 실험에 성공했습니다. 이 단 한 발의 폭탄은 TNT 2만 톤의 위력을 가지고 있으며, 도시 하나를 흔적도 없이 지울 수 있는 놀라운 화력을 선보였습니다.

— 원자폭탄. 우주의 기본적인 힘, 태양이 타오르는 힘을 이용한 이 놀라운 폭탄은, 가장 도덕적이며 정의로운 나라 미합중국이 과학의 새로운 지

평선을 열었음을 뜻합니다⋯⋯.

새로운 시대가 다가오고 있었다. 처칠 내각의 종말과 함께.

평화를 위한 아다지오 7

　1942년 선거에서 아슬아슬하게 다수당 지위를 유지하긴 했지만, 월레스 행정부는 끝없는 공화당의 도전에 직면해 있었다. 시작은 어김없이 스캔들.

　[현직 의원 X 씨, 전쟁 당시 나치 스파이와 접촉 의혹!]

　대중들의 첫 반응은 뜨뜻미지근했다.

　"뭐? 독일이랑 붙어먹은 의원이 있다고?"

　"근데 걔들 졌잖아. 조사 빨리하고 빵에 처넣으면 되겠네."

　하지만 얼마 지나지 않아. 이미 충분히 별별 엽기적인 가십에 찌들 만큼 찌든 미국인들조차 먹던 베이컨을 흘릴 만큼 충격적인 기사가 이들의 식탁에 오르내리기 시작했다.

　[전직 매사추세츠주 주지사이자, 약 20년간 상원의원으로 활동해 온 민주당 데이비드 월시(David I. Walsh) 의원이 문제의 X 의원으로 판명되었다. 그는 브루클린에 있는 남성 전용 성매매 업소의 단골이었는데, 그와 육체적 관계를 맺은 이들 중 복수의 남성이 나치 독일의 간첩이었던 것으로 확인되고 있다. FBI는 이미 이들 나치 간첩의 신원을 파악하고 체포하였으나,

고 루즈벨트 대통령은 이 사안을 은폐할 것을 명령……]

"이건 끔찍한 테러입니다! 한 사람의 명예를 짓밟고 있어요!"

"섬너 웰즈 차관의 스캔들 때 재미를 본 공화당은 이제 추잡한 루머 없이는 의정 활동을 못 하는 몸이 되어버렸습니다!"

"평생을 미합중국을 위해 헌신해 온 의원에게 이런 무례하며, 끔찍하며, 역겹기까지 한 정치 공세를 퍼붓다니!"

물 들어올 때 노 젓는다고, 공화당은 내친김에 '민주당은 남색(男色)당' 프레임을 동원해 맹렬한 타격전에 들어갔다.

"입으로는 도덕과 윤리를 외치는 자들의 실상을 보십시오! 소돔과 고모라의 시민들이 지금 의회에 앉아 있습니다!"

"왜 저런 파렴치한 짓거리를 아무렇지도 않게 저질렀는가? FDR의 10년 시대가 저들에게 무엇이든 해도 되는 권리를 부여했습니다! 이제 바꿔야 합니다! 저 추악한 이들을 끌어내려야 합니다!"

이와 동시에, 맨해튼 프로젝트 예산안에 대해서도 포문을 열었다.

"제가 전쟁부장관으로 유임되었다면 원자폭탄 개발은 결코 이리 지지부진하지 않았을 겁니다."

"베를린이나 도쿄에 핵의 심판을 내렸다면 우리의 아들들은 더 빨리, 덜 다쳐서 돌아올 수 있었을 겁니다. 이 모든 비극은 바로 민주당의 근시안적인 행보에서 비롯되었습니다."

여론의 흐름이 불리하다는 사실을 파악한 월레스 행정부는 '트리니티'로 명명된 이 핵실험에 국내는 물론 해외 언론들까지 초빙했고, 뉴멕시코 사막에 버섯구름이 피어오르자 공화당의 정치 공세는 거기서 멈추게 되었다. 저 거대한 폭발. 저 압도적인 권능. 놀라운 파괴력에 혼이 쏙 빼앗긴 대중들에게 백날 북 치고 장구 치며 추잡한 섹스 스캔들 이야기를 떠들어봐도, 이 핵폭탄이라는 새로운 화젯거리가 모든 것을 파묻어버렸다. 따라서 공화당은 새로운 출구를 찾아야만 했다.

"이 놀라운 무기는 오직 우리 미합중국만이 쓸 수 있어야 합니다. 퇴폐적이며 침략을 즐기는 호전적 국가에게 결코 이 무시무시한 무기를 넘겨줘선 안 될 일입니다."

민주당 또한 이 말에는 적극 호응했고, 의회는 압도적인 표결로 핵무기의 설계, 개발, 제조 및 기타 모든 정보의 유출을 제한하는 법안을 통과시켰다. 그리고 이 법안은 바다 건너 처칠 내각의 숨통을 끊어버렸다. 영미 관계는 완벽하며 동맹은 굳건하다고 떠들던 처칠은 '왜 미국은 우리에게 핵을 안 주느냐.'라는 비난에 반박하지 못했고, 분노한 군중들이 거리로 뛰쳐나온 그때 내각 불신임 결의안이 통과되었다. 새로이 정권을 잡은 클레멘트 애틀리의 노동당 내각은 신속히 결단을 내렸다. 일단 본국부터 사람 살 꼴로 만들어 놔야 한다.

* * *

참으로 다행이다. 저 정신이 아득해지는 지옥도와 마경에 비하면, 한국과 일본은 얼마나 평안하단 말인가. 토지개혁이라는 폭죽을 쏘아 올리기 무섭게 온 조선인의 신경은 개혁안 초안이 어떻게 나올 것인가에 쫙 쏠려버렸고, 개떡같이 개혁안을 말아먹지 않는 이상 군정청에 대한 지지도가 무너질 일은 당분간 없을 듯했다. 그리고 기다리고 있던 손님들 또한 도착했다.

"와아아아!!"

"이승만 박사 만세!!"

저 사람 말고. 외국에 있던 거물 중 마지막으로 입국한 이가 좌익 중에선 김원봉이었다면, 우익은 단연코 우리 이 박사. 이 박사는 혼자 덜렁덜렁 귀국하는 대신, 동양교육발전기금을 통해 미국에 뿌리를 내린 무수한 인재군단과 같이 귀국했다. 물론 제법 많은 이들이 귀국하는 대신 이미 수십 년을 지내 제2의 조국이 된 미국에 그대로 말뚝을 박는다는 결심을 했지만, 반대로 말하자면 그 모든 가산을 정리하고 귀국을 결심하는 이들 또한 부지기수.

조국 근대화. 해방 대한 재건.

"조선은 결코 무능하고 나약한 민족들의 나라가 아니란 사실은 위대한 김 장군께서 이미 입증하셨다. 그런데 어찌 세계에서 가장 가난한 나라라는 치욕을 껴안고 있어야 하는가?"

"김 장군께서는 조선인의 발목에 차여 있던 노예의 사슬을 끊고 빛을 돌려주셨다. 그러니 그들에게 문명의 빛을 돌려줘야 하는 건 호의호식하며 교육받은 우리의 사명이다!"

"가자! 우리의 배움은 오직 우리 민족을 부흥케 하기 위함 아니었던가?"

끝없는 귀국 행렬. 수십 년간 착취에 시달리던 전근대 국가로서는 상상도 하기 힘든, 무수한 대학 나온 엘리트들의 파도. 마찬가지로 미국에 있던 일본인들 또한 제법 많은 이들이 귀국을 선택했다. 출세의 고속도로로만 생각했던 미국 유학이 족쇄로 돌변해버리고, 귀국한 이들이 '귀축영미에 세뇌당한 비국민' 타이틀을 단 채 대낮에 린치당해버리는 요지경.

미국물을 먹은 이들 중 상당수는 자신들의 조국이 군국주의의 광기에 먹혀 폭주하는 모습을 보며 절망했고, 기꺼이 잿더미로 변한 일본으로 돌아가기로 했다. 물론 용 꼬리보다는 뱀 머리가 낫다는 이해타산적 판단이 없진 않겠으나, 세계의 최첨단을 자랑하는 초강대국에서 쑥밭으로 되돌아가겠단 결단이 어디 보통 결단이겠는가. 한국과 일본 모두 이들 '동발' 유학생들의 귀환은 그야말로 가뭄의 단비가 아닐 수 없었다.

"신수가 훤하시구만. 미국물이 좋긴 좋은갑소?"

"그러는 자네는 왜 이리 꾀죄죄해졌는가. 오래 살려면 좋은 거 먹고 살아야지."

시발. 무서워. 저게 뭐야. 자문위원회로 온 이승만은 태연스럽게 김원봉

바로 오른편에 착석했고, 모두의 시선은 행여나 약산이 이승만의 어금니를 추수하진 않을지 여부에 쏠렸다. 다행히 옥수수도 다이아몬드도 없는 위원회장에서 유혈사태는 일어나지 않았고, 우리는 속전속결로 토지개혁을 위한 첫 삽을 뜰 수 있었다.

* * *

연일 마라톤 회의가 계속되었지만, 대충 큰 뼈대는 다음과 같이 잡혔다.

1. 친일 부역자들의 재산을 '환수'한다.
2. 남은 대지주들의 토지는 유상으로 매입한다.
3. 분배 또한 유상으로 매각한다.

유상몰수, 유상분배. 좌익에서는 당연히 무상몰수, 무상분배를 주장하는 목소리가 드높았고, 빠르게 퍼지는 신문을 통해 나날이 정책을 접하는 시민들 또한 당연히 공짜를 선호하긴 했다.

"이 땅의 지주 중 친일 안 한 이가 대체 몇 명이 있겠습니까?"

"저들의 부가 결국 친일매국의 결과물이고, 그게 아니라면 조선 왕조 때 백성을 착취한 결과물일 겁니다. 무상분배야말로 진정 정의를 실천하는 방안입니다!"

"김원봉! 김원봉!!"

하지만, 신문이 꼭 모든 걸 다 말한다는 보장은 없다. 대놓고 말하자면 짜고 치는 고스톱. 지금 목소리를 드높이며 무상몰수를 외치는 허가이와 김원봉조차 이미 '한패'였다. 이 아름다운 협치는 당연히 자문위원회 담장 안에서 합의되었다.

"결국 이 나라의 근본 문제는 일자리 부족입니다. 우리는 시급히 산업화를 달성하고 농민과 노동자를 위한 일자리를 만들어야만 합니다."

골수 좌파 중의 좌파, 그중에서도 즉시 혁명을 외치는 인간 아닌 이상에야 이를 부정하는 이들은 없었다. 가장 친소련적인 허가이조차 공산 국가 건설을 위해서는 먼저 이 나라가 근대적인 산업화를 이루어야 한다고 공공연히 말하는 판이니. 그런데 산업화가 하고 싶다고 단숨에 이루어지던가? 당장 그 재원은 어디서 조달할 것인가?

정답은 바로 친일파. 항상 그렇듯, 내 주머니가 쪼들리면 남의 주머니를 털어먹으면 되는 법. 이 부분에선 내가 일본의 군정 또한 함께 맡고 있다는 점이 참으로 도움이 되었다.

"일본에서는 조만간 대대적인 전범 재판을 시행할 예정입니다. 이 전범 재판은 단순히 침략전쟁을 일으킨 군인과 정치인, 관료를 단죄할 뿐만 아니라, 이들 침략자들이 흘리는 부산물을 주워 먹던 경제인들 또한 심판의 대상이 될 겁니다."

"일본 재벌들을 목매달겠단 말씀이십니까?"

"아닙니다. 그들의 재산을 몰수하고 재벌 그룹을 해체할 예정입니다."

"그렇다면… 조선 또한 일제의 침략에 호응한 이들을 심판해야겠군요?"

"암요, 그렇고말고요."

이승만도 김규식도, 여운형도 김원봉도 숫제 악당이 된 것처럼 실실 웃음을 흘리는 즐거운 시간. 원 역사의 해방정국에서 결국 조선의 돈을 쥐고 있던 이들 상당수는 친일파였고, 이 격변의 시기에 정치자금은 그야말로 대권을 좌우할 수 있는 생명수였다. 하지만 지금은 좀 사정이 다르다. 태평양을 건너고 있는 이들 중엔 미국에서도 제법 부를 일구었던 이들도 있고, 그렇지 않더라도 이 미국산 엘리트들을 위해 만찬을 베풀어줄 필요가 있다. 따라서 사정 봐주지 않고 쥐어짜도 별다른 문제가 없다.

"저놈들이 반란이라도 일으켜주면 아무 문제도 없을 텐데, 아주 납작 엎드려 있습니다."

"미군과 자유대한군단이 눈을 시퍼렇게 뜨고 있는데, 미치지 않고서야 반란을 일으킬까요?"

"그러면 한번 똥침을 놔주면 어떻겠습니까."

그리하여 벌어진 광경이 저 무상몰수를 부르짖는 무수한 군중의 행렬. 저 몰수, 심판의 기준도 아주 간명했다. 당장 우리 미군이 조선총독부와 일본 본국의 자료를 전부 접수하지 않았는가. 일본 정부가 아주 꼼꼼하게 진짜 골수 친일파, 불이익을 당하기 싫어 협조한 지주와 자본가, 불령선인들을 분류하여 관리해 온 만큼 이 자료는 고스란히 처벌 근거로 알뜰살뜰 써먹을 수 있었다. 고맙기도 하지.

1차적 재산 몰수 이후에는 강제로 대지주의 토지를 유상 매입한다. 그들이 굶어 죽기 싫으면 돈놀이를 하든 회사를 경영하든 나라에서 받은 돈으로 투자를 해야 하고, 이는 고스란히 산업 발전으로 이어진다. 그다음 토지를 분배해주면? 게임 끝. 아주 평안하게 자영농이 퐁퐁 솟아나고 마침내 보습 댈 땅을 얻은 농민들은 행복한 일터로 돌아간다. 당장 미국에서 수십 년을 산 내가 기업농이 더 효율적이라는 사실을 모르진 않지만, 어찌 되었든 지금은 무조건 하나라도 더 많은 일자리가 필요한 시점. 그건 후세 사람들이 알아서 할 문제지.

친일파 청산, 토지개혁, 그리고 적산불하(敵産拂下). 이 세 가지는 결국 유기적으로 엮여 있었고, 셋 모두 일자리 창출이라는 궁극적인 목표로 이어져야만 한다.

"…다음 매물은, 미츠코시 백화점 경성점입니다. 경성 목 좋은 곳에 있는 이 백화점은 그 땅과 건물 가격만 놓고 보아도 아주 유망한 곳으로……."

"미화 3천 불!"

"미화 4천 불 내겠소!"

"자자. 순서대로! 단순히 돈만 보는 게 아닌, 고용 승계와 향후 경영 방침에 대해서도 심사하겠습니다!"

적산, 그러니까 일본인들이 갖고 있던 각종 기업과 부동산, 공장 등의 매각도 신속히 진행되었다. 당연한 말이지만 엔화의 가치가 시궁창에 처박힌 관계로, 상당수 거래는 빠른 속도로 달러로 이루어지고 있었다.

아, 적산 사고 싶으면 달러 들고 오라니까. 내가 절대 미국물 먹은 애들한테만 적산을 팔겠다는 게 아니라고. 그나저나 우리 손자한테도 뭐 하나 좀 사줘야 할 텐데. 뭘 꼬불친다.

8장
마지막 쇼군

마지막 쇼군 1

한국의 군정은 매끄럽게 굴러갔다. 누구 하나 총에 맞는 일도 없었고, 인생 한 방을 노리는 쿠데타 꿈나무들도 없었다. 하루하루 끝내주게 자극적인 화젯거리들, 다시 말해 친일파 처벌과 토지개혁이라는 떡밥이 사실상 대중들을 마취시키다시피 했고, 이걸 말아먹지 않는 이상 대중들이 군정에 적대적으로 돌아서지도 않을 듯했다. 내가 계속해서 정당정치를 푸시하고 무기 드는 순간 뚝배기를 다 터뜨리겠다는 압력을 넣어서일까. 마침내 이 땅에도 각종 정당이 모습을 드러내기 시작했다.

"김 장군께서 우리 당의 이름에 대해 우려가 깊다고 들었습니다."

"그… 제가 개입할 문제가 아닌 건 알지만, 이름을 살짝 바꾸는 게 어떻겠습니까."

"우리가 공산당이라고 이름을 내건 것도 아니고, 당장 영국에도 같은 이름의 정당이 있잖소?"

아니. 어떻게 정당 이름이 '조선로동당'일 수가 있냐고요. 에비, 지지야. 지지라고. 그냥 깔끔하게 노동당 합시다, 노동당. 예?

여운형은 의아해했지만, 겨우 당명 가지고 고집을 부리진 않았다. 우익

계열 정당이 크게 세 토막으로 나뉘어 아웅다웅하는 동안, 좌익은 일단 노동당이라는 빅 텐트를 만들고 그 아래에 여러 계파가 할거하는 모양새를 취했다. 진성 빨갱이, 친소파, 사민주의자, 중도좌파가 스까덮밥이 된 저 노동당이 과연 몇 년을 갈지는 미지수지만, 일단은 잘됐으면 좋겠다. 괜히 시끄러워져봐야 좋을 일 없으니.

한국 군정청의 1기 정책이 일단 시동을 걸었으니, 그다음은 당연히 일본 차례. 썩어도 준치고, 부자는 망해도 3년은 간다고 했던가? 우리의 미슐랭 3성 르메이 셰프가 아무리 정성껏 수비드 조리를 했거나 말았거나, 일본이라는 나라의 펀더멘털을 완전히 날려버리진 못했다. 비록 많은 사람들이 죽고 무수한 건물이 불타긴 했지만, 머리에 지식이 있고 손에 익은 기술이 있는 이상 재건은 결국 시간문제. 내가 적극적으로 개입해서 일본을 초식동물이 뛰노는 농업 국가로 개조한다? 말은 쉽지만 글쎄올시다.

오직 체제 안정에만 미쳐버린 북한 같은 나라가 아닌 이상에야, 잘 먹고 잘살고자 하는 국가와 민족의 의지는 그 누구도 막지 못한다. 이걸 억지로 누르려고 하면 둘 중 하나겠지. 우리가 떠난 뒤 다시 바퀴벌레 같은 꼴통들이 기어나와 도로 황국을 재건하려 들거나, 혹은 빨갱이들이 일본을 잡아먹고 친소련 정책을 펴거나. 그러니 내가 고를 수 있는 최고의 방안은 단 하나. 일본인들의 욕구를 적극적으로 이루어주고, 그들을 친미로 단단히 묶어버리는 것. 마침 내 평판이 썩 나쁘지 않으니 그리 어려워 보이진 않았다.

"잘들 오셨습니다."

도쿄로 돌아온 내 눈앞에 있는 이들은 동양교육발전기금의 세례를 받고 고국으로 돌아온 헌헌장부들.

"여러분이 누구보다 잘 아실 겁니다. 일본제국은 국민의 의지를 거부하고, 꼭대기에 있는 권력자들의 이득을 위해 끝없는 전쟁에 나선 결과 파멸했습니다. 이제 이 나라의 새로운 운명은 여러분들에게 달렸습니다. 총칼로 타인을 노예로 만들던 스파르타 같던 일본이 아닌, 세계인의 친구이자 든든한 동료로서 거듭난 신뢰받는 일본을 재건할 수 있는 사람은 오직 여러 분들뿐입니다."

캬. 눈에서 불똥 튀는 것 보소. 사실 일본계 동발 장학생 상당수는 원래 부터 잘난 집안 자식들이었으니, 굳이 따지자면 그들도 꿀을 빨던 입장에 속한다.

"저희는 일본이라는 좁은 우물을 벗어나 거대한 세상을 보고 왔습니다. 그리고 그곳에서 진정한 동아시아인의 공영이 무엇인지 깨닫고 왔습니다."

"저희의 땀으로 가족의 죄를 대속(代贖)할 수 있다면 무얼 못 하겠습니 까? 장군께서 일본을 버리지 않겠다 하셨으니, 저희 또한 죽을힘을 다해 장 군을 돕겠습니다."

허허. 훌륭들 하구만. 머리부터 발끝까지 이 나라를 미국식으로 뜯어고 쳐야 하는데, 일본 본토에서 한자리 꿰차고 있던 놈들은 신뢰가 안 되니 이 놈들을 적극 기용해야지. 나는 뒷배를 제공하고, 이 친구들은 새 일본의 핵 심 권력층으로 떠오른다. 그야말로 윈윈 아닌가.

"농촌 재건, 산업단지 신설, 신헌법 제정, 전범 심판. 해야 할 일은 차고도 넘칩니다. 다들 막히는 부분 있으면 언제든지 말씀해주십시오."

"알겠습니다!"

자, 가서 물어뜯어라. 고기는 사방에 널려 있으니까.

* * *

일본제국 육군과 해군은 사방에 흩어져 있던 장병들의 귀국을 끝마친 뒤 공식적으로 해체되었다. 물론 못 돌아온 자들도 제법 있다. 눈알 뒤집힌 장개석의 손에 떨어진 이들은 쉽사리 풀려나지 못할 듯하고, 만주에 있던 관동군 중 소련군 포로가 된 이들은 죄 굴라그에 끌려간 것 같지만 전 잘 모르겠네요.

"킨 장군께선, 앞으로의 일본을 어떻게 만들고자 하십니까?"

내게 찾아온 오오타가 열심히 고개를 조아리며 물어보았다. 내가 정성 껏 타준 커피를 참으로 황송하다는 듯 받아 마신 그의 첫 물음에, 나는 고 개만 까딱였다.

"무슨 말씀이신지?"

"장군께서 의도하시는 바에 따를 수 있도록 만반의 준비를 끝내 놓았습 니다. 부디 흉중에 품고 계시는 대업에 대해 알려주신다면, 제가 잡음이 없 도록 노력하겠습니다."

"안 그래도 시종장인가 뭔가 하는 양반이 찾아왔었습니다. 조만간 천황 이 방문할 예정이라던데."

"그렇습니다. 천황께서도 언제까지 기싸움을 할 수는 없으니까요. 이미 황족들 사이에서도 도의적 책임을 지고 현 천황께서 상황(上皇)으로 물러나 셔야 한다는 말이 오가고 있습니다."

이건 또 의외인걸? 히로히토는 신성불가침 아니었나?

"물론 천황 폐하께선 야마토 민족을 다스리시는 현인신이시나, 외적에게 패해 진무 천황 이래 최초로 외적에게 그 국토를 점령당하는 참사가 일어 났습니다. 황가를 지탱하기 위해서는 만백성의 어버이인 천황이 책임을 져 야 한다는… 그런 말이 있긴 합니다."

"그 세가 제법 큽니까?"

"백중세입니다. 장군께서 누구 하나의 손을 들어준다면 손쉽게 중론이 모이겠지요."

히로히토를 나가리시킬 수 있다, 라. 이걸 재활용하느냐, 아니면 우리 말 을 더 잘 들을 것 같은 뉴 페이스를 끄집어내느냐, 이것도 저것도 아니면 그 냥 '네놈들 황가는 끝났어! 여긴 이제 미군이 지배한다!'를 외치느냐. 결국 가장 유리한 측면에서 골라야 하고, 그러려면 히로히토와 독대를 좀 해봐 야겠지.

"천황가의 처우보다는, 저 개인적으로는 신 일본의 헌법에 더 주안점을 두고 있습니다."

"어떻게… 하실 생각이신지요?"

"당연히 미국식이지요. 일본제국은 프로이센이나 영국의 법률을 제법 많이 참고했다 들었는데, 그런 글러먹은 곳들을 참조했으니 나라가 이 지경에 이른 것 아닙니까. 세계 최고의 나라 미합중국을 본받으면 앞으로 일본이 길이길이 번영을 누릴 수 있을 겁니다."

흔히들 일본인을 가리켜 윗사람에게 순종하는 민족이라고들 표현한다. 하지만 '미국식'으로 죽창을 쥐어줘도 정말 순종할까?

"미국식이라 하면……?"

"제가 한동안 열심히 일본의 역사에 대해 공부했습니다. 일본은 보아하니, 막부가 정권을 잡고 있을 땐 평화로웠지만 도요토미 같은 작자들이 나라를 다스리면 꼭 전쟁을 일으키더군요."

"도요토미 히데요시는 조금, 다른 사례 같습니다."

"일본제국이 도쿠가와를 폄하하고 도요토미를 충신으로 포장한 결과가 이 태평양 전쟁 아닙니까. 애초부터 예정된 비극이었다, 이 말이지요."

내가 생각해도 좀 헛소리 같지만, 누누이 강조하는 말이지만 전쟁 이긴 놈은 무슨 헛소리를 해도 괜찮다.

"결론만 말씀드리면, 일본 또한 미국처럼 연방제를 도입하는 것이 적절할 듯싶습니다."

"예? 일본은 연방제와는 크게 인연이 없습니다. 이 열도는 항상 굳건히 하나의 나라라는 정체성을 유지해 온지라……."

"그럴 리가요. 다이묘라고 하던가요? 천 년이 넘는 지방자치의 전통이 내려져 오는데, 이야말로 미합중국을 지탱하는 연방제 이념의 정수입니다."

울어도 빌어도 소용없어. 이번 기회에 아주 뼛속부터 이 나라를 개조할 거니까. 내가 뭐 엄청난 수술을 하는 것도 아니잖나. 난 절대 야매의사가 아니다. 환자의 건강을 생각하는 히포크라테스 선서라도 해줄 수 있다고.

"너무 그렇게 상심하지 마시지요. 저는 절대 일본의 분단을 원하지 않습니다. 특정 출신지만이 우대받고, 동향 사람들끼리 다 해먹던 일본제국이잖습니까? 연방제는 각 주의 전통을 지키면서도 일본을 민주화할 수 있는 가장 빠른 해법이라고 봅니다."

"정말, 이 나라를 갈기갈기 찢으려는 의도는 아니시지요?"

"물론입니다. 속고만 사셨나. 하하하."

교육제도 개혁, 군제개혁, 귀족원 폐지 등 다양한 방향에서 일본의 썩어빠진 군국주의를 싹 발라낼 방안에 대해 논의하던 중. 갑자기 참모 하나가 사색이 된 채 방에 난입했다.

"대, 대원수 각하."

"무슨 일인가?"

"도조 히데키가 자살을 시도했습니다."

"…죽었나?"

"아닙니다. 생명에 지장은 없습니다."

"뒤질 거면 진작 뒤지든가. 자결 하나 똑바로 못 하는 비루한 놈 같으니."

마지막 말은 내가 한 말이 아니다. 연신 칙쇼, 칙쇼 욕해대는 오오타의 입에서 나온 말이다. 저 아저씨도 한 성깔 하네.

"오늘은 여기까지 합시다. 아무쪼록 일본 정부는 치안 유지와 물가 안정에 최선을 다해주십시오."

"알겠습니다."

도조라. 그래도 얼굴 모르는 사이도 아닌데, 병문안은 가줘야 예의에 맞겠지.

* * *

며칠 뒤. 나는 병실에 누워 천장만 바라보는 빡빡이 전범을 찾아갔다.

"키, 킨 장군."

"가만 누워 있으시오. 몸뚱아리에 구멍 나신 분이 괜히 일어나지 마시고."

나는 억지로 일어나려는 그의 어깨를 꾹 누른 뒤, 옆에 있는 낡은 의자에 착석했다.

"그래, 권력이 달달합디까?"

"…나는 최선을 다하려 했으나, 운이 따라주지 않았소."

"지랄하고 있네. 운은 무슨 놈의 운. 운이 따라줬으면 이겼을 것 같습니까?"

어이가 없어 한마디 하자, 그 순간 10년은 더 늙은 듯 그의 몸에서 생기가 솔솔 빠져나가기 시작했다. 뭐야, 지금 죽으면 안 되는데.

"눈앞에 권력이, 만인지상의 길이 있었습니다."

"…그래서?"

"그래서 잡아챘지요. 내가 차지하지 않으면, 다른 놈이 차지했을 테니까."

"허."

"장군이라면 참을 수 있었겠습니까? 그 기회를? 나라를, 조금이라도 더, 제대로 이끌어보리란 그 결의를?"

"내 앞에서까지 구구절절한 자기변명은 집어치웁시다. 나는 당신이 일으킨 전쟁, 그 미친 싸움을 헤치고 여기 온 거요. 그 구차한 변명을 듣고 있다간 귀가 썩을 것 같으니."

"그렇군요. 하지만 그거 아십니까? 나는 장군께 배운 대로 따라 한 겁니다."

이 미친 새끼가 무슨 소릴 지껄이는 거야? 뒤질라고.

"장군보다 더, 위대한 승리자로 우뚝 서고 싶었지만, 결과물이 이 모양이니, 앞으로 남은 건 교수대뿐이겠군요."

"잘 아시는군."

"하지만 조금 억울합니다. 나는 전권을 얻지 못했습니다. 모두에게 등이 떠밀렸고, 내 등을 떠미는 자들이 원하는 바를 따랐을 뿐인ㄷ……."

"일어나겠소. 완전히 돌아버렸군, 이 인간."

"이 전쟁의 궁극적인 책임은 결국 히로히토에게 있습니다."

자리에서 일어나 병실을 나서려는 순간, 도조의 나지막한 목소리가 내 마지막 호기심을 자극했다.

"…충신 어디 갔소?"

"흐흐흐. 천황이 똑바로 협조를 하기라도 했으면 전쟁이 이렇게 허무하리만치 밀리진 않았을 겁니다. 반대로 천황이 결연하게 전쟁 반대를 외쳤으면 나 또한 승산 없는 불구덩이에 뛰어들지 않았을 겁니다. 내가 왜 히로히토를 위해 죽어야 합니까?"

혼자 죽기 싫다고 이렇게 노빠꾸가 되다니. 역시 추축국 네임드들 중 제정신인 인간은 없는 건가.

"장군께선 히로히토를 계속 써먹으려 할지도 모르겠는데, 그는 믿을 수 없는 종자입니다. 천황을 끼고 쇼군이 되어 천하를 호령하려거든, 적어도 그 어리석은 자가 아닌 다른 천황을 택하시지요."

"원하는 거라도 있어서 이러나?"

"제 아들을 살려주셨는데 원하는 게 더 있겠습니까. 다만… 내가 이리 비참해졌는데 쇼와가 등 따숩고 배부른 꼴을 보기 싫을 뿐입니다."

일본 땅에서 이렇게 솔직한 새끼를 처음 보다보니 좀 정신이 명해진다. 진짜 내일이 없는 새끼가 제일 무섭다더니.

"관동군에는… 방역급수부라는 부서가 있었습니다."

눈이 살짝 풀린 도조를 내려다보고 있음에도, 그는 천장만 뚫어져라 응시하고 있었다.

"그곳을 조사하면, 히로히토의 목을 옥죌 수 있을 겁니다."

"내가 뭘 믿고?"

"믿겨야 본전 아닙니까. 제가 드리는 선물이라고 생각하고 받아주시지요."

나는 대답하는 대신 병실을 나섰다. 문이 닫히는 그 순간까지 도조의 기이한 웃음소리가 내 등 뒤를 쿡쿡 찔렀다.

마지막 쇼군 2

　도조 히데키가 왜 갑자기 충신 코스프레를 때려치우고 같이 죽자를, 그것도 히로히토를 껴안고 뒤지려 하는지는 알 수 없는 일. 제 몸뚱아리에 납탄을 박아 넣고 보니 알싸한 납맛에 정신세계가 바뀌었을지, 그도 아니면 히로히토를 처벌할 증거 자료를 넘겨 자기 자신은 몰라도 가족에게 뭔가 콩고물이 가길 원하는지. 이유는 몰라도 된다. 칼자루 쥔 쪽은 나고, 패배자들은 그저 자비가 베풀어지기만을 빌어야 하는 입장이니까.

　동발 장학생들의 상당 부분을 차지하는 권력자 집안 자제들은 내가 도조 히데키를 몸소 찾아갔다는 사실 자체에 주목했다. 어떤 식으로 해석하든 그건 자유지. 하지만 그들의 움직임이 조금 더 빠릿빠릿해졌다는 사실만으로도 움직일 가치는 있었다.

　'관동군 방역급수부'라. 보다 직관적이고 한국인에게 익숙한 이름은, '731부대'. 처음 방역급수부라는 말을 들었을 땐 말년에 미쳐버려서 별 시답잖은 소릴 하는구나 싶었지만, 서류에 적힌 731부대라는 명칭을 보자마자 곧장 머릿속 도조의 등급을 상향 조정했다. 이건 확실히 명검이다. 이거 한 대 배때기에 꽂히는 순간 천황이고 현인신이고 나발이고 단숨에 히틀러

수준의 인간말종으로 추락하는 건 확정 아닌가. 관동군에 둥지를 튼 놈들이니만큼 대다수의 물적 증거는 당연히 소련 붉은 군대의 손에 떨어졌다.

반대로 말하면, 이곳 일본 열도에서 내가 뒤지기로 작심한다면 무수한 서류와 증인을 확보할 수 있다는 뜻. 소련이 먹어치운 만주 땅에서 도망쳐 본국으로 귀국한 친구들은 고스란히 미군 헌병대의 손에 체포되어 수감되었다. 일본 측에서는 특급 전범들의 체포조차 미 헌병대가 아닌 일본인들에게 맡긴 내가 갑자기 헌병을 풀자 무척 당혹스러워했지만, 구태여 설명해주진 않았다. 아무튼 우린 굴라그는 없으니까 걔들한테도 좋은 일 아닐까? 아직 본격적인 증언 청취는 시작도 하지 않았지만, 옛 일본군이 미처 파기하지 못하고 미군의 손에 넘겨준 서류 문건들만으로도 731부대의 정신 나간 행적에 대해서는 충분히 파악이 가능했다.

"이것들, 다 어찌하면 되겠습니까."

"아직 오픈할 때는 아닌 것 같으니, 훗날을 위해 일단 잘 챙겨 놓읍시다. 연관된 이들 중 체포하지 못한 놈들도 전부 잡아넣고, 혹시 모르니 체포된 놈들을 국외로 빼돌려도 됩니다."

"알겠습니다."

재판은 시작도 안 했고, 히로히토와의 독대가 곧 예정된 지금.

[관동군 방역급수부는 천황의 칙령으로 설립되었음.]

어마어마한 카드를 뽑아버렸다. 히로히토가 순수한 의미의 전염병 예방 방역부대 창설만을 지시한 건지, 아니면 세균전 부대 창설인지, 저 미치광이 인체 실험까지 지시한 건지는 여전히 조사를 더 해야 하지만. 어차피 내가 지정한 게 진실이 되잖아?

캬. 너무 편하네. 이 압도적인 힘과 권력에 취할 것 같다. 왜 권력을 맛본 놈들 머리가 망가져버리는지 몸으로 이해해버렸어. 손가락만으로 사람을 먼지로 만들 수 있는 권능을 몇 년씩 휘두르다보면 당연히 사람 아닌 괴물이 돼버리고말고. 아무튼 이런 레어 카드를 선물해주다니. 도조를 목매달

밧줄을 좀 더 고급지고 부드러운 재질로 바꿔줘도 되겠어.

* * *

일본인들에게 김유진이란 참으로 이상야릇한 존재였다.

러일 전쟁에서 승리를 거두며 당당하게 세계인들에게 자신을 각인시킨 일본은, 유럽의 대전쟁을 기회로 마침내 욱일승천했다. 게걸스럽게 총, 탄약, 피복, 식량 등 모든 것들을 사들인 유럽. 일본의 참전을 위해 애달프게 러브콜을 보낸 유럽. 그들이 피를 흘리는 동안, 일본은 어마어마한 떼돈을 벌었고 하룻밤 자고 일어나면 새로운 벼락부자가 출몰했다.

그리고 포탄 구덩이 가득한 참호의 지옥에서, 아무도 상상하지 못했던 아시아의 영웅이 홀연히 한 떨기 국화처럼 피어났다. 전차의 선구자. 캉브레의 영웅. 아미앵의 수호자. 그리고 마침내 합중국의 검이 되기까지.

"보아라, 이 유럽 놈들아! 우리가 너희들보다 못한 게 뭐가 있느냐!"

"앞으로 이 땅에도 제2, 제3의 킴유진이 나타나리라. 그리고 그날, 너희 백인 놈들은 쫓겨나고 동아시아는 황인종의 품에 되돌아오리라!"

민족주의, 그리고 인종주의의 시대. 사회진화론이라는 '과학'의 이름 앞에 백인이 가장 우월하고 유색인종은 열등하다는 프레임에 깔려 있던 그들의 눈앞에서. 그 잘난 백인들이 기관총 앞에서 한낱 고깃덩어리로 전락했고, 가장 저열하다는 깜둥이 부대를 이끄는 아시아인 지휘관이 전쟁사에 불멸로 남을 이름을 당당히 새겼다.

그것은 환희였다. 그것은 경탄이었다. 아무리 상투를 자르고 양장을 입고 공장을 지어 돈을 갈퀴로 긁어모아도 채우지 못하고 남아 있던 공허함. 그 공허함이, 단 한 명의 등장으로 메꾸어졌다. 백인의 식민지로 전락한 땅 그 모든 곳에서 거대한 열기가 치솟았지만, 일본인들에게는 일종의 확신을 불어넣는 하나의 거대한 계기가 되었다.

우린 틀리지 않았다. 메이지 유신이 바로 정답이었다. 백인들이 이룩한 그 모든 것을 벤치마킹해 따라가기만 한다면, 그들의 교육과 그들의 무기를 결합하기만 한다면 그깟 살가죽의 색깔 따위는 어떠한 장벽도 되지 않는다.

그리고 수십 년이 지났다. 과거의 영웅은 어느 순간 그들의 앞을 가로막는 적이 되었다.

"킨 장군이 일본인이 아니었다고?"

"귀축영미가 우릴 다 죽이고 아녀자를 겁탈한다니, 그러면 킨유진은 어떻게 저 자리에 오른 건데?"

"네 이놈들! 네놈들이 아무리 권력에 미쳤다 한들 어찌 아시아의 대영웅을 모욕하려 드느냐!"

서슬 퍼런 군인들의 총칼 앞에서 감히 함부로 입을 놀릴 패기 넘치는 이들은 그리 많지 않았지만, 정작 그 총칼 든 군인들이야말로 김유진의 전략 전술을 가장 심도 있게 연구한 이들 아닌가.

저 강대한 독일을 관운장이 적장의 멱 따듯 손쉽게 꺾어버린 그가 아시아로 왔을 때. 이미 오랜 전쟁으로 분위기가 흉흉하던 일본이 오래 버티지 못한 것은 당연한 일이었다. 새로운 지배자가 된 그는 어떤 모습일까. 자신의 동포들을 지배하던 이 일본 민족을 어떻게 다스릴까. 일본에 대한 복수심에 불타는 그를 상상하기란 그리 어렵지 않았지만. 이번에도 그는 그들의 상상을 배신했다.

"어서 오십시… 쇼, 쇼군사마?!"

"여기 밥 제일 빨리 나오는 거로 4인분 주십쇼."

"저, 저희, 죄송하지만, 저희 가게는 킨 쇼군 같은 귀빈을 맞이할 곳이 못 됩니다."

"하하하. 군인은 원래 아무거나 먹고 사는 놈들입니다. 여긴 제일 맛있는 게 뭡니까?"

도쿄 시가지를 휘적대며 돌아다니는 김유진을 보며 얼른 바닥에 주저앉아 절을 올린다거나, 통곡하며 자비를 요청한다거나 하는 이들이 많이 줄어들기까진 1달도 채 걸리지 않았다. 그가 가는 곳은 시장통이었고, 고아원이었고, 배급소였다.

"구호물자가 계속해서 태평양을 건너고 있습니다. 식량 사정은 곧 나아질 테니 너무 걱정 마시지요."

"남의 불행을 자신의 이득 삼아 배 불리는 자들은 하늘과 땅이 용서하더라도 제가 용서하지 않을 겁니다. 여러분이 생업에 종사할 수 있도록 저와 미군은 모든 노력을 다하겠습니다."

"아니, 조선이고 일본이고 진짜 왜들 이리 쌀을 좋아해요? 수제비 좀 해 먹자고! 이렇게 이렇게! 뜨끈한 국물 해서!"

"아아, 이건 '라면'이란 겁니다. 샌—프랑코에서 만든 저렴한 한 끼 식사용 아이템으로 건강과 영양, 포만감까지 든든히 채울 수 있는데……."

"저 망할 초코바는 단종했다면서 왜 이 일본에까지 보이는 겁니까?"

"학생들은 조국의 미래, 대동아의 미래요! 배우고자 하는 의지가 있다면 내가 지갑을 털어서라도 공부시켜주리다!"

신주 수천 년 역사에 저런 권력자가 있었던가? 미국인이라서다. 정복자라서다. 그렇게 알아서 납득하려던 그들은, 어느 날 비좁아터진 시장통에서 머리를 망치로 맞는 듯한 충격을 받았다.

"킨 장군님. 부디 체통을 지켜주소서! 이런 더러운 곳을 오갈 분이 아니시잖습니까. 여긴 장군과 같이 귀한 분께서 다닐 곳이 아닙니다!"

하루에도 몇 번씩 그를 향해 절하며 구슬피 우는 인간군상들의 모습은 이미 도쿄의 명물이 되어 있었다.

"할아버지. 여기서 이러시면 남들한테 민폐입니다."

"장군님께서도 불편해하시잖습니까. 먹을 때 건드는 거 아녜요."

"아아. 괜찮습니다. 괜찮아요."

짝 안 맞는 젓가락을 내려놓은 그는 노인을 일으켜 세워주며 말했다.

"어르신. 귀한 사람이란 건 없습니다."

"…예?"

"이게 민주주의입니다. 권력자가 백성을 내려다보는 게 아닙니다. 나라의 주인에게서 권력을 위임받은 사람은 당연히 시민들이 어떻게 살고 있는지 수시로 살피고 그들과 소통해야 하지요."

"그건, 미국 같은 나라 이야기잖습니까?"

"무슨 소립니까. 문명국이라면 이게 당연한 겁니다."

순식간이었다. 가스로 가득 찬 곳에서 라이터를 켜듯, 어느 신문 하나 이날의 대화를 다루지 않았지만 열도 전체로 순식간에 이 일화가 입에서 입으로 퍼져나갔다.

"여태까지의 일본은 비문명국이었다!"

"킨 장군께서 이르시길, 시민이 곧 주인이고 권력자는 위임받은 마름에 불과하다 하셨다! 우리는 지금까지 가짜 문명에 홀려 있었다!"

"우리를 전쟁통으로 끌고 간 이들이 누구냐! 어째서 그놈들은 여전히 호의호식하고 킨 장군만이 더러운 골목을 다니고 계시냔 말이다!!"

그동안 감히 생각조차 못 했던 이야기가, 그들 모두를 꺾어버린 지배자의 입에서 거침없이 나왔다. 감히 누가 여기에 반박하랴. 군정 당국은 결코 그 말이 허언이 아니라는 듯 온갖 명령과 법안을 쏟아내기 시작했다.

[노동조합의 교섭권과 파업권을 인정한다.]

[일본인을 세뇌하고 전쟁터에 내몰기 위해 자행되던 교육을 폐하고 민주적 시민 의식 함양을 위한 새 교수법을 도입한다.]

[권력의 스피커로 부역하던 언론사 또한 전범에 준해 다스린다.]

[토지개혁을 개시해 자영농을 육성하고 대지주를 혁파한다.]

[치안유지법을 폐지하고 공산당원을 포함한 사상범을 석방한다.]

일본제국을 지탱하던 그 근간 모두가 뿌리째 흔들리고 있었다. 그동안

주입받던 위대한 야마토 민족, 현인신이 다스리는 신의 나라라는 기만과 거짓이 무너지고 그 자리에 분노가 차오르고 있었다. 도쿄를 가득 메운 시위대를 보며, 마침내 김유진의 얼굴에 뒤틀린 미소가 피어올랐다.

* * *

검은 캐딜락 차량이 도쿄 거리에 나타났다. 운전기사의 뒤에 탑승한 남자는 창문 바깥을 내다보지 않기 위해, 마치 목에 쇠로 된 깁스를 찬 듯 꼿꼿하게 앞만을 바라보았다. 노면전차가 그의 옆을 지나가고, 차량들 또한 그를 스쳐 지나가고, 이 거리에 드물게 나타난 고급 차량, 그것도 미군 번호판이 붙어 있지 않은 차량을 보고 안을 엿보려 고개를 기웃거리는 이들도 있었지만 그는 꼿꼿했다. 단 한 순간도. 그는 바깥에 즐비한 그의 백성들을 바라보지 않았다.

캐딜락은 이윽고 미군이 굳게 경계를 서고 있는 GHQ(General Headquarter), 새 시대의 막부 건물에 당도했다. 킨유진. 조선인으로서 미군의 정점에 오른 자. 조센징이었다가, 황국의 친구였다가, 귀축의 선봉장을 거쳐, 이제 새로운 정동행성(征東行省), 혹은 정이대장군이 된 남자. 이제 더는 미룰 수 없었다. 그는 도끼질하는 나무꾼처럼 이 나라의 밑동부터 도려내고 있었고, 과연 그가 생각하는 새로운 일본에 천황과 천황가가 존재할지조차 미지수.

"안으로 드시지요. 총사령관께서 기다리고 계십니다."

히로히토는 고개를 까딱이고는, 열린 문을 향해 발을 디뎠다.

마지막 쇼군 3

검술 대련할 때가 생각난다. 웨스트포인트 졸업 이후 칼에 손을 댄 게 벌써 수십 년 전인가? 우리 광전사의 손에 질질 끌려가서 몇 번 대련한 게 마지막인 듯한데. 하지만 이 혀끝으로 하는 칼싸움은 이제 이골이 났다. 내가 생사결을 벌인 것도 한두 번이 아니고, 상대 또한 하나같이 이빨 하나로 권력을 쟁취하던 외교관이나 정치인들.

그런데 히로히토가 언제 이렇게 대등한, 아니 열세한 상황에서 아가리 배틀을 해봤겠나? 마침내 내일모레 50 다 되어 가서야 뉴비 참교육하는 썩은물 플레이를 하게 되다니. 가슴이 벅차오른다. 물론 내가 왕이나 왕족을 안 만나본 것도 아니다. 어차피 이 시대의 입헌 군주가 대개 그러하듯, 영원히 군림할 권리를 얻었으되 지배할 힘을 잃은 자들. 한마디로 말해 인간문화재 혹은 마네킹이고, 마네킹으로서 일을 잘하려면 일단 잘생기고 봐야 한다. 하다못해 백화점 신상 디스플레이해 놓은 마네킹만 봐도 기럭지가 일반인의 형상은 아니잖은가. 머리가 없어도 죄다 팔등신 미남미녀들이지.

왕실의 상징이라는 영국 왕실부터 시작해서 네덜란드, 노르웨이 등 망명 온 왕족들 상당수를 만나봤다. 사실상 파멸이 확정 난 유고슬라비아의 젊은 왕 페타르 2세도 잠깐이지만 봤었고. 이들의 공통점이 있다면… 그래, 잘생겼다. 왕족이란 타이틀이 없어도 외모가 제법 받쳐주든, 아니면 최소한 오래도록 군림해 온 가문의 일원으로서 기품이나 묵직한 아우라를 휘감고 있었다. 근데 히로히토는 솔직히 말해서… 그런 게 전혀 없었다.

키는 난쟁이 똥자루만 하고, 어깨는 압착 프레스에 짓눌리기라도 한 듯 좁아터졌고, 얼굴은 프로파간다용 삐라에 나오는 일본인 캐리커처처럼 못생겼다. 걸치고 온 양장은 어울리지 않는 옷을 억지로 입힌 듯 사람과 옷이 따로 논다. 저 줄무늬 넥타이는 특히 구리고. 이렇게만 말하니 이 21세기 지성과 교양을 갖춘 현대인 유진 킴이 외모지상주의에 찌든 것 같다.

나는 외면이 아닌 내면을 보는 이 시대 교양 레벨 상위 1%의 사나이니 못생기고 볼품없는 히로히토의 내면을 들여다봐야겠지. 열도의 신민들을 세뇌하고, 반올림해서 1억 신민들이 목숨마저 초개처럼 내다 버리게 한 압도적인 현인신의 카리스마… 모르겠다. 찾아보고 싶은데 못 찾겠다. 그래. 저 사이비 종교 초대 교주도 아니고 물려받은 자리니 없을 수도 있지. 그러면 한 나라의 지존이었던 사람으로서 최후의 위엄이나 기품이 있는가?

없는 것 같다. 지금 당장 봤을 땐. 실망스럽구만.

히틀러는 마지막 상판대기를 직접 보진 않았지만 편지에서부터 '야, 이 새끼 이빨깨나 털고 다녔구나.' 하는 사악한 기운이 가득했다. 판타지였다면 악마 숭배자들이 목숨 걸고 찾아다녔을 독기 넘치는 아티팩트를 뚝딱 만드는 미치광이. 내가 히틀러급은 몰라도 그래도 기대하지 않았다고 하면 거짓말이겠지. 제 나라와 백성을 도박판에 던질 인간 특유의 그 포스를 기대했는데, 이래서야 원.

"반갑습니다. 유진 킴입니다."

"…쇼와입니다."

나는 그에게 다가가 악수를 청했고, 잠시 망설이던 그는 오른손을 내밀어 내 손을 맞잡았다.

말랐지만, 피골이 상접하진 않았다. 내가 도쿄와 그 주변을 돌아다니며 얼마나 많은 사람의 손을 붙잡았던가. 그들의 손은 하나같이 거칠거칠했고, 인이 박인 굳은살이 가득했고, 추위에 잔뜩 일어나고 문드러져 엉망이기 짝이 없는 살가죽만 남아 살집이라곤 없었다. 히로히토의 손은 말랐지만 부르트지 않았고, 당연히 굳은살이 박일 일도 없었으며 여전히 혈색이 완연했다. 뭐, 임금님이 굳은살이 있으면 그게 더 이상하긴 하지.

"앉으시지요."

"호의에 감사드립니다."

그는 어색한 듯 소파를 잠시 둘러보며 안절부절못하더니, 이윽고 제 자리를 찾아 천천히 나무인형처럼 끼익대며 자리에 앉았다.

"커피 한 잔 드시겠습니까?"

"괜찮습니다."

"제 몇 안 되는 취미 중 하나가 찾아오는 손님들께 차나 커피 대접하는 일이지요."

신생 아아 교단은 더 많은 신도들이 필요해요. 그들은 3초 만에 후루룩 마시고 혈관에 카페인을 가득 채우길 원합니다. 나는 히로히토의 괜찮다는 말을 살포시 무시했다. 일본인들은 원래 겉으로 하는 겸양과 속뜻이 다르잖아. 그러니 천황쯤 되는 사람이라면 당연히 너무나도 이 유진 킴표 특제 커피를 마시고 싶어 죽을 지경이어도 인사치레로 겸양을 표하는 것이리라.

"얼음 드릴까요?"

"저는 정말 괜찮습니다."

"알겠습니다. 얼음 필요하면 언제든 말씀하십시오."

독일군 갈아버리듯 드르륵드르륵 원두 가는 소리가 집무실에 떠다닌 지 얼마 되지 않아 뜨거운 아메리카노 한 잔, 그리고 뉴욕 자이언츠 로고가 박힌 내 전용 머그잔에 얼음 가득 아아 한 잔이 준비되었다.

"먼 걸음 해주셔서 참으로 감사드립니다."

"아닙니다. 하루빨리 킨 장군을 만나고 싶었으나, 짐이 자유로이 거동할 수 있는 몸이 아니다보니 시간이 제법 걸렸습니다."

갑자기 왜 사색이 돼. 혹시 내 말을 '바로 코앞이면서 이제야 그 낯짝을 들이밀다니. 네놈을 당장 전범재판에 회부해 그 목을 매달아주마.'로 해석한 건가? 나는 일단 이 가엾고 딱한 인간의 멘탈 케어부터 해주기로 마음먹었다.

"그렇군요. 많은 일들이 있었으니까요. 저는 다 이해합니다. 그러니 안심하셔도 좋습니다."

음. 커피 향이 좋구만. 이것이 자유를 되찾은 에티오피아의 맛인가. 전쟁 끝난 지 얼마나 됐다고 벌써 이런 고급 원두를 보내주다니, 고맙다고 전해야겠구만.

"혹시나 해서 분명히 말씀드리지만, 미합중국의 공식적 입장에 따라 천황제 유지는 어디까지나 자유로운 일본 시민들의 의사 결정에 따라 정해질 예정입니다."

"장군께서 친히 그 몸을 일으켜 이 나라를 좀먹던 난신적자들을 쳐내고 신주의 신민들에게 광영을 선사하였으니 그들이 이토록 장군을 따름이 아니겠습니까. 짐 또한 신민들의 모습을 보며 날로 힘을 얻고 있습니다."

호. 완전 맹탕은 아닌가. 은근슬쩍 전쟁의 책임을 간신배의 소행으로 떠넘기려는 모습. 내츄럴 본 정치인이라면 이 정도는 해줘야지.

"일본제국은 만세일계의 천황이 다스리는 나라 아니었습니까?"

"장군께선 미국의 그 누구보다 일본이란 나라를 잘 이해하시는 분이라 귀에 못이 박히도록 들었습니다. 태어난 이래 제 뜻대로 무언가를 할 수 있었던 적은 한 번도 없습니다."

"그렇습니까? 천황 폐하께서 전제(專制)하시는 이 황국에서 정작 폐하의 의지가 받아들여지지 않았다니, 깜짝 놀랄 수밖에 없군요."

"비록 명목상으로는 황제를 떠받든다 하였으나, 유신 이래 이 나라는 유신지사, 원로, 번벌(藩閥), 군부에 이르기까지 겉으로는 충의를 내세우되 속으로는 제 잇속에 연연하지 않은 자들이 없습니다. 그랬기에 짐을 따르는 백성들이 헌정을 준수해 달라 부르짖어도 모두 하나같이 탄압에 손속을 두지 않았습니다."

그는 아주 살짝 고개를 숙였다 다시 올렸다.

"이제서야 비로소 민의가 바로 서고 제 백성들을 헌정의 기치 아래 보듬을 수 있게 되었으니, 이 몸은 입헌 군주로서 마지막까지 그 책임을 다하고 싶을 뿐입니다."

우리 쇼와 나리의 내용을 요약하자면 이렇다.

'내 잘못이 아니고 다 내 이름 빌려 쓰던 나쁜 애들 탓임.'

'너도 알겠지만 천황 이거 순 바지사장임. 역사와 전통을 자랑하는 바지라서 나도 그냥 그렇게 살았음.'

'나도 민주주의 입헌 정치 하고 싶었는데 나쁜 놈들이 걔들 다 때려잡았다니까? 나 살려주면 니들이 원하는 입헌 군주 노릇 기깔나게 잘할 자신 있음. 나 이래 봬도 프로 바지사장임. 원하는 플레이 서폿 다 가능.'

놀랍다. 이것이 정녕 프로 바지사장인가? 평생 책임 회피와 탈룰라 한 우물만 판 사람은 이런 놀라운 스킬을 얻게 되나? 원 역사의 맥 쇼군께서 어째서 이 히로히토를 살려두고 꼼꼼히 세탁해 써먹었는지 잘 알겠다. 스스로 언질한 바와 같이, 이 히로히토는 그야말로 메타몽 같은 인간이다. '히로몽! 입헌 군주로 변신!' 하고 트레이너가 지시를 내리면 언제든지 자애로운 국민 통합의 표상으로 변신할 수 있는 놀라운 재주. 원 역사에서도 그렇게 변신해 평생 잘 먹고 잘살다 가지 않았는가.

천황을 끌어내리고 새 천황을 앉힌다 하더라도 보수 꼴통들의 정통성 시비가 뒤따를지도 모르고, 그렇게 앉힌 새 천황이 미국의 입맛에 맞는 인간일지 혹은 미국의 지령을 이행할 만한 능력이 될지 또한 미지수다. 그러니 이 검증된 메타몽을 써먹는 건 굉장히 리스크 적은 안전 코인인 셈. 더

할 나위 없이 합리적인 선택지다.

"종전 전, 오오타를 통해 이미 제 개인의 의견은 전달드렸다고 보고 있습니다."

"장군의 깊은 식견을 듣고 저 또한 감탄을 금치 못했습니다. 시대가 바뀌었으니 황가 또한 바뀌어야겠지요. 민의에 부응할 수 있다면 그 어떠한 방안이라도 전적으로 따르겠습니다. 저는 새 시대의 책무를 이행할 모든 준비가 되어 있습니다."

'인간문화재든 바티칸행이든 다 좋다, 나만 천황 자리에서 내쫓지 말아다오!'를 저토록 품격 있게 말할 수 있다니. 보통이 아니다.

거의 발라당 배를 까고 헥헥대는 우리 집 뽀삐처럼 구는 이놈이 원하는 건 천황 자리 유지, 그리고 전쟁 책임 회피. 전쟁 책임을 짊어지는 순간 당연히 옥좌에서도 내려와야 할 테니 이 두 가지는 실상 하나로 이어져 있다.

"폐하께서 이리 전향적인 모습을 보이시다니. 저 또한 앞으로 이 나라를 민주화하는 데 폐하의 조력을 더욱 기대하게 됩니다."

"짐 또한 장군께서 이 신주를 아끼는 마음 씀씀이에 가슴이 북받칩니다. 부디 양국의 앞날에 우정과 신의가 가득하길 바랍니다."

우리는 이후 소소한 신변잡기를 떠들었고, 나는 얼마 지나지 않아 문을 열고 사진사를 불렀다. 세기에 길이 남을 '그' 전설적 사진 한 컷은 찍어야지. 군복 차림의 6성 장군, 추축국 슬레이어와 살아 있는 신 히로히토의 투 샷.

"앞으로도 자주 뵐 수 있으면 좋겠습니다."

"언제든지 불러주신다면 방문하겠습니다."

그를 배웅해준 뒤, 나는 얼른 집무실로 돌아와 내 큼지막한 책상 아래로 기어들어 갔다.

"밖에 누구 있나?"

"예, 총사령관님."

"녹음 제대로 됐는지 체크해보게. 절대 손상되지 않도록 조심하고."

"알겠습니다."

굳이 지금 731부대라는 손패를 까봐야 말초적인 재미 외엔 얻을 게 아무것도 없다. 오히려 증거인멸을 위해 필사적으로 날뛰기만 하겠지. 히로히토 개인은 일본을 원활히 통치할 수단으로 써먹기에 아주 좋은 손패지만, 이놈을 제물로 바쳐 미합중국의 도덕성과 위신을 드높일 수 있다면 전혀 이야기가 다르지. 나는 소련에서 극비리에 보내준 서류를 다시 한번 확인했다.

[관동군 방역급수부에서 증거 은폐 시도 확인. 다수의 유해 및 학살 흔적 발견.]

[사망자 대다수는 중국인. 조선인, 일본인, 그 외 소수 백인을 확인하였으며 자세한 국적 확인 중.]

자국민을 생체 실험에 써먹었으니 감점. 감히 연합국 시민을 써먹었으니 또 감점. 일본을 진정한 민주 국가로 거듭나게 할 마지막 파츠. 일본인은 자신들의 왕을 끌어내림으로써 신민의 굴레를 벗어던지고 시민으로 거듭나게 될 것이다.

잘 가라. 멀리 나가진 않을게. 살았다고 굳게 확신하는 바로 그 순간이 네 제삿날이니까.

* * *

미합중국, 워싱턴 D.C. 모두가 퇴근하고 썰렁해진 의원 사무실.

홀로 남은 것을 다시 한번 확인한 더글라스 맥아더는 방의 불을 켜고 몰래 전달받은 편지봉투를 뜯었다. 도쿄에서 이곳까지, 검열을 피해 인편으로 전달된 이 봉투 안엔 어떤 물건이 있을까. 고급 파이프를 입에 문 그는 잠시 후, 자신의 무릎 위에 파이프를 떨어뜨리고 말았다.

"…미쳤군."

인간으로서의 짤막한 감상. 사람을 '통나무'라고 부르며 몇 년에 걸쳐 자행된 끔찍한 생체 실험. 아주 살짝, 세상의 모든 윤리를 무시한 채 벌어진 그 실험에서 어떤 놀라운 결과를 얻었을까 하는 생각이 떠오르기도 했지만 그는 곧장 그 미친 생각을 털어버렸다. 떨어진 파이프에 다시 담배를 채워 넣고 입에 문 그는 모든 감정을 억누른 채 수싸움에 골몰했다.

나치 독일의 홀로코스트. 이에 버금갈 일본제국의 생체 실험. 그리고 그는, 마침 국내에서 벌어졌던 불쾌한 사건 또한 알고 있지 않은가. 정밀한 계산에 따라 폭탄을 매설한 후 순서에 맞춰서 하나씩 폭파하면, 제아무리 튼튼하게 지은 요새라도 버티지 못하고 무너지는 법.

"아니지. 아냐."

승부는 예측할 수 없다. 이번에도 낙선한다면 두 번 다시 백악관은 엄두도 못 낸다. 의원직도 때려치우고 정계를 은퇴해야겠지. 가장 확실한 승리 방법은 역시 참모들이 진언한 바와 같이 남부 딕시들과 손잡고 공공의 적 월레스를 타도하는 방향. 하지만 승률은 더욱 떨어지더라도, 그에겐 이 가시덤불 뒤덮인 샛길이 마음에 들었다.

"이 더글라스 맥아더가 권력에 사로잡혀 추해질 순 없지."

멍청한 월레스는 소련이란 불곰에게 먹이를 가득 주면 얌전해지리라 믿고 있지만, 원래 짐승이란 하루만 지나도 다시 배가 고파지는 법. 불곰이 다시 먹이를 찾아 일어나는 순간. 시민들이 월레스 행정부의 실정에 몸서리를 치는 순간. 끝없이 치솟은 자존심에 치명적인 스크래치가 난 그때, 칼을 뽑을 때가 온다.

마지막 쇼군 4

새옹지마. 전화위복. 상전벽해.

박기태는 몇 년 사이 정신을 차리지 못할 만큼 바뀌는 주변 환경에 얼떨떨할 지경이었다. 못된 놈 하나에게 잘못 물려 나름대로 양반집이네 으스대며 살던 집안이 풍비박산 나고, 서슬 퍼런 왜정 치하에서 아등바등 살다 징용에 끌려가게 되어 이역만리 태평양 낙도, 그것도 전쟁이 벌어지는 한복판으로 운송당했다.

노예에 가까운 비참한 노동, 그러다 누가 쐈는지도 모를 총에 맞아 생을 마감. 그의 운명이 그렇게 결정지어지나 싶더니, 갑자기 미군의 손에 풀려나 해방의 기쁨을 누리게 된 것으로 모자라 그럴듯한 감투까지 쓰게 되었다. 그뿐인가? 그 위대한 김유진 장군의 맏아들, 김현리 도련님을 옆에서 모시다보니 어느 순간 호가호위하듯 그의 위신 또한 하늘로 치솟았다. 김현리가 빠진 뒤에도 그의 처지가 나빠지지는 않았다. 그래도 공부 좀 했다고 다른 사람들처럼 총을 쥐는 대신 행정 인력으로 빠져 유일한의 밑에서 일하게 되었고, 어찌어찌하여 자유대한군단의 보급 관련 업무에서 중책을 맡았다. 제발 몸 성히 조선으로 돌아가기만을 바랐던 그가, 조선 땅에선 상상도

하기 힘든 엄청난 물자의 일부를 다루게 된 것이다.

"다들 무사하오? 애들아? 어멈!"

"어맛!! 사, 살아 있었군요!"

"아빠!"

"그래. 애들아. 아빠 살아왔어. 살아왔다고……."

그리고 눈물겨운 해후까지. 가족들은 생활고에 시달리긴 했지만 죽은 이가 없다는 것만으로도 하나님께 감사를 드려야 마땅할 일. 그다음은 당연히 복수의 시간.

"박개똥이, 아니 키노시타 지로! 당장 나와!"

"억!! 사, 살려만 주십쇼!"

기태의 집안 사정 다 들어 알고 있는 군단원들이 왜놈 피 한껏 먹은 총칼을 든 채 쳐들어가니, 처음엔 놀란 이웃 주민들마저 악질 순사를 요절내고자 다듬잇방망이 하나씩 챙겨 들고 몰려나왔다.

"먹고살자니 어쩔 수 없었습니다! 박 선생님, 아니 도련님, 쇤네가 잘못했습니다요!"

"사죄는 네놈 때문에 돌아가신 아버지한테나 해라."

마침내 원수를 갚고 그 한을 푸니, 이제는 여한이 없었다. 서울로 돌아온 그는 이대로 자유대한군단에 눌러앉아 있기만 해도 팔자를 고치고도 남았다. 분명 그는 전쟁에는 문외한이었지만, 유일한과 함께 하드코어한 업무전선에서 악으로 깡으로 구르며 쌓인 짬밥은 남아 있었다. 장차 새로 건군(建軍)될 신생 조선군이든 신생 경찰 조직이든 그와 같은 인재를 마다할 곳은 없었다. 그뿐인가? 보급을 다루는 자리에 앉은 만큼 떡고물을 만지기로 작심한다면 얼마든지 떼부자가 될 수 있으리라.

"절대 안 됩니다."

"이보게, 왜 이러는가? 좋은 게 좋은 거잖나. 군량미가 저토록 그득한데, 한 됫박만 슬쩍해도 누구도 눈치채지 못할……."

"내가 작은 장군님께 구명지은을 입어 이 자리에 앉게 되었는데, 너희 모리배 놈들과 붙어먹어 그분의 은혜를 배신하랴? 헌병 부르기 전에 썩 꺼져!"

당연히 하루가 멀다 하고 끝없이 유혹의 손길이 이어졌지만, 그는 단 한 번도 흔들리지 않았다. 그리고 마침내, 결정을 내려야 할 시간이 왔다.

"이미 잘 아시겠지만, 자유대한군단은 조국 독립의 숭고한 사명을 모두 달성하고 해산할 예정입니다. 군이나 경찰 중 희망하는 곳이 있다면 우선해서 원활한 이직이 가능하도록 처리할 테니, 원하시는 곳을 말씀해주시지요."

"저는… 두 곳 모두 가지 않겠습니다."

"예? 어째서입니까."

"저는 나이도 제법 많고, 제복을 입고 평생을 살 수 있을 것 같진 않습니다. 지금 이 자리조차 너무 과분하니, 젊은이들을 위해 이만 물러가려 합니다."

"허… 알겠습니다. 혹시 직장을 이미 구해 놓으신 겁니까?"

"그건 아닙니다만……."

"그럼 제가 한번 기태 씨를 채용할 의향이 있는 곳을 알아봐도 되겠습니까?"

유일한의 그 제안조차 뿌리치긴 뭣하여, 그는 선선히 고개를 끄덕였다. 그날 그는 집에 돌아온 뒤 처음으로 바가지를 긁히고 말았다.

"내가 못 살아 정말! 그렇게 뒷생각도 없이 때려치우면 우린 뭐 먹고 살아?!"

"거, 산 입에 거미줄 치겠어? 내 금방 새 일자리 잡으리다."

"우리 애들 대학을 보내야 하네 미국 유학을 보내야 하네 별별 소릴 다 떠든 건 당신이잖아!"

너무 생각 없이 저질러버렸나, 하고 후회하던 찰나.

"박기태 씨 되십니까? 저희 회사와 함께 일하시면 어떨지…….."

"급여는 두둑하게 드리겠으니 저희 회사로 오시지 않겠습니까?"

"대쪽 같기로 소문 자자하던 분이 이리 그만두시다니요. 그럴 바엔 저희 기업소에 오시지요. 공장장을 맡을 분이 필요한데…….."

유일한이 대체 어디서 얼마나 떠들고 다녔는진 몰라도, 그날부로 일터건 집이건 가리지 않고 온갖 이들이 찾아오기 시작했다. 어안이 벙벙하여 생각해보겠노라 답하고 돌려보내길 며칠. 인적이 끊기기는커녕 외려 점점 더 불어만 갔다.

"박기태 동지. 조선 독립을 위해 힘써주어 참으로 감사합니다. 이제 가난과 무지에서 인민들을 독립시키는 게 어떻겠습니까? 우리 노동당 사무처에서 일할 분이 필요합니다."

"박기태 씨 맞으시지요? 한국민주당에서 나왔습니다. 귀하와 같은 분이 야인으로 남아 있는 건 이 나라의 막중한 손실입니다."

"박 선생님 같은 분이 초야로 돌아가신단 말씀을 듣고 무척 놀랐습니다. 이승만 박사님이 계시는 저희 자유대한당으로 와주시겠습니까? 김 장군님의 뜻을 받드는 저희 당에 힘을 보태주시면…….."

이게 다 뭐란 말인가. 놀란 가슴을 부여잡고 유일한에게 달려갔더니, 그 또한 난처하다는 듯 웃음을 흘렸다.

"내가 알음알음 알아본다고 보았는데, 다들 급했던 모양입니다."

"선생님께서 다 소개해준 분들이십니까?"

"그건 아닙니다. 하지만 이 땅에 영어를 할 줄 아는 데다 업무 능력이 검증되었고 미군, 나아가 김 장군님께 끈이 있는 사람이 몇이나 있겠습니까? 그런 사람이 야인으로 돌아간다는데 다들 버선발로 달려오겠지요."

듣고보니 또 틀린 말은 아니니 입만 뻐끔뻐끔. 그 모습을 본 그는 봉투 하나를 기태에게 내주었다.

"추천서입니다. 제안이 온 곳들 중 마음에 드는 곳이 없다면 군정청에 이걸 갖고 가보세요. 이미 말은 해두었으니, 관리로 일할 수 있을 겁니다."

"감사합니다!"

그래. 모름지기 나랏일 맡아 하는 것이야말로 조선 사람의 입신양명 아니겠는가. 마침내 머리 빗어넘기고 양장 차려입은 채 반질반질 광 나는 구두 신고 가슴 벅차는 첫 출근을 하게 되니.

"속였구나! 속였구나, 유일한! 내가 미쳤지!"

월화수목금금금. 하루 16시간의 업무지옥이 그를 기다리고 있었다. 슬프게도 여태까지와 별반 다르지 않았다.

* * *

계획대로 술술 풀리니 참 좋구만. 처음 시동은 힘으로 찍어누르는 것으로 걸었지만, 한번 부릉부릉 소음을 토해내기 시작한 엔진은 일단은 어찌어찌 굴러가는 모양새로 보였다. 한국은 이제 막 의회정치의 새싹을 틔웠다. 자문위원회는 순수하게 군정청이 지정한 간선제로 운영되고 있지만, 권위와 실권을 제법 드높여줘 군정청과는 또 다른 권력기관으로 대중들에게 인식되기 시작했다.

군정 당국이 민심이나 돌아가는 모양새를 부지런히 체크하고 있는데, 현재의 정치 지형에서는 역시 좌익과 사회주의 계열이 위세를 떨치고 있었다. 역시 다 함께 잘 먹고 잘살자는 캐치프레이즈의 파괴력은 어마어마하다. 간선제를 통해 일부러 우익의 크기를 키워주지 않았다면 조금 위험했을지도. 다만 노동당이라는 거대 정당 아래에 갈린 계파들이 결국 근본적으로 같이 나아갈 수 있지는 않아 보인다.

문제는 군정청, 그리고 나아가 군정청의 유산을 물려받을 신생 정부의 재정건전성. 지주들에게 땅값으로 나눠줄 유가증권은 사실상 국채라 봐도 무방하고, 개차반이 된 나라에서 세금 거둬봐야 몇 푼이나 나오겠나. 지금 정부의 수입원은 몰수한 일본 기업과 공장의 수익이 전체의 절반을 훌쩍 넘고 있었다. 몰수한 일본인의 자산을 빨리 팔아서 종잣돈으로 삼고, 관세청을 정상화해 숨구멍을 터주고… 시발, 난이도 너무 높아. 이걸 원 코인 노데스 클리어하라니. 양심이 있다면 회귀 한 번쯤은 더 시켜줘야 하지 않나?

이에 반해 일본은 상황이 정반대였다. 썩어도 열강은 열강이고, 한때 미국이랑 한판 뜨겠다던 나라. 도대체 어디다 꿍쳐놨는지 모를 기계와 설비가 속속 튀어나와 판자로 얼기설기 세운 공장에서 다시금 제품을 생산했고, 식량 공급이 안정을 되찾자 자본가들은 가진 자산을 털어 미국에서 생산 설비를 주문하기 시작했다. 당연히 중간에 낀 샌―프랑… 아니, 동발 장학생들이 태평양을 오가며 국가 재건의 선두에 서 있었다. 내가 판을 깔아주기 무섭게, 일본인들은 이제 자신들의 권리를 되찾기 위해 결집했다.

"이 노임으로는 밥도 못 먹고 산다!"

"공장을 멈춰 세상을 바꾸자!"

"임금을 인상하기 전까지 우리는 총궐기를 멈추지 않겠다!"

노동운동, 파업의 시대. 맛탱이가 단단히 간 나라 일본제국이 어디 자국민이라고 착취하지 않았겠는가? 다이쇼 데모크라시를 짓밟고 군부, 정치인, 관료, 자본가가 합심해 수십 년을 쥐어짜먹은 대가가 날카롭게 돌아왔다. 일본의 대지주들은 불꽃남자 르메이, 소작쟁의, 토지개혁의 콤보에 거의 모든 힘을 잃고 소멸. 자본가 계층은 전범 재판과 노동운동이라는 양 갈래 공격에 샌드위치행.

일본의 고위층이라는 놈들은 '이 전쟁은 우리 모두의 잘못이니 모두 함께 참회하고 반성해야 한다.'라고 떠들어댔지만, 나는 대놓고 도쿄 거리로 나가 반박했다.

"하루 300그램 식량 배급으로 근근이 연명하고, 일당 1엔으로 혹사당한 여러분에게 전쟁 책임이 있습니까?"

"혹시 총리가 선거운동을 했습니까? 전쟁을 일으킬 테니 한 표를 달라고 해서 여러분이 뽑아줬습니까? 독일인은 히틀러를 뽑아줬습니다. 독일의 영광을 재건하기 위해 옛 원수와 한 판 붙어야 한다는 그의 유세에 열광했습니다. 그런데 여러분에게는 히틀러를 뽑을 권리가 있었는지?"

갈라치기는 언제나 옳다. 일본의 시계를 전쟁 이전으로 되감고 싶어 하는 놈들은 사방에 즐비했고, 나는 나쁜 남자 FDR을 모방해 대중을 끌어들이는 것으로 응수했다. 그리고 착한 일은 원래 왼손이 하는 일을 오른손이 모르게 해야 하는 법.

"이웃 나라를 침략하고 정복하는 과정에서 우리는 아들과 형제를 잃었습니다. 이 나라는 가족을 잃은 우리들에게 아무것도 해주지 않았습니다!"

"조선을 침략해서, 중국을 침략해서 우리가 무슨 이득을 거두었습니까? 농촌은 황폐화되었고, 임금은 오르지 않았습니다! 대제국의 영광이라는 아편에 취해 우리 또한 저들과 함께 착취당했습니다!"

"책임을 물어야 합니다! 동아시아에서 가장 먼저 문명개화한 이 나라 일본을 듬직한 큰형이 아닌 동네 깡패로 전락시킨 위정자들은 그 대가를 치러야 합니다!"

얼쑤 좋고. 더 불타올라라. 집도 절도 다 잃고 폐허에 나앉게 된 그 분노로 죽창을 들어라.

"킨 장군님! 무식한 폭도들이 날뛰고 있습니다. 부디 신주의 치안을 지켜주시옵소서!"

"으음… 저로서는 노동자와 농민의 정당한 권리 행사로 보이는군요."

"부탁드립니다! 이러다 다 죽게 생겼습니다!"

"허허허. 미국도 그랬습니다. 원래 애들도 다 싸우면서 크는 법 아니겠습니까? 저는 일개 군인에 불과해 잘 모르겠군요."

너네 죽으라고 이러는 건데. 여기에 검증된 조미료로 정평이 난 지역감정이란 떡밥을 한 스푼 첨가해주니, 자취생이 라면 스프 털어넣듯 단숨에 먹을 만한 요리가 대령되었다. 이제 이 부글부글 거품이 피어오르는 냄비의 클라이맥스를 장식할 시간.

　─ 안녕하십니까, 일본의 시민 여러분. 그리고 전 세계의 시민 여러분. 오늘 저는 이 자리에서 연합군 총사령관으로서 중대 발표를 말씀드리고자 합니다. 미합중국과 소비에트 연방이 각각 조사에 나선 결과, 일본군이 장기간에 걸쳐 생물학전을 위한 연구를 진행하였으며 이를 위해 생체 실험을 자행한 것으로 밝혀졌습니다. '관동군 방역급수부'라고 명명된 이 비밀 부대는 천황의 칙령에 따라 설립되었으며, 최소 3천 명의 중국인, 일본인, 조선인, 미국인, 소련인 등을 실험체로 삼아…….

　밥을 안 먹어도 배가 다 부르네.

마지막 쇼군 5

미군 점령지. 경성, 대한재건 자문위원회.

"중국의 전란이 갈수록 극심해지고 있습니다."

"천하의 주인이 둘일 수는 없는 법이지요. 장개석과 모택동 모두 마지막 순간까지 포기하지 않을 겁니다."

중국이 심상치 않다. 독립운동가 상당수가 직간접적으로 중국과의 연이 있는 만큼, 그리고 독립할 신생 조선은 결국 중국과 긴 국경을 맞대야 하는 만큼 저 중국에서의 전란은 촉각을 기울여야 할 요소였다.

"관세청에서 제공한 자료에 따르면, 중국 상인들이 국내에서 가장 많이 챙겨 가는 게… 달러 지폐랍니다. 그네들은 청표(靑票)라고 부른다더군요."

"중국 돈이야 위조지폐 아닌 게 드물잖습니까? 진폐여도 자고 일어나면 휴지조각으로 전락하기 십상이니 이문에 빠른 상인들이라면 당연한 일이지요."

"문제는 저 중국인들이 자꾸 달러를 흡수해 가니 국내 경제도 흔들리고 있단 점입니다."

일본의 패망으로 식민지 조선의 경제는 뿌리째 흔들렸다. 당시 조선에서는 '조선은행'이 원 역사의 한국은행 역할을 하며 지폐를 찍어냈는데, 전황이 악화되자 조선은행은 은근슬쩍 신권을 마구 발행하고 지폐의 일련번호도 삭제해버렸다. 그리고 미군이 상륙했을 때, 총독부는 어마어마한 양의 지폐를 무작정 찍어내 이를 탈출 자금으로 삼으려 시도했다. 사실상 총독부가 공식적으로 위조지폐를 만든 셈이었고, 경제에 대한 거대한 테러와 다를 바 없었다.

막판에 총독부가 황급히 도망치면서 이 지폐 상당수는 창고에 잠들었지만, 혼란을 틈타 몇몇 놈들이 일부를 빼돌리기도 하였고 조선은행권 자체의 가치 또한 엔화와 함께 땅에 떨어졌다. 그 결과, 미국에서 귀국한 이들과 미군이 들고 있는 달러가 옛 일본제국 강역의 기축통화처럼 쓰이고 그 아래에 군정 당국이 발급한 군표(軍票)가 통용되는 것이 이즈음 조선의 실태였다.

"밀수상들을 엄히 단속하고, 달러화의 반출 규정을 신설해야 하지 않겠습니까?"

"밀수는 그렇다 치더라도 장사치들이 돈을 미국 돈으로만 받겠다는 걸 무슨 수로 막습니까."

"크게 봅시다, 크게. 경성 산업단지는 어차피 군수공업 기반 아닙니까. 빨리 적산 불하 절차를 마무리 짓고 중국에 적극적으로 우리 제품을 팔아먹어야 이 나라 경제를 일으킬 수가 있어요. 군정 당국이 무역을 더 자유롭게 풀어줘야 합니다."

"일본인 밑에서 벌어먹던 실력 어디 안 가네……."

"당신 지금 뭐라고 했소?!"

또다시 고성이 빗발치고, 모택동에게 붙어야 하네 장개석에게 붙어야 하네 입 있는 자들이 저마다 귀 틀어막고 가족 오락관을 연출하는 그때.

"크, 큰일 났습니다."

"뭡니까?"

"라, 라디오. 지금 당장 라디오 켜시오. 이럴 때가 아닙니다!"

—…이들은 실험 대상에게 병균을 강제로 주사하고 그 병의 추이를 나날이 확인하였습니다. 성병을 연구한다는 명목하에 남녀를 가리지 않고 강간케 하였고, 인간을 산 채로 묶어 놓고 화염방사기를 퍼부어 그 화력을 측정한다거나 수류탄을 폭파하여…….

라디오 스피커에서 흘러나오는 무덤덤한 목소리.

"읍, 읍!!"

"이, 이 저주받을 놈들!!"

온갖 볼 꼴 못 볼 꼴, 산전수전 다 겪은 이들조차 분노를 이기지 못해 책상을 두들기거나 토악질을 하는 자들이 즐비했다. 자문위원들의 얼굴이 백지장처럼 하얘진 지 얼마 지나지 않아 경성 전역은 다시 한번 엉망진창이 되었다.

* * *

옛날 한국에는 쥐불놀이라는 고유의 풍습이 있었다고 한다. 달조차 없는 밤이 깊어질 때, 좆같은 놈의 집에다 냅다 불을 질러주는 아름다운 풍습이었다고. 반구대 암각화에 그 형상이 잘 그려져 있다. 모세가 십계를 받을 때 그려 넣었다는 반구대 암각화의 정확성은 이미 학계 공인. 그러니 좆같은 세상을 불태우는 것 또한 당연한 일 아니겠는가?

['통나무'의 진실!]

[인체 실험 공개… 우리의 아들들은 어떻게 죽었나?]

[그곳에 인간은 없었다.]

[인간이길 포기한 악귀들의 만행!]

가장 먼저 발화점인 일본이 불탔다. 어떻게든 즈그 입맛에 맞는 옛 질서를 유지하려던 이들은 이제 사람을 대상으로 실험을 벌인 호로새끼들이 되었고, 붙잡힌 전범들까지 단체로 합창단이라도 만든 듯 나는 몰랐소, 나는 아무것도 몰랐소 떼창을 해댔다.

"왜 우리 아들이 명단에 포함되어 있는 겁니까? 나라를 위해 군대에 갔다던 아들이 어째서 실험실에서 죽었다고 하는 겁니까?"

"당장 나와 이 새끼들아!!"

"죽여! 전부 죽여!!"

누가 일본인들은 온순하고 지배자의 권위에 순종하는 민족이라고 했던가? 눈이 까뒤집힌 이들은 피켓이나 현수막 대신 몽둥이와 죽창을 들고 행진했다. 운 좋게 체포되지 않았던 옛 기성 정치인들은 무시무시하게 불타오르는 민중의 분노를 피해 집에서 도망쳐야 했고, 전범들이 수감된 감방 앞에선 살기등등한 시위대와 경찰, 미군의 대치가 이어졌다.

"제발 부탁이야! 저 새끼들을 죽이게 해줘!"

"자자. 진정들 하세요!"

"야, 이 짭새 놈들아! 니들 형제도 저기 끌려가서 죽었을지도 몰라!"

"부탁이야, 제발 한 대만 찌르게 해줘! 죽창 한 대만 꽂게 비켜 달라고!"

음. 아름다운 광경이야. 이 분야 선구자인 우리들의 친구 프랑스인들이 말해주길 모름지기 민주주의란 감옥 습격으로 시작해야 제맛이라 했다. 정통 코스를 거치고 있으니 참으로 가슴이 벅차오른다.

"장군님. 일본 황제가 면담을 요청했습니다."

"계속 묵살하세요. 군정 당국의 그 어떠한 사람이라도, 공식적으로든 비공식적으로든 저들에게 무어라 코멘트 하나라도 들어가는 순간 내가 목을 날려버리겠습니다."

정보 차단. 지금쯤 황거에 앉아 있을 히로히토와 그 떨거지들은 아마 입에 밥이 들어가도 돌 씹는 맛일 테고, 의자에 앉아도 가시방석에 앉은 기분이겠지. 애초에 그러라고 단어 선정부터 참으로 미묘하게 했다.

[관동군 방역급수부라고 명명된 이 비밀 부대는 천황의 칙령에 따라 설

립되었다.]

거짓말은 안 했다. 정말로. 천황이 설립하라고 한 건 사실이잖은가? 일방적인 폭력에 소통 창구마저 갑자기 다 막혀버리니, 영문을 모르고 혼란에 빠진 이들은 비공식적 루트로 제발 뭐라고 말 좀 해달라고 통사정을 하면서도 공식적으론 침묵을 지켰다. 그리고 그 기이한 침묵이 분노한 대중들에게는 어떤 모습으로 보이겠는가?

"어째서! 어째서 누구 하나 말이 없소?"

"제발 뭐라고 변명이라도 하란 말이외다! 전쟁 때는 매일같이 지껄여대던 입들이 왜 전부 합죽이가 됐냐고!"

불길에 기름을 끼얹은 듯 더더욱 거세게 불타오르던 이들은 마침내. 내가 의도한 방향을 향해 그 불꽃이 미치기 시작했다.

"저는 폐하를 위해 특공대에 배치받았고, 제 전우들은 모두 폭탄을 껴안은 채 미국의 군함에 달려들었습니다. 어째서 우린 죽어야 했습니까? 어째서!"

"천황 폐하!"

"폐하아아!!"

더 이상 사람의 장막 뒤편에서 피할 수 없었다. 그동안 바지사장이라며 모든 책임에서 한 발 뒤로 물러나 있던 그의 머리채를 붙잡아 양지로 끌어냈다. 수천 년 묵은 전통과 권위의 성채가 아직 무너지지는 않았지만, 자신들이 시민임을 자각한 옛 신민들은 천황을 향해 제발 해명해줄 것을 요구하고 있었다. 당연하지만, 얌전히 도망치게 놔둘 생각은 전혀 없었다.

* * *

[잽스 황제의 추악한 그림자!]
[아우슈비츠에 버금가는 잽스의 악마적 발상.]

[두 얼굴의 황제, 진짜 정체는 매드 사이언티스트?]

[낮에는 물고기 실험, 밤에는 인체 실험.]

[밤마다 인육 파티… 사탄 숭배의 본거지 황궁?]

731부대의 인체 실험 폭로가 서방 전역으로 퍼지기 무섭게 거대한 해일과 같은 격한 반응이 터져나왔다. 인간의 자극 역치를 훌쩍 뛰어넘은 이 사상 최악의 행위는 아무리 세상사에 무심한 인간이라도 눈을 비빌 수밖에 없었고, 가판대에 신문을 꽂아두기만 하면 매진되는 진풍경이 연출되었다. 당연히 판매량에 미친 황색 언론들의 허풍과 왜곡 또한 끝없이 에스컬레이트되었고, 각종 만평이나 풍자화에는 하얀 가운을 걸친 히로히토가 사람의 생간을 빼먹는 모습이 빼곡히 그려졌다.

"이 전쟁은 인류 역사상 가장 사악한 자들을 징벌하기 위한 성전이었습니다. 우리의 아들들을 포로로 붙잡아 차마 입에 담지도 못할 끔찍한 행위를 자행한 저들이 승리했다면 어떤 일이 벌어졌겠습니까?"

"우리 미합중국은 이 끔찍한 범죄 행위를 낱낱이 밝혀내 기필코 법정에 세우고 말겠습니다."

대중이 반응하고 언론이 펜을 휘갈기면 정치권이 움직이는 건 자연법칙. 여야를 막론하고 한목소리로 이 파렴치한 작태를 규탄했고, 막 잊혀 가던 일본을 향해 다시금 전 국민의 주목도가 쏠렸다.

"지지도가 나날이 우상향 그래프를 그리고 있소. 다시 전승 대통령으로서 조명을 받으니 참 좋군."

"역시 각하께서 국정을 훌륭하게 운영했기 때문 아니겠습니까?"

"당내의 불만분자들도 입을 다물었습니다."

그리고 이 뜨거운 이슈는 월레스 행정부에겐 크나큰 보탬이 되어주고 있었다. 전쟁이 끝났다. 시민들은 전쟁터로 떠나보낸 아들과 형제들이 하루 속히 귀국하길 간절히 원하고 있었지만, 미합중국이 성공적으로 착륙할 수 있을지는 미지수.

옛날이야기에서 나오듯 사악한 드래곤이나 마왕을 물리친 용사는 당연히 새 임금이 되어 세상을 다스려야 하는 법. 마찬가지로 추축국으로부터 세계를 수호한 용사 미합중국은 이제 이렇게 지켜낸 세상을 다스려야 할 거대한 책무가 있었다. 미국의 앞날 그 사방엔 지뢰처럼 온갖 고난과 문제가 깔려 있었다. 국내엔 여전히 시대의 흐름을 읽지 못하는 고립주의자들, 이제 더 이상 미국은 제 집구석에 처박혀 있을 수 없다는 현실을 부정하는 우매한 이들이 많았다.

이들 고립주의자들은 세금 문제를 빌미로 대대적인 군 감축을 요구하고 있었다. 그들이 원하는 대로 2차대전 이전으로 군을 토막 내버리면 미국의 영향력 또한 토막 날 게 뻔한데도. 고립주의로의 회귀 같은 틀니 요란한 소리는 무시한다손 치더라도, 과연 새로운 패권 국가 미국은 어디까지 개입해야 하는가? 다시 식민주의와 제국주의라는 낡아빠진 질서를 정립하려는 옛 전우, 유럽의 무리들에게 어디까지 손을 대야 하는가? 팽창하려는 소련은 어떻게 대해야 하는가? 일본군이 사라진 후 도로 자기들끼리 싸우려 드는 중국은 어쩌고? 과연 국민들은 이런 대외 정책을 어디까지 받아들일까?

거기다 국내 산업은 어쩌고. 전시 특수가 사라졌으니 '민주주의의 병기창' 또한 공장 문을 닫아야 한다. 그동안 남자는 군에 가고 여자들과 장애인까지 총동원해 공장을 돌렸지만, 그 엄청난 수요는 사라졌는데 계속 일하고 싶어 하는 이들은 한가득. 제대한 뒤 새로이 일자리를 구하고 가정을 꾸리고픈 퇴역 장병들 또한 한가득. 이러한 일자리에 대한 불만은 단순히 입으로만 끝나지 않았고, 노동자들은 파업으로써 자신의 권리를 보장받고자 했다. 철강 대파업, 자동차 노동자 연합 파업, 석탄 광부 대파업, 철도 노조 파업 등등. 당장 이들 노조야말로 FDR과 그 후계자 월레스를 지지하던 핵심 계층인 만큼, 월레스가 이들의 기대를 저버린다면 내년 대선에 적신호가 켜진다.

월레스 행정부는 집권 세력으로서 국내와 국외에 걸친 이 모든 의문에

답해야 할 의무가 있었지만, 유감스럽게도 그들은 미합중국이란 나라가 단한 번도 다가가본 적 없는 미지의 영역으로 나아가야만 했다. 그런데 때마침 731부대 사건에 대한 보고서가 접수되자, 월레스와 그로밋들은 얼쑤 좋구나 춤을 추며 이 사건을 대대적으로 키우기로 결심했다.

규탄하고 비난할수록 내 도덕성을 더 과시할 수 있고, 이런 사안에 대해 강경한 입장을 표할 때마다 고스란히 정부에 대한 지지율까지 높아진다. 심지어 이런 짓을 함으로써 잃는 것도 없는 기적의 샌드백. 왜 이걸 안 때리고 내버려두겠는가? 땅 파서 돈 버는 것과 매한가지인데? 공짜라면 일단 먹고 봐야지.

"각하. 여론과는 별개로, 이 문제를 일본 황제와 엮어버리기엔 다소 증거가 부족합니다."

"그 점은 나 또한 인지하고 있습니다. 킴도 인체 실험과 히로히토 사이의 직접적 근거를 확보하진 못했다고 했잖소. 어차피 국왕을 전범 재판에 세우던 예도 없고 하니, 일본인들이 알아서 결정할 수 있도록 영향력을 행사하는 것으로 충분하다고 봅니다."

물론 몇 년 뒤 있을 전범 재판에 히로히토가 나오지 않는다면 대중들 중 일부는 의문을 제기할지도 모른다. 하지만 뭐 어떤가. 그때 백악관에 남아 있을지 없을지도 미지수인데. 일단 이기고봐야지.

(9권에 계속)

731부대장 이시이 시로

이시이 시로는 패전 이후 증거를 소각하고 수용되어 있던 생체실험 피해자 약 400명까지 사살했습니다.

검은머리 미군 대원수 8

1판 1쇄 인쇄 2023년 3월 22일
1판 1쇄 발행 2023년 4월 12일

지은이 명원(命元)
매니지먼트 스튜디오JHS
펴낸이 김영곤 **펴낸곳** (주)북이십일 레드리버

책임편집 유현기 배성원 서진교 강혜인
디자인 (주)여백커뮤니케이션
출판마케팅영업본부장 민안기
마케팅1팀 배상현 한경화 김신우 강효원
출판영업팀 최명열 김다운
제작팀 이영민 권경민

출판등록 2000년 5월 6일 제406-2003-061호
주소 (10881) 경기도 파주시 회동길 201(문발동)
대표전화 031-955-2100 **이메일** book21@book21.co.kr
내용문의 031-955-2403

ISBN 978-89-509-2731-8
        978-89-509-3624-2(세트)

책값은 뒤표지에 있습니다.